平川祐弘決定版著作集◎第12巻

小泉八雲と神々の世界

ラフカディオ・ハーン

植民地化・キリスト教化・文明開化

平川祐弘

勉誠出版

ポール・ゴーガン「マルティニーク島の情景」（国立西洋美術館蔵）

目次

小泉八雲と神々の世界

ラフカディオ・ハーン――植民地化・キリスト教化・文明開化――

附録　ユーマ　Youma

凡　例

一、本著作集は平川祐弘の全著作から、著者本人が精選し、構成したものである。
一、本文校訂にあたっては原則として底本通りとしたが、年代については明確化し、明かな誤記、誤植は訂正した。
一、数字表記等は各底本の通りとし、巻全体での統一は行っていない。
一、各巻末に著者自身による書き下ろしの解説ないしは回想を付した。
一、各巻末には本著作集のために書き下ろした諸家の新たな解説を付すか、当時の書評や雑誌・新聞記事等を転載した。

底　本

本巻のうち『小泉八雲と神々の世界』の底本は『小泉八雲とカミガミの世界』文藝春秋、一九八八九年第二刷である。題名中の「カミガミ」を今回「神々」に改めた。付録《孟沂の話》は割愛した。『ラフカディオ・ハーン――植民地化・キリスト教化・文明開化』の底本はミネルヴァ書房、二〇〇四年刊である。付録に載せたハーンの『ユーマ』の底本は『カリブの女』

河出書房新社、一九九九年刊、一三三―二六三頁である。後者の解説は前者の第二部第五章と重なるので省略した。

小泉八雲と神々の世界

まえがき

ラフカディオ・ハーン（一八五〇－一九〇四年）はギリシャの島に生れ、アイルランドで育ち、フランスやイギリスの寄宿学校で教育を受けました。家が破産した後、ロンドンで社会のどん底の悲惨を味わいましたが、十九歳の時アメリカに渡り二十代三十代を貧乏の中に過し、仏領西インド諸島の生活を描いて文名を成しました。

ハーンは、そうしたさまざまな生活体験からも、読書知識からも、また敏い感受性からも、すでに来日以前から秀れた比較研究者の資質を備えた文人だったと思います。しかしハーンがその才能を存分に発揮したのは、十指にあまる著書を出した十四年に及ぶ日本時代でありました。ハーンは小泉八雲として日本に帰化して亡くなりましたが、皆様もその作品をお読みでございましょう。

本書はその小泉八雲ことラフカディオ・ハーンを事例研究《ケース・スタディー》として、彼の生涯と作品から重要と思われる問題点を拾ってこころみた一連の比較文化論であります。

内容を簡単に紹介いたしますと、巻頭に掲げ、あわせて本書全体の総題ともした「小泉八雲と神々の世界」は、ハーンという一外国人がどのようにして日本の神道の世界にはいりこみ、内側からそれを発見したかを語るものです。ハーンがなぜ多神教の世界に関心を抱いたか。彼はフュステル・ド・クーランジュの『古代都市』を援用して神々の国日本を解明しようとしたが、その見方は正しいのか否か。千九百八十年代にはいって靖国神社問題などがきっかけで、神道が新聞紙上で話題となることがたびたびありました。しかしおおむね政治に偏した扱いで、神道の本質に立ち入った論議はほとんど見られませんでした。この種の根源的な問題がもっぱら左右の党派的論議にゆだねられることは狭きに過ぎて危いと思います。それで神道について広くおおらかに国際的視野の中で再考していただくためにも、ハーンが神々の世界を発見して行く過程をたどることは、今後も論議を深める上で、なにがしかの参考になるのではないか、と思います。

続いて小泉八雲はなぜ日本人の心と共鳴するのか。なぜ八雲の作品はいまもなお日本人の心を打つのか。その共鳴し共振する秘密を探りました。私は「甘え」の構造は日本文化に独特の心理とは考えないものです。ギリシャで生れ母子密着型で育てられたハーンに顕著に見られる「甘え」の構造、それをハーンの再話文学を分析することで示しました。そして一世紀前に小泉八雲が良しとし、今日の日本人の多くもまた良しとする、八雲の文学にあらわれる日本の女について考えてみました。その女たちは古風ですから、今日の新聞・テレビでもてはやされるフェミニズムの旗手たちとはおのずから人品を異にします。女性解放を雄々しく叫ぶアメリカの女はそうした日本の女をどのように見るか。その種の異なる視点から伝統的価値を見なおすことにもまた意味はあろうかと存じます。

二十世紀の末年は日本が国際大国として出現しつつある時代です。文明開化の時代や占領の時代と違って、西洋舶来の価値観のみが優越する時代ではありません。しかしかつての西洋列強が世界を西洋化することで国際化をすすめてきたのと違って、私たちの場合には世界が日本化する以上に日本が世界化せねばなりません。いいかえると世界に日本的価値を認めさせることは今後とも難しいであろうということです。それでは今日でもなおそうであるのに、いまから百年前にハーンはどのようにしてある種の日本的価値を良しとするにいたったのか。ハーンはなぜ西洋大都市の暗黒面との対比において日本のつつましやかな暮しを良しとしたのか。その謂《いわれ》をハーンのロンドン時代の生活体験のうちに探りました。そしてハーンの一見特殊な見解の普遍妥当性をも吟味してみました。

その西洋的価値と日本的価値の問題に関係いたしますが、いまでも来日外国人で日本に関心を持たぬ人と日本人との間にはなかなかしんみりした対話は生れません。それは相手が西洋的価値の信奉者であると、こちらが無理をしてでも相手の価値体系の中へはいりこまなければ話がつながらないからです。相手の西洋中心の土俵へ上がらなければならないからです。しかし外国へ渡航してその社会にはいるということは、とりもなおさずその種の自国に関心のない人々とも相撲を取らねばならない、という状況を意味します。

日本の人文科学系の学者が西洋学を専攻して必ずしも at home に感じられなかった理由の一半はそうしたところにもありました。しかし西洋の学問と日本の学問とのかかわり方ははたしてそのような形態だけでよいものでしょうか。明治以降来日した西洋人教授の二典型はケーベル博士とハーンだと言われています。そのケーベルは日本に首を突っこんだハーンを目して「アブノーマル」と評しました。しかし西洋と日本との関係で、西洋的価値を一方的に伝授するケーベル先生のような師だけを尊敬してその系譜に連なっていればそれで本当によいのでしょうか。それとも一面では西洋文学を伝えつつ他面では日本を西洋に伝えたハーンのような人を見習えばよいのでしょうか。私は、ケーベル流の一方的な文化直流の回路と、ハーン流の相互的な文化交流の回路を、構造的に分析することで、これから先、日本を外国に理解させるにはどのようにすればよいのか、その対話を開く方策をも示唆いたしました。そして文学作品が国際世論をどのように動かすものであるかをもあわせて検討してみました。

さて本書で私が取りあげた右のような問題点は、それがハーンが自覚的・無自覚的に取りあげた大切な問題点だったからでもありますが、それ以上に今日的な論点としてもますます内外の読者に強く訴える問題だからであります。私はハーンの見方の由って来たところを出来るだけ丹念に材料を集め、客観的に分析し、説明いたしました。伝記的アプローチも作品分析的アプローチも試みました。また時には時事の問題にもあえて言及いたしました。しかし各章いずれもハーン研究としてもオリジナルな新解釈を含んでいるかと思います。一章ごとに独立してお読みいただいても結構でありますが、問題点は次々と重なりあって続いております。通読していただくと前後照応するところが多々あるかと存じます。

ここで日本について比較文化的考察をこころみる際に、なぜハーンの人と作品を選んだかという理由を二つ簡単に述べさせていただきます。第一に一般論として、外国との比較のない日本論や日本人論は論者や読者の自己満悦でしかありません。それですから日本を論ずる際に外国を意識したハーンを出発点に据えたのです。ちょうど我々が母国語についてもその特徴に気づくのが外国語を学習してから後のことであるように、日本文化の特徴も外国文化との対比においてはじめて判然と見えてまいります。ですから西洋でさまざまの体験を積んだハーンが日本に来て発見したもろもろのことは、それ自体が比較の視野を含む日本論として興味深いのです。本書は、外国を知らずに日本のユニークネスを説く類の日本人論ではございません。私はその種の論は、日本をよく知らずに西洋の優越を説いたかつての白人自尊の論と対《つい》をなすもので、両者ともに愚かしいと思います。The Myth of Japanese Uniqueness は The Myth of Western Superiority と恰好のペアをなすものでありましょう。

さて本書で私が意図したことはハーンの論の単なる紹介ではありません。そうではなくて、なぜハーンがそのような見方をしたのかという経緯を分析することで、私自身の比較文化論的考察を述べることを主眼といたしました。それで第二に個別論として、なぜ数ある外国人の日本観察記録の中からハーンを選んだのか、という理由を説明いたします。——なぜよりによってハーンのような風変りな人物を選んで事例研究《ケース・スタディー》の対象としたのか。皆様御承知のように、小泉八雲ことラフカディオ・ハーンは日本に多数の愛読者を持っております。日本にはハーンの作品に共感し同調する人が跡を絶ちません。しかし欧米ではハーンの名前は次第に忘れられました。日本研究者はもちろんまだ記憶しておりますが彼等の間でハーンの評価は必ずしも高くありません。ハーンの日本は美化された日本だなどとする疑問が幾つも呈されております。私は日本におけるハーンに対する高評価と西洋（とくに米国）における低評価のギャップそれ自体に関心を持ちました。それでハーンが取りあげた問題で今日も依然として日本人の心に強く訴える論点を取りあげ、を取りあげ、それを客観的に分析することで、新しい視野を開くことが出来るのではないか、と逆に考えたのです。今日のアメリカの第一線の日本学者たち——とくに占領期に優越者として来日したアメリカ人日本研究者たち——が見落している点問題点がそこから逆に見えてくるのではないか、と考えたのです。今日のアメリカの第一線

外国人が日本について書いた文章に対する日本人の判断は、短期的に見れば軽佻浮薄で、流行に左右されます。しかし長期的に見ればかなりまともで落着くべきところへ落着いている気がいたします。ジョージ・サンソムは欧米でもなおもっとも尊敬されている日本学者の一人かと思いますが、彼の『日本文化史』『西欧世界と日本』の日本訳が着実に版を重ねているのを見ますと、信頼できる最大の批評家はやはり読者であり、それも日々の読者でなく、何代にもわたる読者の声だと思います。この恐ろしい「時」の試練にさらされてハーンは西洋では半ば忘れ去られました。だが日本の読者の声はいまもなおハーンを好しとしています。私はその声なき読者の声が日本文化のいかなる特徴を良しとしているのか、ハーンが日本に認めたなにを好しとしているのか、その秘密を探ろうといたしました。私は自分の判断を信ずることの篤いもので、今日の英国や米国の文学史でハーンの評価がたといいかに低かろうとも、ハーンの作中に自分の心に強く訴えるなにかがある限り、それに正直に答えようといたしました。それが本書であります。

ここで西洋で出来上った学問体系や区分とは別に、自己本位の立場に立って——それが私どもの学問的立場であると信じますが——その見地から比較文化論の意義について多少述べさせていただきます。日本に限らず東アジア諸国と西洋諸国との根本的な差異は、前者がフィリピンを除けばキリスト教国だったためしがない、という点であります。これはいかにもわかりきった言いふるされた点でありますが、しかもなおしばしば見落されている点でもございます。日本は西洋と宗教を異にします。ところが世の中にはその前提を忘れて、性質を異にする下部構造の上に西洋起源の上部構造を無造作に載せようとする人が——第一章でもふ

れますが——存外に多いものであります。夏目漱石はいちはやく日本の学者のその通弊に気づきました。漱石が『文学評論』で「西洋の哲学書にある神などの受売をする必要はない」と言い、欧州の哲学者はゴッドの始末をつけねばならぬが「我々日本人は違ふ」と正直に申したのは、その間の機微にふれた発言であります。しかしその出発点の相違を一向に問題としないで、西洋の哲学を西洋の哲学学徒風に学ぶのが学問だと思っていた哲学科の学生が日本にはまたなんと多かったことでしょう。

だからといって比較文化論は、ただ単に文化と文化との相違を言い立てる学問ではもちろんございません。自国の文化的特徴を楯にして現状を正当化しつつ追認し、そこに居直ることは知的怠惰に通じることがままございます。私はかつてフランクリンと福沢諭吉とを比較論評した際、この二人の間に数多くの共通項を拾いました。私はまた日米両国の間には多くの共通項があると確信いたします。しかしそれと同時に違う面のあることもまた事実として否定できません。今回はその相違点により多く言及することとなりました。

もっともかくいう私は知性の世界主義 cosmopolitisme d'esprit を信ずる者です。人種の如何を問わず宗教の如何を問わず、平等の立場で論ずることを道理とする者です。そして文化にさまざまの違いのあることは認めるが、その将来についてはむしろ楽観する者です。最終章でも述べましたが、西洋文化からの亡命者のように目されたハーンの場合ですらも、実は亡命者ではなかった。ハーンは西洋文化を自己の物とし、その上さらに日本文化を自己の物とした。それだからこそ五十四年の生涯にあれだけ豊かな人生を送ることが出来たのだ、と確信いたします。ハーンは日本を西洋にも伝えましたが、西洋を日本にも伝えました。それはまさしく「一身二生」の生涯でありました。ハーンもまた「二本足の学者」でありました。その重心は日本に傾き過ぎていた、と西洋の書斎の安楽椅子に坐っている学者はあるいは難ずるかもしれませんが。

ハーンはおそらくただ単に比較研究者の一先駆であるのみか、これから先、西洋からも東洋からも現れるであろう世界市民の先駆でもあろうかと思われます。実は最近では米国でも、日本研究者としてのチェンバレンの態度には問題があるのだ、ハーンの態度を参考にすべきだ、という声が一部で出てまいりました。私どもの声もいつか太平洋の向うにこだましつつあるのでございましょう。ハーンがいまから百年前、松江に来たことは、ハーン自身にも望外の幸福をもたらしましたが、日本にとっても有難いことでした。かくいう私自身も再三ハーンを扱うことが出来てしあわせに感じます。親しい学生を連れて幾度か松江へ参りましたが、宍道湖《しんじこ》畔で、遠くの向い岸を列車が玉造の方へ、もう音もなく、光のみを点滅させて走って行く。それをじっと眺め続けた夕べをなつかしく思い返す次第です。

第一章　小泉八雲と神々の世界

はじめに

日本人を支えるものは実は神道的感情である。それは我々の心のいちばん深い層にある。
だがその神道は戦争中は外国人によって誤解され、戦争後は日本の一部知識人によって敵視され、昨今も当の日本人自身によってその実体をはっきり自覚されぬまま放置されている。しかし日本人のこのような表面的な無理解・無関心にもかかわらず、日本文化をはぐくんできたものは実は我等のうちなる神道的心性であった。『古事記』が神道古典であることはいうまでもないが、その後の漢学や仏教の伝来によっても神道的感情は死に絶えはしなかった。故人を神として祀る感情は故人との交わりを可能にし、草葉の蔭の魂を慰めようとする鎮魂の感情は『万葉集』のような歌集にも、『平家物語』のような軍記物にも、中世の夢幻能にも、江戸の俳諧にも、阿川弘之の『暗い波濤』にもある独特の深みを与えている。それは神道的心性が開いた広く深い生死を越えた次元であり、日本に脈々として流れる宗教性が露頭して文学に鮮やかに定着しているからではないだろうか。――

佐伯彰一氏は『日本人を支えるもの』（『文藝春秋』一九八七年二月号）でほぼこのような問題提起的な発言をされました。そして西洋人として日本における神道の重要性に着目した唯一の人といってよい小泉八雲ことラフカディオ・ハーンの *Japan: an Attempt at Interpretation* に言及されました。これはハーンが自分自身で英語原稿のおもてに「神國」と漢字で書いた遺著であるだけに『神国日本』という題でも再三邦訳されたことがあり、これまた非常な問題性を含んだ著述です。ハーンは日本では『怪談』の著者として親しまれていますが、西洋諸国ではこの *Japan* がいちばん読まれました。しかし『神国日本《しんこくにっぽん》』の題名では第二次世界大戦の皇国思想を説く本と誤解されかねませんので、私はハーン研究の先達森亮先生にならって『日本――一つの解明』という訳名をこの本について使わせていただきます。

さて私は、立山の神官の家の御出身の佐伯氏のように神道的雰囲気にひたって育った者ではありませんが、氏の右の論には共感する節が多々あった。ただこれはある意味で危険なトピックです。それで佐伯氏が引合いに出されたハーンと神道の関係については、いますこし精密に、より実証的にその足跡をたどった方が、これから先、内外人がふたたび神道に真面目に関心を向け、神々の世界を理解していただく上で親切ではなかろうか、と感じました。というのも日本の神々の世界は外の者にはおよそわかりにくい世界である。いや日本の人々の世界も、原理原則に従って行動するのではなくてトライブ（部族）として行動する、外の者には不可解な民族である、とも言われている。それなのに一体なぜラフカディオ・ハーンだけが外人でありながらあれほど例外的に日本の幽界に親しむことが出来たのか。そして晩年にはそれに基づいて日本についての洞察にみちた新解釈を出すことが出来たのか。その経緯をたどることそれ自体が神道へのイニシエーションとしてこれから先も必ずや有効であろうと思います。それでこの第一章ではハーンの生涯を追って、

一、ハーンという西洋人がなぜ『古事記』の世界に惹かれるようになったか。
二、そこから見えてきた非キリスト教的新視点。
三、晩年のハーンの神々の国日本についての新解釈。

の順で問題点に迫りたいと思います。はじめに一見主題と無関係のようですが、ハーンの生い立ちにふれます。実はこれが彼の日本理解と無縁ではないのです。

一　なぜ『古事記』の世界に惹かれたか

パトリック・ラフカディオ・ハーンは一八五〇年ギリシャのレフカスという島で生れました。父はダブリン市出身のプロテスタント系の英軍軍医で、それで子供にアイルランドの守護聖人にちなんでパトリックと名をつけた。ミドルネームは生れたギリシャの島の名にちなんでラフカディオとつけた。母ローザは島の娘

でギリシャ人です。十九世紀中葉のギリシャは貧しい後進国で、そこへ進駐したイギリス軍の将校が島の娘と出来てしまったのです。上官は結婚に反対したが、父は子供（ハーンの兄。生れてすぐ亡くなる）が生れた後ギリシャ正教の教会で結婚してくれました。しかしハーンが生れた二カ月後には早くもカリブ海へ転戦してしまった。

ハーンは母一人子一人で育った人です。二人は二年後にダブリンの夫の実家へ行ったが、夫はまだ復員していない。言葉のよく通じない戦争花嫁とその子供は閉鎖的な英国の上流社会になじめない。ハーンが三歳の時、父親は凱旋してきますが、周囲から孤立している母子を見て「しまった」と思い、一年後ハーンの弟のお産に妻がギリシャへ帰国した留守に、結婚証書にローザのサインのないことを口実に一方的に離婚して、子供づれの幼馴染みでいまは未亡人となっている人と再婚してしまいました。当時のギリシャは後進国だったといいましたが女の人はたいてい文盲だった。だからハーンの母も字が書けずサインができなかったのです。その四歳、瞼の母と生き別れた時にハーンの不幸は始るわけで、少年は父方の大叔母に引取られ、十代はもっぱらフランス、イギリスの寄宿学校で過しました。

ハーンはいろいろな意味ではずれ者でした。大叔母はたいへんな資産家でハーンの父の不当な離婚を憎み、莫大な財産が父でなく直接ハーンに渡るよう取り決めてくれました。ところがその財産を親戚の者がすっかりつかいこんでしまい、ハーンは当初は裕福な坊っちゃんとして育てられたのが高等教育を受けるどころか十七歳で文なしで抛り出され、ロンドンで一年余最低生活を送った挙句、十九歳の時アメリカへ移民、貧苦の生活を送った後、三十九歳で来日、横浜、松江、熊本、神戸で暮し、東京へ移って一九〇四年（明治三十七年）五十四歳で亡くなります。

正道からはずれた、といいましたが、経済的にはずれただけでない。大叔母は熱心なカトリック信者でノルマンディーでもダーラムでもカトリックの寄宿学校へ入れられたのですが、本人は早くからキリスト教の信仰をなくして、ゴシックの教会で恐怖にわなないていた。なにしろ幼時から両親の不和、家庭の崩壊、母との生き別れという事件で心が傷ついているから精神不安定です。それで夜な夜な妖怪変化《ようかいへんげ》にさいなまれた。ハーンが来日後怪談に異常なまでに関心を寄せたのにはそれなりの根拠と背景とがあったらしい。しかもその上、十六歳の時、遊戯中にロープの瘤が当って片目が潰れてしまった。背はもともと低いし、こんな醜い顔になってはもうまともな結婚はできないと思ったほどのショックでした。そのように経済的にも、社会的にも、学問的にも、信仰的にも、肉体的にも疎外されたハーンですが、しかしいちばん深い心の傷はやはり家族から疎外されたこと、いいかえると瞼の母と生き別れた、ということでした。

ハーンは四歳近くまで母一人子一人で母に溺愛されて育った。それが彼にとっての楽園でした。その幸福を破壊したものは父である。ハーンは父と、父によって代表される近代英国産業社会を呪咀《じゅそ》しました。その社会を律しているキリスト教倫理の偽善性にも反感を抱きました。それを憎んでイギリスを棄てて北アメリカへ渡った。それまではパトリック・ハーンと名乗っていたのですが、その時からラフカディオ・ハーンに改めた。自分はイギリス人の父と父に代表されるすべてのものに背を向けたい、と思ったからに相違ない。その趣旨を述べた弟宛の手紙も残っています。

さてそのような物質的にも精神的にも悲惨な境遇の中にいてなにを心の頼りにしたかというと母の面影です。ハーンは母をなつかしみ、ギリシャ的なものに憧れます。母は実際はギリシャ正教の信者でしたが、ハーンにとってはギリシャは古代ギリシャの栄光につらなるなにかでした。ハーンは東京大学でも成績優秀の学生に古代ギリシャの多神教の世界を説明した Charles Kingsley: *The Heroes; or Greek Fairy Tales for My Children* を褒美としてあげています。もっともハーンは大学へ行けなかったから、ギリシャ語は出来なかった。学歴も中途半端ですから当時の学問の王道であった古典語の世界へは進めなかった人で、そうしたこともあって、むしろ欧米に背を向けて異国に新天地を求めようとしたのです。

ハーンはアメリカへ渡ったが、北米のプロテスタント社会でも依然として不幸であった。それは弱肉強食の生存競争が激しいからでもありますが、やさしく甘えることのできる相手もいなかったからでしょう。それで北米ではいちばんラテン的なニューオーリーンズへ一八七七年に移りました。そこで安物の扇子を見たのが日本との最初の出会いだといいます。日本は明治十年代にもうそんな土地まで扇子の輸出をしていたわけですが、明治政府が日本を海外に知らせようと努力した様はいじらしいほどで、万国博覧会が開かれる機会をとらえてはそのたびに実にいい出品をいたしました。

一八八四年（明治十七年）十二月十六日からニューオーリーンズで万国産業博覧会が開かれた折も日本は出品し、新聞記者だったハーンは取材に足しげく通って四点も記事を書いています。『ニューオーリーンズ博覧会と日本の展示』（『ハーパーズ・ウィークリー』一八八五年一月三十一日掲載）、『博覧会における東洋文献』（『タイムズ・デモクラット』二月二十四日掲載）、『ニューオーリーンズの東洋』（『ハーパーズ・ウィークリー』三月七日掲載）、『東洋の珍物奇物』（『ハーパーズ・バザー』三月号掲載）。

ハーンは探訪の仕事に熱心だったから日本政府派遣の服部一三とは個人的に懇意になりました。ハーンが『古事記』の英訳を見かけたのは察するにこの折でした。訳者のB・H・チェンバレンはハーンと同じ一八五〇年生れですが、一八七三年（明治六年）に来日し、一八八二年（明治十五年）には本居宣長の註釈の助けを借りて『古事記』の英訳を完成した。日本についての欧文著書は当時はまだ点数も多くなかったから、服部は片端から博覧会に陳列したに相違ない。しかしハーンが『古事記』を通読したのは後にニューヨークへ出た折、ウィリアム・パットンというハーパー書店の日本贔屓の美術記者から借りて読んだ時でした。「特別に面白い」という感想を書いた礼状が残っています。

ニューオーリーンズでハーンが服部の許しを乞うて読んだ冊子の中には『博覧会における東洋文献』の記事で言及していますが、『古代ギリシャ音楽との関連より見たる日本音楽の歴史』という報告書もあった。

これはどうやら伊澤修二の手になる英語の学術論文のようです。

ハーンはかねがね西洋を脱出したく思っていた。それで画家のゴーギャンなどと同じく一八八七年には仏領西インド諸島へ渡ってルポルタージュを書いて名を成すのですが、その次にハーパー書店から「日本へ行かないか」と言われた時、片道切符をもらって喜んで出掛けたのはやはり先の万国博覧会で日本のことが頭にはいっていたからだと思われます。最初は長くいるつもりはなかったが、結局十四年、死ぬまでずっと日本に住むことになります。

横浜に着いて生活費稼ぎのために在留英人の子弟の家庭教師などもした。それでもすぐに『古事記』の英訳を買った。*A Translation of the "Ko-ji-ki", or "Records of Ancient Matters"* by Basil Hall Chamberlain といっていまではタトルからペーパーバックで出ていますが、もとは『日本アジア協会紀要』第十巻の付録として出たものです。ヘルン文庫所蔵本には Yokohama, 1890 とハーンの字で記入があります。ハーンは前からチェンバレンの名前は知っていたので明治二十三年四月四日横浜に着いた日にチェンバレン宛の手紙を出して中学教師就職の依頼を乞うている。その手紙の中に自分が知っているただ一人の日本人である服部一三の名前を書いておいた。そうしたら服部はその時文部省の学務局長となっていて東京帝国大学外人教師のチェンバレンと面識があり、その二人の世話で同年九月から松江の島根県尋常中学校で英語教師の生活を始めるわけです。月給百円は当時の日本人教師の月給の数倍に当る額でした。それまでにも大分県であるとかよその中学の口があるかに見えて立消えとなったのですが、松江に決った時は『古事記』の愛読者として嬉しかったのではないかと思います。というのも当時のハーンの心境は西洋文明によって汚染される以前の旧日本の面影を留めている、なるべくひなびた地方へ行きたいという気持でした。赴任する際も通訳の真鍋晃を連れて山陽鉄道の当時の終着駅である姫路まで行き、そこから人力車で津山街道を西に向い、途中から北上して岡山県の東北端をかすめて鳥取県に入り、上市《うわいち》（現在の下市《しもいち》）で盆踊りを見、米子から中海《なかうみ》を小さな汽船で渡り、大橋川をさかのぼって八月三十日に松江に着きました。富田屋旅館に泊ったのですが、そこで朝、目を覚ました時の印象は私ども昭和初年生れの者は、中学一年の国語の時間の最初に習ったものです。日本の中学の国語教科書の巻頭に英語から訳された「松江の朝」が載っていた、というのは奇妙といえば奇妙ですが、しかし日本の常民の間にしみわたっている宗教感情をこれほどよく伝えている文章はほかに少いと思うので、私が訳をつけてみます。

　松江の一日の最初の物音は、寝ている人のちょうど耳の真下から、まるでゆっくりとした、巨大な脈の鼓動のように伝わってくる。それは枕を揺すりあげるような、聞えるというより肌に感じられる、大きな、おだやかな、鈍く響く音である。心臓の鼓動のように規則的で、なにかにくるまれたように深いところから伝わってくる音である。それは米搗《つ》きの杵《きね》の重たいずしんと響くひびきなのだ。その音は日本の暮しの物音のなかでいちばん哀感を誘う音のように私には思える。

　ハーンは米搗きの杵の音に目をさまして「ああなるほど自分は杵築《きづき》の地へ来たのだな」と大地の脈搏の鼓動 the Pulse of the Land を感じました。それから川向うの洞光寺の鐘が町の上に鳴りわたり、続いて近所の材木町のお地蔵様のお寺の太鼓の音が朝の読経の時を告げます。やがて朝早くから物売りに来る人たちの声が聞えてきた。

「大根《だいこ》やーい、蕪や蕪」

「もややもや」

　しばらくして宿屋の庭先から、灌木の茂みで姿こそ見えないが、柏手の音が一度、二度、三度、四度と聞える。雨戸を繰《く》って人々が石段を降り、大橋川の水で顔を洗い、口をすすぎ、お日さんに向って四たび手を打つ。すると長い、高い、白い木の大橋の上からも、まるでこだまするように柏手の音が撥ね返ってくる。川の上のこの小舟からもあの小舟からも。その小舟の上で半裸で裸足《はだし》の漁師がやはり東を向いて頭を垂れている。柏手の音は急に激しくなり、まるで四方八方から一斉射撃をしているようになる。天照大御神《あまてらすおおみかみ》にお祈りし、今日様《こんにちさま》に感謝し、またなかにはさらに西の方を向いて杵築の出雲大社におまいりする人もいる。東西南北に手を打つ人もいる。

「はらいたまい、きよめたまい、と神いみたみー」

ハーンは神道のこの祈りの句の ai という母音の繰返しに詩的な魅惑を覚えたとみえ、ローマ字でそのまま写しています。

この一節は「松江の朝」という題で知られていますが、原題は The Chief City of the Province of the Gods といい、来日後最初に出した *Glimpses of Unfamiliar Japan*（一八九四年九月刊）に収められました。『知られぬ日本の面影』と訳されていますが、『古事記』への言及はこの本にいちばん多い。その中で『古事記』への言及が最初に出てくるのはこの一節です。そもそも松江を松江と呼ばず、「神々の国の首都」と呼んだ。皆様御承知のように陰暦の十月は普通は神無月《かんなづき》と呼ばれますが出雲では神在月《かみありづき》と呼ばれる。八百万神《やおよろずのかみ》が出雲へ集ってしまうのでよその地方は神無月となるが出雲は神在月となる。ハーンはそうした神々の国の神道的雰囲気を実にさとくつかんだ。外国人で日本の神道的雰囲気をよく捉えた人は明治期にはハーン、大正期にはクローデルかと思います。神道建築の美に着目した人にはほかに昭和前期にはブルーノ・タウトなどもいます。

その際、宗教的感受性とはなにかというと松江で朝、庶民が柏手を打つ、それに感ずる心です。米搗きの音に大地の生命の鼓動を感じる、それもすでに宗教的感受性です。朝日が美しい、元旦の日の出に畏敬の念を覚える、それが神道的心性であり神道的審美感覚であると思います。もちろん英詩にも日の出や日の入りを讃えたものはあるが、松江の朝のような民衆が次々と柏手を打つような畏敬の情はありません。ましてや新年の元旦の感覚は日本に独特です。ハーンはそうしたものの中へすなおにはいっていった。それはハーンに驚きがあったから、その中へはいりこめたのだといえます。ハーンは後年『日本――一つの解明』の冒頭に「日本の神道は従来それに敵意を持つものによってもっぱら論じられてきた」として西洋人宣教師の神道論の不当性に言及しましたが、それはキリスト教宣教師にはややもすると異教の神々に感ずる心がないからです。それはミッショナリーに限ったことではないかもしれない。西洋の大学で『古事記』を教えて、「次に屎《くそ》に成れる神の名は波邇夜須毘古《はにやすびこの》神、次に波邇夜須毘売《はにやすびめの》神。次に尿《ゆまり》に成れる神の名は弥都波能売《みつはのめの》神」などという条《くだ》りに来ると必ず冷笑を浮べる者がいる。『聖書』の創世記神話は高等で『古事記』の国造り神話は下等だという偏見はずいぶん広く行きわたっているようです。日本の知識人や大学生の中にもそういう見方をする方は存外多いのかもしれません。私は「今日の朝日の豊栄登《とよさかのぼり》に、掛巻《かけまく》も綾《あや》に畏き天照大御神の大御前《おほみまへ》を、遥に拝《おろが》み奉《まつ》りて畏み畏みも曰《まう》さく」に始まる黒住教の日拝詞もいかにも詩的で、日本人の心にすなおに訴えるものがある、と感じる者ですが、そう申せば必ず冷やかにお笑いになる読者もおられましょう。しかし「日日並《かがなべ》て間《ま》なく時なく大陽気《おほみいき》を賜ふが故に、天地《あめつち》の中の物悉《ことごと》に生き栄ゆる有難さを、尊《たふと》み喜び謝《ゐやま》ひ奉《まつ》らくを聞食《きこしめ》し諾《うづな》ひ給ひて、弥《いや》益々大御神徳《おほみかげ》を授け給ひ、身も心も幸《さき》く楽しく、生通《いきとほ》しに生き栄えしめ給へ」という祈りなど深く訴えるものを持っています。

ハーンは松江の朝の光景に心動かされました。前にはじめて『古事記』を英訳で読んだ時は、古代ギリシャと同じ多神教ということで、この地球上にまだ多神教があるのかと驚いた。今日のギリシャでは誰もゼウスを崇める人はいない。デルフォイのアポロンの神託に耳を藉《か》す人はいない。皆様はブルフィンチの『ギリシャ・ローマ神話』という本を御存知でしょう。このアメリカ人が一八五五年に出した本の原題は *The Age of Fable or Stories of Gods and Heroes* といい世界中の子供に読まれて今日に及んでいますが、その冒頭には「古代ギリシャやローマの宗教は死滅しました。いわゆるオリュンポスの神々は、今日生きている人々の間に信者は一人も持っていません」（The religions of ancient Greece and Rome are extinct. The so-called divinities of Olympus have not a single worshipper among living men.）と書いてある。ところが出雲の国へ来てみると、地球上からもうとうに消え失せたと思っていた多神教が現実に生きている。松江大橋のたもとで人々は天照大御神に対して柏手を打ち、西の方出雲大社を拝し、日本国中の八百万の神々におまいりをする。英文の引用は略しますが、ハーンがそこに宇比地邇《うひぢに》の神や妹須比智邇《いもすひぢに》の神などの名前を次々に書いていったのは、その生きている多神教に対する感嘆がなせる業かと思います。

いまでも出雲へ行きますと、神道が目にこそ見えね存在していることを肌に感じる人は多いと思います。八重垣神社もそうした場所の一つで若い男女はあの神社へ行って御神託というか良縁を願って十円玉や百円玉の銭を紙に載せて池に流します。そして自分に縁があるかないか占っている。ハーンはそうした民間信仰にも心惹かれました。そして『知られぬ日本の面影』の中に『八重垣神社』という好ましい一篇を書いています。そのエッセイの中で私にとり懐しい一節は、実は次のような取るに足らない条りです。

大庭《おおば》のあたり一帯に鶺鴒《せきれい》をたくさん見かけるが、この鳥は伊邪那岐《いざなぎ》・伊邪那美命《いざなみのみこと》の神鳥である。伝説によればこの二柱の神が男女の道を学ばれたのはこの鶺鴒からだという。それで誰もこの鳥を傷つけたり、こわがらせたりしない。どんなに性悪な百姓でも鶺鴒をいじめることはしない。それでこの鳥は、大庭の人も、畠や田圃の案山子《かかし》もおそれない。

この案山子の神様は少彦名神《すくなびこなの》である。

この一段落を置いて、

“The God of Scarecrows is Sukuna-biko-na-no-Kami.”

と書いてあるところに優しい笑いとユーモアがあると思います。ほかの神様ならともかく案山子にも神様があるという。一神教の神様だといかめしくてとてもこうはいかない。この鶺鴒の故事は『古事記』になく『日本書紀』に出ていますが、私も大庭で、神魂《かもす》神社からほど遠からぬ道の上に鶺鴒が一羽降りているのを見た時は、神話はまだ生きている、と体がふるえるように感じました。

ハーンは神話の世界が民俗の伝統に生きて伝わっていることに深い関心を寄せた人で、日本の神々への関心も文献学者として相対するという風でなく——それだけの語学能力もありませんでしたし——民俗学者として『古事記』の神話の世界に惹かれました。『美保関にて』という短い文章があります。ハーンは一八九一年と九二年と二回その地を訪ねている。いやこの際は皇紀二千五百五十一年と五十二年というべきかもしれません。その時、美保関の宿屋で、悪戯《いたずら》心なしとしないが、こんなことを確めました。

『古事記』に天照大御神が建御雷《たけみかづち》之《の》男《を》神と天　鳥　船《あめのとりぶねの》神の二柱の神を出雲の国の伊那佐《いなさ》の浜につかわして大国主命を詰問する光景があります。その時大国主命は、

「僕《あ》は得白《まを》さじ。我が子、八重事代主《やへことしろぬしの》神、是れ白すべし。然るに鳥の遊為《あそびし》、魚《な》取りに、御大《みほ》の前《さき》に往きて、未だ還り来ず」

と言います。が天鳥船神が行って八重事代主神を連れて帰って来る。そして結局事代主神が父の大国主命に、

「恐《かしこ》し。此の国は、天つ神の御子《みこ》に立奉《たてまつ》らむ」

と申し出て出雲の国を天照大御神の天孫族に差上げてしまう。その事代主命《ことしろぬしのみこと》が美保神社の祭神なのですが、出雲族や美保関の人の立場としては、事代主神がそうした大事の際、会談に遅刻して心理的にも負い目があって、それで天孫族の要求に屈伏した、と考えられるわけで、その遅刻ははなはだもって遺憾です。し

かし美保関の人はその責任は事代主神自身よりも事代主神にきちんと時を告げなかった鶏にあると考えたい。

実は『古事記』を見ても『日本書記』を読んでもこの鳥が鶏であったとは出ていません。倉野憲司氏は「鵜の鳥などを使って魚を取る意か」とあり、中西進氏は『古事記を読む』（角川書店）で、宣長の「野山海川に出て、鳥を狩て遊ぶをいふなり」と述べるが、もちろん狩猟を楽しんでいるのではなかろう、としていろいろ推理を加えています。

しかし美保関の住人は神代の時代に雄鶏が時を告げるのを忘れたために事代主神は失敗した、それで美保神社の御祭神は鶏をひどく嫌っていらっしゃる、そう決めてかかっていますから美保関では明治二十年代になっても鶏は飼わない。卵も食べない。ヘルン先生はそんな風俗を承知のくせに宿屋へ泊ると澄ました顔をして下手な日本語で、

「あのね、卵はありませんか？」

と聞く。すると宿屋の女中が観音様のような笑みを浮べて、

「へえ、あひるの卵が少しございます」

と答えた。こうした民俗の挿話の一つ一つに興趣を覚える心に神話はよみがえるのだと思います。ちなみに美保関ではハーンが訪ねてから百年後の今日でも鶏は飼っていないとうかがいました。

この八重事代主神についてはハーンの著作中もう一回『英語教師の日記から』に出てきます。ハーンは明治二十三年八月三十日に松江に着いて九月二日に県知事の籠手田《こてだ》安定に会った。

「知事殿は、貴方が出雲の歴史を御存知かどうかお尋ねです」

と若い教頭の西田千太郎が通訳してくれた。『古事記』はチェンバレン教授の訳で読んだことがある、と答えたハーンはさらに「自分が日本へ来たのは古代の宗教や風習を調べるため、とりわけ神道と出雲の伝説風俗に興味を持っている」と告げました。すると知事は杵築、八重垣、熊野の神社を訪ねることをすすめ、

こう尋ねました。

「この御方は、どうして神社の前で柏手を打つのかその由来を御存知か?」

存じません、と答えると籠手田知事は、そのことなら宣長の『古事記伝』第十四之巻三十二章に、八重事代主神が手を打ったことが記されている、と教えてくれたそうです。私は自分が柏手を打つ由来を知らぬから知りたいと思い『古事記伝』に当ってみました。三十二章とは三十二葉のことかと思いますが「天逆手《アマノサカデ》」を説明したあたりのことをあるいは言ったのかとも思いますが、由来はよくわからなかった。

以上がハーンが『古事記』の世界に惹かれて行った過程ですが、その過程はまた西洋人がはじめて日本の神道の世界の中へ一種の共感をもってはいって行った最初の記録でもありました。最近は先の駐日英国大使コータッツィ卿が占領軍の一員として一九四六年来日し、戦時中に神道の悪口をさんざん聞かされていたのに宮島へ行くにおよんで神道の美的要素に目を開かれた思い出を語られている由ですが、ハーンはその大先達であったと申せましょう。

二　古代から伝わるもの

佐伯彰一氏は先の論文で、おおらかなエロス肯定は日本の神道のいちじるしい特質で、その文学的表現が『古事記』『万葉』の古代から『伊勢』『源氏』を経て今日に及んでいるのだ、という示唆をなさいました。文化人類学者の中には人間関係のパターンは言語におけるシンタクスと似ていて、たとい語彙がふえても日本語の文法構造そのものが変らないように、さまざまな歴史的変化を経過しても神話の中の人間関係は近代の日本にもそのまま生きている、という説をなされる方もあります。ハーヴァード大学の文化人類学のJ・C・ペルゼル教授の「日本の神話における人間性」(芳賀徹他編『講座比較文学1世界の中の日本文学』、東大出版会所収)はその点多くの示唆に富むものです。

私はその相関関係は所詮、程度問題と思うのですが、しかし『古事記』を今日の日本社会の人間関係の分析に応用することはできると思います。われわれの古典である『古事記』には日本人の永遠の相があらわれている。そのことを強く感じましたのは、もう二昔前になりますが大学紛争の時でした。皆様御承知のように須佐之男命は天照大御神の営田《つくだ》の阿《あ》を離《はな》ち、その溝を埋め、またその大嘗《おおにえ》を聞しめす殿《との》に屎《くそ》まりを散らしました。乱暴狼藉《ろうぜき》を働いたわけです。ところがそれだけ悪さを働いてもアマテラスは別にお咎めにならず、

屎《くそ》なすは、酔《ゑ》ひて吐き散らすとこそ、我が汝弟《なせ》のみこと、かくしつらめ。また田の畔《あ》をはなち、溝を埋むるは、地《ところ》をあたらしとこそ、我が汝弟《なせ》のみこと、かくしつらめ。

と言います。若くてエネルギーのありあまったスサノオが造反して、施設破壊という水田農耕の社会での最大の反体制行動をしでかした。それもこの種の造反の常として、破壊が目的というよりは人の注意を惹きたいための悪さです。アマテラスは管理責任者として事の真相を知っていながら、わざと右のように、

「スサノオは酔って、田圃の面積をふやそうとして畔《あぜ》を切ったのだろう」

と善意的に解釈してスサノオの回心に期待します。しかし甘やかされて造反児はつけあがるばかりで「悪《あ》しき態《わざ》止《や》まずして転《うた》かりき」、悪さはますます激しくなった。

ではそこでアマテラスがただちに強権を発動してスサノオを処罰するかといえば、それはしません。神々の議長は職を投げ出して天の岩戸の奥へ引っこんでしまう。アマテラスは自分以外に事態を収拾できる者はいないと知りつつもそうするのです。そこで困ってしまった八百万神が全員集会を開いてあれこれ議論して議場は騒然となった。「是《ここ》に万《よろづ》の神の声は、狭蝿《さばへ》なす満ち」とありますが結局、アマテラスに再出馬をお願いすることになる。今日の言葉でいいますとアマテラス学長は教授会で信任されますが、アマテラスはその

際条件として全権を委せてもらい、執行部の責任でやっとのことスサノオの鬚《ひげ》を切り、手足の爪を抜き、ゲバ棒も取りあげて追放に成功する。「神やらひやらひき」となるわけです。

日本の統治者にはスターリン、ヒトラーはもとより大陸風の独裁者もいない、日本では東條英機といえどもルーズヴェルトほどの権力は握っていなかった、といわれますが、日本の指導者の行動様式は神代も戦争前夜も大学紛争当時もそれほど変っていなかったのではないか。大学教授会というのはいうならば八百万の神の集会であって――と申すと部外者はともかく部内者には同感される方が多いのではないかと思います――そうである以上小さな危機に際してはアマテラス方式で処理するのが愚図にはなるがまあ一番無難なのではないか、とそんな風に感じました。

皆さんはお笑いになりますが、私はそれよりむしろ日本の精神分析学者が西洋神話に人間行動の祖型を求めたフロイトの精神分析学の直輸入に熱心な割には日本の神話に着目しないことを不思議に思う者です。翻訳学問ではけっして生きた学問が日本の土壌に根づくはずはない。精神分析学者はエディプス・コンプレックスを云々しますが、なぜ日本人のスサノオ・コンプレックスを話題としないのか。こう申せば『古事記』に馴染みの深い方にはぴんとくると思いますが、折角の機会ですから「アマテラス方式」とある意味で対をなしている「スサノオ・コンプレックス」にもふれさせていただきます。

どこの国にも若さとエネルギーの横溢に対してはおそれとうらはらをなす讃歎の情があります。日本にもその讃美の傾向は強い。教室で『古事記』を読むと女子学生が必ず何人かスサノオを素敵だといって褒める。スサノオは恰好いい、のであります。アマテラスも周囲のその風潮に同調してでしょうが最初のうちは、「スサノオは土地がもったいないと思って畔を切ったのだろう」と悪事であることが見え見えであるけれども、それを善事に言い直す。「詔《の》り直したまへども」と『古事記』にありますが、そして小学館本の荻原浅男氏の脚注には「すべて善意に解して言い直されたが」とあり、頭注には「天照大御神の寛容の美徳が表われている」とありますが、しかしこれを「寛容」と見做してしまうところにその際のアマテラスの態度をいまもってなお良しとする今日の日本人一般の心性がはしなくも覗けて見えるわけです。本当に「寛容」なのか、それとも単に「甘やかしている」のか、どうもその辺の区別は難しい。しかしいずれにせよこの時点でいきなりばさっと処罰するとアマテラス学長が日本の世論から非難されることは確実のようです。

ここで日本と欧米中国などと明らかに違うこの保護・被保護の関係をもっと身近な例に即して拾ってみます。毎年ビールがうまい初夏が来ると、酔っぱらって電車を乗り過し、終点で夜を明かす人が続出します。それを駅員さんが世話している。年配の駅員さんが言うには、

「そりゃ飲みすぎた本人が悪いにきまってますが、ほっとくわけにもいかない。万一フォームから落ちて轢かれでもしたら、新聞が国鉄を叩くにきまってますから」

小田急など酔って乗客が吐き散らかすと、駅員さんがすぐモップを持って来てさっと掃除をする。実に駅員の躾が行き届いていて、営利企業というより小田急電鉄という名の新興宗教団体ではないかと錯覚されるほどすがすがしい。しかし考えてみますと世界の鉄道で酔客の世話まで焼いてくれるのは真に珍しい、日本だけのサービスと思います。そしてこの保護・被保護の関係はアマテラス・スサノオ以来の日本人の甘えの構造のあらわれなのではないでしょうか。

国鉄や私鉄はアルコールに酔った人の世話を焼かされますが、それと同様に一時期、国立や私立の大学はイデオロギーに酔った人の世話を焼かされたわけで、気の弱い教授が興奮した学生に言いまくられて、

「わかる、わかる、君の気持はよくわかる」

などと安直に相槌を打つのは、酔っぱらいの剣幕に気おされて、

「わかる、わかる、君の気持はよくわかる」

というのと、失礼ながら、大差ないのではないか。威勢のいい若者に感心する、というのは自己の内にあ

る臆病を誤魔化すということで、五・一五事件の青年将校に拍手したのも、造反学生を妙に持ち上げたのも、新聞社会面で被告を英雄視したりするのも、スサノオ・コンプレックスに日本人が囚われやすいからではないでしょうか。ちょうど酒に酔った大人の過失が大目に見られるように、度の強い思想に陶酔した青年の乱暴狼藉はこの日本社会ではなんとなく許される。本人がスサノオのように、

「我が心清く明し」

と主張すれば、世間は「純粋な青年将校が」とか「純情な学生が」といって持ち上げてくれる仕組みになっている。日本ではしらふの人はいつも割損な介抱役にまわされるわけです。

さて古いと思われていた『古事記』も、このように「アマテラス方式」であるとか「スサノオ・コンプレックス」として拾い出すと、神代の巻に描かれた人間関係が、今日なお日本人の人間関係の特色となっていることをお認め願えたかと思います。古代においても天皇が専制的に権力を行使することは稀で、大臣《おおかみ》、大連《おおむらじ》、摂政、関白、上皇、法皇といった人々と共同で統治に当るか、彼らに権限の多くを委譲するのが普通でありました。鎌倉時代の執権による統治さえ有力御家人から構成される評定衆との共同統治でありました。例外は織田信長の直線的なワン・クッション置かない権力行使ですが、その信長は天寿を全うしておりません。

実は私が「アマテラス方式」や「スサノオ・コンプレックス」についてそれを古代なり中世なり前近代について当てはめて説明していくと学生はだいたい納得してくれます。東條英機がスターリンとも毛沢東とも違う点も納得してくれます。しかし私がひとたび「アマテラス方式」や「スサノオ・コンプレックス」を用いて戦後の学生運動をも説明しようとすると必ず憤慨する人が現れる。私が一九六〇年のいわゆる安保闘争について、

市民や学生が強行採決に激昂したのは、本当は民主主義の原理が踏み躙《にじ》られたからではない。民主主義とは、そもそも多数派が少数派を抑えて、自分の主張を通すことを正当化する原理であり、反対派の納得を待つ必要はないのである。

それが昭和三十五年、日本の市民、学生が激昂したのは、実は古代から現代にいたるまで連綿として受け継がれてきた「アマテラス方式」が岸首相によってないがしろにされたからである。すなわち指導者が相手の了解を得ることなく、逆説めいた言い方だが、文字通り民主主義の原理に従って専断的、強行的に決定を下したからである。

などと説明したならば、一昔前ならば私はラディカルな学生に吊るし上げられたことだろうと思う。しかし右に引いたのは私の講義を聴いた国際関係論の学生、戸川聡君のレポートの一節です。そのように私の「アマテラス方式」や「スサノオ・コンプレックス」を学術的に有効と認めてくれる人もおられます。佐伯氏は『古事記』に示されたようなおおらかなエロス肯定がその後の日本文学史を貫流している、という御説でしたが、エロス以外の面でも古代から明治・大正・昭和の今日まで伝わっているものはあるのではないでしょうか。

ラフカディオ・ハーンはその点に気づいていた。いまその点を御説明します。ハーンは来日して日本の社会がアメリカ社会と違う、ということをまず感じました。それは日本では力と力の剝き出しの対決がない、ということです。合衆国は coercion「力による強制」を露骨にやる国で、警察官の行動にそれが反映している。すぐ銃で撃ってしまう。およそ甘えを許さないから、相手がスサノオだって悪事を働けば撃ってしまう。ハーンはアメリカ時代、警察担当のレポーターで実状をつぶさに知っていたから、その差がすぐにわかりました。

日本社会は力を剝き出しにしないで間にいろいろなクッションがある。先ほどやや戯画化して御紹介しましたが「アマテラス方式」もそのクッションの一つで、村の寄合いの知恵と呼べるかもしれません。ハーンが気がついた人間と人間の緩衝装置の一つは「日本人の微笑」というクッションです。このハーンの論はたいへん有名なのでお読みになった方も多いと思いますから特に御紹介はいたしませんが、私にとって興味ぶかいのは、ハーンが書籍的知識でなく、日常茶飯の経験や見聞から出発して日本文化の特質を永遠の相の下で把えることに成功した、という点です。その点を確めるために『日本人の微笑』の第五節を読んでみましょう。（ハーンの邦訳は、私自身が関係しているので申しづらいですが、講談社学術文庫の『小泉八雲名作選集』全六巻がいちばん出来がいいと思います。私自身の個人完訳小泉八雲コレクションは河出書房新社から『骨董・怪談』と『心』が出ています）。それは京都の夜の思い出で、ハーンが見ていたらお地蔵様の前へ十歳くらいの子供がやって来て小さな両手をあわせてちょっとの間黙ってお祈りをした。

その子は遊び仲間からたったいま別れてきたばかりらしい。はしゃいだ遊びの楽しさがその童顔にまだ光っていた。そしてその子の無心の微笑は石の地蔵様の微笑に不思議なくらい似ていた。私は一瞬その子とお地蔵様と双子であるかと思った。

そしてハーンはこう考えた、というのです。

銅でできた仏像の微笑も石に彫まれた仏様の微笑もただ単なる写生ではない。仏師《ぶっし》がその微笑によって象徴的に示そうとしたものは、それは日本民族の、日本人種の微笑の意味を説明するなにかであるにちがいない。

お地蔵様の微笑に日本人の理想が示されている。それは確かにその通りだが、しかし地蔵は仏像であって、仏教は起源的に異国の宗教であるから、日本文化の特質を永遠の相の下で把えた、ということには当らないのではないか。——そのような疑問もありましょう。ところがハーンは仏教は日本を教化したが、それ以上にこの島国で仏教が日本化された、と感じておりました。ハーンはお地蔵様に日本の仏教の好ましい特色を感じたのですが、ハーンのその直観は当っておりました。それというのはハーンの頃にはまだ知られていませんでしたが、一九八五年に小倉泰氏が発表した研究調査『お地蔵さんと子ども——ひとつの文化変容』(『比較文学研究』四十八号、朝日出版社)によりますと、子供のお地蔵様はインドでも中国でもおよそ有名でない。ポピュラーでもない。地蔵菩薩のイコンはインド大陸では完全に無視された。中国でも唐末から元初までの地蔵画を保存することで知られる敦煌莫高窟にも子供の像はない。ところがそれが日本では「小サ子」神や道祖神信仰と習合した結果でしょうが、およそいたるところにお地蔵さまが建っている。韓国にもお地蔵さんはあるが、あの赤い涎掛けをかけた子供のお地蔵さんは日本だけである。そういうことはハーン以後になってわかった。だからお地蔵の柔和な微笑は仏教の特色である以上に実は日本の特色なのです。

それはいってみれば、イタリアでキリスト教と思われているものが聖書自体に発したものであるよりもイタリアで文化変容を受けた結果であるようなものです。イタリアではマリヤ様そっくりな娘さんを見かけることがある。それはテラコッタで出来た聖母も、大理石に刻まれたマリヤ様も、聖母子像も、イタリアの彫刻師や石工が民族の理想をそこに刻んだからである。あの聖母子像はキリスト教がイタリア化されたからこそ生れた理想像であって、イタリアの庶民がマリヤ様はイタリア人だと信じているのは、一見誤解のようでいて、その実は誤解でない。聖書をよく読んでみても聖書そのものはマリヤについて多くを語っておりません。それだから聖書に忠実なプロテスタント諸国ではイタリアと違ってマリヤ様の祝祭日がまったくないのです。――そうなると私などキリスト教そのものよりキリスト教のイタリア化された部分により大いなる安らぎを感じる者であることがわかります。

そして実はそれと同じことで、日本人の多くも仏教よりも仏教の日本化された姿を好んでいるのに相違ない。すくなくとも中国、韓国、東南アジア、スリランカの仏寺は仏寺といっても私どもには審美的にも非常な違和感がある。日光の東照宮は装飾が派手に過ぎるという批評を受けることの多い建築物ですが、しかし大陸から帰国して日光へ行くと、東照宮が色どりの淡い、日本的に洗練されたものに見えてほっといたします。大陸と日本、外来と土着ではそれだけ感覚的なずれがある。

そしてそれとほぼ同じことですが――そしてこれは人によって違いもありましょうが――京都でも仏寺を廻って下賀茂神社の境内へ出たりすると私はその空間でほっとします。人間やはり自己の根源の層にある審美感覚にどうしても戻って行く。日本人の世界観の歴史的な変遷は、多くの外来思想の浸透によってよりも、むしろ土着の世界観の執拗な持続と、そのために繰返される外来の体系の「日本化」によって特徴づけられる、と加藤周一氏は『日本文学史序説』上で述べていますが、G・B・サンソムなどその前から『西欧世界と日本』で同様趣旨を述べている。世界観というか審美感覚そのものは表層的な外来思想の輸入によってそう安直に変るわけのものではありません。

ところが明治時代は皆さま御承知のように指導層がどうかして西洋的なるものを導入しようとして狂奔した時代です。日本人が日本的なるものを棄てて自己変革をしようとした時代です。その代表者は日本人は日本語を捨てて英語を採用せよなどと口走った森有礼ですが、第二次世界大戦後にその孫の森有正がまた似たようなことを言って擬似インテリや女子学生の間でたいそうな人気を博しました。

しかしハーンは近代西洋へ背を向けて日本に来た人である。英国人の父に恨みをもっていたからこそ日本人が西洋人に比べてよほど子供を可愛がる民族だという特徴に気づいた人である。それに一民族がその過去を捨てて存続するなどということはそもそもあり得ないと信じていた人である。それだから性急に西洋化を急ぐ明治の時代にあって日本人の根源的感情への回帰を問題とせずにはいられなかった。ハーンは『日本人の微笑』の最後で、ほとんど詠嘆に近い口調で、こう述べています。

だがその過去へ――日本の若い世代が軽蔑すべきものとみなしている自国の過去へ、日本人が将来振返る日が必ず来るであろう、ちょうど我々西洋人が古代ギリシャ文明を振返るように。その時日本人は昔の人が単純素朴な喜びに満足できたことを羨しく思いもするだろう。その時はもう失われているに相違ない純粋な生きる喜びの感覚、自然と親しく、神の子のようにまじわった昔と、その自然との睦《むつま》じさをそのまま映したありし日の驚くべき芸術――そうした感覚や芸術の喪失を将来の日本人は残念な遺憾なことに思うだろう。その時になって日本人は昔の世界がどれほど光輝いて美しいものであったか、あらためて思い返すに相違ない。その時になって彼等は嘆くにちがいない。いまは消え失せてしまった古風な忍耐や自己犠牲、古風な礼儀、昔からの信仰にひそんだ深い人間的な詩情……日本人はその時多くの事物を思い返して驚きまた嘆くに相違ない。とくに古代の神々の顔を見、表情を見なおして驚くに相違ない。なぜならその神々の微笑はかつては日本人自身の似顔絵であり、その日本人自身の微笑でもあったのだから。

ハーンがここでさしている過去は西洋文明に汚染される以前の日本としばしば理解されています。古風な忍耐や自己犠牲は封建的な道徳の美風ともいえます。しかしこの随筆の主題と直接関係する結びの「神々の微笑」は日本の仏師が彫った仏像やお地蔵様の微笑を指している。ところがハーンはそれを ancient gods と呼んで特に仏教の用語を使っていない。そこにハーンの解釈が示されている。お地蔵様は日本の古来の神々である。いいかえるとお地蔵様の微笑には仏教渡来以前から日本人が持っていた美質が示されている、と考えたのでしょう。そう思って読み返すと、"capacity for simple pleasures, sense of the pure joy of life, the old divine intimacy with nature."といった特質は『古事記』に描かれた古代日本人の特質ではないでしょうか。それですからハーンがここでさしている過去は、彼自身もはっきり定義したわけではないが、日本人の心理の古層に伝わる神道的なものではないでしょうか。ハーンは出雲に来てその土地の人とつきあって『古事記』という古典がいまなお生きていると感じた。彼が松江の人の心性に色濃く感じたものは横浜や長崎や神戸の開港地などには急激に薄れつつあるなにかであった。それがこのような日本の過去の理想化となってあらわれたのだ、といえるかもしれません。ハーンも日本の近代化の必要を認めていた人で彼の産業化に対する態度はアンビヴァレントですが、しかし過去思慕のノスタルジアが働いたことは間違いない。小泉八雲が日本浪漫派系統の人に愛される所以で、それは西洋ロマン派の古代ギリシャ思慕と趣きを一にしています。なおハーンは「我々西洋人が古代ギリシャ文明を振返るように」と言っているが、それはハーンは母がギリシャ人だからそう思ったまでで、西洋の庶民はギリシャなどに普通はおよそ無関心だと思います。

私は先ほどニューオーリーンズの博覧会日本の部でハーン記者が『古代ギリシャ音楽との関連より見たる日本音楽の歴史』という英文小冊子を手にした、という話をいたしました。ハーンがこの題に惹かれた心理にここでは注意したい。それはやはり母がギリシャ人だから注目したのです。松江へ行って、古代ギリシャの多神教は死滅したのに八百万の神が生きているのに驚嘆したことはすでにふれました。八月三十日に松江へ着いてすぐ授業を始めたが、九月十五日には出雲大社へ行って西洋人でありながら例外的に昇殿参拝を許された。佐太神社へ詣って龍蛇の舞を見たのが十二月二日、武内神社、神魂神社、八重垣神社に参ったのは翌明治二十四年四月五日、八月七日には日御碕神社に参拝、その前後千家宮司家の御好意で大社に滞在しました。そして十一月熊本へ去ります。ところが翌二十五年八月また出雲へ戻って今度は隠岐島まで渡ります。美保関で鶏の卵でなく家鴨の卵を食べたのもおそらくその時でしょう。隠岐へ渡った動機はその島が神道の盛んな歴史的由緒に富める島で、西洋文明にまだほとんどさらされていないから、というのが理由でしたが、しかしギリシャの島に生れ、終生瞼の母を慕ったハーンにはその失われた楽園を求める気持が裏にあったにちがいない。隠岐島へ渡ったのもその種の夢があったなればこそと思います。だから彼の文章には時折ふっとギリシャとの比較がなんの前触れもなしに出てくる。『日本人の微笑』の結びの節にも出てきましたが、松江の朝の描写にも出てくる。日々の働きに出て行く人が宍道湖に面した木で出来た松江大橋を下駄ばきでからころ渡ってゆく様が描かれている。

あの下駄の速くて、陽気で、小刻みな音楽――あれはまるで大きな踊りのようだ。松江の人が皆朝、あの時刻、踵《かかと》を地につけないで爪先《つまさき》で動いている。なんという光景！　なんというすばらしい下駄の音楽！ギリシャの壺に描かれた男女の脚、脚、脚！

なつかしい情景です。しかしハーンの生い立ちを知らぬ読者はなぜ千八百九十年代の松江の住民の脚が古代ギリシャの壺に描かれた男女の脚に比べられるのか合点が行かない。ハーンはまた松江へ来る道すがら鳥取県の上市《うわいち》で盆踊りを見た時も、娘たちのゆかたは「大きく垂れた一風変った袖と妙に幅の広い帯とがなかったなら、ギリシャかエトルリアの画工が描いた壺絵に倣ってデザインされたと思えぬことはない」とも書いている。また後年虫についての文学を論じ、そこでも日本と古代ギリシャの比較論を述べています。そのようなギリシャへの数多い言及が母親思慕に遠く由来していることはほぼ確かと思います。

三　あらひと神

ハーンは明治二十四年十一月熊本へ移った。出雲にいた一年二カ月の間は日本人の妻を娶ったせいか、土地柄か、日本人の宗教感情がよくわかった。熊本へ移ってからは大工に神棚を拵えさせて家族のものは毎晩お燈明をあげておりました。一国民が宗教的であるか無宗教的であるかは宗教の語の定義に左右されますが、ハーンはそうした環境で生活して日本人が深く宗教的であると感じた。一方『古事記』の訳者チェンバレンはヴォルテール風のドライな理性主義者で、本人はキリスト教信仰はないくせにキリスト教的西洋の優越を確信していた人ですから、神道は宗教でない、日本人には無神論的傾向が強い、と日本の知識人の言いそうな言分《いいぶん》をそのまま繰返していた。ハーンとチェンバレンがついに交際しなくなったのは日本人の宗教性についての解釈の相違に由来する、というのは遠田勝氏の説（『比較文学研究』第四十七号、朝日出版社）ですが一理あると思います。ハーン自身東京時代の初期に雨森信成に宛てた手紙で「十九世紀の思想を十八世紀流の観念で割り切ろうとする」と在京西洋人のある者について不満を述べていますが、そのある者にチェンバレンが含まれていたことは確かです。こと宗教問題に関する限りハーンの解釈の方がチェンバレンの解釈より見るべきものが多いことは今日振返って疑えないと思います。

しかし熊本へ行ってからは神道的雰囲気が出雲より薄れたこともあって、民間信仰には関心を寄せ続けましたが、仏教的な主題を拾うことが多くなります。来日後の第一作が『知られぬ日本の面影』（*Glimpses of Unfamiliar Japan*）明治二十七年、第二作が『東の国より』（*Out of the East*）明治二十八年、第三作が『心』（*Kokoro*）明治二十九年、第四作が『仏の畑の落穂』（*Gleanings in Buddha-fields*）明治三十年、となおこの先も毎年のように出版が亡くなる後まで続くのですが、第四作に「仏の畑」という語が出るのは仏教関係の話の落穂を拾った、という意味です。

ところがこの『仏の畑の落穂』でも巻頭に掲げてあるのは初出が米国の『大西洋評論』誌一八九六年十二月号の A Living God ——あらひと神とも訳せますが普通は『生神様』と訳されている——です。米国の一流誌に掲載し、単行本の巻頭に掲げたのはやはり作者として自信のある問題作だったからでしょう。三節から成る『生神様』の随筆の第一節でハーンは神社建築のたたずまいを論じ、第二節ではおそれ多い話ですが、「もし自分自身がかりに神道の神として古い出雲の丘にある社に祀られたならば、自分はそこに住んでどのように感じるだろうか」という空想をしています。実はそう想像することによって西洋人読者に日本人の神道を理解させようとしたのだと思う。一つの手立てだったろうと思います。この『生神様』の随筆は第三節に濱口五兵衛の話が出ている。私ども昭和十年代に小学校で学んだ世代の者は、五年の国語の時間に『稲むらの火』を習ったのでその話は知っている。『小学国語読本』の話は、濱口は地震の後、丘の上の自分の稲むらに火を放って津波の襲来に気づかぬ村人が火を消しに山手へ来たのを集めて助けた、という話です。国語教科書では志士仁人は己を犠牲にして仁を成す、というかにも儒教倫理の教訓談になっていますが、当のハーンは西洋人読者を念頭において日本の神々を説明するためにこの物語を書いた。教科書には略されましたが、ハーンの物語では村のために数々の立派な事をした濱口五兵衛は村人に祀られて、本人はまだ生きているのに、濱口大明神となった。当人は孫や曾孫に囲まれて丘の上の古い藁葺きの家で以前と同じように心ゆるやかに質素な生活を送っているのに、丘の下では村人が濱口神社におまいりをしている――そういう話であります。（この話が実際とどこが同じでどこが違うかは著作集第十巻『小泉八雲――西洋脱出の夢』に書きましたのでその第四章「稲むらの火」を御覧ください。）

日本の天皇家にとって御先祖のことが記録されている『古事記』が特に意味深い書物であることは申すまでもありません。また皇室にとって神道が意味深い宗教であることも申すまでもありません。古代においても中世においても近世においても「まつりごと」は「政事」であり「祭事」であった。その際の宗教が神道であることはあまりに自明ですから特に憲法にも出ていないのだと申せましょう。（私は日本で神道を奉じない天皇様がもし出たりしたら、英国で内閣総理大臣がエドワード八世に御退位を願い出たと似た事態が発生するだろうと思う。）

ところで第二次世界大戦中、連合国側は天皇や神道や神道の教義書（？）である『古事記』を目の仇にいたしました。ヒトラーがゲルマン神話を利用した、それと同じで日本人は神道神話を利用していると類推したからでもありましょう。ハワイにいた神職など神社関係者二十四名は抑留され、米大陸へ移送された。ハワイにあった神社は戦争中立入禁止になり、その多くは競売に付された。日本側でキリスト教教会の立入禁止などありませんでしたし、国史の教科書の教師用には島原の乱を説明する際、間違ってキリスト教徒の子弟がいじめられたりすることのないよう注意すること、と指示されていたほどですから、戦時下の日本にはとにもかくにも信教の自由はあった。ところが私が戦後三十年過ぎてアメリカへ行って、「離れ小島で一人で暮さねばならぬとして、もし本を一冊持って行くとしたらなにを持って行くか」という話題が出た時、

『古事記』か『万葉集』

と申しましたら、居合せた知日派米国人に、

「この日本の国家主義者め！」

という目で見られ妙なことを言われて吃驚したことがある。米国にはまだそれだけのキリスト教優越とうらはらの神道や宗教上の折衷主義に対する偏見がある。アメリカではアジア学会などでは全国大会の折に *Shinto* という短篇映画を上演してまず会員の蒙をひらこうとしております。その映画にも隠岐島は出て来ます。

天皇制に対する疑惑と恐怖は天皇が現人神《あらひとがみ》として尊崇され、そのために命を賭して戦う神風特攻隊などに示された日本兵の勇猛に対する驚嘆と恐怖とに由来するのですが、現人神は God-Emperor などと英訳された。神道のカミとキリスト教のゴッドとは違うのですが、そう訳された。その God-Emperor という英語表現はキリスト教徒の多いアメリカ人には非常な反感を呼ぶ言い方です。それもあって敗戦後、アメリカ占領軍は、ドイツで非ナチ化を行ったと同様、日本からも皇国神話を排除しようとした。ヒトラーのドイツと天皇陛下

の日本を同一次元に並べられてはたまったものではありませんが、その際、天皇制を維持すべきか否かが総司令部でも問題となった。とくに天皇が昭和二十年九月二十七日にマッカーサー元帥を訪問した直後に問題が沸騰した。その時元帥の高級副官であったボナー・フェラーズ代将が『天皇に関する覚書』を提出します。興味ぶかい点はフェラーズが日本語はできないがハーンの非常に熱心な愛読者で、戦前から何度も来日し、ハーンの遺族の小泉家の人々とも親交があったという事実です。その『覚書』もハーンの **A Living God** を読んだ人であったからこそ書けた文章であることは後で説明いたしますが（二五四頁参照）、ハーンが日本の神道的風習を説明しておいてくれたことが天皇制にまつわるキリスト教的偏見を解き、長い目で見て日米の友好に非常に寄与するところがあった、といえば大袈裟にすぎましょうか。マッカーサーはこの腹心の部下の『覚書』を丁寧に読んだとのことです。

四　Ghostly ということ

明治二十四年に熊本へ移って以後ハーンの関心は民間信仰にまつわる民俗の話を拾うこと、そしてそれを芸術的に英文で再話することに向けられ、その仕事は亡くなる明治三十七年まで続きます。その中でいちばん有名なのは亡くなる年に出た『怪談』（*Kwaidan*）です。その間のハーンの著作の特色は一語でいうなら ghostly ということだと思います。この言葉は ly が語尾についていますが副詞でなく形容詞で、「幽霊の、影のような、霊的な」の訳が当てられている。ハーン自身が来日第六作には *In Ghostly Japan*（明治三十二年）、第七作には *Shadowings*（明治三十三年）という題を与えている。前者は『霊の日本』、後者は『影』と訳されていますが、いずれもお化けや幽霊と関係があります。「霊の日本」というと「日本的霊性」などと同一視され誤解されるおそれもありますが、「お化けがたくさんいる日本」というほどの意味です。『諸君！』一九八七年二月号に渡部昇一氏が『世紀末と漱石の闇』という記事を寄せて、共に世紀末を生きた〝高等変質者〟としての漱石とハーンを並べて論じておられる。（その中で渡部氏は漱石がカー教授の講義がよくわからなかったのではないかというおおまかな推理をされたが、私は漱石はわかったのだと思う。漱石が学生時代外人教師とつきあった様は今日の英文科学生の比ではありません。ただ多くの英文学者等と違って、日本人が英国人の国文学者と同じ真似をして一体なにになるか、と漱石は真面目に考えたからこそ聴講を止めてひたすら勉強したにちがいない。）その中で井上哲次郎の『懐旧録』に出てくるハーンを引用されていますが、井上が右の『ゴーストリー・ジャパン』を例にしてハーンが普通人でなかった証拠としています。それというのは本の巻頭に髑髏《どくろ》山の画が入れてあるのです。私もあの過去世の髑髏が無数重って出来た富士山状の高山の中腹で坊さんが錫杖をついて法話を試みている画を初めて見た時はぎくりとしました。井上哲次郎もそれで無気味に思ったらしい。

ところで謡曲に夢幻能と呼ばれる形式があります。vision play とか play of spirits（Pound）とか ghost play と呼ぶ人もいる。日本には ghost が多い。草葉の蔭に故人の霊がいて、それと交わる機会が多いから『万葉集』以来、神道的感情が日本文学を豊かな深みのあるものにしてきたことは佐伯氏も指摘されました。しかし世間に偏見がないわけでもない。右の井上哲次郎の見方も偏見といえないこともない。というのは国文学史家は能楽を高尚なるものと見做し、怪談を低俗視して両者はまったく格の違う扱いを受けています。しかし実は片方で怪談というお化けの話がひろまる土壌が底辺にあるからこそ、もう片方でシテが此岸と彼岸を往き来できる能が成立つわけです。ハーンは怪談の作者として冥暗の世界と現世との中間に漂う、カミに取囲まれているという意味での神道的風土に惹かれたのだ、ともいえましょう。

ここで怪談が発生する風土について比較文学的考察を多少加えてみたいと思います。怪談は英語で ghost stories といいますが、ghost はドイツ語の Geist と同じくジャーマニックな語源の語でロマンス語にはそれに相当する語がありません。「お化け」としての ghost はフランス語では fantôme という。だからフランス語では「怪談」をcontes fantastiquesと呼びます。お化けというニュアンスがすこし薄れます。

怪談の隣に位置するジャンルはフェアリー・テールです。このfairy taleはイギリスにもアイルランドにも北欧にもドイツにもあるが、フランスへ来るとconte de féesは少くなり、イタリアにはまるでありません。féeの語源はイタリア語のfataなのだけれども彼地には有名なフェアリー・テールがない。皆さま世界児童文学全集の類をお考えいただくと、イタリアから出ている作品は『クオレ』のような少年の実生活そのものに密着したもの、乃至は『ピノッキオ』のような少年の生活を人形に仮託したものとなります。それはなぜか。地中海地域は昼と夜がはっきりわかれて薄明の部分がないからだ、と説明する向きもありますが、私はキリスト教化が古くから行われ、それで魑魅魍魎《ちみもうりょう》が消え失せたからだろうと思う。一神教の神が強いと異教の神々は逃げて辺境に姿をひそめる。それがハイネのいわゆる「流竄《るざん》の神々」gods in exileなのでしょう。だからヨーロッパでも辺境のブルターニュ、アイルランド、スカンディナヴィア、バルカンなどには民間信仰にまつわる伝承が数多い。それはその地方が霧が多く靄も濃い。しかしその風土的理由だけでなく、やはりキリスト教化が遅かったからではないでしょうか。

次に怪談を書いた作家について考えてみます。すると一神教の信仰を失った人の心の間隙に魑魅魍魎が姿を現したらしいことがわかります。まず第一に言えることはキリスト教信仰の堅固な家では幽霊どころかフェアリーの存在そのものを認めない。その信仰の規制が弛むとフェアリーが現れ——フェアリーはエンジェルとゴーストの間に位置づけられるものらしい——ついでゴーストも現れる。フランスの短篇作家モーパッサンはハーンと同じ一八五〇年に生れ、同じノルマンディーのイヴトーにあるイエズス会経営の聖職者学院という寄宿学校で教育を受けましたが、二人ともそこでカトリックの坊主が大嫌いとなり、二人ともカトリック司祭の悪口を好んで書いた。しかし信仰心を失った二人の心には間隙が生じたから、モーパッサンは怪談contes fantastiquesを書き、ハーンは怪談ghost storiesを書いている。二人は入学・退学年を異にするために互いに知り合う仲ではなかったのですが、同じ性向を示した点が意味深長に思われます。

なおハーンには『私の守護天使』という自伝的小品があって自分がどのようにghostに関心を持つにいたったかを語っている。まず幼時の思い出ですが、「父と子と聖霊の御名《みな》により」と教会で言わなければならない。ところが子供心にそのGhost（聖霊は英語でHoly Ghostという。フランス語ではSaint-Esprit）という言葉が気になってしかたがなかった。それで心配でふるえながらおずおずとたずねた。それがなにか禁じられた話題と関係があるように思えた。というのはハーンは幼年時代お化けや鬼を昼も夜も見ていた。眠る前には自分の頭を必ず掛布団の下に隠した。それだからお化けや鬼がベッドの寝具を引張りに来た時、大声をあげて叫んだ。そして助けを求めたが、大人はハーンがお化けや鬼や魔性のものの話をすると逆に叱った。大人はHoly Ghostは白い霊で、日が暮れた後、小さな人々に変な顔を見せたりするような習慣はない、と言ってくれたが、祈禱書の中でGhostという綴りを覚えてから、なんともいえぬ畏怖の念を覚えた由です。

さてこの点につき比較的な視点から日本を眺めますと、日本は一神教でなく八百万の神がましますお国柄で、案山子にまで神様がいる。そこではgodsだかspiritsだかghostsだかが少しふえても誰も咎め立てはしない。嫉妬もしない。しかも日本人は一般に天地の起源について「創造」creationの考え方をしていません。『古事記』の冒頭に描かれている様は「自生」generationです。私は以前、東大生に仏文和訳で『聖書』の「創世記」を教え、同じ時間に和文仏訳で『古事記』のはじめの、

次に国稚《わか》く浮きし脂《あぶら》の如くして、久羅下《くらげ》なすただよへる時、葦牙《あしかび》の如く萌え騰《あが》る物に因りて成れる神の名は、宇摩志阿斯訶備比古遅《うましあしかびひこぢの》神……

を訳させた時、後者がいかに水と植物と生物に恵まれた湿潤《しつじゅん》な世界――モンスーン地帯――の話である

か、ということをあらためて感じました。よくいわれることですが、万物死に絶えた荒涼たる沙漠とはまるで別の環境です。中近東とはまるで違う。一神教を生んだ中近東の沙漠では一筋の地平線がきびしく天と地とを分かっている。ああいう土地に生きると、天と地、神と人とが厳しい一線で区切られていることを感じないわけにはいかなかったのでしょう。ところが湿潤地帯では生物は黴《かび》のように自然発生的に自生してくる。ジェネレートしてくる。そこでは世界はある者の意志によってある時創造（クリエート）されたものではない。むしろその物自体に内在する力によって自生した。『古事記』の冒頭はその自生 generation の感触が描かれているからすばらしいと思う。万物が自生するから万物には内在的に命があるわけで、湿潤地帯はおのずからアニミズムの世界となる。当然お化け ghosts もあしかびのごとく自生します。ヴェトナムもインドネシアも水田耕作が行われる湿潤な風土で、そこにもアニミズムの精霊信仰があり、怪談も多いと聞きました。

さてハーンは幼児期に受けた精神的外傷《トラウマ》のために妖怪変化に夜な夜な苦しめられたわけですが、それがアショーの神学校時代ブルワー・リットンの『憑かれた者と憑く者と』という怪奇小説を読んで、急にほっと安堵《あんど》した。リットンの恐怖小説を読んで自分の幼年期の幽霊体験をわかちもつ人がほかにもいるのだな、とわかったからだそうです。そしてそれから怪奇小説に異常なまでに興味を持った。北米時代にも混血の女と同棲していろいろ民間信仰にまつわる怪談を聞き出して書きとめています。仏領西インド諸島でも幽霊の話を書きとめた。マルティニーク島でその仏訳がいまなお愛読されている様は日本でハーンの怪談が邦訳されて親しまれている様にきわめて似ています。

日本に来てからも小泉節子と同棲し、節子を昨今の文化人類学でいうところのインフォーマントとして使いいろいろな話を掘り出すように聞き出した。そしてハーンは言葉の職人ですから、それを芸術的に見事な作品に仕立てました。いうならばハーンは日本研究者としての学術的な野心と、文章作家としての芸術的な野心の二つを共に満足させるような具合に仕事を進めていった。その代表作が『耳なし芳一』『雪女』『おしどり』などの怪談であることは皆様御承知の通りです。

ところで『古事記』を読んで、それに惹かれて日本の辺鄙な田舎へ行ったハーンでしたが、『古事記』に記されている通り神々がたくさんいるという日本の風土が背景にあるからこそ、この国には幽霊も数多く、怪談もまた数多い、という関係にハーンは当初気がつかなかった。これは当の日本人も自覚していないのですから無理もありません。ハーンは明治二十九年八月上京し、秋の新学年から東京帝国大学文学部英文学科で、国籍は日本人だが給料は外人教師待遇という特別の取扱いで講義をはじめます。そして明治三十年代にはいってフランスの歴史家の本を一冊あらためて注文して手に入れました。ハーンは少年時代フランスの寄宿学校に入れられていたことがあり、アメリカ時代はフランス文学の最良の英訳者として知られていたほどの人でしたから、フランス文学のみならずフランスの人文学にも愛着を持っていた。フランス語もたいへんよく読めた。そのハーンは『古代都市』という本を読んで、

「あ、これで日本が説明できる」

と思って膝を叩いたことがあった。以下にその『古代都市』に傾倒したハーンや日本の法学者たちについてお話をいたします。これが実は我々の民法や家族制度と関係する重大なことになるのです。

五　『古代都市』

ハーンについては社会学者ハーバート・スペンサーの影響のことがしばしば話題にのぼってきました。ハーンがスペンサーに傾倒したのは事実ですが、英国籍の人として生れ、米国の文壇で活躍したハーンについては一時代前までは研究者にも不可避的に英米人が多かった。いまでは研究の中心は英米よりも日本に移って私ども日本学派がリードしている感がありますが、その日本でもハーン研究者で実績のある人は英米

文学畑の人に多かった。そのせいもあってスペンサーとハーンの関係は誰もが口にしたが、フランスの歴史学者フュステル・ド・クーランジュの『古代都市』という一冊の書物がハーンにどれほどの刺戟や示唆を与えたかについてはまだほとんど説かれておりません。

この原題を *La Cité Antique* という書物は大正十五年には弘文堂から中川善之助が「クーランジ原著」として前半のみを『古代家族』の題で訳し、昭和十九年には白水社から田辺貞之助が「クーランジュ著」として全訳『古代都市』を出し、後者はいまなお版を重ねています。ただしこのフランスの歴史家の姓はフュステル・ド・クーランジュ全体であって、強いて略すならフュステルと呼ぶべき人です。名前はニュマ・ドニという。**Numa-Denis Fustel de Coulanges** と綴ります。実はハーンも間違えてド・クーランジュなどと呼んでいる。フランス人でも間違える人がいる。

「古代都市」という際の都市は古代地中海世界、いいかえるとギリシャ・ローマ世界の都市国家、ギリシャでいうところのポリスをさします。だからこの本の一九〇七年に出た独訳の題は *Der Antike Staat*『古代国家』となっている。東大図書館のカタログに誰かがペンでこの *Staat* を *Stadt* に直しているが、さかしらの訂正というべきです。

フュステル・ド・クーランジュは一八三〇年パリに生れ、高等師範学校を卒業、アテネのフランス学院の研究員を二年勤め、一八六〇年ストラスブール大学教授となり、一八六四年に『古代都市』を刊行、後パリ大学の歴史学教授となり、一八八九年に亡くなりました。

フランスで最大の歴史家と考えられている人といえばミシュレーでしょうが、フュステル・ド・クーランジュも高く評価され、かつて大学やリセーの教科書として **Classiques Larousse** 叢書と張合った **Hachette** 社の **Classiques Vaubourdolle** 叢書には『古代都市』がはいっていた。それもあってフランスでは非常によく読まれました。ヴァルリー・ラルボーの『フェルミナ・マルケス』という寄宿高等学校の生活を描いた作品にも主人公がそれを読む話が出てきます。中川善之助の恩師穂積重遠教授は東大法学部で本書の梗概を紹介した後、「此本はフランス語としても名文だと云ふので私はフランス語の稽古の為めに読ませられたものでした」と教室で言われた由です。私も学生のころから芸術作品としての歴史叙述とか、歴史学者と歴史家の違いといったことに関心があったから、留学生時代フランス人の東洋史の学生と話して談が『古代都市』に及んだことがある。

明治時代の日本で『古代都市』に関心を寄せ始めた人は、ハーンよりも先に日本の法学者たちであったと思います。穂積重遠の父に当る穂積陳重《ほづみのぶしげ》（一八五六―一九二六）や陳重の弟の穂積八束《ほづみやつか》（一八六〇―一九一二）あたりがあるいは最初ではないか、と思います。それではこうした日本の民法学や憲法学の大家が『古代都市』を読んで心打たれたのはなぜか。それは単に文章が見事であったからだけではない。私どもの先輩の中には英語で読んで感銘を受けた人もいたらしい。英訳は Willard Small の手になる *The Ancient City* が一八七三年刊行され多くの版を重ねています。（日本にもこの英訳からの重訳である鈴木錠之助の『希臘羅馬史論』がありますが、良い訳とは申せません。）

この本が日本の法学者に非常なインパクトを与えたのは、そこに描かれているキリスト教以前の古代地中海世界の死者に対する感情や祖先崇拝の気持がいかにも日本人の感情や気持にそっくりで、それに心打たれたことによるのです。そこに記述されている故人を偲ぶの情、埋葬の意味、霊魂についての考え方（人は死んで神になるという考え方）、祖先の墓を大事に守らなければならぬとする家族の義務、その家族の断絶をおそれ家を大切にする気持、お燈明や竈《かまど》の火、お墓へのお供え、亡霊、怨霊、祟り――そうしたことについてのギリシャ・ローマ人の慣習を読むと、これは日本の伝統的な社会や宗教感情をそのまま描いたのではないか、と錯覚されるほど似ている。

いま『古代都市』の中で日本人の観点から見てとくに重要と思われる部分をあげますと、全五篇の中で第一篇と第二篇かと思います。第一篇は「古代人の信仰」(第一章「霊魂と死にまつわる考え方」、第二章「死者への畏敬と崇拝」、第三章「聖火」、第四章「家の先祖を祀る宗教」)、第二篇は「家族」と題されていて古代地中海世界で家族の構成原理となった右の宗教と結婚、家の永続(家を断絶させぬための独身の禁止、不妊の妻の離婚、男の子と女の子の間の不平等)、養子と離籍、所有権、相続権、家長の権威(父権)、家族道徳、氏族、などが論ぜられている。この第二篇も日本の家族制度や民法中の親族法、相続法に関心を抱く人にはたいへん参考になるものを多々含んでいると思います。中川善之助が東北大学教授時代に、都市を論じた第三篇以下の後半は略して、この第一篇と第二篇だけ訳出したことにはそれなりの選択眼が働いていた、と感じます。

そのフュステルの論の大筋を説明しますと、彼は古代地中海社会のギリシャやローマの制度や法を理解するためには彼等の古くからの信仰を理解しなければならぬ、という見地から出発した。「凡そ法は国民的発達的のものにして、其基礎を各民族の文化思想に置かざるべからず」というのは京都大学の三浦周行教授が大著『法制史の研究』の自序に書いた言葉です。フュステルも法の背景にあるものを探ろうとした。しかも理念的にではなく歴史的に探ろうとした。十九世紀の中葉は比較言語学が発達して、インド・ヨーロッパ語族の諸語が共通の祖語から出ていることが判明した時ですから、フュステルは巨視的に把握するならギリシャもローマも同一カテゴリーに入れてよいと考えた。その際、別のカテゴリーはキリスト教的近代ヨーロッパです。彼は両者はまったく別世界だと注意を促している。その様は津田左右吉が『支那思想と日本』で漢文化と日本文化は別物だと注意を喚起しているのと軌を一にする。フランス人にとってギリシャ語ラテン語はかつての日本人にとっての漢文に当りましたが、教養の対象を自分の文化と同一化する危険を戒めたものです。

フュステルは古代社会を理解するためには、古代人がどういう宗教感覚を持っていたか、いいかえると死について、命について、人間について、人間の死後について、神について、どのように考えていたかを調べてみなければならぬ、とした。そしてその古代人の信仰がわかると制度がはじめてわかる、とした。御承知のように、古来からの信仰は、今日の日本でも同じですが、従来から引きつがれてきた儀礼に痕跡を留めている。ふだんは信仰心のない人でも葬式であるとか納骨であるとか結婚式であるとかは従来の儀礼に従う人が多い。過去というものはけっして全面的に死滅するものではないので、人間がどんなに忘れたつもりになっていても、自分の内になにか過去が遺《のこ》っている。人間は自分で自分を造りますが、しかし人間は同時に先代の、また先々代の、またその先の代からのなにものかが伝わって出来たものだとつくづく感じます。それだから人間、よほど皮相的な原子化した個人主義者でない限り、深く思いをひそめると魂の奥底から過去のいろいろな時代がよみがえって自分自身の中に見えてくる。父母の声が聞えてくる。フュステル・ド・クーランジュは「歴史学はただ単に制度や史実を調べるだけではない。歴史の真の研究対象は人間の魂だ」と言っていますが、『古代都市』でも彼はギリシャ・ラテンやサンスクリット文献の仏訳などを使って古代人の「魂の歴史」を描こうとした。

古代の地中海の人々は、人間はこの地上で生を終えたらそれですべて終りとは考えなかった。といっても別に輪廻《りんね》や生れかわりを信じたわけではない。死後に魂が天をさして昇るとか地獄へ堕ちるとか考えたわけでもない。キリスト教風な昇天という発想は比較的新しい発想のようです。数千年前のホメロス以前の地中海地域の人々は、人は死んでも魂は地面の下で生きている、と漠然と感じていた。人間の魂は遺体とともに墓に埋められたがそこで生きている、と感じていた。それで埋葬の時の決り文句は、

「おすこやかに」

「お体に土が軽くありますように」

と三度繰返し唱えた。お墓に酒を灌《そそ》いだ。いまの日本で霊園へ行くと酒好きだった故人のお墓に酒の鑵など開けて供える人がいるが、古代のギリシャ人ローマ人はそれをしたらしい。香もたいた。死者が餓えたり渇えたりすることのないようお供え物もした。こうした事は後世のキリスト教徒はやらなくなったことです。また故人の霊がまだ地下で生きていると思ったから馬や奴隷を一緒に殺して埋めたりもした。

このように人々が故人の霊を宿す遺骸に執着したことはさまざまな実例が文献から引かれています。外地で戦死した者が祖国の故郷の家の墓にはいりたがって遺族の夢枕に立った、という類の話です。知識階級は昔のギリシャでもその種の信仰が薄いから唯物論的な発想ですませたのでしょうが、普通の兵隊やその家の者は信仰が厚かった。アテネの提督で海上戦闘で勝利したが、部下の遺体を収容せずに帰還した者がいる。その兵士の遺族が不敬であるといって訴え出、その不満を宥めるために結局提督を死刑にした。提督は海戦の勝利でアテネを救ったが、幾千の兵士は埋葬されぬことによりその魂が永遠にさまようこととなった。それでは兵士の霊は救われない、というのです。

このような死生観に立脚すると埋葬と祀りとが必要になる。埋葬されぬ魂、墓のない魂は安らぎの場所を持たない。それが霊となってさまよい出る。中には生者を苦しめる亡者も出てくる。そこから亡霊や怨霊やお化けを信ずる気持も必然的に湧いてくるわけで、怪談を聞いて英語で再話することに夢中だったハーンは『古代都市』のこの種の説明を非常なる共感をもって読んだだろうと思います。夢幻能の愛好者も『古代都市』第一篇を読むと、なぜ化身の霊が現れるのか、怨霊とはなんなのか、その理由の一半がこれでわかろうかと思います。そして古代地中海世界で極悪人を罰する極刑は「墓を作らせない」ということでした。ウェルギリウスの『アエネイス』第六巻でも死んで三途の川で渡し守に乗船拒否をされるのはきちんと墓に葬ってもらえなかった人の亡霊です。当時はまだ現世の善行や悪業に応じて死後は楽園へ行くとか地獄に堕ちるとかいった因果応報の発想はなかった。死者の霊の祟りや呪いが恐ろしいから死者を丁重に葬っては故人の墓前にお供え物をしたのです。また生きている人々も自分の死後はきちんと祀ってもらわぬと困ると思っていた。そのためには家を断絶させてはならない。そして子孫に御先祖様をきちんと祀ってもらわなければならない。私は日本でも霊園に行って「倶會一處」、この墓で親しい身内の者がいつかはともに一処に会する、という語を見ると、自分の内にその種の感情があるせいか心が動きます。「倶《ぐ》會《え》一處《いつしょ》」は阿弥陀の浄土に往生して、浄土の人々と一処に会することが原義らしいが、お墓にこの文字を刻ませる人は親しい身内の故人のことを思い浮かべているのでしょう。

さてそのような『古代都市』の内容を御紹介すると、それは古代地中海世界の話ではなくて日本の事かと思われるかもしれない。倶會一處はたしかに東洋人の感情ですが、フュステルを読んでいるとその言葉がすなおに口をついて出るほど、古代地中海世界の人の感情は我々に近い。私も死者とともに埋葬された品品の話を読んだ時はまず日本古代の埴輪のことを思い出しました。ついで遺骨収集の話では、第二次世界大戦後わが国においていまなお続いている、そして他国にその例を見ないといわれる日本人の熱心な戦死者の遺骨収集のことを思い出しました。『ビルマの竪琴』はその種の感情を秘めた作品でもありましょう。お供え物の話は東洋人である我々には子孫の当然の務めという感じがありますが、一部の西洋人には異に映るらしい。キリスト教国では普通お墓に花束以外は捧げない。お供え物は死者の神格化に通ずるからキリスト教の教義にもとるとでもいうのでしょうか。

しかも古代地中海世界では「人は死んで神になった」(Dans leur pensée chaque mort était un dieu.)。これは神道そのものといってもよい考え方で私どもにはわかりやすいが、キリスト教徒にはおよそ信じがたい発想と見え、フュステルは懇切丁寧に説明しています。それが西洋人一般にいかに理解しがたい発想であるかは日本の天皇が God-Emperor と紹介された時に生じた反撥からもわかると思います。

なおここで申し添えますと、昭和二十一年元旦のいわゆる「天皇の人間宣言」はその点についての外国の誤解をとく狙いもありました。それと同時に国内に対しては、右翼や軍部が利用した天皇絶対化というイデオロギー神話を破る狙いもありました。私はその種の神話を破ることは是非ともしなければならなかったことであり、あの詔勅が占領軍の圧力でなくて日本側のイニシアティヴで出たことは秀れた政治的叡智を示すものと思います。他人の自由闊達な言論の自由を封じるような類の天皇の神格化は、これから先も許してはならないと思います。天皇が恣意的な見解を「お言葉」として述べられるようなことがあれば、それを諫める臣がいなければならない。

もっとも天皇を神として祀ることに対して、それは生きている人間を「現人神」として祀るからいけないのであって、死んで神になる分には別に反撥などあろうはずはない、と常識的にお考えの方もおられましょう。神道とはそういうものだ、とお考えになる向きもございましょう。たしかに明治天皇はかみさりまして明治神宮に祀られた。しかしおそれ多いことですが、それと同じようにいつの日か昭和神宮が建つであろうか。その種の国民的願望が表明された時、諸外国は、いやそれに先がけて日本の一部の大新聞はいかなる反応を呈するであろうか、と仮定しますと、人が死んで神になる、という神道的死生観に対する理解を求めることが日本国内においてすらも必ずしも容易でないことが予測されます。

しかしそれでもフュステル・ド・クーランジュの書物に出てくる「人は死んで神になる」、故人の霊は我々のすぐ側にいる、という感じは今日の私ども普通の日本人にはよくわかる。亡くなった人が草葉の蔭から我々を見まもっているという感じ——皆さまはそれをお持ちでしょう。その気持を古代のイタリア半島の人々も抱いていたのか、と思うと実に懐しい気持がいたします。

では「草葉の蔭」というのは一体どこなのか。私はインドネシアやヴェトナムにはきっとこれと相似る表現があるのではないかと想像するのですが、研究社の『新和英大辞典』には“under the sod; in the grave”とあり、「そんなことをするとお父さんが草葉の蔭で泣きますよ」には“That would be enough to make your father turn (over) in his grave.”とあり、また「彼女は草葉の蔭で私の成功を祈っていますと言った」には“She told me that she would keep praying for my success under the sod.”という例が出ています。sod は芝土ですから、英米人にとっては霊は「草葉の蔭」にはおらず、霊は墓の芝土の下に留まるらしい。とはいってもこの言いまわしには、西洋にも霊魂は遺体とともに墓に残っているという考えがあったことの痕跡が出ています。ダンテの『神曲』では悪者は地獄に堕ち、善人の魂はテーヴェレ川の河口のオスティアに集ってそこから煉獄の島へ運ばれることになっているが、またプロテスタントの側は煉獄の存在そのものを考えないようだが、しかし民衆の死者に対する感じ方は神学者の地獄観や天国論とはややずれたところで根深く生き続けているのでしょう。

『古代都市』は整然と述べられた書物で、ほぼ次のように要約されます。古代人の信仰に従うと、霊魂は死後、現世とはまったく異なった土地へ行って来世の生活を営むのではなく、人間の近くに留まって暮している。それだから遺体をきちんと埋葬し、子孫の手で供物を捧げるという祭儀を行う限りは死者の魂は生者に対して恵み深いが、しかしそれを怠れば亡霊は怨霊となってさまよい出、人々に疫病や災害をもたらす。

この死者崇拝と並んで太古から存在したのは聖なる火としての竈《かまど》の火の神の崇拝である。竈で燃える火は単に食物調理のための唯物的な火ではない。竈の火は生ある感情あるなにものかである。この竈の火の崇拝は死者崇拝とともに先祖を祀るという「家の宗教」とも呼ぶべき一つの信仰を成り立たせた。というのは竈の火が絶える時はまた家が断絶する時でもあるからである。そしてその家の先祖を祀る宗教の神官ともいうべき人は家長である父親である。女は嫁して実家の宗教を去り婚家の宗教に仕えることとなる。というのもお燈明を絶やさぬよう気を配るのは主婦の務めだからである。この祖先崇拝を子々孫々が行うためには家が断絶してはならない。家長は男親でかつ彼がその家の神官である以上、家の継承は男系によって行われる。そのためには男の子が生れることが望ましい。男女は同権ではない。古代の親族法の原則は第一に各家族を永続させるという見地から掟が定まっていた。子を生まぬ妻の離別も、また養子の制度もそこから発したものである……

前半の死者をきちんと祀らぬと祟りが生じる、というフュステルの記述にある発想は日本にもありました。菅原道真が天神様として祀られたのもこのせいだったな、と思いあたります。後半のお燈明や竈の火の話は、古代地中海世界ですから木の神棚や仏壇でなく大理石の竈でしたでしょうが、いかにも日本の風俗を連想させる。そして親族法の由来を聞かされるとつい昨日までの日本社会が描かれているようだ、という印象を受けます。訳者の中川善之助博士は、この本を一心に読み出した時の感想を、

「これはまるで日本の親族制度を説明して居る様なものだ」

と思ったむね序に記しています。そして第二次大戦後に改正される以前の、婚姻法が家族法の支配を受けていた日本の親族法の特色に言及し、

だから曾ては「子なきは去る」べきものと言はれ、今〔大正十五年〕も家名を汚す者は離婚せられる。また外国では法律上禁止せられ、若しくは少なくも世俗上非難されて居る亡夫の遺妻と亡夫の兄弟との間の結婚——近時我が国で逆縁婚と呼ばれ出したもの——の如きも、我国では家族保持と云ふ上から古来の国風なりとせられて居る。その他養子制度の流行、男子ある者重ねて養子を迎ふることの禁なども凡べて我国家族制度の生んだ、現今の外国には比較的例の少ない現象である。

と説明した。そしてその諸制度が古代のギリシャ、ローマ、インドに存した。それがいつか衰滅に帰したことにふれて、

フュステルの明敏なる筆はよく是等アーリア民族間に於ける斯制度興亡の由来する所を闡明《せんめい》指摘して余す所がない。故に本書は苟《いや》しくも我国の家族制度を云々し、諄風美俗を口にする者の斉《ひと》しく取つて以て精読熟考すべき書なりと云ふも敢て大過なきに近からう。

これが中川教授の見解です。

六　『祖先崇拝と日本の法』

穂積陳重《ほづみのぶしげ》は日本民法学の大先輩で、真に大家と呼ばれるにふさわしい経歴と業績の主ですが、中川善之助より三、四十年前にフュステル・ド・クーランジュ『古代都市』を読んで深く感銘を受けた。（ちなみに中川は穂積陳重の子供の穂積重遠の最初の学生で、陳重から見れば孫弟子に当ります。）穂積は祖先を大事にする日本国民の気持を良しとし、その気持を基に据えて日本の法体系を整備して、それを説明した人です。日本の法科の学生に講義しただけではない。たいへん達意な平明な英文で西洋人にも説明した。*Ancestorworship and Japanese Law*（『祖先崇拝と日本の法』）がそれで、一八九九年ローマで開かれた国際東洋学者会議の席上で発表した論文を骨子としたものです。本人は「法学研究であるが同時に社会学研究を意図したものである」と述べています。日本文化論という面もあり、相前後してやはり英文で出た新渡戸稲造の *Bushido* などよりよほど実質的価値の高い書物だと私は思います。それというのは新渡戸と違って穂積陳重には日本についての知識が深く、しかも肩肘を張らずに実にゆったりと欧米人に説いているからです。

穂積博士はこの二百ページ足らずの書物でまず祖先崇拝一般にふれ（第一篇）――そこではもちろん『古代都市』に言及していますーーついで日本における皇室・氏・家の三種類の祖先崇拝を記述し（第二篇）、ついで祖先崇拝と日本の法の関係を、祭事《まつりごと》と政事が一致していた昔から始めて結婚・離婚・養子・家督相続にいたるまで述べている。

祖先崇拝の起源についてはフュステル・ド・クーランジュの考え方を踏襲している部分も多いが、しかし違う部分もある。穂積は自分はこの祖先崇拝という主題を外部から観察する者ではなくて、内部から見ているのだ――だから日本人が祖先を祀るのはその亡霊の祟りをおそれてというよりも日本人がその祖先を敬愛しているからだ、と主張する。そして中国は日本とやや事情を異にするが『論語』にも「祭ルニ在《いま》スガ如クス」とあって、けっしてただ単に祖霊におびえて祀るのではない。それに比べると西洋はシェイクスピア劇でもハムレットは父王の幻が現れると恐れおびえるようだが、自分がもしハムレットであったならばすぐに故父王の幽霊を抱きしめたであろう、などと実に巧みにその差違を書いている。穂積陳重はロンドンで名優ヘンリー・アーヴィング演ずるところのハムレットを見てそのような違和感を覚えたようですが、その後のハムレット演出でその場面の演出が変ったか変らないか、日本人観客がその後も違和感を覚えたか覚えないか、シェイクスピア研究者にうかがいたいところです。（アーヴィングよりも前、ロマン派の時代には名優エドマンド・キーンとかケンブルとかが父王の胸に抱きついて慕う、という演出もあった由です。しかしその後はハムレットは父王の幽霊を見ておそれおののくのが大勢らしい。これはハムレットは父王は叔父に殺されたと疑っていたのだから、おびえるのも無理はない。以上、雑誌発表後、英文学の川西進教授からうかがいました。）

私の見るところ穂積陳重の論はきわめて常識円満で、英語でいえば sound です。ところがこの祖先崇拝を中心に据えた法体系の展開に対して猛烈な非難が出た。穂積の英文著書は一九〇一年（明治三十四年）に日本で丸善から出版されたものですが、すぐに第一版を基に Paul Brunn の手で独訳本 *Der Einfluss des Ahnenkultus auf das japanische Recht* も出た。『祖先崇拝の日本の法に及ぼせる影響』という題で、この題の方が祖先崇拝を中心に据えて明治期に確立した日本の法体系を説明した本書の内容をより明確に示しているといえましょう。英語版は大幅に改訂されて版を重ね一九一二年には第二版が、一九一三年には第三版が出ている。その改訂版の序を読むとわかるが、この書物に対する非難は外国の法学者からというよりどうも在日の西洋人宣教師から出たものらしい。

御承知のようにキリスト教のモーセの十戒の第一戒は「汝我のほか何物をも神とすべからず」という趣旨です。それだから祖先を神として祀るのが日本の国体だといわれると布教の上からはたいへんな差障りとなるわけで、それでキリスト教宣教師たちは躍起となったのでしょう。英文著書の題にある worship の語も、独訳著書の題にある Kultus の語も目障りだったにちがいない。前者は「崇拝、礼拝、尊敬」などと英和辞書にあり、後者も「崇拝、祭式、礼讃」などと独和辞書にある。

穂積はそれに対して祖先崇拝はモーセの十戒の第五戒の「汝の父母を敬へ」の延長線上にあるもので、キリスト教とも、また憲法に保証されている信仰の自由とも矛盾するものとは考えない。親を大事にすることは孝行の美徳です。その延長線上に先祖を大事にすることがあるのは当然です。家の先祖や村の先祖である氏神やより大きな国民的共同体である皇帝の先祖である皇祖皇宗を日本人が大事にするのも当然であろう。「祖先崇拝」ancestor-worship の語にもし引掛かるというなら「祖先への表敬」ancestor-reverence という語を用いても宜しいと言っている。そして穂積は、西洋でも偉人の銅像の前には花束が捧げられている。人々はその前で一礼する。それは日本人が神棚の前や神社の前で柏手を打つのと本質的に同種の行為である。そのような祖先崇拝を宗教と混同するところに問題があるのだ、という。それが穂積陳重の見解です。

私は宣教師側の言分《いいぶん》については穂積の改訂序に引かれた分しか見ていないので、公平な判断を下せないのでないかと惧れますが、穂積側の言分については、ミドル・テンプルで本格的に修業し、英国で法廷弁護士の資格を与えられた穂積の英文の達意なこと、その明晰な論理、穏やかな皮肉、巧みな引用には舌を捲きました。またこの明治の法学者がただ単に英文が達意であるばかりか、和漢の教養をおのずと身につけており、東西両洋を見わたす複眼の持主であって、発言に比較の視点が出ていることにも感心いたしました。それからなによりも日本人であることに自信をもって日本の文化的基礎の上に法を説いている姿勢に感服いたしました。

穂積陳重は自説を補強するものとして改訂版では芳賀矢一『国民性十論』、高楠順次郎『国民道徳の根柢』、それからハーン『日本――一つの解明』を引いている。ハーンからの引用は、西洋人キリスト教宣教師は「(祖先崇拝は偶像崇拝であるとして、改宗した) 中国人や安南人に御先祖様の位牌を棄てるように求めているが、これは英国人やフランス人に信仰の証しとして母の墓を壊すことを求めるのと同じくらいに非人間的な道理に合わぬことである」という一節です。

興味深いことはカトリック教会側のこの点についての解釈の変遷です。穂積陳重やまた私が拙著『破られた友情』(『平川祐弘著作集』第十一巻) でふれた雨森信成などが祖先崇拝を英文で弁護していた十九世紀の末年、カトリック側は祖先崇拝をキリスト教と両立せぬものとして頭ごなしに非難していた。これは西洋列強の帝国主義支配が着々と成功していたころの見方で、植民地化とキリスト教化が平行して進んでいた時の話です。ところがそれが二十世紀が進むにつれてだんだんと東洋的慣行に妥協し始めた。そしてついに一九三八年ローマ法王庁の布教聖省は、死者の前あるいはその肖像の位牌の前で「頭をさげるとかその他の世俗的な敬意を示すしぐさ」は「正当かつ適当」と見做さるべきである、と述べるにいたった。穂積陳重の論の中にはイタリア語訳されたものもありますが、そうした文献もあるいはその種の新判断が出る一助となったのかもしれません。いまの日本でクリスチャンでも神棚に柏手を打ってよろしい、村の氏神様に参拝してもよろしい、靖国神社に参拝するのはキリスト教と矛盾する宗教行為ではない、という解釈が出たら内心ほっとする人は多いにちがいないと思いますが、さてプロテスタントの牧師さまはなんと言われますか。また神社側も敬神は必ずしも宗教ではないという穂積陳重式の解釈をすなおに承認しますかどうですか。ちなみに柳田国男は大正七年『神道私見』の中で穂積式の解釈を否定しています。

穂積陳重は法律進化論という考えの持主でけっして硬直した保守派のイデオローグではなかった。そのことは岩波文庫にはいっている『法窓夜話』やそれに付せられた福島正夫氏の解説を読むとわかります。それでも亡き祖先に対する愛と尊敬をもって祖先崇拝の本質と見做し、その「祖先崇拝を基礎として成立した法的形象」である「家」を基礎概念とした民法典を起草した人であるだけに、その自説は強く主張した。次の一節は大正天皇への御前講義で披瀝した考えです。

我皇国に於て、国家の構成分の最小単位たる個人は各家に属して其家祖を祭り、又国家の単位団体たる各家は遠祖神たる氏神を崇敬し、全国民は畏くも皇室を「おほやけ」と仰ぎ奉り、日本全国民が恰も一大家族として皇祖皇宗を崇敬せり。此皇室の祭祀と国民の祭祀との合一、即ち皇室の祖先祭祀が各氏族各家族の祖先祭祀と相重畳し、其上にありて之を包括するが如きは、実に我全国民の精神が或崇高なる一点に集中する所以にして、此の如きは外国に其類例を見ざる所なり。

これが『古代都市』から示唆を受けつつも自分独自の解釈を織りこんだ穂積陳重の考えの到達点と申せましょう。なおこの家族国家観については史実と必ずしも重ならないのではないか、少しうまく出来過ぎているのではないか、とお考えの方もおられましょう。

『古代都市』を読んでそこに描かれた社会と日本社会の共通性に驚いた人は穂積や後の中川善之助以外にも多かった。岡村司《つかさ》は京都帝大教授で河上肇の先生筋に当る民法の大家です。岡村の遺稿は大正十一年、中島玉吉と河上肇の手でまとめられ京都の弘文堂書房から『民法と社会主義』という名で出版されました。その中に明治三十八年二月の『内外論叢』ほかに掲載された「家族制度」という二百ページを越す大論文も収められていますが、その冒頭に次の句がある。

余輩《よはいかつ》嘗てヒュステル・ド・クーランヂュ著す所の『古代市府』と題する書を読み、古希臘羅馬《ギリシヤローマ》の家族制度を描叙するを見て、恍として思へらく、是れ我が家族制度を説明するものに非ざるかと。唯《ただ》此の制度は欧洲の現に存する所のものに非ざるが故に、ヒュステル・ド・クーランヂュの之《これ》を記述するや、古書古言に出入し、陳迹碑版《ちんせきひはん》に援拠し、博引旁捜、考証尤《もつと》も力め、其の炬の如きの明眼と、断制に過ぐるの筆力とを以てして、尚ほ往々にして遅疑《ちぎ》顧望の態あることを免《まぬか》れず。然るに余輩読者に在りては、之《これ》を解すること極めて明白透徹にして些《いささか》の陰翳の処を見ず。是れ余輩は現に其の制度の中に生息《せいそく》するを以てなり。余輩又思へらく、夫《そ》れ古希臘羅馬と我が邦と、時を隔つること数千載、地を距ること数千里にして、其の制度の相同じきこと符節を合するが如くなるは、是れ豈偶爾にして然らんやと。

「陳迹碑版《ちんせきひはん》」は過去の事跡や碑誌の類をさします。フュステルは古書古言のほかそうした類も典拠として援用し、多くの例を引きあまねく証拠を示して説明した。フュステルはまた松明のような眼で物事を明らかに観察し、てきぱきと判断を下したが、それでもなお時々遅疑逡巡の様が見える。しかるに自分（岡村）は現にフュステルが記述したと同じような信仰、同じような家族制度の中に生きて呼吸しているから、その世界が手に取るようにわかった、という趣旨です。

実は私は先年、一学期間、とくに志願して法学部進学予定の東大二年生に『古代都市』をフランス語の授業で教えてみた。すると彼等が古代地中海世界の人々の故人に対する感情やお墓詣りの気持、お供物《そなえもの》やお燈明の話を読んで「なんだこれは。まるで日本の事を書いているみたいじゃないか」という反応を呈する。講義の途中で柳田国男の『先祖の話』を紹介すると両者の相似にびっくりする。それはいまの若い人だから

「恍として思へらく、是れ我が家族制度を説明するものに非ざるか」という古風な言いまわしこそ使いませんが、キリスト教以前の西洋はこんなにも日本に近かったのか、と驚きます。

なお古代ゲルマン人が日本人とかなり相似た霊魂観を持っていたらしいこと、樹木信仰もあったこと、彼等は植物の花よりも緑の葉を尊んで神事に用いたことなどは、渡部昇一教授が最近あらためてカール・シュナイダー博士の説を紹介していますが、そうした相似は古代地中海世界に限らず古代ゲルマンの世界でもあり得たことでしょう。

岡村司はしかしながらその際その相似を次のように説明してしまった。すなわち家族制度やその背後にある霊魂観はその源を一つの起源である古代インドに発したものであり、アーリア人種の一系統として西漸してギリシャ・ローマに入った。だがだんだん弛緩して西洋ではローマ共和制の末期にほろんだ。それでもフランスなどではその戸主権は親族夫権のもとに多少の余影を留めている。そして岡村博士はさらに推論を進めて、この観念や制度はインドから東にも進み、シナ、朝鮮を経て日本にはいったのではないか、と考えた。

サンスクリットを起源として西にも東にも伝わった言葉は確かにあります。私がすぐに思いつく一例を申すと、英語で「水彩画」を aquarelle《アクワレル》 というが、「水」はラテン語では aqua、イタリア語では acqua です。その同じ「アカ」という語はサンスクリットに起源して仏教用語として東漸し、仏様に水や花などをお供えする棚は日本で「閼伽《あか》棚」と呼ばれます。『方丈記』にすでに出ている。岡村博士は家族制度についてもそうした言葉と同じように単一のインド起源で東西両洋へひろまったものと解釈された。しかし一つの言葉や一つの説話ならばともかく、一つの制度が、上から簡単に押しつけられるものでない以上、そのように伝播したものとは思われない。私は両者はたまたま似ていたのだ、と考える。やはり「偶爾《ぐうじ》」、偶然だったと考える。相互に無関係に相似た状態へ発展していたのだと思います。

七 『日本――一つの解明』

キリスト教やイスラム教やユダヤ教の神の特徴は非先祖神です。その神は創造主であるが血縁的につながっているわけではない。ゴッドが泥に息を吹きこんで人間を造ったので先祖とはいえない。

ラフカディオ・ハーンは非先祖神であるカトリック教の神への信仰も失い先祖神への信仰も特にあったわけではない。しかし幼年時代から幽霊というものの存在だけは身のまわりに感じていた。そして日本の田舎で暮して幽霊の多いことを自分でも肌に感じとっていた。そのハーンが誰からフュステル・ド・クーランジュのことを聞いたのでしょうか、すでに一八八七年、アメリカ時代に書いた小説『チータ』の中にもクーランジュの名を与えています。明治二十六年（一八九三年）六月十日、熊本からチェンバレンへ宛てた手紙で「私は今二回目に読んで古代インド＝アーリア人種の家族、家《ホーム》の崇拝、信仰と日本のそれらとの不可思議な平行現象（curious parallels）を研究しています。ある事柄ではその平行現象は驚くべきです」と言っている。その時は熊本第五高等学校の図書館からでも『古代都市』を借りて読んだのでしょうか。

東京時代、明治三十年代になって『古代都市』を買い求めてふたたび丹念に読んだ。*La Cité Antique* は一八六四年初版が出ましたが、ハーンはパリのアシェット社から出た一八九八年版で読みました。その蔵書に引かれた約三十八箇所の傍線から判断する限り、ハーンが心動かされたのは中川善之助等と同じくやはり第一篇と第二篇です。それ以外の鉛筆書入れは原書三九七ページの四箇所だけです。そして読んでハーンもまた恍惚とした。フュステルは古代地中海社会の信仰や法や制度を記述したが、そこに描かれている先祖崇拝も、死者への感情も、家という制度も今の日本にそっくりではないか、と驚嘆した。自分の母の先祖の国である古代ギリシャと、自分の妻小泉節子の国である今の日本とがかくも共通点が多い。その事実がハーンを夢中にさせたことは想像に難くありません。

ハーンは死者の霊を身近に感ずる人でした。いまでもほぼ同じことですが、日本の庶民は、

「死者が浮ばれぬ」

「草葉の蔭にて嘸《さぞ》喜ぶならん」

「魂魄《こんぱく》此の世に止《とど》まりて恨を霽《は》らさでやはあるべき」

などの言葉を口にする。するとハーンはその言葉に同感する節のある人でした。ところで『古代都市』の第一篇「古代人の信仰」の第一章「霊魂と死にまつわる考え方」、第二章「死者への畏敬と崇拝」などを読むと、右に引いたような感情を古代ギリシャやローマの人々が抱いていたことがはっきり出ている。岡村司教授もその点に驚いている。次に述べる感情については個人差もあるようですが、実は私なども亡くなった人の魂に見守られているという感じを強く覚える一人です。私はそのお蔭でよき配偶者にめぐり会えたと今も有難く思っている。その感じをこうたとえた人がありました。村の中で自分の家は明りが点っていて明るい。外は暗いから内からはよく見えない。ところが外から内を覗くとよく見える。その外にいらっしゃるのが亡くなった方々で、草葉の蔭から私たちを見ていてくださる。周囲から御先祖様に見られていては悪い事はできない。良心の呵責をおそれる文化を罪の文化と呼び、他人の目をおそれる文化を恥の文化と呼ぶ。そんな安直な二分法がかつてルース・ベネディクト女史によって用いられましたが、死者の目をおそれる文化ははたしてどちらへ入れればよいのか。私は日本人が天地神明に誓うのは、人目だけでなく、見えない者の目をもおそれるからであって、それは言い換えれば良心の目をおそれることになるのだと思います。

ハーンは『古代都市』を読んで二重の意味で驚いた。一つは古代ギリシャの世界といまの日本の世界が信仰の面で類似し、相似た霊魂観や家族制度を持っていること。そしてもう一つは自分自身がはからずも西暦紀元前数千年という太古の社会を現実に追体験しているのだということ、そのスリリングな発見に興奮しつつ驚いた。

その際注意しなければならぬものに、無自覚的に当然視されていた前提というものがあります。それは文明についての発展段階説です。ハーンは十九世紀末年の人が多くそうであったようにその法則性のある歴史の発展を当然自明としていた。日本でその種の進歩史観の最大の提唱者は福沢諭吉で、野蛮・半開・文明の三段階説を述べたことは周知の通りですが、それは福沢が読んだ西洋の思想家や歴史家の説を福沢が彼なりにまとめてみせたからで、その種の見方は西洋にたいへん根深い。西洋のいわゆる文明史家がその種の見方をしただけではない、ハーンが愛読した社会学者のスペンサーもそうであった。ヘーゲルもマルクスもそうであった。もっとも彼等はいずれも欧米本位の歴史観の持主です。それで英仏先進国が経たと同じ道程を他の後発国や後進国もたどるものという暗黙の前提に立った人が多かった。また読者層にも国家を人間になぞらえて幼年期・少年期・青年期・壮年期に成長するように捉える人が多かった。(ハーンより後になると老衰期まで考えた『西欧の没落』の著者スペングラーやその説を踏まえたトインビーなども出ました。)いいかえると各国の発展進化には共通する法則があると信じて怪しまなかった。西洋人宣教師の側からも日本人でキリスト教に改宗した人の側からも、多神教から一神教に進むのが歴史の道程であると日本の遅れが指摘されたりした。(ハーンは皮肉な男で、多神教から一神教へ進むと、その次は、一神教から汎神論《パンティスム》に、そして汎神論からさらに無神論ともいうべき不可知論に進む、とそれに書き足した。)

歴史発展についてそのような単純な単線的な進歩の法則を前提にして議論が行われていた当時ですから、ハーンは『古代都市』を読んで明治の日本は地中海地域がキリスト教化される以前の段階をいま経過しつつある。自分はいってみればタイム・マシーンに乗って二千数百年前まで戻ったと同じ経験をしているのだと感じました。そしてそのようにして歴史を巨視的に眺めると、『古事記』の神代の時代も十九世紀末年の日本も、死者を神々として崇めている点では本質的に同じ段階にいることになる。この日本を、フュステルが古代地中海社会を記述分析したと同じように記述分析してみよう、と思い立った。そして最後の著述となる

『日本――一つの解明』に取りかかるのです。

Japan: an Attempt at Interpretation は全二十二章から成るが、第十章「仏教の伝来」にいたるまでの九章は、神道の世界というか、日本の古代の信仰や家の宗教や村の祭りや死んだ人が神になる先祖崇拝などを論じたものです。日本は死んだ人々が神様となって支配している。（というのは日本人の御先祖様を敬う気持を裏返して言ってみせた表現でもあります。）そこから有名な the Rule of the Dead「死者の支配」という言葉も出てくる。その死者が神々となって、その霊的存在が感じられるからハーンは日本を「神國《しんこく》」と呼び、原稿の上にも彼自身が漢字で「神國」と書き添えたのであって、その「神国日本」が、第二次世界大戦中に呼号された「神国日本」とニュアンスを異にするものであることについてはすでに触れました。

この本の第一章でハーンは、日本の宗教は従来それを敵視する人によってもっぱら論ぜられた、と書いている。事実その通りだったと思います。明治初年に来日したキリスト教宣教師ほど神道を論ずるに不適格な人はいなかったでしょう。そしてその際神道には神学もなければ教義もない、低級な宗教だ、と嗤われた。だがハーンは教義面でなく民俗学的な面からする宗教理解の重要性を自覚していました。その点ハーンは柳田国男や折口信夫の先駆ともいえる。

第二章では日本文化の不思議な魅力にふれて、日本の職人が作り出したものを讃え、日本の民芸作品はそれはその範囲内でまことに秀れたものだ、この日本文明を不完全と呼ぶことは古代ギリシャの文明を不完全と呼ぶような人によってのみ言い得る、とも書いている。キリスト教文明のみに価値を認める人への皮肉です。そして日本の宗教の明るさを讃えてこう言った。

> 日本では宗教は日の照る場所に暗い憂鬱をもたらさない。仏像や神社の前でお祈りする人々の顔に微笑がある。お寺の庭は子供たちのための遊び場なのである。

ハーンは暗いゴシックの教会堂の中で恐怖にさいなまれた幼年期の思い出のある人だけに、お日さんの照る村のお寺や氏神様の境内で子供が遊んでいる日本をむしろ羨しいものに感じた。いまの私たちも神社やお寺の庭を車の駐車場などにせずにいつまでも子供たちの遊び場にしておいて欲しいと思う気持はハーンと同じと思います。

『日本――一つの解明』は第三章からが本論といえますが、第三章「古代人の信仰」では、『古代都市』と同じ事ですが、かつて日本人の間にghostの観念とgodの観念との間に質的差違がなかったことを言い、こう述べています。先ほど御紹介したフュステル・ド・クーランジュの古代地中海世界についての記述を念頭にお読みください。

アーリア人種の原始的な祖先崇拝者たちと同様、古代の日本人は、死んだ者が光明至福の別世界へ昇るとか永劫呵責の王国へ降《くだ》るとかいうことは考えていなかった。古代の日本人は死んだ人はこの世にまだ住んでいる、すくなくともこの世と気脈を通じている、と思っていた。日本の最古の宗教的文献は、なるほど黄泉《よみ》の国について語っており、そこでは雷神《いかづちがみ》や黄泉醜女《よもつしこめ》が腐敗物の中に住んでいるが、しかしこの漠然とした死者の国は生者の世界と通じていたのである。それだからそこに住む霊は、その腐りゆく外形になおつながれていたが、地上で人々がお供物を捧げるのを受取ることができたのである。仏教伝来以前の日本には天国や地獄の観念はなかった。死者の霊は常に自分たちの近くにいるものと考えられ、その霊を慰め、なごめるためのお供物の食べものや飲みもの、お燈明などが必要とされた。死者の霊はいわば生者と同じ喜びや苦しみをわかつものと思われていたのである。そしてそのお供えにたいする酬いとして死者は生者に善をわかち与えるのであった。死者の肉体は土と化したかもしれないが、しかし彼等の霊の力はまだ地上に留っており、それが地上の物質をかすかに振わせ、風や水の動きと化するのである。死んだことにより彼等は神秘なる力を獲得したのだ。彼等はより上級なる存在、神、となったのである。

彼等は神となったのだが、しかしそれは太古のギリシャやローマの意味においてである。注意せねばならぬ点は、この神格化に際して、東洋であれ西洋であれ、なんらの道徳的区別はつけられていなかった、ということである。死者がみな神になることは国学の四大人の一人平田篤胤も述べているが、それと同様、初期ギリシャ人の間ではもちろんのこと後期ローマ人の間でも、死者はみなすべて神となるとされていたのである。フュステル・ド・クーランジュ氏は『古代都市』の中でこう述べた。

「この種の神格化はなにも偉人の特権ではなかった。神となるためには生前とくに有徳である必要はなかったのである。性悪な人も善人とまったく同様、神になった。ただし性悪な人は死後も生前に持っていたと同じ性質を持ち続けたのである」

神道においても同じであった。善人は死んで恩恵を施す神となり、悪人は悪霊となった。しかしいずれもカミとなったのである。「恩恵を施す神もいれば悪を働く神もいる以上、おいしい物を供え、琴や笛を吹き、神楽《かぐら》を舞い歌をうたい、神のお気に召すことはなんなりとして神を楽しませなければならない」とは本居宣長の言葉である。

本居の引用の原文は『直毘霊《なおびのみたま》』にありまして「善神もありあしき神も有りて、所行《シワザ》も然《シカ》ある物なれば、……堪《タヘ》たるかぎり美好物《ウマキモノ》さはにたてまつり。あるは琴ひき笛ふき、うたひまひなど、おもしろきわざをしてまつる。これみな神代の古事《フルコト》にて、神のよろこび給ふわざ也」と出ています。サトウかアストンの神道論から借用した訳文かと思います。ところでその次にこういう引用がある。

「死者とはとりもなおさずこの世を離れた人間である。彼等を神として考えよ」

日本人にとって神棚に祀る御先祖様は神様ですからこの考え方はわかります。しかし西洋人に向って、

"They are men, who have departed from this life;—consider them divine beings."

と言っても西洋人は普通は首肯しない。フュステルも「人間が自分の父や祖先を神として崇拝することが出来たなどということは今日およそ理解に苦しむことである。人間を神にしてしまうなどということはまさに宗教にもとる行為であるように思われる」と「家の宗教」の章で書いている。天皇を現御神《あきつみかみ》として崇拝する、戦争で死んだ者を神社に祀る、神風特攻隊の勇士を軍神として讃える、——そうしたことに対する違和感は、政治的理由だけでなく、むしろ文化的・宗教的理由によっても生じることについてはすでに言及いたしました。右の日本語の引用の終りの部分を念の為にフランス語で引きますと、"Faire de l'homme un dieu nous semble le contre-pied de la religion."この contre-pied はここでは「正反対」の意味です。それだけキリスト教の通念にもとっている、ということです。しかし、この世を離れた人間を神として考えよ、と言ったのは実は本居や平田でなくてキケロ（前一〇六–前四三）なのです。このように並置するといかにキリスト教化される以前の西欧世界と日本の考え方が相似るかおわかりになりましょう。平田篤胤は『玉襷』十之巻でこう言っている。

すべての人間の霊魂と云ものは、千代常磐につくる事なく、消る事なく、墓所にもあれ、祭屋にもあれ、其祭る処に、きつと居る事ぞ。……或は其家に就て、功績ありし家臣等に至る迄も、凡て其祭屋の内に祭

りたる霊等は、漏れず落ず。……

ハーンはその篤胤の言葉を引いて意訳し、

「死者の霊は私たちを取りまく目に見えぬ世界で存在を続ける。その影響の度合や性格には違いはあるが、彼らはみな神になったのである。ある者は彼等の栄誉のために建てられた神社の中に住み、他の者は自分たちの墓の近くを徘徊している。彼等は、自分たちが肉体の中に生きていた時と同様、彼等の主君、両親、妻、子供にあるいは仕え、あるいは世話を焼いてくれる」

そしてハーンはこう説明しています。

ここで目に見えぬあの世は、明らかにこの世の二重写しのものとして考えられており、死者の幸福は生者の助けに左右されるものとみなされている。死者の霊にとって欠くべからざるものは崇めたてまつられることと犠牲が供されることであった。生者にとっても死後自分の霊が祀られるか否かということは重大な関心事であった――家系が絶えて先祖を祀る者がいなくなることはもっとも望ましくないことだったからである。

これが神道的世界についての説明です。そしてさらに別の説明――

このようにして祖先は自分の家の者の間に残っている。目にこそ見えないがそこに居ることに変りはない。祖先は家族の一部と成り、その父でもある。永遠に不死なる、幸深き神として、彼は地上に遺してきた生者たちの運命に関心を寄せる。彼は人々がなにを必要とするかを知悉し、人々が困った時、手助けをする。また一方まだ生きている人々、働いている人々、古代からのいいならわしに従えば、まだこの世を了えていない人々は、その祖先を自分の頼みとし導き手と仰ぐ。祖先は自分の父や自分の父の父であるのだ。困難に直面した時、生者は祖先の智恵にすがり、悲嘆の底にあっては祖先に慰籍を求め、危機に際しては助けを、誤ちを犯した時は赦しを求める。

この祖先崇拝についての説明も、日本人の心性をいかにも上手に説き明かしているかに読めますが、実はこれはフュステル・ド・クーランジュが古代の信仰を論じた条《くだ》りを私が訳してここに入れてみたので、フュステルは地中海世界の古い家族の宗教について語ったのでした。

ハーンも両者の酷似に驚いた。非常に驚いたからハーンの『日本――一つの解明』は、第三章以下の目次を引くとフュステル・ド・クーランジュの『古代都市』の目次にそっくりそのまま重なるほど同じような題になっている。すなわち、「古代人の信仰」「家の宗教」「日本の家族」「村の信仰」「神道の発展」「祈りと潔め」「死者の支配」。そしてその次の第十章で仏教の伝来が語られ武家支配のいわゆる封建時代の社会組織や武士道徳が語られ、全二十二章の論は産業化に伴う危険を論じて終りとなります。

このハーンの日本論は一九一四年に仏訳が出、フランスでもたちまち版を重ねました。訳者マルク・ロジェ Marc Logé はまえがきの終りに、

この画趣に富み、洞察に富み、洞察に富む日本研究の集大成の主題と方法と結論とはフュステル・ド・クーランジュの『古代都市』とまことに不思議なアナロジーを呈している。……ハーンのこの書物は *la*

Cité Antique になぞらえて *la Cité Extrême-Orientale* と呼んでもよいのではあるまいか。

と述べている。フュステルの著書が『古代都市』ならハーン『日本――一つの解明』は別名を『極東都市』というべきものだ、と言ったのです。ハーンの本は都市を論じたわけではないが、訳者が『極東都市』と言えばよかろうと指摘した気持はよくわかる。私は二冊の本の間に「不思議なアナロジー」があるのは歴史的事実の反映だが、しかしハーンが各国に共通する歴史法則があると考え、共通点を特に意識して拾った、そのため古代地中海社会と神道の日本がますます類似して見え出した、ということはあるかもしれないと思います。ハーンは日本語がよく読めず、幸か不幸か（おそらく幸だったのだと思いますが）書籍主義的な学者でなかった。その代り民俗学的な関心が深かった。だから日本の神道については自分自身の身辺での宗教にまつわる体験を重んじました。そのこともあって『日本――一つの解明』ではチェンバレンの『古事記』英訳とその註釈にまったく言及していません。ハーンはチェンバレンの日本人無宗教説を打破するためにも、民俗からするアプローチに重きを置いたのでしょう。すくなくともチェンバレンの研究に依拠するわけにはいきませんでした。

私はハーンの『日本――一つの解明』は日本を全体的に捉えようとした試みであるが、その結論抽出の作業が、古代日本の史料から発しているというより、フュステル・ド・クーランジュの『古代都市』とのアナロジーから発している点にやはり弱みを感じます。ハーンはなんといっても部分を具体的に描くのが得意な作家で、抽象化や一般化の論を立てるには不向きな学者でしたから。しかしそれでも日本人の宗教心をよく感得している。すくなくともその点ではハーンの方がはるかにチェンバレンより秀れている、と思います。

さて欠陥にもふれましたが、最後にハーンのような外部の人が日本の神々を論じたことにどのような意味があったか、について反省してみましょう。学問には対象それ自体の中にわけいって研究するアプローチがあります。これを第一の道とすると第二の道は、対象を他と比較するなり類推するなりして究めるアプローチです。比較文学とか文芸比較とか比較史学といった学問は本来その二つの道を結び合わせたものであるべきはずですが、ややもすればその第二の道に傾きます。しかしアナロジーによってかえって本質がよく見える時もある。例えば白川静教授は『万葉集』とのアナロジーで『詩経』の「無衣」の詩など説明されたが、中国のいかなる註釈書よりも、またそれに従った吉川幸次郎氏らの註釈よりも、はるかに見事な解釈と思います。

ハーンは古代地中海世界とのアナロジーによって日本社会を論じた。両者のうち地中海世界について時代が古代に限定されているのは、西洋人のいわゆる「高等宗教」の到来によって先祖神の崇拝がヨーロッパでは表面上行われなくなった以前に問題が限られているためです。私はその二つの世界の相互照射によってずいぶん謎も解け、比較宗教史的見地からする日本の神道の位置も見えてきたのではないかと思う。神道は日本固有の宗教のように言われるが、日本と同じような先祖宗教と霊魂観は古代のヨーロッパにもあった。いやその後にもある、と私は見ています。そしてその種のアナロジーに基づいて穂積陳重博士が日本の法体系を整備された話にもすでに触れました。ハーンは実は穂積の英文著書 N. Hozumi: *Ancestorworship and Japanese Law* を読んでいる。ヘルン文庫には一九〇一年に出た初版本がはいっています。書込みはないが三四ページと四一ページに傍線が引いてある。そして穂積が大幅に補筆した後の版ではハーンの説を自説の支えとしたように、ハーンも穂積の説を読んで自説を裏打ちしてくれるものと思ったのではないでしょうか。二人ともフュステル・ド・クーランジュの『古代都市』を読んで、この書物は日本を説明してくれると、いわば共に膝を叩いた人だから、二人の見方が重なったのは当然といえば当然かもしれませんが。

八　フュステルとの違い

それでもフュステル・ド・クーランジュと穂積陳重と見解を異にする点があることは先ほど述べました。西洋古代の先祖崇拝は死者やもののけのたたりをおそれる情に発するが、日本の先祖崇拝は敬愛の情に由来する、という穂積説です。私は祟《たた》りと敬愛の情は西洋でも東洋でも二つ混りあっているもので、違いがあるとしても、程度の差ではないかと思う。「祟《たた》る」という漢字と「崇拝《すうはい》」の「崇《あがめ》る」の漢字とこれだけ似た字の作りであることは、古代中国における両者の感情の共通性を示唆しているのではないでしょうか。

しかしそれにもかかわらず私は穂積説に一理あると思う。それは死者の世界に対する親しみの感覚は文化によって違うのではないか、と私も思いはじめたからです。そのことは文学作品を読むと感じられます。例えば川端康成の文学では死者への親しさが感じられる。作品だけでなく作者川端さん自身が亡くなられた時も、ほんの一歩隣りの部屋へふっと消えた、こちらの部屋にはまだ薬罐がかかっていて湯気をコトコトあげている、それなのに川端さんはいなくなってしまった、そんな印象を受けた。日本文学には死者の世界が生者の世界にすぐ隣りあわせになっている。そのように感じる人は私だけではないと思います。その神道的な死者の霊との交わり（コミュニオン）が日本文学を豊かにしているのは間違いない。神事の能や夢幻能に惹かれるのはそのためだと思う。

次にフュステル・ド・クーランジュとラフカディオ・ハーンと見解を異にする点にも触れておきたいと思います。まず第一に西洋の歴史の進化と日本の歴史の進化の異同についてです。西洋のキリスト教化に比せられるのが東洋の仏教化ですが、西洋では非先祖神崇拝のいわゆる「高等宗教」であるキリスト教の伝来で祖先崇拝は表面から消え失せた。家系の誇りは永く残ったが、祖先崇拝ではなくなった。ところが東洋では同じく非先祖神崇拝のいわゆる「高等宗教」である仏教の伝来にもかかわらず、日本では神仏が習合して御先祖様を拝む気持が残った。ハーンは仏教のおだやかな伝道も神仏の共存もよしとしています。そして先祖の御位牌に注目しています。ハーンが西洋人の女宣教師に言われるままに、亡くなった父母や弟の位牌を川に捨ててしまった女の哀れな運命を『お大の場合』に取りあげた話は拙著『破られた友情』で紹介しました（『平川祐弘著作集』第十一巻二七一頁以下）。そのハーンは近代西洋においては先祖崇拝の感情はどうなったのだろうかと自問自答した。そしてその名残りは両親の墓に花を飾る行為に出ている、とした。もっともこの指摘が彼自身から出たのか、穂積陳重に言われて出たのか、どちらが先かはっきりしませんが。

次に興味深い点は田所光男氏が『ハーンの理想社会――スペンサーとフュステル・ド・クーランジュを越えて――』（『比較文学研究』第四十七号、朝日出版社）で指摘したことですが、ハーンは近世の日本社会に残った「拘束」や「束縛」や「強制」をけっして一面的に批判した人ではなかったという点です。（ハーンが個人の自由の欠如に対して示した憂慮については後にふれます。）ハーンの徳川時代評価は最近の日本の「徳川の平和」再評価や世界史における「パクス・トクガワ」の見直しを先取りしているもので、ハーンはこう言っている。

二百五十年間平和を強制し産業を奨励したのはけっして恐怖政治ではなかった。国民の文明は幾多の方法で拘束され、切り詰められ、刈り込まれたけれども、文明は同時に養われ洗練され強化された。その長い平和は帝国中に、それまでまったく存在しなかったものを確立した。すなわち全国民の安心感である。個人は法律と慣習によって従来以上に束縛された。しかし彼は保護も受けた。つまり彼は自分の鎖の長さまでは不安なしに動くことができたのである。彼の仲間たちは彼を強制したけれども、またその強制を彼が楽しく耐えるのを助けもしてくれた。つまり義務を行い、共同体の生活の重荷を支えるのに誰もが助け合った。それゆえ状況は皆の繁栄とともに皆の幸福の方向へと向っていった。当時は生存競争などはなかった。すくなくとも私たちの近代的な意味での生存競争はなかった。

すなわちここで「強制」「拘束」「束縛」といわれる世界が「安心」「保護」「皆の幸福」の世界であったと把握の仕方が変って行く。私はこれはフュステルよりもむしろスペンサー社会学の価値判断からハーンが離れて行く過程を示すものと思いますが、フュステルの『古代都市』観からハーンが離れて、いいかえると『古代都市』に準拠するのを止めて、ハーンが彼自身の日本観を持ち出すところがある。

伝統的な日本女性は「近代思想」によって、いいかえると「西洋近代」の視座から判断すると「幸福の逆」として把握されます。日本のフェミニストや女性解放論者は普通その視座に立って現状批判をしている。ところがハーンは、「拘束」多い徳川社会を「保護」のある社会と把えなおしたように、「束縛」された日本女性を次のように把えなおしてみせる。

他人のためにのみ働き、他人のためにのみ考え、他人に楽しみをもたらすことにおいてのみ幸福である存在――邪慳にできず、自分勝手にできず、自分自身の遺伝的な正義感覚にそむいては行動できない存在――しかも、こうした穏やかさ優しさにもかかわらず、いつ何時でも自分の生命をなげうち、義務のためにすべてを犠牲にする覚悟のできている存在。これが日本女性の特性であった。

ハーンの日本女性に対するこの高い評価は終生変らなかった。ハーンは日本女性を古代ギリシャの貴婦人の典型のアンチゴネーやアルケスティスになぞらえています。もっともそれを読むと、私はまた彼の日希比較癖が始ったな、と微笑します。しかしこうした一節を読むとハーンが妻の節子に終生どれだけ感謝していたかがわかる。チェンバレンが『日本事物誌』第六版で言い出して以来、「ハーンの晩年は幻滅に終った」という決り文句が出来上って、しかもそれがタトル社から出ている英文のハーン著作の裏表紙にまで印刷してあるものだから、その説がすっかり流布したけれども、私はあの夫婦は終生よきおしどり夫婦であったと信じて疑わないものです。

ところでこのように日本の女性の優しさを語ると、当然日本の家庭の優しさが話題となる。そうなるともうフュステルに準拠して平行例を引くことは出来なくなってしまう。それでハーンはこう書きました。

今日の日本で御先祖様を祀るという家の宗教には厳格なところや荘重なところはなにもない。フュステル・ド・クーランジュが特にローマの祭の特徴としていた、あの厳格不変の規律などはなにもない。日本の家の宗教はむしろ感謝と優しさの宗教なのである。

フュステルは『古代都市』第三篇八章で厳格不変の規律に言及しているが、ハーンは小泉家の人として暮してこうした違いに気がついた。ハーンは自己身辺の宗教的感情や儀礼の観察から出発して論を進めているので、そこに彼の体験に裏打ちされた論の強みがあると申せましょう。また日本人がハーンの著作を読んで共感するのもそうした彼の観察が真実だからであるにちがいない。

しかしハーンはギリシャ人の子供ですから、古代地中海世界の人々がみな厳格不変の規律の人ばかりだったとは思いたくなかった。それでこんな個人的なタッチをまじえた感想を洩らしました。

もし古代ギリシャの都市の生活に一瞬でもよいからはいり得るとするならば、私たちは今日の日本の家庭での先祖崇拝に比べても劣らぬほど朗らかな家庭の信仰を見いだすだろうと私は思う。私はこんなことも空想する。三千年前のギリシャの子供たちも、きっと今日の日本の子供たちのように、祖先の霊に捧げられたおいしそうなお供物のなにかを盗む機会をきっと狙ったにちがいない。そしてギリシャの親たちも、この明治の時代の日本の親たちが子供をやさしく叱るのと同様、子供たちをおだやかに諭して聞かせたに相違ない。おどしたりすかしたり、恐ろしい祟りの話などして子供たちに御先祖様を敬うべきことをつつましく教えこんだにちがいない。

ハーンは日本の家庭でのお詣りの特徴は優しさと恩に感ずる心にあると思った。それでセンチメンタリズムもなしとしないが、三千年前のギリシャの家庭にも、右のような優しさを無証明で想定したのです。それは厳密にいえば学問的推論ではなかった。それは自分が幼くして家庭の優しさを奪われた――それを取り返そうとする一つの夢に似た代償行為であったとも申せましょう。

九　進歩派の滑稽と保守派の隠れ蓑

多神教から一神教へ、それが進化の必然の法則だと仮定する。多神教は低級宗教で一神教は高等宗教だとする。そうすると家にはもう神棚は要らない。結婚式はキリスト教会の方が恰好がいい、という青年子女も出てくる。しかし一方にはそうした流行に乗った青年子女や、そうした風潮に流される「進歩的」な思想家や学者もいる日本ですが、他方にはお墓に関心を抱く日本人も実はたいへん多い。お墓詣りに行く善男善女は数多い。ＮＨＫテレビで秋のお彼岸の時でしたか、元高校の数学の先生をしておられた老夫婦が御自分の墓を買い求めにあちこちの霊園をまわられる姿が放映されたことがありました。その方たちがお墓を求めてほっと安堵された時のにこやかなお顔は忘れることが出来ません。あのテレビは日本人の心に深く訴えるものがあった。必ずや広い反響があったことと思います。

だとすると家族制度に対しては、表では進化論的見地や男女平等、個人尊重の立場からする批判が強いが、裏ではきちんと先祖の墓を守りたい、長男には家の墓を大事にしてもらいたい、という国民感情に近いなにかがある。柳田国男は昭和二十年四月、日本の敗戦必至を見越して『先祖の話』を書き出した。柳田は後世への遺書のつもりであの本を書いたのだといわれますが――そしてあの本の中にも穂積陳重博士の先祖崇拝論もちょっと顔を出しますが――日本の庶民レベルのお墓に対する感情、祖先に対する気持が実にさとい感受性でとらえられている。柳田先生の学問ですからフュステルのように体系化はしてなくて、また逆にそこにより真実なものを感じさせるのですが、あの本を読むと日本人には祖霊に対する特別の執着があるのだなあ、としみじみ感じてしまう。

そんな執着なんて古いんだ、と西洋志向のインテリはいうかもしれない。家の墓は誰が守るということは新民法に家の観念が消え失せた以上どうでもよいのだ。「長男も次男も平等」「男も女も平等」とそのように言い出す者がいると、なまじ法律知識でもって議論が補強されるだけに昔からの常識は通らなくなる。都会に働きに出る長男もいるから、昔ながらのしきたりを守るお百姓さんたちの間では起り得べくもなかった問題も起きたりする。困った事ですが、それは一つにはやはり新民法の根拠となる一九四六年憲法やその奥にあるイデオロギーが舶来品で、基礎を日本民族の文化や思想に必ずしも置いていないからだ、と思わざるを得ない。新民法はいろいろ良い面も多いが決して全て結構づくめではありません。

私はよそから来た嫁も家やその家の先祖の位牌や墓を大事にするのは醇風美俗だと思います。忙しい合間に嫁が仏壇を綺麗に拭い清めて花をさしてくれてあると気持もなごみます。それに対して「夫の両親との同居は嫌い」という感情はきわめて自然とは思いますが、その感情を極端に押し進めて行くとたとい夫が長男であっても、「夫も私も、夫の両親の墓にはいるのは嫌い」ということになりかねない。嫁が姑と一緒に暮したくない気持は理解できますが、しかし墓に入ることの拒否まで行ってしまうのだとすると、それはやはり不孝であり不幸だと思います。もしもそれが男女平等、女性解放の結果だとすれば心淋しい限りです。子々孫々への教育にもよくない影響が出るのではないでしょうか。

ところでそうこうするうちに外部の方の事情が変ってきた。戦後日本でもてはやされた西洋本位の諸見解が次々に疑問視されるようになってきた。

まず第一に、一神教は多神教に比べて本当により良き姿であろうか。私どもが言論の自由との関連でいわれる「プルラリスティック・ソサイアティ」pluralistic society という複数の価値の共存を認める考え方はむしろ多神教的発想になじみやすいのではないだろうか。

中近東のレバノンは宗教の博物館といわれる土地柄で、あそこからイスラエルにかけて狭い場所にキリスト教、イスラム教、ユダヤ教、その他さまざまの分派がたむろしている。互いに一神教徒であるから譲らない。争いがまことに苛烈である。そして互いに愚かしい悲惨を繰返している。その背後にましますの神が妬《ねた》み、憎み、呪い、亡ぼすゴッドである。その様に接すると、一神教には一神教の高慢というものがあるな、と感ぜずにはいられません。

日本ではクリスチャンであろうとも、十字架の上で血を流しているキリスト磔刑図には多少の違和感を覚えているのではないか、と思います。クリスチャンであってもやはりお地蔵さんの微笑にほっとしているのが本心ではないでしょうか。もちろんイエスの教え自体は愛し慈しむ神が強調されています。キリスト教徒の間での同胞愛もまた強調されています。しかし忘れてならないことは、キリスト教の神は他の神の存在を許容しない点です。キリスト教の神は嫉妬する神である。寛容という観念は本来キリスト教にはなかった。西洋に寛容の観念が生れたのはプロテスタントとカトリックが宗教戦争をして血を流した挙句に生れた観念であり、啓蒙思想の産物だということです。

しかし日本のインテリの多くは、神道を批判する時は多神教は一神教に劣るという尺度を漠然と用いている。また、唯物論的立場から批判する人もいる。しかし年を取るにつれて日本の風俗と和解して自分も墓にはいって子孫に祀られる。そしてそこに知らず知らずのうちに心の安らぎを求めている――その辺が実態ではないでしょうか。もちろんさまざまな信仰・信条の持主がいるので一概には申せませんが、しかし日本では共産党員でもお葬式などを見ていると必ずしも皆さん唯物論者ではない、という印象を受けます。

次に宗教の次元から法律の次元へ降りて「進化の必然」について考えてみます。穂積陳重博士以下の手で整備された家族制度を基にする民法は明治二十九年公布されましたが、敗戦後の昭和二十二年十二月に親族・相続編が大改正され、これは昭和二十三年一月から施行されました。アメリカ占領軍の要員としてその改正に参画した人は一九四六年憲法の精神が新民法に生きている、これでもって日本の女性は解放されたと自画自讃している。だがはたしてそれで本当に良かったのか。良くなった面ももちろん多々あるだろうが、すべてについてそう言えるか。

日本人の多くは旧来の伝統や慣習を重んじて生活しています。いい換えると必ずしも新民法に沿って生活しているわけではない。しかし実はそれだからこそ日本の社会はまだまるくおさまっている。現行の民法の文言通り、先妻の子は自分を育ててくれた後妻である継母に対して老後の扶養の義務は、血のつながりがない以上、ないのだ、などと言い出せば大変なトラブルになる。それに考えてみれば上から性急に押しつけられた木に竹を継いだような法律が自分自身のものとなっていないのは当然ともいえます。だから世間は必ずしも法律によって事を解決しようとはしない。ヨーロッパの制定法を導入した日本は、そして韓国も、欧米とはまったく異なったサブノームによって運用されてきた。そうしたこともあって世間の常識は法廷に訴え出ることそれ自体をはしたないとしている。英国起源の諺に A good lawyer is a bad neighbour. というのがある。良き法律家は隣人としては厄介者だ、という意味で、すぐ法律に訴えて黒白を決しようとする人間相手には人間関係が円滑に行かないことを示唆していいます。日本人にはこの諺の含意はすぐピンとくる。しかしこの英国の常識が米国ではもはや通用しないと見えて米国人はおおむねこの諺は知りません。それどころか（もとドイツ人が言い出したのですが）西洋には「権利のための闘争」という言葉もある。イェーリングはその題名の書物で「権利のための闘争は、権利者の自分自身に対する義務である」、自己の権利が蹂躪されるならば、その権利の目的物が侵されるだけではなく己れの人格までも脅かされる。権利のために闘うことは自身のみならず国家・社会に対する義務である、などと書いてある。どんどん訴え出るのが人間としての権利の行使だというので、現に西ドイツで出た外国人留学生向けのドイツ語入門教科書には不正な家主を訴え出る仕方まで御丁寧に説明がついているのがある。（ちなみにイタリアで私が習った外国人留学生向けのイタリア語入門書には家賃の値切り方が出ています。お国柄というべきでしょうか。）それに比べると日本は法治国といいながらその実、法治国といえないような面がある。その点にふれて戦後の日本の民法学のチャンピオンであった方で「日本人は法意識が遅れているから訴訟を起さないのだ」と嘆かれた方がありました。

米国人も当初はその東大名誉教授とまったく同じ考え方をしていたのだと思います。日本人は泣き寝入りするから駄目だ、と思っていたのだと思います。しかし米国人の考え方はいまや逆転しつつある。アメリカでは裁判沙汰が多過ぎて、非生産的な社会コストがかさんで、人間関係は悪化して、良き弁護士はふえたかもしれないが悪しき隣人はもっとふえた。真に嘆かわしい風潮が瀰漫しています。一九八一年十二月、日米加による「八十年代のための日本研究」の国際会議がヴァンクーヴァーで開かれた折、その裁判の実態の三国比較が話題となった。まず米国の法曹界の人が訴訟の異常な増加を嘆いた。次に地元カナダの弁護士が、カナダでは民事訴訟で勝ってもアメリカにおけるほど金銭的利益が得られない、それが訴訟熱に対するチェック（disincentive）になっている、とレポートした。最後に日本事情の報告を北米の人が代りに行った。その際、例の東大名誉教授の方の「日本人は法意識が遅れており訴えをおこそうとしない。まことに嘆かわしいことである」という説が紹介された。途端に満場がどっと失笑いたしました。一体全体なんで日本の法学者ともあろう人がそんなにまでして米国を理想化して米国モデルに追いつこうとするのだ。日本が米国のような法匪支配とはいわないまでも弁護士支配の社会とならないことはむしろ結構なことではないか。そうした感情から生じたところの失笑です。

その会議に基調講演者として招かれていた私は反射的にこう思った。戦後の日本で民法についていろいろ西洋渡来の新説を唱えてきた法学者たちは存外、西洋社会の実態を知らない人たちではなかったか。それでいながら西洋を過度に理想化し、西洋の法の継受をもって己れの使命としたいわば世俗的宣教師とでも呼ぶべき人が多かったのではないか。また日本についても必ずしも深い知識を有する人たちではなかったのではないか、と不安になりました。私の想像が誤りであれば幸いですが、私は自己周辺の西洋文学、西洋思想、哲学研究者の、ほとんどコミカルなまでの西洋一辺倒の姿を戦後しばしば見かけたものだから、その類推で反射的にそう思ったのです。考えてみると、日本でいかにも学者らしいオリジナルな業績を出している比較文化研究者は、必ずしも明文化されていない日本側のサブノームとでも呼ぶべきものを把握した人たちである。それならば法律の世界でも法文化の比較はもっとずっと自覚的に取扱われてしかるべきことではないだろうか。

三浦周行は『法制史の研究』で平安朝の日本が律令国家の体裁を取った時も、一見唐の法を継受したようでありながら、実状は違っていた、ということを種々の実証的研究によりお示しになりました。それと相似た現象が一見西洋の法を継受したかに見える明治以後の日本についても、また第二次世界大戦以後の日本についても言えることである。その際、日本人の法意識が西洋人の法意識と同じでないといって自己卑下する必要があるのかどうか。我が国を代表する名誉教授の言説が国外で紹介されると失笑を買うという、そんな不名誉な様には会いたくない、と私は思った次第です。誤解があればお許し願います。

文明は歴史的基礎の上に立脚している以上、西洋で出来上った理想をそのまま日本へ持ってきてもその実現は不可能事に属する――ドイツ語でその趣旨をノートに書きつけた人は留学中の森鷗外でした。それと同じように西洋で出来上った法思想なり法体系をそのまま「継受」することが進歩であると考える法学者は歴史をないがしろにしているのではないか、と懸念いたします。

私は究極的には人類が普遍的な自然法論によって統一的に支配されることを望む者です。徳川時代にはそれぞれ藩によって慣習も掟も商慣習も違っていた。それが明治になって国家単位で統一されました。それと同じ事は将来地球規模で起きるだろうと思う。しかしそれまでは日本人は日本文明の歴史的基盤を知らなければならない。それを知らずに西洋本位の自然法論に加担するがごとき愚はおかしたくない。ここでたとえを引きますと、エスペラントという人工語は文法的にもすこぶる西洋語本位の言葉ですが世の中にはあれが普遍的な世界語だと思っている無知な人がたくさんいる。そういう類の普遍主義であってはならないということです。エスペラントでなくとも、英語でもって世界の言語を統一する、という類の普遍主義では困るということです。私の言おうとしたことがおわかり願えたでしょうか。

柳田国男は『先祖の話』の自序で「家の問題は自分の見るところ、死後の計画と関聯し、又霊魂の観念とも深い交渉をもつて居て、国毎にそれぐの常識の歴史がある。理論は是から何とでも立てられるか知らぬが、民族の年久しい慣習を無視したのでは、よかれ悪しかれ多数の同胞を、安んじて追随せしめることが出来ない。家はどうなるか。どうなるのがこの人たちの心の願ひであるか」と危惧の念を敗戦直後に洩らしました。

その点、明治中期の法制が、多くの直訳的要素を含みながらも、日本には日本固有の社会生活があり伝統があるとし、その特徴のいくつかを認めてそれを残したことは、G・B・サンソムが『西欧世界と日本』で指摘するように、比較文化史的に見てたいへん興味ふかい。それがとくにはっきりしているのが民法の中で家を制度として取扱っている箇所で、穂積陳重のそれについての解釈はすでに紹介しました。

しかしそうは言いつつも、私は次の事もまた懸念いたします。それは日本の歴史的事情を言い立てて、守旧派がそれを隠れ蓑として用いる危険性についてです。フュステル・ド・クーランジュは彼自身が保守的な心情の持主ですが、『古代都市』も私どもの中にある保守的な心性にアッピールするような気がする。次の例はあるいはその場合かと思います。

穂積陳重の弟の穂積八束《やつか》（一八六〇―一九一二）は「民法出デテ忠孝亡ブ」という名句を吐いて、フランス国民法典の直訳的な施行に反対し、その延期を求めたことで知られています。彼は森鷗外と同じ一八八四年にドイツへ留学した人ですが、彼地で歴史法学者の主張に接し、日本の法学者は「我国固有ノ法理」に由るべきことを痛感した。穂積八束はそれを模索しつつあった時にフュステルの『古代都市』を読み、それから非常なる暗示を受けた、といわれます。

右の『民法出デテ……』の論も根拠をフュステルに置いたもので、論の是非はともかくとして『古代都市』を正確に読んで共感的に理解している。いま『民法出デテ忠孝亡ブ』に句読点を振って引用しますと、

欧洲固有ノ法制ハ祖先教ニ本源ス、祖先ノ神霊ヲ崇拝スルハ其建国ノ基礎ナリ。法制史ハ法ノ誕生ヲ家制ニ見、権力ノ源泉ヲ家父権ニ溯ル。然レドモ何ガ故ニ家ハ一団ヲ為シ、何ガ故ニ家父権ハ神聖ナリヤト問ハバ、之ヲ祖先教ノ国風ニ帰一セザルベカラズ。祖先ノ肉体存ゼザルモ其ノ聖霊尚家ニ在リテ家ヲ守護ス、各家ノ神聖ナル一隅ニ常火ヲ点シテ家長之ニ奉祠ス、是レ所謂家神ナリ、祖先ノ神霊ナリ。事細大ト無ク之ヲ神ニ告グ、是レ幽界ノ家長ニシテ、家長ハ顕世ニ於キテ祖先ノ霊ヲ代表ス。家長権ノ神聖ニシテ犯スベカラザルハ祖先ノ霊ノ神聖ニシテ犯スベカラザルヲ以テナリ。家族ハ長幼男女ヲ問ハズ一ニ其威力ニ服従シ一ニ其保護ニ頼ル。

これは『古代都市』の第一部第二部を要約したものです。「神」とは「幽界ノ家長」すなわち家の祖先の霊だというのです。古代地中海の説明がそっくりそのまま日本の宗教状況を説明する言葉にもなっている。ところが明治になってフランスの民法典を日本に直輸入しようとする者がいるが、その新民法の思想は、

家トハ一男一女ノ自由契約（婚姻）ナリト云フ冷淡ナル思想である。それは祖先教の明治日本の実体とは合致しない。穂積八束はそこですこぶる論理的にその間の矛盾を次のように指摘します。

我国ハ祖先教ノ国ナリ、家制ノ郷ナリ。権力ト法トハ家ニ生レタリ。不羈自由ノ個人ガ森林原野ニ敵対ノ衝突ニ由リテ生レタルニアラザルナリ。

それだから日本の法制習慣は祖先教という国風によってでなければ理解できない。

之ヲ要スルニ我固有ノ国俗法度ハ耶蘇教以前ノ欧羅巴ト酷相似タリ。然ルニ我法制家ハ専ラ標準ヲ耶蘇教以後ニ発達シタル欧洲ノ法理ニ探リ、殆ンド我ノ耶蘇教国ニアラザルコトヲ忘レタルハ怪シムベシ。

とこう述べている。もっとも私は日本でも民法が戦後改定されたのはある意味では時代の趨勢であったろうと思います。しかしその際、右に穂積八束が提起した問題点にはきちんと答えてからにしていただきたかったと思います。それというのも昨今の民法の専門家といわれる方の中には細かい法律技術的な面で詳しい人は多いが、穂積陳重や穂積八束や岡村司等が問題とした根本的な問題は案外なおざりにしている。ここで余談にはいらせていただきますが、先日、私の知人で三代にわたって法曹界に関係している人にこの点を質問してみました。すると「いまはもう家制度の時代じゃないでしょう。結婚も一男一女の自由意志に基づく時代でしょう」という御挨拶でした。「あまり古くさい問題をもう繰返すな」という口調でありました。

実は私はその二代目と大学が同窓で、昭和三十年代に彼の結婚披露宴に呼ばれました。通知が新郎新婦の名前で来た。会場にも二人の名前が出ていてA家B家の婚礼とは出ていなかった。当日、新郎の父君も一言挨拶されましたが、いかにも新時代の民法学者らしく、結婚は男女両性の合意であって、家と家でなく個人と個人との結びつきである旨を強調されました。質素な披露宴で感じもよかった。ところが最近、その知人の令息が結婚することとなりました。そうしたら両家の父親の名前で披露宴の招待状が来、会場にもA家とC家の婚礼と出ていた。つい先日、私に向って「いまはもう家制度の時代じゃないでしょう。結婚も一男一女の自由意志に基づく時代でしょう」と宣《のたま》ったその法曹界の名士の御長男で、いまは亡くなられたさる民法学者のお孫さんで、しかもその司法官の卵ともいうべき人の婚礼の案内状であるだけに、私は苦笑を禁じ得なかった。それで新郎にその矛盾をついたら、

「法律の文言は司法試験受験者のためには確実に存在するが、世間は必ずしも法律によって事を解決しようとはいたしません」

という御返事でした。御名答なだけに逆に私が一本取られた恰好でしたが、しかし法曹関係者の法律に対する態度としてはシニカルに過ぎるのではないでしょうか。実際に裁判や訴訟に関係している専門家たちは現行の法律は既存のものとして扱うので、日本における西洋法の継受が適当か否かなどという根本的な問題は考えない方が思考経済の上では得なのかもしれません。しかし現行の民法という舶来品が日本の法生活の中で根づいているのかどうか、わが国の実際の法適用はどうなっているのか、ということをきちんと確めてみるのはやはり民法学者の務めであり、比較文化的にも興味深い問題点であろうと思います。披露宴の席上、私の周囲に坐られた法曹界の方は、現行親族法は法制度としての家制度を廃止したが、当事者たちの合意によってこれを維持する道を開いている、として「農家が長男には位牌や墓地と農地を相続させ、次男には学

費を給して大学に進学させ、女児には結婚資金を与えることは広く行われています」と指摘なさいました。私ももちろんその事は知っております。しかし問題はそのような「封建的な」合意に従わない、という「新民法」の精神や文言を尊重すると称する新世代が生れつつあることです。そう申しましたら法務省の方が、「しかたがないでしょう。いまさら改めようにも日本は外圧が加わらない限り、自分の力では改革は出来ない国なんだから」とお笑いになりました。私は憮然といたしました。列席の皆様がフュステル・ド・クーランジュを読んでおられないのも淋しいことに思われました。

日本でフランスの思想家というとデカルトとかパスカルとかいった名を人はすぐ口にいたします。しかし具体的に影響を与えたという点ではフュステル・ド・クーランジュの方が明治日本に深い痕跡を遺しているのではないでしょうか。明治日本にインパクトを与えた十九世紀のフランスの思想家の一冊の本で『古代都市』を凌ぐ書物はなかったといえると思います。明治二十年代だけではありません。たとえば先の穂積八束は明治四十四年（一九一一年）新年の宮中における講書始にもフュステル・ド・クーランジュ『古代都市』を取り上げた。そして古代ヨーロッパ人は霊魂の不滅を信じ、霊魂はその埋められる所に存して子孫を保護すること、日常の用具は墓に埋め、時々食物や草花を供すること、祭祀の礼は「活ケル人ニ対スル」如くであること、ここから祖先を神と信ずる祖先崇拝が生じ、各家庭にも神棚を祭ってそれを清浄に保ち、家族はこれを崇拝して幸福と避難を願うこと。この信仰の上に家制度が成立していること、婚姻も「妻ハ夫ニ随ヒ其ノ家ノ祭祀ヲ奉ズル」もので、祖先の祭祀を絶つことが大罪にあたること。またこれらの信仰は、キリスト教が「人類一切平等博愛ヲ説キ、唯一ノ上帝ヲ信仰スルノ外、祖先ヲ崇拝スルノ教義ヲ禁止」して以来、西洋において跡を絶ったことを述べ、西洋と日本の世道の違いにふれて「感慨ニ堪ヘザルモノアルナリ」としています。穂積八束はその御進講を、「茲ニ新ニ年ヲ迎ヘ、畏クモ、上朝廷ヨリ下万民ニ至ルマデ、皆先ヅ祖先ヲ拝スルノ時ニ際シ、此ノ国風ノ深遠ナル意義アルコトヲ念ヒ、恭ミテ之ヲ進講ス」という言葉で結んでいますが、この新年の気分に訴えたところなど穂積が日本人の心底にひそむ神道的な宗教感情をよく捉えていたことがわかりましょう。

私は穂積八束についてはなお三つ問題にしたい点がある。

長尾龍一教授は『日本法思想史研究』（創文社）で「こうして〝祖先教〟の日本と〝個人主義〟の西洋という基本的対置に発する彼（穂積八束）の理論が成立したのである」と結論していますが、この基本的対置はハーンもまた指摘しているところなので、ひょっとして穂積八束も兄陳重と同じくハーン『日本――一つの解明』を読んで刺戟されたのではないか、明治十年代末に留学して読んで感銘を受けた『古代都市』を明治末年になってまた取り上げたについてはそれなりのきっかけがあったのではないか、というのが第一点。

第二点――これはもっと重大な点です――は、ハーンは、祖先教めでたしめでたしで終っていないで、個人主義とはいわないが個人の自由の観点から明治日本を観察してその将来を憂慮している。

ド・クーランジュ氏は個人の自由がなかったことが、ギリシャ社会の混乱と最終的滅亡の真因であったと指摘している。……いまや近代日本における個人の自由の欠如はまさに国家的危機にほかならないように見えるのである。

これは最終章の一つ前の「産業化の危険」の章に出てくる言葉ですが、ハーンはよく見抜いていたと思う。ハーンは明治三十七年に『日本――一つの解明』を書いた。そして日本人は御先祖様とか死者の霊に縛られるから個人の自由の幅が少いとした。その一九〇四年の日本は満洲で多くの戦死者を出しながらロシヤ帝国主義と戦っていた。その三十年後中国のナショナリズムが満洲を奪回しようとして日本の利権と衝突した。その時、日本国民の間に走った感情は「これで我々が満洲の土地を捨てては、亡くなった英霊に申訳ない」

という気持だったと思います。日支事変が長びいて日本は泥沼にはまりこんだ。中国大陸からの撤兵が日本の為政者の間で真剣な話題となる。しかし大新聞の社会面に代表される国民感情は「兵隊さんがあれだけ血を流したのにおめおめ撤退できるか」というのであった。国民も「英霊に相済まない」と感じていた。あの頃の雰囲気を思い返すとなるほど日本は「死者が支配する国」だと思います。私は明治の日本の法学者で『古代都市』を精読した人で、ハーンが行ったような個人の自由にまつわる指摘をした人がいないことを残念に思う者です。（なおここであわせて述べますと、ハーンも『日本――一つの解明』の中でさまざまな日本の欠点の指摘も繰返し行っている。そこは当っている指摘もあればはずれている指摘もある。しかし、個人の自由の欠如やプライヴァシーの欠如、など真正の民主主義社会の存立を困難にする特質について指摘している点は傾聴すべきものと思います。）

それから以上と別箇の第三の問題点もある。それは穂積八束は彼自身のイデオロギーはさておいて、とにもかくにも『古代都市』第一篇第二篇を実に正確に把握していたことがわかる。だが私がここで取りあげたい点は、明治の法学者たちはフュステルの説をすなおに事実として受取った。しかし『古代都市』に書かれたことははたしてことごとく史実といえるか、という点です。それで私は西洋の今日の学問世界におけるフュステル評価を調べてみました。パリ高等師範学校（フュステルの母校で、彼はそこの校長も勤めました）のアルトーク（François Hartog）教授は国際フュステル学会の幹事長ともいうべき人で、一九八四年フラマリオン社から『古代都市』ペーパーバック版にフュステル論を添えて出した人ですが、その方が私がフュステルに関心を抱いていることを聞き知って資料を送ってくださった。（また白水社の芝山博氏も資料を揃えるのを助けてくださいました。なお同社からは『古代都市』のフランス語教科書版を一九八八年春に出しました。）

まずフュステルのあまりに一般化の度の強い推論の危険性についてはすでに田辺貞之助の訳本にも引か

れているセーニョボスも、また最近は *The Family, Women and Death* の著者 Sally Humphreys も批判している。ハンフリーズ女史は、フュステルの主張とは違って、古代ギリシャでは自分の敷地内に身内の者を埋葬しなかった、という指摘をしている。そしてフュステルは十九世紀の人として家の永続の重要性を考え、その考えを『古代都市』の中に投影した、とも解釈している。ちょうど明治の法学者が家の永続の重要性を考え、その思想を『古代都市』の中に発見し、確認して狂喜した様と対をなします。ただしハンフリーズ女史はどちらかといえば今日の女性解放論者の立場に賛同しつつ過去を見ている人だから、女史の解釈に対しても留保は必要でしょう。ほかにも M. I. Finley とか A. Momigliano とかが学説史的解説を書いているが、論文としての格はよほど下がる。いずれも『古代都市』の私どもが問題とした部分の内容を否定している批評ではありません。『古代都市』の論は祖先崇拝から説き起して家族制度を論じ、さらに所有権の問題へと展開するのですが、その後者の移行の辺にいろいろ難点があるらしい。また日本では藤縄謙三氏が『ギリシア文化と日本文化』(角川書店)で、村川堅太郎氏が『黎明漫読の記』(『図書』昭和五十七年十二月号)で『古代都市』に言及しているが、研究というよりは読後感程度で、日本の西洋古典学者はどうも法学者ほど真剣にフュステルに興味を示さなかったようです。というか西洋古典学の人々はハーンや穂積陳重がフュステルを読んだことを御存知なかったらしい。それだから西洋から古典学者が来日して、ケネス・ドーヴァー博士などに、

「古代ギリシャの宗教的環境はキリスト教を奉ずるヨーロッパのそれよりはるかに日本のそれに似たものであった」

と言われては(久保正彰訳『わたしたちのギリシア人』、青土社、参照)、日本のギリシャ学者はそのたびに返事につまっているのでしょう。ギリシャと日本とを比較することはアカデミズムの規律というか縄張りに反するように思っている人もおられるらしい。なるほどハーンの日希比較論ともいえる『日本——一つの

解明』がアマチュアリズムの産物であることは事実です。しかしそのような知的冒険をあえてしたハーンに対して私はやはり敬意を表するものです。

それでは最後にハーンを日本の神々の世界へと誘うきっかけとなった『古事記』に戻ってこの第一章を結びたいと思います。

十　八雲立つ出雲

私は『古事記』が好きです。文章に即して声に出して読むと、読者の気息と肉声が古代を蘇らせる。儒教的規範にはそぐわないかもしれないが、また十九世紀や二十世紀のピュリタンやその末裔のある者の倫理感覚にはそぐわないかもしれませんが、仁徳天皇と黒姫の物語など実に好ましい。大国主命にまつわる歌もいい。私はアーサー・ウェイリーを詩を解する学者として真に高く評価しているのですが、彼の見方で一つだけ同意できかねる点は、記紀の歌謡の価値を彼がよく認めていない点です。それから私は須佐之男命《すさのおのみこと》が須賀に来て「吾此地《ここ》に来て、我が御心すがすがし」といって家を造り、

八雲立つ出雲八重垣妻籠みに八重垣作るその八重垣を

の歌も大好きです。この歌は、すでに竹山道雄氏により指摘されたことですが、意味としてはべつになんということはないのに、同じ言葉の重ね方やそのリズムから詩をつくっている。それで、言葉を意味として把えないで、言葉自体をマチエールとした純粋詩の例となっている。いい説明だと思います。とにかく、湧く雲と幾重もの垣の中に、八重垣は三回出て来るしその前に八雲もあるから、本当に幾重にも取り囲んでいる感じがする。出雲は海のものも湖のものもおいしい、湖や沼が多いから本当によく雲が湧く、八雲立つ出

雲です。そこで湧く雲と幾重もの垣の中に自分の女を住まわせているという、素朴な歓びの感動を伝えている。

ハーンに須佐之男命と櫛名田姫の御夫婦を祭神にした八重垣神社を訪ねる紀行文があることは前に申しました。この神社は縁結びの神社です。ハーンが『古事記』から一番長い引用をしているのは実はこの紀行文の第一節で、

「故《かれ》、避追《やら》はえて、出雲国《の》の肥《ひ》の河上、名は鳥髪といふ地《ところ》に降《くだ》りたまひき。此の時箸其の河より流れ下《くだ》りき」

に始まる須佐之男の八岐大蛇《やまたのおろち》の退治の話と、先ほどの「八雲立つ出雲八重垣」の歌の話とがチェンバレン訳で引用されています。ハーンが八重垣神社へ行ったのは明治二十四年四月五日の日曜日でそのことは『西田千太郎日記』に出てきます。私もあの辺をまわりましたが良い天気の日で一生忘れられぬ思い出です。

ハーンはそのころから小泉節子という貧乏士族の出戻りの娘と同棲していたらしい。六月十四日付の『西田千太郎日記』にはじめてその名が、

「ヘルン氏ノ妾セツノ実母小泉氏ノ依頼ニヨリヘルン氏方ニ至リ、同人救助ノ事ニ就テ談ズル所アリ」

と出て来る。そのうちに内輪の祝言が行われて内縁関係が確立したのか「妾」から「せつ氏」に変ります。それでもなお節子はまわりから特別な目で見られたに相違ない。それで松江からよそへ行ってしまいたかったであろう。そのころ第五高等中学校への栄転の話がハーンに出たので、明治二十四年十一月十五日に熊本へ去りました。

熊本時代に起った最大の出来事は長男一雄の誕生で「カズオ」は「ラフカヂオ」の「カヂオ」にちなんで付けた。明治二十六年十一月十七日のことですがハーンは子供の産声を聞いて、

「自分の体が二つあるような妙な気がした」

と言い非常な感動を示しました。たいへん喜んだが、しかし、

「自分の子供を生んでくれる女を虐待する男も世の中にはあるのだと思い出したら天地が暫く暗くなるような気がした」

とも友人ヘンドリック宛に書き送っています。自分の父の所業に言及しているのは明らかだと思います。そして気がつくとハーンは不思議な運命のめぐりあわせで、自分も父と同じように、異国の女と結ばれた。父が自分の母であるギリシャの女ローザを捨てたために幼いハーンは不幸となった。そのハーンは子供の産声を聞いた時、自分は父チャールズ・ブッシュ・ハーンと違って、我が子も、我が子の母も大事に大切にしようと思った。そして日本に帰化する決心をします。それというのは不平等条約の時代には西洋人の夫が死んでも遺産は日本人妻子の手に渡る保証はなかったからです。チェンバレンをはじめ在留英米人はあのハーンは西洋人にもあるまじい馬鹿な事をすると冷やかな眼で見ていたが、ハーンは小泉家の養子となった。たいへん面倒な手続を踏んで例のない日本国籍取得を行った。そして明治二十九年一月十五日、小泉八雲と改名して「小泉セツ子方ニ入夫ノ願許可セラレ」(『西田千太郎日記』)ました。

八雲という名は夫人の方の年寄の誰かが言い出した名前といわれておりますが、実にいい名前だと思います。ハーンはそれを聞いた時、「八雲立つ出雲八重垣妻籠みに八重垣作るその八重垣を」を思い出したにちがいない。自分がかつて八重垣神社に詣でYaegaki-jinjaという随筆を書いたことももちろん思い出したにちがいない。いやあの出雲の国にやって来て櫛名田姫と結ばれた須佐之男命のことを必ずや思い出したにちがいない。小泉家の老人の方にもその神話のことが念頭にあったればこそ八雲という名を口にしたのではないでしょうか。スサノオでは雄々し過ぎてハーンには似つかわしくない、と思う方もあるかもしれない。しかし実はスサノオも母子密着型の子であって、かつては父のイザナギの命令を断り、亡き母イザナミをなつかしみ、「僕《あ》は妣《はは》の国根《ね》の堅洲国《かたすくに》に罷《まか》らむとおもふ」と言って泣いたこともあった。それからまた、あえて英

国籍を棄てて日本の家庭の主人となり、男としての責任をきちんと果したハーンが雄々しくないと一体誰が言えましょうか。

こうしてハーンは、ギリシャの島に生れた人であったが、ついに須佐之男命の運命を我が運命とするかのごとく櫛名田姫ならぬ節子姫と結ばれて小泉八雲となった。そうなることで小泉八雲は日本文学史上の人ともなりましたが、そう名乗ることでヘルン先生は出雲の神話中の存在ともなりました。外国《とつくに》から来た人であれほど神道的雰囲気を我がものとして摑んだことは偉いことである。日本人の中には小泉八雲の物語を翻訳で読むうちにこの人を日本人と思いこむ人が沢山います。また読むうちに日本人としてナルシシスティックな、自己満足におちいる人もいる。しかしそれではいけないのだ、と私は思います。私どもがハーンを範にして学ぶべきことは、ハーンが日本の心を摑んだごとく我々日本人もまた外国の心を摑むようつとめるべきだ、ということだと思うのですがいかがでしょう。

明治三十七年九月二十六日、五十四歳でこの世を去った小泉八雲は世にも稀な人でした。出雲の見晴らしのよい丘に小泉神社が建つならばどんなにか嬉しいことであろうか、と私はこっそり身贔屓《みびいき》な空想をする次第です。

第二章　小泉八雲と母性への回帰

一　ハーンの心奥の願望

この章ではラフカディオ・ハーンと母性への回帰という題でお話し申しあげます。はじめにハーンが小泉八雲として日本語で書いた手紙を二通引かせていただきます。


小サイ可愛イママサマ。

ヨク来タト申シタイアナタノ可愛イ手紙、今朝参リマシタ。口デ言ヘナイ程喜ビマシタ。

ママサマ、少シモアブナイ事ハアリマセン。ドウゾ案ジナイデ下サイ。今年ハ一度モ夜ノ海ニ行キマセン。乙吉《オトキチ》ト新美《ニイミ》ノ二人ガ、子供ヲ大事ニ気ヲ附ケマス。一雄《カズヲ》ハ深イ所デ泳イデモ危イコトハアリマセン。

此ノ夏ハクラゲヲ大変恐レマス。然シヨク泳ギ、ソシテヨク遊ビマス。

アノ成田様ノオ護符《マモリ》ノコトヲ思フ。アノイハレハ可愛ラシイモノデス。

私少シ淋シイ。今アナタノ顔ヲ見ナイノハ。未ダデスカ。見タイモノデス。

蚤が群ツテ集マルノデ眠ルノハ少シムツカシイ。然シ朝、海デ泳グカラ、皆、夜ノ心配ヲ忘レマス。

今年私ハ、小サイタラヒノオ風呂ニ二三日毎ニ入リマス。

小泉八雲

焼津　八月十七日

パパカラ
可愛イ子ニ、ソレカラ皆ノ人ニヨロシク。

小サイ可愛イママサマ。

今朝成田様ノオマモリガ参リマシタ。パパハ乙吉ニヤリマシタ。スルト大変喜ビマシタ……

ママニ願フ。自分ノ身体ヲ可愛ガルヤウニ。今アナタ忙ガシイデセウネ。大工ヤ壁屋ヤ沢山ノ仕事デ。

デスカラ身体ヲ大事ニスルヤウニクレグレモ願ヒマス。

私今日ハ忙ガシカツタ。本屋ガ校正ヲヨコシタカラ。然シモウ皆スマセマシタ。

巌ト一雄、丈夫デ可愛ラシイ。海デ沢山遊ビ黒クナリマシタ。乙吉ハ二人ヲ大事ニシテクレマス。勉強
毎日シマス。

サヨナラ、可愛イママサマ。

オババサンニ可愛イ言葉。

子供ニ接吻。

焼津　八月十八日

萩原朔太郎が小泉八雲ことラフカディオ・ハーンのこの情緒纏綿《てんめん》たる手紙にいたく感動したことは朔太郎の『小泉八雲の家庭生活』という随筆にあふれるばかり述べられています。この手紙は新婚当時の手紙でなく、ハーンはすでに五十を越えた白髪の初老の人となっていた。

もっとも右に引いたハーンの手紙は拙著『小泉八雲――西洋脱出の夢』（著作集第十巻）にもこの形で引用しましたが、実は修正された文章です。日本通として著名なハーンの日本語知識がこれしきのものか、ということが世間に知れるのをおそれた遺族の次男巌が、発表に際して添削したということだけは前からわかっていた。そうしましたところ修正前の原文が昭和六十一年焼津市歴史民俗資料館で小泉八雲展が開かれた際はじめて公表されました。いま右に引用した二番目の手紙の原文（部分）を同展覧会カタログの写真版から起して掲げるとこうなります。

小・カワイ・ママ・サマ・

コンニチ・アサ・ナリタ・サマ・ノ・オマモリ・マイリマシタト・パパ・オトキチ・ニ・ヤリマシタ・ト・タヘン・ヨロコヒマシタ……

ママ・サマ・ニ・ネガウ・ジュブン・ノ・カラダ・カワガル・イマ・アナタ・イソガシイ・デシヤウ・ネ・ダイク・トカベヤ・ト・タクサン・シゴト・デスカラ・カラダ・ダイジ・スル・オホネカウ・

ワタシ・コンニ・イソガシイ・ダ・ヨ・ホンヤ・ガ・コセイヲ・ワタシ・ヤリマシタ・シカシ・ミナ・ヨロシマシタ・イワオ・ト・かづを・ジヤウフ・ト・カワイラシイ・ウミ・ニ・タクサン・アソビ・ト・

クロイ・ト・ナル・オトキチ・ダイジシマス・ベンキヤウ・マイニチ・シマス・

サヨナラ・カワイ・ママ・サマ・オバパサン・ニ・カワイ・コトバ

コドモ・ニ・セップン・

小泉八雲

やいづ　八月十八日

この原文はたいへん稚拙です。しかしよく読み返してみると、稚拙なりに魅力があります。「小・カワイ・ママ・サマ」とか「小・ママ・サマ」は「チイ・ママ・サマ」とでも発音したのでしょうか。My Dear Little Wife という西洋風の愛情表現をそのまま舌足らずの日本語に持ちこんだ。その言葉が童話的な愛情風景をひとしお強く感じさせる。夏休み、東京に居残って大久保の家の普請を監督していた妻の節子は日本女性としては大柄でしたから、その言いまわしにきっと笑ったと思います。しかし、「ママ・サマ・ニ・ネガウ・ジュブン（自分）・ノ・カラダ・カワガル」

「サヨナラ・ママ・ノ・カワイ・カオ・ノチホト・ミル・ト・ノゾミ」

などの英語直訳調の「ヘルンさん言葉」の温かさは、ハーンが明治三十七年五十四歳で亡くなった後も、生涯節子の耳を離れなかった声音だろうと思われます。

ところで「ヘルンさん言葉」で書かれた手紙はハーンが書いた以外にもあります。それは節子が夫ハーンのためにやはり「ヘルンさん言葉」で手紙を書いたからで、節子は東京から明治三十七年夏、次のような返事を焼津へ送りました。

パパサマ、アナタ、シンセツ、ママニ、マイニチ、カワイノ、テガミ、ヤリマス。ナンボ、ヨロコブ、イフ、ムヅカシイ、デス。アナタ、カクノエ（絵）、ヒキフネノエ、オモシロイ、デスネー。ワタシラ、ハヤクやいづエ、マイリマスト、パパノカオミルト、オモシロイノ、コトバ、キク、大《だ》いー、スキ。百日、ミマシタ、ナエノヨナ、パパノカオ、ト、カワイノ二人ノムスコ、シカシ、ユメ、マイバン、ミマスヨ。アア、シカタガナイ、イマ、大久保ノイエニ、ダイク、アリマス。パパサマノ、カワイノ、ベンキヤウノ、マ（間）ト、ストウフノ、マ、ナオスデスヨ。パパオカエリノ、トキ、ナンボ、キレイ、ト、ベツニ、ト、ナリマシヨーヨ。ワタシ、やいづニマイル、二十五日マタハ二十六日デ、シヤウ。デンポオ、アゲマスヨ。パパノカワイガルノ、バシヤウ（芭蕉）、大キ大キデス。ナンボ、タクサン、ハ、アリマス。シカシ、ミナ、ニワノ木、イイマシタ。ダンナサマ、ルス、サムシイデスネー、ト、イイマスヨ。セミ、アサカラ、ウタウ、ミン、ミン、ミン、ミン、ツク、ツク、ウイス、ツクツクウイス、ウエヨース。……ナミ、アライデス、イケマセンネー。ワダ（和田）ニユク、ミチ、ワルイ、イケマセンネー。シカシ、アメフルナイ、タクサン、シヤワセ、デスネー。TOKYOマイニチ、ヨキテンキ、アツイデスヨ。ミナ人、大ジヤウブ。シンパイ、アリマセン、ヨ。

八月十八日

ママ　セツカラ

ミナ人　ヨキコトバイイマシタ

パパサマノ、カラダダイヂスル、クダサレ

睦まじい夫婦です。妻は笑いを含んで夫を軽く揶揄《やゆ》します。夫の好きな話題――夢、庭の木、蟬の声をその擬声音まで伝え、大の寒さぎらいのハーンのためにストーヴの間の修理を報じ、その上ままごとのような追伸の句で結んでいます。――普通の日本語の手紙を書くのに不自由がなかったはずの小泉節子が、夫のためには「ヘルンさん言葉」を話し、「ヘルンさん言葉」で手紙を書いたことがいかにも尊い。皆さま右の手紙を是非一度声に出して読んでくださいませ。長男の一雄は後年著書まで出して母親の無教養を嗤《わら》いましたが、しかし考えてみると節子がこのような「ヘルンさん言葉」で説明しながら山陰の昔話や松江の怪談を夫に語って聞かせたからこそ、ハーンのあのおびただしい日本の再話物語は生れたのです。その節子が夫の死後、口述筆記した『思ひ出の記』は後に田部隆次著『小泉八雲』に収められましたが、いかにも真実で、しかも深く感動的な文章であることは皆様御承知の方も多いと存じます。

ヨネ・ノグチはハーン没後六年、『日本におけるハーン』（*Lafcadio Hearn in Japan*）を発表し、その第三章で右の節子夫人の思い出を英文に訳して紹介いたしました。すると西洋でもすぐ反響が出た。一九一〇年十一月の *The Academy* 誌はこう評価している。

節子のタッチには限りなくパセティックなにものかがある。……節子は詳述するというより、むしろ暗示的に、このすばらしい、彼女の成人した子供のことを書いている。

『イギリスの総合雑誌、書評誌にみられるハーン著作の評価』を調べた島根大学の銭本健二助教授はこの this wonderful grown-up child of hers という表現について、

「妻を呼ぶのに子供の位置から母（ママ）と呼び慣わす日本の習慣についての誤解から生れた論評であろう」

と解釈した。なるほどハーンが日本の習慣に従って自分をパパ、妻をママと呼んだのは事実です。（もっともこうした呼び方は実は西洋にないわけでもありません。）私はそれより興味深い点は『アカデミー』誌の英国人書評者が、ヨネ・ノグチの紹介にかかわる小泉節子の『思ひ出の記』を読んで、ハーンが十八歳年下の日本人の妻節子に、子供が母親に対するがごとき甘えの感情を抱いていたことに気づいた点だと思います。私はそこにハーン文学の秘密を解く鍵の一つがあると思った。

ここでハーンの母親思慕のもととなった幼年の日の原体験を振返ってみましょう。ハーンにおける母子関係の特色はすでにお話しましたが、母一人子一人でギリシャの島で溺愛されて育った。ハーンの幼年期の思い出は『夏の日の夢』に美しく語られているが、文中の「その方」がハーンの母親であることは間違いないでしょう。

私の記憶の中には魔法にかけられたような時と処の思い出がある。そこでは太陽も月もいまよりずっと大きく、ずっと明るく輝いていた。それがこの世のものであったか、それともなにか前世のものであったか私にはわからない。私が知っているのは、青空はいまよりもずっと青く、そしてもっとずっと地上に近かった、ということだ。……海は生きて息づいており、なにか囁いているようだった。風も生きて息づいており、風が私にさわるたびに歓びのあまり私は大きな声で叫ばずにはいられなかった。

……そして私をしあわせにしようと、ひたすらそのことのみ考えてくださる方《かた》の手で、その土地もその時も、穏やかに支配されていた。その方は神々しかったけれど、時々子供の私がすねて機嫌を直さないと、とても悲しそうにされた。それで私は本当にすまなく思ったことも思い出す。日が沈み、月がのぼる前、夜の深いしじまがあたり一面を包むころ、その方はよく私にお話を聞かせてくれた。そのお話の楽しさのあまり私の体は頭の先から足の先まで興奮にわくわくふるえた。私はほかにはあのお話の半分ほども楽しい話を聞いたことがない。その楽しさがあまりに大きくなり過ぎると、その方はあやしい不思議な歌をすこしうたってくれたが、その歌を聞くと私はたちまち眠りこんでしまうのだった。だがついに別れの日が来た。その方はさめざめと泣いた……

これは物語の一節で浦島伝説とかけてありますからフィクションも混っている。ハーンが母親と実際に生き別れをしたのはギリシャの島ではなくて、アイルランドのダブリンでした。しかしハーンにとっての至福の楽園がイオニア海の島で母一人子一人で過した歳月にあったことは間違いない。裏返して言えば、その後の両親の不和、家庭の崩壊、瞼の母ローザとの生き別れがハーンの心に生涯うずく傷を残したということです。父の後妻のアリシアは先夫との間に子供がありましたからラフカディオは邪魔者で、少年は結局大叔母の大きな邸に引取られて育った。お手伝いさんの大勢いるお邸でしたが、ひとりぼっちで部屋の外から鍵を掛けられて夜寝かされては、お化けの夢を見てうなされた。しかしたいへん信心深い大叔母だったからお化けについては話すことすら禁じられていた。その点については前にふれました。そして母が寝室の壁に残していったギリシャのイコンを見て、油絵の聖母が自分の母で、大きな眼をした画中の子が自分自身だといつか思うようになった、と晩年『私の守護天使』の中で回想しています。その気持は私にもわかるような気がする。私の家はキリスト教ではありませんが、子供の時寝た八畳の鴨居に聖母とイエスとヨハネの絵の複製が掛っていた。するとその三人が母と私と兄であるような気がした。二十年後、留学生時代にスペインへ旅してそれがムリリョの作と気づいてなつかしかった。子供心にも画中の母子が西洋人風なことはわかっていたのですが、それでも日本の子供心なりにどこかで感情移入をしていたのです。私までがそうだとすると、ひとりぼっちのハーンが聖母子像を見て母を思った感情もそれなりに真実だったろうと思います。

さてハーンは厄介者扱いされて、フランスやイギリスの寄宿学校に送られ、大叔母の破産の後は退学、その後は一文なしでロンドンへ投げ出され、そこで社会の底辺の悲惨をつぶさに味わった後、アメリカへ移民として渡ります。そのロンドン体験の意味については別の章に譲りますが、ハーンのその後の二十年に及ぶ北米時代のみじめさについては、普通、ソーシャル・ダーウィニズムの「適者生存」の競争の苛烈さによって説明されている。エリザベス・スティーヴンスンの『評伝ラフカディオ・ハーン』は邦訳も出ていますが(恒文社)、その立場から見ています。だからシンシナーティ時代を叙した第三章の冒頭には、

the wolf's side of life, the ravening side, the apish side.

と出ている。オハイオ河畔のこの町は弱肉強食の世界であって、人間がもう人間でなくて、狼や烏や猿のごとく相手をひきちぎり、むさぼり食い、悪智恵を働かせている、という意味でしょう。ハーンの手紙に出て来る言葉です。そして第四章の冒頭には、

beastly Cincinnati

と出ている。「獣《けだもの》のごときシンシナーティ」というので、やはりハーンの言葉です。この獣的なる都会で

は実際に殺傷沙汰も多かった。ハーン自身も殺人事件のセンセーショナルな報道を書いて記者として有名になった人で、下層社会のルポルタージュがいかにも多い。そして一八七七年、周囲の人と衝突もあり、文字通り居たたまれなくなって南の方ニューオーリーンズを指して逃亡いたします。

さてハーンの幼少年時代の精神的不幸が母に生き別れたこと、片眼を失ったこと、などで説明されるのは合点が行きますが、新聞記者としてかなり名もなした米国時代のハーンがなぜあのようにみじめで不幸だったのか。それは合衆国が、今日もそうですが、人に甘えを許さぬ、女性原理を認めぬ、淘汰の社会だったからだ、と私は考えたい。ハーンは（あとで理由を説明しますが）普通の西洋人以上にプロテスタント社会に合わない人間だった。それでスペイン系やフランス系の多い、北米で唯一のラテン系の都会ともいえるニューオーリーンズへ行ってほっとしたのだ、と思います。あれは南方という物理的な風土よりもラテン的という精神的な風土がハーンの肌に合ったのでしょう。

ではなぜ北米時代のハーンに女性的なるものに甘えたい、母性的なるものに優しく包まれたい、という強い欲望が意識下にあったということがわかるかというと、当時の再話作品にその片鱗が光り輝くように示されているからです。再話作品というのは原作があってそれをハーンが加工して再話に仕立てるわけです。それだから再話にはあるが原作にはないエレメントを探して行くと、ハーンの意識下の願望がその引算でもってありありと見えてくる。

当時のハーンの再話文学で単行本になったものは二冊あります。*Stray Leaves from Strange Literatures* は日本語でもそのまま頭韻を踏んで『異文学遺聞』（一八八四年刊）とか『異邦文学残葉』など訳されますが、その中に『泉の乙女』という好ましい作品がある。この作品の原話はギルという宣教師が南太平洋のラロトンガ島で蒐集した神話で、泉から出てきた乙女を酋長が捕えて妻にしたが、女はやがて泉の底の別世界へ帰ってしまう、という話です。それは神話学的に分類すれば一族の祖先にまつわるいわゆる説明伝説です。

ところが再話では酋長のアキという老人は百歳を越えて新月の夜亡くなるという場面がハーンによって加えられます。その時に昔の妻であった泉の乙女が水底から約束通りにまた現れて、アキの白髪の頭を自分の永遠に若い、輝く胸の上に抱いて、歌いかけ、優しく接吻し、アキの年老いた顔を撫で、その頬をさすってくれる。そして日が昇った時、村人たちはようやく魔法の眠りからさめる。アキはかすかに眠っているようだが、村人が名前を呼んでも返事がない。老人はとこしえに眠ったのだ、と村人が知ることで話は終ります。

私はこの話についてはすでに『小泉八雲――西洋脱出の夢』(『平川祐弘著作集』第十巻)で詳しく書きましたので繰返しませんが、一つだけ十年前のエピソードを添えておきたい。私はそのころ北陸地方の大学で集中講義に『泉の乙女』を取りあげた。その時このハーンの再話を読んだ一学生の感想に、アキが、母親の懐に抱かれて安らかに眠る子供のように、安心しきった表情で永遠の眠りについた、それが「阿弥陀様の御来迎を思わせるような臨終です」とあって信心深い方のまことに良い感想だと思いました。また『泉の乙女』に深い感銘を受けた学生の中に小さい時にお母様を亡くされた方がいらして、その方の感想も私の印象に残った。私はその時、ハーンの瞼の母ローザの声は『泉の乙女』の子守唄に伝わっている、母性的なるものに優しく抱かれたいという幼少の日のハーンの深い願望がこの再話作品の結びで、約束を守って帰って来てくれた女との美しい再会の一節となっているのだと思いました。私はそうした学生たちの感想に支えられて『泉の乙女』の分析を書きました。

ハーンの北米時代の再話作品の第二作は、*Some Chinese Ghosts*『中国霊異譚』といい、中国作品の仏訳や英訳を基に再話したもので一八八七年に本になりました。その中で評判の高いのは『孟沂《もうぎ》の話』で、原話は中国明朝の『今古奇観』第三十四話です。ハーンはオランダ人 Gustave Schlegel の手になるフランス語訳で読んだ。この『孟沂の話』の場合も原作と仏訳とハーンの再話である The Story of Ming-Y を読み比べるとハーンの憧憬が奈辺にあったかが浮び出て来る。

全訳は本書の付録に掲げますが、原話の筋はこうです。明の洪武年間に広州府の人孟沂は父に同行して成都へ行き、近郊の張家に家塾の教師として住みこんだ。桃の花の咲くころ両親を訪ねに成都へ戻る途中、林の奥の花かげに美しい御婦人を見かけ、かたくなって、張家の主人から祝儀に貰った銀貨をついうっかり落してしまった。それを婦人の小間使が後から追いかけて届けてくれた。帰り道もそこへ寄るとその美しい御婦人が玄関先に立っていて小間使が孟沂を中に招き入れる。話が長くなり引き留められるままに懇談した。遅くなりついに美人に寝室に請じいれられて二人はねんごろに歓をつくした。そしてそれからというもの孟沂は両親には張家に泊るといい、張家には両親の家で泊るといって、毎夜のように美人の家に通った。そして共に詩を語り、歌をうたい、酒を酌み半年を過した。がついに一伍一什《いちぶしじゅう》が発覚しそうになった。孟沂はその夜も美人のところへ行って親に知られてしまった次第を語ると、彼女は、

「それはもう存じております。これまでの御縁だったのですから、お諦めくださいませ」

と言って明け方、

「これで永のお別れでございます」

と泣いて、墨のついたままの玉管の筆を一本孟沂に渡し、

「これは唐代の品です。わたしの形見にお側でお使いください」

と涙ながらに別れた。帰って来ると父は怒って「毎晩どこへ行っていたか」と孟沂を折檻します。切羽つまって青年はいっさいを打明け、女から貰った品も見せた。筆の軸には「渤海高氏清玩」の六字が刻んであり何百年も土中に埋っていたような立派な品です。この女はただものではないといぶかしく思った父親は張家の主人ともども孟沂に案内させて桃の林を通って館を目指した。

「ここです」

と孟沂は言ったが、目をあげると屋敷がない。驚いて眺めると美しい風景の中、桃の木がならび、茨に埋

められたように崩れた墓があった。しばらく考えていた張家の主人は手を打ってこう言った。女は平家の子の康に嫁いだ、といったそうだが平康巷《へいこうこう》とは唐の時代には妓女が住んだ成都の一劃である。また筆に刻まれた高氏とは四川省の節度使で詩人としても名高い高駢《こうべん》であろう。あの渤海出身の人は成都にいた時ふかく妓女薛濤《せつとう》を愛した。とするとその玉筆は高駢が寵愛した薛濤に贈った品にちがいない。薛濤は数百年前の昔に死んだが、それでも女の霊はそこの崩れかかった墓にいままで残っていたのだ。孟沂が夜な夜な逢瀬を重ねともに詩を論じた女はその薛濤の霊だったにちがいない……

父親は気味が悪くなり息子がなおも惑わされることのないようすぐ広東へ連れ戻します。孟沂は科挙に合格し、良家の令嬢と結婚し、めでたく出世します。そして若かりしころ薛濤という唐代の妓女と会ったことを人に話しては例の筆を証拠として見せた、というところで原話は終ります。

それに対してハーンの話は結びが趣向を異にします。再話では孟沂は固く口をとざしたままで、

> 子供たちが寄って来て、机を飾るその美しい遺物についてお話をせがんでも、そのいわれを口にしたためしはついぞなかったということである。

というところで話は終ります。森亮教授がすでに評しておられますが（『小泉八雲の文学』、恒文社）、胸中に女の思い出をいつまでも仕舞っておくハーンの主人公の態度には女に対する貞節に似たなにかが感じられ、それで孟沂の人格のみか作品の品格そのものまでが中国原話に比べて数等高雅になっている。

ところでこの『孟沂の話』は、『泉の乙女』の場合と違って、筋そのものの変更は結びを除けばまずないといってよい。それは『今古奇観』の原話がかなり完成度の高い作品だからでしょう。しかし再話は原話に比べて約一・七倍の長さになっている。それは筋を変えたのではなく、筋をふくらましたからです。いいか

えるとハーンの情景描写だけがたいへん細かくなり、その部分だけは長さが原話の五倍ほどになっている。そこに三十代のハーンの気持が如実に示されていると思うので、原話（立間祥介氏訳）の、

途中、桃の花が咲き乱れているのが遥かに見えたので、近づいて行ってみると、いかにも閑静なところ。嬉しくなり、しばらく足を止めて眺めるうち、林の奥の花かげに美しい人が立っているのに気がついた。しかるべき家の婦人だと見えたので、まじまじ見るのは失礼と行き過ぎようとしたが、

という一節がハーンの手にかかるとどうなるか、英語から訳してみます。

その日、大気は花の香にうっとりと満ちて、蜂の唸る音が眠たげに聞えた。孟沂には自分が行く径がもう何年もの長い間、誰にも踏まれたことのない径のように思われた。草が高く路上に茂って、径の両側には巨木が聳え、頭上ではその苔蒸した力強い腕を組み交わし、地面にはその影を落していた。しかし葉の繁った暗いあたりでは小鳥の囀《さえず》る歌で葉がふるえていた。森の向うに開ける奥深い見晴らしは金色《きんいろ》の蒸気に輝き、香《こう》を薫《くん》ずる寺のように花の吐息でかおっていた。昼日中《ひるひなか》の夢見心地の歓喜の情が孟沂の心中にしみこんでくる。青年は若い花々の間に腰をおろした。見上げると菫《すみれ》色の空を背景に枝々がゆったりと揺れている。香りと光の中で思うままに大気を飲み、思うままにこのまろやかな大いなる沈黙の嬉しさを味った。しかしこうして憩うている間にもふと物音がする。振向くと向うに影深い場所があって野生の桃の花が咲き乱れているのが見えた。そして目をこらすと、うら若い夫人――桃色に染った花そのものと見まごうばかりの美しい夫人が、花の蔭に身を隠そうとしている。

孟沂がいそいで視線をそらそうとしたけれども、思わず動きがぎこちなくなって銀貨を落して呼びとめられたことはすでに申しました。これはヒロインその人が桃の精かと見まごうばかりの桃源郷といえるかと思います。

ハーンはまた原作にないすばらしい館をその再話に描写します。場所は四川省成都付近というよりアメリカ南部フロリダあたりの方がふさわしい気がいたしますが、訳してみます。

孟沂が同じ径を戻りしなに、あの優雅な女性《にょしょう》が一瞬目の前へ現れた場所でいま一度ひとやすみしたのは、また以前のような温い日和《ひより》の日であった。だが今回は巨木の森の奥深い見晴らしのその奥に、前回は気がつかなかった家が見えるではないか。驚いてよく見ると別荘風で、それほど大きくはないが、いかにも気が利いている。その曲線を描いてそりあがった、鋸状の刻みのついた二重屋根の油味を帯びた青い瓦は、葉の繁みの上にそびえて、昼日中の光に満ちた紺碧の空と、溶けあって一つの色になっている。柱廊が前に張出した玄関の柱の模様は、緑と金とに染めわけられて、日光を燦々《さんさん》と浴びた葉と花にまごうばかりで、いかにも芸の細かな細工である。その前のゆったりとした幅広い石段の一番上には大きな焼物の亀が左右に並んで据えてある。その大亀に護られたかのようにして立っているのが、この邸の女主人――孟沂が夢《む》寐《び》にも忘れたことのないあの女性《にょしょう》――なのであった。

この話でハーンがなにを書きたかったか、というと、『泉の乙女』の場合も同じですが、女性的なるもの、母性的なるものにやさしく抱かれたい、という心奥の願望でした。

しかしそのような理想郷の理想の女は本来この世にはあり得ない。この世の向う側にしか存在しない。川端康成流にいえば「長いトンネルを抜けると」山の向うに別世界がある。その向う側には女性的なるもの、エロス的なるものが存在してそれが主人公を惹きつけてやまない。そして現世とは違うその「向う側」の空間は理想郷であらねばならない。それだから風景も、建物も、人物も理想郷にふさわしいようにハーンは美しく描いた。

『今古奇観』でも桃の花が咲き乱れている向うの閑静なところに美人がいて、酒を勧め、詩を語り、年若の主人公を寝室に請じいれて歓楽を尽すのですが、色彩《ど》りからいえば中国の原話はせいぜい墨絵にやや淡い色が添えてある程度だった。その一幅の南画を思わせる風景が、ハーンの筆にかかるとにわかに油絵のような風景に変った。この変貌には目を見張るものがありますが、執筆時のハーンの念頭には彼が好んだポーの「自然美の物語」と普通分類される『アルンハイムの地所』とか『ランドーの小家』という作品があって、それも誘いとなってハーンはこのような文字による絵画的描写（word-painting）を行ったのだと思います。一方に東洋の桃源郷というか遊仙窟というかそうした理想郷があり、他方にポー風の西洋の理想郷があり、その両者が再話作品では渾然一体となった。ではその理想郷とはなにかというとハーンの根源的な願望であるところの女性への憧れ、母性への憧れ、いってみれば母胎回帰の望みがかなう場所である。その願望が薛濤に優しく抱擁される孟沂の姿に描かれている。

私たち日本の男の多くは、幼年時代母親に甘やかされ大事に育てられたせいか、この種の願望をひそかに持っている。それだから日本文学の代表作にはその種の感情はしばしば美しく描かれている。そして一歩進めていえば、ハーンのこの母胎への回帰の情に似たものは、アメリカの男にだってきっとあるのでしょう。だがしかしアメリカ文学にはほとんど表に出て来ない。すくなくともアメリカ文学の主流と目されるホイットマン、メルヴィル、ヘミングウェイなどの作家の作品には全然見られない。この種の「甘え」の感覚が彼等の作品に出ていないといういかにも対照的な事実は注目に値いすると思います。アメリカの男は本来は荒々しく能動的に女を愛するのであって、女々しく受動的に女に愛されるのではない……

二　妻の成人した子供

ハーンは十七歳で学校退学を余儀なくされてから、二十年間苦しみ抜きました。そのハーンは空想裡に優しい女性に抱かれることを夢みました。そして『孟沂の話』などを含む『中国霊異譚』などの再話物を書きました。そのころはニューオーリーンズで暮していましたが、ハーンに親切にしてくれた人にマーガレット・コートニー夫人がいて、ハーンの人柄を認めてくれました。文章も認めてくれました。そうした女性に出会った時、ハーンのいらいらした気持も劣等感も消えたらしい。ハーンは夫人にも『中国霊異譚』を一部贈っていますが、その献辞に、

「そのあたたかいお心づかいと献身的な御配慮のおかげで、はじめて私は心身ともに健康をとり戻し、文学の制作に打ちこめるようになりました。世にもありがたい真心の女性の君へ」

と書いている。ハーンはこの夫人の家で食事をしていたのですが、ハーンにとって母親代りだったのでしょうか。

さて『孟沂の話』を再話して『中国霊異譚』を刊行した当時のハーンはまだ実際に東洋の土を踏んだことはなかった。それが数年後の一八九〇年（明治二十三年）四月四日に来日し、八月三十日には島根県出雲国松江市の島根県立尋常中学校へ着任しました。そして翌年には齢《よわい》四十で十八年下の小泉節子と結ばれた。ハーンは米国時代たいへん貧乏であった。それが松江に来て日本人教師に数倍する高給を得ました。定職を得たことも、周囲の人々がこの外人さんを大事にしてくれたことも、ハーンにとっては大変化だった。ダブリンの大叔母の邸に引取られていた幼少年時代は「お坊っちゃま」扱いをされたが、それ以後は辛い生活が続いた。特にロンドンの一年と「獣のごとき」シンシナーティの七年とはみじめだった。そんな社会の下積みの生活をしてきたハーンがにわかに高い社会的地位を得た。いまの日本では外人教師といってももはや

特別待遇はしませんが、明治維新以後も、また第二次世界大戦後も昭和二十年代三十年代は、本当に別格扱いしたものです。ましてや島根県でただ一人のヘルン先生が受けた待遇は、いまの外人教師の皆さんにはお気の毒だが、――いやお気の毒でなくていまが普通で、これこそが目出度いのでしょうが――破格のものがあった。それからハーンがほっとしたについてはこんなわけもあった。米国時代のハーンは片眼であること、背が低いこと、風采があがらぬことで、不必要なまでに劣等感を持っていた。自分は女に愛されるはずはない、まともな結婚はできない、と心中どこかで思いこんでいた。それがいま背の高くない人々の間に来て、優しい伴侶を得て、かつてのコンプレックスが雲散霧消してしまった。その変化を一言でいうならば、アメリカ時代のハーンにはホームがなかった。それが日本の松江に来てホームの温かみにふれた、といえましょう。私はその変化を一八七八年二十八歳当時のハーンの独身者の一口の生活を報ずる手紙と、一八九三年十月、四十三歳当時のハーンの一家の主人としての一日の生活を報ずる手紙とを比較して論じたことがある（『破られた友情――ハーンとチェンバレンの日本理解』著作集第十一巻、一一四頁以下）。それで繰返しませんが、ハーンが小泉節子にどのようにかしずかれたか、その様子だけは覗いておこうと思います。

ハーンは午前七時に朝食を摂るのですが、妻は一緒にはほとんど食べない。それは後で家の者が食事する時にも顔を出さねばならぬからです。食事が終ると俥屋《くるまや》が来る。

私は洋服を着はじめる。初めのうちは日本の習慣が嫌いでした。妻が順序よく一つずつ渡して、ポケットの中味にまで気をつけてくれるのですが、これは男の中にある怠惰の性を助長すると思いました。しかし反対した時、人の感情を害して折角の朝の愉しい雰囲気をこわしてしまったから、結局この古い定めにおとなしく従っています。

いまの日本の男がみな奥さんに洋服を着せてもらっているとは思いませんが、しかしそれでも私たちの世代はハーンが報じたような「旦那様」の日常は聞き知っている。服を着せて貰ったりネクタイを締めてもらっている夫はもう少いでしょうが、それでも夫の脱いだ服を妻がたたんで箪笥にしまっている光景はまだいたるところでみられます。ハーンの記述はすくなくとも私どもにはまだ合点が行くものです。ハーンは「初めのうちは」そうした夫人にかしずかれる習慣が嫌いだった、と書いている。この手紙は前掲の著書に全文引いたので再引用はしませんが、全文から溢れる感じはハーンの幸福感です。小泉家の人々に大事にされ、学校での仕事も執筆の仕事も順調に進んでいる、その満足感がにじみ出ている。

この手紙を受取ったチェンバレンはハーンの仕合せな結婚生活を知っていた。もっともチェンバレンは白人種の男と黄色人種の女が同棲することはともかく、法律的に結婚することに賛成しなかったような人だから、この手紙を読んで複雑な感情は覚えたかもしれないが、ともかくハーンと節子がうまく行っていることは知っていた。知っていながらハーンの死後三十年経ってこんな風な記事を発表した。

ハーンの一生は夢の連続で、それは悪夢に終った。彼は、情熱のおもむくままに日本に帰化して、小泉八雲と名乗った。しかし彼は、夢から醒めると、間違ったことをしでかしたと悟った。

チェンバレンが八十歳近くになって書いたこのハーン評価は間違っていると思います。皆さまは私がはじめに読んだ「ヘルンさん言葉」の何通かの手紙を思い返せば、五十四歳で生涯を終えるまでハーンと節子は良き夫婦であった――ハーンは小泉節子を妻としたことを感謝しこそすれ「夢から醒めて」後悔したことなどなかったと確言できると思います。

ハーンと節子の家庭生活については当事者の証言もある。その第一は先にもふれた小泉節子の『思ひ出の記』で、それを読むとその生活が手に取るようによくわかる。あの記録は虚構と呼べるような拵え物では到底あり得ない。なるほどそれは都合の悪い事は節子は言ってなかったでしょうが、積極的に嘘をついたり、拵え事で美化したりするようなことはなかったと思います。

晩年の東京時代のハーンはどのように暮していたかというと、すべてを仕事に打込むようになり、家を建てるについても、ストーヴをたける部屋が欲しい、書斎は西向きに机を置きたい、万事日本風にというだけが注文で、それ以外は節子がなにか相談しても、

タダコレダケデス。アナタノ好キシマセウ。宜シイ。私タダ書ク事少シ知ルデス。外ノ事知ルナイデス。ママサン、ナンボ上手シマス。

と言って家政はいっさい妻にまかせた（『思ひ出の記』）。日本にはこの種の型の夫がいて、私も実はその一人ですが、西洋人の夫としてはどちらかといえば稀です。その節子の『思ひ出の記』を読むと、

晩年には……淋しさうに大層私を力に致しまして、私が外出する事がありますと、まるで赤坊が母を慕ふやうに帰るのを大層待つてゐるのです。私の足音を聞きますと、ママさんですかと冗談など言つて大喜びでございました。少しおくれますと車が覆《くつがへ》つたのであるまいか、途中で何か災難でもなかつたかと心配したと申してをりました。

ハーンが焼津から節子へ宛てた手紙にもこの種の感情は記されていますから、節子のこの記述は事実その通りだろうと思う。ヨネ・ノグチがこの『思ひ出の記』を英訳して紹介した時、ロンドンの『アカデミー』

誌の書評者がthis wonderful grown-up child of hersと評したのもまことにもっともで、単にハーンが妻を「ママさん」と呼んだからだけではない。日本では夫はしばしば妻にとって成人した子供のようなものである、長男の前に夫という子供がいる、といわれますが、ハーンは西洋人で節子より十八歳年上でありながら、十四年間の結婚生活を送るうちに妻にたよる、妻にdependする「成人した子供」に変容していった。いいかえると日本の主人（旦那、夫）という伝統的な型にすなおにはまっていったのです。

ラフカディオ・ハーンのこの幼児回帰現象についてはニ通りの説明が可能性として言えるかと思います。第一の一般的な説明は、日本の妻は夫にかしずき、夫を立てながら、いつの間にか夫を操るようになる。先ほど引いた手紙にもありましたが、妻が夫の下着から上着まで着せてくれる。ポケットの中に入れる物まで面倒を見てくれる。これは妻が夫を大事にしている、ともいえるが別の角度から見れば妻が夫を子供扱いしている、ともいえる。それが習い性になると、夫はいつか妻を頼りにするようになってしまう。その頼りにする、そのdependする気持が「甘え」なのです。土居健郎氏の『甘えの構造』はそれだから*Anatomy of Dependence*という題で英語に訳されている。ハル・ライシャワー夫人は「甘える」はto seek to be babiedがより適切な訳語だろうと近著『絹と武士』の中で提案されました。それはその通りだと思います。ハーンは妻の節子の帰りを「まるで赤坊が母を慕ふやうに」待っていた、という指摘はそのものずばりを言い当てている。また節子は十八歳年上の夫を「……医師に診察して頂くことや薬を服用することは、子供のやうに厭がりました」と報じている。これは夫を「子供」として把握しかつ表現している。その節子の口調には悪意が感じられぬばかりか、いとおしさがにじみ出ているようです。ただし日本の妻が外国人の夫にかしずいて夫を立てたとしても夫が必ずしも妻に依存する、妻に甘えるとは限らない。ライシャワー教授が幼児化してハル夫人に甘えているとは思えない。だとしますと第一の一般的な説明だけでは不十分ということになる。

ハーンの場合については第二の個別的な説明がやはり必要になる。なるほど妻の節子も典型的な日本の女として夫にやさしく仕えたが、夫のハーンの方にもともと女の人に優しくされたい気持が魂の奥底に秘められていたのではなかったか。それはいいかえると、ハーンにも日本人に近い「甘えの構造」が幼年期に造られて、ずっと潜在していたのではなかったか、ということです。

それではなぜハーンの心の奥底に日本人の「甘えの構造」に似たものが造られたのか。「甘えの構造」は日本文化だけの特色であるのか、ないのか。文化によってそれぞれ異なる面をもつといわれる母子関係の諸類型を大観して、その中に日本人一般の場合とハーン母子の場合を位置づけてみましょう。

三　母子関係のさまざま

私は母子関係は文化によって規定されているものでそう簡単に変るものとは思わないのですが、しかし母子関係の最初の接点である授乳をはじめとする赤ん坊の育て方については、この半世紀ほどの間、日本で実にあれこれ言われてきた。目まぐるしいほどの変化というか流行があった。それも知識偏重の母親の間でモードが変っただけではない。医学者の間でも学問上のはやりすたりがあった。

まず授乳についてのめぼしい記憶をたどってみます。私が十代であった終戦前は、汽車や電車や市電の中でおかみさんが「よしよし」と胸をはだけて赤ちゃんに授乳する光景はざらであった。それはまた母子関係の自然であったから、誰も気にもとめなかった。ちょうど戦前は湯泉場で男女が混浴しても人があやしまなかったと同じことです。ところがその授乳がアメリカ進駐軍がはいって来るとなんとなく気恥しい光景になった。見るにたえぬ封建的遺習だと一部の人が言い出したのです。(占領軍の命令で東京の中央線には婦人子供専用車というのが各電車編成ごとに一輛つきましたが、あの中でも授乳はしづらくなったのではないでしょうか。)そして婦人雑誌が人工ミルクで哺乳するのが進歩のように一斉に言いだした時期が長く続いた。母体の保護とか乳房の美しい形を維持するためとか男でも保育できるとかいろんなもっともらしい理由がついていた。皆さまもまるまると人工栄養で肥った赤ちゃんというミルク会社の大宣伝広告を御記憶でいらっしゃいましょう。

それが昭和四十年代になってでしょうか、牛乳が湿疹や幼児のアレルギーの原因といわれるようになった。やはり育児は母乳に限るという説に逆戻りした。栄養的にも心理的にもまたさまざまの耐性を赤ちゃんに植えつけるためにも母親のおっぱいが一番いいという。それはいまや世界的に公認された説のようです。そのせいかどうか数年前、北米の大学で授業の中休みにこんなことがあった。女子学生がセーターをさっとあげて赤ちゃんに乳房をくわえさせたのです。私は彼女がセーターの下になにも着ていなかったのに驚いた。小人数の教室だったので思わず目をそらしましたが、母乳の匂いがぷーんと教室いっぱいに漂った。その時、終戦直後のことを思い出さずにいられなかった。進駐軍は公共の場で婦人は人前で胸をあらわに見せるべからず、と諭したものです。ところが四十年後、いまの日本の女子学生は人前で絶対そんなことをするとは思わないが、アメリカの女子学生は、母乳で育てるのが良いのだ、といわれると教室内でも幼児に乳房をくわえさせて悠々としている。なんら恥ずるところもない。

ではその間に日本の小児科のお医者さままでジャーナリズムで名を成した人がなにをしてきたか、といえば、

「只今アメリカではしかじか」

とアメリカの最先端の流行の学説を次々と請売りして商売してきた。マターニティ・ドレスやドッグ・フードの宣伝ならはやりの紹介も宜しい。だが育児についてもそんな態度でよいものか、と考えざるを得ない。スポック博士の *Baby and Child Care* は第二次大戦後に三千万部以上も売れたというアメリカの超ベストセラーです。それだから米国では一ドル五〇セントでペーパーバックで出ていた。それが日本でも暮しの手帖社から訳が出た。東京大学医学部教授・小児科部長監修で、いまから二十数年前まだ日本が貧乏を脱しきれなかったころ千八百円というたいへんな高価な定価でした。それがまた売れに売れた。ところが日本で評

判になったころアメリカではスポック式に育てられた青年子女が家庭では問題を起し、大学では騒動を起し、非常な荒廃をもたらした。スポック博士自身が自分の育児書にその責任の一半あることを認め、前非を悔いたことが報道されました。日本でもスポック式に育てて「しまった」と思っている親御さんもおられることと思います。

数年前にはまたこんな経験もしました。パリでフランス人の女性教授の家を借りて私たちは住んだのですが、はいると部屋中がおしっこくさかった。その女性教授に問題児がいて垂れ流しをしていた、ということを私たちが帰る間際になって門番のかみさんが教えてくれた。離婚した方でその子を連れて米国へ行った留守に私たちは住んだのですが、御本人の専門の生化学の書物がぎっしり並んだ棚の一隅に育児書が沢山並んでいた。後から合点が行ったのですが、いろいろ子育てで悩んだ人に相違ない。その中に英文の著書が一冊、米国のプリンストン大学出版局から出た母子関係についての書物も取り寄せてあり、紙がはさんであった。そこを読んだらなんと日本の伝統的な育児法が理想的であると出ていた。小さい子には安心感・信頼感を植えつけることがまず大切で、赤ん坊はバッグに入れて運ぶよりもだっこ、だっこよりもおんぶの方が肌と肌とが密着してよろしい。人間的なタッチが大切で、母乳がもちろん良い、という趣旨であったと記憶します。なんのことはない、いろいろぐるぐる廻りしたが結局昔から日本で行われてきた育児法に戻っただけじゃないか、と思って本を閉じたことがある。たまたま読んだ本に過ぎないので記憶に誤りがあるかもしれないが、おんぶは英語で pickaback ということはその時覚えたような気がします。

それでは近ごろの日本ではどのような説が行われているかというと、人の心の原型は生れて一、二年の内にほとんど出来上ってしまう。だからその時期が決定的に大切である。その日々に母親が子供をしっかり抱きしめて育てないと飛んでもないことになる。その時期を人さまの保育所にまかせたり、病院に預けっぱなしにしたりすると、幼児の内部で外界に反応する配線がきちんと出来上らない。それで一生取返しのつかないことになる。専門家でない私の理解には不正確な点もあるいはあるかもしれないが、国立小児病院長の小林登教授などそれに近い趣旨をしきりと強調されている。

それはいいかえると、

「三つ子の魂百までも」

という昔からいわれてきた育児の智恵に世間が戻りつつあるということでしょう。この諺《ことわざ》はやはり真実をついているのであって、幼児期の保育が決定的に大切だ。それをなおざりにしておいて高校入試だ、大学入試だ、と後からやっきになって子供を叱っても、もう手遅れである。なるほど女の自立も夫婦共稼ぎも金銭的には結構であろう。女のプライドも満足するであろう。だがだからといって子育てより仕事を優先してよいことか。家庭より仕事を優先してよいことか。言葉が厳しすぎるかもしれませんが、叱るべきは子供よりも母親ではないのか。

私は米国民が、自分にはまだ小さい子供がいるのにチャレンジャー号搭乗を志願して死亡した女性を英雄視する傾向に不健全かつ非人間的ななにかを感じます。宇宙飛行士のなり手はいくらでもいる。なにも幼児の母がそんな危険な仕事に挑戦しなくてもよいではないかと私は思うのです。アメリカ人が爆死したマコーリフ夫人をヒーロー視するのは彼等の自由ですが、日本のマスコミがその口真似をする必然性はなかったと思う。日本の巷の女の人に本心を聞いて御覧なさい。「まあ、まだ小さな子供がいるのに」と小声で答えたろうと思います。

さて子供がすくなくとも三つになるまでは母親は職場は休んで子育てに専心するがよい。その間の母子の緊密な相互作用でもって子供の将来が決まる…… そのような立場に立って見直しますと、女が本能的に子を育てた国の育児の方が、先進国の一見進歩的で理知的で合理的な冷たい育て方や集団保育よりも実はずっと良かったという結論になりかねない。その良し悪しはいま別にするとして、ハーンは母親に愛され母子関係がたいへん緊密な中で育った。これは価値判断を抜きにした歴史的事実としてまず間違いない。そしてそれは英国風とか米国風というよりむしろ伝統的な日本風の育ち方に近かったろう。そしてそのことが三つ子の魂を形成し、大人のハーンにやはり影響を残した、と私は推察するのです。

ハーンが自分を限りなくいつくしんでくれた母親がいなくなってからは、瞼の母を恋い慕い、父に代表される西洋近代文明を本能的に呪咀《じゅそ》したことは前にお話ししました。そして北米プロテスタント社会でも苦しみ、女性的なるもの、母性的なるものに優しく包まれたいという母胎回帰の願望を北米時代、再話作品の自分の手になる創作部分にひそかに洩らしていたこともお話しいたしました。私はそのハーンは来日して、幼年時に母と生き別れたことの慰めを節子に見つけたのだと思います。はじめ同棲した時はそうしたことには気づかなかったが、晩年には完全に「甘えの構造」にはまっていた。日本の男は妻に母の面影を見ると申しますが、ハーンの場合も例外ではありません。

だがハーンはギリシャ育ちではないか。そのハーンに「甘えの構造」があてはまるのか。「甘え」は日本文化に固有なものではないのか。そうした御質問もありましょう。私は「甘え」は日本にユニークなものとは考えません。土居健郎氏の『甘えの構造』が出て以来、「甘え」は日本文化を解き明すキー・ワードのように言われるが、実はそれは誤解だと思います。あの本は北アメリカの社会にはいって最初戸惑った若き留学生土居氏が受けたカルチャー・ショックが基になっている比較文化論です。たしかに、北米プロテスタント社会が甘えを許さぬ社会であるとするなら、日本は甘えを許す社会だという比較は可能です。聖書の文言を重んじたプロテスタント社会は、人間個人個人が自らを助けて独立して生きることを当然自明の前提としているから他人に頼る甘えを許さない。その競争社会からのドロップ・アウトはしょうことなしにお金を払ってフロイト流の精神分析医のお世話になる――それで土居博士も戦後いちはやくアメリカの大学へ留学して精神分析を学ばれて日米の患者の違いに気づいたのであります。

だが甘えは本当に日本固有のものだろうか。東アジアの農耕社会では家族関係が緊密で、血縁の相互扶助の伝統もある。人々は independent（独立者）ではなく interdependent、互いにもたれあっている、相互扶助的である。当然甘えの感情も生れてくる。先ほどハーンが両手を左右にのばしていると妻が洋服を着せてくれる、という日本的な家庭の情景をお話し申しましたが、大の男をそのように甘やかす文化はほかにないわけでもない。

韓国で高級な料亭へ招かれると男のお客さんは自分の手で箸は使わない。キーセンが隣りに侍って箸を使って食べ物を上手に客の口まで届けてくれる。私もその時、

「これは男の中にある怠惰の性を助長する」

とその妓生たちの習慣が嫌いでした。しかし私が反対したら、韓国の人の感情を害して折角の宴席の愉しい雰囲気をこわしてしまうから、と口先に差し出された生のレバーかなにか知らないが食べ物を、一旦はぎょっとして思わず背をそらしながらも、ともかくも食べました。客は箸も使わず威張っているようで、その実たいへん幼児化する。こうした習慣はその点きわめてシンボリカルだと思います。示唆的だとも思います。甘えはかつて李御寧教授も指摘されたように、別に日本だけでなく東アジアにもある。東南アジアにもあるらしい。留学生会館のカウンセラーはその点をしきりと強調している。すると十九世紀中葉のギリシャの島にもあったのではあるまいか。

それではここで「甘え」の有無について、その由って来る文化史的背景を一瞥《いちべつ》してみましょう。西洋でも米国などプロテスタント系社会は「甘え」を許さぬ社会であるかもしれない。だが米国だけが西洋ではない、という当り前のこともここで申し添えたい。と申しますのも日本ではドイツのことを研究している人はドイツ即西洋と思い、フランスのことを勉強している人はフランス即西洋と思い、アメリカで生活した人はアメリカ即西洋と思っている。そしてその中で米国即西洋と思う人はいよいよふえる一方なので御注意申したく

思うのです。

それに困ったことにアメリカ人自身が米国即西洋（即世界？）と思うきらいがある。私、アメリカ人とつきあってつくづく思うのですが、米国というのは移民で出来上った、特殊な例外的社会である。世界の大半がそうであるような伝統的な社会でない。ところがアメリカ人は自分たちが例外的存在だとは一向に思わない。むしろ合衆国以外の文化に対しても自国内で出来上った価値判断の基準を平気であてはめて勝手に善し悪しを論じている。本当は本国で喰いつめて金儲けが動機で渡米した移民も多かったアメリカなのでしょうが、そうあからさまに言ってしまえば身も蓋もないから、皆が皆新大陸に自由の理想を求めて渡米したようなことを言い立てる。そして米国憲法の理想こそ人類共通の普遍的な理念であるかのようなことをぬけぬけと言う。お国の成立事情があのように人為的であってみれば自己肯定的、自己主張的になるのは避けられない傾向なのでしょうが、善意かもしれないが自己中心的な人が多い。一九四五年には公共の場で母乳を飲ませるのはよくない、そう言った時は当時のアメリカ的見解を正しいとし、一九八五年には公共の場で母乳を飲ませてもよい、そう言った時もやはりアメリカ的見解を正しいとしている。アメリカ人というのは時代によってどんどん変って行くようでいて、いつの時代にも自分たちのやることは正しいと確信している点では一向に変っていない。まあそう確信したアメリカ人がおしが強くて自説を主張する分にはそれはそれで結構です。しかし日本の男や女がアメリカ人のそのペースにまきこまれて同じようなことを鸚鵡《おうむ》のように繰返して言い出すとなると私など本当にげんなりいたします。

　そのアメリカ人の言分《いいぶん》で私には納得の行かぬ説にこういうのがある。それはアメリカの女は解放されているのに反し、ラテン系諸国の女は解放されていない、たいへん遅れている、イタリアやスペインはその点、後進国民である、という主張です。そしてそれにはもちろん価値判断が伴っている。私は自分が二十代の半ばイタリアへ留学して大学の事務の窓口のお嬢さんと話した第一日から、「イタリアの女の人はいいなあ」としみじみ感じた。イタリア語でいうところの gentile, femminile という感じがその声音に溢れんばかりであった。それでこの問題について篤《とく》と考えてみました。

でその問題について私が前にイタリア学会で発表した論旨をここでかいつまんで申しますと、イタリアなどラテン系諸国とプロテスタント国の最大の違いはなにかといえば、マリヤ様のいる国、いない国ということだと思います。合衆国はマリヤ様の存在のおよそ感じられない土地柄です。(私は合衆国ではカトリック信者の割合の一番多いメリーランド州で暮したことがあるが、米国のカトリックはカトリックと思えないほどマリヤ様の存在感が稀薄だった。)そのことは裏返していうとこうなる。イタリアでは女の人には意識的にせよ無意識的にせよ、お手本としてマリヤ様がいらっしゃる。母子関係の理想は聖母子像に示されている。ところが不幸なことにプロテスタント系社会には女の人にとって女として生きる上での理想像がない。私は米国女性が女であること、妻であること、母であることだけに満足できず、男と張合わずにはいられない理由の一つはそこに由来するという気がしてならない。マリヤ様のいる国では、マリヤ様という先例が念頭にあるから、母と父の役割分担が違うのは当然という価値観が善男善女の間にしみわたりますが、また母が父より尊いという感じさえ湧きますが、マリヤ様のいない国ではそうは行かなくなってしまう……

西洋でもマリヤ崇拝が行われるカトリックやギリシャ正教の国では母子関係がもともと緊密で甘えが許されていた。マリヤ崇拝というのは本来はキリスト教と必ずしも関係のない地母神の崇拝、いいかえると大地の生産性を崇める女性原理の尊重がキリスト教と習合した挙句、地中海周辺で発達したものらしい。そう申すとマリヤ崇拝こそキリスト教と信じておいでの方はお驚きになるでしょうが、聖書そのものには、前にも申しましたように、マリヤは決して言及されることの多い人物ではありません。H・G・ウェルズも『世界史概説』で聖書のキリスト教には後世のいわゆるマリヤ様は出ていない、と断じている。それだから聖書の文言に忠実であろうとするプロテスタント諸国ではマリヤ様を重視しない。カトリック国のイタリアで行われるマリヤ関係の祝日は主なものが十四日ありますが、プロテスタント国では別にお祝いはいたしません。それどころかカルヴァンとその派はマリヤ崇拝を偶像崇拝として排斥いたします。（なおキリスト教ではゴッドを崇拝するのであってマリヤは崇拝するのではない。あれは「特別崇敬」だと主張する向きもございます。しかしこれは神学上の辻褄を合わせるために特別に用語を作ったまでであって、外部の人から見てカトリック国でマリヤ崇拝が行われている事実は否定するべくもないでしょう。聖人様の崇拝やフェティシズムに類した遺物崇拝までが行われていることも言い添えるべきかもしれません。カルヴァン一派が宗教改革運動を推進した理由の一つもそこにありました。）

ここで私自身のマリヤ様のいる国、いない国についてのカルチャー・ショックについて触れさせていただきます。私は昭和二十九年二十三歳の時からフランス、イタリアというラテン系の国々に六年余を過した者です。それが昭和五十二年北米で初めて長く滞在した。ワシントンのウィルソン・センターに勤務してなるべく向うの人と交わろうとして暮したのですが、その時自分ながら意想外にカルチャー・ショックを受けた。それというのは昔ラテンの国々で感じた人間的な温い感じが北アメリカで欠落している。なるほどアメリカは旧大陸と違って新来の人々を大手をひろげて迎えてくれます。アメリカは移民で出来た国であるせいか、外国人も将来アメリカ人になってアメリカに住みつくであろう人としてもてなしてくれる。新来の人々に対して親切です。小学校や中学校の先生が新入生を温く迎えてくれる理解ある態度など親としてまことに有難い。私の子供など何度も転入学を繰返しましたが、「北米では新学期の最初の日に登校すると目立たないから駄目だ。学校が始ってから暫くして転校すると皆が新入生を大事にしてくれるので、その方がいい」と日本人の想像を絶するノウハウを親に教えてくれたりしました。アメリカ人はそのように大手をひろげて迎えてくれるが、しかし彼等は両手をこちらの背中までまわしてぎゅっと抱擁してはくれない。別の言葉でいえば丸抱えの世話はしてくれない。当初慣れぬ間こそ面倒は見てくれるが、それから先は大人も子供も本人の自助努力にすべてがまかされる。いいかえると合衆国では人間は他人に全面的にすがることは出来ない。全面的に世話してもらうことは出来ない。とくに一人前の人間が他人に依存し、甘えることは許されない。一人前の男は服だって自分で着るのが当然だし、食事だって自分で食べるのが当り前です。フォークだの箸だのを女の人が自分のために使ってくれるのは自分が幼児か病人の時である。精神の面でも実務の面でも大人は自分の事は自分で処理するのが当然である。各個人がインディペンデントな個人として生きることが生活のルールの基本ですから dependence、いいかえると人にすがること、無言のうちに相手の好意にすがることは許されない。夫婦の間でさえも相手を無言で当てにすることの許容度が日本とよほど違うような気がしました。

北アメリカでは人間は孤独であり、ややもすれば原子化する。あれは伝統的なゲマインシャフトやカトリック国にない淋しさだと思いました。ただし米国はゲゼルシャフトだから人工的に交友関係を構築することはもちろん出来る。学会で良い発表をすると次々にお呼びの電話が各大学からかかってくる。それから米国は競争が激しい。ハーンがチェンバレンに宛てた手紙で自分はアメリカから日本へ来てほっとした、北米という生存競争の激しい競争社会で十倍の異常な気圧の下で暮していたが、日本へ来て完全に正常な気圧の下へ戻ったような気がする、という趣旨を述べている。北米で日本の十倍のプレシャーがかかるというのは誇張もありましょうが、しかし実感もあるな、と思いました。アメリカの男の平均寿命が日本の男よりずっと短いのは、ライシャワー教授が『ザ・ジャパニーズ』で説明した食事のせいではなく、むしろアメリカのシステムに由来するプレシャーとストレスのせいに相違ない。

ハーンのようにアメリカ時代にいつか勤勉が習い性となり、それで来日後、学校で教えるかたわら十四年間に十三冊もの本を書いた。あの人の「ハングリー精神」ならアメリカに居残ったとしても十分に競争に耐えて頭角をあらわしたに違いない。しかしそのようなハーンでさえ日本に来てほっとしたのだから、私ごときがウィルソン・センターで仕事を了えてほっとしたのも当然だな、と思います。（もっとも近ごろは在日勤務の長い米国人は、犯罪の多いニューヨークやロスアンジェルスの空港を飛び立って成田や大阪に降り立つと、ほっと安心して気が弛むと聞きました。）

当然米国には落伍者が多い。それもみじめな落伍者が多い。その西洋と日本の底辺の比較の問題については別の章で述べますが、ハーンが社会の底辺から西洋と日本を比較したというのは実に貴重な視点だったと思います。米国では精神的に参ってしまう人も多い。その中で経済的にゆとりのある人が精神分析のお医者さんにかかるわけで、あれは北米的現象、ないしはプロテスタント社会特有の現象といってよいでしょう。カトリック諸国や日本にはフロイト流の精神分析はおよそはやらない。

イヴォン・ブレス教授はフロイトとフランス哲学の関係について著書を出したパリ第七大学の方で、私が学生時代にお習いした先生です。先日ある食卓で御一緒した折、ブレス教授はカトリックの国では人々は日曜日に司祭さんのところへ行って心の悩みを打明ける、それで気持がすっきりするから精神分析医のところへ行く必要がないのだ、と冗談めかしていわれた。それで私も日本のサラリーマンは飲屋で憂さばらしが出来る、学生もすぐサークルが出来る。飲屋もサークルも相互告白を互いに認めている場であって、それで日本人も精神分析医のところへ行く必要がないのだ、と冗談めかして答えた。考えてみるとフランスにも日本にも心の悩みを洗いざらい語り合うことのできる親友というのが存在する。フランス語で ami de cœur と言います。ところが米国にはそれに相応する存在がどうも少いのではないか。それというのは米国人は心の内を他人に打明けて良いものか、と自らに対しても拒むところがある。悩みを打明けることは甘えに通じるから自分からそれを拒否する。そうなりますと友情というものも所詮文化の所産である。友達づきあいというのも文化によって形態を異にするものだ、ということを私は米国へ行ってはじめて実感しました。友情というのはどこの国へ行っても友情だ、とお考えになる人はたいへん多いが、文化によって非常に違う。また同じ文化の中にあっても時代によって違う。日本でもいまの学生に「友の憂に我は泣き、我が喜びに友は舞ふ」といえば、時代がかっていると笑われるでしょう。漢詩には友情をうたったものが多いが、その中国も一人っ子がふえ、自己中心的な子供がふえ、友情を解さぬものもきっとふえるでしょう。そうなると相互告白の出来る心を許せる人間関係は減るにちがいない。

それから、先にもふれましたが、夫婦でさえも相手に依存する許容度がだんだん減ってきたのでないかと思う。そんなことはない、と反論する人もおられるに相違ないが、米英におけるホームの衰退は明らかです。米英には以前にはホームという理想があって、甘えもある程度まではその中で許されていた。日本人も中村正直以来、西洋の家庭に羨望の念を抱いてきた。それは歌にもうたわれてきた。しかるにHome, Sweet Homeが米英ではもはやらなくなってしまったのです。

『埴生の宿』は日本ではまだ愛唱されています。台湾でも小学唱歌として中国語で歌われている。映画『ビルマの竪琴』の中で歌われた時は昭和三十年の時と同じように昭和六十年の日本でも国民的な感動を呼びました。それなのに『ホーム、スウィート・ホーム』は作詞者ペインの祖国アメリカでも、作曲者ビショップ卿の祖国イギリスでも過去三十年来、急速に人気がすたれてしまった。それはやはりいわゆる女性解放が進んで主婦が家から外に出た。主婦が家にいる時間が少くなればファミリーはまだあるが、ホームは消えます。鍵っ子が既製食品を食べながらひとりぽっちでテレビを見ている光景は「楽しきわが家」とお世辞にもいえない。妻が家にいて、学校や会社から帰って来る子供や主人を温く迎えてくれてこそ、ホームであった。……

四　日本人の魂の故郷

ではここでハーンへ戻って、彼の著作が依然として今日も日本人の心性に訴える秘密について考えてみましょう。米英の日本学者は彼等のより学術的と誇る著作よりもハーンの著作の方が日本で依然として根強い人気があることに苛立って、ハーンは日本人のナルシシズムに訴えるのだ、などと申します。その日本人のハーンに傾倒する症状を病気のヘルニヤに擬してHearnia《ハーニヤ》と呼ぶ人も出ている。米英ではすっかり人気のなくなったハーンが日本では依然として話題になるのだから、彼等としては不可解なのは当然でしょう。

私見では日本人自身もよく自覚していないが、ハーンの文章を読むと私たちがそこに魂の故郷を見いだすような感銘を受けるのは、やはりハーンの文章に優しく、甘えたいという母性を恋う感情が行間ににじみ出ているからだと思います。その源泉の感情が日本人読者に訴えるのだ、と思います。

ここで近代日本文学の特色をアメリカ文学との対比で考えてみましょう。キンヤ・ツルタ博士は日本の船橋で育ち、上智大学英文科の出身で大学院をシアトルで了え、それから人生の半ば以上を北米諸大学で日本文学を教え、現在ヴァンクーヴァーのブリティッシュ・コロンビア大学の名物教授です。この方が一九八六年『日本近代文学における「向う側」』という実に示唆的な書物を明治書院から出しました。その初めにこう書いている。

北米で日本の近代小説を教え始めてから、もう二十年ほどになる。あるとき、妙なことに気が付いた。西洋の小説は主人公がなにかの意味で成長する過程を描いたものだといえる。始めから終わりまでには時間の経過があり、その点では主人公の旅であって、旅の終わりには始めと較《くら》べて主人公の内部になんらかの変化がなくてはならない。変化はしばしば精神的な成長を意味する。すなわち大人になるための旅である。ところが、私の教えている英訳された日本の小説にはそれが少ないことに気付いたのである。また、旅があるとすると、それは大人になるための旅ではなくて、むしろ大人が子供になるような感じのする旅があるのに気が付いた。退行の旅といってもいいし、母胎回帰の旅ともいっていい。しかも、芸術的香りの高い作品にそれが多いように思えたのだ。

ツルタ氏も触れているが日本の小説にも成長を示す主人公はいます。徳富蘆花の『思出の記』はその代表で傑作です。しかしツルタ氏がいうように中途半端の感じを与えたり、文学的感動の稀薄なものもあってあまり感心できない作が多いのも事実です。宮本百合子の『伸子』『道標』、芹沢光治良の『人間の運命』などどちらかといえばその例でありましょう。

それに対して川端康成の『雪国』とか泉鏡花の『高野聖』や『薬草取』、谷崎潤一郎の『蘆刈』、また幸田露伴の『対髑髏』など近代日本文学の傑作ともせられる作品には、退行（リグレッション）とか個我溶解に結びついた甘美というもの、いいかえると母胎回帰の願望が出ている。母胎回帰というのは「赤ちゃんになりたい」という気持です。そして母親に世話を焼いてもらいたいという気持です。いいかえると to seek to be babied ということです。私の家では上の子が四つの時に次の子が生れた。母親の気配りをそれまで一身に集めていた長女でしたが、それ以後は親の注意が次女に向う。するとその時四つの子が「赤ちゃんになりたい」と何度も言った。それを聞いた時、人間のこの種の願望は根深いものだなあ、と感じました。それだから上がひとりっ子で十歳ぐらいまで両親の寵愛を一身に集めていた。それが下に子供が生れて親の注意がそちらに向うと上の子供の性格がまるで変ってしまうようなこともある。（アメリカの育児法はそういう子供の甘えを容赦なく断ち切る方に向っている。イギリスの上流階級は母親よりもナニーという乳母に子供を育てさせたが、そこでも甘えより躾を重んじたようです。スペインやイタリアとはそこがまるで違います。）

そのような幼児期の人間形成に違いがあるためでしょうか、またそれこそが文化の根源的な違いというものだからでしょうか、文学にも差が生じた。ツルタ教授はアメリカ文学と日本文学の特徴を次のように分類しています。

一般論になるが、西洋（北米）の小説の多くは主人公が自己の環境と戦いながら、しだいに成長し個我を確立させていく過程を描く。そこで読者は個我確立の過程に参加する喜びを味うわけである。北米の学生の一部が日本の主人公たちの退行現象に戸惑いを見せるのは無理もない。大づかみにいえば北米では退行は逃避であり、猥褻《わいせつ》でありまた死に対する指向性を持つものとされているからである。個を確立する健康な喜びはあっても、個の崩壊に歓喜があるはずはないというのであろう。西洋特に独立戦争を経て、開拓時代を持ったアメリカでは退行と底辺で手を握っている抒情性とか美とかいうものを白い眼で見てきたようなところがある。荒い自然や人間の中でいかに生き抜くかということに興味の中心があった。したがって彼らの小説は倫理性の濃い生存のテーマである。生存とは闘いの姿勢を示唆する。闘いという言葉がアメリカ文化のキー・ワードである。闘いの状態で抒情や美は禁物である。

これは一般論としてはいかにもそうだろうと思います。それに対しては近代日本文学は軟弱な文士によって書かれたから「個を確立する健康な喜び」が表現されないのだろう、という反論があるかもしれない。しかしいかにも男性的でいかにも雄健な幸田露伴が書いた『対髑髏』について考えてみる。この小説は山で怪我した青年が掘立小屋にたどり着くと女がいて母のように世話を焼いてくれる。男女関係は男が傷を負ったりすると女が介抱するからすぐ母子関係に近くなります。女は主人公に風呂をすすめ、破けた服を繕い、食事をすすめ、寝床を用意してくれる。しかし寝床は山中の小屋ですから一つしかない。女の性的魅力に惹かれますが、ともかく無事に一夜を過す。そして翌朝気がつくと女は髑髏であった、という筋です。

私は以前カナダでツルタ説を拝聴し、この種の母性を恋う願望が出ている作品が日本では近代文学の傑作の中に多い、それがアメリカ文学と決定的に違う特徴だ、という説明を受けました。その時まず思い出したのは、米内光政海軍大将のような男の中の男という人も故郷に帰った時は母親孝行に母親と一つ間で寝た、という話です。いまでもお盆に里帰りして親と同じ蚊帳の中で寝る孝行をなさる良き日本人はいるにちがいない。するとこれは日本の文化的特質であって、文士が軟弱であるとか雄健であるとかとは関係ないこととなる。

しかし私は天邪鬼でありますから、アメリカの作家にも母胎回帰の願望を作品中にひそかに洩らしている人はいまいか、と探してみた。そしてハーンのように米国文壇で活躍した人にも『泉の乙女』であるとか『孟沂の話』のような母性への回帰、女性への回帰を美しく文芸化した人はいるではないか、とツルタ氏に指摘した。けれどもハーンの『孟沂の話』のような作品は、種が明代中国ということもありますが、アメリカではどうやら例外的な作品らしい。

その事は私もうすうす感じていたが、裏打ちされたと思ったのは、露伴の『対髑髏』が一九八五年タトル社からムルハン女史の手で英訳が出た時です。詩人カーカップ氏が書評して、露伴の『対髑髏』はハーンの『孟沂の話』を思い出させる、と書いた。それを読んだ時は「やはりそうか」と思った。米英の文学に to seek to be babied という男の願望を表現した作品の例があまりに少いものだから、『対髑髏』からの連想が他の作品でなくすぐ『孟沂の話』へ走ったのでしょう。両作品とも主人公は女にやさしくもてなされる。しかし女は実は死人の霊である。母胎回帰の願望はどこかで大地の中で安らかに眠りたいという死の願望と結びついているような気がしてならない。母胎（womb）が墓（tomb）と韻を踏むのは偶然でしょうが、偶然が単なる偶然でないような気がします。ハーンの主人公も露伴の主人公も似たような夜を過した後、気がつくと女の墓を見つけるのですから。

さてハーンという東西両洋に生きた人を手がかりに文学の比較から出発して文化の比較にまで話がひろがりました。この辺でこの章の結論を述べたいと思います。ハーンの優しく甘えたいという母性への回帰の感情が行間ににじんでいるからこそハーンの著作はいまなお日本人の心情に訴えるのだ、川端であるとか鏡花であるとかが日本人の心性に訴えるのと似た特質をハーンの文学は持っている、その由来は普通の米英人とは違う彼の幼児期の体験に関係する。そして自分が幼児以来満たされずに悩んだなにかを日本という風土の中で節子という妻を得たことで取り返すことが出来た……

小泉八雲の日本関係の著作の中に残酷な日本女がほとんどいないというのはすでに知られた事実です。来日第三作の『心』に拾われた君子《きみこ》のような心根の芸者は明治といえども本当にいたのだろうか、と思わせるような健気な女です。来日第九作の『骨董』のうちの『ある女の日記』の女主人公は実在したようですが哀れふかい女です。そうした女たちはいずれも私たちの心情に訴えるものをもっている。それではハーンが描いた明治の女はそういう柔和で貞節で、しかも底にはつよいものを蔵した人ばかりかと申すともちろんそれだけではない。

たとえばよく知られている『怪談』中の雪女は魔女です。しかしハーンのお雪は夫が約束をたがえて喋ってしまった時も、子供たちの行末を思って、夫巳之吉《みのきち》を殺しはしなかった。ハーンは魔女をそのように人間化した。それればかりではない、原《もと》の口頭伝承にはおそらくなかったであろう一細部をもつけ足しました。（ハーンは東京時代に調布の百姓から雪女の話を聞いたといわれますが、すでに明治二十六年二月五日付のチェンバレン宛の手紙に Snow-women の話にふれています。また『知られぬ日本の面影』の第二十五章でも植木職人、金五郎の口を通して雪女の話を述べています。）それは普通の原話にはない巳之吉の母なる人物を添え、その母と嫁（すなわちお雪）との仲が理想的であって、母は息を引き取る時、お雪に対する優しい褒め言葉を遺して亡くなったと出ている。このような細部を書きこむことができたのはやはりハーンその人が妻への手紙にも、

「オババサン・ニ・カワイ・コトバ」

という伝言を忘れない人だったからこそ出来たことでしょう。このお雪はかつて冬の嵐の夜、巳之吉の親方茂作《もさく》を凍えさせ命を奪った魔女です。しかし私ども日本の読者は誰ひとりこの雪女を憎んでいない。私ども日本の男には自分の母を大事にしてくれた妻に感謝する気持がある。母と妻のイメージが重なるのもそれなればこそであります。その時私ども日本の男は「可愛イ小サイママサマ」への感謝をつのらせる。小林正樹監督の映画『怪談』でも岸恵子が演ずる雪女が残すイメージは美しいものです。おそらく日本人に限らずどこの国の人もあの雪女を憎みはしないのではないでしょうか。父を殺したはずの雪女をなぜ憎まないのか。その秘密はそうした優しい甘えの魔術の中にひそんでいるのだと思われます。

追記

第二章「小泉八雲と母性への回帰」の第三節「母子関係のさまざま」以下で「マリヤ様のいる国、いない国」の違いにふれました。そのときカトリックの信者の方から「私たちはマリヤを崇拝はしない」という御注意をいただきました。ではこのマリヤ崇拝という言葉はイタリアなどカトリック国の民衆の実態を本当に指していないといえるのか、私はそんなことをその後も考えていました。するとこのたび渡部昇一『青春の読書』(ワック社、二〇一五年)という快著を読み、たいへん感心したが、しかし負けん気の強い渡部さんは、カトリック信者としても、党派心があるやに感じられた節がありました。しかもそれが崇拝という言葉を聖母に対して用いることの是非にかかわることなので、今回ここに追記させていただきます。

『青春の読書』の三一七頁以下には岩下壮一が『カトリックの信仰——公共要理第一部解説』(ソフィア書院、昭和二十四年)で『原始キリスト教の文化史的意義』の著者和辻哲郎を無学者扱いにしたことが印象深く書かれています。岩下は和辻は「カトリックはマリア中心だなぞと、自分の無知には気付かずに、独断できめて得意になっている」と難じました。これは『和辻哲郎全集』第七巻一三三頁以下にある「童貞聖母」の章で和辻が「大いなる主神マリア」の語を用い、「旧教諸地方の民間信仰においては、聖母マリアは……大いなる母神である」などと書いたことに対する批判です。また和辻が「カトリックの教会では父なる神への祈りより聖母マリアへの祈りの方がはるかに優勢である」と書いた。しかしそれは事実にもとるとし『聖祭用祈禱書』にある集禱文中、直接に聖母に対するものはない、と指摘しました。神様（キリスト）に向かっては「われらを憐れみ給え」のように直接祈るが、マリヤに向かっては「我らのために祈り給え」と代禱であり両者は違うという渡部氏の指摘もその通りでしょう。岩下は「京都帝国大学助教授和辻哲郎君は、小学程度の公共要理の初年級の試験にも及第がむつかしい事だけはたしかである」と皮肉をまじえて難じました。

しかし和辻が問題としたのは祈禱の言葉そのものではない。プロテスタントの国からカトリックの国へ旅行すればマリヤ様の存在が顕著である事実は否定できない。

そして民衆の信仰のレベルや宗教知識など知れたものです。キリシタンが来日した十六世紀、日本人は当初デウスを大日如来と思いました。マリヤ様と観音様の区別さえさだかでなかったようです。ではそれは日本の九州の田舎だから無知なのかというと、イタリアの田舎の善男善女とても似たりよったりではなかったか。ラテン語を解さない人たちには **miserere nobis** も **ora pro nobis** の区別などわかるはずもなかったでしょう。アンデルセンの『即興詩人』にはイタリアの民衆がマリヤ様に祈っている光景が出てくる。その人たちが祈禱と代禱の区別をどこまでしていたか。そのことを考えれば、和辻の「この慈愛深き女神が信ぜられる民間信仰においては、父なる神もまたイエス・キリストも全然うしろに退いている。キリストとは聖母がその腕に抱いている彼女の子供である」という観察は間違いと断定できないのではないか。ハーンが生まれ育ったレフカス島はギリシャ正教でしたが、そこでも「聖母マリアが信仰の中心」だったのではないか。『公共要理』に区別が書かれていようがいまいが、善男善女が聖母を崇拝している、とはた目に映じたのは間違いない社会的事実でしょう。

私がフランス語を習ったカンドウ神父は岩下壮一神父と親しく、日仏学院でも故人の思い出を何度か語られました。いかにも懐かしげにその人となりを口にされたので、岩下がかつての同級生の和辻に対し居丈高な批判をする様には驚きました。私は渡部氏のように喝采する気持は起こりません。それにたしか祈禱の最後にキリストの名の代りにマリヤの名を呼ぶ風習さえあったと聞きます。アヴェ・マリヤへの祈禱や賛歌は皆さまもお聴きになられた

 こともありましょう。宗教者も学者もとかく威張りになりがちですが、謙遜で真面目でありたいもの、というのが私の気持です。

カンドウ神父によると岩下壮一は、子供の時から暁星学園に通い、外国生活も長かった。それにもかかわらず「LとRの区別がついにできなかった」と微笑されました。岩下神父も渡部教授も神学的説明と社会的説明の区別をしなかったように思われてなりませんが、いかがでしょう。私が三十年前「小泉八雲と母性への回帰」の章を雑誌に掲載していたとき「マリヤは崇拝ではない、あれは特別崇敬である」とカトリック信者の方からお手紙をいただきました。しかし世の東西を問わず、マリヤを崇拝している善男善女がいるのが実状で、マリヤを特別崇敬をしている、などというのは、むしろ字戯ともいうべき神学者的区別かと私は思いました。トマス・アクイナスの分類と聞きました。

なおケーベル博士に無条件的に傾倒した岩元、和辻、岩下などの明治の哲学青年に対しては、私は尊敬と共に警戒の念も抱いています。なぜ警戒するかについては「ハーンとケーベルの奇妙な関係」を論じた本書第五章をお読みください。

第三章　日本の女とアメリカの女

一　愛は死よりも強し

前章ではハーンの母性への回帰についてお話しいたしました。母の懐にやさしく抱かれたいという「甘え」の願望がハーンと妻の節子の関係の中でどのように充足されたか。その「甘え」がハーンの文学をどのようにみずみずしい生気あふれるものとしたか。また「甘え」はプロテスタント系の社会では許されていないけれどもマリヤ崇拝の国々には存する。そして「甘え」を基調とする日本文学の特色を「甘え」を許さないアメリカ文学の特色との対比において示しました。

ところでこのような論点にふれますと、その次に必然的に話題にのぼる論点は日本の女とアメリカの女という対比であります。とくにハーンというアメリカの読者層を意識して書いた作家の作中の日本の女性像を吟味しなければならない。皆さまの多くもそうかと存じますが、ハーンの物語を読むと心打たれる方が多い。とくに日本には多い。そうした人たちは男の読者も女の読者も作中の日本の女をも良しとしているであろう。しかるにハーンが描く女たちは封建時代の女たちである。いやそれほど古いとはいわぬにしても明治の女たちである。それも教育のない女たちである。その女たちがなぜ私たちの心を打つのか。

また昨今のアメリカの「解放された」女性たちはこの種の近代以前の女たちをどのように見るのか。その見方は我々日本人をはたして納得させるものか。日米両読者の間に評価のずれが生じるのは避けられませんが、その見方というか解釈のずれをハーンの『和解』という具体例に即して御説明いたします。これは一九〇〇年に出た『影』という作品集に収められている。ごく短い話ですから、初めに全訳を掲げさせていただきます。

京都に年若い侍がいた。仕えていた主君が零落《れいらく》し、貧窮にあえぐ身となったので、やむなく家を棄て、僻遠《へきえん》の地の国守《くにのかみ》のもとで勤める仕儀となった。都を立つ前に、侍は妻を離縁した。気立ても器量もいい女であったが、別の女と一緒になる方が出世の手蔓もあろうかと思ったのである。それで多少は由緒のある家の女を娶ると、一緒に任国へ下った。

しかしそれは若気のいたりであった。身を切るような生活不如意《ふにょい》に心迷って女の情愛の真価を解さなかったからである。気安く最初の妻を棄てたものの、再婚の方は一向うまく行かなかった。二度目の妻は利己的で性格もけわしかった。そうなると無性に都で過した月日が懐しくてならない。しかも自分がいまなお好いているのは元の妻であって二度目の妻をとてもああは愛することは出来ない、とさとった。そうなると自分がいかにも恩知らずの悪者であったと思えてたまらなくなった。悪い事をしたと思う気持はやがて深い後悔の念に化し、しまいには気持が安らぐ日々もなくなった。自分が酷い目にあわせた女のこと――女の優しいものいい、にこやかな顔付、上品で可愛い振舞、非の打ちどころのない辛抱強さ――そうしたことが始終頭に浮んで離れなかった。時々夢に機《はた》を織っている女の姿が浮んだ。二人の生活が不如意の間、妻は日夜そうして働いて助けてくれた。自分が妻を置きざりにしてきたあのもの淋しい小部屋で妻がただ一人坐って涙に濡れた頬をすりきれた袂《たもと》でおおうて泣いている姿も夢に浮んだ。昼間、国守の館に伺候《しこう》している間も、思い出されるのはその妻の姿である。どうして暮しているだろうか、なにをしているだろうか、と思うと同時に、心中でなにかが自分にこう話しかけた。大丈夫、妻が別の男を夫に迎えたりするはずはない、必ずや自分を許してくれる。それでもし都へ帰り着いたら、いちはやく妻を見つけ出し、許しを乞い、自分のもとへ連れ戻し、男として出来る限りの償いをしようと心中ひそかに決めた。しかしそうこうする間にも歳月は過ぎて行った。

国守の任期もついに終り、仕えていた侍もいまは自由の身となった。

「さあ、好きな女のもとへ戻るぞ」

と男は自分に誓った、

「あの女を離縁するなどなんという酷い、馬鹿な真似をしたことか」

二番目の妻との間には子供がなかったので、親もとへ返すこととし、侍は都を目ざして急いだ。都に着くと旅装束を改めもせず、昔の妻の居所へまっすぐ行った。

昔、女が住んでいたあたりに着くと、通りは夜も更けていた。九月十日の夜であった。町は墓場のようにしんと静まっていた。それでも月が皓々と照り渡って、女の家もすぐそれと知れた。荒れ果てた様子で、屋根には草が高く茂っている。雨戸を叩いたが返事がない。が内から桟《さん》を掛けてないらしく、押すと開いた。中にあがると、正面の一間は空《がら》ん洞《どう》で、畳もない。床板《ゆかいた》の隙間から冷たい風が吹きあげてくる。床《とこ》の間《ま》の壁にひびが入ってその崩れかかった割目から月光がさしこんでいる。ほかの部屋も同じようにさびれた有様である。どう見ても人の住んでいる気配はない。それでも侍はこの家のいちばん奥にある小ぢんまりした部屋を覗いてみようと思った。そこが妻の住みつけの場処だったからである。その部屋の仕切りの襖《ふすま》に近づいた時、内から燈火の影が洩れているのに気づいてはっとした。襖を開け、思わず歓喜の叫びを発した。そこに妻が、行燈《あんどん》の火の影で縫物しているのが見えたからである。と同時に妻の眼も自分の眼と会った。嬉しそうに笑みを湛えて妻は挨拶すると、わずかにこうたずねた、

「いつ京都へお帰りになりました。真暗なお部屋を通ってよくここまでおいでくださいました。すぐにおわかりになりまして」

長の歳月にもかかわらず妻は変っていなかった。自分の記憶の中のいちばんいとしい姿そのままに若くて美しかった。しかしいかなる記憶にもまして甘美に響いたのは女の音楽のような声である。その声は驚きと喜びにふるえていた。

侍も欣然として女の傍に坐ると、一切を打明けた。――いかばかり利己的な己れの仕打を悔んだか。お

前なしに自分がどれほど惨めな思いをしたか。いつもどれほどお前を慕い偲んでいたか。どんなに長い間、償いをしようと、あれこれ思いめぐらしたか。そう言いながら優しく女を撫で、幾度も繰返し女の許しを乞うた。すると女は優しく情《じょう》をこめて、男の心が望むままに答えた。どうか御自分を責めることはなさらないでくださいませ。わたくしのことでお悩みになりますな。それはお間違いでございます。わたくしは以前からわたくしはあなた様の妻にはふさわしくない不束者《ふつつかもの》と思っておりました。あなた様がお別れになりましたのもひとえに貧乏ゆえということはよく存じておりました。御一緒に暮しました間、あなた様はいつも御親切でしたし、わたくしもいつもあなた様のお仕合せを祈っておりました。償いのお申出でございますが、仮にそうした訳でございましょうとも、こうしてあなた様がお訪ねくださいましただけでもう十分でございます。こうしてお目にかかれます仕合せにまさるものがあろうとも思われませぬ。こうしてたとい一瞬なりとも――

「たとい一瞬なりとも！」

と男は思わず打笑い楽しげに言った、

「いやいや、七度生れ変ろうとも一緒に、と言うてください。もしお前さまがおいやでないなら、私はいとしいお前のもとへ戻っていつまでもいつまでも一緒に暮したい。もう二度と別れたりはいたしません。いまは資産もあれば伝手《つて》もある。もう貧乏に苦しめられたりはしません。明日になれば私の道具類はみなここへ運ばせましょう。下男下女も呼んでお前に仕えさせましょう。そうしてこの家を綺麗に作り更《か》えましょう……　今晩は」

と男は詫びるようにつけ加えた、

「今晩はこんなに遅く、旅装も解かずに参りました――お前さまに是が非でも会って、これだけはどうしても言っておきたかったものだから」

この言葉を聞いて、女は大層嬉しげであった。そして今度は女が、男が去って以来、京都で起ったことの数々をみな物語った。ただ我が身の上に起きた嘆き苦しみについては微笑してどうしても打明けようとしなかった。二人は夜遅くまで語りあった。それから女は南に面した温い部屋へ男を案内した。昔、二人が婚礼を挙げ床入りをした部屋である。女が男のために布団を敷きはじめた時、男はたずねた、

「この家には手伝いをする者は誰もいないのか」

「はい、おりませぬ」

と女は朗らかに笑いながら答えた、

「それだけのゆとりがございませんでした。それでずっとひとりで暮してまいりました」

「明日は大勢召使いが来る」

と男は言った、

「みな好い下男下女です。お前が要るものはほかになんでも取揃えましょう」

二人は横になったが、すぐ寝はしなかった。互いに語ることがあまりにも多かったからである。二人は昔と、今と、これから先のことを語りあった。そうこうするうち東の空が白んできた。すると自分でも知らぬ間に侍は眼を閉じて眠りに落ちた。

目を覚ました時、日光は雨戸の隙から燦々とさしこんでいた。驚いたことに自分は崩れかかった床《ゆか》の剥出しの板の上に寝ている。さては夢であったか、と思ったがいや違う。女はそこにいて、まだ寝ている……女の方に身を屈《かが》めて、覗いて、金切声で叫んだ。寝ている女に顔がない。いま日の前に横たわるのは、葬式用の布でくるまれた女の死骸——朽ちはてた死骸であった。骸骨と長い縺《もつ》れた黒髪とを除けば、ほとんどなにも残っていない死骸であった。

男はぞっとして、身震いしながら、白日《はくじつ》の下、起きあがった。だが氷のように冷たい恐怖は次第になん

とも耐えがたい絶望、残酷な苦痛へと変っていった。男はそれでもなお一縷《いちる》の迷いの影にすがりついた。己れを嘲笑《あざわら》う疑惑の影であった。この近辺は不案内であるかのようなふりをすると、妻がかつて暮していた家へ行く道を思いきってたずねてみた。

「あの家には誰もいませんよ」

と道を聞かれた人は答えた、

「何年か前に都落ちした侍の奥さんの家でした。お侍は都を去る前に奥さんを離縁してほかの女と一緒になったんだそうです。後に残された奥さんはそれはそれは思い悩み、思い焦《こが》れてついに病気になりました。京都には身内の人はひとりもいなかった。世話を焼いてくれる人は誰もいなかった。それでその年の秋に亡くなりました。たしか九月の十日でした……」

この物語を読むと上田秋成の『雨月物語』に収められた『浅茅が宿《あさぢ》』を想い出す人もおりましょう。それというのはハーンも秋成も同じ原話に材を拾って一人は『和解』を一人は『浅茅が宿』を書いたからで、出典はハーン自身が、

「原話は『今昔物語』という奇妙な書物の中にある」

と記した通りです。(岩波の日本古典文学大系本では第二十七巻第二十四話、小学館の日本古典文学全集本では第二十七巻第二十五話がそれに当ります。) ヘルン文庫には、現行の諸版と異同の多い、宇治大納言隆国卿撰井澤節考訂纂註『今昔物語』、東京書肆《しょし》、辻本尚古堂梓、明治三十年第二版、という活字本が収められています。これはミスプリントがたいへん多い本で次に引く題も、ひどいもので、「凶妻霊値二鷹夫語一」と文中に印刷されている。ただし目次には左のごとく印刷されているので、ほかの明らかな誤りとともに訂正して、ここに掲げます。節子は夫のハーンに向けて文中の初歩的な誤りは訂正しつつ読んだに相違ないと

思われるからです。

亡妻霊値二旧夫一《ばうさいのれいきうふにあふ》語

今はむかし。京にありける侍《さぶらひ》身まづしくて有つくかたもなかりしが、知たる人ある国の守《かみ》になりてくだるを頼みて、其国にくだらんとしけるが、これまで具《ぐ》したりける妻は若くて、かたち心ばえもらうたかりしかども、まづしさのあまりにかれを去て、たよりある侍のむすめを娶《めと》りて、それを相具して国にくだりけり。かくて月日たつにしたがひて、京に捨てくだりにしもとの妻が事、わりなく恋しくて、にはかに見まほしくおぼえければ、疾《とく》のぼりてかれを見ばや、いかにしてあるらんと身をそぐごとくなりしかば、よろづ心すごくて過しける程に、月日も過て任《にん》もおはりぬれば、守の供としてのぼりけり。おとこ思ひけるは、我よしなくもとの妻を去けり。京にかへりのぼらば、やがて行てすまんと思ひて、上《のぼ》るやおそきと、後の妻をば家にやりて、その身は旅装束《たびしやうぞく》のまゝにて、旧妻がもとに行ぬ。家の門は開《ひらき》たれば這《はひ》入て見るに、ありしにかはりて家もあやしくあれて、人住たる気色もなし。是を見るにいよ〳〵物あはれに、心ぼそき事かぎりなし。頃は九月中の十日の事なれば、月もあかく夜ひやゝかに心ぐるしき程なり。家の内に入て見れば、常に居たりし所に妻ひとり居て又人なし。妻男を見て、うらみたる気色もなく、うれしげにて、こは何とておはしつるぞ、いつ上り給ひたるぞといへば、男国にて年比思ひつる事どもをいひて、今はかくてすむべし。国より持のぼりたる物は明日とりよせん。従者などをもよぶべし。今夜まづ此由申さんとて参りつるなりといへば、妻よろこびて、年比の物語どもして、夜も更《ふけ》ぬれば南面の方に行てともにふしたり。男爰には人はなきかと問ば、女わりなき有様にて過しつれば、つかはるゝ者もなしと答《こたへ》つゝ、こしかた行末のことを終夜《よもすがら》かたる程に、暁《あかつき》になりて、ともに寝《ね》入ぬ。間もなく夜明て、日のさし入たるに男おどろきて、妻を見るに、枯々《かれ〱》としたる死人なり。こはいかにとおそろしければ、起《おき》走つて躍り下《おり》て、僻目《ひがめ》かと見れ共うたがひなき死人なり。其時に水干袴《すいかんばかま》を着て、隣《となり》の小家に行て、今はじめて尋るやうにて、此隣の人はいかゞ成しぞ。家に人はなきやと問ければ、其人は年比の男の去て、遠国にくだりしを思ひ入てなげきし程に、病つきてありけれども、いらふ人もなくて、此夏うせ侍りぬ。死骸《しがい》をば取捨てるものもなければ、いまだ有なりといひしかば、男いよ〱おそれてにげ帰けり。実になにおそろしかりなん。年比の思ひにたへずして、魂《たましひ》のとゞまりて逢《あひ》たりけむ。あはれなる事なりとかたり伝へたると也。

皆さまハーンの再話についても、『今昔物語』の原話についても、それぞれ感想がございましょう。また作中の男の態度について、女の心根について、それぞれ印象がございましょう。また中にはこの二作を『雨月物語』の『浅茅が宿』と比べてみたいという方もおられましょう。しかし主観的な印象の吐露はまず差し控えて、ハーンの再話と原話との間で客観的に測ることの出来る点から問題点をおさえて行きたいと思います。

ハーンの『和解』の訳文は右の簡潔な『今昔物語』の原話に比べると長さがおよそ三倍半になりました。といっても『今昔物語』の原文そのものも現代日本語に訳せば長目になるのだから、三・五倍という数字にそれほど意味があるわけではありません。『孟沂の話』の場合と同じで、ハーンの再話のある部分は原話そのまま、とくに筋は原作通りですが、しかし心理分析の部分や近代短篇小説風の描写の部分で再話は内容がふくらんでいる。いまその両作品の異同を検討してみましょう。

導入部の状況設定は両者ともほぼ同じで、前の妻を捨てて任地へ下りますが、それから先の男の気持の描写が非常に違う。原話の五倍ほどの長さにふくらみました。「しかしそれは若気のいたり……」から「……歳月は過ぎて行った」までの部分を比較すると、次のようなことが言えます。

『今昔』の侍は、元の妻に対してふたたび激しい恋心を抱きますが、妻問婚《つまどいこん》の慣習が残っていた平安朝末期という時代のせいもありましょうが、妻を捨てたことに対して良心の呵責を覚えた節がほとんど見当りません。男の恋心は本能的であって、「もとの妻が事、わりなく恋しくて、にはかに見まほしくおぼえ」る。「疾《と》くのぼりてかれ（＝もとの妻）を見ばや、いかにしてあるらん」と狂おしい気持にとらわれます。日本古典文学大系本には、

「何《イカ》ニシテカ有ラム」ト肝・身ヲ剝グ如ク也《ナリ》ケレバ、

とあって「肝《きも》」の一語が加わることで動物的なまでに強い感情がにじみ出る。原初的な本能的な感情にとらわれて「身をそぐごとく」なった。

それに対してハーンの再話は十九世紀末年のアメリカ人に向けて書かれた話です。読者の過半数がアメリカ女性であってみれば、たとい原話が日本の中古の話であろうとも、彼女等の納得が行くだけの心理の推移を語らなければならない。最初の妻を立身出世のためにいとも気安く捨てた男がなぜまたその元の妻を恋しく思うようになったのか、著者はその気持の変化を説明しなければならない。そしてその際に男が当然覚えるべき良心の咎めを叙してこそはじめて米英の女性読者は納得するというものです。そこに示された倫理感覚はハーン自身の感覚でもありましょうから、この倫理的要素の導入が良かれ悪しかれ原話と違うこの再話の一特徴をなしている。（ただし興味深い点はそこで思い出される元の妻の長所が、ことごとくいかにも日本女性風の美点―― her gentle speech, her smiles, her dainty, pretty ways, her faultless patience ――だということです。）悪い事をしたと思う気持は深い後悔の念と化し、しまいには気持が安らぐ日々もなくなった。そして夢に機《はた》を織っている女の姿が浮びます。生活が不如意であった間、妻は日夜そうして働いて助けてくれた。

この種の情景は実は原作にはない。すると私には小泉一雄が『父小泉八雲』で語った次の情景が思い出されてなりません。

母は……家計を助ける為に機織《はたおり》と針仕事は熱心にやらされた由。特に機織には精を出したとの事。父と結婚する前夜迄も機を織っていたとか。一日、西田氏の案内でハーンが、機を織っているセツをそっと垣間見て、大いに憐愍同情の念を催した……後年、父も亦私へ、是に言及した事がある。ママの手足の太いのは少女時代から盛んに機を織った為だ。即ち親孝行からだと。

そうした記憶も手伝ってハーンは夢に出てくる機を織る女を書き加えもしたのでしょう。

次に男の元の妻への願望が次のように記されます。心中でなにかが「大丈夫、妻が別の男を夫に迎えたりするはずはない、必ずや自分を許してくれる」と男に言ったというのです。これは男の手前勝手ともいえるし、同時に男の女に優しく甘えたい気持を示唆したともいえます。男のファンタジーともいえるこの願望の次に、ハーンの再話では元の妻に出来る限りの償いをしようという男の決意が示される。この「償い」atonementという語が出るか出ないかも、原話とハーンの再話とを区別する一つの目安といえましょう。

ところで「あの女を離縁するなどなんという酷い、馬鹿な真似をしたことか」と反省するハーンの主人公は、元の妻と縁を復するためには、第二の妻を離縁しなければならぬことも自覚しています。作者はそこでその第二の離縁の罪を軽くするために「二番目の妻との間には子供がなかったので」という口実を設けて女を実家へ帰しました。実は元の妻との間にも子供がいた気配はないのですが、ともかくその口実でもって作者はその場を繕った。

その次の男の任期がはてて京都へ上る条りは原話も再話もよく似ています。『今昔物語』の侍の行動は、自己中心的かもしれないが、直情径行で、旅装束のまま旧妻のもとへ急ぐ。その際の月の明るさが印象的です。ちなみに秋成の『浅茅が宿』の主人公の帰郷の一節も見事な一文で、そこでは「古戸の間《すき》より燈火の影もれて輝《きら》〳〵とするに」とある。この燈火の影が洩れる情景は平安末期の『今昔』にはいまだになかった情景ですが、ハーンの再話では主人公は「内から燈火の影が洩れているのに気づいてはっとした」。これがハーンが自分で想像をめぐらした結果なのか、それともおそらくやはり妻に読んでもらった『浅茅が宿』の方も印象に残っていた結果なのか、その辺はどちらともいいかねます。

ハーンはその先の部屋のたたずまいも丁寧に描いた。それでこの家は間数も意外に多く、構えも立派な建物という印象を与えます。これだけの大きな作りの家だとするとそこに住んでいた二人が貧窮に喘いだという冒頭の記述と矛盾するかに思われますが、しかしハーンとしては、日本の木造建築の幾部屋も幾部屋も続く、影の多いたたずまいに幽霊の住む空間を感じたに相違ない。そのために原《もと》の『今昔物語』では女は男に、

「こは何とておはしつるぞ、いつ上り給ひたるぞ」

と簡潔な質問を発するのに対し、ハーンの女は男に、

「いつ京都へお帰りになりました。真暗なお部屋を通ってよくここまでおいでくださいました。すぐにおわかりになりまして」

と質問します。これは小説作法の観点からいえば、ハーンが部屋から部屋へと細かく記述したことに対応して出て来た質問ともいえます。いままで上京するのに要した旅路の長さを考えれば、暗がりの部屋をいくつか通り抜けてきたことなど、距離的には僅かなものですが、しかし生者の世界から境を越えて亡者の世界にまではいって来たと考えれば、僅かな距離とはいえません。いずれにせよハーンが雨戸や、畳敷の部屋、床の間、そしてそれらが崩れかけた有様に普通人とは異なる魅力を感じたということはいえるかと思います。

ロマンティックな趣味の持主であったハーンは、上田秋成もそうでしたが、吹きこむ冷たい風や、隙間からさしこむ月の光などに感じやすかった。

再会の喜びは次のように描かれます。『今昔物語』の場合はきわめて直接的で、

「常に居たりし所に妻ひとり居て又人なし」

この「又人なし」の人は使用人という意味ではなく、ほかに男はいなかったという安堵の気持を伝えた一節ではないでしょうか。秋成の『浅茅が宿』の場合は、女は声すらすでにふけ（いたうねびたれど）、表情も声も変りはてていた（いといたう黒く垢づきて、眼《まみ》はおち入りたるやうに、結《あげ》たる髪も背にかゝりて、故《もと》の人とも思はれず）。それは後から思い返すと、女は死人であった、と合点するに足る記述です。それに対してハーンの『和解』の場合は、女は全く変っていません（The years had not changed her.）。しかしそれも後から思い返すと、その全然変っていなかったという本来あり得ない非現実性によって、逆にこの世の者でないことをすでに示唆していたといえるかとも思います。この全然変っていないという女の姿は、実は男の願望が生み出した幻想なのでしょう。「自分の記憶の中のいちばんいとしい姿そのままに若くて美しかった」という言い廻しも、後からよく考えれば、男が女にそうあっていて欲しいと願った姿だったに相違ありません。

ハーンの再話では男は一切を打明け、前非を悔い、愛情を告白し、償いを申出て、許しを乞います。これは先に述べた十九世紀末年当時の倫理観や離婚観と関係することで、それだけの手順を踏まなければ女としては自尊心を傷つけられた以上、近代西洋においては和解が成り立ちがたいことを示唆していると申せましょう。

しかしハーンの再話の女は、これも男の身勝手な希望の夢かもしれませんが、優しく情をこめて、男の心が望むままに「どうか御自分を責めることはなさらないでくださいませ」と答えます。この句はハーンが日

本で発見した女の優しい心根――男の心の望むままに振舞おうとする、大和撫子の心根を言い当てたものといえないこともないが、そのように見るのは美化が過ぎるという批判もあるいはありましょう。

『今昔』の主人公は、年来の思いのたけを述べた後、一方的に、

「今はかくてすむべし」

俺はこれからはお前と一緒に住む、と言いきります。この簡潔な関白宣言には迫力がある。それに対してハーンの主人公は、気をつかって、

「もしお前さまがおいやでないなら」

と仮定節を添えて復縁を提案します。それは男がそれだけ女の気持や立場を尊重しているからですが、しかしハーンの主人公が「いつまでも一緒に暮したい」とalwaysを二度三度繰返して誓ってみせても『今昔』の主人公が「今ハ此《カク》テ棲《スマ》ン」（日本古典文学大系本）と言う際の迫力（およびそれに伴う性的魅力）には到底及ばない気がしますが、いかがでしょう。

夜遅くまで二人が語りあうことはいずれの話にも共通しますが、『今昔物語』の原話には男と女が肉体関係を結んだことが、

「二人掻抱《カキイダキ》テ臥シヌ」

と出ている。小泉節子がハーンに読んで聞かせた辻本尚古堂の版はそれほど露骨でなく、

「夜も更《ふけ》ぬれば南面の方に行てともにふしたり」

と出ている。そしてその後で男は使用人の有無をたずねます。ところがハーンの再話では性にまつわる表現は直接は出てこない。これは当時のハーンの読者は英国に限らず米国においてもヴィクトリア朝的道義の感覚の持主だったから、ハーンは筆を抑えたのだと思います。もっとも女が男を案内した部屋は以前二人が婚礼を挙げ床入りをした部屋だとまでは匂わせた。しかしそれ以上は書かずに「女が男のために布団を敷き

はじめた時」男が家政にまつわる質疑をはじめて、男女の相愛を描く代りに、

「明日は大勢召使いが来る」

などという俗事を話題としてしまう。そのためにハーンの再話はそのあたりでやや陳腐になります。もっとも日常性がそこに色濃く出たことがかえって結末の意外性を際立たせる上で役に立ったのだといえないこともない。

さて主人公の目覚めは、それぞれの短篇中の山場というべき場面です。まず日本古典文学大系本によって『今昔物語』を読みますと、

夜ノ明ラムモ不知《シラ》デ寝タル程ニ、夜モ明ケテ、日モ出《イデ》ニケリ。夜前、人モ无《ナカリ》シカバ、蔀《シトミ》ノ本ヲバ立《タテ》テ、上ヲバ不下《オロサ》ザリケルニ、日ノ鑭《キラ》々ト指入タルニ、男打驚テ見レバ、

下男下女がいなかったから、蔀《しとみ》の下の部分だけは立てて、上の釣蔀の部分は金物からはずさず降ろさなかったという説明は、いかにも生活に密着していて具体的で真実味があります。長旅の疲れで日が高くなるまで寝てしまって、燦々とさしこむ日の光にはっと目を覚ました、というのもいかにもあり得る目覚めの情景でしょう。だが、

男打驚テ見レバ、搔抱テ寝タル人ハ、枯々《カレ〳〵》ト干《カレ》テ骨ト皮ト許《バカリ》ナル死人《シニン》也ケリ。

これは見事なショックであり、グロテスクな効果です。ここに引いた短文中に繰返されるk音は、カラカラと骨が鳴るような、無気味なまでに硬質な感じを与えます。「枯々《カレ〳〵》ト干《カレ》テ骨ト皮ト許《バカリ》ナル」の中にはk音

が五回（内四回は kar の頭韻《とういん》を踏んで）繰返される。

漢文訓読体の名残りの強いこの原話に比べると、ハーンが依拠した版本には蔀《しとみ》への言及を欠いています。それだけサスペンスも欠けるわけですが、そこでは、

暁《あかつき》になりて、ともに寝入ぬ。間もなく夜明て、日のさし入たるに男おどろきて、妻を見るに、枯々《かれぐ》としたる死人なり。


と「骨ト皮」への言及は消え、グロテスクな趣味も消されました。平仮名で書かれたこの版ではすべてが簡略化され、趣味も和文にあわせてやわらげられています。

その先「こはいかに」と庭に飛び降り、もしや「僻目《ひがめ》か」と見なおすあたり、一人称の語り口が周章狼狽の恐怖感を巧みに伝えている。とくに漢文訓読体の原話では「衣ヲ搔抱《カキイダキ》テ起走《オキハシリ》テ下ニ踊下《オドリオリ》テ」と主人公が素裸のまま逃げたことが暗示されている。ついで水干の袴を着けてなに喰わぬ顔をして隣人をたずねるわけで、深刻な事態の中に滑稽味をまじえることに成功したといえましょう。

ところでハーンは、蔀の描写を欠いた版本に依拠したにもかかわらず、再話では目覚めの場面に「日光は雨戸の隙から燦々とさしこんでいた」という工夫をこらしました。きっと松江や熊本や牛込の家で雨戸の隙から朝の光がさしこむ光景を目撃して興趣を覚えていたからでありましょう。

目覚めに時間がかかり、はじめに崩れかかった家に寝ていることに気づき、それから妻を探す順は、ハーンの場合も秋成の場合も同じです。ハーンの場合、夢かと思ったが「いや違う。女はそこにいて、まだ寝ている」。この間の取り方はそれだけサスペンスを置いたものです。男は女の方に身を屈めて、覗いて、金切声で叫んだ。寝ている女に顔がない（for the sleeper had no face!）。

ハーンは顔なき人の恐怖をよほど身にしみて感じた人らしく、『私の守護天使』『奇妙な体験』『貉《むじな》』などで繰返しその恐怖を語っています。しかし日本人にとってぞっとするのはむしろその先の「骸骨と長い縺れた黒髪とを除けば、ほとんどなにも残っていない死骸」しか残っていなかった、という情景でしょう。

Before him, wrapped in its grave-sheet only, lay the corpse of a woman, —— a corpse so wasted that little remained save the bones, and the long black tangled hair.

ここに「長い縺れた黒髪」を持ちこんだのは再話者ハーンの絶妙な工夫です。西洋人は髪の毛の色をそれぞれ異にし、それが人々を区別する目安となる関係もあって、日本人以上に髪の色を意識します。ハーンは来日して日本人の黒髪、とくに女の黒髪を強く意識した。そして黒髪はここでは象徴的な意味を帯びています。女の愛も怨みもその髪にこめられているからで、その黒髪は小林正樹製作の映画『怪談』では生あるもののごとくに扱われた。黒髪は呆然とする侍の目の前で、波を打ちつつ動き出し、絶叫して逃げまどう侍(三国連太郎)の後を追って走り寄るからです。開かずの扉の前へ追いつめられた侍は、扉をこじ開けようと死物狂いになる。だが開かない。侍が振向くたびに侍の顔は鬼面のごとき凄まじい相へ変っていった。映画『怪談』の第一話はそのフィナーレの場面にちなんで「黒髪」と題されました。

『今昔物語』の原話やハーンの再話に比べると、上田秋成の『雨月物語』に収められた『浅茅が宿』の目覚めは、抒情詩のごとくさわやかです。旅路の長手に疲れ、主人公は熟睡した。

五更《ごかう》の天明《そらあけ》ゆく比《ころ》、現《うつゝ》なき心にもすゞろに寒かりければ、衾帔《ふすまかづ》かんとさぐる手に、何物にや籟《さや》〱と音するに目さめぬ。面《かほ》にひや〱と物のこぼるゝを、雨や漏《もり》ぬるかと見れば、屋根は風にまくられてあれば有明月のしらみて残りたるも見ゆ。家は扉《と》もあるやなし。簀垣朽頽《すがきくちくづれ》たる間《ひま》より、荻薄《をぎすゝき》高く生出《おひ》でて、朝露うちこぼるゝに、袖湿《ひぢ》てしぼるばかりなり。壁には蔦葛《つたくず》延《はひ》かゝり、庭は葎《むぐら》に埋《うづも》れて、秋ならねども野らなる宿なりけり。さてしも臥《ふし》たる妻はいづち行きけん見えず。

上田秋成は怪異に心惹かれた作者ですが、読者を恐怖させてそれに快を覚えるというタイプの怪談作者ではなかった。『浅茅が宿』の主人公は百姓仕事が嫌いで商人として京へ上り、戦乱にまきこまれて七年間故郷へ帰ることが出来なかった。ただし『今昔物語』の主人公と違って妻を離婚したわけでもなく、ほかの女と一緒になったわけでもない。それだけに『浅茅が宿』の妻の怨みは、『今昔物語』や『和解』の妻の怨みとはもともと性質を異にしていた。それだから上田秋成は再会の場面では二人が長々と身上話を語るように書きましたが、二人が休むところはむしろあっさり書いた。秋成には男が目を醒まして骸骨を見いだすようなグロテスクな情景を書くつもりはなかった。男が目を醒ますと、女の姿は見えない（臥たる妻はいづち行きけん見えず）。そして荒れ果てた旧居を探すうちに主人公は妻の墓と辞世を見いだして事の次第をさとるのです。秋成は女のあわれと男の嘆きを強調して結びとしました。そのための道具立てとして翁や真間の手《て》児女《こな》が現れたりもいたしました。

それに対して『今昔物語』や『和解』は男が目を覚まして受けるショック――それはまた読者が受けるショックでもありますが――に焦点を絞って作品がすべて構成されている。人を驚かす効果それ自体は『今昔物語』の原話が一番強烈であり、ハーンはそれに近代的な心理上の悔悟や和解や疑惑の次元を加えました。もっともハーンの結び方はやや常套的な手段に頼ったきらいがある。近所の人が女は死んだと主人公に伝えてくれることは三作品に共通しています。（『今昔物語』は「此夏」、『浅茅が宿』は男が去った翌年の「八月《はづき》十日」、『和解』は男が去った年の「九月十日」に女は死にました。なおこの九月十日という日付は、朗読して聞かせた節子が「九月中の十日」が九月二十日をさすと気づかずに読んだせいでありましょう。）ハーンの再話では、たまたま昨晩は妻の命日に当っていた。それで夫を恋うて死んだ妻の魂魄が人の姿をして現れ、旧夫にまみえた、という話になっている。注意深い読者は作品の途中で、侍が京都へ帰り着いた夜が九月十日であった、と記されていたことを記憶しているはずです。それでこの本来ならあり得ない亡妻との再会や和解についても、またその死骸を見出した結末についても納得が行くことになっている。

ハーンはゴーチエの愛読者で、このフランス・ロマン派作家の英訳者でもありました。ゴーチエ好みの句に l'amour plus fort que la mort というロマン派的信条がある。この「死よりも強き愛」にハーンは共感する節があった。『今昔物語』の原話の末尾には作者の感想として、

「思フニ、年来《トシゴロ》ノ思ヒニ不堪《タヘ》ズシテ、必ズ嫁《トツギ》テムカシ」

と出ている。妻は長年の思いに堪えかねて、必ずや夫と枕を交わしたことであろう、という意味です。女の執念でこの世に戻ってきたのであろう、という意味です。ハーンの『和解』の妻もおそらくそのような気持であったろう。いやすくなくとも従来の読者はこの The Reconciliation をそのように読んできた、と私は思います。愛は死よりも強く、それでこの夫婦の和解も成り立ったと私たちは普通考えているのです。この作品の後味が悪くないのもその愛情ゆえではないでしょうか。

二　怨みは死よりも強し

以上はハーンの『和解』とその材源をめぐる微視的な比較文学的考察でした。次に比較文化論的考察にはいりたい、と思います。それというのは今日のアメリカの女子学生や、日本女性でも長くアメリカへ留学した人の中には、右に述べた読み方とは異なる読み方をする人たちが出てきたからです。

その争点はかいつまんで申すと次の通りです。彼女等の多くはこの日本の侍の自己中心的な振舞にまず非

常に腹を立てる。最初の妻は気立てのいい甲斐甲斐しい妻であった。それなのに男は出世の手蔓もあろうかと思って別の女と一緒になった。捨てられた女は当然男を怨んでいるはずである——それだから、と、ある種の当世風女子学生はほぼ以下のように推理します。それだから男が都へ帰って来た時、女が男と眼を合わせて嬉しそうな笑みを湛えて挨拶したのも、女が優しく男に話しかけたのも、亡霊である女が復讐するためのたくらみであった。男が翌朝目を覚ました時、骨と黒髪だけの死骸を見せつけることにより怨みつらみをはらす、その致命的な一撃をより効果的に浴びせるためのたくらみであった。男に氷のように冷たい恐怖を浴びせかけ、耐えがたい絶望、残酷な苦痛をより深く味わわせるために、夜甘言を弄したに過ぎない。ハーンは『和解』The Reconciliation という題でもって読者の想像をハッピー・エンドの方へ誘っておいて、最後にどんでん返しをくらわせたのだ。それこそが短篇作家としての技倆というもので、顥もまた作品の伏線の一行として読者をある方向へ釣り寄せるよう効果的に機能している。それに原の『今昔物語』を調べても、男は近所の人から女の死のいきさつや死骸が放置されたままのことを聞かされ、

「男いよ〳〵おそれてにげ帰けり」

と出ている。男に女の菩提を弔うという気持さえない以上、そもそも和解などあり得たであろうか。それに日本人である小林正樹監督すらも映画『怪談』の第一話「黒髪」において、つもりつもった怨念をはらそうとして、女の亡霊が黒髪と化して逃げまどう侍を追いつめる、という解釈を示しているではないか。あの侍はいかにも自己中心的ないい気な男だ。それで女は一見和解をよそおいつつ男を誘い入れ、一旦男をいい気持にさせ油断させておいて、翌朝復讐の一撃を加えて積年の怨みをはらしたのだ……

『和解』という短篇は和解ではなく、和解をよそおった女の復讐劇である——このような解釈は、一般に、東洋の読者にはおよそ意想外に響くのではないかと思います。日本人はハーンの『和解』を読む時に、秋成の『浅茅が宿』の結末を念頭において読む。それでどうしても夫と妻の和解を自然に考える。中国の読者も

明代の『剪燈新話』中の『愛卿伝』――これは『浅茅が宿』の材源の一つとなった作品です――などを念頭におくので、女の復讐とは考えない。死んだ愛卿は夫の願いにこたえて生きた姿をして現れ二人は情を交わすにいたるからです。韓国の読者で金時習の漢文小説『金鰲新話《きんごう》』中の『李生窺牆伝』を読んだ人などもやはり和解が成立したと思うでしょう。私自身はまだ見たことがないが、ヴェトナムの漢文作品でやはり『剪燈新話』の影響下に成立したといわれる『傳奇漫録』を読んだ人も同じ風に思うでしょう。

しかし東洋の男はみな男性優越主義者なのかもしれない。それにハーンは、アメリカ人読者を相手に再話したのですから、アメリカ人読者の反応は慎重に考慮しなければならない。一体、いずれの解釈が正しいのか。女ははたして和解したのか、しないのか。作者ハーンの解釈はそのいずれにあったのか。

それに対する解答はハーンの原文を正確に読むことによって与えられると信じます。いまハーンの主人公が、ぞっとして、身震いしながら、白日《はくじつ》の下、起きあがる情景の英文を引いてみます。

Slowly,――as he stood shuddering and sickening in the sun,――the icy horror yielded to a despair so intolerable, a pain so atrocious, that he clutched at the mocking shadow of a doubt.

「氷のように冷たい恐怖は次第になんとも耐えがたい絶望、残酷な苦痛へと変っていった」とあります。これは、新解釈に従えば、女が策を弄して自分に復讐を働いた、そのことを悟ったがゆえに「耐えがたい絶望、残酷な苦痛」を覚えた、ということになる。しかし同一の英文は、伝統的解釈に従えば、生きていたと思った女が実はやはり死んでいた、そのことを目のあたりに見せつけられたがゆえに、当初の恐怖は次第に耐えがたい絶望、残酷な苦痛へと変っていった、ということになる。それなりにすなおに読める解釈かと思います。問題はその先です。he clutched at the mocking shadow of a doubt. をなんと解するか。田部隆次（第一

書房版）は、

「彼は自分を嘲弄して居る疑惑の影をつかもうとした」

と言葉通り直訳しました。平井呈一（恒文社版）は、

「そうした疑惑の影を、是が非にでも突き止めたいという一念にかり立てたのである」

と原文にない意訳を試みて、日本語訳文の上だけで辻褄を合わせようとしました。上田和夫（新潮文庫）も直訳であるためか、田部訳にほぼ近い訳をした、

「彼は自分を嘲笑う疑惑の影をつかもうとした」

問題は三人の訳者がいずれも「疑惑」の語を当てている a doubt の内容です。この場合一体なにをさすのか。

私は「疑惑」は、女が死んだというのは嘘だろう、昨夜あれだけ優しくしてくれたのだから、という気持だろうと思います。しかし目の前に実際に死骸がある以上、その疑惑というか迷いというか望みというか、その doubt はいかにもはかないものである。はかないからこそ shadow of a doubt「一縷《いちる》の迷いの影」なのでしょう。しかしそれでもなおその一縷の迷いの影にすがりつかずにはいられないのがこの男の気持です。それで絶望しながらも clutch at「すがりつく」。それではなぜ「嘲笑う疑惑の影」なのでしょうか。女はひょっとしてまだ生きているのではないか、という一縷の望みの影に男はすがりつきますが、しかし目の前には女の死骸が横たわっている。その苛酷な現実が、せせら笑うように、男のはかない望みや迷いを容赦なく破ってしまう。それで mocking shadow of a doubt という表現になったのに相違ない。それで私は右の一節を、

「男はそれでもなお一縷《いちる》の迷いの影にすがりついた。己れを嘲笑《あざわら》う疑惑の影であった」

と二つの文に分けて訳してみました。ところでこのように分析してみると、男は依然として女に執着している。いいかえると男と女の間に和解が成り立った——男はそう信じ、その女をひとしおいとおしく思うが

ゆえに、昨夜の夢ともいうべき「一縷の迷いの影」になおすがりついたのでありましょう。いまその種の男女の和解説は取らず、かりにdoubtを、さては女の甘言は自分を欺し、自分に残酷な幻滅と絶望を味わわせるためのものであったのか、と疑う男の「疑念」であったと仮定します。だがそうした場合でも男はその疑惑の影に未練がましくすがりつくであろうか。この「すがりつく」clutch atという動詞にこめられた感情やその心理上の態度から推察すると、女の復讐説という解釈にはやはり無理があるように思われます。

それに妻の節子がハーンに向けて『今昔物語』を読んで聞かせた情景を思い浮べてみましょう。ハーンは妻が侍の帰宅を心から嬉しく思い、たとい一夜なりとも再会できたことを喜ぶ気持の真実を、朗読する節子の声音から必ずや理解したことと思います。そのような日本の女の気立てをいとおしいものに思えばこそ、ハーンは作中の女に自分の妻の面影を宿らせたのではないでしょうか。復讐をたくらむ女に作者が愛する妻の面影を宿らせたりするはずはないと思います。

ハーンは「愛は死よりも強し」という西洋ロマン派の感情に惹かれていた。そしてそれとぴたりと重なるものを平安朝の説話に発見した。『今昔物語』の作者は怪奇趣味に惹かれて原話を書いたのでしょうが、ハーンは自己の感情に惹かれて、在来の筋をことさら改めることなく、原話に彼なりの肉づけをほどこして再話したのだ、といえると思います。その際にハーンはその話に秘められている在来の日本の女の伝統的美点を西洋読者に伝えたいとも思ったに相違ない。それからまたハーンの愛読者だった二十世紀初頭のアメリカ女性たちは、今日の「解放された」女性たちと違って、帰宅した夫が前非を悔いれば、許すだけの雅量をなお持ちあわせていたでしょう。いやかりに持ちあわせていなかったにせよ、その種の雅量を良しとする価値観だけはすくなくともなお広く世間にわかち持たれていただろうと思います。

ハーンが作中の女に節子を連想したからこそ貧窮の中で機を織り家計を助ける女を描いたという説明は前

にいたしました。そのような節々に感じられるのはハーンと節子との夫婦愛の情であります。二人はよく気が合っていた。節子が朗読して聞かせ、ヘルンさん言葉を用いて夫に説明する。ハーンは合点してノートに取り、推敲に推敲を重ねて原話を自己流の芸術作品に仕立てて行く。この『和解』もまた夫婦合作の再話作品であり、その主題は愛でこそあれ報復ではない、と私は思うのです。

一部の女性解放論者は彼女等の今日的価値観でもって過去の作品を読みかえても構わないと主張する。西洋の聖書も日本の古典も読みかえようとする。ハーンの短篇も女の隷属を示す「和解」でなく、女の解放を示す「復讐」に読みかえようとする。私はこの二つの解釈は日米間のカルチャー・ギャップ（というか古風な日本と新しい米国の差）をまざまざと示すもののように感じました。御承知のように今日のアメリカ女性はインテリであればあるほど権利意識が強く、そのためにかえって不幸になっている節さえ見受けられる。しかしそのような権利の要求をすればするほど彼女等は男にきらわれるのではないでしょうか。

『今昔物語』やそれを再話したハーンの物語の古風な心根の女があわれにいとおしく思われるのは、女がそんな権利は言わず、ひたすら男の帰りを待つからです。なるほどそんな日本の女は封建的かもしれません。だがしかしこの作品の主題が和解でなくて復讐であるとし、女の執念が deep attachment よりも vindictive feeling であるとし、また作品を要約する一句が「怨みは死よりも強し」ということになるとしたら、作品の後味はいかにも不快なものとなりましょう。

昭和五十九年、松江の小泉八雲記念館は新しく立派に改築されました。その機会に小泉家から一つの品が寄贈されました。それは節子が結婚前、機で織った織物のサンプルを綴じた一冊でした。それはもともと顧客に示すための商品見本であった由です。孫に当られる小泉時氏が行届いた解説に記されたように、その一冊は節子の勤勉労苦の形見であり、節子がひそかに誇りとした思い出でもありました。百年の歳月が経過したにもかかわらず、それは美しい紺の色をした織物の切《きれ》の数々です。貧乏士族の娘として、また一旦は不幸な出戻りの女として、節子は辛抱強く日夜機織りに精出したことと思います。その一冊を見ると、夜なべする節子の姿が目のあたりに浮び、機織りの音が聞えるような気がいたしました。ハーンはそのようにして家計を助けた節子の健気さをいとおしく思い、その優しい物いい、そのにこやかな顔付をいつまでも愛して、子供たちにもそれを語り、また作中の女にもその美質をわかち与えたのだと信じます。

三　呪われた祝福

一九八五年の三月、私はフィラデルフィアで開かれたアジア学会の「日本女性の変貌」という部会でこの発表をいたしました。普通、日本から西洋へ出掛けて行く人文系の学者には西洋を上位に置く価値観の持主が多い。当日もその部会で内外人の発表が四つありましたが、仏教文学では日本女性は「三界ニ家ナシ」といわれるようにその地位は低い、とか明治初年に日本にキリスト教がはいって児童文学が生れ、女子にも活動の場が与えられた、といったお話もありました。いずれも「進んだ西洋、遅れた東洋」という価値体系の枠組にぴたりとはまりますから米国人の聴衆は一種の自己満足をもって遠来の客の話を聞くことが出来ました。ところがハーンの The Reconciliation についてこれはあくまで「愛は死よりも強し」という話であって男女は和解したのである、これを復讐と解するフェミニストの解釈は誤りである、と私が主張すると米国の女性解放論者としてはやはり面白くない。私の発表の最中、ひやかし気味の奇声やら笑いやらが起りました。しかし米国の学会のよい点は、学問的に首尾一貫していて論理に矛盾がなければそれはそれで良しと認めてくれる点です。「お前は男性至上主義の豚である」などとレッテルを貼って吊し上げるような真似はしない。もっとも発表後私に向って「日本の女は封建的だ」とひとり威丈高に決めつけた方がいましたが、私はそんな価値観の押しつけこそプロテスタント系女性解放論者の新差別だと思いました。私は『和解』の女はあれなりにすばらしいと信じます。日本の女がすべて米国風に変貌するだけが進歩というものでもない。

学会が終った夜、ホテルでボタンが取れて落ちました。自分でコートに縫いつけましたが、こんな句が思い浮んだ。

秋の夜や旅の男の針仕事　一茶

その句に一種の共感を覚えました。日本でも単身赴任の男にとってこの句はひとごとではないと思います。こうした情景が句になるのは、本来は女がするべき針仕事を男が慣れぬ手つきでするから、それでペーソスも生じるのに相違ない。価値判断を抜きにした歴史的事実として申すのですが、西洋でも針仕事は昔から女の役目でした。二昔前留学したころワイシャツを買うと手長の西洋人のシャツは私には袖がいつも必ず長過ぎた。それでデパートの売子に「縮めてくれ」と頼むと、

「あなたには御婦人のお友達はいらっしゃいませんの？」

などとからかわれたものです。それでもあのころは縫物は女の仕事という社会通念は西洋にもきちんとあった。英語で housewife と綴ってハウスワイフともハジフとも発音しますが、後者が針箱をさすのもその名残りです。しかしいまは必ずしもそう は行かない。とくに米国で私が女性解放論者の女学者に向って、

「すみませんが私のレインコートのボタンを縫ってください」

と頼むわけには参りません。それは親しい、親しくないの間柄の問題ではありません。なにしろ縫物は女の仕事という社会通念そのものに腹を立てている方もおられます。この米国でも日本でも一時期は増える一方だったミズたちはなんでもかでも「男女平等」を主張なさいます。その要求の中には男女の便所の区画差別反対などという異常な要求もあって同性の顰蹙《ひんしゅく》をも買っている。今日のアメリカは戦時体制にありませんからヴェトナム戦争当時と違って徴兵制ではありません。しかし平等は権利のみの平等でなく男女の義務の

平等をも当然とするから、米国のミズたちはこの次の徴兵制復活の際には女も男と同じに兵隊に取れ、と主張している。そしてすでに米国陸海軍の志願兵中には女の兵隊もいれば妊婦の士官もいる。

しかし前章でもふれましたが、米国では女性解放の結果、主婦も次々と勤めに出、鍵っ子がふえました。

『ホーム、スウィート・ホーム』は歌われなくなってしまった。青少年の非行がいちじるしく増大し、離婚再婚が増加して、家庭崩壊も進行しました。「国際婦人年」に引続いて「国際児童年」が制定されたのは、女性解放闘争の「遺児」を保護せねばならぬ、という意味合いもございました。その点では婦人解放もゲイ・リベレーションも、一面では祝福であったかもしれないが、他面では呪いであった。米国ではこの種の現象を mixed blessing と呼んで光明の面もあるが暗黒の面もある、という捉え方をいたします。ところがそれが日本で報道されるとなると、ややもすれば一面的に進歩であり解放であり祝福であるとされてしまう。「呪われた祝福」の呪いの部分は報道しない。日本の新聞社の文化部によっては協定でも敷いたかのようにフェミニズム批判は報道しない。それは危険な捉え方だと思います。日本人のアメリカ信仰は敗戦後の日本人の劣等感の裏返しでしょう。しかしアメリカで新しいものは進歩なのだ、と内容を十分吟味せずになんでもかでも新しいものに飛びつく新聞ジャーナリストや学者ジャーナリストの姿勢は危いと思います。

アジア学会はフィラデルフィア市中央のフランクリン・プラザ・ホテルで開かれましたが、参加者に配られた案内には身辺警護の注意が細かく書いてあった。「自動車はホテル入口前で停めてまっすぐ玄関にはいれ。また車には急いで乗れ。暗くなったらホテル付近の歩行には厳重に気をつけよ」

私はこれでも外国慣れして抜目ない方だが、日本から直行しただけにまだ神経がどこか弛んでいた。注意通りにまっすぐさっとタクシーに乗ったら、なんとそれが助手席にも相棒の乗っている雲助タクシーで、ものの見事に有金をまきあげられてしまいました。米国建国記念の町もこのような物騒な大都会と化しましたが、この非行暴行の増大が女性解放運動や家庭崩壊とまったく無縁とはいえないように思います。

先ほどフェミニズムにかぶれた人々の『和解』解釈は「怨みは死よりも強し」という思想だと申しましたが、解放論者には、かつて男に苛められ捨てられた遺恨があるのでしょうか、心に不満を抱く人が多い。それを種に小説を書く女もいる。それがドライヴとなって社会的に活動している方もいる。もう十年ほど前、私がアメリカで教えていた時、右に引いた一茶の句を女性差別と決めつけた学生がおりました。「針仕事」は「女の仕事」ということをこの句の作者は当然自明の前提としているからけしからん、というのです。正直に申すと、その学生はクラスでただ一人、俳諧の詩情を解しかねた米人女性でした。それだからふだんは積極的に俳句の評釈が出来なくてなんとなく教室で居心地が悪そうだった。その彼女が本来文学や俳句とは無縁な男女平等論を一席ぶったのはその劣等感の埋め合わせではないか、と私は感じました。私が「いくら平等でも女が男に結婚は申し込まないだろう」と『古事記』の冒頭の話にふれたら、その点は承認したが、それ位ではおさまらない。なんでも彼女が育った州には「強姦された」と自分の夫を告訴した妻もいれば、「男を強姦した」として逮捕された女もいるとの話です。いくら男女平等でもまさか女が男を……と笑い出した私は彼女にぐっと睨まれました。アメリカの女の人はしっかりしていて一面では感心だが、他面では強くて怖ろしくていけない。ダンテの『神曲』地獄篇第十六歌に女が強過ぎると男色者がふえると示唆されているが、強い女にとても対抗出来そうもない気の弱い優しい男がアメリカのゲイには多い。その男の何割かはいま伝染病で確実に死につつあるのでしょう。しかし振返って考えてみると、私がアメリカで暮して、日本社会の方が健全なのではないか、と思いだしたのはどうもあの頃からのことのようです。

私どもは誰しも保守的とか反動的とか呼ばれたくないという気持を持っている。それでついつい進歩的とか解放的とか呼ばれるものに色目を使いがちです。それに才能のある女性が働きたく思うのは当然の志望です。いや、かりに才能がなくとも、また経済的必要がなくとも、学校時代の同級生が次々と働きに出れば、女の人が我も我もと働きに出るのは不可避的な趨勢です。日本でも家庭の主婦がただ主婦であることを恥じるような時代が来るのでしょうか。

しかしハーンが描いた古き良き日本は、ある種の魅力によって、日本の知識人の心をも捉えている。だとすると皆さまはやはりいよいよのところの真実として小泉八雲が描いたような日本の女を良しとしているのではないでしょうか。現代びとの多くはそういう女人を知らんふりしていますが、心の奥ではそういう女に惹かれているのではないでしょうか。――この種の平川の論にはもちろん反論もございましょう。「そんな古風な女はそもそも日本の家庭にももはや少ない。遅れた日本女性も進んだ西洋女性を見習って、外へ出て働くことに生き甲斐を見いだしている。平川のように十余年も欧米で暮した男の言うことは現代の浦島太郎の世迷言だ」そのような批判を言われる方もございましょう。そういう方に対して「皆さんは本当に否定面をも含めて外国を御存知か」と申したい。また「小泉節子のようにつつましく夫の仕事を助けた日本の妻の功績を皆さまは認めるのか、認めないのか」とお聞きしたい。タテマエの御返事はもう結構でございます。皆さまがハーンの The Reconciliation について、和解という解釈を良しとするか、それとも復讐という見方を良しとするか、いつわらざる御感想をお聞きしたく思う次第です。

第四章　ハーンのロンドン体験

一　比較の原点にあるもの

さてこの辺で私たちの外国認識とか外国理解とは一体いかなるものか、とくに比較的にものを把えるというのはどういうことなのか、という反省をしておきたいと思います。私たちはそもそもなにを基準にして異文化を良いとか悪いとか言っているのか、なにを物差にして測っているのか。

皆さますでにお気づきのように、この一連のお話では小泉八雲ことラフカディオ・ハーンをいつも例証に引いて論じてまいりました。しかし私の話の主眼は八雲その人の生涯と文学の研究にはございません。（小泉八雲その人についてはすでによそで論じてございます。）そうではなくて小泉八雲をケース・スタディーとして一連の比較文化論を展開することが狙いでございます。それではその場合なぜ小泉八雲を取りあげると有効な比較が出来るのかといいますと、ハーンは西洋に生れて育ち、日本で暮して小泉八雲として死んだ。そのように西洋と東洋にまたがった閲歴の人であるだけに、具体的・具象的にハーンの場合を調べて行くと次々と思いもかけぬ新視野が開けてくる。

では明治以来来日した数ある西洋人の中でハーンの場合がなぜとくに興味深いかと申しますと、日本に帰化した真に珍しい西洋人だったからであります。それも国籍や市民権の法律的問題のみに限って考えてはいけない。ハーンは西洋の知識人でありながら日本的価値をも体得した——その文化的二重性が比較研究の上でたいへん興味深いのです。

東洋から西洋へ渡って西洋に帰化した人なら中国人にも朝鮮人にも何人もいます。第二次大戦後も米国やカナダへ留学してそのまま居着いた日本人も何人もいます。異性をも含む、外国文化との出会い、外国文化との混淆、融和、摩擦はいまでは急速に拡まって、それはほとんど風俗の一部にさえなっている。ただしその際、西洋の方が東洋より価値的に秀れている——そう頭から信じてしまう単純な単眼の持主には、西洋人であれ東洋人であれ、比較論的思考の余地はほとんどありません。西洋の日本研究者の中にもそのような態度を持した人は明治時代には圧倒的多数だったし、第二次世界大戦後に占領軍の要員として来日した人の中にも多かった。

それでその西洋至上主義的な価値体系の枠組の中に一旦取りこまれてしまうと、西洋人であれ東洋人であれ、西洋こそが模範である、と考えるようになる。西洋文明が師であって東洋は遅れている生徒である、と考えがちになる。そのような師弟関係というか価値の上下関係の秩序の中にはまりこんでしまうと、複眼的に事物を眺め、比較考量するという姿勢は失せてしまう。

幕末以来第二次世界大戦後にいたるまで、来日した欧米人の多くは、あるいは教授として、あるいは外交官として、あるいは新聞記者として、あるいは貿易商として、あるいは進駐軍の語学将校として、日本人一般よりも上に位する人としてやって来た。その上位性はそうした西洋人が得ていた金銭的収入についても、生活水準についても、交際範囲についても言えたことですが、そのほかにも自分たちの宗教や文化についての優越をいわば当然自明の前提として来日した。しかもそれと符牒《ふちょう》を合わすかのように、日本から欧米へ洋行した人も、留学生の場合にせよ、外交官にせよ、商社員にせよ、欧米の価値基準に自分を合わすべく出掛けて行った。下から上を仰ぐという態度で洋行した。そして洋行すると事実、箔もついた。私ども日本の知識人もいろいろ西洋の権威を後楯にして発言したものです。

ところがハーンの場合はすこし様子が違います。ハーンは元は英国人として育ち米国の文壇で名を成した人ですから、一面では西洋に属する人です。しかし後半生は小泉節子と結婚して日本へ帰化したほどの人ですから西洋至上主義者ではない。ただし誤解ないように言い添えますが、だからといってハーンは東洋主義者になったわけでも日本主義者になったわけでもありません。

ハーンは日本にいた十四年を通じて西洋人としての利点は大いに享受したし、またそれだけの資格もあった人だと思います。現に松江の中学教師時代から月給百円という当時の日本人教師に数倍する高給を貰っていた。熊本へ行ってもハーンは西欧的教養と知識を生かして英語その他を教え、英米仏の文学を語り、その知性と感性を生かして次々と著作を世に問うた。日本に帰化してから後も英文でアメリカの読者向けに執筆を続けていたのですから、その点でも依然としてアメリカ文学史上の作家であり続けたわけです。ハーンが作中で we という時の「我々」は「我々西洋人は」という意味で用いています。

だがハーンは同じ時期に東京大学で教えていたケーベル博士などと違って日本に対し深い興味を抱いた。同じ時期に日本の事物に興味を抱いた西洋人はほかにももちろんおりますが、ハーンはやや異なる見方をしていた。その理由の一つは来日以前のハーンの原体験とも呼ぶべきものがやはり普通ではなかったからです。ハーンの場合、彼の履歴は一風変ったものです。母親がギリシャの島の娘で、その母親に溺愛され「母子密着」型で育ったが、四歳でその瞼の母と生き別れたことは前にお話しました。そうした体験があったがために、ハーンにはギリシャと日本とを比較する癖ともいうべきものが身について、そのお蔭で日本の神々の世界も見えてきた。また古代地中海世界の祖霊を論じたフュステル・ド・クーランジュの『古代都市』との類推で『日本——一つの解明』を書いた（以上第一章）。またハーンの秘められた「甘え」の感情がハーンの再話作品にとある情感を添えていることもお話しました（第二章）。あわせて男の甘えをも許してくれる日本の女の愛と、男の手前勝手を許そうとしない北米の「解放された」女の誇りを、ハーンの『今昔物語』を再話した『和解』をめぐる日本側の解釈と米国側のフェミニスト風解釈との対比でもって示しました（第三章）。

このように見てくるとハーンの日本人論にはハーンの幼年時代の原体験が関係していることは明らかです。その顕著な一例は来日第三作『心』の冒頭を飾る『停車場にて』という作品で、巡査が同僚を殺した犯人を四年後ついに逮捕して熊本へ連行して来る。そして駅頭で殺された警官の妻といたいけな遺児に会わせる。

父が殺された時は母のお腹の中にいたがいまは四つになる坊やが父を殺した犯人の顔をじっと見つめる。すると犯人がもうたまらなくなって地べたにひれ伏して声をあげて泣いて前非を悔いる、という話です。有名な話なので御存知の方も多いと存じますが、ハーンはその情景を伝えた後にこんな指摘を添えている。

……このエピソードでいちばん意味深い事、というのはそうした事はきわめて東洋的だからだが、それは「前非を悔いよ」という訴えが、もっぱら犯人の父性を通してなされた点にある。そしてその父性――人の子の父親としての気持は、日本人誰しもの魂の一隅にしっかりと深く根ざしている、子供たちを可愛がる優しい気持に通じている。

日本が子供を大事にする、子供の天国であるのは事実です。また大人が見知らぬ大人に話しかける時、まず相手の子供を話題にするのもまた日本での事実です。しかしハーンは「東洋」については日本以外の土地は知らなかった。だから右の文中の「東洋的」という言いまわしは不正確で、正しくは「日本的」といわなければならない。それなのに「東洋的《オリエンタル》」と言ったのは「西洋《オクシデント》」とは違う、という強烈な対比の意識がハーンにあったためです。具体的にいえば、かつて英国人の父親に捨てられて深く傷ついたハーンだけに、対照的に、日本の父子関係がいかにもうるわしいものに見えた。その良い面が一層際立って見えたということです。それで犯人が、殺害した警官の遺児の顔を見て、泣き伏したという話にハーンは深く心動かされた。

そのように見てくると人間は無意識裡に自分の原体験を基準にして比較し判定していることがわかります。そしてハーンの場合には、右に述べた深刻な幼時体験とならんでもう一つ青年期にもそれに劣らぬたいへん深刻な体験がある。それはハーンは英国で裕福な家のお坊っちゃんとして育ちながら、十七歳の時いきなり上流社会から下層社会へ転落した。そのためその後二十余年の長きにわたってみじめな貧乏生活を送った、という体験です。

この章ではそれでハーンのロンドン時代の生活を推定して、そのどん底生活がハーンの日本解釈にどのような影響を及ぼしたかを調べてみたい。私見ではその生活体験が後年のハーンに社会の底辺からする東西比較という世にも稀な新視角を開いてくれたのだ、と思われてなりません。そのハーンの日本論はおのずと比較論となっておりますが、彼の見方は正しかったのか否か。ハーンの見方の妥当性を話題にしてみたいと思います。

二　ハーンのロンドン時代

ハーンが四歳の頃、両親の不和、家庭の崩壊、母との生き別れという精神面での悲惨を体験したことは前にお話しました。大叔母のサラ・ブレナンは甥のチャールズ・ブッシュ・ハーンがギリシャから連れて来たローザを理不尽にも離婚したことを怒り、自分の莫大な財産が甥ではなく直接甥の子のラフカディオ・ハーンに渡るよう取決めをし、かつ少年を自分の館に引取りました。チャールズ・ブッシュ・ハーンとしても子連れのアリシア・クローフォードと再婚するに際して先妻との間に出来たラフカディオを厄介者に思っていたことでしょう。

さて皆さま『嵐が丘』とか『レベッカ』という映画で英国の上流の館の中の生活を御覧になったことがございましょう。ラフカディオはブレナン夫人の館に引取られて、

「西洋のあらゆる贅沢に囲まれて富有な家庭に育った」

と後年、大谷正信宛の手紙で回顧しています。『私の守護天使』という自伝的な作品から推察するとダブリン郊外のそのお邸は四階建ての大きさで、女中も大勢いた。映画で見るような大貴族の大邸宅ではなかったにせよ、また晩年のハーンの回想でいうほど大きなお邸ではなかったにせよ、間違いなく上流のお館で育

てられた。それだからハーンは精神面ではみじめだったが、物質面では恵まれた環境で育った。
この大叔母はハーンが大きくなってもう年老いた自分では世話がしきれなくなると少年をフランスのノルマンディーの寄宿学校やダラム近辺アショーの名門校セイント・カスバート校へ入れてくれました。前にハーンのギリシャ思慕との関連でチャールズ・キングズリーの『ギリシャ神話英雄物語』という本の話をいたしましたが、東大の講義の中でこの本にふれてこう言っている。

子供のときおもしろいと思った本というのは、当り前かもしれないが、大人になって読み返してみると、たいていはつまらない。こちらの精神が大きく変化してきたせいだと思う。だから子供のとき読んでも大人になって読んでもおもしろい、という本が一番すぐれた本なのだろう。私はこの『ギリシャ神話英雄物語』を十三歳のとき初めて読んだ。鉄道馬車に揺られながら、大急ぎで読んだものである。休暇で家に帰る途中、それを駅の売店で買ったのだ。それ以来、私は数年おきにこの本を読んでいるけれども、そのたびにその印象は、子供のときのものよりもはるかに美しい、はるかにすばらしいものになる。だから、日本の学生にもこれを好きになってもらいたい。何度も読み返してもらいたいと思うのである。話のすじのためではなく、言葉の美しさ、思想の大らかさのために。

ハーンが読書好きの成績優等の少年だったことはいまに伝わる成績表からもわかりますが、それを裏づけるような思い出だと思います。
ところがアショーに在学してこうして勉強している最中に親戚のヘンリー・モリヌークスなる者が事業に失敗する。そしてその事業に全資産を出資していた大叔母も破産します。本来はそのブレナン夫人の莫大な資産を継ぐはずになっていたハーンは、この年老いた大叔母をそそのかして出資させたこの遠縁の者の不始末のために突然無一文になった。この件についてハーンは終生、自分は悪賢い親戚の者に謀られて自分が本来継ぐべき莫大な資産を横領されたのだ、と信じていた節がある。腹違いの妹ミンナに後年書いた手紙にもその趣旨を述べています。

それでハーンは満十七歳の時に学校を退学することを余儀なくされた。退学した日が一八六七年十月二十八日であることはセイント・カスバート校に出された届けからわかっています。ところがそれから後、一八六九年春に北米へ移民してシンシナーティ市へ素寒貧で辿り着くまでの一年半のハーンの動静がまるでわからない。一体ハーンはなにをしていたのか。

現在わかっている関連資料はほぼ次の通りです。田部隆次は『小泉八雲』（北星堂）でこう述べている。

大伯母の召使のうちにカザリンというのがあった。レッドヒルからモリヌークスと共にアイルランドに帰った時も大伯母に随っていた。ロンドンの船渠のある東端のあたりで労働者となっているデラネーなる者に嫁した。アショウを退学したヘルンはロンドンに出てこの人を頼って行ったらしい。夫人に語って「大伯母の家に女中がいて、幼時私の悪戯の甚だしい時に痛く私を折檻した。後、大伯母にも見離されて、行くところのなくなった時、この旧婢を尋ねたところ、夫婦涙を流して、私を歓迎してくれた。日本でも女中は遠慮なしに主人の子女を折檻するが宜しい」と言ったのはこの人の事であろう。

フロストの『若き日のハーン』にも似た趣旨が出ている。女中の旧姓はロネーンといったらしい。しかしその種の身分の者では、主家の「お坊っちゃま」の身の上にいくら同情したとはいえ、経済的にはなんの助けにもならなかったでしょう。ハーンが自分で直接語ったものとしては、教え子の茨木清次郎に宛てた一九〇二年七月八日付の手紙（ヘルン文庫蔵）にこう出ている。

私はあなたがロンドンに本当に興味を持ち、その恐ろしい生活のなにかを理解しようとしているのを見て、私はまことに嬉しく思っています。いかなる人間もロンドンについてことごとく知り尽すことは出来ない。しかしロンドンを見ること、感ずること、ロンドンの鼓動を感ずるだけでも教育になります。

この手紙にも「ロンドンの恐ろしい生活のなにか」something of the monstrous life of it とある点に注目したい。それというのはハーンはお金持の坊っちゃんとしてロンドンを訪ねたこともあったが、一文無しの貧乏青年としてロンドン市中をさまよったこともあったからです。手紙の続きを訳しますと、

あなたの手紙はロンドンでの私自身の少年時代を思い起させました。私はお金持の子としてそこにいたことがある。そして貧乏人としてそこにいたことがある。十四、五歳の時にはロンドン西部にいました。きちんとした気持のいいお坊っちゃんたちと一緒だった。十七歳の時、私は突然たいへん貧乏になり、将来の見通しもないままロンドンにいました。その時は古いブラックフライアーズ橋の近くに住んでいた。そして孤独な日々と孤独な夜々をテムズ川の畔りを長い間歩きながら過したものです。

Blackfriars' Bridge というのはセイント・ポール大聖堂から南へ下りてきたところにある。ウォーター・ブリッジの東側にある橋です。ハーンは自分にとって不愉快な過去はおよそ口にせぬ人だった。そのせいでロンドン時代は彼の伝記中で一番不明な暗黒の部分となっています。しかしハーンもかつての教え子がロンドンへ留学してたよりを寄越したとなると、それに釣られて思わず過去を語ったのでしょう。

文学作品としては『心』（一八九六年刊）所収の短篇『門づけ』だけが「二十五年前」の思い出を語って

います。ただしロンドンで過した夏といえば一夏しかないから、それは一八六八年夏の思い出と察せられます。それは散文詩のように美しい感情のこもった一節だが、訳すと次のようになります。


二十五年も前のある夏の夕べ、ロンドンの公園で一人の少女が通りがかりの人に、

「おやすみなさい」

というのを聞いたことがある。「おやすみなさい」というただの一言《ひとこと》だった。その娘が誰かも私は知らない。顔さえ見なかった。その声をふたたび聞くこともなかった。しかし、幾たびか春夏秋冬が去り、百もの季節が過ぎた今でも、その少女の声を思い出すと、浮き立つような快さと締めつけられるような悲しさが一時に私を襲い、不思議にも心が震える。この悲哀と快感は明らかに私のものではない、私自身のこの人生のものではない。そうではなく滅び去った数多の歳月の前世からきたものだ。


なにかハーンの孤独感が胸にしみいるような文章です。『評伝ラフカディオ・ハーン』の著者エリザベス・スティーヴンスンはこの一節を評して、

「自分をのけ者にしている幸福を他人にみることがある。そんな時、憎しみと怒りはやわらぎ、一瞬ではあるが、かすかな憧れの思いがわきおこった」

と書いている。スティーヴンスンは、

One summer evening, twenty-five years ago, in a London park, I heard a girl say "Good-night" to somebody passing by.

のsomebodyを文字通りに「他人」に解釈しているが、私には少女が通りがかりの見知らぬハーン青年に、「おやすみなさい」とあどけない声で挨拶を送ってくれたような気がしてならない。それだからこそ、誰かも知らない、顔さえ見なかった少女なのに、その声がいまなおハーンの耳に響く……

But still, after the passing of one hundred seasons, the memory of her "Good-night" brings a double thrill incomprehensible of pleasure and pain, ——pain and pleasure, doubtless, not of me, not of my own existence, but of preexistences and dead suns.

それでこのような感情が湧き立つのでしょう。しかしそれはハーンがいかにも淋しかったから、それで少女の声音に人間の好意を感じて喜びを覚え、同時にそのような好意に心が震える自身の身の上に哀れをも覚えたのでしょう。

三　アーノルドの詩の講義

ロンドン時代のハーンの生活については、直接的な証言としては、実はこれくらいしかありません。ほかに一つ米国時代の初期にLondon Sightsという記事があり、内容や文体から推理してハーンのものらしいが無署名なのでここでは引用を差し控えます。

私は以前、ハーンの来日以前のアメリカ時代の生活を探ることでハーンの日本時代の文筆活動の一側面を説明したことがあります。それは自分で申すのも気恥しいが、かなり首尾よく行きました。だとすると今度は逆に来日以後の作品や手紙から来日以前（とくにロンドン時代）のハーンを明らかにする間接的な証言はないものか。それでハーンの東大における講義にも注意してみました。すると少年時代、ロンドンの下町にいた時、人殺しとか不幸な自殺とか只事でない政治的事件が起るとバラッド売りが現れたものだ、と講義の主題のバラッドに釣られて多少脱線気味に過去を語ったりもしています。

ひょっとしてハーンの講義につらなった学生たちがなにか聞きつけていないだろうか。そう思って門下生の回想類も読んでみた。小日向定次郎は明治三十一年から三年間東大でハーンの講義を聞いた人ですが、四十年後「ハーン先生の講義」(『鳥声人語』、昭和十八年刊に収む)についてこんなすばらしい思い出を書きました。

……やがて廊下の一方に先生のお姿が現れる。外国人にしてはまことに小柄なかたでしたが、心持肩をまるくして、恰好のよいお躰をしづしづと運んで、私達が教室に入り切つて了ふと、教壇に進まれ、あの特徴のあるお眼で——時には、片はづしの眼鏡を片手に持たれて、ざつと前方を眺められてから、多くの場合、背広の左右の前襟を一つ一つ両手で軽く摑んで、親しみのある、しかも重々しいお声で静かに講義を進められるのが常でした。どの講義も、私達は講義を聴くと云ふよりか、書き取るのでした。先生の一語一句を聴き洩さず、ノートに書きとめることに専念して、細かに先生の動作を観る余裕がなかつたのでせう、お講義にあたり先生が草稿を持つて居られたかどうかはつきり覚えがないのですが、どうやらお講義は草稿なしでやられたやうに思はれます。英文学史などの場合、作家の生年月だとか、事件の日付だとか、或は講義の連絡を保たせるために必要な事項などを書いておかれたものか、折々名刺の形のやうな紙片をお眼のところへ持つてゆかれたことを、ある折にふと気付いたこともあります。それらの講義の内容は……北星堂から出版されてゐて……それらの講義が草稿なしでなされたことを考へると、今更ながら先生の偉大さに驚かされるのです。……天才と申せば、先生の文章もまた天才的のものでした。単行本として出版されたものは随分洗練されたと思はれるふしがありますが、*On Poets* と *On Poetry* の内容、あの文章は教室で私達が書取つたお講義そのままです。むづかしい文字を使つては学生が困るとでもお思召になつたのでせう、語数は限られたものでした。限られた尠ない語数を使つて、お講義の豊かな内容をはつきりと学生に理解させ、英文学に対する趣味を喚びさますことに力を用ゐられたのでしたが、私達は聴きながら、いや、書き写しながら、お講義がよく理解されたのですから、あとでノートを読むと一層よく判つたのでした。……ハーン先生の英文学のお講義が極めて平易であつて、しかも頗る趣味に富んだ印象的なものであつたことは、どんなに私達の英文学の鑑賞に役立つたか知れなかつたと思ひます。

そして小日向はそのハーンの三年間の講義を通じてひとしお印象深かった一つはアーノルドの詩『ロンドン西部』の評釈であった、と回顧しています。

それを読んだ時はっと思い当る節があってハーンの Matthew Arnold as Poet『詩人としてのマシュー・アーノルド』という講義を読んでみた（東大でのこの講義はハーンの死後一九一六年 Lafcadio Hearn, *Interpretation of Poetry* という題でニューヨークの Dodd, Mead and Co., から出たのが最初で当時はなかなか評判を呼んだものです）。アーノルドは一八二二年に生れ一八八八年に亡くなったイギリスの批評家であり詩人であった人で、ハーンが話題としたソネットは次の通りです。

WEST LONDON

Crouched on the pavement, close by Belgrave Square,
A tramp I saw, ill, moody, and tongue-tied.

A babe was in her arms, and at her side
A girl; their clothes were rags, their feet were bare.

Some labouring men, whose work lay somewhere there,
Passed opposite; she touch'd her girl, who hied
Across, and begg'd, and came back satisfied.
The rich she had let pass with frozen stare.

Thought I:"Above her state this spirit towers;
She will not ask of aliens, but of friends,
Of sharers in a common human fate.

"She turns from that cold succour, which attends
The unknown little from the unknowing great,
And points us to a better time than ours."

ロンドン西部

ベルグレーヴ広場近くで、歩道に蹲《うずくま》っている女の浮浪者を見た、不機嫌で、ふさぎこんで、口も利かない。

腕には赤ん坊を抱え、脇には女の子が立っている、
親も子も着物は襤褸《ぼろ》で、足は裸足《はだし》。

近所で働いていた職工が幾人
向い側を通ると、女は肘で娘を突つく、
女の子は急いで駈け寄り、物乞いし、銭《ぜに》を得て戻って来る。
だがお金持が通る時、女は冷ややかに見て過《す》ごす。

こうなんだな、と私は女の気持を忖度《そんたく》する、
人間、赤の他人に物乞いはしたくない、
同じ境涯を分ちあう人、それでなければ駄目なんだな。

冷たい福祉――なにも知ろうとせぬお金持が
世間の名も知れぬ弱者《じやくしや》にお恵みをする、そんな福祉は御免なんだな、
だとするとあの女はより良き時代を私たちにも指し示しているのだな。

ハーンは東京大学の講義でこのソネットに次のような解釈を付しました。

ここで「冷たい福祉」というのは公共の慈善を指している。ロンドンには貧民が行って食物を無料で求め得る場所が幾百となくある。もちろんそこで食事にありつくためには甚だ不愉快な条件がいくつもつい

ている。何千という富豪や金持がこうした公共の慈善事業に寄付金を出している。だからお金持は乞食にものを乞われると、

「なぜしかるべき所へ助けを乞いに行かないのかね？」

と答えるのがまあ普通である。しかし貧民はいろいろな理由があって公共の慈善が嫌いなのだ。しかしこの詩の主眼はそれよりも人間悩んではじめて他人に対する同情も湧くという点にある。餓えや寒さや生きることの悩み苦しみがわからない金持連中は、たいていの場合貧乏人に対して憐みの情を持ちあわせない。金持連中は人に物を与えることを拒む。それに反して職工やら貧しい労働者やらは、苦しみの何たるかを知っている。だからたとい手持ちの金がとぼしかろうとも、心が動かされた時は、そのなけなしの金をくれてやる。……

それでは貧乏人が貧乏人に救いを求めるこの本能が「より良き時代を私たちにも指し示す」となぜアーノルドは言うのだろうか。それはこうした事実があることとそれ自体が次のことを示唆しているからである。すなわちあらゆる階級の人間が苦悩の何たるやを知るようになれば、同情も増し、苦痛も減る。いま金持連中が親切でないとするならば、それはままあることだが、金持連中は知らないからなのだ。

右に引いたアーノルドの詩とハーンの評釈の訳は私がつけました。小日向は先の回想でアーノルドの詩とハーンの評釈をパラフレーズして紹介し、最後にこう結論いたします。

斯ういふことを真剣に仰言れるのは先生自身優しい、温かい、思ひ遣りの厚い、極めて親切なお方であつたからだと私は思ふのであります。

皆さま先ほど長く引きました小日向の「ハーン先生の講義」の思い出の記述から、小日向がどれほどハーンを尊敬していたか、傾倒していたか、おわかりのことと存じます。小日向はハーンが優しい、温かい、思いやりの厚い人だったから、それでアーノルドの詩に対して深い理解と共感を示したのだ、と結びに説明した。それは一面では確かにハーンの人柄を言い当ててはいると思います。しかし小日向のようにハーンの人柄だけでもってハーンのアーノルドの詩への深い共感を説明してしまってよいものか。私は師に対するこの種の讃辞はやや紋切型に過ぎて、失礼ながら月並みに近いと思います。

私はハーンがアーノルドの『ロンドン西部』を講義した際、ひとしお心熱がこもったのは、青年時代の一時期、ハーン自身がこの詩中の女乞食とさほど違わない境涯におちこんでいたからではないか、West London の詩はハーンに彼自身のロンドン生活を思い出させたからこそ、その授業は格別に深い印象を学生に与えたのではないか、と思うのです。

ちなみに大都会というのは、東京でもそうですが東に貧しい地域がある。ロンドンもイースト・エンドがそうでした。それなのにアーノルドは「ロンドン西部」、それもハイド・パークの続きにある、大使館などもあるお上品なベルグレーヴ広場を意図的に選んだ。それは女乞食をそこに立たせて、お金持からではなく、労働者に物乞いをさせる、そうしたコントラストを強調するためのセッティングだったと思います。ハーンがお金持の坊っちゃんとして十四、五歳の時に nice lads と一緒に暮したのもこの「ロンドン西部」でした。貧乏な辛い目にあってこそはじめて他人の貧乏にも共感が湧く——自分にもその体験があったからこそその点を強調したのだと思います。ハーンは講義の中でも本郷から上野への道すがら、小さな男の子をつれた女が物乞いをしていた。それに銭を呉れたのは一日の辛い仕事を了えて帰る貧しそうな大工一人きりだった——そういうことをエッセイに書いて提出した東大生がいた、と言っています。露伴の『鉄三鍛』でも主人公が物乞いできると見さだめた相手は木綿無地の年寄りで、山高帽の官員風ではありませんでした。

四　近代都市の孤独と悲惨

明治時代の日本人は誰一人、ハーンが青年時代にロンドンでそんな逆境におちこんだ、ということは知らなかった。ハーンが大谷や茨木に送った手紙の中で過去をかいま見せた時も、弟子たちはハーン先生が自分たちを激励するために過去の悲惨を大きく描いてみせたのだ、と思っていた。また小日向が、ハーンがアーノルドを講義した際とくに心熱がこもったことを師のお人柄のせいにしたのも無理はない。小日向は来日以前のハーンについて知るところが全くありませんでしたし、それに当時来日した大学卒の外人教授たちの中には誰一人としてハーンのようなみじめな青年時代を過した者はいなかったからです。

強いて近い例をあげれば、東大ではないが東大予備門（第一高等学校）の教師で夏目漱石に英語を教えたジェームズ・マードックは極貧の少年時代を送っています。マードックはスコットランドの辺境で生れた「はずれ者」であった。そのためもあってオクスフォードへ行ってもその地の社交生活に馴染めなかった。英国の支配層、いわゆるエスタブリッシュメントに非常なる反感を抱いた。もっともそのお陰で西洋至上主義的な価値観を免れて徳川以来の近代日本の開化を評価することも出来ました。マードックは後年漱石が博士号を辞退した時わざわざ手紙を寄越したことで知られています。

さてハーンも「はずれ者」だから、大英帝国の首都をこうネガティヴに描写している。

陰鬱なアーチ状の建築のいかにも気難しげな荘厳さ。目に見える遥か彼方のまた彼方まで敷きつめてある花崗岩《かこうがん》。下の基礎の方では労働者の人海《じんかい》が蠢《うごめ》いているような石材建築の山また山。そして何世紀もの間を通じて徐々に蓄積された秩序ある力がもつ陰惨な暗さ――その暗さを如実に示すあの記念碑的な空間。日の出も日の入りも、空も風も、壁の向うに消してしまうこうした石の果てしない断崖と絶壁の間……

高層建築の谷間からは日の出も日の入りも見えない、とハーンは書いた。実はこの文章はロンドン到着の貧しい日本人の第一印象を叙した一節で『ある保守主義者』の中にあります。そこでは外の風景が与える暗い陰惨な印象は同時に孤独な留学生の暗い陰惨な心の内の風景ともなっている。そのビルとビルの谷間から辛うじて見えた太陽に人間の孤独と悲惨を見た人は別にもいます。

倫敦ノ町ニテ霧アル日、太陽ヲ見ヨ。黒赤クシテ血ノ如シ、鳶《とび》色ノ地ニ血ヲ以テ染メ抜キタル太陽ハ此地ニアラズバ見ル能ハザラン。

これは夏目漱石の明治三十四年正月三日の『日記』の一節です。両者の感想が雰囲気的に一致していることと驚くべきです。漱石のロンドン体験は『文学論』序ではさらに次の言葉に要約されます。

倫敦に住み暮らしたる二年は尤も不愉快の二年なり。余は英国紳士の間にあつて狼群に伍する一匹のむく犬の如く、あはれなる生活を営みたり。倫敦の人口は五百万と聞く。五百万粒の油のなかに、一滴の水となつて辛うじて露命を繋げるは余が当時の状態なりといふ事を断言して憚からず。

漱石はイギリス人に読まれることなど全く念頭になかったから、こんな正直な悪口を書きましたが、イギリス人が読んだら腹を立てるに相違ない。現にアメリカ人ですがドナルド・キーン氏は漱石のこの種の言葉に怒りを発し、それならなぜ漱石はロンドンへ留学したのか。ロンドンでなく北京へでも留学すればよかったではないか、とこれまたやや単純な憤慨をお洩らしになりました。

しかしラフカディオ・ハーンは違う。彼は漱石よりも前に、日本人の留学生がロンドンで五百万粒の油の中の一滴の水となって辛うじて露命をつなぐ身の上に親身な共感を寄せた。そのシンパシーがあったからこそハーンは『ある保守主義者』という傑作を書くことが出来たのです。モデルといわれる雨森信成は、自由民権の反政府側の人で、後に官費の留学生として渡航した夏目金之助などよりもっとずっと貧しく辛い境涯にあった。その人のロンドン到着時の心境をハーンは次のようにも叙しています。

いかに気の強い西洋人でも、友人もなく資力もなしに大都会へ放り出されたとなると、非常に気が滅入るものだが、この東洋の亡命者も流竄《るざん》の生活でさだめし気が滅入ったことにちがいない。さっさと急いで過ぎて行く何百万という人の目に自分の姿は映っていないというあの感じ。

この文章の冒頭に「いかに気の強い西洋人でも」というたとえのあることに注目したい。ここで「西洋人」が話題に上ったのはハーンが自分を意識したからです。大都会の孤独は上京した貧乏人には悲惨です。ロマン・ロランもパリへ上京して自分が失われたように感じた、と回想している。ましてや気の強くないハーンはさだめし気も滅入ったことであろう。この「さっさと急いで過ぎて行く何百万という人の目に自分の姿は映っていない」という感じはハーン自身が一八六七年から六八年にかけて身にしみて覚えたものに相違ない。そしてその十五年後にはハーンの物語の主人公の雨森信成も身にしみて感じたものにちがいない。そしてそのさらに十五年後には夏目金之助もまた身にしみて覚えたことに相違ない。

それだからこそハーンはさっさと急いで過ぎて行く人の中で、Good-night と声をかけてくれた少女の声を二十五年後にもなお思い出したのです。またそれだからこそ夏目漱石はロンドン留学の十年後、現実世界は劇烈に活動しているが、しかし目の前の人々は自分を問題にもせずさっさと行ってしまう――その大都会における不安感と疎外感とを熊本の田舎から初めて上京した三四郎という青年の気持に託して描くことが出来たのです。私はハーンが日本人雨森信成のロンドン到着当初の気持をさとく摑むことが出来たのは、ハーン自身が十七歳、貧乏人としてロンドンへ上京した人だったからだと思う。米国の金持の学生が英国の大学へ留学するのとはそこは訳がちがいます。

そしてその際、興味深い点は、貧しかったがゆえにハーンも雨森もロンドンの下層社会をよく見てしまった、という事実です。ハーンの著作の特色は、彼自身が西洋産業社会の大都市の悲惨を身をもって体験してしまったために、その体験が彼の日本論にもにじみ出ている点ではないでしょうか。いいかえると、ハーンには社会の底辺において英米と日本とを比較するというきわめて稀な視角があったということでした。ハーンが雨森信成のロンドン観察に共鳴して、『ある保守主義者』に次のように書いたのはそのために違いない。

……彼は英国の富について研究した。その富は絶えず増大し続けていた。それと同時に彼はその繁栄の影で絶えず増加してゆく夢魔にも似た悲惨の数々をもあわせて研究した。彼は百余の国から運ばれてくる富と財宝——その大半は掠奪物であるが——で満ち満ちた巨大な港を見てまわった。そしてイギリス国民は、今日でもその先祖たちと同じく、掠奪人種であると知った。そして、英国がもしかりに一カ月であるにせよ他の国々や他の人種に対する強制が利かなくなり、自国民を養えなくなった暁には、いったい数千万のイギリス国民の運命はどうなるのかと考えた。彼は世界最大の都会ロンドンで夜の生活を恐ろしいものにしている淫売と泥酔の実情を見た。そしてそうしたことを見て見ぬ振りをする因襲的な偽善や、現存の状態にもっぱら感謝の意を捧げる宗教や、……に驚きかつ呆れたのであった。……青年はまた各国を広く旅した秀れた一イギリス人が、イギリス人口の十分の一は職業的犯罪者乃至は貧民であると公言したのを読んだ。そしてこうした事は、何千何万という教会の数にもかかわらず、起ったことなのである。たしかにイギリスの文明は他のいかなる国の文明よりもその宗教――彼がかつてそれが文明の進歩の源泉なのだと信ずるように教えられたところのもの――が持つと称する力を示していなかった。イギリスの街路が彼に示したものはそれとは別の光景であった。そこにはおよそ仏教国の街路では絶対に見られぬような光景があった。

バジル・ホール・チェンバレンはラフカディオ・ハーンと当初はたいへん親しかった。『日本事物誌』でも明治三十八年に出た第五版まではハーンをたいへん褒めて書いてある。それが一転して悪口に転じたのは一九三九年刊の第六版からです。その経緯は『破られた友情――ハーンとチェンバレンの日本理解』（著作集第十一巻）に書きました。しかしチェンバレンはハーンと親しかったころでも一つだけ留保があって、

「ラフカディオ・ハーンの日本についての判断で私が同意しない唯一の点は、彼が日本人の肩を持とうとしていつも自分の人種（英国人）を貶《おとし》めようとする点だ」

と述べています（『日本事物誌』一九〇五年版の Books on Japan の項目を参照）。チェンバレンのように大英帝国と一体化している人にとっては、ハーンの右のようなロンドンの恥部の指摘は愉快ではなかったでしょう。もっともこれは作中の主人公である日本人の観察と判断であって著者ハーンの意見ではないという風にも読める。しかし私はハーンは「ある保守主義者」のモデル雨森信成と同調して、というかおそらく雨森自身よりもさらに先へ出て、ロンドンの暗黒面の批判を行ったのではないか、と思います。右の激しい口調の一節がハーン自身の見解でもあると考えるのは、ハーンが、

「送る必要のないよその国へ宣教師を送り出すという無智」

という彼がほかでも繰返し主張しているミッション批判をやはりここでも言っているからです。ハーンはさらに主人公の日本青年は、各国を広く旅した秀れた一イギリス人が「イギリス人口の十分の一は職業的犯

罪者乃至は貧民であると公言した」のを読んだ、と書いている。そして註にアルフレッド・ラッセル・ワラスの名前とその見解を次のように引いています。

われわれは知的達成において野蛮状態よりはるかに先へ進歩したけれども、同じように道徳において進歩したとはいえない……　実をいえば大衆の大部分は道徳的には野蛮な掟の先へ進んでおらず、中には野蛮な掟以下の場合も多々あるといっても過言ではない。徳性の欠如は近代文明の一大汚点である……　われわれの文明は社会面、道徳面において野蛮の域を脱していない……　われわれイギリス人は世界でもっとも富める国民である。それでもわが人口の二十分の一は公費救助を受ける貧民であり、三十分の一は明らかに犯罪人である。こうした数に表沙汰とならぬ犯罪人や多かれ少かれ私費救助を受ける貧民の数を加えてみよ、そうすればわが人口の十分の一以上は現在実際に貧民ないしは犯罪者なのである。

ワラス（Wallace, Alfred Russel）は一八二三年に生れ一九一三年に亡くなったイギリスの博物学者で、ハーンも書いた通りブラジルや東インドなど「各国を広く旅した」進化論を奉ずる学者です。ワラスを読んだのは作中では主人公の日本青年のように書いてあるが、実際はハーンが読んだ。というのはいまも富山大学のヘルン文庫にはワラスのマレーの人と自然の研究とか自然淘汰とか島のファウナとフローラの研究とかダーウィニズムについての専門書が四冊もはいっている。そのほかに十九世紀の成功と失敗について論じた *The Wonderful Century* などの書物もある。右の引用そのものはハーンは雑誌か新聞で読んだのでしょうが、ワラスのその種の主張は後に *Social Environment and Moral Progress*（『社会環境と道徳的進歩』）というワラスが一九一三年九十歳で亡くなった年に出た書物に収められました。

問題は、英国の人口の十分の一は現実に貧民ないしは犯罪者だ、というワラスの指摘にハーンが「そうだ、その通りだ」と相槌を打つ気持の強かったことです。その相槌を打つ語調に異常なまでに熱気がこもっているのは、ハーン自身が十七歳の時、貧民に立ちまじって暮した経験があったからではないでしょうか。そしてそのような苦い経験があったから、

「イギリスの街路が彼に示したものは……およそ仏教国の街路では絶対に見られぬような光景であった」

という評価となった。西洋社会は知的達成の偉大な面ではまことに偉大であるが、悲惨な面ではまことに悲惨である、というのがハーンの観察です。一体この彼の観察は正しかったのか。

五　日本人の比較観察

それで仏教国に悲惨はないのか。ハーンは仏教国という一般的な呼び名を用いていますが、ハーンが実際見聞した仏教国は日本しかない。だとするとこの語の使用もキリスト教国批判のために用いられたのだということがわかりますが、コントラストとして引き合いに出されたその仏教国日本に悲惨はなかったのか。『ある保守主義者』が収められたハーンの来日第三作『心』が出版されたのは西暦一八九六年で、これは明治二十九年に当ります。その当時の日本の下積みの暮しはどんなであったか。横山源之助に『日本の下層社会』というまさにこの問題を扱ったルポルタージュがあります。いまでは岩波文庫にはいっているが元は明治三十一年に出ました。ちょうど同時代の記録といっていい。これは丹念に脚で書いた報告で地道で立派な調べ物です。東京はじめ各地の貧民状態が細叙されている。本所深川の日傭人足、車夫、屑拾い、芸人、立ちん坊、その収入やら支出やら木賃宿やらが叙してある。地方の手工業者に雇われている女工の生活が書いてある。小作人の生活事情が書いてある。明治の日本はみじめなものであった、と一読して暗い印象が残る。前世紀末年の時点で英日を比べるなら、当時世界一の富国であった英国はたとい最下層の労働者であろうと日本の下層社会よりはよほどましであったろう、と誰しも頭から思いこんでしまいます。

著者の横山源之助はチャールズ・ブースの『ロンドンにおける人々の生活及び労働』という一八九一年に出た大規模な貧民調査に刺戟されて日本の場合を調べ始めたらしい。ちなみに一九一六年に出た河上肇の『貧乏物語』もブースを引用している。しかし横山には無論のこと、英国へ留学した河上肇にすらも英日の下層社会を比較するという視点は実はなかった。河上は社会科学者ですから、「生活の必要物を享受しおらずという意味での貧乏」をその著作の中で問題とし、先のブースからも引用してロンドンにおける貧乏人の割合を紹介している。十九世紀のイギリスでは、エンゲルスが一八四五年に『イギリスにおける労働階級の状態』を著しているが、察するに識者の間でこの種の社会問題への関心は産業化の進行とともに高まったのでしょう。それでワラスとかブースとかの書物も注目されたのに相違ない。

それでは日本人はイギリスへ行って何を観察していたのか。夏目漱石はこう書いている。

当地のもの一般に公徳に富み候は感心の至り、滊車《きしやなど》抔にても席なくて佇立《ちよりつ》して居れば、下等な人足の様なものでも席を分《わか》つて譲り申候。……鉄道の荷物抔も「プラットフォーム」に抛り出してあるを各自勝手に持つて参り候。日本で小利口な物どもが滊車を只乗つたとか一銭だして鉄道馬車を二区乗つたとか……不徳な事をして得意がる馬鹿物沢山有之候。是等の輩を少々連れて来て見せてやり度候。

漱石はイギリスの鉄道に乗って、人々の公徳心にすっかり感心しています。河上肇の感想はその十余年後に記されたものですが、実はまったく同様趣旨で、乗車する際各自が荷物を荷物車へ預け、下車する際各自が勝手に取りに行く。

全然自由放任だが、それで荷物が紛失もせず間違ひもせず諸事円満に運んで行くのならば、英人の自治能力もまた驚くべしといはなければならぬ。

私も一九五五年初めてロンドンへ行った時、地下鉄の切符の料金は行先で違うのに改札はあって集札はない。乗客はそれぞれ行先までの運賃をきちんと払うものという信用が前提になって運営されているので驚いたことがある。しかしそのイギリスも公徳心が低下して——一部のイギリス人に言わせると外国人労働者の英国内への流入のせいで乱れたのだそうですが——それで地下鉄の切符は入口で改札するだけでなくやはり出口でも集めるようになりました。汽車も荷物車はいまは廃止して各自が自分の乗る車輛に積む。ただしそれでも各自の車輛の隅の荷物置場に置いておく。いまではBRのプラットフォームに荷物を抛り出しておけばJRと同様に盗まれる危険性はあろうかと思います。鉄道の駅は比べにくいが、空港の方は国際比較がしやすい。ちなみに今日、世界でいちばん荷物がなくなる空港の一つはロンドンのヒースロー空港だそうです。

鉄道の荷物の扱いはそのように社会の安定や国民の公徳心と密接に関係することだから、河上肇が着目したのももっともだといえばもっともですが、しかしその程度の英日比較ではどうも社会科学者としてナイーヴに過ぎる。『貧乏物語』は日本人に「貧乏」という社会問題が存在することを教えた衝撃の書だそうで、大内兵衛氏は「古典」と評しておられるが、右の程度の見聞記がはたして本当に古典となり得るのだろうか。『貧乏物語』が外国語に訳されたと仮定して外国の社会科学者の尊敬を真にかちうるであろうか。——漱石の観察は鏡子夫人へ宛てた私信ですが、その程度の内容が河上肇の『貧乏物語』にはだらだらと締りなく書いてある。もしこれが「古典」であるとするならば日本の社会科学の水準はいかにも低いものと思われてなりません。

それでは西洋文明の光明面とともに暗黒面も見て、はっきりと客観的に記述した日本人の手になる書物はないのか、といえばそれは実はあるのです。久米邦武の『米欧回覧実記』がそれで、英国人の豊かさとともに貧しさもきちんと記述している。皆さま御承知のように久米邦武は明治四年から六年にかけて岩倉具視、大久保利通、木戸孝允、伊藤博文等の明治日本の指導者に従って米欧を回覧した。その際の報告書の第二十一巻英吉利国総説にはイギリスの気候、農牧産物、鉱業、生産、貿易、人種、風俗、学問、宗教などが列記してある。当時の世界に冠たるヴィクトリア女王の大英帝国が感嘆の念でもって記されている。ところがその中に、こんな観察もはいっている。

英国内ニ於テ、富庶ノ大概ハ如此《かくのごと》シ。此《この》記述ヲミレバ、人ミナ想ハン、英ノ全国ハ、黄金花ヲ結ビ、百貨林ヲナシテ、貴賤上下、悉ク皆昇平鼓腹セント、夫《それ》然リ、豈《あに》夫然ランヤ。

この「夫然《それしか》リ、豈夫然《あにそれしか》ランヤ」という言い方がいかにも物の両面を見てきた使節団一行の言分らしいと思います。英語にすれば“It's yes, but it's not yes.”とでも返事したような風情がある。イギリスはたしかに繁栄している。富貴は英人の勤勉が開いた花であり、安楽は艱難辛苦が結んだ果実である。イギリスの人民が数多くかつ富んでいること（富庶）が世界に冠たるのはその人民のビジネスの力が他を凌駕しているからにほかならない。

しかしそのようなお国柄であるだけに、イギリスに住んで怠け者でいると酷い目にあう。貧富の差もたいそう広くて、窮民も他国より多いらしい。イングランドの人口は二千三百万だが、救済を受ける貧民は百万人を越えている。だから都会の無産階級は生計のために苦しんで小売業者は週末には売上げ計算を夫婦で一生懸命やっている。帳簿には蝿頭《ようとう》の文字が一杯ぎっしり詰っている。

小説家のディケンズは米欧回覧使節が横浜を解纜《かいらん》する前年に亡くなりましたが、父親は海軍の事務官で借金で投獄されたこともあり、本人も十二の年から働きに出た。それだけにディケンズの小説にはロンドンの市井の眺めや物音や人の声が活写されている。街角の匂いや小路の臭みまで漂ってくる。そこには庶民の泣き笑いも聞えている。そしてそこには確かに『米欧回覧実記』にあるような、

「債主眼鏡ヲ拭ヒ、条ヲ逐テ点検シ、己ノ帳簿ト比較シ、些《すこし》ノ妥当ナラザル所アレバ、価ヲ論ジテ肯《あへ》テ仮借セズ」

という零細商人が苛斂誅求《かれんちゅうきゅう》に会うてる光景も描かれている。久米はそのディケンズと同じ情景を同じような眼で見ていた。そしてこんな風に総説を書きました。

其刻苦営生ノ風ヲナセル殆《ほとん》ド我邦人ニ比スレバ鄙吝《ひりん》ノ貧民ニ似タリ。街頭ニハ行人蟻ノ如ク集リ、蜂ノ如ク散ジ、奔走経営スルモノ、少シク技芸ニ乏シキハ、一日ニ獲ル所ノ価ヲ問ヘバ只一、二シルリング、賃銭ニ役セラルヽモノナリ。

十字ノ街ニハ丐児徒跣《かいじしせん》シテ集リ、帚《はうき》ヲ取テ遊客ノ前ヲ導キ、履刷《クツハケ》ヲ提ゲテ其足ヲ守ル。売淫《ばいいん》ノ婦人ハ、倫敦中ニ十万人ニスグ。少シク人行少キ街ニ至レバ、偸児《とうじ》徘徊シ、前ヨリ帽ヲ圧シ、背ヨリ懐ヲ探リテ逃レサル。殷劇《いんげき》ノ市ニハ、拐児《イタヅラモノ》群ヲナシ、数歩ノ間ニ、金鎖玉鉤《ぎよくこう》、烏有《うゆう》トナル。少シク寥落《れうらく》ノ郷ニハ、短銃ヲ携ヘ、毒薬ヲ懐ニシテ、行旅ヲ悩スノ賊アリ、鉄道滊車ノ上ニハ、博徒拐児《カタリ》、各車ヲ回リテ田舎漢《イナカモノ》ヲ諞誆《へんきやう》ス。之ヲ聞ク倫敦ノ内ニ、入水ノ河アリ、窮困ノ男女、此ニ投身スルモノ、常ニ絶ヘズ。悪党ノ房アリ、百種ノ無頼ミナ集リ、賭博ヲ張リ、鴉片《あへん》ヲ吸ヒ、悪状ミナ備ルト。

蓋《けだし》年年収ムル所ノ、巨万ノ利益ハ、ミナ豪家ノ包括スル所トナリ、保護ノ法周備ニシテ、産ヲ傾ルモノ少ク、俄然ニ業ヲ起シ、俄然ニ倒産スルモノ少シ。英《イングランド》倫ノ全土ニ土地ヲ所有セルモノハ、年年ニ其数ヲ減ジ、今ハ唯二万人アルノミナリト、又愛蘭《アイルランド》ニ於テモ貴族一千余家ノ外ニ、地主ハ只八千四百十二人アルノミト云。此一事ニテモ、以テ知ルベシ、富ムモノハ日ニ富ミ、貧ナルモノハ終身屹屹《きつきつ》トシテ、僅ニ

自ラ食スルノミ。国中ノ民貧富ノ均《ひと》シカラザル如此《かくのごと》シ。故ニ険ヲ越ヘ遠キヲ渡リテ、利ヲ他方ニ営ム。英人ノ米ニ移ルモノ、年年十二万人ニ及ビ、其他加拿佗《カナダ》、「オ、スタラリヤ」ニ移ルモノヲ幷セ計《カゾ》フレバ、殆ド三十万口に及ブトナリ。米国ノ植民ハ、英国ト独逸トノ移住民ヲ仰グ、移住民ノ多キハ、其国生計ノ難キ徴《しるし》ナリ。

久米邦武も十字路で裸足の乞食同然の少年に取囲まれて、磨いてもらいたくもないのに靴を磨かれて銭を恵んでやったのでしょう。人気の少い街へ行くと掏児《すり》かっぱらいの類が増える、とあるが横山の『日本の下層社会』に貧民街の細民で「才智有るは後日掏児の群に入る者多く、遅鈍なるは下りて乞食の間に陥る」などと分類しているが、イギリスの首府でも似たような光景はあったのでしょう。ディケンズの『オリヴァー・トゥイスト』はその掏児の生態を描いた名作です。ハーンがロンドンにいたのは岩倉使節団が訪ねる四、五年前のことで、ハーンは東大の講義の中で不幸な自殺があるとロンドン訛りのコックニーでバラッドを作る者がいた、と往時を語ったが、ロンドンにも河に投身自殺する窮困の男女が絶えずいたらしい。なるほどこのような英京であってみれば、アーノルドの『ロンドン西部』の詩にあるような情景も、イースト・エンドに限らず、住宅街にほど近いあたりで見られたのも事実であろうと思われる。ただし次の事は英国の名誉のためにもつけ加えておかねばなりません。それは久米邦武は、ロンドンの人気《じんき》はパリに比べれば劣るがニューヨークやワシントン、サンフランシスコなど米国の都会に比べればよほど増しだ、と書いていることです。ワシントンは表は清潔だが、

陋巷《ろうかう》ニハ黒人ノ居住セル街アリ。木製ノ屋廬《をくろ》、矮陋《わいろう》不潔ニシテ、修掃至ラズ、鉛漆《ペンキ》斑黒ニテ、溝溜臭穢《こうりうしうあい》ヲ醸《かも》シ、経過スルニ鼻ヲオヽフ。

岩倉使節団の一行はワシントンに半年滞在したのですが、物価も高く、風俗も美しくなく、「黒人ノ痴《ち》惷《しゅん》不潔ナル、窃盗ノ多キ、固《もとよ》リ留リ居ルヲ楽マザリキ」と正直に書いている。しかしそのワシントンからニューヨークへ出て久米は仰天した。それは車馬の混雑もさりながら、その繁華街が、

夜ニハ妖婦羅列ノ淫坊ト化シ、常ニ人ヲシテ惴惴《ずゐずゐ》トシテ自ラ戒メシム。察スルニ此府ハ、米国第一ノ繁華場ナルガ如ク、人気《じんき》モ、亦第一ニ不良ナルベシ。

そうしたことがあっただけにニューヨークからロンドンへ渡った時はほっとしたと久米は書いているが、これはいまでも私たちが覚える安堵感ではないでしょうか。私は北米の大都市の暗黒面に比べれば今日のイギリスの大都市のスラムはまだしもましだと考えたい。ちなみにハーンも先の茨木宛の手紙に「ニューヨークはロンドンほど tremendous ではないが、ある意味でより monstrous（恐ろしい）」と書いている。

六　恐怖からの自由

私はこの社会の底辺の比較ということに関心を持つ者で、誰か「日米英中露監獄生活の実態の比較」などという研究を出したらさぞかし興味深いだろうと思います。北欧では人権という面がずいぶん配慮されている。日本は良かれ悪しかれ管理が秀れているらしい。米国の監獄はよほど恐ろしいようです。また「日米英スラムの実態の比較」などというのも良き研究主題であるにちがいない。

実は私が前に教室でふとそんなことを言ったら学生で本当に東京の山谷へ泊りこみに行った者が出た。もうだいぶ前の報告ですが、こんなレポートを聞きました。東京の山谷は大阪のあいりん地区とは違って貧民

窟の要素は少い。山谷は真の意味でのドヤ街、すなわち労働者に宿《ヤド》を提供する場所なのだそうです。そのドヤの便所に、

「某所の某は何ヶ月で何万円貯めた」

などと書いてある。そうしたことに興味をもつのは人間にまだ勤労意欲がある証拠でしょう。そこの住民の話題も、溜った部屋代の話とか、挨拶もせずにいなくなったどこぞの高校教師の話。競輪の話。お盆に郷里へ帰れるかどうかという話。また、どこそこの安いパンツは一回洗ったらゴムが伸びた、などという生活者の話……

その学生がアメリカへ留学することになって、ニューヨークのハーレムにも泊りこみに行ってみる、と言うから私はさすがに心配になって「よせ」と言いました。

「あんなところへよそ者が探訪に行って大丈夫か。あそこでは毎朝死体がころがっているそうだぜ」

と友達も冷やかした。あの町では一日平均して五人は殺される。

ニューヨークの大学の先生で東京で床屋にはいったら親爺が、

「あちらは殺人や犯罪が多いそうですな」

と話しかけたので腹が立った、という随筆を日本の文芸誌に書いた方がおられましたが、私はそれは腹を立てる方が間違いだと思います。鏡に写った自分の顔がまずいからといって、鏡に文句をつけてはなりません。統計を見ると実際、犯罪は桁違いである。

私はニューヨークでテレビに強姦された女性が画面に現れて、犯人の人相を事細かく言って逮捕を訴えた時は、その女性の世間体を気にせぬ勇気には感心いたしました。(すでに離婚した子持ちの女性でした。)しかしアメリカの大学で大学新聞にキャンパス内婦女暴行多発地域・件数が明記された地図が印刷されてあるのを見た時は、感心以上に寒心に耐えなかった。三省堂の『デイリーコンサイス数字情報事典』によると一

九八四年日本の山形県では一年を通じて強姦は一件です。次が秋田県と佐賀県の各五件。最高は東京都の二百五十四件です。これは年間を通じての刑法犯認知件数で、この種の事件に未報告が多いのは日本も米国も同じでしょうが、犯罪はアメリカで桁違いに多い。合衆国では六分に一回強姦事件が発生している。それで平均すると六百人の女性のうち一人は強姦されているとのことです。日本の女の子の中にはTシャツに“RAPE ME”などと印刷したのを平気で着て原宿あたりをあっけらかんと歩いているのがいる。ブラック・ユーモアのつもりかしれないが、アメリカであんなTシャツを着る女の子がいようとは思われない。私はあのTシャツは日本製と思います。

さてそのような統計的現実に接してみる。そしてニューヨークのスラム街の麻薬や殺人や暴行の実情が東京や大阪のそれよりもはるかに悲惨であることを数字的にも確認してみる。するとさかのぼって一世紀前にハーンが指摘したことはやはり正しかったのではないか、と思われてくる。

ハーンは十七歳で西洋社会の最下層に落ちこんだ人でした。そうした人だけに、

「恐怖からの自由」

「悲惨からの自由」

を心底から欲したにちがいない。その freedom from horror, freedom from misery とでも呼ぶべき人間の基本的自由を、意外にも西洋を脱出して日本へ来ることによって獲得した。それも日本の田舎の小都市へ行くことによって獲た。ハーンが日本でも大都会よりも地方の小都会を好んだ心理も、そのようなハーンの過去を考えれば納得の行くところではないでしょうか。ハーンがチェンバレンに宛てた一八九三年ごろの手紙の一節に、

「あのロンドンの顔々（わたくしは今も忘れません）あるいは場所はどこでもよいのですが、イギリスの群集の顔々をごらんなさい」

という一節がある。それは「日本人の微笑」との対比において語られるのですが、このようなさりげない一節にも比較の視点が出ている。そしてそれは同時にハーンのロンドンでの原体験がいかなるものであったかを示唆していると思います。

「比較する」とはいかなる行為でしょうか。ハーンの場合、それは幼少年期の原体験を基にして、大人になってから後に獲た体験や知識を比較することでした。するとハーンの結論は、西洋社会の光明面のみに注目しがちであった日本の多くの知識人や、やはりその光明面のみを強調しがちであった西洋人キリスト教宣教師たちとはだいぶ様子を異にするものとなりました。あるいはハーンは、西洋大都市の悲惨を言うために、日本の生活をよく描き過ぎているのかもしれません。私共はそれに乗って自己満悦に陥ってはならない。私共は自分自身の欠点に留意し、常に自戒すべきでありましょう。

近ごろ人々がいっせいに気づいたように、大都市の土地政策について、戦後の日本はまことに無為無策であった。そのために大都市の地価は異常に高騰し、土地所有者も遺産相続税のために親代々の土地を手放さざるを得なくなっている。これは国民の恒産を失わせ、恒心を失わせるものです。もともとは社会正義を実現するための方策であった遺産相続税がいまでは不動産屋に巨額の金を儲けさせるきっかけとなっている。そのように今日の日本には遅れている面もたくさんあります。先祖の土地を手放さざるを得ないということは神道の先祖崇拝からいってもたいへん問題のあることです。

しかし欠点があるからといって自己評価が自己卑下に陥ってはならない。たとえば日本に貧富の差が少く、社会の底辺がそれほど惨めでないことはハーンに限らず、明治七年に来日したメーチニコフの『回想の明治維新』(岩波文庫)を読むとよくわかる。パリでは劇場に来る客は自分を見せに来る。しかし日本の歌舞伎に集る群衆は実に民主的であって誰もが実際に芝居を観るために来ている、などという指摘には本当にはっとさせられます。ディケンズの『二都物語』は一七八九年のフランス大革命当時のパリとロンドンを舞台にした作品です。その中で革命時のフランスの治安が悪いことはわかるが、同時代のイギリスでもロンドンからドーヴァーへ馬車で行く街道筋に追剝ぎが出る。物騒だと騒いでいる。久米邦武が記した「少シク寥落ノ郷ニハ、短銃ヲ携ヘ、毒薬ヲ懐ニシテ、行旅ヲ悩スノ賊アリ」とはまさにこの事だなと思う。そのような西洋に比べると十八世紀後半に来日したツュンベリーが安永五年（一七七六年）淀川沿いの街道を呑気に旅して、肥溜めの臭いの強さには目から涙がこぼれて辟易したが、日本人が天下太平を満喫しているのに驚嘆したのはやはり実感だったろうと思います。

それは実は江戸時代も東京時代も、日本が外国からの移民を受けつけず、それで国内的には「壺中の春」を楽しんでいたせいかもしれない。しかしなにはともあれ徳川時代の日本の政治の理想、

寡《すく》ナキヲ患《うれ》ヘズシテ均《ひと》シカラザルヲ患ヘ、貧《とぼ》シキヲ患ヘズシテ安カラザルヲ患フ。

の句は私にはいまなお訴えるなにかを持っている。徳川日本がもちろんその理想からほど遠い国であったことは承知していますが、しかし当時の他の国々に比べれば決して悪い方ではなかった。私はこれから先も日本社会が、たとい「団栗《どんぐり》の背競べ」と冷やかされようと、貧富の差や上下の差の少い社会であり続けることを切に望む者です。そして願わくはこの日本が率先して、この地球上から貧富の差が減るように、積極的に有効な貢献をすることをのぞむ者です。たとえば日本が音頭を取って、男には七年に一度一年間休暇（サバティカル）を与える。女には子供が小さい間七年間まとめて休暇を与える。そうした人間的な雇用形態を開発できないものでしょうか。西洋に追随して男女雇用均等法案などと叫ぶより、女の人は子育てがすんだら職場に復帰できるような終身雇用システムを世界に先んじて開発できないものでしょうか。家庭を破壊することなしに女性の解放を実現してこそはじめて誇るべき解放といえるのだと信じます。私は子供が大きく

なった段階で女の人も社会へ出、そうすることによって母親と十代になった子の間のあまりに繁密に過ぎる関係をゆるめる方が、いまの日本では健康的なのではないかと思います。それとも日本も女性の社会進出に伴って不可避的に離婚は増大し、非行少年も増大し、都市に犯罪は増加するのでしょうか。経済大国となっても社会の底辺が乱れるようでは嬉しくない。私の予感ではこれから先、日本からもノーベル賞受賞者が多くの分野で次々と出そうな気がするが、しかしたといそのような受賞者が多数は出ずとも、それよりも社会の底辺における犯罪者の数が少い日本の方がはるかに好ましい社会であると私は信じます。

最後に、この章の話題との関連で、私流に比較研究者の心得をまとめてみます。ハーンの場合に限らず比較研究者《コンパラティスト》は、各自の原体験を重んじ、その原体験に照らして、後天的に学んだ外国知識や外国体験と比較する時、はじめて血の通った、生命の息吹きの感じられる研究を行い得るのだと思います。(その点、自分の幼少期や十代の体験に自信の持てない人の外国研究は悲惨です。外国知識の獲得でもってそれまでの劣等感の埋め合わせをしようとするものだから、比較の秤をかけようにもバランスを取る支点が見当たらない。)私どもは通常、自然科学者の研究モデルに従って、自己の外部にある二つのものを比べるのが比較研究だと考えがちです。確かにその方向で比較研究を発展させることは出来ましょう。しかし文学や文化の研究の場合には、自己の内部にあるなにものかと比較論評してこそ、はじめて説得力も増すのではないか。

比較文学研究は二本足の学者の学問であって、その際一本の足は母国の地におろしている。日本に限らず世界の比較文学研究で秀れた研究は必ずといってよいほど比較する対象の一つを自分の生国から選んでいる。そのように一本の足はしっかりと母国というか自分自身の内部におろしてこそ、学問も生気ある学問となり得る。そのように内発的なるもの、自己の内なるものを大事にし、外国研究に際しても自己自身に忠実に、自己自身の主体的判断に基づいて、「自己本位」に外国文化に臨むことが、夏目漱石の言分《いいぶん》ではないが、大切だ。すくなくとも私自身は比較研究の原点をそのような姿勢にいつも求めてきたし、これからも求めて行きたいと思います。

本章のお話はハーンのロンドン時代の境涯の推定と、そのような原体験がハーンにどのような視野を開いたかについてお話しました。そしてそのハーンの場合を踏まえて、人が自覚的あるいは無自覚的に行っている比較という営みはそもそもいかなる性質の行為であるか、その点についても多少の反省を加えさせていただきました。手前勝手なことまで述べて恐縮でございます。

第五章　ハーンとケーベルの奇妙な関係

一　『日本の陰謀』

ここ数年来アメリカでは日本批判と申しますか日本非難ともいうべき新聞記事や本が次々と出ます。次に掲げますのもその一例で『ニューヨークタイムズ・ブックレヴュー』に出た広告で、*THE JAPANESE CONSPIRACY*『日本の陰謀』というか『日本の謀議』という題名の書物です。日本はなんでもかでも翻訳する国で実はこの本も邦訳が出、ほんのちょっとの間でしたが週刊誌でも話題となったことがあるのであるいは御記憶の方もあるかと存じますが、大方の方はもうお忘れでございましょう。マーヴィン・ウルフという人の本です。広告の文面には、

日本は宣戦を布告せずに戦争に突入し、いまや西側列強に脅威を与えつつある。全世界を支配しようとする日本の陰謀、これに対しいかに対処すべきか。

と大きく出ている。これだけ見ますと半世紀前の第二次世界大戦勃発を扱った本かと勘違いするわけですが、よく読むと、「日本は宣戦を布告せずに経済戦争に突入し、全世界の産業を支配しようとする日本の陰謀」と出ていて、話題は過去十年来クローズ・アップされ、過熱化してきた経済問題であることがわかります。

「日本の共同謀議」という言葉は一九四六年、東京市谷で開かれた極東国際軍事法廷で、キーナン首席検事が日本の東條英機元首相以下のいわゆるA級戦犯を起訴した罪状にあった言葉です。そして今回の戦争犯罪の容疑者は日本の通商産業省の高級官僚の皆様でございます。「通商産業省」はMITIの名前で国外で知られている。MITIはMinistry of International Trade and Industryの略語ですが、このインターナショナル

は「全世界」を表わす、したがって日本の通商産業省は世界各国の貿易を掌握しようと企んでいる。しかもInternationalという形容詞はTradeだけでなくIndustryにもかかっているように読める。だとすれば日本の通商産業省は世界の産業までコントロールしようとしているかにも読める――とこれはベン・アミ・シロニーというイスラエルの教授がまあ一種の御冗談で言っている解釈ですが、徳川家康も顔負けするほどの言いがかりであるかに思われます。しかし日本でも売らんかなのために『ユダヤの陰謀』といった本が出廻るのだから、向うでも売らんかなのために『日本の陰謀』が出廻るのも当り前かもしれません。馬鹿な小悧口者はどこにもいるものです。

日本の読者の皆さまは「日本の陰謀」と聞くとお笑いになりますが、しかしマーヴィン・ウルフ氏の本の広告の方は米国の第一流の新聞に出たものでありまして、しかも十二月七日という日を狙って出たものでありまして、すこぶる真面目な深刻な語調である。いま訳すとこうなります。

日本が世界の経済強国として出現したのは優れた経営技術によるものではなくて、日本の経済的全体主義に由来する。隠密裡に政府によって指導された陰謀が着々と進行し、日本側は西洋諸国の先進産業に狙いをしぼり、その有力産業を次々と非合法的かつ非良心的なる手段で破壊粉砕しつつある。

そしてこの前書きの次に書物の宣伝がやはり同じような口調で続きます。

この丹念に調査された見事な研究によって、日本の通商産業省がいかにして全世界の競争を圧倒し、押し潰しつつあるかが明らかにされた。日本の通商産業省はライセンスの協定を次々と踏みにじり、特許のある技術を公然と盗み、産業スパイを送り込み、一方では外国市場でダンピングを行って価格を低下させ、競争相手を潰すかと思うと、他方では価格を固定化して、カルテルをつくり、秘密裡に政府補助金を提供している。本書の著者は、日本が米国の産業に次から次へと襲いかかる攻撃の有様を劇的に描き出した。テレビ受信機、自動車、鉄鋼、工作機械、マイクロチップス、コンピューター、そしてあらゆる知識産業が日本の猛攻撃を浴びつつある。

著者はまた日本の幸せな勤労者、労働者という神話の虚偽の皮を引き剝がし、日本における女性や少数民族の目をそむけさせるほどの悲惨な地位を論じ、日本人の生活水準の実態について我々の目から鱗が落ちるような報告を行っている。

最後に著者は米国ならびに欧州が日本の手で経済的屈伏を強いられることのないよう、その破局を回避するための対抗措置の数々を述べている。この挑戦的なる書物を、読者よ、是非買い求めよ。価格は十三ドル九十五セント。

この広告文を読みますと、私には少年時代が思い出されてなりません。昭和十六年十二月八日、日本海軍ハワイ真珠湾を奇襲、戦艦アリゾナ以下五隻爆沈。同十日マレー沖海戦で戦艦レパルス轟沈、同プリンス・オヴ・ウェールズ撃沈。そういう大東亜戦争の緒戦の戦況が反射的に思い出される。『ニューヨークタイムズ・ブックレヴュー』の広告も、もちろんその時の記憶にあわせて書かれているのでございます。ですから五十歳以上のアメリカ人が読むと、それに引続くグアム島占領、マニラ陥落、シンガポール陥落、スマトラ、セレベスへ落下傘部隊降下、ジャワ島降伏……そういった西洋列強の一連の敗退が、四十数年後、今度は別の形でもって着々と戦われている。その際、かつての日本大本営はなくなったかもしれないが、その代りに日本の通産省がその作戦計画を立て、ターゲットを定め、次々と攻撃を加えてくる。――そういう心理を踏まえたレトリックであります。もっともこの広告を見まして、私など経済問題はずぶの素人でありますが、いくらなんでもこの広告は言分がすこし古い、日米間の経済摩擦の真相などこんなことではあるまい、と思うのであります。皆さまもおおむね左様お感じでございましょう。

しかし日本人が戦後にこれだけ経済復興のために頑張り、日本商人が海外各地で転戦して奮闘したのは、――深田祐介氏の言い方にならいますと――敗戦後、日本人がいうならば第二次大東亜戦争を平和的に戦ったからだ、またそれだからこそ海外駐在員は企業戦士と呼ばれもするのだ、海外出張命令はかつての出征兵士の赤紙に相当するのだ、という考え方もなるほど成り立たないわけではございません。またそれだからこそ日本は敗者復活戦でものの見事にカムバックし、私ども内地でのほほんと暮している兵役免除者もその余慶にあずかっているわけでございましょう。もしそうだといたしますとマーヴィン・ウルフ氏の曲説にも一面のサイコロジカルな真理がないとはいえないのかもしれない。またかつての大本営の参謀であった瀬島龍三氏が戦後の日本の貿易や産業の世界でも大活躍をした。すると多くの人が瀬島氏の功績に敬意を払う反面、一部の内外人が瀬島氏に対してほとんどなんら具体的証拠も明示し得ぬまま実に勝手な人身攻撃に類した発言をする――その発言にも心理的にはそれなりの動機はきっとあるのでございましょう。

しかしはっきりした証拠もなしに人を非難することはデマゴギーであってよろしくない。そういう記事を載せる新聞を日本語ではアカ新聞といい英語では yellow paper という。そんな記事を載せると長い目では信用が落ち、茶の間の奥へ届くべき良識ある雑誌がそうでなくなるのでないかと懸念されますが、国際間の非難の応酬にも実はそれに類したことはたくさんある。

満洲事変以後、日本に確固たる一つにまとまった国家意志があって実際に共同謀議が存したかというと、極東国際軍事裁判を通して調べても見つからなかった。歴史学者の研究でも大規模なコンスピラシーなどというものは見つからなかった。だとしますと近年の日本にも本当に「謀議《コンスピラシー》」はあるのだろうか。わが通商産業省の内部で the Japanese conspiracy が企てられ、それで世界の産業を席捲する陰謀が現在着々と進行しつつあるのだとは私どもはまあ考えない。通産省のお役人自身もそうはお考えになっていないと思います。しかしそれにもかかわらず、日本に敵意をもつある種の日本通の外国人がこういうことを言い出さずにいられぬ気分になっている。そしてその説を受けつける読者がアメリカにも外国一般にもひろがりつつある。そういうことこそが実は問題なのだと思います。ちょうど瀬島龍三氏が戦後十年余の長きにわたってソ連に抑留された。そういう経歴の方は本来、人の同情を呼ぶものである。だがそれにもかかわらず以前に若き陸軍参謀であったために今日、有名税を払わされている。それと同じで日本は戦後営々辛苦して国家再建の事業をなしとげた。そういう過去は人の称讃を呼ぶものであるにもかかわらず、日本はそれ以前に軍国主義であったということで、今日世界的に有名税を払わされようとしている。

二　文化直流と文化交流

さてこのようなアクチュアルな問題にふれて私が書き出しますと皆さま意外にお感じでございましょう。平川はダンテの『神曲』を訳したり、森鷗外や夏目漱石や福沢諭吉や小泉八雲を論じている比較文学者である、それがなんで経済摩擦の問題に口を出すのだ、とお考えでございましょう。それはまさにその通りでございます。ところがその私が小泉八雲ことラフカディオ・ハーンを研究中に知りあった米国のプリンストン大学の比較文学の一教授が右のウルフの本の広告記事を切抜いて私に送ってきた。そしてこう言ってきた。

「日本の陰謀というレトリックはいかにも古いと思うけれども、しかしこの広告が出た後で、プリンストン大学卒業四十周年の同窓会があった。その時クラスメートの大半が日本に対して苦々しい感情を抱いているのに驚いた。その同窓生の多くはビジネス関係者で、そのなかには実際自分の企業が倒産したものもある。世の中には陰謀などというものはごく僅かしかないと私は信ずるが、人間が不注意に馬鹿なことを仕出かす能力は、途方もなく大きいものだと私は思う。いずれにしてもいまは日米両国の友人が、この両国の関係悪化と思われる事態に対して、なにかなすべき時ではないだろうか。大学教授として、知識人として、なにかできないだろうか」

と憂慮の念を洩らしてよこした。私は自分には大学で内外の学生に真面目に教えること、研究成果を世に問うこと以外に出来ることは多くはないと思い、そう返事したのでありますが、しかし世の中には摩擦が生じるたびに大学教授をはじめとするインテリゲンチャに期待する向きもございます。いいかえますと、日本から正確な情報を外国世界に向けて発信して日本にまつわる誤解を解いてもらいたいという期待があるのであります。内外の雑誌新聞に記事を書くとか内外で講演する、日本語でもすれば外国語でもする、そしてテレビにも出る、討論にも応じる、そういう使命も大学教授や知識人、いや官僚にもビジネスマンにも期待されている。――日本では対外関係がうまく行かなくなり広報活動が必要となると、すぐにそのような場当り的な対症療法の措置が講じられるのであります。それで私は本章では外国世界と日本との間の知識や情報伝達の回路の問題を取りあげて、経済摩擦や文化摩擦に対処する方法を、その場しのぎの対症療法的な措置としてではなく、外国世界と日本との間の学問や情報伝達の仕組みそのものを分析したい。いわば構造的な問題として考えてみたいと思います。

その際われわれが念頭におくべき回路は二種類ある。第一は外国から日本に文化を一方的に伝えてくれるが日本からは外国へ情報知識を伝えない「文化直流」の回路です。これはフィード・バックがありませんから閉じられた回路といっていい。次に外国から日本に文化を伝えるが日本からも外国へ伝える「文化交流」の回路がある。これは開かれた回路といっていい。それではなぜ一方的な「文化直流」の回路が出来上ったのか。しかもその回路ばかりが太くなったのか。対面交通的な「文化交流」の回路はどうなっているのか。その問題をまず歴史的にスケッチして、それから明治時代に来日して一方通行的な「文化直流」のシンボルとなったケーベル博士と、同じ時期に来日して対面交通的な「文化交流」のシンボルとなったハーンこと小泉八雲の二人にふれたいと思います。

初めに日本の歴史を振返ると、その地理的特性について次のことがいえます。日本は島国だけれどもハワイ諸島などとは違う。島国ですから大陸から軍事的に侵略されるおそれが長い間少なかった点では共通していたが、大陸から遠く離れたハワイと違って日本は大陸文化を選択的に摂取できるほど大陸の周辺近くに位置していた。また日本列島に住む人々には大陸文化を受容するだけの力もあった。平安朝初期の日本人の態度を象徴する標語は「和魂漢才」ですが、日本は漢文明だけでなく漢訳仏典を通して仏教も受容した。受容しただけでなく仏教をも日本化してしまった。もちろん朝鮮半島からも渤海からも文物は伝わったことでありましょう。

大陸の周辺文化国としての日本はそのようにして外来文明を選択的に摂取する習慣を身につけてきた。選択的摂取というのはよかれあしかれ折衷的摂取で、私はこの折衷ということには寛容にも通じる非常によい面もあると信じています。そのような日本列島は十六世紀に西洋文明と接触するや、中国や朝鮮と違って、南蛮に対しても紅毛に対しても非常なる好奇心を示した。徳川三代将軍家光が島原の乱の後に鎖国を断行しますが、中国や朝鮮の鎖国と違って日本の場合は国民の一部が海外の文物思想に夢中になったからそれで幕府が不安を覚えて鎖国を強行した、という面がある。その証拠に明朝の皇帝は西洋事情など全然気にもかけなかったが、徳川家康は西洋には新教国と旧教国とがあって互いに仲が悪いことを知悉《ちしつ》していた。新井白石の『西洋紀聞』は十八世紀のはじめに書かれた本ですが白石が西洋事情をよく把握している様は驚くべきものです。同時代の中国にも朝鮮にも立派な知識人は多数いたが、白石のような西洋通はおりません。今日の日本人の西洋史に関する知識は大学入試当日が一番高い水準にある由ですが、白石の知識水準は明らかに今の日本の大学生を上廻っている。日本人が西洋語を直接学び始めたのは千七百七十年代の「蘭学事始」以降ですが、これは当時の東アジアの他の国民にはない学習態度です。徳川時代の日本は、鎖国の結果、外国世界の事をなにも知らなかったように言われるが、どうしてどうして日本人の西洋知識の方が、明治維新の前ですらも、同時代のエジプト人の西洋知識、ジャワ人の西洋知識、中国人の西洋知識より上ではなかったか。ロシヤ人の西洋知識にはさすがに及びませんでしたが、それ以外の非西洋の国の中では日本人の西洋知識は質的にも量的にも相当進んだものがあった。一八六七年に福沢諭吉の『西洋事情』が出ますと初版だけで十五万部売れました。日本は『西洋紀聞』や『西洋事情』という類の外国ならびに外国人についての研究や情報を不可欠とする国です。東洋の文学も西洋の文学も代表作は日本訳で読むと大体読めるといわれますが、これだけ翻訳の揃っている国は珍しい。日本には外国知識はそれぐらいよくはいっている。また地球上でいまの東京という町ほど世界中のさまざまな料理を食べることの出来る町はないそうですが、日本人は個人の家の料理でも和風も洋風もある、中華料理も作ればスパゲッティも作る。その食事の多彩なことは諸外国にその比を見ません。外国知識が生活面でも血肉化した、とはこのような現象をさすのかと思います。

日本はそのように海外の学問やニュースを摂取するのに熱心な国であった。その摂取においておおむね成功してきたけれども大失敗をやらかした例もある。明治以後の日本が外国事情をつかみ損った例としては、

一、大正・昭和初年にかけて中国・朝鮮のナショナリズムへの理解が不足したこと。

二、ドイツ・ナチズムの正体を理解せず、これと同盟を結んだこと。

三、社会主義への幻想から中国の文化大革命を批判的に把握せず、盲目的に日中友好を礼讃したこと。

四、その種の幻想は性革命、フェミニズムなどアメリカの新しい運動すべてに対しても抱かれてきたこと。

その他にもいろいろの誇大報道が日本国民をミスリードしてきたこともありました。それはそれなりに篤と再点検して反省する必要があろうかと思います。しかし日本は外国の新奇なものに飛びついて失敗したことはあっても、新奇なものに対して無関心であったということはまずないといえるかと思います。それやこれやで日本における外来文明の摂取はどうしても一方通行的に受取るだけになってきた。明治維新以前は漢

籍を、以後は洋書を輸入したが、その逆の和書の輸出はほとんどなかった。文化交流のバランスからいうと日本はたいへんな輸入超過国です。そして日本における外国語の学習もひたすらこの種の文明輸入のために奉仕してきた。

しかし最近問題となってきたのは日本が自分自身を外国に向けて説明すること、いいかえると日本からの文化の輸出や情報の発信という問題です。これは本質的には相手国の輸入や受信能力の問題なのですが、いまやそうも言っておれない。というのも日本は有史以来、膨大な受信量に比べて発信量の余りにも少ない国であった。福沢諭吉は一八三五年の生れで、先ほども申した通り『西洋事情』その他を書いて何百万部という本を売った人です。日本で最初に英学を興した洋学の父ともいうべき人だが、その福沢が西洋人に向けて英語で講演したということはない。夏目漱石は一八六七年生れで、日本で最初に英文学専門でイギリスへ留学した人です。日本人としては最初に東京大学で英文学を講義した人だが、その夏目漱石がイギリスにいた時も帰国した後も外国人に向けて英語で講演したということはない。むしろ政治家の方が早くから英語で演説している。伊藤博文は明治四年の末、米欧回覧使節の一人としてサンフランシスコでスピーチをしております。中曾根康弘氏の大先輩に当ります。

しかしそんな受身的な日本でも一八六〇年前後の生れの人の中からは外国語で日本のために広報活動をした人が何人か出ました。岡倉天心、新渡戸稲造、内村鑑三、森鷗外、鈴木大拙などがそれで、とくに岡倉天心のごときは主要著作はことごとく英文で出しています。

明治はこのように日本人でありながら外国語で自己表現の出来た日本人も出しましたが、それでも明治時代を通じて日本を海外に知らせてもっとも効果的であった人材は誰であったかと申すと、それは日本人の英語使いではなくてやはり外国人で在日経験に富める人たちだったのです。名前をあげればラフカディオ・ハーン、チェンバレン、グリフィス、マードック、フェノロサ、ベルツなどの西洋人であります。そのことは今日、西洋世界で日本を一番知らせて効果的であった人はライシャワー氏以下であると同じことかと思われます。

となると来日外国人、お雇い外国人、外人教師の意味について文化史的に考える必要が生じてくる。お雇い外国人は明治時代初期、教育機関だけでなく多くの官庁でも雇っておりました。その人件費のために日本の国家予算が圧迫されるほど雇っておりました。その人たちの功罪を考えると今日の日本の各官庁ももう少し外国人を雇ってもいいのではないか。存外一石二鳥の効果があるのではないか、と思います。一石二鳥と申すのは、例えばチェンバレンは一方で海軍兵学寮では英語を教えながら片方では『古事記』を英訳するような仕事をした。ラフカディオ・ハーンは松江の中学、熊本の高等学校、東京の帝国大学で英語英文学を教えながら、日本について『怪談』をはじめ多くの文学作品を遺した。こうした人たちが日本を海外へ知らせる上で一番実績を残している。そして秀れた仕事を残した外国人にはまた必ずよき日本人の協力者がいたようです。ラフカディオ・ハーンに影の協力者である雨森信成《あめのもりのぶしげ》がいたことは最近になってやっとわかりました。

第二次世界大戦後はアメリカの日本研究が進歩したのは皆様も御承知の通りです。しかし米国の日本学者の数百冊の本に拮抗する内容を持った一冊のフランス語の本が最近出た。それはフランス人モーリス・パンゲ氏によって書かれた『自死の日本史』（筑摩書房）です。パンゲさんは昭和三十年代の半ばに東大へ教えに来て昭和四十三年にフランスへ帰りパリ大学の先生になった。しかしパリ大学で教えるよりも東大生の方が教え甲斐があると感じてパリ大学はやめて昭和五十年代の半ばにまた東大へ戻って来た。そのような人だけに日本の若者の気持が実によく摑めている。これは間違いなく日本人論の名著です。しかもその文章がいい。そして竹内信夫氏の訳がまた見事です。

そのような事情に照らしますと、日本では官庁でも会社でももっと外国人を雇うのがよいと思う。直接の理由としては外国語要員として雇うことになりましょうが、そういう人たちに日本事情を公平に観察させ、自由に発言させる。研究要員としての時間も与えるようにする。そうした人たちの中には日本の慣行に批判的な言辞を弄する不満分子も必ずや混るでしょうが、批判的な見解の中にも採用すべき忠告はあるに相違ない。彼等の言分を文化摩擦や経済摩擦のリトマス試験紙として尊重したらいかがだろう。大国日本はそれだけの度量をもって外国人を働かせたらよいではないか。例えば、そういう顧問が長年日本の通商産業省で働いたけれども「ジャパニーズ・コンスピラシー」なるものはついに見なかった、と『ニューヨーク・タイムズ』に事実に即して投書すれば、それはそれなりに反響もあろうかと思うのです。

明治の初期の日本には大学にも官庁にも外国人の雇いがいた。雇いの中には高圧的な人もいて日本の総理大臣と同額の給料を要求した者もいた。それは明治初年の日本は「西洋化」を至上命令としたからです。しかし独立国家としての日本はその後、外人の雇いを馘にして大学も「日本化」した。それに対していま私がここで提案するのはもはや「西洋化」への復帰ではなく「国際化」ということです。「西洋化」と「国際化」とどこがどう違うかというと、後者は前者と違って、外国人も日本人と同じ給料で雇う、ということです。西洋人だからといって特別に良い扱いをする時代はもう終った、ということです。この両者の違いをはっきり自覚することは、存外大切なことかと思います。ちなみに「国際化」は外国人にも日本人と同等の発言権と機会を与えることを意味します。

二　「西洋化」と「日本化」の狭間で

さて今回本章で話題とするハーンとケーベルは、日本の大学が第一期の「西洋化」から第二期の「日本化」へ移行する過渡期に勤めていました。明治初年の帝国大学は外人教授が支配的な力を握っていた。森鷗外があれだけドイツ語がよく出来たのは留学する前、日本で医学を学んだ時、ベルツをはじめドイツ人の先生の指導をずっと受けたからです。しかし日本も独立国だから、留学生を西洋に送って彼等が帰国すると教壇に立たせて大学のナショナリゼーション「日本化」をはかった。帝国大学ではまず理学部、ついで医学部で外人教授が次々にお役御免になって日本人教授に取って代られるようになった。ベルツも二十五年勤めた後お引取りを願いました。それに対して西洋文学や西洋思想は日本人にはなかなか教えづらい課目です。それで東大で英文学は明治三十六年までは西洋人が教えていたがそれもついに交代した。その間の事情を漱石は『三四郎』にこんな風に書いている。

大学の外国文学科は従来西洋人の担当で、当事者は一切の授業を外国教師に依頼してゐたが、時勢の進歩と多数学生の希望に促《うなが》されて、今度 愈《いよく》 本邦人の講義も必須課目として認めるに至つた。そこで此間中から適当の人物を人選中であつたが、漸く某氏に決定して、近々発表になるさうだ。某氏は近き過去に於て、海外留学の命を受けた事のある秀才だから至極適任だらう……

明治四十一年『三四郎』執筆時の漱石は大学をもう辞めていましたから五年前のことをこんな風に気楽に書いているが、文中の「某氏」という「秀才」は驚くなかれ、夫子自身のことです。英文科はそれまでラフカディオ・ハーンが教えていたが大学日本化の方針に合わせて留学帰りの夏目金之助が起用されたのです。文中に「多数学生の希望に促されて」とあるが、これは漱石のフィクションもいいところで、実際は多数学生はハーンの留任を熱烈に希望してハーン解雇反対のストライキまでやらかした。小泉先生ことハーンはそれほどまでに学生から敬愛されておりました。そのような名物教授の後釜に坐る人は誰でも貧乏籤を引いたことになりますが、漱石も最初のうちは学生たちの受けが悪くてたいへん悩んだ。漱石は大学での公事を細君に話したりなぞしない男ですが、その漱石が珍しく弱音を吐いて鏡子夫人に向って、

「小泉先生は英文学の泰斗《たいと》でもあり、また文豪として世界に響いたえらい方であるのに、自分のやうな駆

け出しの書生上りのものが、その後釜に据わつたところで、到底立派な講義ができるわけのものでもない。また学生が満足してくれる道理もない」

とこぼしたそうです。これは夫人の『漱石の思ひ出』に出てくる言葉です。漱石が東大で四年しか教えず、さっさと辞めて創作に打込むようになった背景には、この最初の体験――歓迎されざる教師――が心底にわだかまって尾を曳いていたせいではないか。

しかし日本人教授によって教えるのがさらに難しいと思われたのは西洋哲学であった。東京大学で外国人教授が最後まで居残った科の一つは哲学科でしたが、そこではハーンに劣らずこれまた有名なケーベルという名物教授が教えていた。このケーベル先生が日本人教授に取って代られたのは大正三年（一九一四年）です。実質的にはそれ以前から日本人教授の発言が重きをなしていたと想定しても、哲学科は英文科に遅れること約十年で、スタッフの面で日本化したことになる。

さて百数十年に及ぶ近代日本の大学史上で、外人教師として誰が名声を博したといってラフカディオ・ハーンとラファエル・ケーベルに及ぶ人はない。二人は同じ時期に東大で教えましたが、この二人は一体相手をどう見ていたのか。

ハーンは前にも申した通り一八五〇年生れで明治二十三年（一八九〇年）来日、松江の中学校、熊本の高等学校で教えた後、東京大学英文科の講壇に立ちました。六年余の講義は「みなよく聴者の胸底に詩の霊興を伝ふるに足るものがあつた」と学生の一人厨川白村は回顧しておりますが、前に御紹介した小日向定次郎のハーン先生の思い出も実にほのぼのと心温まるものがありました。ここにあわせて浅野和三郎の思い出も引くとこう出ています。

小泉八雲は明治二十九年の初秋を以て帝国大学の講師として来任せり。二十九年は著者が大学に入学したる年にして、師が初めて帝国大学の教室にあらはれたる当時の風貌は宛として眼裡に映ず。ただ見る身材五尺ばかりの小丈夫、身に灰色のセビロをつけ、折襟のフランネルの襯衣《シャツ》に、細き黒ネクタイを無雑作に結びつけたり。顔は銅色、鼻はやゝ高く狭く、薄き口髭ありて愛くるしく緊まれる唇辺を半ば蔽ひ、顎やゝ尖り、額やゝ広く、黒褐色の濃き頭髪には少し白を混へたり。されど最も不思議なるは其眼也。右も左も度を過ぎて広く開き、高く突き出で、而して其左眼には白き膜かかりてギロ〳〵と動く時は一種の怪気なきにしもあらず。されど曇らぬ右眼は寧ろやさしき色を帯びたり。やがて胸のポッケットより虫眼鏡様の一近眼鏡をとり出で、之をその明きたる一眼に当てて、やゝさびしく、やゝ羞色あり、されど甚だなつかしき微笑を唇辺に浮べつつ、余等の顔を一瞥されし時は、事の意外に、一種滑稽の感を起さざるを得ざりき。突如その唇よりは朗かなれど鋭くはあらぬ音声迸り出でぬ。英文学史の講義は始まれる也。出づる言葉に露よどみたる所なく、句句整然として珠玉をなし、既にして興動き、熱加はり……

ハーンの面影が如実に浮ぶ実にいい文章だと思います。浅野は「爾来三年の間余等は一回として其講義に列するを以て最大の愉快と思はざるはなかりき」と述べている。

さてラファエル・フォン・ケーベルは一八四八年生れのドイツ系ロシヤ人です。ハーンより二歳年長で明治二十六年来日、平易な英語でドイツ哲学やギリシャ哲学を授業して好評を博し、三年毎の契約を七回更新いたしました。ハーンも上京草々紹介され、

「哲学教授のフォン・ケーベルは魅力的な男で霊妙なピアニストだ」

と初対面の後に米国の友人に報じました。

四　教養主義という回路

ケーベルは西洋原典を尊重し、本物への感覚を伝えて、学生から畏敬されました。かつて旧制の時代、英語は中学で習う俗で実用的な外国語で、ドイツ語（独逸語、とここでは書くべきかもしれません）は旧制高校で習う高尚でアカデミックな外国語のように思われた時代がありました。そればかりではありません。今日のドイツ語の凋落《ちょうらく》やドイツ語教師の質の低下――東京大学でも独文科へ進学を希望する学生がまるでおらず、教授は「さらばわれらが日々――」とお嘆きになっているそうです――からは想像することさえ難しいほどですが、旧制高校ではドイツ語の先生は偉い先生ということになっていた。旧制一高ではとくにそうであった。ケーベル先生はそうした雰囲気を生み出す上でいちばん貢献した一人かと思います。教え子からは深田康算、波多野精一、桑木厳翼、安倍能成、高橋里美、和辻哲郎、上野直昭、姉崎正治、西田幾多郎、岩元禎、阿部次郎、岩下壮一、田辺元、など錚々《そうそう》たる人物が出、その人たちが東京、京都、仙台、京城などの旧帝国大学の指導的地位を占め、旧制高校で重きをなし、しかもその人々は初代岩波茂雄が経営していた頃の岩波書店と結びついたものだから、その人脈は日本の学問世界や思想界、出版界の中枢にたいへん強い根を張りました。その勢力がいかばかり強かったかは、日本では「哲学」というと「西洋哲学」のみを意味する様になってしまったことからもわかります。（それに比べるとハーンの弟子筋の人は旧制高校や旧制中学の英語の先生になった人が多い。外国語が一つしか出来ない人は幅が狭いからでしょう、影響力もずっと劣ったようです。）

私はそのようにして出来上った大正教養主義というのを一面ではまことに結構なものと思っております。その岩波文庫に象徴された教養主義というのは非常な影響力を持ちまして、アメリカ軍の占領下に旧制高校が廃止され新制大学が設置された時、国立大学の多くに「教養部」が出来、東京大学や国際基督教大学には「教養学部」が出来たことからもわかるかと思います。（東大の教養学部は駒場にありますが、そこには三、四年生に外国語を中心にインテンシヴな教育を授ける「教養学部教養学科」というコースもある。この東大の教養学科は国際基督教大学などと並んで、戦後の日本で文化交流に携わる人材を送り出すのにもっとも成功したインスティテューションといえるかと思います。）

しかしそれ以前の大正教養主義は、西洋の文化を学ぶに熱心な割には日本を海外へ伝えることに貢献しなかった。その意味では閉ざされた文化直流の回路であった。そしてその一方通行的な回路が出来上ったについては、西学東漸の明治・大正という時代背景ももちろん一方にはありましたでしょうが、他方にはラファエル・フォン・ケーベルという人の育ちや人柄もやはり多少は関係したのだと思います。

ケーベルはドイツ系ロシヤ人だったグスターフを父とし、ロシヤ人とスエーデン人の血の少し混った半ドイツ人のマリアを母としてヴォルガ河畔のニジニー・ノヴゴロッドというロシヤの町に生れました。国籍はロシヤ人でしたがケーベルは終始まだ見ぬドイツを本当の「祖国」と信じて育った。それはいってみれば戦前に満洲で満洲国の官吏の子供として育った日本人家族が日本語を話し、日本人であることに誇りを持ち、本当の祖国は日本だと思っていたと同じことです。というかロシヤへ来て代を重ねたケーベル家では自分たちのドイツ人性を強調することで一般ロシヤ人と自分たちとは違う、という誇りを持ちかつアイデンティティーをも確保していた。そしてまた家庭、とくに祖母がラファエルにドイツ貴族にふさわしい教育を授けてくれたもののようです。それだからラファエルはロシヤの土地の文化には関心を示さなかった。ロシヤで自分は常に「他国人」とみなされ「みんなは本当には私を好まなかった」とケーベル自身も書いている。

そのようなケーベル博士は四十五歳で来日しましたが、日本に対してもまったく興味を示さない。日本に三十年間いましたが日本語は片言すら覚えなかった。知っていた日本語単語は「テツガク」と「オンガク」だけだったと教え子の一人は言っています。ちょっと子供じみたほど徹底したドイツ至上主義で、いい散歩道はドイツのミュンヘンの郊外にしかないと言い、東京には二十余年住んだが散歩にも出なかった。横浜へ移ってから鎌倉まで出たことが一回あるきりで、京都も奈良も知らなかった。私がその話をしましたらプリンストン大学のジャンセン教授が笑って、

「マッカーサー元帥も京都へも奈良へも行かなかった」

と申しました。成程、ちょうどマッカーサー総司令官が日本文化のごときは眼中にないという態度で日本人に接した。そしてその態度のゆえにかえって日本国民から畏敬されたように、ケーベル先生もその徹底した西洋至上主義のゆえに日本の秀才たちから畏敬されたのだと思います。秀才たちがそんなケーベルに魅了されてしまったものだから、やがて日本の帝国大学では哲学といえば即西洋哲学という偏向が生じ、教養外国語といえばドイツ語という――いまになると実に奇妙な――パターンが固着してしまった。（ちなみに二十世紀の末年、世界の大学で第二外国語の一つとしてこれほど多くの学生にドイツ語を強制している国は日本と、日本統治の遺産を引継いでいる韓国だけと思います。米国の高校では外国語はフランス語、スペイン語、イタリア語、ドイツ語の順で教えられています。なおこれは移民の関係、それから貿易相手国としての重要性によって変化します。米国の大学では外国語は一九八六年現在、スペイン語、フランス語、ドイツ語、イタリア語、ロシア語、ラテン語、日本語、ギリシャ語、中国語の順となっています。なお一般市民レベルではトルコでドイツ語の学習が盛んだそうです。これは出稼ぎ労働のためでしょう。）

しかしここで外国文化を理解するだけでなく、日本を海外に理解させる、という冒頭に述べた今日的問題に立ち返って、ケーベル先生とその弟子たちによって作られた「教養主義」を見直してみます。まずケーベル先生の生き方、考え方には日本に関心を持つきっかけは全くない。弟子たちも、小ケーベルになろうとする限り、きっかけはない。ですから弟子たちの間からは、大学教授は西洋原典の訓詁をしておればよろしい、という態度が生れました。極端な例として、生徒が理解しようがしまいが黒板に次々しギリシャ語の引用を書いていったという岩元禎のような一高教授もあらわれました。岩元禎は夏目漱石の『三四郎』の広田先生

のモデルともいわれ、数年前に高橋英夫氏の『偉大なる暗闇』（新潮社）に描かれましたが、岩元先生は徳川時代の藩校の儒者が中国古典を聖賢の訓えとして尊んだ。その中国古典がギリシャ古典に置き換えられた人なのだ、と大観するとその精神構造も比較的容易に了解されるのではないでしょうか。

日本人の弟子たちの師ケーベルに対する恭しいつかえ方も徳川時代の名残りを思わせます。岩波文庫の『ケーベル博士随筆集』は見事な訳で、訳者は久保勉という方です。この久保は海軍を辞めて、帝大の哲学科へ選科生としてはいった人ですが、独身のケーベルの家に住みこんで、先生が一九二三年（大正十二年）七十五歳で亡くなるまで十余年間身のまわりの世話をした。しまいには先生の大小便の世話までした。それほど献身的であった。そしてその間は結婚もしなかった。久保が妻帯したのは五十過ぎで、晩年になって東北大学の教授となりました。

久保勉の場合は極端ですが、ケーベルの弟子筋には多かれ少なかれこうしたケーベル崇拝と、その延長線上にあらわれる西洋原典崇拝の傾向があった。それだから戦前の日本ではゲーテやカントを原書で読むことが旧制高校の教養主義的教育の大切なカリキュラムとさえなりました。ところがこのケーベルによって代表される教養主義を吟味すると、帝国大学における西洋と日本とのつながりというか日本と外国世界との関係が明治維新後わずか三、四十年のうちに早くも逆転してしまったことがわかります。皆様御承知のように帝国大学の前身は幕末期には蕃書調所であった。「蕃」は自分を中華とし外国を野蛮とする考えを反映した言葉ですから、西洋人というバーバリアンズの書籍を調査する所であった。一八五六年江戸九段坂下に出来ましたが、当時は中国がアロー号事変で侵略されている最中です。徳川幕府が英国を初めとする西洋列強を野蛮な潜在的な敵と見做したのも無理はない。蕃書調所は一八六二年には洋書調所となり一八六三年には開成所となり一八七七年に東京大学となる。しかし当初はきわめてプラクティカルな敵情偵察が学問研究の出発点にあった。

それが明治も半ばを過ぎると、日本人の秀才は自分自身をバルバロイ（野蛮人）と考えて西洋文化の源泉はギリシャ古典にあるとする跪拝の態度を取るにいたった。これは一見すると百八十度の変化のようで、ケーベルの感化のようでもありますが、実をいえば蕃書調所もその先をさかのぼってみると幕府のアカデミーの昌平黌の一翼であった。そしてそこでは儒教の古典が聖典として仰がれていたのですから、漢文の聖典が今度はドイツのゴチックの鬚文字の古典やレクラム文庫に取って代った、というだけのこととといえないこともない。岩元禎という人は日本におけるその種の学問的態度のコンティニュイティーを体現した人物だったと申せましょう。岩元先生に古武士の風格があったとか渡辺華山が描く佐藤一斎や市河米庵に似ていたといわれるのは当然という気がいたします。

ただし岩元先生のような、あるいはケーベル博士の亜流のような、西洋をもって文化の源泉とするという態度にこだわると、日本研究も比較研究ももはやあり得ないわけで、日本についての学問知識・情報を外国へ送り出すという回路は開けてこない。しかもこの種の西洋一辺倒の日本人の先生方は一見西洋につながっているようでいて、実は西洋との対話はないのです。西洋の御託宣に耳を澄まし心を澄まして聞くことを生涯の使命としているから、知識や情報の受手とはなっても、送り手とはなり得ない。西と東との平等な立場での対話はあり得ない。己れを空しうして西洋の師の教えを聞くという姿勢は一見へりくだって殊勝ではありますが、相手に向って自己主張は出来ない。ただし日本の学生に向っては偉そうな口をお利きになります。西洋と対話をするためには日本人としての主体性が確立していない限り自己主張はできない。また内実ある知識の交流はあり得ない。その主体性を確立するためには日本人である自分自身をもっとよく知る「二本足の人」とならなければ駄目でしょう。

五　「アブノーマル」の一語

夏目漱石は大学院でケーベルから習ったこともあり、後には四年間同僚でした。その漱石の弟子は安倍能成や和辻哲郎をはじめ同時にケーベル先生の弟子でもありました。その漱石は文名も確立した明治末年の夏、招かれてケーベルの家に行きました。

木の葉の間から高い窓が見えて、其窓の隅からケーベル先生の頭が見えた。傍《わき》から濃い藍色の烟が立つた。先生は烟草を呑んでゐるなと余は安倍君に云つた。

にはじまる漱石の『ケーベル先生』はこの明治四十四年七月十日の訪問の印象を基にした小品で、そこには東大文学部で、

一番人格の高い教授は誰だと聞いたら、百人の学生が九十人迄は、数ある日本の教授の名を口にする前に、まづフォン・ケーベルと答へるだらう。

と出ています。漱石もケーベルの人柄に惹かれていたことが感じられます。漱石が訪ねた時、ケーベルの家は駿河台にあった。その後は日仏会館が建っていた場所、今のＪＲの中央線の崖上にあたります。

此前此処《ここ》を通つたのは何時《いつ》だか忘れて仕舞つたが、今日見ると僅の間《ま》にもう大分様子が違つてゐる。甲武線の崖上は軒並《かどなみ》新しい立派な家に建て易へられて、何れも現代的日本の産み出した富の威力と切り放す事の出来ない門構《もんがまへ》計《ばかり》である。其中に先生の住居だけが過去の記念《かたみ》の如くたつた一軒古ぼけたなりで残つてゐる。先生は此燻《くす》ぶり返つた家の書斎に這入《はい》つたなり、滅多に外へ出た事がない。其書斎は取も直さず、

先生の頭が見えた木の葉の間の高い所であつた。

漱石は建物を描くことで世相と人の生き方とを叙している。『三四郎』の第二章でも現代日本の富の威力を一面で描きつつ、他面でそれを超越した「偉大なる暗闇」こと広田先生を引き出した。ケーベルが住んでいた右の家は実は原田男爵の持家で、その家が漱石の「空虚にして安っぽい、所謂新時代の世態」から取残されたのはケーベル先生のせいではありませんが、しかしその古ぼけた一軒の描写でもってそこに住んでいるケーベル先生の人間を浮びあがらせる漱石の筆法は見事です。それは漱石もケーベルも日本の軽薄なる開化に対する反感を共有していたからで、金銭の威力とは別のところに自分たちの理想を求めていたからでしょう。そう見ると漱石の心中にあった文人という理想像とケーベル先生の生き様と意外に近かったことが感じられる。その東洋の文人の理想像と古代ギリシャの哲人の像とが重なっている。漱石の筆は連想に惹かれて鮮やかな詩的イメージを綴ります。

先生の生活は、そつと煤烟の巷《ちまた》に棄てられた希臘《ギリシヤ》の彫刻に血が通ひ出した様なものである。雑閙《ざつたう》の中に己れを動かして如何にも静かである。先生の踏む靴の底には敷石を噛む鋲《びやう》の響がない。先生は紀元前の半島の人の如くに、しなやかな革で作つたサンダルを穿《は》いて、音《おと》なしく電車の傍《そば》を歩るいてゐる。

漱石はケーベルの本質をこのようにスケッチした。

漱石の好みの西洋人は一高時代に英語と歴史を習ったマードック先生にせよ、ロンドン留学時代についたクレイグ先生にせよ、このケーベル先生にせよ、みな世捨人の趣きがある。服装も儀式ばった恰好をしていないところが三人に共通です。学問を心から愛しているが、長と名のつく職には就こうともしない。アカデミックな勲章を欲しがらない。そういう性癖は実はラフカディオ・ハーンもわかち持っていた。
それでは漱石がケーベルの書斎に通されてまずなにを話題にしたかというと、共通の知人ともいうべきこのハーンのことでした。ハーンはもう亡くなって七年になっていた。そのハーンを話題にしたらケーベルはなんと無遠慮にも一言、

「アブノーマル」

と評した。漱石もこの酷評には驚いた。驚いたから日記中にはその一語を記しましたが、作品中にはさすがに書きそびれた。それでこの事は世間にほとんど知られていません。
ケーベルがハーンを abnormal（異常）と呼んだのは、ハーンが幽霊に惹かれ怪談を数々書いたからではありません。鳥を飼っていた独身のケーベルももともと怪奇趣味に惹かれた人で、漱石は、

先生はポーもホフマンも好きなのだと云ふ。此夕《このゆふべ》其の鳥の事を思ひ出して、あの鳥は何うなりましたと聞いたら、あれは死にました、凍《こゞ》えて死にました。寒い晩に庭の木に留つたまんま、翌日《あくるひ》になると死んでゐましたと答へられた。

と書いている。いかにも詩的です。
それではそんなケーベルがハーンを正常に非ずとしたのは、ハーンが学問の正道である（と信じられた）西洋を尊ばず、日本に首を突っ込んだからでした。ケーベル先生は古代ギリシャが理想で、その寵児《ちようじ》ともいうべき人です。ハーンも母がギリシャ人だけにギリシャ思慕は強かった。だが肝心のギリシャ語がハーンには読めません。ケーベルはギリシャ哲学を重んじて、それでなければ日も夜も明けぬという風がありましたが、ハーンはハーバート・スペンサーという、ケーベルから見れば哲学者とは呼べぬ哲学者を崇拝している。

この七月十日の夜も、ケーベルと漱石のほかに安倍能成と久保勉もお相伴にあずかって二人の英語会話を聞いていた。だからケーベルがハーンの悪口を言うのをほかの機会に聞いた人はほかにも数多かったろうと思います。しかし明治の人が慎みが深かったためか、儒教的師弟関係に拘束されていたためか、その二人の仲をはっきり書き残した人はほとんどおりません。『思想』の大正十二年八月号は「ケーベル先生追悼号」で二十五人の方が寄稿しておられるが、その中でわずかに姉崎正治だけがその点にはっきり言及しています。姉崎は東大在学中もっとも多く出席したのがケーベルの授業で、時には総出席時間数の半分以上がケーベルのクラスだった時もあったそうです。しかし姉崎は留学して（ケーベルの紹介ですが）ドイッセンに就いた。ドイッセンは有名なインド学者で非西洋の文化にも関心があり好意がある。そのドイッセンの感化を受けた姉崎だから、同じくアジアに関心を寄せるハーンの気持がしみじみとよくわかった。姉崎はドイッセンのもとで学んで帰国後、自分と旧師ケーベルとそりが合わなくなっていることに気がついた。それやこれやで姉崎はケーベルとハーンの関係を総括して、教養を異にする二人は不幸にして合わなかった、と申しました。事実を隠さずそう申しました。ハーンのような日本の庶民に興味を抱いた人にとっては、ケーベルのように日本におよそ関心のない人は耐えがたい存在だったろうと思います。ハーンは神道にも仏教にも興味をよせたが、ケーベルは晩年はカトリックを信奉して、半ばは冗談にせよ（田部隆次に従えば）、

「異教徒は皆霊魂を救うために焼き殺すべきである。また全世界はローマ旧教の支配を受けるようになるがよい」

などと言う人でした。この二人が合わなかったのは無理もない。漱石は『三四郎』の中でハーンが東大へ出講しても休み時間、教授控室に寄らず三四郎池のほとりで一人逍遥していた理由を、日本人の俗物教授と顔を合わせたくなかったため、と書いているが、それ以上にハーンはある種の西洋人教授と顔を合わせたくなかったためでしょう。

六　一辺倒の功罪

さて世界の中で今日の日本が占める重要性、そのますます大きくなりつつある存在と意味、非西洋の一国の国際大国としての出現――そのような現状を見ますと、日本と外国との対話はいよいよ大切です。それではこの際、日本に来て日本の文化に関心を持つ外国人学者と関心を持たない外国人学者とそのいずれを我々が必要とするかといえば、それは日本に関心を持つ人であろうことは明らかだと思います。

ところが大学というのは専門化を要求する。大学で新任の教師を新しく採用する際の先生方の価値観などから判断しますと、研究対象一辺倒、それが過度に奨励されてきた。そして事実「この一筋につらなる」という覚悟で勉強した人の中から立派な学者も出たのでしょう。ケーベル先生のお弟子筋から錚々たる学者が輩出したことはすでに申しました。そうした方は、ケーベル先生と同じように学問は根本からしっかりやらなければならない、という自覚を持たれたから立派な仕事をされたのでありましょう。姉崎正治はケーベルの態度を評して、

「ギリシャ語を知らない日本の思想も学問も文化も多寡《たか》が知れている」

という考えであった、と申しました。そのケーベルの感化を浴びてお弟子筋からも古代ギリシャ一辺倒の学者が出たのは当然であります。その人たちはいってみれば小ケーベルとなろうとしたからである。あるいは学者としてはケーベルより立派な業績をあげた人もいたかもしれない。というのは日本人のお弟子筋にとってはケーベル先生はたいへん偉い先生でしたが、来日以後のケーベルはさしたる学問的業績を出しておらず西洋では全く忘れ去られた存在になってしまったからです。

前に紹介したパリ第七大学のブレス教授はフロイトとハルトマンの哲学の関係を調べた人です。ケーベルはミュンヘン時代には『エドゥアルト・フォン・ハルトマンの哲学体系』という著述を出しているから、

ケーベルを知っているだろうと思ったら、ブレス氏のような専門家の間でももう知られていなかった。ブレスさんは、「明治の日本でハルトマンがもてはやされたなんてことは西洋の哲学界では誰一人知らないよ」と呆れ顔に申されたが、西洋からは受信しても日本からは発信しないから、日本の講壇哲学の事情は向うでは全く知らないのでしょう。また知ったところで別に興味もないというのが本当のところでしょう。ケーベル流儀の教養主義では西洋の原書を恭しく学びはするが、そこからは西洋と東洋の血の通った対話は生れない。敬うだけでは、日本人の眼で西洋を見、その善悪を率直に論ずるだけの自信ある立場は固まらない。

それではケーベルの門下生で独自の学問を大成した西田幾多郎、和辻哲郎、阿部次郎、姉崎正治などはどういう人であったか、というとそうした西洋古典一辺倒の〝金縛り〟を自力で脱した人々でした。

そうした方々は西洋古典を尊重し教養として学びました。しかしそれを必ずしも自分の専門の学問対象とはしなかった。教養の次元と学問研究の次元とを区別して、研究対象には西洋のみか東洋のことも取りあげた。もちろん日本のことも取りあげた。哲学を研究するより自分自身で哲学した西田幾多郎はギリシャ古典をドイツ語訳や英語訳で読んだことを平然と言っております。私はそのようなことをはっきり書き残したところに西田の偉さがあると思う。岩元禎や久保勉のようなケーベルのお弟子は直接ギリシャ語を学び原語で読んだ。しかし彼等の態度にはどこか〝金縛り〟にあった人の窮屈さが感じられた。ほかならぬケーベル先生自身が岩元禎の流儀を「滑稽」と揶揄した。それに人間誰しも能力は有限です。世界の古典をことごとく原書で読むことは出来ません。ケーベル先生はイタリア語も出来た方でマンゾーニの『いいなづけ』は原書で読んだが、しかしダンテの『神曲』はもっぱらドイツ語訳で読んだらしい。その点では師自身は囚われてはいなかった。自在であった。ケーベルよりも小ケーベルたちの方が窮屈になっていた、といえるかと思います。

私は学生時代、岩波文庫『ケーベル博士随筆集』を愛読したものです。ところがかつて学問の王道と思われていたケーベルをいつか離れて、ハーンの一見異常の下にひそむ健康を尊ぶように変りました。現行の『ケーベル博士随筆集』は本当にケーベル博士自身が日本語で語っているような印象を与える立派な名訳です。しかし問題点がないわけでない。元のドイツ文は岩波書店から出た *Kleine Schriften* 全三巻ですが、その中にはドイツ軍国主義に対する幼稚ともいえる礼讃がはいっている。第一次世界大戦で「祖国」ドイツが敗れたのだから、老人のケーベル博士が興奮したのも無理はないが、しかしこれはやはりケーベルのドイツ至上主義と、ドイツ哲学を通じての古代ギリシャ一辺倒の態度と無関係とはいえないと思う。私はケーベルが発した次の種類の言葉も現行の岩波文庫版から削除すべきではなかったと思います。ケーベルはいいました。(かつての久保勉訳を引用します。「に驚嘆し」と日本語風に書かず「を驚嘆し」と訳しているのはそのドイツ語動詞がたまたま四格支配で、それをいかにも侍僕的に忠実に直訳した名残りです。)

私は他の何者よりも自分一個の独立不羈と静平とを愛する人間である、そして総じて戦争と政治的生活ほど私の嫌忌するものはない。しかもそれにも拘らず私は独逸の「軍国主義」を驚嘆し、さうしてその中に独逸精神の自由と崇高との赫々たる証左を看取する。

トーマス・マンも第一次世界大戦に際しては祖国愛に熱狂したのだから、この種の発言の咎め立てはしたくありません。しかし教養主義とか理想主義とかが現実政治への無関心ゆえに結局はこの種の幼稚な愛国心に終ってしまうものなら、やはりどこかバランスを失している、と思うのです。実は現行の岩波文庫から削られた部分にはもっとずっと幼稚なドイツ礼讃と英仏露非難もあるのですが、引くにしのびませんのでこの辺で止めさせていただきます。

さてこの章の初めに、明治以来、日本が外国理解を誤った例として、日本がナチス・ドイツの正体をよく把握せず、大島浩以下の陸軍のごり押しにあって日独伊三国同盟を昭和十五年に結んでしまった例をあげました。あの同盟の前には昭和十一年に日独間で防共協定も結ばれていたから予備段階もあったわけです。それではその間に日本の帝国大学教授をはじめとする人々はどういう態度を取ったか。教授たちも学生たちも旧制高校で習ったドイツ語のせいでドイツ文化に親近感を覚えていたから、そのインテリたちの漠然たる支持も日本が三国同盟を結ぶことを許した一つの要因ではなかったか、と思います。もちろんあのころの外交は国民の世論とかけはなれたところで行われてはいましたが、それでも国民感情と同盟締結とは無関係ではあり得なかった。日本の独文学界など学会誌が「ナチス文学特集」というのを二回出したら、日本の独文学者はたいていナチス支持になってしまった、という笑うに笑えぬ話がございます。日本の学問というのは多く西洋に主人を持っている。いわゆる主人持ちの学問である限りは、自分の研究対象国と自己同一化してしまいがちなものです。日本の中国文学界でも毛沢東存命中に毛批判を言い出すということはよほどの勇気と知的誠実とが要ったことでございましょう。また日本のフランス文学界は長い間フランス様々でありました。そのような研究対象一辺倒も御誠実で結構でありますが、それ以外の西洋にも東洋にも足をおろした二本足の態度をいま少し許容してもよいのではないか。しかし学者同士の嫉妬というのはおそろしいものです。

ケーベルは七年前に亡くなったハーンを、

「アブノーマル」

の一語でもってかたづけた。だが日本に関心を寄せ、西洋的価値の絶対的至上性に疑問を呈したハーンは本当に異常だったのでしょうか。私はハーンの東大における講義録を読むたびに、ハーンが西洋文学を講義しながらも、日本の学生のためを考えて、日本の文化的伝統に言及していることに深い敬意と愛着とを覚えるものです。

ハーンの講義と違ってケーベルの講義は結局書物にもなりませんでした。第一次世界大戦が勃発したためケーベルはドイツにも帰らず、一九二三年六月十四日、ハーンに十九年遅れて亡くなりました。師の最後を看とったのは久保勉で、持病の喘息で気管支がヒューヒューと音を立てる。するとケーベル先生は自分の喉をさして自分が覚えた数少ない日本語の一つを言いました。

「オンガク、オンガク」

この哲学者の死にはユーモアが感じられます。ケーベルは雑司谷墓地に葬られましたが、そこでこの精神の貴族がハーンに隣する人となったのは奇縁かと存じます。

第六章　文学と国際世論

一　強制収容所の国

本章では「文学と国際世論」についてお話申しあげます。これは秀れた文学作品を生み出した国に対して他国の人がどのような感情を抱くか、という問題でございます。具体例としてロシヤの場合と日本の場合を考えることといたしたい。そして例によりましてなるべくハーンに即してお話申しあげることといたしたい。

今日の日本でソ連邦という国の評判は、正直申して、あまり芳しくございません。それにはやはりわけがありまして、第二次世界大戦の最末期、一九四五年八月九日になってソ連は日本に宣戦を布告し、満洲を占領、日本の降伏後も五十七万五千人という日本人を長年にわたって抑留する、その一割は死亡する、といういかにも理不尽なことをいたしました。満洲におけるソ連軍の婦女暴行、シベリアの強制労働の悲惨はたちまち噂として内地へ伝わりましたが、やがて帰国者の中から手記を公表する人も次々と出た。高杉一郎『極光のかげに』はその中でもっとも評判になった一つです。

私は最近になって『福原麟太郎随筆全集』第七巻（福武書店）に収められた『椰子林の中の学生たち』に描かれたO君というのはこの高杉氏（高杉一郎は筆名で実名は小川五郎氏）をさすということに気づきました。この随筆は福原先生の文章の中でいちばん心にしみるエッセイですが、その中で高杉氏に関する条りは次の通りです。

〔昭和十九年〕三月三十一日O君、同級生におくれて単独卒業。彼は、すぐ召集を受け満州軍に加わり、敗戦とともにロシアへ連れてゆかれ、懲罰大隊に収容され、四年彼地に流寓して帰ってくる。彼は頭が良く、物識りで、外国語がいくつも出来た。英露独仏のほかにエスペラントが得意であったので、ロシアにいる間も、普通の捕虜より、観察も広く、了解も深かったようである。彼は帰還するとまもなく、私のようやく見つけて住んでいた武蔵野の茅屋を訪ねて来たが、実に快活であった。ぼくのようなリベラリストは、ソヴィエトでは駄目なんですね。相手にしませんよ、と言った。私は彼の感覚が、その永い幽囚の間に、ちっとも痛んでいないことを喜んだ。

しかし実は彼の帰る前に彼の細君にたのんだことがあった。細君は日本女子大の英文を出たひとであったので、夫の出征中、夫の父母の家にいて、その土地の中学校を教えながら、三人の子供を育てていた。Oが帰りますという細君の手紙を受け取ると私は喜びの返事の末に、折入ってあなたに御願いですが、もう一年中学校を教えて、O君をしばらく休ませて下さいませんか、永く外地にいた人が帰ったのに会うとしばしば感じるのですが、何だか考えの焦点が違うのです。O君を一年ぼんやり暮させれば、その間に感覚を恢復しましょうから、是非そのための休養を与えて頂きたいのです、と言ってあったのである。

私はO君ならびにO君夫人の寛容と忍耐とに感謝する。O夫人は私のたのんだ通りO君を休養させてくれた。O君はまた退屈とうつぼつたる勇気とを抑えてよく堪えていてくれた。そしてO君がやがてフィーニックスのように立ち上ったとき、世間は実に喝采を惜しまなかったのだ。私は昭和婦女鑑というものが出来るときには是非この話を採用して貰いたいと思ってこれを書くのである。O君はソヴィエト俘虜記を発表して名をあげたのだが、そのとき彼は、夫人の内助の功を讃えた数行を、あとがきに加えることを忘れなかった。しかるに、夫人は、いつのまにか、それを校正刷で見つけ、そっと消していたのであった。O君がまたそれに気がついて、生かしたことはもちろんである。

これはまことに佳話であります。ここで福原先生は高杉一郎著『極光のかげに』に対して「世間は実に喝采を惜しまなかった」と書かれました。しかし世間の喝采とは別種の反応も高杉氏のシベリア抑留記に対してはあったらしい。それは左翼イデオロギー政党系の読者から著者ならびに出版社に対して「ソ連邦を誹謗した」という脅迫状まがいの手紙が数多く舞いこんだからです。

私がそんな噂を聞いたのは昭和二十五年か二十六年のことでした。私はそのころ駒場に新設された東大教養学部の後期課程のフランス科へ進んでいた。それでフランス文学畑の先輩で昭和初年パリへ留学してエコール・ノルマルの秀才を家庭教師に招いて勉強したという河盛好蔵さんのお宅へお話を伺いに遊びに行きました。同級の芳賀徹の父君が教育大学の助教授で河盛先生を存じあげていた御縁かと思います。小野二郎も一緒でした。ある日曜の午後二時にその三人でお訪ねしたのでしたが、そうしたら河盛先生がやっとお目覚めで階段を転がるように降りて来て顔を洗われたのを記憶しています。その時、『極光のかげに』の著者に対し、そういうことになりはしないかと思って初めから手加減してあったのにずいぶん非難がましい手紙が舞いこんだ、という打明け話をうかがって、世間知らずの私どもは目が開かれる思いをした。高杉さんは夫人の内助の功のこと以外にも、こうしたことは書いたものだろうか書かない方がいいだろうか、とそっと消したり生かしたりした節が幾つもあったかに想像いたします。出版界の事情に通じておられた河盛さんの言われたことだから間違いはないと思いますが、一度関係者に当時の左翼からの圧力について本当のところをうかがいたいものと思います。

河盛好蔵氏はまたそのころゲオルギューの『二十五時』という全体主義国家の強制収容所の実状を描いた作品を訳してたいへんな評判でした。ところが河盛さんがその後、自分はああいう書物を訳すべきではなかった、という趣旨をどこかに書かれた。あれだけ世間の注目を浴びた書物です。それを訳さない方がよかった、などということは言論の自由の保証された国では本来あり得ない言分《いいぶん》です。しかし世間知らずの私も今度ばかりは世間の喝采とは別の筋の反応というか圧力が訳者の河盛氏に対して加えられたのだな、と察しはいたしました。

二　人類の理想の国

それでは満洲やシベリアにおけるソ連の非道、強制収容所の実態――そういうものを聞かされて私たちが社会主義そのものに幻滅したかというと、そうしたことはあまりなかった。小野二郎など後にはイデオロギーのかった『新日本文学』の編集に携わるようにもなりました。もっとも私はというと朝鮮戦争たけなわのころ、西洋文学に夢中であった。東西の冷戦があわや東西の熱戦になろうとしていたころの話です。

政治的にはロシヤは東西の対決の中で「東」に位置づけられていた。ところが私の頭の中で文学的にはロシヤは「西」に位置づけられていた。トルストイ、ドストエフスキーなどの作品はまぎれもなく西洋文学の傑作だからです。チャイコフスキーやストラヴィンスキーの音楽が間違いなく西洋音楽であったのとその点は同じことです。日本人一般の印象の中にロシヤは白人の国というイメージもあったかと思います。占領下の日本は鎖国も同然で、西洋に憧れても、海外渡航は出来なかった。それで昭和二十年代の日本でどのような倒錯心理が生じたかというと――この一文がシベリアに抑留されて苦労された方のお目にふれたらさぞかしお怒りになることと思いますが、そこは二十歳前後の未熟な若造の思案だったことゆえなにとぞ大目に見てくださいませ――ロシヤで抑留された日本人であろうとも、そこで働きながらロシヤ語が学べるのなら、それもいいじゃないか、などと思ったことがある。これは高杉一郎氏の『極光のかげに』が捕虜生活の労苦はもちろん描いている。しかしそれ以上にヒューマニストである高杉氏の感動的な回想――たとえばロシヤ人の女医が捕虜である高杉さんに言った言葉などが印象的に記述されていて、それが生み出した幻覚だろうと思います。

昭和二十年代の私たちは日本に絶望していたから――というか日本の悪口を言うのが知識人であることの証左のようになっておりましたから――働きながらフランスで勉強できる、などというわゆる「勤工倹学」の機会が与えられたなら、私たちは喜んでフランス船のたとい最下等の四等に乗ってでも渡欧しただろうと思います。そんな願望が心中に渦巻いていたから、シベリアの捕虜収容所の条件がいかに苛酷なものかも知らず、働きながらロシヤ文学が読めるようになればそれもいいじゃないか、などというおよそ馬鹿げたことを考えたものです。

それに私どもは文学でトルストイやドストエフスキーやツルゲーネフを生み出した国がまさかそんな野蛮国であるとはとても思えなかった。十九世紀文学にはなるほどシベリア流刑の話は出てくる。しかしあれは帝政ロシヤの話であって、革命後それがもっと酷くなっていようとは思いもよらなかった。実を申すと小野二郎も芳賀徹も私も昭和二十三年一高の社会科学研究会という部屋におりました。その部屋の上級生の間では——そこには不破哲三氏もおりましたが——一九一七年のロシヤ革命が讃えられておりました。シベリアの強制収容所のことは話題になりましたが社会主義の正しさに対して疑問を呈する者はまずいなかった。たまにいればそんなへそまがりは同室の者から白痴扱いを受けたものです。実際、あのころの日本で「社会主義」という言葉が若者や知識人を把えた魅力は想像を絶するものであった。それは一つの盲目的信仰に近かった。それだけに日本軍捕虜への苛酷な扱いが収容所列島と呼ばれるソヴィエト体制そのものに起因する悲惨事であったことを、往年の左翼やそのシンパが了解し認めたのはごく近年のことにしか過ぎません。いや現行の日本の中学校社会『歴史』（学校図書、著作者永原慶二教授ほか）の教科書のように、「満州に在住していた人々のようにソ連軍に攻められたとき軍隊が先に敗走してしまい、とり残されて悲惨な体験をした引揚者も少なくなかった」と書いて、弱体の日本軍の責任は追及するが、ソ連側の責任を指摘しないシンパはまだ残っています。どうも知的怯懦《きょうだ》という感じがする。記述にバランスが取れていないのは、社会主義体制に対する同情だか畏怖だか呪縛だかが判断の秤を狂わせているからでしょう。

不明のいたりといえばそれまでですが、しかし昭和二十年代三十年代は、多くの日本知識人がロシヤ革命を目して人類史を二分する大事件としてプラス評価していたものです。

三　ロシヤ文学の発見

それでは日本の一部知識人がなぜロシヤに対してそれほど好意的であったかというと、それはロシヤに秀れた文学があったからです。ロシヤ文学の魅惑――それは日本のインテリを捉えただけではありません。フランスの知識人が一時期ソ連に対して非常に好意を寄せたことは、ロマン・ロランやジッドの例などでつとに知られています。それはロシヤ革命と社会主義の魅惑であったかのごとく見えますが、実はそれ以前にロシヤ文学という魅惑が働いていたのです。ロランはトルストイを讃えたし、ジッドはドストエフスキーを論じた。似た事情は英米のインテリについてもありました。

ロシヤに大文学があるということがわかってそれ以来欧米人のロシヤ観に大変化が生じた。そのことをロシヤ革命よりも前に述べた人はほかならぬハーンでした。彼は『文学と世論』と題された東大での講義で、遠く離れた外国についての国民感情がいかにして形成されるか、という問題にふれました。(この講義は田部隆次編の英語教科書 *Hearn: Life and Literature* 北星堂刊に全文収められています。) ハーンは元来新聞記者でしたが、東大英文科の学生に向って、一国にまつわる国際世論は外国の新聞によってではなく、その国の感情生活の表現であるところの文学作品によって形成される、と説いたのです。

諸外国に関するイギリスの国民感情というものは、おおむねそういった文学によって培われてきた、と私は主張したい。しかし、私は諸君に一つの顕著なる例――ロシヤの場合――を示すだけの余裕しかここにはない。私が子供の頃、イギリスの大衆は、ロシヤの兵隊が非常に屈強な兵士であるという事実以外、ロシヤについて知るに値するものをまったくなにも知らないでいた。ところが、イギリス人は彼らの戦闘能力を称賛したけれども、そんなものは野蛮人にだって見出し得るものだし、ロシヤ軍と交戦した経験のあるイギリス人は、彼らの軍事力以外のところに、より高い称賛の根拠を見出そうとはしなかった。実際のところ、十九世紀の中頃まで、ロシヤ人は、イギリスでは、ほとんどまともな人間の仲間《ヒューマン・キンドレッド》として考えられていなかった。ロシヤの風習や政治についてもごくわずかな事柄しか知らされていなかったが、それらは、ロシヤ人に対する敵愾《てきがい》心を是正するようなものではなかった——むしろ、まったく正反対のものであった。軍国統治の苛酷さやシベリア監獄の恐ろしさ——これらのことは、しばしば話題にのぼった。そして諸君は、テニスンの初期の詩、すなわち『王女』という作品においてさえ、ロシヤに対する非常にそら恐ろしい言及を見出すであろう。

ハーンが生れたのは一八五〇年です。彼は父がヴィクトリア女王の一連隊の軍医で、しかも父は世界各地を転戦した人だっただけに、一八五四年から五五年にかけて戦われた英国の対ロシヤ戦争——いわゆるクリミヤ戦役——についても家庭でもいろいろ聞かされたにちがいない。その際、ハーンが幼な心に聞き知ったことといえば、ロシヤは野蛮国という一事につきました。ところがハーンが成人するにつれ、

「やがて、このような事態はすべて改められるに至った」

それは、

「ほどなくして、ロシヤの偉大な作家たちの仏訳本、独訳本、英訳本が次々と現われはじめたからである」

ハーンの講義が実感に富んでいるのは、実際に作家でありジャーナリズムに関係してきたハーンが自分自身の体験を語っているからです。ロシヤ文学の翻訳が次々と現れたのをハーンは『タイムズ・デモクラット』紙の文芸部長としていわば同時代の出来事として見聞してきた。以下の記述はいってみれば彼自身の読書体験の記録でもありました。

しかし、それ以上の驚くべき〔ロシヤ文学への〕関心は、ツルゲーネフやドストエフスキー、その他の作家たちの傑作がひきつづき翻訳されるに及んで、惹き起されたのである。ツルゲーネフは、特にヨーロッパのすべての教養ある階層においてもてはやされた。彼は、現存のロシヤをあるがままに――ロシヤ人の心を、すなわちその人々の心だけではなく、大帝国におけるあらゆる階級の感情と風俗習慣を――描いた。彼の著作は、たちまちのうちに世界的な書物、十九世紀の古典となり、これを読むことは、文学的教養にとって欠くべからざるものとなった。ツルゲーネフの後に、他のロシヤ小説の多くの傑作が、ほとんどすべてのヨーロッパ語に翻訳された。

ハーンはさらにトルストイの『コサック』の英訳が惹き起した反響のこと、ゴーゴリ、プーシキンの仏訳が西欧読書界の注目を浴びたことを語ります。ハーンはもともとヨーロッパ以外の文学に格別の注意を払った人だけに、ロシヤ文学の発見は彼個人にとっても印象深い開眼の過程でした。ハーンはロシヤ語は読めなかったから仏訳や英訳でもって読んだので、来日以後もトルストイ、ドストエフスキー、ゴーゴリ、ツルゲーネフ、メレジュコフスキーなどもっぱら仏訳本を取寄せています。

ちなみに十九世紀後半における西洋人のロシヤ文学発見と、日本人の（ロシヤ文学をも含む）西洋文学発見とはほぼ同じ時期に行われました。ロシヤ文学の最大の英訳者はコンスタンス・ガーネットですが、ガーネット夫人と日本における西洋文学の最大の翻訳者である森鷗外とは共に同じ一八六二年の生れです。二人ともハーンより十二歳若かった。

さてハーンはロシヤ文学が西欧に知られ、ロシヤ人の学術的業績も欧米に認められるにいたったことを述べた後、文学と国際世論の関係について次のように説きました。

しかし、いくら〔外国の〕科学者たちがロシヤ人の業績と知力に敬意を払う理由を見出したにせよ、一国民が外国で理解されるようになるのは、知力によってではない。ロシヤを理解させる偉業というものは、主にロシヤの小説家や物語作家によって達成されたのである。スカンディナヴィアの少数の作家を除いて、西欧文学にこれに匹敵するような例をもたないほど、簡潔な力強さで書かれた驚嘆すべき書物を読んだ後では、西欧の偉大なる国民は、ロシヤ人をもはや自分たちと血のつながりのない無縁の国民だとは考えなくなった。これらの書物は、人間の心というものが、イギリスやフランスやドイツにおけるのと同様、ロシヤにおいても、感じ、愛し、かつ苦悩するものである、ということを証明した。しかしまたそれらの書物は、ロシヤ国民の、すなわちロシヤ大衆の、独自な徳性——彼らの無限の忍耐力、勇気、忠誠、そして大いなる信仰心——についても教えるところがあった。というのは、たとえロシヤ民衆の人生模様が美しいと呼べるようなものでないにしても（それらの多くは非常に恐ろしく、残酷なものである）、行間から読みとらなくてはならない人間性のもつ美しさが横溢しているからである。……そしてその結果はどうだっただろうか？　ロシヤ人に対する西欧人の感情が、まったく一変してしまったのである。私は、ロシヤ政府に関して西欧人の見解がまったく変わった、と言っているのではない。政治的には、ロシヤは依然としてヨーロッパの悪夢である。しかし、ロシヤ人がどのような民族であるのか、ということについては、ロシヤ文学を通して理解された——しかもかなりよく理解された。そして、思いやりとか人間的な共感とかいった普遍的感情が、ロシヤ人全般に関して、従来からの一般的言説の基調となっていた憎悪や嫌悪の感情にとって代わられたのである。

私はこのハーンの論が先見の明に富むことに驚くものです。大学の同僚や学生にも、

「ソ連政府は嫌いだが、ロシヤ文学は好きだ」

という人はいくらでもいる。またより直截的に、

「ソ連は嫌いだが、ロシヤは好きだ」

という人もいる。そういう感情がわかち持たれているとしたら、それはやはり早くから日本にロシヤ文学が紹介され、翻訳が広く読まれてきたお蔭ではないでしょうか。

四　人間の顔のある交際

ここで私たち自身の対外感情の変遷について考えてみましょう。幕末にいたるまで日本人は西洋人に対して夷狄という観念を持っていた。それは盲目的な憎悪や嫌悪に近いものでした。ところがその同じ日本人が明治・大正と進むにつれて西洋人を尊敬するように変った。それは一面では西洋の物質文明の偉大に驚倒したからですが、しかしそれと同時に西洋の精神文明にも驚嘆したからです。

明治二十年代に森鷗外が西洋文学の本格的な翻訳を始めたころ、それを読む読者層はまだ限られていました。しかしそれから四十年後の昭和初年、新潮社が世界文学全集を刊行した時、いわゆる円本は日本の中流階級の家々に行きわたりました。その後、大東亜戦争の最中には表向きは反米英の感情は鼓吹されましたが、それでも日本人は西洋文学はすばらしいものと信じて疑わなかった。それだからこそ戦後に空前の世界文学ブームが現出したのだと思います。その際、世界文学で意味される内容は西洋文学であった。そしてその西洋文学の中にはもちろんロシヤ文学も含まれていた。

そのような私たち自身の心理の動きに即して考えるなら、欧米人が新しく発見したロシヤ文学を通してロシヤ人の人間性に共感していった過程もおのずと察しがつくのではないか、と思います。日露戦争の最中にロシヤ側でトルストイは非戦論を主張した。そのトルストイに対する敬意は西欧でも日本でもわかちもたれ

ていたからこそ与謝野晶子も『君死にたまふことなかれ』を歌ったのです。晶子の詩はトルストイの主張に対する日本側の唱和であったところに注目すべき面があると思います。またその種の国境を越えた共感があらかじめ存在したからこそ一九一七年、ロシヤ革命が起きた時、その革命に同調する知識人が欧米にも日本にも現れたのだ、と申せましょう。エドマンド・ウィルソンはその代表的なアメリカ人で、彼はロシヤ文学を学んだプリンストン出の秀才でした。

もっともハーンは一九一七年のロシヤ革命のことは知りませんでした。第一革命よりも前、一九〇四年九月に死んだからです。しかしハーンはいちはやく国際世論の中で占めるロシヤの威信と日本の威信の問題について考え、ロシヤに対する西洋側の同情がロシヤ文学に由来することを看破し、日露戦争前夜、東京大学文学部の学生に対して注意を喚起したのです。ハーンは二十世紀の国際紛争に際しては西洋世界を中心とする世論の動向が決定的な重要性を持つと考えておりました。ハーンがロシヤ文学がイギリス世論に与えた影響について語ったのは、当時は英国の世論こそが国際世論を代表していたからです。ハーンは『文学と世論』の講義で東大生にさらにこう呼びかけた。

さて諸君は、私が述べている意図を、私がいま到達しようとしている結論を、きわめて明瞭に理解できるであろう。

ハーンが言おうとしたことはこうです。日本はロシヤよりも明らかに民度の高い国である。だが西洋人はその事実を知らない。彼等は無知である。なるほど日本について多くの著書が旅行者によって書かれはした。だがそのどれ一冊として西洋世論を一変させるだけの力を発揮した作品はなかった。それは西洋人の心情に訴えるものがなかったからである。

西洋諸国民の大部分は、ちょうど十九世紀初頭にロシヤについてまったくなにも知らなかったと同様に、今日（二十世紀初頭）の日本について、ほとんどなにも知らない。彼等は日本が善戦し得る力を有し、鉄道や軍艦を保有していることは承知している。しかしそれ以上のことはほとんどなにも知らない。一部の知識階級はなるほど日本についてもっとたくさんの知識を持っているが、前述したように知識は世論を作りだすことはない。世論はおおむね感情の問題であって、思考の問題ではないからである。国民感情は頭脳から発するものではない。国民感情は心情を通してほとばしるものである。

ハーンは日本が真に秀れた世界文学を生み出さない限り、日本人が人間として認められないことの危険を警告した。

この講義はいまから八十余年前に行われたものですが、ハーンの警告は今日の日本にもなお当てはまるような気がする。なるほど日本についてはその後も幾百幾千という書物が欧米人の手で書かれました。しかしライシャワー氏の『ザ・ジャパニーズ』にせよ、ヴォーゲル氏の著書にせよ、西洋世論を一変させるだけの力はなかった。それはその書物がアメリカ国民の心情に訴えるものではなかったからです。

西洋諸国民の大部分は日本が自動車を輸出する力を有し、秀れた技術能力を保有していることは承知している。しかしそれ以上のことはほとんどなにも知らない。それというのは外国に出まわっているメード・イン・ジャパンのラジオやカセット・レコーダーは優秀な製品で、声を発する機械ですが、そこから日本を伝える日本人の声は外地では一向に出て来ない。日本という大国の自己表現は文学という人間的な肉声によってではなくもっぱら日本製というものいわぬ商品によって行われている。

ハーンはその種の「肉声の不在」の危険をいちはやく説きました。国際間のつきあいは物言わぬ貿易だけでなく、人間の顔のある交際でなければならない。しかるに日本人は「開国の作法」を一向に身につけようとしない。中学も高校も大学も外人教師や外人生徒を一向に受けいれない。当事者は入学試験のことで頭がいっぱいだからです。片方で人間の肉声の聞こえない全国共通テストなどにこだわっている限り、日本人が社交性を身につけないのは、いってみれば当然の結果です。それというのは英語で上手に自己表現が出来る力と、試験でマークシートの発音記号の正解を塗り潰せる力とは別どころか正反対だからです。それにお役人も九月新学期制にすら賛成しようとしない。また日本の通商産業省は長い間、日本が先進国へ追いつくこと、日本の輸出を増やすことばかりを考えてきた。その『通商白書』には数字の羅列はあるが、人間的な声は出ていない。いいかえると貿易摩擦の背後にある心理上の問題への言及や分析が全くない。日本ははたしてこのまま進んでいてよいものか。

五　偏見を破る術

外国人は日本について実に多くの偏見を持っている。その偏見はどうすれば打破できるか。ハーンはその問題に対して次のような策を授けました。

すべての偏見は無知によるのである。無知は、より崇高な感情に訴えかけることによって最もよく解消し得る。そして崇高な感情は、純粋な文学によって、最もよく鼓吹されるのである。

ハーンが日露戦争前夜、東大文学部の学生に訴えたのは、日本の新しい世代が世界の共感を呼ぶような大文学を生み出すことでした。ハーンは学生の愛国心に訴えてこう言いました。

人は一冊の書物を著わすことによって、戦闘で勝利を収めると同じ位に、自国に報いることができる。

日露戦争当時の日本にはいまだに世界に知られるような作品（という翻訳）はありませんでした。（もっとも戦争に勝利して自信をつけた日本が戦後『破戒』『吾輩は猫である』などの傑作を次々に生み出していった様は、やはり世界文学史上の壮観の一つかと思います。）

日本文学が第二次世界大戦の日本の敗北後、次々と英訳され、谷崎、三島、川端、漱石などの作品が西洋でも読まれるようになったのは事実です。なかでも谷崎はいよいよフランスで定評あるプレイアッド叢書に収められることとなりました。これは『源氏物語』とならんで谷崎文学がついに世界文学の古典の地位を占めたことを意味します。しかしツルゲーネフの作品がロシヤのあらゆる階級の感情や風俗を描いて西欧の読者層にアッピールし、その直後には二葉亭四迷の翻訳でもって日本の青年子女の心をもつかんだ。ではそれと同じことが谷崎文学についてもやはり言えるかというと、西欧人の興味は『鍵』や『瘋癲老人日記』の方に偏しているような気がしてならない。それにしても谷崎が第一流の叢書に収められるのはやはりフランスならではのことで、アメリカでは日本文学といえばジェームズ・クラヴェルが書いたものと思っている人が大半でしょう。私は十年前ワシントンのウィルソン・センターに勤めていて同僚のアメリカ人から「日本文学を最近読んで面白かった」と言われて食卓で思わず乗り出したら、*Shogun* の話だったので真にがっかりしたことがある。それが最高のインテリを集めたと称するウィルソン・センターでの実話です。戦前アーサー・ウェイリーの『源氏物語』がイギリスの文壇中枢でもてはやされたのと違って、戦後のアメリカでは文体があるという意味での真に秀れた日本文学の大翻訳家はあるいは出なかったのではないか、という気がしてなりません。

その際、「外国の無知な人々の偏見や愚かさ加減を、どうして気にする必要があろうか」とうそぶいていることもそれは出来ます。またハーンの『文学と世論』の考え方はうっかり短絡すると「文章報国」の発想になりかねない。文章報国であるとか銃に代えるにペンでもって戦うという思想は唾棄すべきである、という反論も出るでありましょう。なるほどそれは徳富蘇峰流の発想であった。しかし文学と国際世論のつながりは必ずしもそのような直接的な結び付きを意味しません。文化庁のお役人や宣伝省の官僚が間違えるのはその点です。彼等は近視眼的な見方しか出来ない。いまロシヤ文学の場合を振返ってみましょう。帝政ロシヤの政策に公然と反対するトルストイが存在した。そのツァーリも手をつけられないトルストイがいたがゆえにロシヤの文学は偉大であり、ひいてはロシヤ民族そのものが世界から尊敬された。それは革命後とても同じことです。二十世紀のロシヤ文学はショーロホフだけがいたから偉大なのではない。ソ連邦内部では発禁の憂目にあったパステルナークもまたいたからこそ偉大なのです。ロシヤ人自身がその価値を知っていたことはパステルナークが死んだ時、その葬儀に多数の無名のロシヤ市民や農民が黙々と集ったことからも察せられます。ロシヤはまたソルジェニーツィンを出したが故に尊敬されている。人々はそれだからこそ「ソ連は嫌いだけれどもロシヤは好きだ」と言うのでしょう。

それに比べると昨今の中国の評価がはるかに落ちることは否めない。日本ではいざ知らず西洋で落ちることは否めない。それというのも、文化大革命の悲惨をあれだけ体験しながらいまだに一人の偉大な反体制作家を生み出していない。ソ連の官僚はソ連邦の現体制を批判するソルジェニーツィンの存在を苦々しく思ってはいるのでしょうが、外国への亡命を許している。中国には仮に中国のソルジェニーツィンが出たとしても彼に文章を発表する機会を与えはしないでしょう。亡命も許さないでしょう。仮に国外へ脱出すれば後に遺された家族や親戚は必ずや迫害されるでしょう。西欧人がその種の中国に対して甘い幻想を抱かないのはむしろ当然かもしれません。それともひょっとして中国のどこかで中国のパステルナークやソルジェニーツィンがいま黙々と長篇小説を書いているのでしょうか。もしそうなら是非ともその人の大作品を読みたいものです。しかしいずれにしても文学と国際世論との間には関係がないどころでない。非常に密接な関係がある。そのことはこのような屈折した心理的反応からも察せられるかと思います。

六　他国を代弁する作家

近代中国は、日本の中国文学者はいろいろ意味づけをなさいましょうが、世界の文壇では発言権は大きくない。中国文学は日本文学にもラテン・アメリカ文学にも目下のところ遠く及ばない。一九二七年の魯迅の言分《いいぶん》ではないがノーベル文学賞に価する作品は出ていない。あの言分は字義通り取ればよいと信じます。

ところが中国人自身の文学はそのように不振であるにもかかわらず、二十世紀の前半、中国農民を描いてノーベル賞を授けられた作家がいる。『大地』のパール・バック女史です。世界文学史には時々外国作家が他国の代弁をすることがある。スペインはフランス人作家メリメが代弁した、ロマン派時代のイタリアはゲーテやスタンダールが代弁した、などがその好例です。私は芸術家としてパール・バックが偉大な作家とは到底思わないし、『大地』の中に描かれた農民は、中国の農民であるよりは開拓期のアメリカ農民の心情を示しているような気がしてならない。実はそれだからこそ *The Good Earth* はアメリカの一般読者に訴えたのでしょう。日本の読書界が歓迎したのもその大地に *Good* という形容詞をつけるようなアメリカ流オプティミズムを良しとしたからでしょう。昭和十年代の日本の読書界はその点がいかにもお人よしだったわけですが、米国ではこの『大地』は中国の農民は善人であるという印象をひろめ、反射的にその中国を侵略する日本は悪であるという印象を作り出していた。シナ事変の第二年目に当る一九三八年（昭和十三年）に『大地』がノーベル賞を受賞したのはきわめて政治的な選定だったといえましょう。そのように見てくると、ここでも文学と国際世論との間に密接な関係があることが知られる。

それでは外国作家で日本を代弁した人はいたのかいないのか。私はラフカディオ・ハーンはよかれあしかれ日清日露戦争当時の日本を代弁してくれたと思います。日露戦争は日本が国際世論の争いでもロシヤに勝利した、といえる戦争だったのではないでしょうか。私どもは日露戦争について軍事面での研究はいろいろ行ってきた割には国際世論の面での研究はまだ十分に行っていない憾《うら》みがあるように思います。あのころの西洋の新聞に日本人がどのような投書をしたかをチェックした研究もない。私たちはそれほど国際世論の動向に鈍感なのです。そして鈍感な者は馬鹿をみる。満洲事変以後の日本は国際世論の中でいつも悪者にされました。もっとも千九百三十年代四十年代の日本は実際にも悪者であった。しかしひょっとして実際の悪者以上の悪者に仕立てられたままだとしたら、その点はやはり誤解は解いておきたいものと思います。

ところでこの国際世論というのは一旦出来上るとある持久性を有するもので、良い評判も悪い評判もけっして一夜にしてひっくり返ることはない。ハーンは二十世紀の最初期、日本を代弁してくれた作家でした。インドのネルーは『自伝』で、十五、六歳のころは日露戦争で、日本が次々に勝利をおさめる様に興奮し、毎日新聞が待ち遠しくてたまらなかった、と回想しています。そして日本関係の書物をしこたま買いこんで読もうとしたが、日本史はこんがらがってよくわからなかった。それに反して好きだったのは古い武士道の国日本の物語とラフカディオ・ハーンの心地よい散文だった、とも回想しています。二十世紀の初頭、インド独立を夢みていた志士ネルーに日本を深く印象づけたのはハーンだったということがこれでわかります。これはほんの一例ですが、それだけではありません。ハーンは実は死後四十年経った第二次世界大戦後にもある働きをしてくれました。そのエピソードを具体的に実証して「文学と世論」にまつわる一事例研究にしたいと思います。ハーンの説の当否をハーン自身の場合に即して検証してみましょう。

七　『天皇に関する覚書』

一九四五年九月二十七日、敗戦国日本の裕仁天皇はマッカーサー元帥を訪問されました。モーニング姿の陛下がくつろいだ姿のマッカーサー元帥と並んで写真にうつった。日本ではそれが国民にショックだったというが、私は中学二年生でしたがショックは感じなかった。自分が鈍感だったせいでしょう。しかし後から振返ってみるとあれはマッカーサー元帥のお得意の姿であって、後にトルーマン大統領と会った時もマッカーサーは似た恰好をしている。だから世間の通説と違って私はあの九月二十七日陛下と元帥が敵意なく並んだ、そして二人の姿の写真が世間に出まわったことの方が実は友好の保証として貴重だったのではないか、と考える。あのように並んで写真にポーズしておいて、その後でマッカーサーが天皇を戦争犯罪人に指名するということは心理的にも出来がたいことでしょう。があの訪問の直後、総司令部内では議論が沸騰した。天皇を戦争犯罪人にすべきか、すべきでないか、という大議論です。するとその時マッカーサーの高級副官ボナー・フェラーズ代将は一文を執筆し元帥に提出いたします。フェラーズは一九三五年、マッカーサーがマニラでフィリピン軍養成の任に当っていた時からの腹心の部下で、終始マッカーサーと運命を共にしたいわゆるバターン・ボーイズの一人でした。その中でも第一の日本通をもって任じ、元帥もその能力を認め、第二次世界大戦中は元帥麾下《きか》で対日心理作戦の長を勤めました。

『マッカーサーの日本』（新潮社、一九七〇年）を編んだ『週刊新潮』編集部が後年インターヴューしたところによると、フェラーズ代将は当時総司令部内に少なからずいた「ヒロヒトを裁判にかけろ」という軍人連に辟易したらしい。フェラーズは新潮記者に、「天皇はヒトラーとは違うんだ」と言い、総司令部の米国軍人たちは「何しろ日本を知らなかったから」と言った由です。それで彼は一九四五年十月二日、元帥に説明するべく『天皇に関する覚書』を作成、提出しました。『マッカーサーの日本』によると、その際、旧知の河井道女史と女史の親友でフェラーズとは米国留学以来の知己であった一色ゆりの意見を参照したといわれます。日本のＹＷＣＡの幹事として活躍した河井さんはまた東京経堂のミッション・スクール恵泉学園の創立者として知られる教育家で、伊勢の出身、神道にも理解がありました。このフェラーズの『覚書《メモランダム》』は占領軍関係の資料中もっとも興味ぶかい文書の一つで、すでによそで引きましたが、もう一度その主要部分を引かせていただきます。

天皇に関する覚書　　　　　　　　　　　　　　　　一九四五年十月二日

日本人の天皇に対する態度は一般的には理解されていない。キリスト教徒と異り、日本人は霊的に交わるゴッドをもっていない。日本の天皇は日本人の祖先の美徳がその御一身の中にあるとする、民族の生きた象徴である。天皇は誤謬や悪事を犯すことのできないとされた、国民精神の体現者である。天皇に対する忠誠は絶対であり……天皇を他の一般国民ないしは政府役人と同列視することは神聖冒瀆になりかねない。この天皇を戦争犯罪人として裁判にかけることは単に冒瀆不敬であるばかりか日本国民の精神の自由をも否定するものである。

フェラーズ代将は日本国民の中で天皇が占める精神的位置をこのように強調し、ついで今次大戦は必ずしも天皇の志すところではなかったことを言い、さらにアメリカ人の良識に次のように訴えました。

いかなる国民も自国の政治形態を選ぶ固有の権利を持つというのが我々アメリカ人の基本的な考え方である。日本人はそのような機会が与えられるなら、必ずや天皇を国家の象徴的元首として選ぶであろう。民衆の裕仁天皇に対する忠誠心は特に根強い。八月十五日、玉音放送によって天皇が直接国民に呼びかけたために、民衆はかつてなく天皇を身近な親しい存在に感じている。終戦の詔勅は国民を安堵せしめ静かな歓びで満たした。人々は天皇がもはや操り人形ではないことを知っている。この天皇を維持することは日本国民が自由に自分の政府を選ぶ際の障害となるものではない。

日本人の民心の動向をこのように正確に把握したフェラーズ代将は、また次のように政策論的見地を強調しました。

我々アメリカ軍は天皇の協力を求め、日本への無血侵入を成功裡に遂行した。七百万余の日本軍将兵が武器を捨て、急速に陸海軍が解体されたのは天皇の命令による。この天皇の行為によって、数十万の米軍将兵は死傷を免れた。戦争も予期された時日よりはるかに早く終結した。このように一旦天皇制を利用した上で、その天皇を戦争犯罪を口実に裁くならば、日本国民はそれを信義にもとるものと見做《みな》すであろう。しかもポツダム宣言受諾による無条件降伏とは天皇を含む国体護持を意味するものと日本人は考えている。もし天皇を裁判にかけるならば、日本の統治組織は崩壊し、民衆の蹶起《けっき》は不可避である。他の一切の屈辱に耐えてもこの屈辱に日本国民は耐え得ないであろう。武装こそ解除されたが、混乱と流血は免れない。かかる事態に立ちいたれば、日本統治に必要な行政官数千名を含む厖大なるアメリカ遠征軍を日本へ派遣せねばならない。占領は長期化し、米国民と日本国民との間には深い溝が出来るであろう。

アメリカ合衆国の長期的利害を考えるならば、東洋との友好関係は必要である。それは相互の尊敬、信頼、理解に基くものであらねばならない。長期的に判断するならば、日本がアメリカに対し怨恨敵意を将来にわたって抱かないということこそ我国にとっての最重要事なのである。

「日本人の天皇に対する態度は一般的には（アメリカ人によって）理解されていない」とフェラーズが述べたのには根拠もありました。一九四四年四月、『フォーチュン』誌が日本特輯号で行った世論調査、「日本国民にとって天皇とはなにか」

という質問に対しては、

独裁者　16・4％
英国流の国王　5・7％
名目上の飾り（宗教面は除く）　18・6％
天皇は日本人にとって唯一の神である　44・2％
無回答　15・1％

という回答が出ました。編輯部が当初用意していた正解は「天皇は名目上の飾り《フィギュアヘッド》」でしたが、高率回答に押されて「天皇は日本人にとって唯一の神である」というのも全然見当違いというわけではない、という註釈もつけたほどでした。

この連続講話のはじめに詳しく御説明いたしましたが、日本語のカミはゴッドと同じではありません。しかしカミがゴッドと英訳され、天皇が **God-Emperor** などと米国の新聞で報じられたために、西洋人は日本の神道を誤解いたしました。戦時中日系米人がハワイにあった神社に参拝することすら許しませんでした。戦死者を軍神として靖国神社に祀ることにも怪訝の念を示しました。西洋キリスト教の唯一神ゴッドが支配する世界とは違って、日本では人が死んで神となります。それに反して西洋では人間はゴッドによって創られた被造物《クリーチャー》にしか過ぎません。キリスト教徒は死んでもゴッドになることはありません。それなのに日本人は死んで神棚に祀られる。いや日本には生きながら神として祀られる人もおります……

フェラーズ代将が『覚書』の第二の句で日本人がキリスト教の概念によるような神《ゴッド》は持っていないのだ、と指摘したのはその種の誤解を解こうとしたからでした。マッカーサーの高級副官が、日本の天皇は国民の崇敬の的となってはいるが、それは英語の God の意味においてではない、という区別を承知していたことはまことに貴重なことでした。

八　天皇をお迎えしたフェラーズ代将

フェラーズ代将の『天皇に関する覚書』は情理兼ね備えた一文と思います。私は『平和の海と戦いの海』(『平川祐弘著作集』第六巻)を書いた時、そこに引用はしましたが、しかしなぜフェラーズ代将がそれほど日本人を理解できたのか、その背景を十分に明らかにすることが出来なかった。今度小泉家の御好意でわかりましたが、その訳はこうです。

ボナー・フェラーズ Bonner Fellers はアメリカ陸軍士官学校、いわゆるウェストポイントの出身者です。陸軍軍人であって日本研究者ではありません。日本語は出来なかった。占領軍関係者から聞いたところではフランス語の上手な、スマートな教養人でした。その証拠にと申しましょうか、いちはやく母校の教官に抜擢され英文学を教えることを命ぜられました。日本ですと陸軍士官学校や海軍兵学校や防衛大学校では一般教養課目は軍人でない民間人(いわゆる文官)が教えたのですが、ウェストポイントでは陸軍将校に英文学を教えさせたものらしい。まだ千九百二十年代の末のことでマッカーサーが陸軍士官学校長として教科内容を改革した直後のことでした。ちなみに当時の合衆国ではアメリカ文学よりも英文学の方がアメリカ人の教養の基本と考えられていた。英文学史として権威のある著書も当然のことですが英国人の手になるものが圧倒的に多かった。その際フェラーズ教官が読んでいかにも共感の湧く英文学史が一つあった。それはハーンの手になるものでした。より正確に言えば、ハーンの東京大学における講義を日本人の学生たちがノートした。そのノートを集めてコロンビア大学のジョン・アースキン教授が編輯したものでした。Lafcadio Hearn: *Interpretation of Literature* がそれで、ニューヨークで一九一五年に刊行されましたが、出版当時は「コールリッジの再来」といわれたほど世評が高い本でした。

ハーンは生れは英国人だがアメリカ文壇で活躍した人で、講義中にも英文学のみならず米文学にもしばしば言及があり、英語の綴りもアメリカ式で書いていた。そうしたこともフェラーズやその生徒には馴染みが持てた要素かと思います。しかし最大の魅力はやはり文学の面白味を平明に説いていたからでしょう。それがイギリス国文学の専門家でないフェラーズには有難かったにちがいない。ハーンが文学を語ると語り手の心熱がおのずと読者に伝わる、とはかつてエドマンド・ゴッスがハーンのこの著に与えた評価です。

そのフェラーズはドロシー夫人と結婚すると新婚旅行に日本へやって来た。そして一九三〇年（昭和五年）六月四日、東京西大久保の小泉家を訪ねました。ハーンが亡くなってもう四半世紀が過ぎていましたが、夫亡人の節子はまだ御健在でした。その日フェラーズは小泉家の来客名簿にこう書いています。ハーンの長男一雄の御長男の小泉時氏がわざわざ調べてくださいました。貴重な資料ですので原文のまま引かせていただきます。

When I tried to teach Browning & George Meredith & Carlyle at West Point I found that Lafcadio Hearn knew what they were thinking and had gone on beyond them. Then Hearn taught me to love Japan. This visit is the thrill of a life time! Thank you Mrs. Hearn.

私がウェストポイント陸軍士官学校でブラウニングやジョージ・メレディスやカーライルを教えようとした時、ハーンがこれら作家の考えを理解しているばかりかその先へ行っていることに気がつきました。ついでハーンは私に日本を愛することを教えてくれました。今回のお宅への御訪問は私の生涯の感激であります。ハーン夫人、あなた様に御礼申しあげます。

そしてそれに続いてドロシー夫人も、この魅力的な家を訪ねた愉しい思い出を生涯の宝といたします、とハーン夫人節子の優雅なもてなしに謝意を表しました。新婚の二人は小泉家でのもてなしに魅了されたのです。

小泉時氏の説明によると、その日は節子夫人がもっぱら応対に当りました。夫人はハーンの妻として連れ添ううちに西洋人がなにを言うか、察しがつくようになっていたにちがいない。長男の一雄はハーンが毎朝一時間英語を教えこんだので、母と違って、英語が話せました。一雄が初めてフェラーズに会ったのは昭和十二年頃ではなかったかと小泉時氏は父君のことを回想しています。この時はもう祖母節子は亡くなっていました。時氏の言葉を引きますと、

この時は第一回目に一雄が帝国ホテルに在泊中のフェラーズ氏を訪ね、二回目には同氏が我が家に来られました。この時に我々家族の者がはじめてフェラーズ氏にお会いしました。当時大尉であった同氏がマッカーサーのエイド（副官）をされていたことと、来日後、満州、中国を見てからマニラへ帰られたことを後程、一雄から知らされました。

Halliday Antona の *Letters to a Pagan* を一雄が訳して『一異端者への手紙』として第一書房より昭和十年に出しておりまして、一雄も「偽物臭い」といっていました。フェラーズ氏と一雄が「ハーンの筆跡や表現とちがう。どうも怪しい」というような話を夢中になってしていた記憶があります。

戦後は一雄の『父小泉八雲』で述べている通りでありますが、終戦の年、十一月十七日にたまたまフェラーズ氏の宿舎であったアメリカ大使館公邸へ家族で呼ばれたことがありました。当日が一雄のバースデーに当っていたこともあって父にサインしたパーカーの万年筆を贈られ、何か執筆しているか……自分

にできることなら何なりともいいつけて欲しいと云っておられました。

小山書店よりだした限定版の『妖魔詩話』がその後、好評だったこともあって、ハーンがつれづれの折に原稿、メモなどに走りがきした絵をまとめてみたら存外面白いかも知れない……こんな話を一雄とよく話し合っておりました。フェラーズ氏に相談しましたところ「それは面白い」ということでその後話が進み、愛娘のナンシーさんが一雄の英文に手を入れて出来上ったのが *RE-ECHO* でありました。*RE-ECHO* の草稿もフェラーズ氏から贈られたパーカー万年筆を使って書かれました。

フェラーズはそれほど深くハーンに傾倒していた人であり、小泉家の個人的な友人でもありました。時氏のお手紙によると、

戦後の食糧難の時にフェラーズ氏はそっと従兵に命じて自分の宿舎で使用する食糧を我々家族に届けられたこともしばしばでありました。

一雄はよく口癖のように我々家族のものに、「八雲死後は八雲の親友であるミッチェル・マクドーナルド氏に、戦後はフェラーズ氏に大変お世話になりどちらも小泉家にとっては大恩人だ」と申しておりました。

この小泉家とフェラーズ家の交際は実に二代にわたっている。フェラーズ代将ははじめ節子夫人に会ったが、それから二十余年後、代将の令嬢のナンシー・フェラーズがハーンと節子の長男一雄と協力して、ハーンの絵を複製した豪華本 *RE-ECHO* を出版しました。これはまさに家族ぐるみの交際だったと申せましょう。そのほかにもかつてボナー・フェラーズが一九一三年インディアナ州リッチモンドのアーラム・コレッジに

入学したとき二年のクラスの渡辺（のちの一色）ゆりがいて、彼女からもまた後に河井道女史から、
「日本を理解するにはラフカディオ・ハーンをお読みなさい」
と言われたことがあったようです。だがいずれにせよフェラーズは最初はハーンの英文学史を、次いでハーンの作品を次々と読んだ。そして現人神《あらひとがみ》の神や神道の神は God と英訳されるが、それはキリスト教の God とは違うのだ、ということにも気がついた。私はそれはフェラーズが『仏の畑の落穂』の巻頭に掲げられている **A Living God** という話を読んで気がついたのではないか、と思います。しかしそうした知性的理解にもまして貴重だったのはフェラーズ代将がハーン文学を愛読することで日本人の人間性が持つ美しい面に感じやすい人になっていた、ということでしょう。こういう人がマッカーサーの高級副官であったということが私見では真に幸いしたと思います。なにか有難いことに感じます。

裕仁陛下が昭和二十年九月二十七日、マッカーサー元帥を訪問されたことは、終戦前後の激動期を通じて、陛下がもっとも緊張された事件ではなかったか、と拝察いたします。敗戦国の元首が戦勝国の総司令官に面会を請うて初めて訪問するのです。しかも当時の連合国側の世論は「天皇を戦争犯罪人として起訴せよ」というのであった。ギャラップ調査によれば、米国では、

○天皇を処刑せよ。三三パーセント
○天皇を裁判にかけるか、終身刑に処するか、外国へ追放せよ。三七パーセント
○天皇をそのまま残すか、操り人形として利用せよ。七パーセント

というのが終戦直後の数字でありました。

日本政府はポツダム宣言受諾の条件として「天皇の統治大権」の保全をワシントンへ通知はしていたが、それを保証する返事はなかった。日本国民の大多数の支持があったとはいえ、天皇制の運命は連合軍総司令部の一存で決められるかに見えた。陛下はそのような時にマッカーサー元帥を訪問されたのです。その会見

の模様はマッカーサーの『回顧録』を通して世に知られていますが、一切の戦争責任を御自身に引受けようとした陛下の立派な態度に元帥は骨の髄まで感動したと（これは後日ですが）書いています。

ところでその日、赤坂のアメリカ大使館の玄関で陛下の御車を出迎え、挙手の礼をした軍人がボナー・フェラーズ代将でした。その態度がいかにも紳士的でものやわらかであったので、陛下は手を出して握手を求められた。フェラーズ代将も礼儀正しくその握手にお応えした。そしてフェラーズが御先導申しあげて陛下は外務省の奥村勝蔵通訳とともにマッカーサーが待っている応接室に行き、余人を交えずに会談しました。（余人を交えず、と日本側はずっと思っていたが、実はその部屋の赤いカーテンの蔭に隠れてマッカーサー夫人と息子のアーサーがこっそりこの会談を聞いていたのだそうです。）帰りしなもフェラーズ代将が陛下をお見送りした。陛下は皇居に帰られてから、マッカーサーのこの礼儀正しい高級副官に御自分の写真に署名して記念として贈られた由です。

天皇の取扱いをめぐって総司令部内で議論が沸騰したのはこの訪問がきっかけでした。英蘇濠比などの連合国はもとよりワシントンも天皇戦犯説に傾いていた。その時、「ヒロヒトを裁判にかけろ」と息まく多数の軍人連に抗して、フェラーズは『天皇に関する覚書』を書いてマッカーサー元帥に提出した。それは直接天皇陛下にお目にかかり握手したフェラーズが書かずにはいられぬなにかを感じたからでしょう。

マッカーサーは日本占領を成功裡に遂行するためには天皇を利用する方が良い、という腹だったに相違ない。フェラーズに向ってはなにも言いませんでしたが、その『覚書』は繰返し読んだ。そして結果としてはこの高級副官の意見を全面的に採用しました。

小泉一雄は昭和二十五年に出した『父小泉八雲』の中で旧知フェラーズ代将との再会のことを次のように記しています。ここで先妣とあるのはハーンの妻小泉節子（昭和七年没）を指しています。

しかし、戦後最も感銘を受けたのは、当時マッカーサー元帥の軍事秘書官のボンナー・フェラーズ代将の墓参態度であった。終戦後最初に陛下のお手を執って御先導申上げた外国将官だけに、実に礼儀正しい紳士であった。先妣存在中、氏が中尉時代からの交友で、戦時中若しやマニラ辺で捕虜となり苦しんで居られはせぬかと案じていた其人であった。氏は終戦と共に日本へ飛来、同時に私共一家の安否を気遣われ、八方手を尽して探された。遂に第一相互ビル六階で面会した時には、緑眼に涙を浮べて老生を抱擁され、「妻子は何うした?」が第一声であった。日本はアメリカに戦争で負けた。科学で負けた。が今、私は人情でも氏に負けた。論語巻頭の「朋あり遠方より来る亦楽しからずや」の一語がこの時頻りと脳裡に浮んだ。

フェラーズ代将は一九四六年秋に帰米しますが、それに先立ち米国大使館で送別パーティが催されました。小泉一雄はその席へ招かれたただ一人の日本人でした。くつろいだ会合でしたが、天皇が話題になった時、総司令部の局長級の諸氏が態《わざ》とらしからぬ敬虔な態度であることに小泉一雄は心打たれた、と書いています。この証言は一雄がフェラーズ代将の『天皇に関する覚書』のことなど一切知らない時に書いたものだけに一層貴重と申せましょう。

フェラーズ代将はまた帰国に先立ち、寸暇を得て雑司谷墓地に小泉八雲の墓を詣でました。ハーンの霊前に芍薬の花を供え、墓地にいる間中ずっと脱帽していたこのアメリカ軍将官の謙虚な態度に、ハーンの長男の一雄も孫の時もすくなからず感動したとのことです。(その時の写真は *RE-ECHO* に出ています。小泉時は生まれたハーンの曾孫に凡という名をつけてフェラーズの徳を偲びました。)

ハーンは嗅覚の鋭いジャーナリストとして明治二十八年に三国干渉が起った時点で日露戦争は不可避であると考えておりました。そのハーンが日露戦争前夜、文学作品が国際世論を動かす力であることを説き、人は一冊の書物を著わすことによって、一戦闘で勝利を収めると同じ位に、自国に報いることができる。

と東大生に対する講義で申しました。文学部の学生がその呼び掛けによく答えるだけの仕事をはたしてなし得たか否かについては別に論ずる向きもおられるかと存じます。しかし次の事だけは確実に言える。それはハーンは小泉八雲として日本市民となったが、心に訴える著書を世界に問うことによって、日本にも米国にも深く報いるところがあった、ということです。二つの祖国に報いることができた、ということです。

第七章　ハーンの「祖国への回帰」

一　マリヤ観音について

さて最後に連載中に読者から直接間接に寄せられた御質問にお答えし、かつ私自身の新見解をも述べて終りにしたいと思います。

マリヤ様のいる国では母子関係の理想は聖母子像によって示されている。そのようなカトリック諸国では「甘え」は許されるが、マリヤ様のいないプロテスタント諸国では「甘え」は許されない、という趣旨を私は書きました。それは「甘え」が許される社会をとくに良しとして述べたわけではなく、客観的事実として指摘したわけであります。私個人としては甘えを許してくれるイタリアなど住みよい国に思いますが、これは私が若い時に留学したからでしょう。聖母子を崇める気持はマフィアが復讐する時も母と子供には手をつけぬという掟に現れている。ちなみにマフィアの手下は首領を「マンマ」と呼ぶそうです。首領は男でもそう呼ぶのだそうです。また幼時に甘やかされて育った男は成人して男らしさを誇示しますが、そうした「甘えの構造」には暗い面もある。

さてマリヤ様のいる国の甘えについて書きましたら、日本には聖母子像に相応するような甘えを象徴する像はないではないか。また日本は神々の国だというが、ザビエルの一五四九年の鹿児島上陸以後の一世紀は英語で Christian century「キリスト教の一世紀」と呼ばれている。一神教であるキリスト教がそれだけ拡まった時代もあったではないか、という一見理詰めの御批判を受けました。それに対するお答えは九州で聖母子像がどのように受容され変容したかを辿ることで明らかになるかと思います。

古野清人氏の『隠れキリシタン』（至文堂）は実に興味深い研究ですが、天草地方のキリシタンの信仰は、異仏（仏教以外の神を表わす像）の聖像崇拝やまた唱言（オラショ）の祈り文句から見て、圧倒的に聖母マリヤの崇拝でした。糺方《ただしかた》日記と呼ばれる役人の尋問記録を見ても、没収した異仏の中にはマリヤ観音が圧倒的に多かった。図像学的にも在来の観音信仰の延長線上にマリヤ信仰がつながったことがわかります。だとすると日本で「甘え」の気持を象徴する像の一つは観音像ということも出来ましょう。

ここで興味深い点はインドや中国でかつては男性であった観音——観音は正式には観世音菩薩といい、菩薩は仏教の教理ではすべて男性なのだそうです——が日本へ来ていつのまにか必ず女性となり母となっていることです。それは観音様が御自分から変ったわけではなく、日本の民の心が慈悲の情は母の情であると思い、観音様を女性的なるもの、母性的なるものと結びつけたから、それで彫る方の仏師も観音の像をおのずと女性に変えたのでしょう。観音様が中国では最初から必ずしも女性でなかったことは、敦煌で発見された観音図はいずれも髭や髯を生やした男性像であることからもわかります。ちなみに狩野芳崖の有名な『悲母観音図』はもちろん女性像で、実にふっくらとしたまるみを帯び、曲線美にえもいわれぬものがありますが、それでいて口元に髭を蓄えている。唇には朱をさして女性であることを強調してあるのに髭がある。あの髭は芳崖が中国や日本の古い観音像をいろいろと図像学的に考証して研究した結果つけ加えたものだろうと思います。（京都の三十三間堂の中尊千手観音像なども口許に蛙の後脚のような形の髭が生えています。あれは十二、三世紀の作でしょう。）

ところで日本では十七世紀のはじめキリシタンの時代に、その観音様の母子像がキリスト教の聖母子像と習合してマリヤ観音といわれる異仏が生れました。当時の日本における女性（母性）の理想像がそこに示されれた、日本文化の根底にひそむ女性原理がそこに表面化した、と説明したら第一問に対するお答えになるでしょうか。いずれにせよマリヤ観音という像に当時の西九州の人々の根源的な心性が示されている、と言うことは許されるかと思います。

戦国時代から徳川時代にかけて日本の貧しい民衆が西から伝わった新来の宗教に求めたものは、自分たちの心の願いがかなえられることでした。民衆は新来の宗教は仏教の新しい一派だと思っていたというのが真相でしょう。キリシタン大名たちは比較的早くから南蛮人の宗教が仏教でないことを理解したに相違ない。それではそれらの大名がなぜキリシタンになったのかといえば、形式的にせよ改宗すれば貿易上の利益が得られたからです。近年の例を引きますと、たとえが悪くて恐縮ですが、毛沢東全盛時代に日本の商社員が広州へ行った。そして各国の人に先がけて『毛沢東語録』を唱えたようなものです。なにも本心からあんな毛沢東主義を信奉したわけでない。しかしいまでも当時に広州に駐在した商社員の家を探して御覧なさい。埃にまみれた『毛沢東語録』が出てくるはずです。

それでは文化大革命当時の中国人が皆強制されて『毛沢東語録』を唱えたのかというとそういうことはない。あの語録を唱えれば救われると思って唱えた民衆も多かったに相違ない。天草の人々もオラショを唱えれば救われると信じました。しかしその際、民衆は本当に男性的な超越神に関心があったでしょうか。そんな一神には関心はなくて、日本の貧しい男女は幼いキリストを抱いたマリヤ様の姿に幼い子供を抱いた観音様の再来を認めたのではないでしょうか。マリヤ観音は隠れキリシタンが潜伏するための便法として工夫されたものと説明されていますが、マリヤと観音とを区別しなかった人々は当時からすでに多勢いたに相違ないと思うのです。

それから当時のいわゆる改宗者なるものの数字については表面だけを見ても実体はわからないと思います。戦時中、日本の陸海軍の指揮官が第一線から東京の大本営へ送った報告は「赫々たる戦果」として報道されました。しかしその戦果はひどく水増しされたものでした。カトリックの宣教師がアジアの第一線からローマのイエズス会本部へ送った報告も多分にそれと似ておりました。改宗なるものの「赫々たる成果」の内実にははなはだ疑問がございます。改宗というのももちろん定義に左右されますが、十七世紀前半に超越的な一神の創造主を信じた人は日本でも中国でも多くはなかったでしょう。というかほとんどいなかったでしょう。マッテオ・リッチ（利瑪竇）の『天主実義』を読んでも「天主は儒教の古経にいはゆる上帝」（吾天主乃古経書所称上帝也）として説明されており、それでもって理解されていたのですから、中国の知識人でもキリスト教の理解の程度はまことに皮相的なものでした。であるとすると同時代のアジアの一般民衆のその点についての理解はもっとずっと漠然としたものであったにちがいないと思うのです。

かつて現実を改革することの出来ない貧農たちが彼岸に弥陀の浄土を求めて他力本願で縋《すが》ったように、天草のキリシタンたちはマリヤさまにすがって天国（＝極楽）の至福を願ったのでしょう。古野氏の著書には生月島の隠れキリシタンについて次のような調査報告を載せています。その人たちの崇拝は幼児キリストを抱いた聖母マリヤ崇拝をやはり特徴としますが、実はそのほかに聖人さまや生月の殉教者たちをも神として祀っています。キリスト教では造物主だけが神であり被造物の人間はけっして神となり得ません。そのことを強く教えているにもかかわらず、天草で多神教的色彩がおのずと隠れキリシタンの中に現れたのは、日本人にはもともと死者を敬う気持が強かったからでしょう。それだから宗教を捨てなかったために死んでいった人を――その宗教の教義に反して――神としてまつり、聖人と公認されていない殉教者たちにも聖（San）を上に冠して呼んでいる。そこに示されているのは祖先の霊を敬う敬虔な気持です。それこそが日本人の宗教心というものでしょう。そしてハーンが指摘した通り、日本人としての彼等は死者の霊に縛られていたかららこそ先祖を祀り、先祖の宗教をも守り通したのです。

一八六五年（元治二年）三月十七日の昼さがり、浦上のお百姓がフランス寺と呼ばれた大浦天主堂の門前にあらわれました。宣教師の来日はすでに一八五九年に始り聖堂の建築も各開港地で行われましたが、宣教師が法を説くことを許されたのは西洋人向けだけでした。プチジャン神父はその状況に苛立って、

「戦争さえ起せば、日本人の偶像崇拝は崩壊して聖なるキリスト教信仰がそれに取って代るでしょう」

などと過激な物騒な意見を述べておりました。プチジャンは、他のフランス人宣教師と同じく、熱烈な信仰の持主でありかつ熱烈なフランス帝国主義者でもありました。ところがその日見かけた十数名はただの好

奇心から来た日本人とはなにやら態度が違っていた。その中の女の一人がプチジャン神父に向って、

「サンタ・マリヤの御像はどこ?」

と言いました。そして自分たちはみな貴師と同じ心の者だという趣旨を述べました。その時のプチジャンの感激を考えても御覧なさい。二百数十年に及んだ世界でもっとも厳しい禁教政治の下で、日本ではなお父から子へ、母から娘へキリスト教信仰が伝えられ生きていたのです。この「切支丹の復活」は信仰の奇蹟として全キリスト教世界に喧伝されました。

しかし欧米では一向に知られていませんが、この復活の際注目すべきことは、隠れキリシタンのあるものはカトリックにとってはすでに「第三のもの」と化していたことです。彼等は明治になってもついにカトリック教会には戻って来ませんでした。一神教を奉ずるというよりは祖先崇拝を行っていたのですから、カトリック教会へ戻らなかった人たちの方が自分たちの宗教感情に忠実であったとも申せましょう。この人たちの宗教を世間は折衷主義と呼んだり異様な目で見たりします。昭和三十年代半ば、NHKのテレビがその人たちの姿をはじめて放映した時は実は私も違和感を覚えました。だがこの人たちにこそ日本人の宗教的特質はよりよく顕現しているのではないでしょうか。

もちろんカトリック教会の側からすれば、二世紀半に及ぶ禁教下に信仰を維持した挙句、教会へ戻って来た人たちの方が、信仰の奇蹟を説く上ではよきプロパガンダの材料とはなりましょう。キリスト教宣教師たちもそれによって士気を鼓舞されはいたしましょう。しかし信仰の内実を吟味せず、信者数のみを報告するのはいかにも片手落ちという気がいたします。

隠れキリシタンという呼び名は『広辞苑』には「①キリシタン禁制後、表面は棄教しながら実はひそかに信仰を持続した信者。②明治以後、カトリックに復帰せず、祖先伝来の信仰習俗を持続している潜伏キリシタンの末裔」と出ています。この後者の隠れキリシタンには異教的なものや多神教的なものを清算する意欲

はありません。父祖伝来の信仰を墨守しようとする。それというのは隠れキリシタンにとって「キリシタニズムは何にもまして家の宗教である。幼時に洗礼されてキリシタンとなり、キリシタンとして死ぬ。それは個人が自分の判断によって選ぶ宗教ではなくて、家に伝来したのを受け継ぐ宗教である。しかも祖先が血みどろの受難によって守り続けてきた隠れ宗門である。キリシタンはその祖先の苦難を思っては、これを捨てることも、カトリックまたは仏教徒に転ずることも潔《いさぎよ》しとしない」（古野前掲書、二五一ページ）。

ここに示されているのはまさに祖先崇拝の論理です。生月の人々の中にも、キリシタンは祖先祭りと結びあっているからやめないと断言する人もいるそうです。祖先が命をかけて続けてきたこの信仰は祖先への感謝のゆえにやめられない。その信仰墨守あるがゆえに、二世紀半の後に「サンタ丸ヤ」の御像をたずねて、人々はプチジャン神父の前へ現れたのだといえるのではないでしょうか。それは確かに祖先の霊を信じる人々がなし得た信仰上の奇蹟だったのではないでしょうか。

プチジャン神父という人は、ジャン＝ピエール・レーマン教授が *Modern Asian Studies*（一九七九年）に発表した『幕末明治初期日本におけるフランス人カトリック宣教師』という研究によると、フランスの対日外交が平和的に過ぎて手ぬるいと切歯扼腕しています。宣教師たちが日本の軍事占領を主張しました。それに対してレオン・ロッシュ公使以下がフランスにはそれだけの軍事上の余力はないのだと宣教師たちを一生懸命宥めている。プチジャンはそれが不満で一八六八年には一度パリへ戻ってナポレオン三世に直訴しました。それに対して皇帝は漠とした返事しか与えなかった。宣教師たちがいきり立つのは日本のキリスト教化が遅々として進まなかったからです。それだけに一八六五年に長崎で「サンタ丸ヤ」の御像をたずねに隠れキリシタンが現れた時は狂喜しました。その奇蹟に驚倒しました。そのニュースは世界をかけめぐりました。しかしながら *lettres communes* に示されたフランス人宣教師のその後の報告はさらに苛立ちを示しています。というのは隠れキリシタンの多くはカトリック教会の傘下に戻って来ないからです。一八八四年（明治十七年）十二月三十一日の報告によりますと、天草地方の大江では四千人の隠れキリシタンの内カトリック教会に戻ることを承知した者はたったの百四十二人に過ぎなかったそうです。

フランス人宣教師の立場からすれば、こうした帰って来ようとしない隠れキリシタンの信仰は土着化したまことに奇妙な信仰にも見えたでしょう。しかしカトリックに復帰しようともせず、祖先伝来の信仰習俗を守っている天草の人々は健気な人たちだという気がいたします。私はその昔テレビで異仏の崇拝やオラショを唱える姿を見て異様に思いました。しかしいまの私にはそれを異様に思ったかつての自分の無理解を恥じる気持の方が強うございます。

二　神道的感情の目覚め

次に小泉八雲ことハーンの話を聞くうちに次第次第に表面化してくる日本人の神道的感情にふれておきます。ハーンの「松江の朝」を読むと私たちの中のなにものかが目ざめる。それは幼い日の元旦の思い出であったり、霊峰を仰いだ時の感じであったりさまざまです。ドイツで幼年時代の四年間を過した少年が十歳の時、帰国しました。

そのとき私は父に連れられて近くの山にある神社に行った。朝の五時頃だったので石段をのぼりつめたとき見渡せた境内はまだ薄暗かった。私は境内には誰もいないと思っていたが、突然ガランガランという音に続いてポンポンという柏手の音が響いた。私は沈黙を破ったこのすがすがしい音にすなおに驚き、感動したのを覚えている。

これが城内実氏が日本の少年として遅ればせながらはじめて感じた神道的なにかでした。この種の感覚《サンサシオン》は日本人の多くがわかちもつものでしょう。宗教感覚という以前の審美感覚に近いなにかです。それだけに記述がこれだけで終るなら取るに足らないことかもしれません。

しかし城内氏はついで親に連れて行かれたドイツ各地の教会のことを考えます。するとその見学の思い出が比較文化的な視角を開いてくれます。まず子供心にも教会内は外界と比べてどこか冷たい特殊な空間で、外界から隔絶されていました。それは石という建築材料だけの問題ではなくて一神教の厳しさの反映でもあるのでしょう。ドイツの教会には日本の家族を受けつけてくれないいかめしさがありました。それに比べると日本の神社は山の一部であり自然と融化している……

そしていかめしさとの連想で城内氏はその教会の中にあるキリストの顔が――それは十字架上で血を流しているキリストではなくて聖母マリヤに抱かれた幼児キリストでしたが――子供の顔にはとても見えなかったことを思い出します。

「その顔はあまりにも理智的で、大人の顔をしている。見つめれば見つめるほど違和感が生じる。それに比べて日本の村のあの小さいお地蔵さんの顔はなんと優しい微笑みを湛えていることであろうか。見れば見るほど安らぎを覚える」

城内氏は子供心にも多少ナショナリストになっていたのかもしれません。しかしいま二十歳を過ぎた城内氏が小泉八雲の文章に触発されて過去を思い出し、この種の自覚に達する様が興味深い。それはある場合には「日本への回帰」と呼ばれる心理現象なのでしょうが、日本人がハーンを読んで覚える懐しさとは所詮、このような心の動きをさすのでしょう。

もう一つ別の学生の感想を例に引かせていただきます。ハーンは多神教の日本には田圃の案山子《かかし》にさえも神様（少彦名《すくなびこなの》神）がいるというほほえましい事実を伝えました。するとそれを読むまで、渡部恵津子さんは自分は無神論者であると思っていた。その人がハーンの紀行文に惹かれて、自分自身の十代のころを思い出します。松江にいた渡部さんは八重垣神社へも行った。すると須佐之男命と櫛名田姫の故事がなんとなく愛着をもって思い出されます。神社の境内の夫婦椿に優しい気持を覚えたことも思い出されます。そればかりではありません。幼いころ風呂場で悪さをして、

「そんなことすうと、お風呂の神様が怒《おこ》うなあよ」

と母に叱られた。その時は本当にお風呂の神様がお怒りになるのかと思ってお風呂場で小さくなって神様に謝ったものでした。いまはその母の出雲弁が懐しく思い出されます。そうしたノスタルジアを喚起するのはハーンが私たちの心の故郷を優しく語ってくれるからではないでしょうか。

三　ハーンの西洋への回帰

次に、「西洋文化からの亡命者であるハーンの目を通して比較文化論を行うのは危険ではないか。亡命者は得てして本国人の悪口を言い、時には本国の悪口を売物にするものだから」という御指摘をアメリカ人からも日本人からも受けました。私自身はハーンの目を通して、というよりもハーンの場合をケース・スタディーとして、ハーンをいわば素材にして私自身が比較文化論的考察を行ってきたつもりですが、私の同情がハーンにあり、私がハーンの目を通してその色目で見ている、と思われることも止むを得ないかとは思います。

ところでその指摘を受けて私が反射的に思ったことは、ハーンの問題よりも先にアメリカ人の外国理解ないしは外国無理解という問題です。人のふり見て我がふり直せ、と諺にもいいますから、外国認識というアメリカ人の不得手の事柄をまず取りあげてみましょう。私はこれは移民や亡命者から成り立つ米国という国の構造的な盲点だろうと思います。自由の大地アメリカは御承知のように英本国を捨てて大西洋を渡ったピューリタン以来、移民や亡命者を受入れてふくらんだ大国です。ヨーロッパからも東欧からもアジアから

も中南米からも人々は流れこみつつある。それではアメリカ合衆国はそうした世界各地出身の人々を介して世界各地の事情に精通しているかというと決してそうは言えません。むしろ逆です。

それというのは本国を捨てて北アメリカへ移民した人は概して貧しい人である。新天地で生活して社会的階梯を上昇しなければならない。その際に亡命者や移民は本国で不満のあった人々ですから、ややもすると本国の悪口を言う。そしてその悪口を言うことが米国への忠誠のあかしにも通じるのです。本当は経済的な理由で金儲けのために渡米した人も自由の理想を求めて渡米したようなことを言います。すると早くから米国に住みついている人は、その種の発言を聞いて米国の良さを再確認して自己満悦におちいります。それが米国人一般が外国事情を客観的に把握できなくなる構造的な理由だろうと思います。また移民が大勢いるから外国語教師のなり手がいくらでもいる。それで外国語教師の給料が低くなりその社会的地位も低くなり、米国人が外国語に熱を入れないという悪循環が生ずるのも皮肉な現象です。

ついでに申しますと中国は世界各地に華僑を送り出しています。それではその華僑やその親戚を通じて世界各地の情報が正確に中国本土に伝わるかというと、そのチャンネルがおよそ機能しておりません。(日本人の手になる英和辞典に比べて中国人の手になる英漢辞典が歴史も浅く質が落ちるのもその外的証拠の一つと申せましょう。)それは清朝の官僚層も解放後の党員層も移民した中国人をどこかで軽侮している節があるからです。その中華思想的発想のために世界をあるがままに見ることが出来ないのではないか、と私は察するのです。そういえば内地の日本人の在外の日系人や二世に対する態度にもそのような偏見はありました。

さてそのように見てくると、ハーンにも西洋人でありながら日本に帰化した人に特有の西洋に対する偏見があるのかもしれません。バジル・ホール・チェンバレンは、

ハーンの一生は夢の連続で、それは悪夢に終った。彼は、情熱のおもむくままに日本に帰化して、小泉

八雲と名乗った。しかし彼は、夢から醒《さ》めると、間違ったことをしでかしたと悟った。

という新説を千九百三十年代になって発表いたしました。西洋の方が日本よりあらゆる面で秀れている、と思っていた西洋人はもとより、日本の知識人の多くもこのチェンバレンの説を聞いて「さもありなん」と納得いたしました。西洋人が日本に帰化して晩年に後悔した、という説ほど西洋の優位性を確信させる説はありません。それで私は先の拙著『破られた友情――ハーンとチェンバレンの日本理解』(『平川祐弘著作集』第十一巻)でもまた今回も、チェンバレンの説が無理な見方であること、ハーンの晩年の家庭生活は悪夢からはほど遠い幸福な日々であったこと、を実例を引いて説明いたしました。しかしチェンバレンの見方が正しいのだ、と言い張る人は依然として西洋にも日本にもいるようです。チェンバレンには第一次世界大戦中に弟のヒューストン・チェンバレンが事もあろうに英国籍を捨ててドイツに帰化し、ヴィルヘルム二世のために旗を振った、という屈辱に満ちた体験がありました。それが意識下に深く刻みこまれただけに、やはり英国籍を捨てて外国に帰化し、日本の事を美しく描いたハーンを許せなくなったに相違ないと私はひそかに思うのです。それでバジル・ホール・チェンバレンはしまいにはかつての友情を破ってハーンを糞味噌にやっつけたのだと思います。しかしチェンバレンのハーン観の百八十度に近い変化はあくまで晩年のチェンバレンの心の内部の問題であって、ハーン自身は一九〇四年に亡くなっておりましたから、私たちはチェンバレンの側に問題のある彼の最晩年のハーン評価を離れて、ハーンの日本観の客観性そのものを吟味してみたいと思います。

ハーンは西洋脱出の夢を抱いた人でした。そして来日して日本への深い愛着を覚えた人でした。小泉八雲の作品には日本人の内懐に深くはいった人の感情がにじみ出ています。それで八雲の作品を読んで「日本への回帰」をおこす日本人はいまもなお跡を絶たないのでしょう。その際、ナルシシズムの傾向の強い日本人は「英国人であったハーンも小泉八雲となって日本国籍を取得した以上、文化的にも精神的にも日本に帰化したのに決っている、ハーンは日本に新しい祖国を見つけたのである」と安直に結論しがちです。

だが法律上の国籍ははたして文化上の国籍を決定するものでしょうか。そうでないことは日本統治下の朝鮮で朝鮮の人は民族の文化を維持していたことからもわかります。ハーンが日本の市民権を得たから文化的にも日本人なのだと錯覚するのは、かつて日韓併合が行われ朝鮮の人も日本国籍となった、よって半島の人は文化的にも精神的にも日本皇民となったのである、と独断した錯誤と大差ない。また日本で育って日本語を母国語とする人は在日韓国人や在日朝鮮人として登録されているにせよ、文化的にはむしろ日本人でしょう。在日韓国人の子弟は日本で育って年頃になって韓国へ旅すると激しいカルチャー・ショックを受け、自分が韓国人でないことを自覚させられてしまう、といいます。そうした事実があるのにそれを見ぬ振りをして登録籍にこだわって論ずることと大差ない。その種の独断的理解はかつての日本陸軍軍人などに多かったが、いまなおジャーナリズムでは跡を絶ちません。例えば中国残留孤児は文化的には中国人として育った人たちであるのに、親が日本人で国籍もいままた日本人となった以上、当然日本人だと文化の問題を抜きにして思う人のなんと多いことでしょう。

私見では、ハーンは来日したことによって、むしろ逆に西洋への回帰を体験した人でもあったと思います。なるほど来日第一年の松江時代は日本にすっかり気を取られました。身も心も古き良き日本に奪われました。しかし第二年以後は様子が変ってきた。教える相手が中学生でなく旧制高校生ということもあって英語の授業内容もやや高級になり、それだけにハーンも英語の本を次々に読み出した。松江時代と違って、土地の人とはそれほどつきあわなかったことも手伝って、その余暇に読書を通して西洋を次々と再発見いたします。三年間の熊本時代、ハーンの知的孤独を慰めてくれたものは西洋文学だったのではないでしょうか。

もちろんハーンは読むだけでなく書いていた。日本に材を求めて書いていた。その意味では日本につながっていましたが、しかしハーンはアメリカの文壇を相手に英語で執筆していたのです。彼が想定していた読者は米国人や英国人でありました。ハーンはあくまでも英語文学者でありました。

それでは小泉節子との同棲、結婚、長男一雄の誕生、ハーン自身の日本への帰化はどのように説明すればよいのか。自分が日本人に成りきれない西洋人であることを自覚していた人、「西洋への回帰」を経験しつつあった人、その当人が日本へ帰化することなどあり得たのでしょうか。私はあり得たと思います。ハーンは熊本で三年を過した後、どうしてももっと英語の雰囲気に浸りたくてたまらなくなり、熊本高校では二百円であった給料を捨てて、百円の給料で我慢して『神戸クロニクル』という英字新聞社に勤め、俗化した開港地の神戸へ出て来ました。そのころハーンが松江の親友西田千太郎に宛てた手紙があります。

私は決して日本人になりきれない、あるいは全体としての日本人から真実の同情を期待し得ない事実を、認めずにはいられなくなりました。私の孤立感は遂にもう私には耐え難くなったことを言わずにはいられません。どんなに欠点はあるにせよ、同情心と親切心があり、また私自身と同じ魂の色合を持っている私の仲間の人種の間へ帰らねばならないと感じた。日本人を理解できると信ずる外国人はなんと愚かなことでしょう。

ハーンは日本社会における自分の肉体的・精神的異質性をなんらの幻想なしに認めていました。そして自分がかねて唾棄していた西洋人租界ともいうべき開港地の神戸へ移りました。そのハーンは自分が日本に完全に同化出来ないと一面では承知しながらも、他面では日本への帰化手続を進めています。そしてその同じ西田千太郎にいろいろ頼んでいます。それは別の著書でも述べましたが、ハーンが妻子の将来をおもんばかって、自分の遺産が間違いなく遺族の手に渡ることを望んだからです。不平等条約当時の日本はみじめなもので西洋人の日本妻はたとい結婚していようとも夫の遺産をもらう権利がなかった。遺産は西洋人の親戚の手に渡ることになっていたからです。それで右の手紙の一年数カ月後の明治二十九年一月、たいへん煩わしい手続をすませて、ハーンは日本に帰化して小泉八雲となりました。

しかし法律上の帰化は文化上の帰属を変えたことを意味しはしません。それは日本国籍を取得したからといってその日から日本語がにわかに流暢に話せるのでないのと同じことです。それどころか熊本時代のハーンは彼自身が西洋への回帰を一面では感じていた人であったがゆえに日本人の「日本への回帰」にも深い洞察を示しました。『心』所収の『ある保守主義者』の心境があれほど見事に活写されているのは、モデルの雨森信成が達意の英文で自分の心境を語ったからでもありましょうが、聴き手のハーンがそれに共感を覚えたからでもありましょう。そして共感を示し得たのは、ハーンその人にも祖国（＝西洋）への回帰の心理が働いていたからではないでしょうか。

ここで「祖国への回帰」というのは、雨森の場合もハーンの場合も、祖国の伝統的な文化価値を外国へ行ったことにより再発見することを意味します。そしてその文化価値をほかの人々にもわかち与えたいという心の動きを意味します。すでによそでも書きましたが、雨森信成は西洋を知悉したがゆえに世界における日本の文化的個性を自覚し、帰国して国民教育の運動を展開しました。ハーンは米国時代から独学で西洋文学に深く通じていた人です。その彼は熊本時代に西洋文学をあらためて読みました。そして新しい視角の下で発見するところが多々ありました。ちょうどそれは日本人でも、西洋で長く生活した人が日本文学を読返すと、日本文学の特性に気がつくところがある様に似ています。ハーンは批判的才能にも非常に恵まれた人でした。北米時代に地方新聞の文芸部長を勤めて次々と評論を書いて名を成したのもその天分のお蔭です。教職を捨てて『神戸クロニクル』に移った時にはその過去のジャーナリストとしての仕事ぶりを雇う側も本人も承知していたに相違ありません。ところがハーンは眼を病んでじきに退社を余儀なくされました。そして休養していた時に東京大学から招聘が来たのです。ハーンは当初は辞退しましたが、一旦引受けた後は実にすばらしい講義をいたしました。その西洋文学の講義には日本へ来て西洋文学を見直した人の新しい視点も加わっていて、それが一段と生気を与えておりました。

日本時代のハーンの十四年の生活は、感情の揺れはありましたが、それでもおおむね幸福なものでした。ハーンの異国に対する憧憬は日本に取材する作品を書くことの中に昇華されましたし、西洋という故郷に対する憧憬は西洋文学の講義の中に昇華されていたからです。一人の人間がその二つをなしとげたということは——その二つが相互に好影響を及ぼしていただけに——すばらしく豊かな生き方であったと思います。ハーンが再話した『耳なし芳一』以下の怪談が日本の原話よりずっと見事なのはその両面の綜合の結果といえると思います。あの怪談が日本文の単なる直訳であったら凡百の欧米の日本研究家の仕事の域に留っていたでしょう。そのように見てくるとハーンは、紋切型の評価とは違って、「西洋文化からの亡命者」とは必ずしも言えないと思います。そうではなくて、東洋と西洋を文筆でもってつなぐという夢を実現した人と言えるのではないでしょうか。

その際のハーンの日本への愛情が「偏愛」だったかどうかは確かに水掛け論になりそうな問題です。森亮先生がその問題に対してこんな上手な説明をしてくださいましたので引かせていただきます。

学者にしろ文人にしろ愛情を押へて対象と幾らかの距離を置くときに初めていい仕事が出来る訳で、逆の言ひ方をすれば好い仕事が実現してゐるところには偏愛は働いてゐない——たとへその人に潜在してゐても——といふことです。

四　小泉八雲の子供教育

ハーンは西洋文化の偉大を来日したことであらためて確認した節もありました。「西洋を感じることが出来るのはなんたる喜びであるか、西洋とはなんと偉大なものであることか」とは明治二十七年、久しぶりに外国人居留地へ立寄った時の感想をチェンバレンに述べたハーンの手紙の一節です。西洋文学の講義に熱がこもったのもそのためです。ハーンは日本の文化的特質も認めたが、西洋文化の価値を信じていた。それだからハーンは自分は日本国籍となり子供ももちろん日本国籍でしたが、それでも長男の一雄には徹底して英語を教え込み、一雄を半ば西洋人として育てようとした節が見受けられます。ハーンは自分はいつか西洋へ行くだろう、その時は一雄も一緒に連れて行って米国か英国の上流の寄宿学校へ入れよう、と考えていたらしい。

ハーンの西洋行きの件は、後にコーネル大学から招聘の口がかかったことからもわかるように実際にその可能性がありました。遺著となる『日本——一つの解明』が理知的な学術的な著述であるのはハーンがコーネル大学で予定されていた連続講義のためのノートとして準備したからです。しかしその招聘の件はコーネル大学のキャンパスに伝染病が発生したために取りやめとなりました。次に日本国籍の一雄を西洋へ連れて行って教育を受けさせたとしてキャリヤーが開けるか、という点を問題にしてみましょう。ハーンは米国ならば英語が出来、しかるべき高等教育を受けさせさえすれば一雄も立身出世はできると考えていたに相違ない。当時の米国が能力ある人を歓迎してその国籍を問題にしていなかったことは、ハーン自身が一八六九年の渡米後二十年間ずっと英国国籍のままで生活して一向に差障りがなかったことからも察せられます。(アジアからの移民排斥のことはすでに問題となっていましたが、それは肉体労働者として移民してきたからです。)

ハーンは自分の父親が自分の教育に対しておよそ無関心であったことに腹を立てた人でした。ハーンがフランスやイギリスの寄宿学校で教育を受けたのは家族から厄介払いされたからでもあります。それで「自分が受けたような教育は受けさすまい」と手紙でも述べていますが、長男一雄の将来に対しては非常に責任を感じていました。それでどうしたかというと、一雄が数え年五歳の時から七年近くの間、あの執筆と講義に忙しい人が貴重な時間を割いて、毎日、日曜をも含めて、英語を教えました。はじめのうちこそ毎朝一時間でしたが、そのうちに夕方も教えました。死ぬ当日の夕方も教えました。（それは満洲の戦地にいる教え子の藤崎八三郎あての英語の手紙を書取らせたものでした。）

小泉家では妻の節子は英語が出来ない。節子が一雄と一緒に英語を習いたいと言ってもハーンは教えてくれない。そのような小泉家ですから、一雄の周囲の人は母も弟も書生も女中ももちろん日本語です。近所の子供も日本語です。一雄はいわゆる間《あい》の子《こ》で外見は西洋人らしいが、言語的・文化的には日本人として育つのが自然です。それなのにハーンは一雄を最初のうちは日本の小学校へも上げずに自分一人の教育で英語を教えこみ、後にはフランス語の手ほどきさえいたしました。——これは「西洋文化からの亡命者」がなし得た教育ではありません。ハーンが文化的にいかに西洋とのきずなを大切にしていたかはこの一事でわかると思います。

その教育熱心というのは真に驚くべきものがありました。七、八歳くらいになると英詩を次々に読ませました。その際にハーンは自分で教材用の絵を描きました。センテンスを書きました。ハーンはそのころ自分自身は日本語を学習していましたが、英語の詩集に一雄のために片仮名で日本語の訳語を記入したりしています。また動物のスケッチの類も描いています。それらの作品は古新聞紙に書かれたものもありましたが、前に紹介したフェラーズ代将の令嬢ナンシー・フェラーズと小泉一雄とが共編で、ハーンの一雄への教材を基に、第二次世界大戦後に *RE-ECHO* という豪華本にして出しました。そのスケッチや水彩画を見るとハーンという人が画家としても非常な天分に恵まれた人であることがわかります。（ヴィクトル・ユゴーの絵を思わせるものがあります。ちなみにハーンの三男の小泉清はフォーヴの天才的な画家でした。）またハーンのその日その日の気分がスケッチに無気味なまでにはっきりと示されています。絵画そのものがそのまま精神分析の材料と化し得るような、そうした気分が出ています。ハーンの心霊が画面に投影されているわけで、それほど心魂をこめて父親が息子に教育を施した仲であった以上、一雄が父の像を脳裏に深く留めたのはきわめて自然な成行きだったと思います。

その小泉一雄は昭和六年（一九三一年）、父の死後四半世紀以上も過ぎてから『父「八雲」を憶ふ』という六百余ページの追憶文を警醒社から出しました。その書物には「書くに先立ちて」という長いことわりがありますが、一雄が新渡戸稲造らしい「博士中の博士」から質問を受けた際の思い出が次のように記されています。

……先生は私に、

「君のファーザーが亡くなられたのは、君が幾歳《いくつ》の時だネ？」とお尋ねなさいました。

「僕が数へ年十二、満十歳と十ケ月の時です。」

「十二？　ホウ！　ぢやア覚えちやゐまい……でも何か一二、記憶があるかネ？　顔は何うだネ。判然《はつきり》覚えてゐるかね？」

先生の此の言葉に私は少からず面食ひました。

「……父の顔は勿論、その他の事だつて種々《いろく》覚えてゐます。」と私が答へますと先生は小首を傾け稍《やゝ》苦笑して、

「さうかネ、併しその記憶は写真や、後で人々から聞いた結果の産物ぢやないかナ。我《わし》には十や十一の頃の記憶は殆ど無いがナア。」と申されました。

自分が満十歳十カ月の時に亡くなった父ハーンの思い出を書くことに精魂を傾けた昭和初年の小泉一雄は、この新渡戸稲造の言葉が気になってたまりませんでした。一雄は父ハーンのことを実に鮮明におぼえている。それをいまイメージが浮ぶままに忠実に筆で再現していきました。「東京へ来る前」「東京牛込」「私への授業」「海へ」「散歩」「東京大久保」……その時、以前新渡戸がさりげなく発した言葉が、自分の書物の内容に対する不信の声のように響いて、気になってしかたがなかった。

だが一雄は実際に記憶していたのです。それはハーンが、右に述べたように、一雄に特別に家庭で教育を施したからでした。ハーンは次男以下にはごく普通の日本の子供として育つがままにまかせましたが、それでも父から多少英語の手ほどきを受けた次男は母方の（節子がかつて養女となっていた）稲垣家を継いで、後に立派な英語教師の稲垣巌となりました。

ハーンが一雄に授けた教育のことを考えますと、日本という言語環境でずいぶん無理をしたものと思います。一雄が気難しい人になったのは父親の性格を受け継いだ面もあるかとは思いますが、父から厳しい英語教育を受けたせいもあったに相違ない。なにしろ日本にいながら小学校四年に編入するまではひたすら父親が子供を叩きながら育てたのです。それはずいぶん辛く厳しい教育でしたが、しかしハーンの語学教育には愛情もこめられていた。一雄はよく叱られもしよく泣きもしました。しかし父の愛情を心の底では感じていたのだと思います。それで次々に英詩を諳《そら》んじていったのだと思います。小泉家ではハーンは、誰にとってもそれは偉い人でありましたが、一雄にとっては他の誰にもまして父親は偉い人であり続けただろうと思います。

バルザックの短篇小説『柘榴館《ざくろやかた》』は、死期の近いことを自覚した母親が、残された余命を二人の息子の教育に捧げる話です。それはほとんど神話的なまでに高貴な物語ですが、ハーンの一雄に対する教育の仕方はその物語を思わせてなりません。そして幼年期に親が精魂を傾けて愛し育てた子供は、たとい親の期待にそむいたように見えても、なお親に報ゆるところがあるものです。

小泉一雄は特定の職業につかず、気難しい人として一生を送った点では周囲の期待にそむいたといえるのかもしれません。しかし人は生涯に一冊立派な書物を世に出せば、それでこの世に生きた記念《かたみ》はきちんと遺したことになります。小泉一雄が父親の思い出を綴った右の書物は、ハーンの妻の小泉節子の『思ひ出の記』とならんで、ハーン関係のもっとも貴重な文献です。実に多くの尊い真実を含んだ書物です。私はハーンを読めば読むほど長男の一雄の書いた思い出は真実だと思うようになりました。ハーンは余命の長くないことを自覚して焦りました。

「速く学ぶ下され、時待つないです。パパの命待つないです」
「何んぼう時落すの子供、今遊びの時間ないです、早く《クイツク》」
「何んぼう駄目の子供！」

そのように叱られたことは子供の心をひどく傷つけもしたでしょう。しかし数え年十二で死に別れた父親の像をまた如実に鮮明に少年の魂に刻みこんだのでした。

前章で、ハーンの死後数十年も経ってボナー・フェラーズが大久保の小泉家を訪問したこと、そしてそれがきっかけとなって、フェラーズ家と小泉家とが友情のきずなで結ばれた話をいたしました。節子夫人が亡くなった後も交際が続いたのは、小泉一雄が英語が話せたからです。父親としてのハーンの英語教育は生きていたのだ、と申せましょう。そしてそれは日米の友好に深く資するところがあったのだ、と申せましょう。

五　日本人の魂を捉えた人

私は学生時代、島田謹二教授から強烈な感化を浴びた者です。いま先生の『日本における外国文学』（朝日新聞社）のハーンについての章を読んで島田先生がハーンの特質を見事に摑んでいることにあらためて感心いたしました。ハーンが世のいわゆる「学者」と違う所以を先生は次のような言葉で説明しておられます。

ハーン以前に、日本文化を研究したアングロ・サクソン系の学者たちはかなりいた。そのあるものはえらい比較言語学者であった。ある者は博覧の文献学者であった。ある者は練達の翻訳者であった。かれらの著書は「日本学」の上でたかい意義をもつし、ハーンもそれらの先達に多くを負うている。ただかれらの研究は一種の専門学であった。おそらく民族のたましいの把握には、ただ学問だけでは十分でないかもしれぬ。それは未知なものの考え方や生き方をただしく直観し、ふかく理解し、あたたかく同情する、何といおうか――まずは「詩人の魂」とでも名づくべきものが必要らしい。ところが世の多くの「学者」たちは、不思議と詩魂を欠いている。かれらはみんな貴族である。悲哀と諦念とに生きているあわれな民衆――「人間」の心を知らない。「苦しんでいる人間」にかわって訴える「同情」がとぼしい。ハーンはこの点無類の詩人であった。すでにアメリカにいたころ黒人にたいして感じていた「同情同感」を、かれは日本の「ものいわぬ存在」のために、かわって熱烈にそそぎつくした。かれの日本研究がただの専門学でなく、いきいきとして今なおわれわれを動かすゆえんである。

私はこの島田先生のハーン評価にあらためてうなずくものです。それでハーンの「同情同感」の特質を述べる前に、ハーンがなぜほかの人たちとかくも違ったか。彼が一体いかなる先入主を免れていたか、という点にあらかじめ触れておこうと思います。

明治維新後、来日した外国人には外交官があり、貿易商がおり、宣教師や学者がありました。外交官の記録には興味深いものがありますが、交際が上層部に偏りますから「ものいわぬ存在」への理解はそれほど深くはありません。商人は、日本の商社員とても同じ事でしょうが、金銭の数字はきちんと記録するが相手の心の記録は不得手です。専門家としての学者に命が欠けていることは島田先生も指摘されました。それでは民衆の中へはいって行った宣教師はというと、布教のための信念で盲目になって相手の心が必ずしもつかめておりませんでした。

ハーン自身は、自分には宣教師的偏見がないから神道の神々の世界も仏教の柔和な雰囲気にも同情をもってはいりこむことが出来たと思っていた節があります。使命感《ミッション》というのは立派なようでいてとかく一人よがりですから客観的理解の邪魔立てをもするものです。そういわれれば私たちの周辺にいる信念にこり固まった人の中には「ものいわぬ存在」への共感などのおよそ働きそうもない人が多うございます。

信念というのは必ずしも結構なものではありません。まず日本側の例を引きますと、日本はかつて大東亜戦争という聖戦完遂のために軍隊をアジア各地に送りこみました。あのころの日本人は王道楽土建設の理想に燃えておりました。また必勝の信念を抱いておりました。しかし主観的にはいかに善意であろうとも、客観的には現地の人々の心を必ずしもつかんではいませんでした。次に西洋側の例を引きますと、十字軍の昔やコンキスタドールの時代にも自己中心的な振舞いに及んだことは明らかです。近代にはいってからも文明開化の事業と称して植民地帝国拡張のために軍隊をアジア各地に送りこみました。それには宣教師が同行しました。時には先行し先導さえいたしました。

日本や、そして韓国も、西洋の植民地になりませんでしたから、プチジャン神父も含めてキリスト教の神父さんや牧師さんの思い出は尊敬をもっていまなお回顧されています。しかし東南アジアの西洋列強の旧植民地ではキリスト教宣教師の評判はたいへん悪い。そのため宗派によっては宣教師を全員引揚げさせた地域もございます。

アフリカでも「暗黒大陸」を探険したリヴィングストーンはまだ尊敬されているようですが、一時行方不明になったリヴィングストーンを救出に行って名を成したスタンレーの方は、西洋列強のアフリカ分割の手先として働いたと考えられているせいでしょうか、いまでは評判が悪いようです。また欧米や日本では聖者としてもてはやされノーベル賞も授けられたシュヴァイツァー博士についても現地の人の感情には好悪の混ったものがあるといわれます。それというのも「野蛮」の地に医療を施しに来てくれたことを有難く思いつつも、信仰や文明の光に浴していない benighted な人間として見さげられている限り、現地の人が心服しないのは当然かもしれません。

ハーンはキリスト教宣教師には宗教的先入主があるから日本を真に理解出来ないのだ、と思っておりました。私はそのハーンの見方は根本的に正しいのではないかと思います。ペリー来日の時も、マッカーサー来日の時も、アメリカ側にはキリスト教的使命感というのが働いて、それが良かれ悪しかれ先入主となったと思います。またアメリカの日本研究者の中には BIJ というのが多い。Born in Japan の略ですが、その日本生れの中には宣教師の子弟が多い。別称を miskid ともいいますが、そうした環境で育ちますとどうしても先入主がつきまといます。善意の誤解なのかもしれませんが、学問にもある臭味がつくことは免れません。

ハーンの良さはそうした臭味のおよそなかったことでした。松江中学に着任して暫く経った時、ハーンは前任者のタットルというカナダ人教師が「キリスト教を信じない者は野蛮人である」と言ったということを生徒から聞いて憮然といたしました。ハーンには、日本は旧道徳を捨てよ、とか日本はアメリカ的生活様式を取り入れよ、とかローマ字化せよ、とか女は自立せよ、とかおよそ説教がましいことを言う姿勢がなかった。説教するのは牧師の習慣ですが、文学的創作力の枯渇した評論家、学術的発見のなくなった教授、新知見のない新聞論説委員の口癖でもございます。また自分自身を偉い人に見せかけたい人の口癖でもございます。ハーンはそんな野暮な真似はしようともせずに、詩人の魂でもって日本のものいわぬ民の心をあるがまにつかもうとした。その際、ハーンの姿勢はキリスト教宣教師風とはほど遠いものでしたが、それではそのハーンその人の心性を宗教的にはなんと呼べばよいのでしょうか。

ハーンは前にも述べましたが、一面では西洋文化に属しておりました。英語文学者でありました。それですから King James version と呼ばれる欽定訳聖書の英文の美しさをたいへん讃えております。「創世記」「出埃及記」「路得記」「以士帖」「雅歌」「箴言」「約百記」「伝道之書」「約翰黙示録」などをその英語の文章の点からも子供に読むことを薦め、東大生にも薦めておりました。

そのハーンが蛇蝎《だかつ》のごとく嫌ったのは、キリスト教の絶対優位性を信じる一部の凝り固まった宣教師でありました。その偏狭な信心にもその思い上りにも怖気《おじけ》をふるいました。そのようなハーンは近所にキリスト教宣教師が住むようになったというだけで熊本では引越したこともあったのです。東京大学でもフランス語を教えるエックというカトリックの坊さんを意識的に避けておりました。

そうしたハーンであるだけに西洋人としていちはやく神道の神々の世界を発見いたしました。それから民俗への関心を通して日本人の仏教的心性にも深い共感を抱くようになりました。松江時代は土地柄神道への関心を示しましたが、その後仏教の方へ注意が転じたことは来日第四作が『仏の畑の落穂』と題されていることからも察せられます。そのハーンの宗教的立場についてハーンを知ることの深かった雨森信成は一九〇五年十月の『大西洋評論』に次のように述べています。

> ハーンは詩人であったから、当然情緒的なるものに喜びを覚えた。そしてハーンは仏教や神道の中に彼の好みの進化論のいわば情緒的側面を認めたのである。……彼は仏教や神道の教義の中に自分の好みの理論を飾るにふさわしい古風に美しい衣裳を発見したのだといってもよい。……ハーンは、仏教や神道を大いに作中に引きはしたけれども、私見では彼はあくまで不可知論者であった。

六　一寸の虫にも五分の魂

雨森のこのハーン評に従うとハーンは仏教や神道という衣を借りて自分自身の詩をうたったようにも思われます。しかしハーンの宗教的位置がキリスト教に近いのか、仏教に近いのか、それとも不可知論に近いのか、それを検証できる話題がやはりあると私は思います。それはまたハーンがなぜ「ものいわぬ存在」のためにも「同情同感」を抱き得たのか、それを説明することにもなるかと存じます。

その話題とは虫の鳴く音でございます。

日本人は虫の鳴く音に感じやすい国民です。『源氏物語』の「鈴虫」の巻の、「虫のね、いとしげう、乱るゝ夕かな」に始る鈴虫の宴は、背後に仏教的死生観を漂わせた風流でありました。私には鎌倉で療養中の身内の者がいて九月の第一週のとある夕方、見舞いに行きました。二階で寝ていましたが寝床の脇にいると虫の音がその二階の天井から降りしきるように聞えました。それは和風の二階の屋根裏に虫がいるわけではなくて、草深い庭の虫の声があたり一面から聞える。四方八方から聞える。すると天からも降るように聞える。それで天井からすだくように聞えたのです。第二週に行きましたら、それだけもう秋が更けたと見えて、もう天井から降りしきるようには聞えませんでした。今度ははっきりと庭から虫の音が立ちのぼって来るのが聞えました。

「虫の音はいいものだな」

と言って別れました。

しかし私たちがいいものだと思う虫の音に対しても人によって感じ方がよほど違うものらしい。ピエール・ロティとラフカディオ・ハーンは明治日本を描いてもっとも名の聞えた西洋の文人ですが、その二人の日本に対する親近感の違いは虫の鳴く音に対する好みの違いにも出ています。ロティを乗せたフランス軍艦が長崎湾にはいって来た。その時あたりの緑の山から蟬時雨が聞えました。それを耳にすると東洋の憂鬱《メランコリア》を覚える、と言ったのはロティです。そう言われてしまうと芭蕉の「閑《しづか》さや」の句にしても川端康成の『山の音』にしても後が続かなくなってしまう。ちなみに後者の「蟬の羽」の章は英訳本では the Wings of the Locust と訳されている。米国ではそう訳すものなのでしょうが、locust と言われると聖書に出てくる害虫のような気がして一向に詩的でありません。はなはだ興ざめです。また吉田直哉氏もこんな無粋な例を引いています。日本製テレビドラマで台詞が途切れた長い間にカナカナ蟬の声が流れた。日本人にとっては下手な台詞よりよほど効果的な、情に訴える「言語」でしたが、アメリカ人のテレビ・ディレクターが、

「このノイズは何だ？」

ときいた、というのです。吉田さんはそうした外国人の興ざめな反応を、角田忠信氏が『脳の発見』（大修館）で主張する「日本人の左右の脳半球の役割が外国人とは違う」という説を援用して説明していますが、ハーンなどの場合もあるので、私は角田理論を必ずしも信じません。それというのは日本語を母語としないハーンは暑い日の蟬の声がたいへん好きで、感情音として受けとめていた節があるからです。節子は夫のその好みを心得ていましたから、焼津へ海水浴に行ったハーンに宛てた先に引いた手紙でも大久保の庭の蟬の声をヘルンさん言葉に書き記して送ったのです。

「セミ、アサカラ、ウタウ、ミン、ミン、ミン、ミン、ツク、ツク、ウイス、ツクツクウイス、ウエヨース」

ハーンは本当に虫が好きでした。蝶、蚊、蟻、蛍、蜻蛉、蟬、草ひばり、蚕、そして日本の虫屋の歴史まで随筆の主題としています（『虫の楽師』）。大学では虫をうたった古今東西の詩歌を取りあげて講義をしたことがありましたが、その際ハーンは、

「本当に虫を愛する人種は日本人と古代のギリシャ人とだけである」

と述べている。またまたハーンの日希比較論が出たとお笑いの方もおられましょう。しかしこの比較論の背景にはもっと深い含蓄があるのです。それは霊魂とはなにかという見方に関係しております。別の言い方

をすると、キリスト教のゴッドは人間には魂を与えたが人間以外の動物や虫には魂を与えなかった。それでキリスト教徒にとっては虫は機械仕掛の玩具と同じカテゴリーに入れられてしまう存在でした。

日本人は仏教の影響を受けたせいもあっておよそ生きとし生けるものには魂があると考える。「一寸《いっすん》の虫にも五分《ごぶ》の魂」と格言にも申します。もっとも仏教の影響以前からの神道的雰囲気もあって日本には「仏作って魂入れず」などという格言もございます。この格言に見られる霊魂観は仏教的というよりは神道的らしうございます。ところがキリスト教の霊魂観はそれとは違います。西洋人は虫を長いこと自動人形 automaton と同一視してきた。人形にはもちろん魂はありません。虫にも魂はないと西洋人は考えてきた。それだから皆さん soul of man とはいえるが、soul of insect というとなんだか英語らしく響きません。当然古代ギリシャ人や日本人と違って、西洋人の虫に対する同情や共感は薄いものになる。ラ・フォンテーヌの『寓話』中の虫は人間の代りに喋っているまでで一向に虫らしくありません。英国の詩人は蝶や蜂はまだしも詩に歌ったが、蟋蟀《こおろぎ》や蟬について歌った人はいたって少い。それは気候風土とも関係がありましょうが、根本には霊魂観に違いがあったためでしょう。

ハーンはその違いに気がついた。そして虫をはじめ生きとし生けるものに憐みの情を覚えていたハーンは、日本の神道的ないしは仏教的雰囲気にひたってほっとしたところがありました。「一寸の虫にも五分の魂」という諺は、小さく弱い者にもそれ相応の意地があるから侮りがたい、という意味で私どもは使いますが、ハーンはそうした諺としての意味よりも、日本人が虫にも魂を認めているというその事がまず嬉しかった。それでその諺を冒頭に引いて『草ひばり』という一文を晩年に書きました。私はこの文章を読むとハーンにとっての仏教は、雨森が言うのと違って、単なる衣裳以上のもっと本質に迫ったものではないか、という気がしてなりません。ハーンはまた「樹木にも魂がある」と書いた人で牛込時代、瘤寺の杉の大木が三本も倒された時は自分が刃物で切られるように悲しみました。私は「樹霊」という言葉が好きなものですが、日本の多くの皆さまもこのような霊魂観を内心ではよしとされているのではないでしょうか。有史以前から生えている楠の老樹に民族の永生の象徴をお感じの方もおられましょう。樹にも霊があり、虫にも魂がある……

さて随筆は草ひばりという小さなこおろぎの一種の記述的描写で始ります。

しかし、いつも日が沈む時分になると彼の極めて小さな魂が目を覚ます。そうなると部屋中にえも言われぬ美しさを湛えた繊細で神秘な音楽が広がり始める。極端に小さな電鈴《ベル》の響きとでも言おうか、細く、かぼそく銀《しろがね》のすずしい音色《ねいろ》で震え波立つ調べを響かせる。夕闇が深まるにつれてその音は美しさを増す。時折りその音は盛り上がって家全体が小さな不気味な共鳴で打ち震えるように思われるくらい――また時折りは次第に細くなって繊細極まる、かすかな声となる。しかし、高いときにも、低いときにも、この虫の声は物にしみ透ってゆく異様な音色をもっている。……ひと晩中この微小なものはそんな風に歌うのだ。その声は寺の鐘が夜明けの時刻を告げるときに至ってようやく止む。

この「彼の極めて小さな魂」は英語で the infinitesimal soul of him と書いてある。ハーンはこの虫の歌に前世の命を思い、来世の命を思います。草ひばりがなぜ鳴くかといえば雌を求めるから鳴くのでしょう。だが鉢の中で孵《かえ》された草ひばりはかつて雌を見たこともない。それなのに歌をうたうのは「種の有機的な記憶の歌」をうたうからでしょう。

ハーンは夜ごとに鳴くその虫にあわれを覚えました。嘆くような、美しい声で鳴きますが応答は来ません。それでハーンは雌の草ひばりを買ってやろうと捜しにかかりましたが、もう時期が遅すぎました。虫売りの商人は笑って、

「草ひばりでしたら九月二十日頃に死んでるはずですよ」

と言いました。しかし草ひばりは温いストーヴのあるハーンの書斎で結局、十一月の木になってもまだ鳴いておりました。それが、

昨晩――十一月二十九日だったが――机の前に坐っていたとき私は奇妙な感じがした。部屋の中がなんとなく空虚である。それから草ひばりがいつもと違って鳴かないのに気がついた。

虫は、石のように固く干からびた茄子《なす》の傍で死んで転がっていました。書生が休暇で帰った留守の間に女中が餌をやるのを忘れたためでした。それでいて、死ぬすぐ前の晩にも草ひばりは素晴らしい声で歌ったのでした。

「なんと雄々しく最後まで彼は歌ったことだろう」

とハーンは心動かされました。酷《むご》いことですが、最後に自分自身の脚も食べてしまっていた。その草ひばりを見た時、ハーンは自分に残された僅かの命を歌い尽す運命を自身も予感して、最後に一言書き添えます、草ひばりだけの運命ではない、「世の中には歌うために自分で自分の心臓を食らわなくてはならない人間の姿をしたこおろぎもいるのである」。

そしてハーンもじきに亡くなるのですが、このような文章に接すると私には英語で書かれた仏教文学という気がしてなりません。ハーンは仏教的情緒に近いところに来た作家だったといってもよいのではないでしょうか。私は前にも小泉八雲を論じてやはり「草ひばりの歌」で結びとしましたが、今回はその小品にも比較文化論的考察のひそむことをあらためて感じた次第です。ハーンは右の一文で、虫の魂には最初は一度 soul の語を当て、後には欧米読者の違和感を考慮してのことでしょう、ghost の語をずっと当てています。

だが言葉はなにであれ、ハーンは魂の世界、霊の世界に耳を澄して心を傾けた人でした。それだからこそ霊の文学である怪談にあれだけの真実をこめることの出来た作家だったのです。そのハーンを不可知論者だったと断定するにはやはり抵抗を覚えます。いま小泉八雲の霊はどこにいるのでしょう。以前に引いたと同じ挿話でこの講話も終えさせていただきます。

明治三十七年の秋も小泉家では松虫を飼っていました。九月も末近くなり松虫は少し声を枯らしました。ハーンは節子に向って言いました。

「あの小さい虫、よき音して、鳴いてくれました。私なんぼ喜びました。しかし、だんだん寒くなつて来ました。知つてゐますか、知つてゐませんか、すぐに死なねばならぬといふことを。気の毒ですね、可哀相な虫」

夫婦は縁側で、

「この頃の温い日に、草むらの中にそつと放してやりませう」

と約束しました。

ハーンはその数日後、九月二十六日、狭心症で亡くなりました。五十四年三カ月の命でありました。

あとがき

本書の成立について説明させていただきます。

Lafcadio Hearn の日本語名については、小泉節子の夫として語る時のように日本の文脈にうまくおさまる際は小泉八雲の名前を用いました。しかし来日以前であるとか、英語文学者として論じる時とか、ケーベルのような西洋人と並べる時などはラフカディオ・ハーンないしはハーンを用いました。なおラフカヂオ・ヘルンとする呼名は明治期に行われたリンカーンをリンコルンと書いたと同じ変則的日本語表記であります。小泉家周辺ではヘルンさんと呼び本人も好んだ由でありますが、私は取りませんでした。引用もハーンで統一させていただきました。

第一章の「小泉八雲と神々の世界」は筑波大学の研究会で、第二章から第六章までは各種の学会や講演会、また東京大学教養学科で講義いたしました。最初に筑波で講演した際、『諸君！』編集部の立林昭彦氏が傍聴にみえ、その場で講演筆記を雑誌に掲載することを所望されました。初めがそうであったため『諸君！』昭和六十二年五月号から十二月号までみな講演口調のままで通して連載されました。この口調が平明で親しみがもてる、という読者の反響もございましたが、実際の講演でもままあるとおり、口癖というかリズムの関係で「ありました」調と「あった」調の混同が生じ、あるいはお目ざわりお耳ざわりのことかと思います。しかし私はその語勢をなるべくそのまま生かそうといたしました。

この連続講義の聴講学生の感想は、レポートの形で出していただきましたが、少数の反撥から多数の共感にいたるまで、すこぶる活潑なものでした。最終の第七章には聴講者諸氏の質疑への回答をとりまとめて書きましたが、ほかの章でも紙面と文脈の許す限り、私の意見を後から補足してございます。

その感想の中で、教室での講義の際には英文・和文をはじめとするプリントが配られ、その分析が綿密に行われたが、雑誌連載の際はその原資料が減り、代って個人的な意見がいろいろつけ加えられている。これは比較文化論的考察を特定のオピニオン主張のための道具として使ったのではないか、という批判がありました。『諸君！』は学術誌ではありませんから、学術論文の形式を踏んで考察を掲載できないことは止むをえません。しかしたとい学術論文として発表する場合であろうとも、教室で読んだように英文・和文を長く引用できないし、また引用するべきではないと思います。それでも本書では資料の出典はできるだけ明示いたしました。またハーンの『孟沂の話』については拙訳を付録に掲げ参考に供しました。

ここでアカデミズムとジャーナリズムの関係について私見を述べますと、私は日本のジャーナリズムが学問的裏付のある試論を次々と掲げることで、論壇に新風を吹きこむことを望む者です。拙論に対しては一部に時事問題から縁遠い比較文化論をジャーナリスティックな月刊誌に載せるのはなじまない、という近視眼的な批評も出たかに仄聞いたしました。しかしかなりの数の読者がこの種の射程距離の長い論を好感をもって迎えてくださいました。私は大学教授は自己の専門領域内に自足することなく、学問的成果をジャーナリズムの中へ還元し、その競争場裡に自己の学問の価値を確認することを望む者です。大学人の責務には学識を平明に一般読者に伝えることにもあると思います。

それから私は自分自身の見解をあわせ述べることもやはり大切かと思い、私のオピニオンも述べました。ハーンと日本に関する比較文化論的考察をそれ自体で完結したものとせず、今日のさまざまの問題を論じるきっかけとしたのはそのためです。それはハーンが提起した論題にコンパスの一脚を据え、比較論の他の一脚を次々と外へひろげたからでありましょう。その際、前者と後者の結び付きが違和感を与えるものでなく、自然ですなおであれば、比較文化論的考察のその種の拡大的応用は許されてよいことではないでしょうか。

ここで小泉八雲と私とのふれあいに触れておきます。英語で最初に読んだのは中学二年の時ですが、学問的な仕事としては『小泉八雲作品集』(全三巻、河出書房新社、昭和五十一年〜二年)の共訳、『小泉八雲——西洋脱出の夢』(新潮社、昭和五十六年、『平川祐弘著作集』第十巻)、『破られた友情——ハーンとチェンバレンの日本理解』(新潮社、昭和六十二年、『平川祐弘著作集』第十一巻)の著書および英語とフランス語で発表した論文が六点ございます。その知識を踏まえての論であって、特定のオピニオンを支持するために比較文化論的考察を行ったわけではありません。

私は自分の主張が今日のある種の風潮に対する異議申立てとなっていることは承知しております。「日本の女とアメリカの女」の章の内容はフィラデルフィアのみならず、その後、淡水の第五屆國際比較文学会の席上でも、力点を変えて、発表いたしました。その際も、アメリカ人の学者たちはあからさまに異論がある、という表情を示しました。質問の手もあがりました。しかし東洋の学者たち、とくに韓国、中国の学者たちが次々と平川解釈を支持してフェミニスト解釈を斥けたために反論は立消えとなりました。同一の論文でも発表の場によって反応がこのように違うことこそ文化の多様性を証するものでありましょう。平川のその英語論文は米国の学術雑誌へ送れば歓迎されないかもしれません。しかし中国では拍手もひとしきり盛んでありました。それでその地の *Tamkang Review*, 1987-1988 に掲載していただくことにいたしました。もっとも率直に申して、儒教圏の学者の文芸作品に対する過度に倫理主義的な批評——『和解』は妻を捨ててはいけないという教えを説いた作品である、といった見方——には、フェミニストたちの倫理主義的な批評と同様、内心私は辟易いたしました。文学には男女の性にまつわるファンタジーを許す自由はあってよいことと信じます。

雑誌『諸君!』の投書欄には連載中から読者の意見が幾度も出ましたが、一九八八年二月号には「平川論文『小泉八雲とカミガミの世界』を読んで」という特集があり、法学の長尾龍一教授と民俗学の宮田登教授が長文の批評をお寄せくださいました。まず長尾教授は「平川論文はハーンの再話を通して、徹底的な自己犠牲に堪える日本女性を少々美化している。古風な心根の女への郷愁が、その背景となる社会制度の正当化を含意するなら賛成できない」とし、『和解』の女主人公を良しとする読者は「もちろん男である」と決めつけておられます。私は過去の社会制度の復活を求めている者ではありません。制度という皮相的なるものの変化にもかかわらず日本文化の底辺に流れている心性を考慮せよ、と申しているのです。また女性の社会進出を認めていないわけではありません。子供や家庭や社会に犠牲を強いることなく進出する方策を唱えているのです。別の言い方をすると、私は、日本人の合意のおよそ存在しないようなフェミニズムを「米国ではこうだから」という「進歩」の名において他人に強制することには無理がある、と申しているのです。俗な言葉を使えば「突っ張ってはいけない」ということです。なお私は日本の女の読者の多くも『和解』のヒロインのような女の優しさを良しとし、米国のラディカルなフェミニストたちの『和解』解釈を拒否している、と信じます。私の講義には東京大学の女子学生も多数出席いたしましたが「愛は死よりも強し」の解釈を「怨は死よりも強し」の解釈よりおおむね好んでおりました。私事にわたりますが、義弟が亡くなる前、まだものを読む力のわずかにあったころ、この論を読んで面白がってくれたのも、いまは思い出です。私は右の特集で宮田登教授が述べられた「日本で女は三界に家がない――などというものの、女性はそれなりに力をもっていたのではないか。柳田国男の『妹の力』にみるように女性にある崇敬を意識していたのがこの国の伝統である」という民俗学者の説に、大和島根の文化のより深層にいりこんだ、私どもの無意識の領界に眠っていたなにかを言い当てられた気がいたしました。

私は知性に訴えるとともに心情をも揺り動かす学問を愛します。私自身のことを述べて恐縮ですが、いまを去る二十七年前の昔、二十代の最後の年に私は修士論文を単行本にまとめて世に問うという僥倖に恵まれました。その『ルネサンスの詩』が先日講談社学術文庫に収められた際に読み返したのですが（現在は『平川祐弘著作集』第十九巻)、その巻頭に「神道の単純清潔な審美眼に長く養われてきた日本人には」という句が出てきたのには我ながら驚きました。あのころの私は二十代の半ば以上をヨーロッパで暮して西洋に浸りきっていたのです。それなのにその生得の審美感覚が当時の私にとってもやはり西洋芸術を批評する一つのクライテリオンになっていたのです。その神道的審美感覚の規準がいかにもすなおであったからこそ右の句も自然に口をついて出たのでしょう。およそ神道的なるものが日本のインテリの間で忌避されていた千九百五十年代にそんなことを書いた自分は無意識裡にやはり自分自身に忠実だったのだな、と感じました。私は戦後、日本の論壇で行われてきた、一切の現象を「進歩的」と「封建的」とに二分するような安直な、表面的な説明よりも、もっと本音の部分が聞きたい。それで日本の女についても民俗学者宮田教授の御説明に真実を感じて有難く耳を傾けた次第です。

さてそのような諸家の御批判や温い反応に支えられて連載を了え、一冊の書物とすることが出来ました。連載に際しては毎回、締切より一月早く原稿をお送りし、ゲラ刷りも一月早く出していただいて、さらに推敲するよう心掛けました。締切に追われて安手な論を書き飛ばすのは世の評論家の通弊です。そのような陥穽にだけは嵌《はま》るまいと思って、原稿を用意し、講義し、また訂正して、内外の眼にさらして、慎重を期したつもりです。それでもなおこの異端の試論には誤りが多く、種々の偏見が見られるに相違ありません。実は私はアーサー・ウェイリーが清の詩人袁枚《えんばい》を評した句、「あの男はひどく偏見があるから、それが面白い」が好きな者です。しかしあまりに個性的な見解はお好みにならぬ読者もまたおられるかと存じます。御不快をおかけしました節は、なにとぞお怒りにならずに、これも民主主義国における言論の自由とお考えの上、御寛恕くださいますようお願い申しあげます。誤りはいつでも訂正する所存です。

『諸君!』編集部の立林昭彦氏には一月早い原稿提出と二回にわたる校正とで人一倍の御足労を煩わせました。資料調査の面では島根大学の銭本健二、静岡大学の村松真一、富山大学の平田純、村井文夫、広島大学の水島裕雅、またとくに小泉時の諸氏の御助力を得ました。講演会発表の件では梶谷泰之、川崎寿彦、野中涼、中西進、キンヤ・ツルタ、ムルハン千栄子、上野景福、林連祥の諸氏の御好意にあずかりました。書物とするに際しては鈴木重遠氏を煩わせました。

文藝春秋社から出た私の比較文化エッセイ集には『東の橘　西のオレンジ』があります。今回は小泉八雲を中心に据えたため前回よりまとまりがよくなりましたが、かなり性質の近い書物です。それで装丁も対になるよう按配していただきました。この七つ違いの姉妹が揃いましたことにも有難く御礼申しあげます。

一九八八年三月六日

人間を東西の歴史と文化全体から捉えようとした傑作

遠田　勝

『小泉八雲と神々の世界』は、著者「あとがき」にあるように、講演会や研究会などの発表をもとに、雑誌『諸君！』に連載されたという経緯もあって、親しみやすい「です」「ます」調で書かれている。それで、最初から最後まで一気に面白く読めてしまうので、学術的に少し手加減されているのかなと思う方がおられるかもしれない。しかし、ここが平川祐弘先生の畏るべきところで、この本には一般の学術論文など足下にも及ばない、アカデミックな発見と今後の研究への鋭い示唆が随所にちりばめられているのである。

全篇をとりあげるわけにもいかないので、表題作の「小泉八雲と神々の世界」に絞って見てみよう。これはひとことでいえば、ハーンの『日本――一つの解明』の再評価のための論考で、そのもっとも重要な論証は後半部分、つまり、第五節「『古代都市』」、第六節「『祖先崇拝と日本の法』」、第七節「『日本――一つの解明』」、第八節「フュステルとの違い」の四つの節に置かれている。ここで論じられているハーンとフュステル・ド・クーランジュの関係、そしてフュステルの明治の法思想への影響は、発表当時、ほとんど手つかずの領域で、それから三十年近く経た現在も、これに匹敵する論文のない空前絶後の独創的研究なのである。

ただし、この後半部の学術的価値は、明快達意の本文を一読すればおのずからわかることで、ここで解説する必要はないだろう。むしろわたしが注意しておきたいのは、その前の第一節から第四節までの前半部の重要性で、これを多くの方は、たんなる導入部として読み流してしまうのではないかと心配しているのである。わたしはこの論考を発表当時から幾度も読んでいて、とくにハーンと神道の関係を論じるさいには、必ずといっていいほど、その前に読み返すようにしている。それはこの論考の前半部のためで、ここに現れている、ハーンと神道のかかわりを、可能なかぎり多様な文化的・歴史的角度から、そして今日的な問題意識から、柔軟に立体的に捉えようとする著者の姿勢をできるだけ自分のなかに取り入れたいと願うからなのである。

この論考の第一節「なぜ『古事記』の世界に惹かれたか」と第二節「古代から伝わるもの」では、まずハーンの特異な生い立ちと自己形成過程が論じられている。とりわけ、ギリシャ人の母親への愛慕と、その母親を裏切った父親が、近代西洋の産業資本主義とキリスト教・帝国主義思想と同一視される過程が、抽象的議論や伝記的事実の羅列におちいることなく、史伝のようにきびきびとした文体で語られている。つぎに松江に赴任してからの神道体験、出雲大社ほか数多の神社参拝と日々の神道習俗への参与観察が、ヨーロッパ・アメリカでの過酷な体験とは対照的な穏やかな文体で、ハーンの名作スケッチからの引用をまじえながら、印象的に再現されている。重要なのは、これらの記述の一つ一つが、この論考の後半部のために周到に用意された「伏線」になっていることである。

第三節の「あらひと神」では、「生き神様」と、その主人公である、安政の大津波の被災者救援に力を尽くした濱口梧陵をとりあげ、神道における人を神に祀る習俗を論じ、この作品が第二次世界大戦後の占領軍司令部の天皇制理解に役だった話が語られる。つづいて、第四節「Ghostlyということ」においては、ハーン文学の頂点をなす怪談物語の誕生が、神道に代表される、日本の豊饒な霊的風土があってのことだと説明する。結論部からさかのぼって読み直せば、この論考の前半に無駄な節はひとつも見当たらないのである。

『日本――一つの解明』の再評価のために、なぜこのような広い視野、ハーンの生涯と全作品からおもむろに焦点をしぼっていくような語り口が必要なのか。それは『日本――一つの解明』が、たとえば「雪女」や「耳なし芳一」あるいは「神々の国の首都」などとは違って、単独で読んで、あるいは、単一の評価の基準を当てはめれば、その作品の価値がわかる作品ではないからである。もっとはっきりいえば、ハーンの全著作のなかでも極めつきの問題作、ハーン研究者でさえも論じることをためらう、扱いの難しい作品だからである。だからこそ、わたしは平川先生がこれをさらりと一般読者向けの講演口調で論じきっていることに瞠目せざるをえないのである。

『日本――一つの解明』の問題点については、わたしは以前『小泉八雲事典』（平川祐弘編、恒文社）で以下のようなことを記した。この本は、日本社会の発展を歴史的に追う形で、西洋と対比しながら、日本人の倫理・道徳を解明したものであるが、それまでのハーンの日本論と根本的に異なり、上代から近代にいたる通史的なパースペクティヴのなかで、論証が展開されている。しかし、ハーンが当時この分野で利用できた英語文献の数は、きわめて限られていた。神道についてはチェンバレン、サトウ、アストンらイギリス系のジャパノロジストたちの研究・翻訳がわずかに存在していたが、この本の主題である上代日本の家族制度や祖霊崇拝については、信頼できる英文の資料などほとんどなかったのではないかと推測される。その無理がたたって、この本には今日の学問的水準からみて致命的ともいえるような誤りが多く書かれることになった。

ホーリスティックな日本論で、上代から現代（明治時代）までを日本語ができない外国人が協力者なしで著述したとなると、その作品が「学術的」に失敗するのは当然である。しかし、英語で書かれた日本論のまだ珍しかった当時、ハーンという著名な作家が記した日本論は好評をもって英米の読書界に迎えられ、「日本研究者」としてハーンの名声は、これによって定着してしまう。しかし、時を経て、海外における日本研究が進むにつれ、『日本――一つの解明』の「学術的」な評価は下がっていき、日本の敗戦と神道への政治的禁圧よって受けた大きなダメージから今なお回復していない。

もちろん、「小泉八雲と神々の世界」の著者は、このような露骨な言い方こそしていないが、それでも文中の至る所で、この作品の学問的弱点を的確に指摘している。しかし、それでも、と著者は付け加えている。

それでも、この本は読むべき価値があるのだ、日本理解へのもっとも貴重な貢献のひとつなのだというのである。

私はハーンの『日本――一つの解明』は日本文化を全体的に捉えようとした試みであるが、その結論抽出の作業が、古代日本の資料から発しているというより、フュステル・ド・クーランジュの『古代都市』とのアナロジーから発している点にやはり弱みを感じます。……しかしそれでも日本人の宗教心をよく感得している（文藝春秋社版、七〇–七一頁）。

ハーンは日本の家庭でのお詣りの特徴は優しさと恩に感ずる心にあると思った。それでセンチメンタリズムもなしとしないが、三千年前のギリシャの家庭にも、右のような優しさを無証明で想定したのです。それは厳密にいえば学問的推論ではなかった。それは……夢に似た代償行為であったとも申せましょう（七六頁）。

なるほどハーンの日希比較論ともいえる『日本――一つの解明』がアマチュアリズムの産物であることは事実です。しかしそのような知的冒険をあえてしたハーンに対して私はやはり敬意を表するものです（九〇頁）。

また読むうちに日本人としてナルシシスティックな、自己満足におちいる人もいる。しかしそれではいけないのだ、と私は思います。私どもがハーンを範にして学ぶべきことは、ハーンが日本の心を摑んだごとく我々日本人もまた外国の心を摑むようつとめるべきだ、ということだと思うのですが、いかがでしょう（九四頁）。

アナロジー、センチメンタリズム、アマチュアリズム、と厳しい言葉を使いながらも、さまざまな制約と悪条件のなかでハーンが取り組んだ日本研究の成果を、著者はきちんと分別したうえで、最大級の賞賛をもって評価している。わたしは、こうした批評は、この論文におけるフュステル・ド・クーランジュとの関係の解明に等しい学術的価値をもつものだと思う。そして、これら言葉は、ハーンという人間を東西の歴史と文化全体から捉えようとする著者の幅広い視野と教養から生まれた批評であって、現代のアカデミズムの、レーザー光のように凶暴な単焦点の視野からは決して生まれない評価だろうと思うのである。

最後にこの論考の魅力について、もうひとつ付け加えておきたい。

著者は第七節において、平田篤胤の『玉襷』の著名な一節「すべての人間の霊魂と云ものは、千代常磐につくる事なく、消る事なく、墓所にもあれ、祭屋にもあれ、その祭る処に、きつと居る事ぞ」の一節と、それに対するハーンの説明をひき、さらに別の説明もあると前置きしたうえで、こんな一節を付け加えている。

> このようにして祖先は自分の家の者の間に残っている。目にこそ見えないがそこに居ることに変りはない。祖先は家族の一部と成り、その父でもある。永遠に不死なる、幸深き神として、彼は地上に遺してきた生者たちの運命に関心を寄せる。彼は人々がなにを必要とするかを知悉し、人々が困った時、手助けをする（六九頁）。

読者は、当然この一節は、平田篤胤に依拠したハーンの説明だろうと思う。ところが、ここで著者は意外な種明かしをする。

この祖先崇拝についての説明も、日本人の心性をいかにも上手に説き明かしているかに読めますが、実はこれはフュステル・ド・クーランジュが古代の信仰を論じた条りをわたしが訳してここに入れてみたので、フュステルは地中海世界の古い家族の宗教について語ったのでした（六九頁）。

多言語を自在にあやつる著者ならではの手のこんだ悪戯であるが、同時に、平田の説く祖霊の世界とフュステルの描く古代ギリシャがいかに弁別不能か、これほど鮮やかに証明した文章をわたしは他に見たことがない。

「ああ、同じだ」

「ほんとうにそっくりだ」

ハーンが『日本——一つの解明』で伝えようとした思いはここに極まるのであって、この感動を、論証という形式によらず、直接、読者に体験させてしまう平川先生の語りは、学術論文というよりは、芸術に近いものだと思う。

（神戸大学教授）

ラフカディオ・ハーン——植民地化・キリスト教化・文明開化——

まえがき（『ラフカディオ・ハーン——植民地化・キリスト教化・文明開化』、ミネルヴァ書房版、二〇〇四年）

私は学者・文章家として運に恵まれた者かと思う。ハーン関係については、過去に評伝として『小泉八雲——西洋脱出の夢』（新潮社、一九八一年）、ハーンとチェンバレンの日本理解の相違について『破られた友情』（新潮社、一九八七年）、ハーンを通して日本を比較文化論的に考察した一連の論として『小泉八雲とカミガミの世界』（文藝春秋、一九八八年）、日本人の霊の世界の稀有な理解者としてのハーンについて『オリエンタルな夢——小泉八雲と霊の世界』（筑摩書房、一九九六年）、また英文編著として *Rediscovering Lafcadio Hearn*（Global Books，一九九七年）を出したほか、近くまた同社から *Lafcadio Hearn in International Perspectives* も出る予定となっている（二〇〇七年に出版された。またフランス語研究書としては Sukehiro Hirakawa, *À la recherche de l'identité japonaise—le shintō in interprété par les écrivains européens*, Paris: L'Harmattan, 2012 が出版された）。『小泉八雲名作選集』の翻訳は六冊とも幸い講談社学術文庫で版を重ねている。しかし何度か版を重ねた私のハーン研究の日本語著書の方は二〇〇三年現在、ことごとく品切れとなってしまった。残念に思っていた時、ミネルヴァ書房から『ラフカディオ・ハーン』を出してはいかがかというお誘いを受けた。それで従来とはきわめて異なる視角からハーンを論じた文章をこの一冊にまとめることとした。かつては日本国内に限定され、もっぱら小泉八雲として扱われたハーンの意味を斬新な地球大の視野の中で見直したと著者はいささか自負している。

本書のオリジナリティーは「植民地主義以後の視点から」ハーンを再評価し、文明混淆の時代である二十一世紀にハーンの人と作品が新たに持ち始めた重要性を説いた比較文化史的考察にある（第Ⅰ部）。またハーンの人と作品を瞼の母との関係で説き明かした点にある（第Ⅱ部）。いずれも比較文化関係論、英語でいえば intercultural relations の中で小泉八雲ことラフカディオ・ハーンを捉えなおした。それらの経緯は「あとがき」に詳述したので、「まえがき」には初出についてのみふれておきたい。

第Ⅰ部はマルティニークでの国際学会に備えて下調べを重ねるうちに開けてきた新しい歴史認識である。第一章は『諸君！』（二〇〇〇年七・八・九月号）に、第二章は『比較文学研究』「特輯クレオール文学」号（72号、一九九八年）に掲載した。第三章は日本比較文学会ならびに台湾大学主催の「後殖民主義——台湾与日本」で発表した。第Ⅱ部のギリシャの母を論じた第四章はアテネ大学での学会に備えて考えた問題点である。『國文學』ハーン特集号（學燈社、一九九八年八月）に発表した。母への甘えが切実であるからこそハーンの文章は日本の読者の心にしみいるのだと私は考える。第五章はハーンの小説『チータ』と『ユーマ』を『カリブの女』（河出書房新社、一九九九年）の題の下に訳出した際に草した一文であり、第六章は講談社学術文庫から『光は東方より』を訳出した一九九九年に付した解説に手を加えた。第七章は熊本大学小泉八雲研究会編『続ラフカディオ・ハーン再考』（恒文社、一九九九年）に寄稿した一文である。最後の第Ⅲ部第八章の「ハーンの『草ひばり』と漱石の『文鳥』」は一九九七年東京大学創立記念講演で話し、後に大手前大学大学院博士課程開設記念の席で方法論的反省の問題としてとりあげた。エクスプリカシオン・ド・テクストという文章精読が私の人文学の出発点である。傍聴にみえた関係各位の御好意で、私はいまその大手前大学で教えている。教室や学会や公開講演の場で演練を積んだ後、活字にするというのが私の『和魂洋才の系譜』（河出書房新社、一九七一年）以来の変らぬ方針だが、質問なりコメントなり感想なりで私を啓発してくれた学生諸氏はじめ老若の同僚、内外の知友にこの場を借りて深くお礼申しあげたい。

ハーンを学ぶことで私は内外のえがたい友をえた。またハーンを調べることで、私は世界の中の日本の宗教文化や民俗文化を再考するという学問的新境地にはいりこんだ。そして逆説的だが、そのために地球の裏側まで英語やフランス語で再三講演に行くこととなった。

二〇〇四年はハーン没後百年に当るが、命日の前日九月二十五日（土）九時半からは東大駒場キャンパスで「世界の中のラフカディオ・ハーン」が、二十六日（日）は早大井深大ホールで「混淆文化の国、クレオール日本」が、二十九日（水）は西宮の大手前大学で「西洋人の神道発見」、さらに松江、熊本などで国際会議が予定されている。皆さまのお出でをお待ちする次第である。若いころの私は自分の比較研究者としての人生がこのような地球大の軌跡を描くとは予想だにしなかった。ギリシャやマルティニークや隠岐の海で泳いだ青く晴れた日々がなにか夢のようである。

二〇〇三年九月二十一日

平川祐弘

第Ⅰ部　植民地化・キリスト教化・文明開化

第一章　ハーンが読んだラバ神父の『マルティニーク紀行』

神さまは、どこにもいます、風のよう、
その御姿は見えないが、体にさわる、風のよう、
時には海をくつがえす。

＊

ぼくにはいない母さんも、
ぼくにはいない父さんも、
鳥も小鳥も糞《くそ》たれる
ぼくの頭に糞たれる。

＊

鵞鳥《がちょう》は鵞鳥、鴨《かも》は鴨、
おんなじ仕事のはずがない。

＊

おまえ笑うな、嘲るな、
俺はかぞえた、おまえの歯、
口に何本あるかさえ、
おまえが俺を笑う前。

（ハーンが採集したクレオール語の俚諺《りげん》）

1　ハーン復活

近年、大学文学科や文壇ジャーナリズムで世界的に話題となっているポスト・コロニアルの文化状況を、小泉八雲ことラフカディオ・ハーン（Lafcadio Hearn 一八五〇-一九〇四）の問題意識を通して、非西洋の側からあらためて見直し、再定義してみたい。そしてハーン・リヴァイヴァルの意味を、さまざまな国際的見地から三点測量を行なうことで、明らかにしてみたい。

ハーンはいまから一世紀前、時流に抗して、西洋による植民地化・キリスト教化・文明開化の事業が何を意味するか非西洋の立場からも見なければならぬ、と西洋人に向けて主張した。

「公平な立場から東洋の生活と思想とを研究しようという西洋人は、同時に東洋人の見地から西洋の生活や思想を考究してみなくてはならぬ。こうした比較研究の結果は、当の研究者本人に少なからぬ反省を迫ることだろう」（『永遠に女性的なるもの』*Out of the East* に収む、一八九五年）。そしてほかならぬその相対主義的な主張のために、キリスト教絶対主義の西洋人宣教師たちからは嫌われた。日本人の愛読者にとっては意想外なことだろうが、ハーンの名前はキリスト教牧師の家庭ではしばしばタブーであり、在日の宣教師の家庭で育った西洋人子弟には、ハーンを読む機会を与えられずに成長した人が存外多い。

それだけではない。ハーンは、オリエンタリストと呼ばれた西洋人東洋研究者たちからも、ややもすれば蔑視された。西洋的思考のみが普遍的であるとする正統派のオリエンタリストにしてみれば、日本に帰化して小泉八雲と名乗ったハーンは西洋社会からの落ちこぼれであった。そんな英国国籍を捨てた異端の人への評価は、二十世紀初年の作家ハーンへの高評価がまるで夢でもあったかのように、英米の文学史でもやがて下降した。とくに一九三〇年代、軍国日本の評判が国際社会で下がるとともに下がった。英語圏でハーンはなにしろ日本そのもののように思われていたから、世界が日本を好意的な目で見ていたうちは良かったが、満洲事変勃発後、世界が日本を敵視し始めるや、ハーンの評判の逆転と転落もまたすばやかったのである。西洋人の評価をそのまま鵜呑みにしやすい日本知識人の間でも、当然のことながら、ハーン評価は下がった。やがて戦後、ハーンの弟子筋が日本の英文学界の第一線から退くにつれて、ハーンは日本の大学の英文科でもいつしか軽視された。ただしそうした確執や反撥や黙殺の動向とはおよそ無縁な、日本の庶民や市井の愛好家の間では、『怪談』や『心』の著者小泉八雲の人気は衰えることはなかった。そうした意味では日本人はハーンをすなおに愛し続けて今日に及んでいる、といえよう。そしてそうこうするうちに、ポスト・コロニアリズムの時代にはいるに及んで、世界的にハーンの人気はふたたび蘇ってきた。それは内外におけるハーン関係図書の出版状況に照らして言えるリヴァイヴァルである。二〇〇〇年六月二十四日東大本郷キャンパス山上会館でハーン生誕百五十周年記念国際シンポジウムが行なわれたが、非常な盛況であった。私は来賓のアイルランド大使や旧同僚の前で大いに面目をほどこした。それもまた地球大のハーン再評価の兆しといえよう。

ではハーンその人は、具体的に、どのように植民地化・キリスト教化・文明開化の問題を見ていたのか。ハーンの観点の特色は何なのか。英国の半植民地と化していたギリシャの島に生れ、アイルランドやイギリス北部やフランスで育った彼だが、西洋のれっきとした植民地へ行ったと自覚したのは来日以前の一八八七年、三十七歳の夏である。住民の大部分が黒人や混血児のフランス領西インド諸島で二年足らず暮したのだが、そのマルティニーク島 Martinique でハーンは一体何を見聞きしたのか。そしてその際、参考にして読んだ、ラバ神父の『マルティニーク紀行』とはどのような作品なのか。そのラバがなぜハーンにとって偉大な反面教師となりえたのか。ポストコロニアル「植民地以後」の次元に入る前に「植民地化」コロナイゼーションについての現地報告として不朽の傑作といわれるフランス人神父の紀行文を一瞥し、その歴史知識を頭の一隅に入れておいてから、ハーン復活の今日的意味を探る本論に入ることにしたい。

つまり、本章には、まず下地にラバ神父の『マルティニーク紀行』が原資料としてあり、その上にそのラバ神父の本をマルティニークで読んで反応してから来日したハーンがあり、さらにそうした実地ならびに読書体験をふまえて来日したハーンを比較文化史的に鳥瞰する平川の論がある。読者は筆者とともに、その三層構造の中を行きつ戻りつすることになる。部分部分の話の面白さに気を取られて、なにとぞ標題の問題の全体を見落とすことのないように願いたい。

2 ラバ神父植民地へ行く

大西洋横断の旅

一六九三年十一月末、三十七隻から成るフランスの帆船の船団は、四十四門の大砲を備えた旗艦オピニアートル号に従い、ラ・ロシェルの港を出航した。目指すは大西洋の彼方に点在するフランス領植民地である。白人入植者が黒人奴隷をアフリカから運ばせて、カリブ海地域に住み着いてからほぼ半世紀が経っていた。私たちの主人公ジャン・バティスト・ラバ神父（Jean Baptiste Labat, 一六六三―一七三八）を乗せたラ・ロワール号はその中のアンティーユ諸島中のマルティニーク島を目指していた。木造帆船には乗組員が八十名、マルティニーク派遣用の新兵が三十名、乗客が二十五名、そのうちラバなどカトリック司祭は四名が乗っていた。ラバのために用意された寝室はラ・ロワール号の火薬庫内で、ベッドは二門の大砲の中央にしつらえられている。舷側には砲口用の穴が四十あいているが、大砲は二十門しか装備されていない。ただし口径は大きかった。それだけ艤装《ぎそう》の整った武装商船だから、キャプテンのド・ラ・エロニエールについては船長でなく艦長と呼びたい。ラバは、ラ・ロワール号でその艦長の食卓で食事することを許された十二人の一人となった。まず船中の食事の様をラバの記録に従って報告しよう。

最初の日から鑑長は私たちの席を決め、給仕が同じナプキンを出せるよう、席をけっして変えないようにと注意した。そのナプキンは週に二回ずつ取り替えるとのことだった。艦長は同席の相客に向って、船に居る四名の聖職者に対し礼を失することのないようきちんと敬意を表するように申し渡した。乗組員一同に対しても同じ事を強く注意した。朝早くまずお祈りをする。その後でふだんは艦附きの司祭か自分の仲間の一人かがミサをあげる。日曜や祭日は、時間が許すなら私たち四人ともあげる。

ミサが終るやすぐ食卓につく。朝食には普通、ハム、パテ、ラグー、フリカセ、バター、チーズ、それに有難い事に結構な葡萄酒がつく。パンは朝も晩も焼き立てが出る。昼飯は航海士が止午に太陽の高さを観測した後に出る。鳥のゆで肉のポタージュ、アイルランド牛の胸肉、塩煮豚、生鮮な羊と仔牛肉、その後に若鶏のフリカセその他。給仕はその三皿を片付けた後に今度は焼肉一皿とラグー二種類、サラダ二種類を出す。デザートとしてチーズ、果物の砂糖煮何種類か、生鮮果物、栗、ジャム。毎日船中でサラダを食べていると聞いて驚く人もいるだろうが、船にはビート、プルピエ、クレソン、酢づけの胡瓜がたんまり積んである。野生の菊ぢさが根に土をつけたまま大きな箱二つにいっぱいはいっている。これには昼夜番兵がついて、鼠や水夫にやられないよう警戒している。その大箱の菊ぢさを一箱食べ終えると、そこにレタスや蕪《かぶ》の種を蒔く。だんだん大きくなるのが目の楽しみで、マルティニークに着くまでにそちらもおいしく頂戴した。

夕食は昼食とほぼ同じ。リキュール酒は豊富に揃っていたから、遠慮せずにいただいた。艦長は二十四本入りのケースを二箱持って居た。ある日皆がリキュールを聞こし召した後、給仕長がケースの一つを鍵で閉め鍵を持ち去るのを見て、艦長は給仕長を呼びとめ、二つともケースの鍵を開けさせると、鍵を海中に投じて「この酒類は自分の食卓の客人に好きなように飲んでいただくものだし、だれも部屋に勝手にはいらないから鍵を掛けるには及ばない」と言った（p.26-27、出典は第一章第6節参照）。

手持ちのリキュール酒を艦長や艦長に見習った船客のように鷹揚に振舞わず、下手な口実を設けて自分の酒は自分用に取っておこうとした記録係の小役人は、食事のたびに相客に嘲《あざけ》られただけではない。悪戯な若者連中が勝手に鍵を開けてしまった。若造どもはリキュールを船員たちに大盤振舞いをした挙句、なにくわぬ顔をして空瓶に海水をつめて元へ戻したりした。

西暦一六九三年は日本でいえば元禄六年で、芭蕉が東北・北陸地方を旅した直後である。そんな鎖国時代であっただけに、ルイ十四世末期のフランスがどのように海外発展していたか、そんな有様などおよそ知るところがなかった。それはなにも同時代の日本人が知らなかったばかりではない。今日でも日本人はほとんど知らないというのが本当のところであろう。第一、そんな昔からこんな御馳走を大西洋上で食べていたとは、食通の仏文学者もゆめ御存知なかったにちがいない。実は食事こそカルチャー・ショックの最たるものだ。私は昭和二十年代の末にフランス郵船のトゥーリスト・クラスで渡欧した「洋行世代」の留学生の一人だが、戦中戦後、食糧は配給制度の下で育ち、それまでコースの洋食などおよそ食べつけなかった者だけに、横浜で乗船して仏日間の食事の格差に圧倒された。葡萄酒は好きなだけ飲み放題だったが、なにしろ全然飲んだことがなかったので、向いに坐ったフランス人の尼様ほども飲めなかった。そうした驚きは、幕末に渡欧した渋沢栄一が上海でフランス船に乗り、食後アイスクリームを出されて驚嘆した様に似ていた。しかし渋沢が渡欧する百七十年前、フランス人の船客はすでにこんな食事を取っていたのである。ラバ神父は稀代の大食らいの美食家だが、いま彼のメニューを見て、はしなくもフランス郵船の食堂に列した若き日の自分を思い出すのである。

ちなみにルイ大王当時のフランスはヨーロッパ第一の大国で、欧州の人間の四人に一人はフランス人であった。いまでは二十五人に一人くらいの割合であろうか。ただし第一の大国といっても十七世紀末のフランスはあくまで陸軍大国であって、海軍国としてはイギリスが大西洋の覇権を握ろうとしていた。

イギリス艦との海戦

護送船団を組むのは、ばらばらに行くと、イギリスの海軍だか海賊だかの襲撃が怖ろしいからである。それでも船団は行く先別に大西洋上で分かれる。南米のフランス領ギアナを目指す船もある。途中ではぐれる船も次々に出る。一度、船団の旗艦へ御馳走に招かれたド・ラ・エロニエール艦長が帰る途中、ボートが霧に包まれて、大西洋上でしばらく迷子になるという珍事もあった（p.25）。

航海すること二ヵ月、一六九四年一月二十八日の夜明け、ラ・ロワール号は船を一隻発見した（p.34）。はぐれた僚船が見つかったと一同歓声をあげ、帆を満帆に掲げてその船影を追った。と同時に陸地も見え出した。マルティニーク島である。航海士たちは喜んだ。もう目的地に到着する頃と思いはじめてから一週間が経っており、あるいは島を行き過ぎてしまったか、という不安にとらわれていたからである。しかし見つけたと思った船は僚船ではなかった。ラ・ロワール号と同じくらい大きい、きちんと艤装した軍艦で、様子が怪しい。風上に立とうとしている。直ちに戦闘準備に入り、小銃を船首楼に運び上げた。それが済むとお祈りを唱え、乗組員全員に朝食と昼食を一緒に出した。そうしながらも帆という帆を張って、陸地を目指して急いだ。正午近く敵艦はこちらの大砲の射程内にまで近づいて来た。イギリス艦で大砲を五十四門装備していることがはっきりと確認できる。いまにも襲撃しに来るかと思ったが、こちらの船にも大砲がデッキとデッキの間に装備してあり、舷側の窓が閉めてある。これは敵艦をおびき寄せておいてから一斉砲撃を浴びせる罠《わな》と警戒したのだろう、あるいはこうした武装商船と交戦しても得にはならないと判断したのだろう、旋回して遠ざかり、こちらが追跡態勢に移るかどうか様子を窺おうとしている。ところがこちらが陸地目指してひた走りに走るものだから、フランス側に攻撃する意図はなく逃げる気だとわかった。そのためか、午後三時ごろ敵艦はまた艦首をめぐらしてこちらを追尾し始めた。探りを入れることも出来る距離に近づいたが、どうやら夜まで待つつもりらしい。

六時頃に雨が降り、銃器を一旦船首楼の下にしまうことを余儀なくされる。祈りを唱え、まず乗組員に夕飯を食わせ、それから船客も食事した。三時間も敵艦が近づかないのは先方も操舵《そうだ》がうまく行かないのだろうと判断し、このままならラ・ロワール号は明朝には安全な泊地《はくち》に着けると思った。ラバ神父たちは夕食後チェスに興じた。雨模様で三日月かその翌晩の視界は暗い。じきに真暗となった。水兵たちはハンモックを直している。その時船尾の見張の水兵が叫んだ。以下ラバの紀行から直訳する。

「帆が見える、帆が横手に見えるぞ」

私は即座にチェスをやめ、室外に出て驚いた。敵艦は大砲の射程の四分の一の距離に見えるではないか。直ちにまた戦闘態勢にはいった。こうなればどうしても一戦交えねばならぬ。四枚の主帆と後檣帆《こうしょうはん》とだけを使うこととし、他の帆は巻き上げた。しばらくして向うが一発打ってきた。敵艦は舷側のあらゆる窓に一斉に明りをともした。それでもって我が方を威嚇《いかく》したつもりらしい。こちらの船尾に近づいてさらに三発発射し、さらに進んで我が方の進路と直角になった時、舷側砲で一斉射撃をしてきた。その時こちらも砲撃を開始した。……こちらは陸地に近づこうとする。敵艦は我らが行く手を遮ろうとする。それでいよいよ舷舷相摩《げんげんあいま》すという状況におちいった。ラ・ロワール号にはおよそ五十人ほどの銃兵がいる。弾を込めた小銃は束ねて目の前に置いてある。それでもって猛烈な連射を浴びせたものだから、四十五分も経たぬうちにイギリス側に六十名の死傷者が出た。そのような損失に加えて英艦には三個所穴が開き、水が流れ込む。動きも活潑でなくなった。……結局英艦の前方をこちらが通り抜けたが、目の前だったから檣楼《しょうろう》トップにいた榴弾兵《りゅうだんへい》が榴弾を打ちこんで多数を殺傷した（p.35）。

この英艦チェスター号との海戦は夜九時から翌日の午前一時まで続き、ラバ神父の戦闘模様の記述もまだ続く。それというのはラバ神父その人に軍人の素質があり、戦闘の細部への関心があるからで、ラバ神父は後にその数々の武勲によっても世に知られる僧侶なのである。

海岸の住民は沖合の砲声に気づき、戦闘が終るや沖をめざしてボートを漕いで近づいてきた。彼らはラ・ロワール号の到着を待ちわびていた植民者たちである。続けて果物を積んだボートや武装した連中を乗せたボートもやって来た。英艦がもしまた引き返して来るなら、ラ・ロワール号に上がって小銃でもって敵と戦おうという六十名ほどのフランス移民たちの有志である。しかしそれより魚の料理や焼き立てのパンが届けられたことが、たいへん有難かった。それというのは船の厨房は敵弾でぶち壊されてしまったからである。マクーバの沖合で英艦と海戦を交えたのだが、夜明けとともにラ・ロワール号は陸地に近づく。

島は一個の恐るべき山から成るのみと思われた。それがいたるところ断崖絶壁で裂け目がついている。好ましいものとしてはわずかに緑があるだけで、緑の草木がいたるところで眼に映じた。それは私には新鮮であり快適でもあった。一年の内の冬という時候を考えればとくにそうである（p.38）。

そうこうするうちに家や砂糖精製用の水車が山の麓に長い列をなして貼りついているのが見えてきた。サン・ピエールの町だ。

大勢の黒人が乗り込んでくる。身につけているものは布製の猿股だけだ。たまに帽子をかぶった者もいる。何人かは背中に鞭で打たれた痕がついている。慣れてない連中はしきりと気の毒がったりした。しかしたちまち慣れてなんとも思わなくなるものだ。早目に昼飯が出る。その後で髭を剃る。新しい衣服に着替え黒い祭服を着用する。外科医、給仕長、料理長、ボートの漕ぎ手、自分の世話をしてくれた水夫などにチップをはずむ。ド・ラ・エロニエール艦長に厚意を謝し、上陸する（p.38）。

サン・ピエール上陸

ラバ神父は一六九四年一月二十九日金曜午後三時ごろ、フランスを出帆して六十三日目にサン・ピエールに上陸した。まず乗客は全員揃ってドミニコ会の教会へ行き、無事に航海を終えたことを神に感謝した。それから教会の脇にある修道院に腰を落着けた。黒い祭服は説教する時以外は当地では着用しないから脱ぐようにとこの島の上長のカバソン神父から注意された。官民のお偉いさんに次々と紹介される。託されてきた手紙類を渡す。島に最初に渡ったフランス女性はもう八十歳の未亡人で、その子や孫がレモンや蜜柑《みかん》のジュースなどを出してくれる。島には民兵組織もある。サン・ピエールという名は一六六五年に築かれた要塞に由来するが、その要塞は敵に備えるよりも白人系住民の暴動に対処するためだったという。

ラバ神父は島の生活を要領よく叙していく。到着後すぐ、修道院長の命令で、風土に慣れるためにマクーバへ送られる。当時はそこが島の最上の健康地と考えられていたのである。マクーバでは早速自分で図面を引いて教会を再建した。彼は農園の管理者としてだけでなく、技師、機械屋、発明家としても仕事に精出す。有能なラバはいたるところでひっぱりだこだ。水路工事を指導し、水車を造る。ラバが書いた砂糖製造に関する論文は、その後百五十年間その種の最良の文献として通用した由である。

やがてラバ神父はマルティニーク島をくまなく旅したが、恐ろしいのは黄熱病《おうねつびょう》だ。しかし、「シャム病」(mal de Siam) として当時知られた黄熱病の病状を記述する時でさえも、ラバの筆致には笑いが絶えない。致命的な病状は最後にこうした観察でしめくくられる。

この病気の都合のいいところは、すこぶる短い時間のうちに人を召し上げてしまうことで、せいぜい六、七日で一件は落着《らくちゃく》してしまう（p.41）。

ラバ神父自身もマルティニーク滞在中二回この伝染病に罹り、一回目は血を吐いたが四日間の高熱で治り、二回目は七、八日間危篤の状態におちいった。定められた時間だけ寝台に寝ていることを命ぜられたが、それを拒んで起き出してはミサを唱え、そのため祭壇で失神した。しかしこの身体強壮な男はその数日後にはふたたび馬に跨って山中へ猛暑をついて旅に出た。旅に出た理由として次のような観察を書いている。病気に罹った当初は、その辺は蟻だらけだったのが、自分の身辺からは蟻が一匹もいなくなってしまった。「蟻が逃げると人も死ぬ」とその土地では信じられていた。ところが高熱の危篤状態を脱すると、蟻が再びかってきて猛烈に嚙みつく。それで助かったと思ってまた旅に出たのである（p.196）。ラバ神父については、「（あの方は）お蔭様であらゆる悪から解き放たれました」と付添いが全快を報じると、世間からは「さては奴はめでたく死んだか」と勘違いされるような、そんな人物なのである。ラバ神父があけすけに語る話はおよそ遠慮がなくて面白い。本論にはいる前にフランス人にまつわる話と黒人にまつわる話をなお各一件だけ紹介しておきたい。

二人の御婦人の和解

ラバ神父はたちまち土地の気候にも慣れ、フランス人入植者の生活にも通じるようになった。アメリカ南部がそうであったように、入植者の生活は貴族主義的で、神父たちは午餐に招かれたりもする。その人間付き合いの記述がおよそ偽善的でない。ラバ神父は人心の機微を解するなかなかの仁《じん》である。

たとえばこんな話もある。五月二日にラバ神父はブルトン神父の館に招かれた。食卓で「サント・マリー教区の歴代の宣教師や司祭たちが仲直りさせることのできなかった二人の人の和解についに成功しました」とロマネー神父が語り出した。「二人は明日、さる中立的な場所で和解の抱擁をいたします」。列席者はロマネー神父の熱意と説得の巧みさを褒めたたえた。しかしその二人が女で、明朝ミサに来る折に偶然教会の草地でばったり出会ったふりをして、そこで互いに謝罪し、抱擁して和解する手筈だ、と聞いた時、なにそううまく行くものか、という気がむらむらとラバ神父の心中に湧いた。ロマネーにこの件についての自分の考えの一端を伝えずにいられなくなり「二人の女にそうした場で口を利かせたら、必ずまた喧嘩になります。もしかするとあなたまで巻き添えを喰うかもしれません」と予言した。以下自分の予言が当って得意然たるラバ神父である。

翌朝、私たちは朝早くミサをあげ、その二人の女の出会いを今か今かと待ち構えた。教会の草地を見渡せる庭の端のベンチに神父たちは全員腰掛けた。出会いの場面を見物しようとしてである。私は見るだけでは満足できず何と言うかが聞きたくて、本を一冊取り出すと、草地へ降りて、二人が出会うであろう場所の見当をつけて、坐りこんだ。しばらくしてビロー・ド・ラ・ポムレー未亡人が現れた。この人は実は私たちの近所に住む、はなはだ取り扱いにくい人物なのだ。ロマネー神父がすぐに側へ行ってお話をしてもてなしながら相手を待っている。相手はガブリエル・ラサン氏の夫人で、こちらは遠方からお越しだから、馬に乗ってやって来た。ロマネー司祭から数歩離れたところで馬から下り、歩いて相手を抱擁しに来た。相手も数歩その方へ歩み出た。そこまでは万事首尾良し、と思われた。自分もさては予測がはずれたかと思ったが、ロマネーがそこでさっさと口をきけばいいものを、二人に話をさせたものだから、まずかった。最初に二人が交わした言葉を聞いた時から、これは喧嘩の再開まちがいなし、とわかった。それぞれ長年の仲違いを詫び、両者の間にあった誤解を詫びたが、次第次第に言葉が激して罵りあいとなり、しまいにはたがいに相手の髪を引っ摑まんばかりである。そこでロマネー司祭が迂闊《うかつ》にも「お二人とも司祭を前にして失礼です」と言ったものだから、今度は女どもは二人とも一緒になってロマネーに向って罵《ば》詈雑言《りぞうごん》を浴びせ、余計なお節介を焼くからだとなじりはじめた。向うの方で神父たちが私に行って司祭を助けてやれと合図している。ちょっと行きかねたが、これ以上放置すると事態が悪くなること必定《ひつじょう》なので、仲裁に入った。ちょうど潮時だった。ロマネー司祭はどうしていいか見当もつかずおたおたしている。私は二人のもめごとの詳細には一切耳を貸さず、ただただ仲直りをするよう勧め、お二人の間には誤解があっただけでお二人とも道理をわきまえたお方ですから、こんな事に仲裁が要るはずもありません、取るにも足らぬ事なのですから、お二人のような賢くてわきまえのあるお方がこんな事で仲違いをするはずはありません、と言った。

ロマネーが気の毒に面目を失墜し、皆の嘲笑の的となったことはいうまでもない。私は「私の教区で仲違いが生じたらあなたを呼びにやって仲裁をお願いしますから、またそうした必要が生じた際にはあなたに頼むよう同僚全員に伝えますから、その節は宜しく」と言った。その日はトリニテのマルテリ神父のところへ午餐に招かれていたので、馬に乗りながらさらに「途中で何某夫人のお宅に寄るけれども、そこでしかじかという女性に会うはずです」と言ったら、勘の鈍いロマネーも私が奴をおどしていることにやっと気がついた。というのはその二人の女に何か言えば、二人のお喋りで一事が万事すべて島中に知れ渡るというので有名だったからである。ロマネーは「どうか内緒にしてください」と私に懇願した。「公表しないにしてはこの話は良すぎて惜しいですが、自分は融通の利く男だから、しかるべき贈物さえくだされば黙っておきます」と言ったら、全員が爆笑した（p.88-99）。

ラバ神父は人が悪い。しかし人間通で有能だ。その翌日にはブルトン神父とかたらってラサン夫人とラ・ポムレー夫人の和解を実際に実現してしまうのである。二人が抱擁した後、相手よりも落度の多かった弱みをラバ神父につかまれたラサン夫人が相手の足元に身を投げて許しを乞うと、ラ・ポムレー夫人も跪いて、互いに許しを乞い、以後仲良くすることを誓い合った。ロマネー司祭の面目は丸潰れだが、それでも礼は言った、とラバは笑いながら書いている。

神父と神父の仲が綺麗事で済まないことを世間は薄々知っている。しかし日本人の司祭や牧師の日記にこんな人間喜劇のリアリスティックな記述は見当らないだろう。植民地の白人社会の様が目に見えるようである。

黒人奴隷のメランコリア

ラバ神父は三十歳となった一六九三年、「宣教師を求む」という教団の回状を読んでマルティニーク行きを志願したドミニコ会士だが、それ以前はナンシーで哲学と幾何学などを教えていた。ラ・ロワール号上でも艦長に数学を教授した。建築家で司祭館や庭も作れば、砂糖精製工場も建てる、要塞も築く。その設計図は初版本にはたくさん載っている。博物学者としての記述はまことに詳しい。そうした諸点ではラバは啓蒙の世紀の先駆者で、百科全書家の面影を十分に宿している。ラバの『マルティニーク紀行』はフランスの植民地行政関係者の間では仏領西インド諸島百科事典として読みつがれてきたことであろう。ラバはいってみれば王道楽土の建設者の模範的巨人としてフランスの人名事典にはおおむね記載されていた。

ではこの有能な実務家は、アフリカから連れて来られた黒人奴隷をどのように観察したか。

ラバ神父は一度マルティニーク在留のフランス人から贈物として黒人奴隷をもらったことがある。アフリカ南海岸のミーヌ王国から連れて来られた十二、三歳の少年だったという。南海岸とはギニア海岸を指すのであろうが、正確な場所はわからない。ところがラバに仕えていたもう一人の黒人奴隷がその少年が土を食べていることに気づいた。ラバはそれをやめさせようとするが、手だてがない。アフリカのその地方から連れて来られた黒人はしばしば「黒いメランコリア」と呼ばれる病いに罹り、大した理由がなくとも、絶望して首を縊《くく》ったり、喉を切ったりする。それは主人に対する嫌がらせなのだという。しかも死ねば自分たちの故国へ帰れると信じているから、手がつけられない。ラバ神父は少年奴隷の死について次のように書いている。

もう回復の望みがなくなった時になって、少年奴隷の悲嘆の原因が何かようやくわかった。少年には兄弟がいて、もとは自分の近所の人の持物だった。二人とも何も言わないから兄弟だとわからず、別れ別れとなり同じ主人の家にいることができないことが悲嘆の原因だと見破ることもできなかったのである。二人を一緒にしてやるぐらいいたって簡単だったのだが。それで二人とも故国の両親のもとに帰るために死ぬ決心をしたのだ。この結構な計画を遂行するために二人は土を食べ出したので、家の奴隷が先に死んだ。その兄弟も数日後に後を追った。こういう風に自分から死ぬのは良くないと叱ったら、少年は泣き出して、御主人様は好きですが、父親のもとに帰りたいから、と言った。いろいろ教え諭して、洗礼もしたが、そうした「死んだら故国へ帰れるという」思いこみを取り除くことはできなかった（p.107）。

黒人奴隷が自殺する率はイギリス人のプランテーションの方が高かった。「主人がそれだけ奴隷に辛く当ったからだ」とラバは当事者が外国人だと、責任は黒人奴隷でなく、白人にあることを認め客観的に書いている。だがそんなに死なれては、砂糖の精製もはかどらず、儲けにならない。セイント・クリストファー島の英国人クリップス少佐はそこで集団で首を縊りに森の中へ逃げ込んだ奴隷たちの後を追った。手下に命じて砂糖精製の道具を載せた車も森の中まで引かせて来た。自分も手に首縊り用の綱を持ち、こう言った。「自分はお前たちの故郷にも大きな土地を買い、そこにも砂糖精製工場を作るつもりだから、集団自殺するなら勝手にするがいい。自分も自殺して一緒について行く。自分は部下をもうアフリカに派遣して最初に首を縊った奴らにはすでに足に鉄の鎖をはめさせて働かせている。お前らも今度こそは昼といわず夜といわず、日曜も土曜もなしに働かせるがそれでもいいな」と言った。それればかりかクリップスは皆に「さあ早く首を縊れ」とせきたてた。すると動揺が起り、奴隷たちはクリップスの足元に身を投げて、もう故郷へは帰ろうと思わないから、帰った連中をここへ連れ戻して欲しい、と懇願した。

さらにはこんな手だてを講じたフランス人農園主ブリオーの話も出ている。

それはまことに見事な手だてだった。縊死《いし》した奴隷の頭と両手を切り落として鉄製の籠に入れ、それを中庭の樹にぶら下げておいたのである。黒人どもの考えでは、死者は土に埋められると、夜、死者の霊が体を取りに来て一緒に故国へ持って帰る。ところがこのブリオーという男は奴隷たちに向って「首を吊《つ》りたければ、吊るがいい。しかし故郷に帰っても首はなし、手はなしだ。見えず、聞えず、話せず、食えず、仕事は出来ず、みじめったらしいが、ざまを見ろだ」と悪態をついた。黒人たちは最初のうちはブリオーの言い分を嘲笑《あざわら》って、死んだ連中は必ず頭や手を取り戻しに来ると言い張っていたが、頭や手がいつまでも鉄の籠の中にそのままなのを見て、ブリオー様は当初思っていたよりよほどしたたかな強い人だと合点して、ああした不幸な目にさらされている仲間の二の舞はするまいと思って、首を縊って死ぬのはやめるようになった（p.108-109）。

ラバ神父の『マルティニーク紀行』にはこんな話も出てくるのである。しかし冒頭に引いたハーンがノー

トに書き留めたクレオール語の俚諺、

ぼくにはいない母さんも、
ほくにはいない父さんも、
鳥も小鳥も糞《くそ》たれる
ぼくの頭に糞たれる。

これは先の土を食って自殺した、両親から引き離されて売られた奴隷少年のようなメランコリックな背景があってこそ生れた嘆き節だということを忘れてはならない。そこには安寿と厨子王の悲劇もふくまれていたのだ。

一方の白人女性のいさかいはパリの社交界さながらで、他方の黒人奴隷の首縊りはアフリカ暗黒大陸以上にむごたらしい。しかしこれまでの白黒とりまぜてのエピソードは、いずれもこれから述べる比較文化史的考察のために選んで差し出した前菜のようなものと御承知願いたい。

3　キリスト教文明本位の見方

台湾の場合、マルティニーク島の場合

本論にはいろう。比較文化史的に並行して問題の枠組を設定してみる。

日本の統治時代の台湾について、内地人であった作家が旅行してどのような観察をし、どのような紀行文を書いたか。その植民地文学の問題についての研究が、島田謹二教授の古典的な『華麗島文学志』（執筆は一九四四年以前、刊行は一九九五年、明治書院）をはじめ、近年次々と出版されている。ポスト・コロニアル文学という問題が世界的に脚光を浴びるようになった以上、「植民地以後」に先立つ植民地文学そのものへの関心が高まるのは自然な成行きだろう。

ところで私がいま扱いはじめた問題は、日本が台湾を統治するより二百年ほど前、フランスが統治を開始したころのマルティニークの話である。カリブ海の植民地へ、同じく内地人というか本国人であったラバ神父が行って、どのような観察をし、事業をし、どのような旅行記を書き留めたか、ということが出発点で、参考までに三、四のエピソードをとりあえず紹介した。

巨視的に見ると、台湾紀行とマルティニーク紀行という二つの旅行記は同じジャンルに属する。状況に共通点がある。並べてみると、描かれた対象にも植民地として並行例がいくつも認められる。たとえば、日本人は台湾を属領にして、台北に台湾神社を建てた。第二次世界大戦後、中国国民党軍は台湾神社を取壊した（宋美齢はそこに圓山大飯店という豪華ホテルを建てた）。日本が植民地に建てた神社は日本支配の象徴だという非難が聞かれる。しかしマクロスコピカルに比較考察すれば、フランスが植民地に建てたキリスト教の教会も西洋の非西洋支配の象徴であり、本質的に同類の文明史的征服事業であったことがわかる。しかし海外におけるキリスト教の教会の建設や西洋の植民地化の事業に対しては、文明開化の事業であるとしてポジティヴに評価し、日本のそれに対しては帝国主義の事業としてネガティヴに評価する傾きが世間にないわけではない。それはなにも西洋の宣教関係者の中だけでなく、日本や韓国のキリスト教関係者、いわゆるミッション系左翼の間にもまま見受けられる歪んだ傾きである。確かに時系列の上では二世紀以上の差があったが、だがだからといって一方を是とし、他方を非とすることは、やはりバランスを失した、わが仏尊しの見方なのではあるまいか。というか、わがキリスト尊しの、bigoterie（凝り固まった信心）ともいうべき、偏した見方なのではあるまいか。

総督府・大聖堂・大ホテル

西洋の植民地化政策には三点セットがあった。香港、ヴィクトリア、マニラ、サイゴンなどで今日、観光の名所と化している偉観は、おおむね旧総督府の大建築、キリスト教の大聖堂、大広場に面した大ホテルだが、それはフランス領西インド諸島の首府だったサン・ピエールについても、規模こそ小さいが、同じだった。この三つはコロナイジング・ミッション、クリスチアナイジング・ミッション、シヴィライジング・ミッション（colonizing mission, Christianizing mission, civilizing mission）をそれぞれ象徴した建造物だったのである。そのような一連の植民地化・キリスト教化の事業に文明開化の事業としての側面があったことは確かに否定しがたい。三つのミッションが三重に重なった帝国主義の大発展は、その当時の支配者たちにとっては輝かしい国運の隆昌であり、海外への進出であった。

ポスト・コロニアリズムの今日、帝国主義的膨脹を否定的に見ることは日本では一般的な社会通念となっている。その点は自国の帝国としての過去を肯定視する傾向の強い英国などとはいささか趣《おもむ》きを異にする。イギリスにはいまでも植民地化の事業とは白人が遅れた人種の重荷を代りに背負ってやったのだ、というキップリングのいわゆる「白人の重荷」（white man's burden）の思想を口にする人がいる。マーガレット・サッチャーは一九八八年九月二十日、英国首相としてベルギーで全欧州の政治家を前にして、ヨーロッパ人がわかち持った共通の過去の体験を肯定し、次のように言い切った。「ヨーロッパ人がいかにこの世界の多くの土地を探検し、植民地化し――そして私はなんら釈明することなく申しあげます――文明開化したかは、まことにすばらしい勇気と才覚の物語でありました」。念の為に原文も掲げる。"For instance, the story of how Europeans explored and colonised and——yes, without apology——civilised much of the world is an extraordinary tale of talent and valour."

オードリー・ヘップバーンが主演した『尼僧物語』は、ベルギーの植民地化政策がキリスト教化の事業であることを讃えた名画だった。そして、当時はガボンで宣教と医療に従事したシュヴァイツァーなど日本でも聖者として崇められていた。しかしあの映画が製作された一九五〇年代の末頃からアジア・アフリカの植民地は宗主国の支配から次々と離脱していたのである。そしてシュヴァイツァーなどに対しても別様の評価を下す急進的な人々も出てきたのだ。しかし西ヨーロッパには植民地化の事業をもっぱら文明史観の枠内で語る伝統が根強い。イギリスとかフランスはもはや植民地大国ではなくなったけれども、表向きは敗戦国ではなかったから、過去の歴史に対する価値の唐突な逆転というものは見られなかった。というか変化そのものは、シンガポール陥落や蘭領東インドの独立、ディエンビエンフーの降伏やアルジェリア事変など実際には進行していたのだが、西洋における価値観の変動そのものは徐々に起った。そのために、我が国の昭和二十年におけるような、昨日まで使っていた歴史教科書を今日は墨で塗りつぶす、というような騒ぎはなかったのである。

それに反して日本では、戦前戦中と戦後とでは価値判断においていちじるしく懸隔がある。それは一つには敗戦国民として他者から歴史について新しい価値観を強制されたためという側面もあったであろう。戦争の悲惨に対する日本人自身の反撥も過去の否定を容易ならしめたであろう。強者の言い分に追従するという国民性もあったであろう。史上初めての敗戦にたいして日本人には心の準備がなく、新聞やテレビをはじめとして戦後民主主義者は安直に過去を否定した。もっとも日本帝国について過去の価値観が完全に逆転したかというと、深層心理においては必ずしもそうはいえない面がある。

そもそもこの「帝国」、empireという言葉そのものが、日本語に限らず英語や中国語においても、アンビヴァレントな含蓄を持っている。光と影の両面を備えているといってもいい。帝国主義は諸悪の根源のようにいわれるが、ニューヨークのエンパイア・ステート・ビルディングとか東京の帝国ホテルとかいうように「エンパイア」「帝国」という名前はつい先年まで、いや一部ではいまもなお、輝かしい余韻を響かせている。

私も子供のころは帝国大学と聞くとそれこそ最高学府であるかのように感じたものである。西洋帝国主義を罵倒する中国人にしてからが、明・清の大帝国にはある種の郷愁を覚えている。かつて清帝国の版図であった地域は、西蔵と呼ぶチベットも新疆と呼ぶウイグル人の土地も台湾も、すべて中華の国の不可分の領土だといいはる尊大な態度は大中華帝国主義そのものだろう。そのような語感を響かせた「帝国」と「帝国主義」ではあった。いや私たちだけでなく、旧植民地の人々の間にも、かつて台北帝国大学や京城帝国大学を卒業したことを誇りに思う気持は強かったのである。それはインドの独立指導者ネルーやシンガポールの初代首相のリー・クワンユーらがイギリスのケンブリッジやオックスフォード大学を出たことを誇りにしたのと同様、きわめて自然で素直な気持であったろう。

ところで私が言いたいのは、そのような文明の膨脹過程で、キリスト教化の名のもとに西洋人によって行なわれた植民地化の事業のみはこれを全面的に肯定しても良いことか、といういたって単純率直な問いである。西洋人によって行なわれた事業とて、良かれ悪しかれ、所詮日本人によって行なわれた総督府、神社、大和ホテルの建設と同類の事業だったのではあるまいか。それとも私のこの疑義提示には、問題設定そのものに、どこか誤りがあるのだろうか。

キリスト教文明本位に偏した見方

そのような危惧《きぐ》の念を述べるのはほかでもない。先ほど来、話題としている人物はフランス人のカトリック神父である。実はそのジャン・バティスト・ラバなる宣教師をとりあげることによって、いまなおこの地球社会に根強い西洋キリスト教文明本位に偏した見方に私はいささか異議を申し立てるつもりなのだ。

近年、オリエンタリズムという言葉が広く用いられるようになったが、エドワード・サイードによって一九七八年以来新しい意味を帯びるようになったこの言葉は「オリエントに対するヨーロッパの思考と支配の様式をいう」とされたが、別様にわかりやすくいえば「非西洋に対する西洋キリスト教文明本位に偏した見方をいう」と敷衍《ふえん》して使うことも許されよう。オリエントとは本来オクシデントでない地域という定義だからである。それだからこそ、古代ローマ人が地中海の東の果てAsiaと呼んだ土地のさらに東に新しい地域が次々と見つかるにつれて、当初のオリエントは西洋人によってまず近東と呼び改められ、その先に中近東や、中東や、遠東や、はては極東までがあらわれたのである。それは西洋を中心として出来あがった地理上の分類区分なのである。「亜細亜」という漢語はAsiaという横文字に十七世紀初頭、イエズス会士のマッテオ・リッチらが当て字としてつけたものなのだ。

そのような西洋中心にものを見る傾向のなお根強い今日の世界であるとするならば、日本などの非西洋から発信する比較研究には、旧来の西洋本位の見方にひそむ欠陥を突く反論も時には含まれて良いことではあるまいか。また西洋で出来上がった学問の体系区分や価値判断にたとい従わずとも、反駁を論理的に正当に説明できる限りは、反論を試みてもよいことではあるまいか。ただしその際、弱者の強がりに類した空疎な大言壮語はもとより厳に慎まなければならない。

このラバ神父の『マルティニーク紀行』は二つの意味で興味深い。第一はフランス文学の一大傑作として取り上げるると、これは読者を抱腹絶倒させる物語である。奇想天外の面白さだが、フィクションではなく実話である。それだから、さらに迫真力がある。しかもその筆力が只者でない。この旅行記はフランス文学名作選集ともいうべきプレイアッド叢書に入れてはいかがかという話が何度も出るくらいの大傑作なのだ。当然、在来のフランス文学の枠内でラバを取り扱うこともできる。現に私も日本フランス文学会の席上で一度紹介したことがある。しかしそうはいっても、西洋でできた一国単位の西洋文学研究の枠組にとらわれている限りは、このラバ神父を反面教師として使ったラフカディオ・ハーンについてまで語ることは憚《はばか》られる。それというのもフランス語作家ではないハーンをフランス文学会でとりあげることは、学問的規律の枠組をはみ出る以上、許されないことであるからだ。

という次第で、ラバ神父の『紀行』は第二の比較文化論的見地からとりあげる方が妥当であり、かつより興味深い。少なくともその方が、ラバを論じて私の研究者としての主体性を存分に生かすことができる。「ハーンが読んだラバ神父のマルティニーク紀行」として異文化研究者ハーンに焦点を絞り、外国人の日本研究の根本姿勢に触れることもできる。とくに大切なことは、西洋で出来あがった価値体系の外に出て、日本人である自分自身の目で問題点を見つめ直すこともできる。これから話題とすることは、従来、西洋中心主義の思考の枠組にはめられてしまった人々によって——その人たちの中には西洋人だけでなく日本知識人も多いが——惰性的に踏襲され、尊重されてきた西洋起源の価値体系そのものの有効性を再吟味することでもあるからだ。

では私の関心の要《かなめ》とは具体的には何か。

ハーンはマルティニークへ行った時にこのラバの『紀行』を丹念に読んで、島の生活の上でも、現地の観察の上でも、作品執筆の上でも、なにかと利用した。とくに興味をそそられるのは、宗教問題というか宣教問題については、ハーンはこのカトリック宣教師の報告を完全に反面教師として利用したことである。そのことがハーンのマルティニーク観察のみか、来日後のハーンの日本観察にもたいへん裨益《ひえき》した。そうした宣教師的偏見とその偏見排除というういまなおデリケートな問題に主眼を置いてラバとハーンについて語りたい。

文化多元主義と宗教多元主義

このような問題提起をするについては訳がある。近年地球が狭くなり、複数の文化が接触する機会が急激にふえた。そのために一面では異文化の同化吸収が行なわれているが、他面では複数文化間の摩擦軋轢《あつれき》がいよいよ激しくなり始めた。グロバリゼーションの進行と並行するように、異文化理解の必要が唱えられ、

cultural studies が盛んとなった。カナダとかオーストラリアのような移民で構成される国では、「複数文化社会」multi-cultural society が理想社会であるかのように言われ出した。

しかし困ったことに、複数文化の共存の問題はそんな掛け声だけで解決できるほど簡単ではない。キリスト教文化とかイスラム教文化とか仏教文化とかいわれるように、文化は起源的に宗教と密接に結びついている。もしマルチ・カルチュラル・ソサイアティーが人類の理想の社会であるならば、文化は宗教の名を冠し、宗教に根ざして発達したことを示している以上、「複数文化社会」や「文化多元主義」の理想を掲げる人は、論理的にはさらに一歩を進めて「複数宗教社会」(multi-religious society)を理想として打ち出さねばならないはずである。しかし積極的にそのようなマルチ・リリジャス・ソサイアティーの理想を掲げる人や社会や国家が多いかというと、いまだに多くは見当らない。それというのは、宗教者とはあくまで自己の信仰を正しいと信ずる人たちであるから、他人の信仰の自由は承認するにせよ、それはあくまで消極的な、やむを得ず認めるという受身的な寛容の立場に発するものだからである。宗教者としては己の信仰を他の人の信仰より価値的には上位に置くのが素直で自然なのだ。それだから宗教のごった煮のような「複数宗教社会」「宗教多元主義」などということは、積極的に言い出したくないのであろう。「文化多元主義」を主張する人の中で、「宗教多元主義」まで深入りする学者はまだ聞いたことがない。

かつて白人系アングロ・サクソンのプロテスタント系アメリカ人は米国を「メルティング・ポット」と呼んだ。さまざまな背景の移民をアメリカという新天地の坩堝《るつぼ》で熱して融かして一つの国民に仕立てるという理想の melting pot であった。しかしそれは新来の移民をあくまで米国の主流に同化させようという狙いの坩堝であって、さまざまな宗教を融かし合ってプロテスタンティズム以外の宗教に仕立てようなどということではゆめゆめなかった。

ところが宗教について複数の共存を容認する考え方もないわけではない。その折衷主義的な中途半端な状態を示す恰好の例は、実は私たちの身辺にある。団地が広く建設される以前は、日本の過半数の家庭では一家の中に神棚と仏壇が共存していた。私などはそのアンビヴァレントな共存をむしろ良しとする者だが、しかしそう言った途端に非インテリ扱いをされたものである。なにしろそのような「だらしのない」宗教的風俗を目して、日本人の信仰が不徹底である証拠とし、日本人の宗教態度を非難する内外のクリスチャンがいる。日本の裁判所の判決文においてさえも、日本人の国民性の欠点であるかのようにキリスト教徒の一判事によって指摘されたこともあった。

しかしそのような特定の宗教にこりかたまることを善とするかのような口吻《こうふん》から、逆に思い浮ぶのは、そのような複数宗教共存批判が出てくる背景にましますー神教の「嫉妬する神」の排他性という性格ではないだろうか。ちなみに「嫉妬する神」とは英訳聖書の jealous God の直訳で、この従来の訳語の方が新共同訳の「熱情の神」より正確と信じる。

だがここで宗教論争に深入りするつもりはない。それより問題の主眼である宗教と異文化理解との関係にはいりたい。より具体的にいうと、キリスト教宣教と日本理解との関係とは何であったかを振返りたい。

宗教と異文化理解との関係

あまり知られていないが、幕末維新以来来日した西洋人日本研究者は二大別できるとされている。キリスト教宣教師系統の日本研究者とそうでない系統の研究者との二つという大分類である。この分類はきわめて有効適切で、部分的にはサイードのオリエンタリズムをいちはやく先取りしている観もあるが、かつて京都大学の牧健二博士が『近代における西洋人の日本歴史観』（清水弘文堂、一九五〇年）で示唆した分け方である。牧健二は「信仰にもとづく双方の自尊心程、東西の交通を妨げたものはなかった」といい――これは戦前の日本側には天皇至上主義ともいうべき日本主義者がいて、西洋側のキリスト教優越主義者と張り合ったことを指す。なおここで「交通」というのは知的コミュニケーションを意味している――、次のように総括している。

大づかみに日本史を見るという点では、日本の外にあって日本に先んじて歩む外人の方が痛いところをつかんでおると云えるものがある。……其中には日本人が当時云いたくても云えなかったことをズバズバと云ってのけていたものもある。日本人には気がつかず、よし多少気がついても世界史的規模に於て論ずることの出来なかったものもある。

牧健二は西洋史の教授であった学者だけに、西洋語で書かれた十九世紀後半から二十世紀前半の日本研究を渉猟《しょうりょう》して、広く目を通し、きちんと評価している。

振返ってみると、日本の学者で日本を世界の中の一国として内からも外からも論ずることの出来る人は、つい先年まで意想外に少なかった。語学力の面でも制約され、外国体験の面でも遅れをとったからである。それというのも、外貨の持ち出し制限が緩められる一九六四年までは、敗戦後の日本は実質的には鎖国状況に近かった。貧乏だったわが国の学者の行動範囲や知見は、欧米諸国の学者とは比べものにならないほど、狭かったからである。ただし書籍的な知識だけは、観念として頭に詰め込まれていた。あのころは日本の国史学者が世界を広く旅して各国の学者と対等に議論する、などということはおよそできがたいことであった。突っ込んだ学問的応酬など近年になって漸く緒についたかつかないかの程度である。それに十九世紀以来、歴史学科や文学科そのものが言語を単位とする各国史・各国文学別の厚い壁で仕切られていた。そのように縦割りで区分されていたせいもあって、「西欧の衝撃と日本」というような、東西両洋にまたがる日本近代化の根本問題について、文化の次元まで掘り下げて論ずることは出来なかった。話題とするにしても、外交史かせいぜい東西交渉史のレベルでしか取扱われなかった。比較史的な見通しさえスケッチ出来なかっただけに、日本の歴史発達の段階については、出来合いの科学的と称する、先験的に各国に共通するとみなされた歴史法則に依拠して、スコラ的な議論を繰返すことがせいぜいだった。ブッキッシュな日本の若い学者にはそれしかできなかったのである。

世界の中の日本を位置づける上では、広く空間的に旅することで経験を積んだ西洋人学者の方が、時間的な見通しを立てる上でも優位な視座に立っていた。それは当時としては当然であったろう。しかそうした彼等の利点をも勘案した上で、牧健二は戦前の西洋人日本研究者や西洋人オリエンタリストたちの仕事を総括して、「キリスト教的見地と日本史とどう関係せしめたかということは、西洋人の日本史解釈を吟味する時たえず留意さるべき点である」と指摘している。そこに問題の要がある、と見ている。

宣教師的偏見

キリスト教系と非キリスト教系の二大分類を施すと、日本解釈者としてのハーンは後者に属し、しかも積極的に反宣教師的な男であった。キリスト教宣教師の側はキリスト教を宣教しようとする熱心が先に立ち過ぎたためと、ある種の西洋キリスト教文明優越の感覚とに妨げられたために、日本人を日本人と同じ高さの目線で理解し得ない憾《うら》みがあった。それは『日本アジア協会紀要』*Transactions of Asiatic Society of Japan* などを通読すると感じられる一般的傾向ではあるまいか。そしてそれは宣教師自身についてだけでなく、ミスキッドと呼ばれる宣教師の子供で、日本育ちの西洋人日本研究者についてもほぼ同じようにいえることではあるまいか。第二世代の彼らは戦前の日本で東京のアメリカン・スクールや神戸のカナディアン・アカデミーで教育を受けた人が多い。それがどのような種類の偏見であるかは、アジア・アフリカ諸国で日本人学校へ通う日本人子弟が、現地のメイドなどに世話されるせいで現地の言葉が多少出来たにせよ、現地住民に対して抱く感覚からも察しがつくだろう。上から下の現地人を見下ろしているのである。そのようなmissionary prejudiceという色眼鏡はプロテスタント系の国の日本研究に長く尾を引いた。(1) 宣教師の子弟が多数関係した占領軍関係者の間ではそれが世俗化された形でさらに強められた。父は日本人にキリスト教を説き、子は日本人に民主化を説いた。それらの主張は大勢として妥当なものであったろうが、それでも偏見なしとはしなかった。その宣教師的偏見は、それを鸚鵡《おうむ》返しに唱える日本のキリスト教系知識人によっても増幅された。

4　ハーンという例外者

当時としてはそれは自明と思われていたからやむを得ないが、明治に来日した西洋人は圧倒的多数が西洋キリスト教文明の絶対的優越を確信していた。いやいまでも確信するがゆえに日本が経済的に大国となり、日本人が日本的価値を強調し始めると日本叩きという反撥が生じたのである。西洋キリスト教文明の優越を当然視する人の中には、本人はキリスト教の信仰を持ちあわせていない西洋人もふくまれていた。というか海外生活者は得てして母国とその文化を実体以上に美化しがちなものである。キリスト教信仰のないバジル・ホール・チェンバレン（一八五〇―一九三五）が、日本滞在が長びくにつれて、西洋文明至上主義者となった心理はわからないではない。

それに反してイオニア海の島でギリシャ娘を母として生れたハーンは、英国のエスタブリッシュメントに属する父に反撥した。ハーンはダブリンでのけ者とされた「オリエンタル」な瞼の母への思慕もあって、西洋文明優越の立場にこだわらなかった。十九世紀半ばのギリシャは低開発国で、地理的にも文化的にもオリエントの一部と目されていたのである。イオニア海の島からアイルランドへ移ったハーンは、父が母を離婚し再婚したことや信仰を喪失したことで精神不安定となり、魑魅魍魎《ちみもうりよう》にさいなまれた。そんな多感な幼年期をケルトのアニミスティックな風土で下働きの女たちの話を聞きながら過したこともあって、どこへ行ってもghostlyなもの、霊的なものに心惹かれた。それもあって日本文化の多神教的な側面を例外的によく理解した。例外と呼ぶのは、明治に来日した西洋人日本研究者は、チェンバレンも、サトウも、アストンも神道の衰退を予測し、その重要性を見落としてしまったからである。それなのにハーンだけは自然神道の重要性にいちはやく着目した。別の言い方をすると、外国人の日本解釈者の中でハーンは、日本の民俗に伝わるアニミスティックな側面に鋭い共感的な洞察を行なった点では、間違いなく最初の人であり、かつ第一人者であった。

アニマ（anima）というのは人に限らず生きとし生けるものの霊のことだが、ghost といってもよい。いまの日本ではハーンはもっぱら『怪談』の著者として親しまれているが、そもそも怪談とはghost storyのことである。日本人のハーン理解というかアプローチはその際、物語作家として、あるいは再話作家として、ハーンをとらえる傾向が強い。いいかえると、ひたすら文学（それも日本文学ではなく英米文学）の枠内でハーンを判断しがちだが、しかしそれはハーンその人にghostly なものへのやみがたい関心があったからこそ、その一環として日本で神道にも怪談にも地蔵や狐や盆踊りにも尽きざる興味を寄せた、と見るべきではあるまいか。

ハーンが東大英文科で教えたために、ハーンの民俗学者としての面がその英文学専攻の弟子たちによって見落とされたことは、丸山学教授の論文「Folklorist としての小泉八雲」（現在は丸山学『小泉八雲新考』講談社学術文庫、一九九六年所収）によって、戦前からすでに指摘されている。広島文理科大学出身の丸山は英文学者として出発したが、途中で民俗学に転じた人である。それだけに東大英文科出身者たちの視野《しや》狭《きょう》窄《さく》に苛立ちを感じた。別様に説明すると、ハーンの神道にたいする興味も怪談にたいする興味も、ひとしく霊的なるもの、ghostly なるものへの興味として、同じ根に根ざしていたのである。そして実はハーンは来日以前にもマルティニークですでに同じような経験を積んでいた。土地のアニミスティックな宗教的心性にたいするハーンの関心と土地の民話を採集するハーンの努力とは、そこでも同じ根に根ざした仕事だったからである。

戦前の日本でそのようなハーンの全体像をきちんと把握して文章に記した人がそれでも一人だけいた。一九一四年、田部隆次《たなべりゅうじ》の『小泉八雲』に序を寄せた西田幾多郎である。「鏡の中の母」の章で私はその西田解釈の復活を試みたが、英文でハーンを熟読玩味した西田は、そうしたハーンの立場を「物活論」と呼んだ。この物活論というアニミズムの訳語は日本語として熟していなかったために、訳語としても定着せず、不幸にも西田のハーン解釈は広く理解されるところとはならなかった。もっとも世間の無理解は、昨今のアニミズムの語にしても、大同小異かもしれないが。

筆者の立場

ここで筆者自身の立場について一言釈明したい。それは平川は神道に関心を寄せる反動的右翼だという論難に対してである。なるほど左翼ではないかもしれないが、自分が右翼だとは思わない。日本を愛してはいるが、あくまでも世界の中の一国としての日本であって、盲愛するつもりはない。多くの国に暮し、比較的多くの言語を解し、内外の老若男女とつきあっている。外国人からは国際主義者と目されている。外国語の著作もあり、ハーンについてはイギリスで書物を出していて、西洋の著者に乞われるままにハーンの伝記に英文やフランス文で序文も寄せている。

それなのに右翼というレッテルを貼られがちなのは、神道を話題とするから間違って短絡的に連想が働くためであろう。その証拠に神道という語をアニミズムという語に置きかえて説明すると、途端に誤解が消滅する。西暦二〇〇〇年の正月早々にも「学兄は、日本の家庭に神棚と仏壇が並置されていると仰言るが、いつごろの話なりや？　戦争中のことでしょう。老生宅にもなし。この頃の団地住宅にもなし。どうも学兄のように大学者となると、このごろの事情にうといみたい。それとも学兄のお宅に神棚あるのですかね。とすれば驚きです」という抗議文がまいこんだ。実はこれは西義之教授の手紙である。しかし西氏には悪いが、平川家には神棚もあれば仏壇もある。私も家内も元日には手をあわせておまいりしている。祖先は大事にしたいと思っている。小平霊園の父母の墓へお彼岸にはお参りに行く。それではそういう平川は霊（ghosts）の存在を信じているのか、と問われると、ハーンの ghost story に心動かされるからには、その程度にはやはり信じている、と答えたい。読者諸賢も怪談や夢幻能に興趣を覚える限りは、絶対的な唯物論者や百パーセントの此岸《しがん》教徒ではあり得ない。元旦の初詣に人が大勢出るについては、現世利益《げんせりやく》も暇つぶしも、理由としてはあげられよう。しかしだからといってお賽銭《さいせん》を差出す善男善女が宗教とまったく無関係とは思わない。ちなみに歳末が近づくと神棚の売れ行きもよくなるのが日本の実状である。その話は浅草のその筋の問屋街で聞いた。私と ghostly ないしは animistic なものへの関心や神道との関係は、そのような、ごくありきたりの日本人のものとお考え願いたい。

ハーンがヴィクトリア朝イギリスのエスタブリッシュメントの価値観を体現する父親に反撥したために西洋脱出の夢を抱いた過程については前に述べたので繰返さない。ハーンはキリスト教宣教師に反撥したが、しかしそれでも宗教的な人間だったと私は感じている。キリスト教徒でないから非宗教的だと当時の西洋人は速断したけれども、それは料簡の狭い、宗教についての偏狭な見解ではあるまいか。東京経堂にあるミッション・スクールの名門恵泉女学園を創立した河井道女史は、もちろんクリスチャンだが、伊勢の出身で神道にも理解があり、アメリカ進駐軍関係者に「日本を理解したいならハーンを読みなさい」とすすめた由である。しかし先にもふれたが、明治中期以来、在日アメリカ人宣教師の中にはハーンを禁書にして子供の目に触れさせないようにした家庭もあった。ハーンの反宣教師的発言を反キリスト教的な有害なものとみなしたからであろう。だが自然や未知なるものに対し畏敬の念をおぼえるハーンのような人は、宗教的な人とみてよいのではあるまいか。アイルランド育ちのハーンは、イェイツなどと同様、その幼き日のケルト体験ゆえに、キリスト教以前やキリスト教以外の異教の神々に対する感受性が鋭敏に働く人だったのだと私は考える。

ハーンが ghosts を取り上げた二つの場所

そのハーンが大人になって、霊的なもの、ghostly とか animistic なものに特に惹かれた場所は二つある。一つはカリブ海のマルティニーク島で、いま一つは日本、とくに出雲である。ジョン・アシュミードはフランス領西インド諸島体験と出雲体験とは共に怪談で満ちていて枚挙に遑《いとま》がないとしている。しかしアシュミード教授の後述の論には、そこにちょっとした注釈があって「自称無神論者のハーンが怪談に夢中になったのは、部分的にはキリスト教に対する釣り合いを取ろうとしてのことではなかったか」（Perhaps part of self-described atheist Lafcadio Hearn's fascination with ghosts was as a counterbalance to Christianity.）とコメントしている（p.151）。しかしハーンにとって幽霊が現れたのはキリスト教信仰を失ったことと関係はあるだろう。ただしキリスト教に対するバランスをとるためにお化けに関心を寄せたというような主意的なものではなかったのではないか。むしろハーンの心の闇に魑魅魍魎がはいりこんだ、という方が真実に近いのではあるまいか。

ハーンにとって ghostly なものの存在は、幼時から晩年まで、生き生きとしていた。「私は幽霊を信じたのではない。幽霊は子供の時から私の周囲にいたのだ。私は本当に幽霊を見たのだ」。それがハーンが気心の知れた人に打ち明けた述懐だった。「およそ有り得る限りの理由の中でも最上の理由で、あのころの私はお化けや鬼や魔性のものの存在を信じていた、――というのは私はお化けや鬼を、昼も夜もこの眼で見ていたからである。眠る前に私は自分の頭を掛布団の下に隠した。それはお化けや鬼が私を覗きこむのを防ぐためだった。それだからお化けや鬼がベッドの寝具を引っ張りに来た時、私は大声をあげて叫んだ」

このような思い出を最晩年の自伝的断片『私の守護天使』などに書き残したハーンの ghost や ghost story に対する関心は、単なる文学的次元のものではなく、それよりもっとずっと内奥から牛れたなにかだった、と私は確信している。そうした関心は来日当初から示された。ハーンは松江の中学生にも ghosts という題で作文を書かせており、ハーンの添削のはいった大谷正信の英作文はいまも残されている。

アシュミード自身の宗教が何であったか知らないが、氏はハーンはまた西インド諸島のマルティニークでも日本でもキリスト教宣教師を批判し「中傷した」(Hearn denigrates missionaries.) と書いている (p.151)。そしてフランス領西インド諸島で槍玉にあげられた人物はラバ神父だと書いている。ただしアシュミード自身は、フランス語も堪能だったけれども、マルティニーク島へ行ったことはなく、ラバ神父の紀行文そのものまでは目を通してチェックしていない。それでここではそのような前後関係の中で、ハーンの宣教師批判がはたして妥当なのか否か、それを検証する一助としても、ラバ神父の『マルティニーク紀行』をとりあげたい。denigrate「中傷した」の語はアシュミードが宣教師的立場を頭から是とするが故に、自然と論理的に口をついて出た語のように思われてならないからである。ハーンがキリスト教宣教師たちを小馬鹿にしたとしても、そこにはそれに値するだけの理由がなかったとはたしていえるだろうか。

マルティニークの流行

話をマルティニークに移すに先立ち、近年なぜ日本でマルティニークが流行になったのか、またなぜ一部でマルティニークとハーンとの関係がこれほど取り沙汰されるようになったのか、その一般的な背景にもあらかじめ触れておこう。

まず日本におけるマルティニークの流行について。

これは近年フランスをはじめ西洋でマルティニーク、広くはカリブ海文学が大流行して文学賞を取る作家が次々と出たから、その流行を日本のフランス文学研究者その他がいわばファッションとして追い掛けている、というのが失礼ながら実相ではあるまいか。映画『マルチニックの少年』が評判となった二十年ほど前から我が国でもこのカリブ海のアンティーユ諸島の文化は注目されるようになった。このカリブ海の旧英仏植民地出身者の手になる文学の翻訳と紹介は、欧米でポスト・コロニアリズムの文学が脚光を浴びたことで、いよいよ盛んとなった。欧米の大学というのも結構流行に敏感で、いまやその話で持ちきりである。二〇〇二年四月・六月のフランスの『比較文学雑誌』は「カリブ文学特集」で、ハーンはそこでも脚光を浴びている。

日本におけるその種の研究の一端は、たとえば一九九八年に関西を中心とする研究グループが出した『〈複数文化〉のために——ポストコロニアリズムとクレオール性の現在』（人文書院）などにまとめられており、それなりに立派な成果である。それに対して関東を中心とする研究グループをリードする恒川邦夫教授が『學鐙』（一九九九年八月号）に寄せた書評で「我が国の論客たちの作物を読むにつけ思うことは、《祖述》が多いことである。……自ら何かを編み出して発信しているように見えないのはどうしたことか」となかなか痛いところをついている。祖述とは西洋学者の所説を鸚鵡《おうむ》返しに述べている、という意味であろう。恒川氏以下が一九九九年十月に一橋大学その他で組織した「言語帝国主義の過去と現在」という国際シンポジウムはたいへん充実していて、日本や朝鮮や台湾の言語状況の問題にもふれていた（台北帝大や京城帝大関係者の学問的業績に対する両国における現在の評価の違いは何に由来するのか、という従来のタブーを破るような率直な質問も出た）。こうした一連の活動や流行もあって、おびただしい数のカリブ海関係の文学作品や研究が日本語に訳された。それには関西グループも多大の貢献をしており、私は敬意を払う者で、訳書の刊行は読むのが追いついていけないほどの数である。私の見た狭い限りではポスト・コロニアリズム関係での中村和恵氏、『クレオール語と日本語』（岩波書店）の田中克彦教授の論などまことに鋭くてはっとさせられる。目から鱗が落ちる感じである。東大比較文学会編の『比較文学研究』72号（一九九八年）も充実した「クレオール文学特集」の号である。

ハーンとクレオール文化

次にハーンとカリブ海のクレオール文化との関係について。

誤解も多いので、クレオールという単語についてはじめに説明したい。Créole というフランス語は、二大別すると、（一）人間としては、主として中南米の植民地生れの白人、とくにそこに代々住みついているフランス人を指すが、（二）言葉としては、フランス語と黒人や原住民たちとの言語の間にできたフランス語を主体とする混淆語《こんこうご》を指す。たがいに共通語を持ち合わせなかった、アフリカ各地から連れて来られた黒人奴隷たちが、主人たちのフランス語を拾って作り出した、パリ方言を一方の極にした場合の、対極に位置するフランス語の変種と呼んでよい。その変種は植民地各地にそれぞれある。マルティニークのクレオール語は十七世紀半ばから、アフリカ各地から連れて来られた黒人たちの間に限らず、その土地で代々生れ育った白人の間でも次第に話されるようになった。最後に（三）として、クレオール語を話す人をクレオール人という呼び方が、黒人の側からのいわば所有権回復の自己主張として、近年行なわれるようになった。ただし現在クレオール語は、フランス語教育の普及にともない、話す人口も減っている。

このクレオール語と呼ばれる混淆語は、しかしながら、フランス語が崩れた、コラプトした言葉とみなされたため、それに注目して書き留めたフランス人は、十七・十八世紀はもとより、十九世紀にもほとんどいなかった。最近マルテイニークやグワドループのフランス系クレオール文学に限らず英語系カリブ文学が西洋で評判になり、日本でも流行につられて話題となっていることは前述した通りだが、そうした日本のクレオール研究者がクレオール研究の一大先駆者であるハーンのことをほとんど知らないのはやはりおかしい。またフランスの流行につられて「一言語主義から多言語主義へ」などと言い出す研究者は日本にもいるが、そしてその主張自体はまことに結構なのだが、その当人が用いる外国語がフランス語一本槍なのもやはり笑止の感を免れない。

しかしこれはフランスが長い間文化的先進国だったことと根深い関係にあるので、一昔前までフランス人は外国語学習にけっして熱心ではなかった。そのフランスに比べると、ドイツは文化的後発国であったから、ドイツの作家たちはフランス語をはじめ外国語を良く学んだ。それだからゲーテやニーチェやリルケやツヴァイクなどを読むと、私たちもそれにつられてフランス語を学ばねばならぬ、という気分になったのだ。それに反して一般にフランスの作家は読者をそういう気分にさせなかった。そしてそれこそがフランス人の中華意識であり、その中華意識のペースに私たちも巻き込まれがちだったのである。

ちょうど中国人が中華意識に災いされて、同文同種などと言いながら、日本の大和言葉で書かれた古典には過去千年間およそ注意を払わず、『源氏物語』についてすらも、その翻訳が欧米の主要言語で出版されたはるか後になって、一九八〇年代にまず台湾で、次いで中国大陸で漸く日の目を見たようなものである。同文同種というミスリーディングな文化的人種的規定についてもそうだが、中心文明が唱える普遍主義ほど警戒せねばならぬものはない。それはしばしば相手を自分の傘下に収めるためのスタンダードであるからだ。

ハーンのクレオール民話採集

ヨーロッパの他言語に対しても比較的冷淡であったぐらいだから、フランス人はクレオール語などという pidgin French とでもいうべき言葉をてんから無視していた。そのような怠慢はしかし私たちとても似たりよったりである。日本人もアメリカ人もハワイで日本人入植者の一世が使った pidgin English などに学問的注意を払いはしなかった。それどころか日系二世はそうした両親世代の下手糞な英語は無教養な恥ずかしいものと思って、耳を覆いたい心境だったのであろう。そうした気持は二十世紀の後半にはいって二世・三世の高学歴化が進むにつれ、なお一層強まりこそすれ弱まることはなかった。

だとするならば十九世紀八十年代、いちはやくクレオールの言葉や風俗を書き留めた人は先駆者であり例外者といわなければならない。その稀な、というかほとんど唯一人の人が、マルティニークへ旅したラフカディオ・ハーンで、日本で小泉八雲の名で知られる作家である。言語学者の西江雅之教授ははじめクレオールのことを研究していて「同姓同名の人物がカリブの研究者にいるとは珍しいと思っただけであった」と「カリブ雑記」（『ユリイカ』特集ラフカディオ・ハーン一九九五年四月号）に書いている。ハーンについては、研究者の視野がアメリカ側と日本側とでそれぞれ来日以前と来日以後に截然《せつぜん》と分かれていたため、ハーンのクレオール研究のことが知られず、ハーンが二人いるのかと思われるような錯覚も生じたのであろう。

ハーンの来日は明治二十三年にあたる一八九〇年だが、その直前の一八八七年から八九年にかけてマルティニークに滞在した。その時採集したサン・ピエール市周辺のクレオール語民話三十四篇の内、第一のノートに記録されていた六篇だけは一九三九年にフランス語に訳されて原文ともども Mercure de France 社から書物となった。そしてちょうどハーンが日本に取材した怪談や紀行や随筆が邦訳されて日本で愛読されているのと同じように、ハーンがその地で採集した民話や紀行や小説は、マルティニークでいまは主にフランス語訳で愛読されている。ところが近年ほかならぬ東京でさらに新発見があった。小泉八雲の御子孫の稲垣家にノートが保存されており、その一冊で先の第一のノートに引き続く第二のノートに、クレオールの民話八篇や諺《ことわざ》が書き留められてあったのである。冒頭に掲げた俚諺《りげん》はそれを私が抄訳したものである。

御存知の人もいるかと思うが、かつてマルティニークの首都であったサン・ピエールの町そのものは一九〇二年五月八日、プレー山の噴火で、住民二万余が全滅した。当時はテープもなし、書き留めようとした人もなし、サン・ピエールの口承文学もその火砕流でもって地上から痕跡をとどめず消滅したと思われていた。しかるにそんなノートが突然日の目を見た。その俚諺の二、三を読むだけでも、これがまことに貴重な文化遺産であることはおわかりかと思う。ハーン自身がかつて自分の第一のノートについて述べた表現を借りれば、「ポンペイの遺跡から原稿が出てきた」と同じような言語史的・文化史的価値がある。来日中のマルティニーク出身の若き黒人学者ルイ・ソロ・マルティネル（Louis Solo Martinel）氏はそのノートを見て狂喜した。マルティネル氏ははからずも東京でいまは亡き祖先の言葉に再会したのだった。そのノートの解読に成功したマルティネル氏がクレオール語原文を覆刻しそれにフランス語訳を添え、私が一部日本語訳を添えて世に出た経緯は本書第二章の「クレオール民話が世に出た経緯」に詳しい。私はマルティネル青年とつきあって、アメリカ合衆国の黒人とフランス領西インド諸島の黒人では、祖先が同じアフリカ大陸から連れて来られた黒人とはいいながら、どうしてこうも気質が違うのか、とその楽天的な明るさに驚いた。

天気がいいぞ、
海いいぞ、
魚が海から跳び出すぞ。
女は肩掛け羽織るがよい、
わたしと散歩に出るがよい。

これもハーンが書き留めたノートにあったマルティニークの俚諺の一つで、マルティネル青年がクレオール語から起したものを私が訳してみたが、晴れた日曜日、カリブ海の海岸通を散歩しながら、背のすらりと高いマルティネル本人の口からこんな言葉がついて出てもおかしくない、伊達者《だてしゃ》の粋《いき》な台詞《せりふ》ではあるまいか。

しかしこのような採集の経緯を説明すると、もうそれだけで、先にクレオールの民話や俚諺に興味を抱いたハーンと後に日本の民話や俚諺に興味を寄せたハーンの姿とは、二重映しになって読者諸賢に見えることであろう。ハーンは表の西洋側の支配的な言語に押し潰されそうになった、非西洋の人々の言語という歪められた裏側に興味を寄せた。その口承文学にひそむ心の真実に関心を寄せた。と同時に表の西洋側の支配的なキリスト教という宗教に押し潰されそうになった、アフリカ渡来の黒人の宗教的心性にも興味を寄せた。そうしたハーンが西洋化する日本でわざわざ裏日本へ行き、日本の国文学史では話題にされない怪談というフォークロアの世界にはいりこみ、民衆感情としてのアニミズムに共感的な関心を寄せたことは、きわめて自然な推移であったと思われる。そのようなハーンを反動的ロマンティシストの一語で切り捨てるべきでないことは明らかだろう。

さてこのような大枠の中で、ハーンとマルティニークについて調べて行く途中、私が出会《でくわ》したのがラバ神父の『マルティニーク紀行』という作品なのである。とてつもなく面白い。それで私は『クレオール物語』（講談社学術文庫、一九九一年）の解説を書いた時以来、「ハーンが……ラバ神父の記録をどのように彼独特の色眼鏡を通して見、どのようにアレンジしたか、その詩と真実を分析すれば、好箇の論文も出来るのではあるまいか」と繰返し言ってきた。ラバ神父についてはすでにエピソードを幾つか紹介したが、ここではラバが後の日本研究者ハーンにとっていかなる反面教師の役割を演じたかという点に焦点を絞って、述べることとする。

5　マルティニーク島と日本列島

まずハーンの日本体験に先行する外国体験としてのマルティニーク体験の意味にふれたい。というのもラバ神父の紀行文を読んだことは、ハーンのマルティニーク体験の一部として、全体との関連の中で、意味を持つからである。

ハーンが書き留めたクレオール民話のノートが見つかった関係もあって、ハーンがクレオールに取材した作品を私はあらためて吟味した。ハーンのマルティニーク体験を自分でも追体験したいと思い、その地を舞台にした小説『ユーマ』も訳した。これは『チータ』の訳とあわせて河出書房新社から『カリブの女』という題で出版した。牧野陽子氏の書評の語を借りると「(このハーンの小説は)ポスト・コロニアリズムの今日、とみに注目されるようになったカリブ海地方のクレオール文化に光をあてた先駆的な作品」と位置づけられる。

マルティニーク時代のハーンを調べることは、日本時代のハーンを調べる上でも大切だ、とはかねがね私も考えていた。例えば、ハーンには民俗学的関心があったからクレオールの風俗に注目したので、出雲に来てからもほとんど同じフォークロリスティック・アプローチを繰返している。『チータ』で印象的なメキシコ湾の夜明けの描写に接すると、ああ、こうしたハーンだからこそ相模湾の夜明け(『ある保守主義者』の最終節)も描写できたのだな、と合点する。『神々の国の首都』などに描かれた伯耆《ほうき》の大山《だいせん》の夜明けにしても、ハーンが絵画の印象主義的手法を散文に応用した感がある。志賀直哉は学習院高等科時代から、外国作家の中ではほかの誰にもましてハーンを英文で熱心に読んだが、*Glimpses of Unfamiliar Japan*(『知られぬ日本の面影』)に惹かれて松江へ、さらには加賀《かか》の潜戸《くけど》へも行き、ハーンの大山描写に感銘を受けたことが脳裡に残っていて、『暗夜行路』のフィナーレに大山の夜明けを描いたのであろう。その刺戟伝播については平川祐弘・鶴田欣也編『『暗夜行路』を読む』(新曜社、『平川祐弘著作集』第十五巻『ハーンは何に救われたか』に収録)に記した。ヘンリー・ジェームズはアメリカ文学にフランスの文学的印象主義を導入したのはハーンだと述べているが、その波動はさらにはるか裏日本にまで伝わったのである。

ハーンは西インド諸島では『真夏の熱帯紀行』という島巡りの旅を書いた。それだからこそ、来日後は『伯耆から隠岐へ』の船旅をまた書いた。『チータ』で津波に島がすべて洗い流されてしまったからこそ『稲むらの火』でも津波に広村はすべて――実際とは違って――押し流されてしまったのだ。そう考えるのは許されることだろう。マルティニークでプレー山に登頂したハーンだからこそ、日本でも富士山に登頂したにちがいない。『チータ』の第三部第二章には、親をなくした少女が水泳を習うことで心と体に慰藉《いしゃ》をおぼえる様が活写されているが、日御碕《ひのみさき》や加賀の潜戸で泳いだときも、焼津《やいづ》で泳いだときも、ハーンはフランス領西インド諸島の海を思い出したのだろう。そして幼年時代のウェールズやギリシャの海も……泳ぎを習ったことは親のないハーン少年にとって大きな慰藉でもあったのだ。「鮫がいる」といわれてハーンは加賀の潜戸でぎょっとしたが、あれはあの時あの場所に本当に鮫がいたのだろうか。それとも西インド諸島の鮫の思い出がよみがえって、それで作中に再び鮫を登場させたまでなのだろうか。山陰の海にも時々鮫が現れるのは事実のようだが。

アシュミードという人

これまでハーンのマルティニーク体験と日本体験を並べて論文に書いた人は、ジョン・アシュミード（John Ashmead Jr.）である（セルジュ・ドニ Serge Denis も一九三二年に最初のクレオール民話集を編んだ時、再話文学の見地からはその並行性にふれている。日本人では丸山学が前掲の「Folklorist としての小泉八雲」で「ハーンの日本渡航はこの西インド生活の連続篇であると見てもよい」「（来日にあたり）彼と出版社と双方の間で理解されていたことは、彼が西インドに滞在して書いたものと匹敵するようなものをということであった」とその並行関係を正確に把握している）。アシュミードは来日に先立つハーンのマルティニーク体験の重要性を強調しているが、アシュミードその人についてまずふれたい。

アシュミードは一九四三年四月、ソロモン諸島で日本語暗号解読によって山本五十六元帥の搭乗機撃墜のきっかけをつくったアメリカの語学将校として知られている。しかし日本語知識を生かしたその輝かしい成功にもかかわらず、戦後はかねてからの志望通り、英文学教授となった。同世代の語学将校の英才で戦後日本研究に転じた人たちの多くは、占領期に勝者として日本に臨んだ。それが彼等の日本についての原体験となった。そのこととも無縁でないと信ずるが、彼等は来日西洋人の先輩であるハーンと必ずしもそりがあわなかった。それというのはどこか日本を見下げるきらいがある欧米人にとってはもちろんのこと、そうでない欧米人にとっても、一九〇四年という過去に死んだ人ではあったが、日本ではなお話題となり続けるハーンほど奇妙な感じを与える異分子はいなかったからである。チェンバレンがいちはやく違和感を表明したように、ハーンは日本を評価するあまり、時に反西洋の言辞を弄したりもした。それに対し敗戦後の日本に次々とあらわれたアメリカの新世代の日本研究者たちは優秀大学の優秀学生であり、西洋文明やアメリカン・ウェイ・オヴ・ライフに誇りをもっていた。彼等は西洋民主主義の擁護のために戦ったばかりか、その民主主義をひろめる使命を帯びて来日したのである。それだけに、西洋からのいうならば落ちこぼれであるハーンを軽んじた。とくに日本語能力の点から自分たちはハーンごときよりはるかに上であると自負した。

ところが同じく元語学将校ではあったけれども、アシュミードは英文学者となったからだろうか、ハーンが日本を褒めすぎる弊については留保を示したが、同世代の一部アメリカ人日本研究者のようにハーンをそしる気持はなく、ポーなどの系譜を引く作家としてハーンをむしろ評価し、詳しく読んだ。日本にも関心があったアシュミードは、占領初期に来日している。一八五三年から一八九五年までの間にアメリカ人その他の西洋からの旅行者が日本についてどのように記述したかをハーヴァード大学米英文学科へ一九五〇年に提出した *The Idea of Japan* という博士論文にまとめた。それはタイプ印刷のまま書物（Galand, 1987）として公刊されている。そして一九九〇年松江のハーン国際学会を機に久しぶりに日本にあらわれて、ハーンが日本理解に成功した鍵はハーンの仏領西インド諸島の体験による、という説を述べた。そのペーパーは八雲会編の *Centennial Essays on Lafcadio Hearn* に収められている。(2)

アシュミードがあげる並行例

アシュミードはハーンの『仏領西インド諸島の二年間』(一八九〇年)と『知られぬ日本の面影』(一八九四年)とでは山の風景、樹木、印象主義的描写法、女の名前への関心、女たちの働きぶり、病気の流行と死のテーマ、ポー風な扱い、昆虫、蛇、百足《むかで》、民謡、などアプローチがそっくりで、章の構成も共通性が認められる、**a kind of montage of chapters** も似ている、と指摘している。そしてハーンは西インド諸島に熱帯を求めに行ったが、彼は日本に「心理的熱帯」を求めに行った、と結論している。夏の島のテニスン的ヴィジョン――Locksley Hall などの詩にうたわれたものを指すのであろう――をただ単に西インド諸島に求めただけでなく、変えるべきものを変えて、日本にも求めた、とアシュミードは見ている。その通りであろう。

西洋脱出の願望にとりつかれた当時の西洋の人々にとっては、マルティニークと日本とは、タヒチやサモア同様、ひとしく非西洋として、ある種の共通項をわかちもっていた。そのことは上野の国立西洋美術館にあるゴーガンのマルティニークの絵を見ると一目でわかる(口絵参照)。ゴーガンにとってプレー山を描くことはジャポニスムと同一の芸術運動に屈する行為だった。その証拠にプレー山の一連のスケッチは日本の扇子の形をした中に描かれている。実はゴーガンとハーンは、同じ時期に同じサン・ピエールの街で、数百メートル離れた場所に住んでいた。そしてハーンは来日以前だったが、プレー山を眺めてこんなことを呟《つぶや》いた。それはさながらプレー山をスケッチするゴーガンをふと見かけでもしたような、そんな感想である。

ハーンとゴーガンとはその時、異体同心だった。なお文中の「クレオールの芸術家」というのは黒人ではなく現地生れの白人芸術家を指している。

時々、プレー山を眺めていると、『富嶽百景』を描いたあの偉大な日本の絵師と似た仕事を誰かクレオールの芸術家がやってくれないか、などと私は思った。あの日本人絵師と同じくらいに生れ故郷の丘や山に愛着と誇りがあり、平野の熱気も蛇も怖れないような人。そんな人が居りさえすれば、『プレー百景』は確実に出来るのだが……

念の為に英語原文も掲げる。

Sometimes, while looking at la Pelée, I have wondered if the enterprise of the great Japanese painter who made the Hundred Views of Fujiyama could not be imitated by some Creole artist equally proud of his native hills, and fearless of the heat of the plains or the snakes. A hundred views of Pelée might certainly be made……

これはハーンの『プレー山』という随筆の冒頭から四頁目に出ている。繰返すがまだ来日以前の話である。ここに「偉大な日本の絵師」とあるのは『富嶽三十六景』と『富嶽百景』を画いた葛飾北斎をさしている。

三十六回も　百回も
画家はあの山を描いた
突きはなされては　また　駆りたてられて

リルケの『山』という詩の第一連だが、一九〇六年の作を富士川英郎訳から引いた。西洋で出来た「聖者」としての北斎の伝説は、ゴンクールが一八九六年に『北斎』を著わす前からすでにハーンに伝わっていたものらしい。ゴッホの日本とゴーガンのタヒチについては稲賀繁美氏などもその並行性を『絵画の東方』（名古屋大学出版会）で論じているが、ゴッホも日本の絵師について聖者伝説とはいわずとも、ある種の理想化したイメージを持っていたようである。ハーンもそのジャポニスム運動の先端の一環に位置していたのだ。(3)

フェティーシュ崇拝

しかし日本研究者としてのハーンの最も大きな功績の一つである神道の重要性への着目は、マルティニークでも土地の潜在的な宗教感情にいちはやく注目したことと深く関連している。これはクレオールの民話に共感できたハーンであったからこそ可能なことだった。そこが肝心要の点だと思うのだが、アシュミード氏は惜しいことにそこは見落としている。

一八八七年当時のマルティニークで、フランス人の宣教師は島の住人たちをすべてカトリックに改宗させたと言っていたが――そして西暦二〇〇〇年のいまでは実際そうだと言い張る人は信者である島の住民の間にも当然多いだろうが――、実は十字架像への尊崇も昔ながらのフェティーシュ崇拝と同じ感情に由来している、ということをハーンは『亡霊』という作品の第五節で上手に説明している。

　この島にもうすこし長く滞在すると、この島の住居という住居のどの部屋にも――石造りの家であれ、木の小屋であれ、（中略）そこには必ず「シャペル」と称する場所があることに気づく。このchapelleというのは、フランス語で「小礼拝堂」という意味だが、ここでは壁にとりつけられた一種の幅の広い張出し棚で、その上に十字架だとか聖像だとかが、花瓶の花やランプや夜ともすお燈明の蠟燭などと一緒に置いてあるのである。それどころか時々、像が窓や入口の上に置いてある――そして通りがかりの人はこれらに対して帽子をぬぐのである。山中の村の小屋に私は数週のあいだ起居したことがあったが、そこには奇妙な小窓が一つ拵《こしら》えてあった。それはまったく装飾用の屋根窓であったが、そこに高さ五インチ足らずの聖母像が置いてあった。すこし遠くから見ると、それは玩具《おもちゃ》のように見えた。子供の人形がそこに置き忘れてある、といった感じだった。それで私はずっと人形だと思いこんでいたのである。それがある日、黒人の農園労働者が長い行列をして家の前を通り、皆が次々と帽子をぬぐのである。それを見て私ははっと気づいたのであった。

その小屋のハーンの寝室にも例のシャペルと称する神棚があって、小は丈《たけ》が一寸、大は高さ四十センチまでマリア様のお像が八つ、他に十字架も聖ヨセフも聖ヨハネもキリスト磔刑の像もたくさん祀ってある。

……この十字架やら御像やら小型のシャペルと称するお棚さまがいつもいつも展示してあると、そこから受ける第一印象はどうも気持のよいものではない——とくに作品がたいてい非芸術的で、ほとんどグロテスクに類し、芸術に類するものがどこにも見当らない場合はそうである。こうしたものを造るために、何百万フランという金が費《つか》われたことであろう。それには中世風の粗野さ加減はあるものの、中世風の感情の真実というものがない。それらは、この南国の美しい自然や優雅な椰子の樹、蔓科の植物が花咲いて五色の火を発する中で、われわれの美的感覚にほとんど野蛮で暴力的な違和感を与えるほど場違いなのである。だがそれにもかかわらず、この石膏と木と石で出来た無言の像また像の姿には秘められた詩情がある。ヴェールで蔽われた詩情といってもよい。それらは中世よりもさらに古いもの、キリスト教よりもさらに古いものを具現化しているのだ——なにか奇妙に歪められ変形することを余儀なくされたものであることは事実だが、それでもそうした遥かな古代からラテン民族によって維持されてきた、とはっきり認め得るものである。その遥かな古代に彼等の家庭にはそれぞれに属する精霊がいたし、森や丘や泉にはそれぞれ優雅な女神もいたのである。そして野や畠の境には神々の像が据えられて、それが守りの神となっていたのである。

この記述の前半は、キリスト教が土俗化した過程に注目しているわけで、フィリピンの島々などで表向きはカトリックといわれている人々の信仰にも見られる土俗化の現象である（いや、日本の天草地方の表向きはカトリックとして南蛮時代にローマに報告された人々の信仰にも見られた習合の現象である。そうした天草や島原の村落でも数珠についた十字架や、赤子をやさしく抱いた母親の御像や、ロザリオなどは、信仰の対象として大切にされたに相違ない。マリア観音を崇拝した隠れキリシタンの多数は、先祖が血を流して守った信仰を奉じて、明治になってからもカトリック教会へはけっして復帰しなかった。隠れキリシタンは宗旨を捨てずに死んでいった先祖を――キリスト教の教義に反して――神として祀ったが、そうした形で示された祖先を大切にする宗教感情こそが、実は日本人の昔からの祖先崇拝の信仰だったのである。残念なことに土地の記念館には、そのような土俗化した隠れキリシタンの立場からする説明はほとんどなく、あるのは正統派カトリックの立場からする説明か、異国情緒を売り物にした説明がもっぱらである）。土俗化といったが、ハーンがマルティニークの山中で見たものは、アフリカ渡来の信仰をキリスト教の聖具を借りて黒人たちが無意識のうちに表現していたなにかなのであり、それだから十字架もロザリオも聖母子像も花瓶もお燈明の蠟燭《ろうそく》もランプも物神というかフェティーシュと化していたのである。

天草の人にもそうした観念は稀薄だったが、マルティニークの人にも超越的な一神の創造主という観念は薄かった。本章の冒頭に引いた俚諺にも出ているが、神さまはどこにもいます風のような存在であって、西インド諸島の人々には、その御姿こそ見えないが、体にはさわる風のようなものとして理解されていた。それは時には怒り狂って海をくつがえす、荒々しい神でもあった。ちなみに風や海や火山に神々の活動を認めるのは日本の神道でも同じであり、アニミズムの特徴である。物活論といおうか、日本人は植物である老樹だけでなく、鉱物である石や岩にも神性を認める。天照大神は太陽を、須佐之男命は嵐を擬人化しているが、後者は文字通り荒びすさんで時に海をくつがえす神でもあったのだろう。

ハーンはまたさらに、マルティニークでキリスト教の聖像や聖具に異教の宗教感情がはいりこむ現象を見たことから、ヨーロッパでも古代の多神教の宗教感覚がいろいろな石像にはいりこんだ時代のことを想像した。ここでハーンが連想している古代地中海世界の信仰とは、フュステル・ド・クーランジュが『古代都市』（一八六四年）に詳述したものである。ハーンは当時評判の高かったフランスの歴史家のこの書物をすでに読んでいたらしい。それというのはマルティニークへ行く直前に書いた『チータ』の中に、ハーンはクーランジュという名前の人物を登場させていたからである。

表面上はカトリック化したはずのマルティニーク島だったが、ハーンはその土地に生き生きと伝わる多神教的なアニミスティックな霊の世界を感受した。上っ面はなるほどカトリックのニスで塗られた黒人たちではあった。だが精神の下層に蠢《うごめ》いているのは奴隷船とともにアフリカから伝わってきたアニミスティックな信仰である。クレオール語の民話を採集したハーンにはそのことがよりはっきり会得《えとく》できたにちがいない。それにこの熱帯のマルティニークという北緯十五度の土地は、マニラとほぼ同じ緯度に当るが、生物や植物が自生して繁茂する土地柄ゆえ、精霊信仰が生き延びる上で風土的にも恰好の適地であったのだろう。

ハーンはそうしたマルティニークでの霊の世界の体験からの類推で、日本でも、たとい表面は仏教化していようとも、古来からの神道は生き続けているだろう、仏教も日本化しているだろう、とあらかじめ予想を立てて海を渡って来た。そして明治二十三年八月、人力車で姫路から中国山脈を越えて出雲へと向かうと、はたしてだんだんと仏寺が減って神社が増え出した。お宮のたたずまいが次第に立派なものとなってきた。老樹に注連縄《しめなわ》がまいてあり、御神木に御幣《ごへい》が飾ってあって、四手《しで》が垂れている。実り始めた稲穂の上に白羽の祈願の矢がささっている。ハーンは自分の予想を確認しつつ観察を深めていった。神道的感覚が瀰漫《びまん》しているこの国にはいって来たことによって、仏教もおのずから神道化している。「山川草木悉皆成仏《さんせんそうもくしつかいじょうぶつ》」などというアニミスティックな解釈が、日本には仏教の名であまねく行き渡っている。日本で仏教としてまかり通っているものの中には、神道的なものが混淆している。思い起してみるがいい。原色で塗られたセイロンやチベットや中国や朝鮮の仏教寺院と比べて、日本の古寺はなんという違いだろう。日本人が好むのは神《かむ》さびた山寺のたたずまいである。いま「神さびた」という語を用いたが、その修飾語でもわかるように、日本人の神道的な審美感覚が知らず識らずの間にどぎつい「青丹《あおに》よし」の原色で仏寺を塗ることをおしとどめているのだ。宗教の教理などよりも美的感覚の方が人間存在のずっと深いなにかに根ざしている。白木造りを好む日本人の感覚の中に神道はいまも生きているのだ……。

そしてそういう「神々の国」を目指した、姫路から伯耆へ山脈を越える旅路で、ハーンは逆に仏領西インド諸島の風景を思い返したりもした。

> 昼なお暗い松と杉の森、遠くほの霞む夢のような空、目に柔かな白い日射し——こういうものがなかったなら、私はふたたび西インド諸島にあって、ドミニカ島やマルティニーク島の丘の、つづら折りの道を登っているのではないか、ふとそんな思いに誘われることが時折だった。実際私は、光り輝く地平のかなたに、棕櫚《しゅろ》やバンヤの樹影をいつしか探し求めているのであった。しかし谷間と林の下の山腹に拡がる鮮かな緑は、若い籐蔓《とうづる》の緑ではなく、稲田のそれだった——田舎家の庭はどの大きさもない、かわいらしい田んぼが、何枚も何枚も重なり合って、蛇のようにうねる細い畦《あぜ》で区切られている。

これはハーンの『盆踊り』の第一節の終りの文章で、仙北谷晃一《せんぼくやこういち》訳を引かせていただいた。風景も、作者の主観の中では、マルティニークの丘と中国山脈とが似通って重なって見えたのである。

6 ラバ神父の『マルティニーク紀行』

以上がハーンによる日本の自然神道の発見の嚆矢《こうし》である。

ところが明治時代に来日した西洋人日本研究者は、宣教師系統のジャパノロジストはもとより、B・H・チェンバレンもE・M・サトウもW・G・アストンも、経典すらない神道という宗教は宗教の名に値せず、文明開化とともに滅びると思っていた。そう思ったのも無理はなかった。当時の日本の知識人は福沢諭吉をはじめ唯物論者というか不可知論者で、宗教について同時代の西洋では考えられぬほど自由な否定的意見を平然と述べていたからである。ハーンはしかし日本の西洋かぶれの知識人の発言は、西洋人の日本観の鸚鵡返しにしか過ぎないことをしばしば感じていたから、あまり信用しなかった。

ハーンはなによりもまず自分自身の実地体験をもとに記述する作家である。しかし書評家としても活躍した人だけに、たいへんな読書家でもあった。それだから、先人の著書も組織的に活用した。その読書利用は芸術制作のレベルと学問知識のレベルとの二つの面で行なわれている。第一の面ではハーンはピエール・ロティの異国に対する感受性、ロティの異物を観察する眼や聴く耳、感ずる能力などは非常に敬重した。『アフリカ騎兵物語』も物語の構造には関心は示さず、部分部分の観察記をニューオーリーンズ時代にいちはやく英語に訳している。その抄訳の仕方にハーンの興味の所在が奈辺にあるかが知られるが、来日以前にセネガルの死者の祭りの踊りを訳したハーンだったからこそ、山陰の盆踊りをあれだけ見事に描けたのだと合点されるのである。

そのような連鎖反応は芸術的な面での読書体験の結果である。だが見落としてならない点は、独学の人ハーンは、学問的な第二の面でも読書を通して知識の吸収につとめていた点である。出雲ではチェンバレンが英訳した『古事記』を繰返し読んでその知識を活用した。ではそれ以前のマルティニーク紀行に際してはいかなる著書をもっとも活用したか。それが問題のラバ神父の『マルティニーク紀行』である。たとえばハーンがマルティニークを扱った作品に『亡霊』があり、全六節から成るが、第一節を除いて全節にラバへの言及がふんだんにある。というか『亡霊』はラバを読んで次から次へと感想が湧き出ることを禁じ得ず、それを整理することで作品化した文章といってもよい。『亡霊』は書評の名手であったハーンならではの随筆である。

ここでジャン・バティスト・ラバ『アメリカ諸島への新紀行』Jean-Baptiste Labat : *Nouveau Voyage aux Isles de l'Amérique* に話を移すが、このフランス語作品に対する私の関心は、いままで述べてきたように、あくまでハーンとの関連を通してである。そしてその両者を踏まえて比較文化史的展望を示すためである。しかしラバの記録はフランス文学のいまだ日本に紹介されざる一傑作と思うので、一通り紹介したい。なお旅行記のタイトルの日本訳としてはわかりやすいように『マルティニーク紀行』を用いることとする。

ラバのレアリスム

ラバ神父は一六六三年に生れ一七三八年に亡くなった。カリブ海へ渡ったのは一六九三年から一七〇五年にかけてで、フランス本国の歴史でいえばルイ十四世統治の末年、マルティニークでは白人移民は二代目から三代目、日本史でいえばラバは新井白石と同時代人である。ハーンが読んだ『マルティニーク紀行』は一七二二年に出た六巻本で、ほかに抄した版を利用した可能性もある。私はパリのビブリオテーク・ナショナルから六巻本の写真版複製を取り寄せたが、ラバはシャトーブリアンとかモーランとか昔から愛読者が絶えない。それでいままでもさまざまな版が刊行されている。近年では一九九三年に *Voyage aux Isles* という箇略な題で冗長部分を省いた版が Phébus から出ている。本章の引用頁はこのフェビュス版による。

私は、以前にマッテオ・リッチという、西洋人で初めて北京に住みついたイエズス会士のことを調べたが、宣教師が国を出るときの支給品が何であったかなどまったくわからなかった。正直に言えば知りたいとも思わなかった。ドミニコ会士のラバは、猿股と肌着はそれぞれ六枚、靴下は十二足、靴は三足などすこぶる具体的に十七世紀末年の海外渡航の衣食住を要領よく記録している（p.21）。経理というか実務の感覚がそれは見事に発達した男である。どの程度の怪我にどれだけ補償金が出るか、普通の指一本落とせば百エキュ、ただし右手の親指、人差し指、中指は三百、足や手は一本につき六百などと傷害保証の記録も出ている（p.73）。

それでは小心翼翼たる事務官かというと、その逆さで事務もふくめておよそなんでも出来る桁外れの坊主である。

いま引いた保険金の話は、実は flibustier についての報告の中にあるので、flibustier は近年の辞書には仏英日とも「海賊」と出ている。しかしラバがこの語を書く際は悪者というニュアンスはまったくない。なにしろこの坊主は、そのフリビュスティエと一緒にイギリス軍に向って鉄砲はぶっ放すわ、獲物は山分けするわ、ピカレスク小説の悪漢以上にピカレスクな快男児というか怪男児である。イギリス軍が猛烈な一斉射撃を浴びせた後、一人がフランス語でもってラバ師に向ってこう叫んだ。

「そこの白い神父さん、当りましたか？」

ラバはさらに狙いを定めて応射した後、おもむろに相手と同じ言葉を繰返した。

「どうです、当りましたか？」

「いや、確かに当りました」

とその英国士官は周章狼狽して白状した。それでもラバに小馬鹿にされるのが我慢ならず、

「そのうち目にもの見せてやりますぞ」
といった（p.399）。

この海賊の友人であるラバ神父の報告に従うと、獲物は平等に分配するが、敵船発見者には一・五人分渡す。勝手に着服したことが露見すると、孤島に置き去りにされる（p.72）。

ラバは万能の才のある実務家で、建築家としては司祭館も、砂糖精製工場も建てる、要塞も築く。その実務処理の仕方が只者ではない。一七二二年版の第三巻の三八二頁以下で物語っている。フォン・サン・ジャックというマルティニークの農場のために第一級の砂糖精製技師を雇ったが、その手口など、まことに面白い。

海亀の図（ラバの『マルティニーク紀行』のフランス語版より）

グワドループ島の長に任命された坊さんは、この精製技師はルーテル派だからこれ以上雇うわけにはいかない、と私に手紙を寄越した。このような点にこだわっているのを見て、私は「しめた」と思った。それというのは私は前々からこの男をフォン・サン・ジャックの我々の農園に呼びたいと思っていたからである。しかしどうすれば良いか見当がつかなかったのだ。それで私はすぐグワドループ島の上長に手紙を書いて、その男を私のところへ送り届けてくだされればそれで結構です、と言ってやった。それというのも彼が作る砂糖が真白でありさえすれば、あとはその砂糖がカトリック派であろうとルーテル派であろうと、私にはどうでも良い事だったからである。

この一節を読んだ時は、「鼠を取りさえすれば、黒猫だろうが白猫だろうが、私にはどうでも良い」といった鄧小平の言葉が思い出されて、笑ってしまった。

博物学者としてもラバの記述は詳細かつ正確で、ビュフォンなどの先駆者といえるだろう。ハーンの作品には「カリブのキャベツ」**choux caraïbes** という植物がよく出てくるが、ラバの紀行文には図版で示されている。いわゆるキャベツとはたいへん違う。亀の卵の生み方の記録もあるが、亀の腹甲（plastron）の肉を料理する仕方、その味[4]など美食（gastronomie）の文学としても秀逸である[5]（p.61）。

鸚鵡の調理法

その種の興味の延長線上に連なり得ることかと思うが、ハーンはラバの鸚鵡《おうむ》の調理法を紹介している。ラバが記述する鸚鵡は、頭の天辺にスレート色の羽があり、全体は緑で多少赤が混じっており、翼や喉や尾に赤い羽が何本かあるという。ラバには鸚鵡をペットとして愛玩する趣味はあまりなかったらしく、鸚鵡が上手に人語を喋らないとたちどころに料理させたらしい。引用すると、

> 鸚鵡はもっぱら果物や種を食べて生きている。そして食べた果物や種の匂いと色を身につけてしまう。グワバが熟する季節に鸚鵡はひどく肥える。ボワ・ダンドの実を食べた時は肉豆蔲《にくずく》や丁子の匂いがするが、それはなんともいえず気持のよいものである。

ラバはその料理法を四通り上等として推奨しているが、最良として第一に推しているのは「鸚鵡の毛を生きたまま抜いて、酢《す》を呑ませ、その酢が鳥の喉にまだ残っているうちに首をひねって締める」、第四の料理法は「生きたまま皮を剝ぐ」……そして続けてこう書いている、「こうした方法が秀れていることは間違いない。そうすることで得もいわれぬ柔らかさが得られるのである」。私は初めハーンの『亡霊』にも引用されているこうした料理法を読んだ時は、ラバ神父はラブレーまがいのファンタスティックな「坊主の冒険者」(moine-aventurier) という印象を受けた。ラバ自身も「福音伝道の宣教師にしては料理のことを詳しく書くといわれるかもしれないが」と弁明はしている (p.138)。

しかしラバの書物を読むと、確かにファンタスティックではあるが、きわめて具体的で現実的でポジティヴィストで、およそ法螺吹きとは思われない。とかげの博物学的記述、その捕獲法など目に見えるがごとくである。捕獲してから七、八日は飼っておけるが、その間に痩せるのが残念だ、などといかにも食いしん坊らしい一行が笑わせる (p.83-84)。たいした筆力だが、勝手な創作はしない。たいへんな自信家で、同僚の修道士の失敗も悪口も平気で書いては笑いのめしているが (p.88-91)、いかにもラバが言う通りだろう、という感じがしてしまって、私にそんなラバは憎めない。頭が皮膚病で斑《まだら》に禿げた人を私たちは子供のころ台湾坊主と綽名《あだな》したが、船の軍医は鬘《かつら》も悪いこともあって la montagne Pelée と呼ばれた (p.29)。プレーとは剝がれた、むかれた、という意味で、プレー山とは前にも触れたゴーガン描くところの上野の西洋美術館にもあるマルティニークの火山である。大文字のプレーをいまでは固有名詞の感覚で用いがちだが、なるほど斑《まだら》に禿げた山である。霊峰とはとても呼べない。ラバは口が肥えた美食家で、しかも口が悪くて大きな口を叩くからフェビュス版の裏表紙では fine gueule et grande gueule と評されている。フランス船はラ・ロシェルからマルティニークまで、途中で赤道祭りをしたり、イギリス海賊船と戦ったり、六十三日かかっているが、たいした御馳走を食べている様はすでに見た。

カリブの原住民

ラバがフランス料理を堪能して喜ぶのは当然だが、私が真に驚いたのは、カリブの土人のところでも舌鼓を打って食っていることである。近年は土人と言ってはいけないのかもしれないが、原住民は大便をするような格好でしゃがんで火を囲んで coffre という魚を焼いて食っている、とラバは書いている。「はこふぐ」という訳語が『スタンダード佛和辞典』には出ている。原住民がそうして食っている時は外部の見知らぬ者でも勝手に仲間にはいって食っていいのだ、とのことだ（p.139）。ただし斎藤みどり氏の説によると、ラバのころにはカリブ人――フランス語でいう Caraïbe 人――はもういなかったはずだから、ラバはデュテルトル Dutertre などの先行文献『アンティーユ諸島通史』*Histoire Générale des Antilles* から勝手に書き写したのだろう、という。しかし文章がいかにも生き生きしていて、私にはラバとカリブ原住民との間には実際に交渉があったとしか思われない。マルティニークに来て十カ月経ってようやくミシェル氏宅でカリブ人に会った、と話はすこぶる具体的である（p.120）。このカリブの原住民の家具がラバは欲しくてたまらない。とくに寝台か釣り床を手に入れたい。以下その買物というか物々交換の條《くだ》りを訳す。

それでミシェル氏に交渉してもらおうと頼んだ。しかし連中に寝台を売らせるには今日はもう遅すぎるとのことだった。夜分になると寝るためには寝台が必要なことを感じて交渉に応じなくなる。それに対して朝っぱらだと先の事まで考えないから簡単に売りに出す。それで取引きは翌朝に延ばすこととした。……買物をした際はすぐ相手の目の見えないところに品物を隠してしまわないといけない。というのは連中は取り返したいという気持になると、なんの御挨拶もなく取り返してしまう。そして受取ったはずの代金を返さないからだ。私は大弓を二つ、小弓を一つ、矢を二十四、五本買った。矢は半分は毒矢、残りは狩りと釣り用だ。ほかにカリブ人が編んだ籠三つとボタンが二つ。おかげで銭のほかに火酒七、八瓶かかった（p.133）。

その翌日はさらに小銃一挺を取り寄せ、カリブ人の目の前で白鷺を撃ち落とし、その男から銃と交換に釣り床の入手に成功する。

やがてカリブ人たちは荷物を紐でくくりつけ斜面から舟下《ふなおろ》しをして去って行く。舟に女子供を先に乗せると、男たちが両側に並び大波が打ち寄せてきた時を見計らって叫び声をあげて舟を押して海に入る。ハーンがマルティニークに取材した『ユーマ』にも舟下しの場面があるが（第九章）、それはあるいはこのラバの記述から拾われたのではないかと思われる。

ラバは一七〇五年一旦フランスへ報告に帰る。するとどうしたわけかマルティニークへ戻れなくなってしまう。まずナンシーの近くのトゥールの修道院へ送られ、ついで一七〇九年から一七一二年までイタリア滞在を命じられる。それからパリへ戻ってサントノレ街の修道院に入り、回想録の執筆に打ち込んだ。その明快で精力的な筆力、具体的な細部、写真のような記述、豪快な笑い。ことごとく仏領西インド諸島におけるラバ神父の三面六臂の活動を髣髴とさせずにはおかない。修道院でありあまるエネルギーを本書の執筆に傾注したのであろう。一七二〇年に本書（正確には『アメリカ諸島への新紀行――それらの土地の博物誌、新旧住民の起源、風俗、宗教、統治、また戦争その他著者がその地に滞在した間に起った奇怪なる事件を含む』*Nouveau Voyage aux Isles de l'Amérique, contenant l'Histoire Naturelle de ces pays, l'origine, les mœurs, la religion et le gouvernement des habitants anciens et modernes, les guerres et les événements singuliers qui y sont arrivés pendant le séjour que l'Auteur ya fait* という）第一巻を出版する。この紀行文は一七二二年と一七四二年との間に五版を重ねた由である。外国行きを許されないラバは、この『マルティニーク紀行』の成功につられて、アフリカ各地をはじめとする紀行文を次々と著わすのだが、しかしそれらは本人が現地を踏破した旅ではなかったので、出来は当然のことながら良くなかった。それに反して『マルティニーク紀行』はたいへん出来が良い。私は全文が実際の見聞記と信じてきたが、しかし晩年ありあまる精力を架空旅行記の執筆についやしたラバであるから、『マルティニーク紀行』にも他人の見聞を我が物顔に使いこなしている部分があるいはあるのかもしれない。

7 迷信と迷信退治

このラバの『マルティニーク紀行』は日本語にきちんと訳したら、たとい出版事情が良くないとかいわれる昨今でも、売れるだろうと思う。岩波書店から近い将来に訳が出る予定と仄聞《そくぶん》するので、一般的な内容紹介はこの辺までとし、これだけ実務に秀で、世俗の事務に関し合理的で行動力に恵まれた人が一体なぜ、ハーンが呆れたラバの迷信退治の件にふれたい。黒人奴隷の自殺が迷信によって説明された條りはすでに第2節の末尾で紹介したが、これこそ宗教と異文化理解の関係の盲点ともいうべき問題であるからだ。

「迷信」という漢語表現はキリスト教がはいった過程で宣教師側が用いることによって中国でひろまった由である。中国系アメリカ人の社会学者F・L・K・シューはそう述べているが、諸橋『大漢和辭典』に迷信の語の初出が示されていないので確言はできない。superstition の語が漢訳される以前から迷信の語があり得た可能性はいくらでもある。しかし一つの信仰の正当性が過度に強調されると、それ以外の信仰は邪宗され迷信と呼ばれやすい。とくに土俗の信仰は頭から迷信視されたであろう。ただし日本では明治以来、科学信仰とでもいうべきものの強調との対照裡に迷信退治が行なわれたような気がする。

ラバの場合、問題は、彼がキリスト教宣教師としてマルティニークで暮すうちに、黒人呪術師や魔術師は悪魔と契約を結ぶ、と本気で信じこんだらしいことだ。呪術師と呼んでも魔術師と呼んでもここではそのネガティヴな意味においては同じことだが、彼らは大西洋を渡って来る船の到着を予見したとか、雨を降らしたとか、人形を喋らせたとか、呪いをかけて相手の心臓をひからびさせたとか、ラバは具体例をあげ、興味深い筆致で述べている。そのめぼしい條りだけは訳出しておきたい。négre という時のラバの語調は「黒人」というよりは「黒ん坊」に聞える時もあるが、ここではまとめて「黒人」と訳しておく。なおフランスの出版界では négre を noir と改めるような姑息《こそく》な真似は行なわれていない。

魔法使いとか彼らが悪魔と結んだ契約とかいうのはすべてまったくのお伽話で嘘っぱちにきまっている、と世間のたいていの人は思っている。私も長い間その考えだった。それにそうしたことを話す連中はとかく大袈裟にいうものだ。しかしどうやらそうした話は全部が全部本当ではないにせよ、完全に嘘ではないことを認めなければならない。のっぴきならぬ証拠のある事実が幾つもあるので、私もこれは間違いなく魔法だと確信した。この目で見た話や人から聞いたが間違いないと思える話を三、四述べたい。

トゥルーズ地方出身の聖職者で、フレス神父というのが、ギニアから九歳か十歳くらいの黒人の子供を連れて来た。当地に着いてから数カ月後のこと、神父たちが日照り続きで折角の庭の植木が枯れてしまう、雨が降らないものか、とこぼしていたら、その子はフランス語を話し始めたころだったが、神父たちの話を聞いて、自分がすぐに降らせるから大雨がいいか小雨がいいか、と言った。そう言われて神父たちは奇妙な気がしたが、相談の挙句、理屈よりも好奇心におされて、その子はまだ洗礼は受けていなかったが、それでは庭に小雨を降らせてくれ、ということになった。

その子はすぐにオレンジを三つもいで来ると、少しずつ間隔を置いて地上に並べた。オレンジの一つ一つの前で跪いたが、それがいかにも真剣で注意深く敬意を表しているので、見ていた神父はぎょっとした。少年はそれからオレンジの樹の枝を三本折って来ると、またその前で平伏し、それを三つのオレンジに刺して植えた。次いでたいへん注意深く畏敬の念をこめてなにか言葉を唱えつつ三度ひれ伏した。それから小枝を一本取って起立すると、地平線をぐるりと見渡した。はるか彼方に小さいがはっきりと雲が見えた。その時少年は枝を持った手を差し上げて雲の方に腕をのばした。するとたちまちおだやかな雨が降り出して、およそ一時間ほど降り続いた。少年はその間にオレンジと枝を集めて地面に埋めた（p.115-116）。

雨がたっぷり降った後、庭の境内の外には一滴も降っていなかったらしいことに気づいた僧侶たちは騒然となる。どこでこんな魔法を習ったかと問い詰めたら、ギニアからマルティニークへ大西洋を横切る奴隷船の中で同郷の大人の黒人から習ったという。少年は洗礼を受けアマーブルと名付けられ、後にラバの下で働いた。ラバは建築家でもあったから、少年に石工の技を仕込んだら出来がたいへんよく、棟梁になったという。雨を降らせた話はラバにも何度も語って聞かせたが、しかし平伏しながら述べるお呪《まじな》いの言葉の方はもう完全には諳《そら》んじていなかった。そうした魔法を用いることを神父たちが厳しく禁じてしまったからである。ラバ自身は雨乞いの現場に居合わせたわけではないが、居合わせた神父の名前を列挙して証人としてある。

ハーンはこの話をどんな気持で読んだのだろう。後年こんなこともあった。明治二十六年夏、ハーンは熊本から長崎へ旅して、西洋人居留地の風俗にいたたまれず、ほうほうの体で船で三角《みすみ》に帰着する。そして灼熱の宇土《うと》半島を人力車を乗り継いで熊本へ戻る。その『夏の日の夢』の背景に聞える単調な物音こそ雨乞いを祈願する太鼓の音である。その條りを引かせていただく。

耳についてきた俥《くるま》の音がいつしか重い響きでかき消された。俥がとある村を過ぎた時、差掛け小屋の中で裸の男どもが大太鼓を打っているのが見えた。

「俥屋さん、あれはなんですか」

俥屋は走りながら、やはり大きな声で答えた。

「どこもかしこも同じでさあ。長いこと雨が降りません。それで神様に雨乞いをして、太鼓を叩いているのです」

俥はさらにいくつかの村を過ぎた。大小さまざまの太鼓が打たれ、響いていた。稲出は煮えたぎるように暑い。俥の私からは見えない遠く向うの小さな部落からも、太鼓が鳴って、こだまのように響きを返していた。

いつまでも続く太鼓の音には百姓の心願《しんがん》がこめられている。それを迷信と笑うのは簡単だろう。だが今日の日本人にとってハーンの文章がなつかしいとしたら、それは『夏の日の夢』の著者の心にも雨を乞う村人の気持が親身にこだまして響いていたからではあるまいか。この肥後長浜のあたりは海岸沿いに単調な道がまっすぐに続く。昨今は居眠り運転に注意を促す看板が出ているが、百年前の暑い夏の日、ハーンはその道を単調な太鼓の音を遠くに聞きながら人力車を走らせていたのである。

黒人祈禱師

ラバ自身が一六九八年に目撃した話にはこんなのもある。黒人の女が病気になったが、「病気が特別なのか、医者たちが無知なのか」白人の医者たちの手におえない。黒人で治療に口をさしはさむ祈禱師連中の間をたらいまわしにされたが効き目が一向にない。「思うに連中は緩慢に効果を発揮する毒の拵え方を心得ているのだろう。たまには効くこともあるらしい」。しかしこれ以上のたらいまわしは無駄な出費と思い、ラバは黒人たちの医療は厳禁し、自家のフランス人外科医に女の治療をまかせる。

ところがある夜、女の小屋に黒人で医療に口をさしはさむ男が来ているという通報を受けた。すぐに出かけ、野郎をしたたか打擲《ちょうちゃく》して追い払おうと思った。ところが戸口の近くまで来たところで、その小屋を囲んでいるキャベツ椰子の生垣《いけがき》ごしに中でしているしぐさが見えた。病人は土間で茣蓙《ござ》の上に横たわっている。素焼《すやき》の不恰好な人形が小屋の真中の椅子の上に安置してある。自称医者の黒人がその人形の前に跪いて注意深く熱心に祈りを捧げている。しばらくすると男は瓢箪《ひょうたん》を二つ割りにして火がくべてあるクイと称する鉢を取って、その上にゴムを垂らして偶像に焼香をした。何度も何度も焼香と平伏を繰返した後、人形に近づいて「女は治りますか、治りませんか」とたずねた。そうたずねたまでは戸外でも聞えたが、なんと答えたかは私には聞えなかった。御託宣にいちばん耳を傾けていた女は無論のこと、私よりもっと手前にいた連中には答えが聞えたらしい。皆わっと泣いて喚《わめ》き出した。即座に戸を押し開けた私はその中に飛び込んだ。私のほかにも製糖所の主人、黒人の組頭、その他五、六人がいま私が述べたその現場を目撃したから、よしとばかりに、その呪術師《じゅじゅつし》とよそから来て見ていた黒人ども数名を取っ捕まえさせた。私は人形、香炉《こうろ》、頭陀袋《ずだぶくろ》、道具一式を押収し、女に「なんで泣くのだ」と聞き質した。女は「自分は四日経てば死ぬと悪魔に言われた。人形がそう言うのをはっきり聞いた」と答えた。居合わせた黒人どもも聞いたと言った。そこで私は、連中の迷妄を解くために「これはあの男が作り声でそう言っただけだ。もし悪魔が実際そこにいて返事をするくらいなら、なんで私が戸口にいて男を取っ捕まえようとしていると注意できなかったのだ」と言った。そうこうする間に手下に命じて奴を柱にくくりつけ、鞭でおよそ三百発ほどひっぱたかせた。肩から膝まですっかり皮が剝けて奴は絶望し狂ったように泣き叫んだ。家の黒人たちも口々に私にお慈悲を乞うた。そこで私は「魔法使いは痛みを感じないものだ。喚いているのは私を愚弄するためだ」と言った。それから椅子を持って来させると、その黒人男の前で椅子の上に人形を置かせ「悪魔にお祈りして私の手から逃げられるなら逃げてみろ。さもなくば悪魔に人形を取っ払ってもらえ」と奴に言った。しかしどちらも出来ない。それ見ろといよいよ一層ひっぱたかせた。当方のプランテーションの黒人はみんなその場に集まって来たが、怯《おび》えて震えている。そんな事をすれば悪魔の手にかかって私はきっと死ぬ、と言うのだ。連中がその馬鹿げた信心にこりかたまっている様は並大抵ではないから、なんと言ってきかせても、その迷信から正気に連れ戻すことは出来なかった。最後に私が悪魔も魔法使いも怖がっていないという証拠を見せるために、人形に唾を吐き、足蹴《あしげ》にしてぶち壊した。内心ではこの人形を取っておきたかったのだが。香炉もその他道具一式も叩き割った。それから火を持って来させると、こうした呪術師のくだらぬ襤褸《ぼろ》をことごとく火にくべさせた。叩き壊した人形のかけらを拾い集めさせ、灰や芥《あくた》やかけらは川に流させた。それで黒人どもはすこしほっとしたように見えた。

それが済むと黒人呪術師の体をピーマン水と呼ぶ漬物用の塩水でもって洗わせた。この水にはピーマンと小粒のレモンを潰して混ぜてある。鞭打ちで皮が剝けた連中には恐ろしい痛さだが、それで洗えば確実に壊疽《えそ》にならずにすむ。この土地では生傷をほっておけば必ず壊疽になる。それから鉄製の足枷をはめさせた。なおその場に居合わせた連中にも全員お仕置きで痛い目に会わせた。二度とこうした物見高い真似をさせないための配慮だ。夜が明けた時、黒人呪術師を男の主人の所へ連れ帰らせた。そのプランテーションの主人に手紙を書いて何が起ったかを説明し、同時に二度と私のところへ来ることのないようきちんと監督し禁止してもらいたい、と頼んだ。主人はそれを約束し、私の労に謝し、さらに黒人呪術師をしたたか鞭でひっぱたかせた。

この件で甚だしく面白からぬ事はその黒人女が実際四日目に死んでしまったことである。悪魔の返事にやられて気落ちしたためだろうか。それとも女の病状からしてもう四日しか持たないということが本当にあの男にはわかったのだろうか。まったくの偶然だが、女が死ぬ前に私が告解《こっかい》をさせ、女が良きキリスト教徒として死ぬ様を見届けることができた。女は自分が犯した過ちをたいへん後悔していた（p.116-118）。

逃亡奴隷は鞭打ちの刑に処せられる。

ここで過ちというのは黒人呪術師を呼んだということだろう。文中のピーマン（piment）は唐辛子の類と思うが、カリブ海地域で勢威をふるったスペイン側の言葉づかいではpimientaは胡椒を意味するので、後者の可能性もないわけではない。

その先にはアンティーユ諸島の別の島であるサン・トマで聞いた話がこんな風に出ている。黒人呪術師でやはり素焼の人形に口を利かせた者が島で裁判にかけられ、火あぶりの刑に処せられることとなった。火刑場に引き立てられる黒人に向かって白人の一人が冷やかした。

「おい、どうした。人形は割られてしまったぞ。こうなりゃ口を利かせることも出来るまい」

「もしなんでしたら、旦那さん、旦那が手にお持ちの杖に口を利かせてみせますが」

その申し出に皆は驚いた。その場に居合わせた判事に刑の執行をちょっと延ばしてくれと頼んだ。この黒人が本当に約束通りやってみせるかどうか見たかったからである。延ばすということになったので、奴に杖を渡した。すると杖を地面に突き立てて、そのまわりで儀式を何度も繰返した。その挙句「なにをお知りになりたいのですか」と聞く。それでヴァンベル氏はデンマルクの会社の支店長だったが、自分が待っている船はもう出港したか、いつ入港するか、乗客乗員にはどんな人がいるか、航海中に何が起ったか、それが知りたい、と答えた。すると黒人はまた儀式を繰返し、それが終ると引き退いて、ヴァンベル氏に「杖に近づいて御覧なさい。お知りになりたい事の返事が聞けますよ」という。そこでヴァンベル氏が近づいてみると、澄んだはっきりした声で、「おまえが待っている船はヘルシンゲルをしかじかの日に出港し、船長は誰某で、船客にはしかじかの人がいる。積荷は結構な品だからおまえは満足が行くだろう。北回帰線を通過する時嵐に会って中檣帆の小さなマストが折れ、後檣の帆が飛ばされてしまったが、三日以内に当地の港に錨を下ろすだろう」。

その黒人はともかく死刑に処せられた。三日後、船が着いたので、調べてみると、まさしく予言通りだった。

こうした事にまつわる私の見聞を披露し始めたら、きりがないだろう。……とにかく言えることは、悪魔と通じさまざまな事で悪魔をうまく使う者が本当にいるということである（p.118-119）。

キリスト教宣教師としての正義感から鞭打ちの刑などに処するラバは断乎たるもので、およそ不安動揺はない。そうなるとラバは行動力のある男だから容赦《ようしゃ》仮借《かしゃく》ない。アフリカ渡来の祈禱師、いまいうところの **medicine man** などは目の仇にされる。ラバはそれは恐ろしい男であったから、それより二百年後、ハーンがマルティニークへ行った頃でも、子供たちが悪さをすると「こら、そんなことするとラバ神父に来てもらってお前を連れて行ってもらいますよ」**"Mi! moin ké fai Pé Labatt vini pouend ou-oui!"** と親たちが言ったとハーンは『亡霊』の第二節に書いている。フランス語にきちんと戻すと **"Je vais dire au Père Labat de venir t'emmener."** というほどのことである。土地の人は昔は子供にそう言って叱ったといまでも証言するようだが、しかし今日のマルティニークの人のラバにまつわる言説にはハーンの記述から再生産されたものが混じっているかもしれないので、その点は注意を要する。

ハーンが紹介する迷信退治には次のような話も混じっている。ラバ神父はデュ・ジェーヌ伯爵夫人から聞いたというが、夫君はフランス船隊の司令官で、一六九六年にゴレアのイギリス軍要塞を占領した。そしてそこの商館に使われていたイギリス側の奴隷をことごとく捕虜とした。ところがこの捕虜を収容した船が、良風に恵まれているにもかかわらず、どうしても海岸を離れることができない。まるで魔法にかけられたような状態である。見るに見かねて奴隷のある者が船長に申し出て「これは船にいる黒人の女が魔法をかけたのだ。あの女は自分に従うことを拒む者はみな心臓まで干からびさせる力があるのだ」と告げた。黒人奴隷の間から死人が次々に出た。船長が解剖を命じると、はたして死んだ黒人の心臓は干からびていた。件の女は甲板に呼び出され、大砲に縛りつけられて、鞭で打たれた。しかし一声も発しない。女のこの冷静な態度に怒った船の外科医が処罰に手を貸した。外科医は渾身《こんしん》の力をこめて女を殴りつけた。すると女は「理由なしにわたしを酷い目にあわせた以上、あなたの心臓も干からびるだろう」と言った。外科医は翌日死に、その心臓は言われた通りの状態になっていた。その間船はいずれの方角へも進むことが出来なかった。女が船長に言うには、自分と黒人の仲間を陸に降ろさない限り、船長は船を動かすことは出来ない、という。そして魔力を示すために女はさらに新鮮なメロンを三箇箱に入れて鍵を掛けきちんと番人をつけるよう要求した。「開けなさい」と言った時、メロンはなくなっているはずだ、というのである。船長はその実験に応じた。箱の蓋を開けた時、メロンはまだそこにあるように見えた。ところが触ってみると残っているのは外皮だけで、中身はすっかり干からびて——外科医の心臓のようになっていた。こうなると恐ろしくなった船長は、魔法使いの女とその仲間みんなを岸へ上げ、そうしてそれ以上の騒動なしに航海を続けたとのことである（p.226-227）。

こんな話を読むと、ハーンはたまらない気がした。それはこうした種類の怪談・奇談がハーンというロマンティック気質の文学者にとっては一つにはたまらなく面白かったからである。しかし二つには迷信が理由で処刑される黒人奴隷がたまらなく気の毒だったからである。乱暴を働いた白人外科医の心臓がメロンの中身同様、干からびてしまうのはまだ良いとして、ハーンには黒人祈禱師が祈禱を行なったという廉《かど》だけで鞭打ちの刑に処せられるのは酷に過ぎると思えた。ましてや人形や杖に予言を語らせたという廉で死罪に処せられるのは白人宣教師の横暴にほかならない。土地の旧来の民俗に関心を寄せるハーンは、たといいかにプリミティヴな文化であるとはいえ、それを偏狭なキリスト教宣教師の尺度で裁断してはならない、という確信をつのらせたのである。それが五年後の一八九四年、『知られぬ日本の面影』という来日第一作の「序」の激語とも化したのであろう。「日本はキリスト教に改宗することによって、道徳的にせよ何にせよ、得るものはなにもない。しかし失うものは沢山ある」。

ハーンは細部の記述には優れるが、一般化の結論には劣る人である。ラバの所業の詳細を知ったハーンの宣教師に対する反感もわからないではない。だがハーンが来日以前から心に秘めていたに相違ないその反宣教師的断言は、あたかも振り子が逆さの方向に向って激しく揺れた感じもする。「西洋脱出」の叫びのような気もする。それとも『お大の場合』などに描かれたような事件が実際に日本で次々と身近に起って、ハーンは宣教師たちの手で不愉快な事件にまきこまれたのであろうか。松江の生活に取材した『知られぬ日本の面影』は、その「序」を含め、熊本時代に執筆されたものが多いが、当時の熊本には教会用の土地買収でスキャンダルを起したコール宣教師などもいて、ハーンは猛烈な宣教師批判を一八九三年五月のチェンバレン宛て書簡に書いている。第五高等学校の日本人同僚中の「いわゆる宣教師的影響力を代表する人間」として佐久間信恭らしき人物の悪口をチェンバレン宛ての手紙にも書いている。そうしたことは以前の英文全集では削除されていたが、近年ようやく判明した（梅本順子氏は『浦島コンプレックス』南雲堂、でハーンと佐久間の二人の対立の復元を試みている）。宣教師に対して被害妄想の気味もなしとしなかったハーンは、熊本の第一の住居であった手取本町では近所のカトリック教会の鐘がたまらなくなり、それで第二の住居坪井西堀端町へと引っ越したのだという。なお熊本の小泉家ではハーンの発議で――それこそ釣り合いをとるためだろうか――神棚をまつった。小泉八雲が再び脚光を浴びた今日、その神棚は大切にされていることと信ずるが、ずっと以前に私が旧家を訪ねたときは神棚は埃をかぶって放置されており、ひどく心寂しく思ったものであった。

来日以前の怪談

ラバの紀行文中の迷信にまつわる話を三、四紹介したが、その中にはすでに怪談に通じる要素を含んだ話もあった。それではそうした書物から間接に拾った話のほかに、マルティニークの島でハーンが直接耳にした怪談はあるのか。より正確にいえば、土地の材料をもとにハーンが書きあげた怪談はあるのか。その一つに先にふれたハーンが採集したクレオールの民話がある。しかしそれらはハーンの手がほとんど加えられていない以上、ハーンの怪談とは呼びにくい。ここではハーンが土地の材料に手を加えた数少ない作品の一つにふれたい。

ハーンのマルティニーク時代の怪談で何が一番か、と訊かれるなら、『魔女』Guiablesse と答えたい。ギアブレスはディアブレス（diablesse）のクレオール語化だと思うが、その話とはこうである。その第一節にはハーンが「樹霊」の存在を自覚しはじめた感覚がまず記されている。樹霊という言葉に接して日本人は別に驚かないが――そしてそのことが日本人が無自覚的にアニミストである証左だと私は感じているが――、霊魂は人間にしか与えられていないという厳格なキリスト教思考伝統の中で育った人々には、霊的存在としての樹木の記述は多少異端に響く。ロマン派的異端といえるのかもしれない。

どこの国でも夜になるとなにか漠然とした幻影が浮んできて空恐ろしい妄想が次々と湧くものである。

だが熱帯の国、とくにマルティニークでは夜は格別に印象的で、ひときわまがまがしい印象をよびおこす。植物のある種の形は、太陽がその上に照りつけている昼間でさえ、人目をそばだたせる不気味さがあるが、日没後にはなんともいえぬ恐ろしい、グロテスクなものとなる。それはいわくありげで筆舌に尽くしがたい……北国では樹は単なる樹にしか過ぎない。だが南国では樹は霊を帯びた人格で、その霊性がおのずと感じられる。樹には、そこはかとない人柄のようなものがあって、定義しがたい自我がある。それは個人であり存在である。大文字で始まるIndividualであり、大文字で始まるBeingである。

ハーンは南国の樹に霊的なるもの、ghostlyなるものを感じた。そしてそのような関心への延長線上に霊にまつわるghost storyとして、この作品ではまず土地の女が語るゾンビの話が出て来る。ゾンビはしかし現れたとみるまに消えて去った。ついで見知らぬ女にまつわる話に移る。その女は道をすたすたと歩いて来た。若い、浅黒い、背の非常に高い女である。黒い衣をまとい、頭に黒の筋のはいったターバンを巻き、白い肩掛を美しい肩にかけている。いままで見たこともない女だ。二人の黒人青年ガブーとファファは大きな麦藁帽子を脱いで声をかける。

「ボンジュー、マンゼル」

「ボンジュー、ミシエ」

彼らは女とクレオールの言葉で挨拶を交わす。「マンゼル」は「マドモワゼル」が、「ミシエ」は「ムシュー」が崩れてクレオール語と化したものである。女はガブーには目もくれないが、ファファの顔に向かってまともに向けたその大きな眼で笑った。その一瞥《いちべつ》で男の淫蕩《いんとう》な血がはやくも燃えあがる。一瞬、黒い稲妻の光に包まれたような気持だ。「俺はこわい」とガブーは引きさがったが、「俺はこわくない」とファファは笑いながら女について歩き出す。「おい、やめとけ」とガブーが叫ぶが、ファファはもうガブーの言うことなど聞く耳は持たない。男女二人は山を登って行く。いま日は傾き、はるか彼方の西の高地は真珠のような灰色を濃い青色にと変えていく。熱帯の日没は日の出よりもさらに広大だ……　いま『魔女』最終の第七節を抄訳してみる。

……女は突然本道を離れて、険しく狭い山路を登り始めた。森を抜けて左手へ行くのだ。ファファは一瞬ためらった。立ち止まって後ろを振り返った。太陽の巨大なオレンジ色の顔が沈んで行くのが見える。無気味な峰と峰の行列が葬式に立会うかのように黒い喪服を羽織りつつある。その背後は朱に燃え上がって恐ろしいような感じだ。ファファは左手の暗い小道をまた見上げた。見上げるうちに漠然とした恐怖が全身に襲いかかった。女はいまどこへ行くのか？

ファファが「蛇が出る」といっても女は「出ない」と言う。この近道は行きつけなのだと言う。そして女が先頭をすたすた行く。垂れ下がった蔓《つる》が塊となって、薄れ行く日の光の中で、血の色を帯びている。しばらくの間は先に立って行く女の姿がまだ見えていたが、山路がジグザグになって影の中に入るに及んで、見えるのは白いターバンと白い肩掛のみである。樹の枝が頭を掠《かす》めるようになると、もう女の姿は見えない。怯《おび》えてファファは女を呼ぶ。

「どこにいる？」

「ここよ。わたしの手につかまって」

だがその手がなんと冷たいことか。女は空で道を憶えているらしい。すばやく、確かな足取りでまた森の樹木が枝を組んだ鬱蒼《うつそう》とした円天井の下をくぐって行く。二人は丘の頂上に到達する。

森はいまや二人の足下にある。夕闇の中で真っ黒になった羊歯《しだ》が長く波打つ中を山路は曲線を描いて東に向かっている。なにか並外れて大きな黒い羽が揺れているような感じの羊歯である。紫色が濃さを増すはるか彼方にそそり立つ高地がぼんやりと見える。どこか眼に見えぬ深みから、鈍い広漠たる物音が夜の中を立ち昇って来る。……

女は突っ立っているが、その顔は闇の中である。ファファの眼は、鉄が燃えて朱と化したような西の空に注がれる。女の手をずっと握りしめ、愛撫しながら、低い声でなにか呟きつづけた。すると、

「エス・ウ・アンマン・モワン・コンム・サ？」

女はほとんど囁くようにいう。「あなたこんなわたしが好き？」

ああ、無論そうとも、そうだとも。どんな生き物よりも愛してる。どのくらい？　それはそれは愛してる。グオ・コンム・カーズ。それでも女は信じないらしい。何度も何度も同じことを聞き返す。

「エス・ウ・アンマン・モワン？」

そしてそういいながら、おだやかに、愛撫するように、女は男を路の縁の方へいざなって行く。黒い羊歯が波打つ方へ、そしてその先の鈍い広漠たる物音が立ち昇って来る方へ。

「エス・ウ・アンマン・モワン？」

「ウイ、ウイ」

と男は答える。「好きかって、そりゃ、お前わかってるじゃないか。ウ・サーヴ・サ。ウイ、シェ・ドゥドゥー。ウ・サーヴ・サ！」

すると女は、やにわに、顔を赤い最後の光芒《こうぼう》に照らし、その幽鬼と化した顔を男に向けるや、世にも恐ろしい高笑いを響かせて、叫んだ。

「アトー・ボー！」

さあキスして！　そう女に迫られた一瞬、相手の名がはっとわかった。――だが女の変わり果てた形相《ぎょうそう》に茫然自失した男は、脳天を一撃されたかのごとく、よろめきつつ、後ずさりし、後ろ向きに足を踏み外した。落下するや、二千フィート谷底の激流の岩に頭蓋をぶちつけて、ファファは惨死した。

「エス・ウ・アンマン・モワン？」「わたしが好き？」のクレオール語“Ess ou ainmein moin?”がフランス語の“Est-ce que vous aimez moi?”が崩れた形であることは見当がつくだろう。この話で決定的な一語は「アトー・ボー！」「さあキスして！」の一語である。ハーンは欄外に“Ato, bo!”とは“Kiss me now!”であると註をつけた。想い返してみると、幼年時代、夏の夜にぞくぞくしながら耳を傾けた怪談には必ず決定的な一語があった。それはこの『魔女』ではクレオール語で飛び出したが、日本で書かれた最初の怪談『持田浦の民話』ではその決定的な一語は出雲弁で飛び出したことなども想起されるのである。

8　内外におけるハーン評価の落差が意味するもの

このような怪談を書き留めたハーンがマルティニークでも日本におけると同様に愛され、その地でもハーンの著作はいまでは主として土地の言葉、すなわちフランス語の訳で愛読されていることはすでに述べた。ここで日本と米英の間によこたわるパーセプション・ギャップの一つにふれたい。それはほかならぬ小泉八雲ことラフカディオ・ハーンをめぐる双方の認識の落差である。

日本では小泉八雲の怪談を知らぬ人は少ない。それだけではない。日本の一般読者の間ではラフカディオ・ハーンは西洋人で日本を理解した第一人者のように思われている。それに対し、米英人知日家は来日して自分たちが日本人によってハーンに比較されると、とまどいを隠しきれない。その中のある人たちは自分たちはハーンと違って日本語の読みや話しがよくできると自負し、反射的にハーンをけなす傾向にあることはすでに述べた。ハーンは日本でひたすら幻想の中で生きたとか、日本人は日本に口当りのいいことをいうハーンを祭り上げたのだ、などと東京の外人向け英字紙にしたり顔で書く外人の種は尽きない。*The Japan Times* などを読むと、日本の首府にはいまだにその種の西洋人租界があるような気がする。少なくともそうした優越感の持主はまだはなはだ多い。その中には日本が経済的に豊かになってきたことへの嫉妬から日本に反感をつのらせ、日本に好意を寄せたかにみえるハーンへの悪態をつく外国人もいる。精神的治外法権を維持しないと、自分たちの文化的アイデンティティーが脅かされるという危機意識すら見受けられないわけではない。

また中には自分がハーンと比較されて、別の理由で違和感を覚える人もいる。同じく東京大学で英文学を講じたエドモンド・ブランデン（一八九六―一九七四）など、自分のために身も心も捧げた日本の一インテリ女性とひそかに同棲して暮していたのだが、結婚するつもりもなければ日本に帰化するつもりもさらさらなかった。それだけに日本人から「第二のハーンさん」などと言われると、弱みを突かれたような気がして、ぞっとしたのであろう。しかしそれでも自分自身が教壇に立った人であっただけに、ハーンの英文学講義を貶《おとし》め「全然価値がない」などと言う英国人文学史家がケンブリッジなどにいると、その行き過ぎをたしなめ、抗議せずにはいられなかった。あれだけの文学講義が出来る人は多くはない……。

だがハーンに対して悪感情をもつ西洋人の中にははなはだしい者もいた。英国国籍を棄てて日本国籍をとったハーンを西洋に対する反逆者とみなし、Hearn went native.「ハーンは土人になった」と露骨にけなした。「西洋の敵――ラフカディオ・ハーン」という記事が一九三〇年にはマシュウ・ジョセフソンによって書かれたこともあった。日本政府に金で買われて宣伝要員になった、などと悪意のある風評を流した者（チェンバレン）もいた。一九四一年三月七日、前田多門館長のニューヨーク日本文化会館の協賛でニューオーリーンズのテュレーン大学でハーン・コレクションの披露祝賀会が開かれたが、その日の主賓でかつてハーンの友人であったマタス博士の講演そのものが、日米友好を願う関係者の希望とは裏腹に「西洋を見捨てたハーン」というものであった。婉曲にけなす人々は、ハーンは西洋人としてのアイデンティティーを喪失した、とか西洋的価値観を放棄した、と述べた。

しかしハーンは英語著作家としての自己を失ったことのない人と私は観察している。ハーンが英文で we と書く時は必ず「我々西洋人は」という意味においてであり「我々日本人は」という意味においてではない。というか西高東低という文明史観が自明とされていた十九世紀末年から二十世紀初頭において、英文で日本を語ることによって西洋至上主義を批判するということは、西洋人著述家としての作家生命をかけてのことであり、自分の見方、感じ方、考え方の真実を信じ、それを巧みな事例を用いて説得的に述べ得るだけの自己の文筆に対する自信がなくては、およそなし得る行為ではなかったからである。それは私どもが日本の論壇や文壇で、主流と目されている考え方とは異なる反時代的考察を述べる際に、いまでも覚悟せねばならぬリスクを思えばわかることであろう。

英米におけるハーンのイメージの変動が、英語圏における日本のイメージの良し悪しと連動していることについてはよそでも述べたが、どれだけ悪かったかという身近な一例にふれたい。一九七八年、私がウィルソン・センターでハーンについて講演したとき——その講演それ自体は全文がイギリスで出たハーンの新アンソロジーである Louis Allen ed., *Lafcadio Hearn : Japan's Great Interpreter* (Japan Library, 1992) に付録として収められている——最初に浴びた質問は「あなたがハーンを取り上げたのは、悪くなりつつある日本の評判を回復するためのプロパガンダの一環ではないのか。あなたも日本政府のエージェントであろう」というのであった。そのようなおよそ講演内容と無関係な、悪意を秘めたかんぐりの質問には、当事者である私が答えても意味はほとんどない。読者に平川論文をお読み願うより致し方がない。

しかし問題は、チェンバレンが『日本事物誌』の第六版でにおわせた「ハーンは日本政府に雇われた宣伝要員」という説が一九三九年以来英米に出まわってからというもの、ハーンについては悪い先入主が一部では一人歩きしてしまったということであろう。西洋には日本についての紋切り型の悪者イメージが先行して、それ以外の情報には聞く耳を持たない人が多い。後にパリのオルセー美術館で私が行なったハーンについてのフランス語講演が温かい喝采で包まれた様は稲賀繁美氏が誇張して描いているが、しかしあれとこれとを思い返すと、ワシントンとパリとではまことに対照的で、その振れ方の大きさに驚くのである。日本人が外国語で自己主張をすることは、相手の立場に「ウイ、ウイ、セサ」と迎合するだけなら話は別だが、西洋本位の価値観そのものへの反論はけっしてたやすいことではない。

外国人の霊の世界

ハーンの日本解釈者としての弱みが日本語がよく読めなかったことにあるのは事実だろう。しかし私は来日外国人と多数接して、たとえば東京大学で長く教えたフランス人のモーリス・パンゲ氏など、日本語の読み書き話しは下手だったけれども、『自死の日本史』を読むと、日本人の気持が実によく摑めていると感じる。日本人学生と親しく接したパンゲ氏の日本理解の方が、多くの日本研究の専門家より深いと思う節も多々あった。それだから私は、外国語の読み書き話しができるだけで外国人の心がわかると慢心してはならないと自戒する者だ。パンゲに限らず、日本人学生に外国語で作文を書かせる教師は、相手の気持がよくわかっていた。そして日本人の中学生、高校生、大学生に英作文を書かせたハーンは、日本の若者がどのように反応するか、よく見えていたのである。なにも日本人に限らずシンシナーティの黒人にしても、マルティニークの女にしても、そうした社会のマージナルな人の気持をとらえることのたいへん上手な人だったのである。ただしそう述べたからといつて、私が外国語をおろそかにしたり philological approach を軽視したりしているのではない。複数の外国語を学んで、三点測量の出来る日本人がふえない限り、日本人はこの地球社会で自分が進むべき方向をきちんと見出せない、と強く感じているのである。

だがそれにしても日本の一国専門の外国研究者には、日本人であることに自信を欠いた人が、外交官であれ、教授であれ、記者であれ、またなんと多いことだろう。外国語で話す以上、本国の人に及ばないのは止むを得ない。しかしそれにしても自己主張能力の欠如がいつのまにか自己卑下となり、さらには日本を卑下するにいたる、という心理的傾向は不健全と呼ぶほかはない。

いま言葉の学習にふれたが、ただここで問題となっているのは、実は文献学的アプローチをもってしてはいちばん摑みにくい霊の世界の問題なのだ、という点は指摘しておきたい。私自身は英独仏伊の言葉を習い出してからもう半世紀が経ってしまった老措大《ろうそだい》だが、近年、外国研究者は、研究対象国の怪力乱神を感じ、その霊の世界にはいりこみ、それを自分の母語で伝えることが出来るようになってこそ、はじめてその国民の魂がつかめた、と言えるのではないか、と思うようになった。いってみれば他国の人が漠然と感じるこの世ならぬものを自分自身も感じ取ることが出来ること、——それこそが、外国理解の上では大切なのであり、その能力の有無こそが外国文学研究者の試金石の一つではないか、とも思うようになったのである。私自身はその方面がはなはだ鈍で不得手なのだが、しかしそのような見地に立つと、日本人の霊の世界にはいりこむことを得たハーンという人は、世にも稀な人だったと思うのである。ちなみに戦後のフランスの日本研究で指導的立場に立った故ベルナール・フランク博士は、レヴィ＝ストロースも指摘するように、ハーンがきっかけで日本研究にはいった人で、お化けの研究者として知られた。ただし、だからといって別に奇人でもなければ変人でもない。八百万の神の国を調べる上で物の怪《け》の研究はたいへん大切なことである。むしろそれより、日本の国文学史が夢幻能の亡霊は重視していながら、怪談の亡霊はまともに取り上げないことの方が、誤りなのではあるまいか。

人が戻る国、霊が戻る国

そのハーンがラバをいちばん活用した作品は先に挙げた『亡霊』――もちろん英語で書かれているが、原題はフランス語を用いて Un Revenant という――である。ラバにとってマルティニーク島は le Pays des Revenants であった。これはえもいわれぬ魅力ある島であるが故に、マルティニークは一旦その土地へ渡った「人々がまた戻って来る国」という意味で、英語に訳せば the Country of Comers-Back ということになる。最初にこれに似た表現を用いた人はデュテルトル神父の由で、同神父は一六六七年に「この愛すべき島に人々は帰って来ずにはいられない」と書いた。ラバは植民地経営に比肩すべくもない大手腕を発揮した。十二年足らずの間にラバは自分が属していたドミニコ会の教団を西インド諸島中でもっとも強大でもっとも富裕な教団に仕立て上げた。ラバは行った先々で、教会、修道院、学校、水車、砦、砂糖精製所を建てた。それこそ王道楽土の建設に成功したと自負した人であったから、一七〇五年にフランスに報告に一度帰国した後もまたマルティニークへ戻るつもりでいた。しかし平気で敵を作った人だったから、ラバを二度とカリブの島に戻すなというお達しがどこからか出ていたとみえ、本人の熱望にもかかわらず、ついに戻ることはできなかった。

しかしマルティニークではその後も夜山中で鬼火を見かけると、黒人たちはクレオール言葉で “Moin ka coué c’est fanal Pé Labatt!” と叫んだ。「あれはラバ神父様の提灯だぞ」という意味で、縁起の悪いこととされていた。ラバ神父はキリスト教の正義を信じておよそ疑念のない人で、土地の呪術師など平気で火あぶりの刑に処した。それで島は完全にキリスト教化されたということになっていた。しかしいま引いた句が示すように、ラバ神父の祟りが話題になるということそれ自体が迷信のあらわれである。なんのことはない、黒人たちの呪術的な心性が生き延びて、死んだラバもまた祟りの主の一人と化してしまったのである。この島には日本と同じでお化けや亡霊が多いが、ラバも死んでその一人となったのだ。こうした信仰はアフリカ渡来

マルティニークの藍製造所

同、煙草製造所

の異教の名残でもある。それでマルティニークの Le pays des Revenants という呼び名は「人々がまた戻って来る国」という原義がいつしか「亡霊がまた現世に戻って来る国」という意味に解釈されるようになった。それを英語に訳せば the Land of Ghosts ということになる。ハーンがフランス語でつけた Un Revenant という題名を『戻って来る人』ではなく、『亡霊』と私が訳す所以である。それは小泉八雲『クレオール物語』（講談社学術文庫）に収めてある。ハーンはその皮肉を楽しんだのであろう。随筆はこんな詠嘆調で終る。

束の間の人生を生きる人間が変革し得るようなもの——思想、道徳、信仰、社会体制——そうしたものは、ことごとくラバの手で変革されてしまった。だが、永遠の夏は昔のままに残っている。そして晩国の紺青《こんじょう》の空と菫色の海のすばらしさや丘の宝石に似る色は古代のままである。なまぬるい風はあなたが開いた砂糖黍の畠に二百年も前の昔に波打ったものだが、その風はいまでもこの地の上を吹きぬけている。太陽が昇り沈むにつれ、同じ紫の影は長く延びもすれば縮まりもする。神様の魔法妖術は、いまもなおこの国に満ち満ちている。そしてこの国の美しさに外国から来た人の心はいまなお魅了されるのである。そしてこの国を去った人は、この楽園の夏の思い出によってとこしえに夢にとり憑かれるのである。千余の峰に光が次々と飛んで行く栄光に輝く熱帯の朝。はてしもなく青い正午の香ばしい平和。巨人的な日没の夕焼けの中で風にゆられる椰子の大樹。なまあたたかい暗闇を通して大きな蛍が黙って揺れながら飛んで行く。その時、子供に家に帰るように呼ぶ母親たちの声がいまもなお私の耳の奥に聞こえる。

「ミ・ファナル・ペ・ラバッ！　ミ・ペ・ラバッ・カ・ヴィーニ・プユント・ウー」

「さあさあ、帰っておいで。ラバ神父の提灯の火がもう見えたよ！　ラバ神父がお前をさらいにやって来るよ！」

宣教の裏面

「文明開化の使命」(mission civilisatrice) というのはフランス人の好きな言葉だが、ミッションという言葉からもわかるように、本来キリスト教に由来する発想で「キリスト教化の事業」(œuvre de chrétienté) とほぼ同義語である。ド・ゴールは一九五八年、フランス大統領となるや年少の盟友アンドレ・マルローを文化相に抜擢したが、その時、省の名前は「フランス文化の光輝発現省」(le ministère du rayonnement de la culture française) に改められた。フランスの八紘一宇省だな、と感じて私は微苦笑したものであった。キリスト教化、文明開化、植民地化というのは同じ延長線上で行なわれた事業で、立派な業績も数々あったが、しかし暗い血にまみれた面もあったのである。

フランスの駐日大使として昭和初年まで東京に勤務したポール・クローデルなど詩人としても外交官としても立派な人で、日本の宗教文化も実によく感得している。明治神宮や日光を訪れた文章などすばらしい。ちなみにクローデルはハーンに特別に関心を寄せた人である。そのことは、一九九九年『孤独な帝国――日本の一九二〇年代』という題で草思社から訳出された外交書簡からもうかがわれる。しかしその書簡を読むと、フランスは政教分離のはずだが、クローデル大使はカトリックの司教の人事に露骨なまでに口をさしはさんでいる。日本人を司教に任命するなどとんでもないことだと大正の末年に警告している。そうした点については、クローデルは完全に西洋中心主義者であった。

西洋側から東洋を見ると、宣教師的偏見のために見えなくなってしまう部分があった。いやいまでもある。ではその特色とは何か。その点をはっきり指摘したのが宣教師仲間からも爪弾きされ、妻にも逃げられて悲惨な境遇に陥った晩年のL・L・ジェーンズ（一八三七―一九〇九）である。熊本バンドで著名なアメリカ人のジェーンズは、後年、宣教師的偏見に対して批判を加えたがゆえに、宣教師仲間から村八分にされた。その苦境に立たされたジェーンズを日本人のかつての弟子たちが今度は京都の第三高等学校へ英語教師として招聘した。するとジェーンズは明治二十六年、日本を再訪した折に率直にこう述べた。

彼ら［宣教師］は「救済計画」をたて、彼らのもくろみを達成する手段――お金――を［母国で］つのり、要求する。……「未開」の土地で見聞きした悪や悲惨を描き出し、その［悪や悲惨は］土地の「偶像崇拝」のせいだとする。

かつて熱烈な宣教師であったジェーンズは、西洋人宣教師のある種の情熱が西洋人の「他者」認識をいかに歪めるものであるかを、そのように説明した。すなわち、外国に対する偏見がキリスト教国で強いのは、一半はキリスト教宣教のメカニズムそのものが生み出したものである、と。

彼ら［宣教師］が個人的に異教徒すなわち非キリスト教の民をどう見ているかは、今あまり問題ではない。しかしいま述べたような論をしつこく繰返し邪悪にたたきこむことによって、またインド・中国・日本の国民をそのようなものとして誤って描き出し、ヒンズー教・仏教・道教・イスラム教などの宗教としての発展について誤った馬鹿げた描き方をすることによって、欧米は人類の四分の三の人々にたいして、政治的・軍事的・外交的・社会的・宗教的関係を支配しようとしてきたのだ。これは異教の民を辱めるだけでなく、苦しめる。（ノートヘルファー『アメリカのサムライ――L・L・ジェーンズ大尉と日本』法政大学出版局、三二二―三二三頁）

そのような宣教師的偏見の盲点をついた晩年のジェーンズの発言は、大筋で正しかったのではあるまいか。ジェーンズはそれとは知らず同僚の「オリエンタリズム」批判を行なっていたのである。ニューオーリーンズ時代以来のハーンの女友達エリザベス・ビスランドは、ハーンより一年早く世界早まわりの途上日本に寄っているが、船上で「私たちは隅にかたまって宣教師たちの批判をしていた。宣教師たちもかたまって私たちの批判をしていた」と、その『世界早まわり』というハーバー社刊の旅行記で笑っている。アメリカ人の宣教師的情熱がかえって外国理解を妨げていることに批判的なアメリカ人もいたのである。ジェーンズが指摘した問題は、日本のキリスト者内村鑑三なども気づいていた点で、内村は「異教徒」の信仰を無視した米国流の強引な宣教を批判した。「他人の信仰を毀つことを、いたって易きことと思い、人をして父祖の宗教を捨てしめて、大なる勝利を得たるかのごとくに」アメリカ人宣教師は感じる。彼らは「すべての宗教のはなはだ神聖なる」ことを知らず、「他人の信仰の密室に乱入して、これを蹂躙しながら、あえて大なる無

ランビ（lambis）は法螺貝で、土地の人はこの貝を吹いて合図していた。小説『ユーマ』の中で黒人暴動の際、港の労働者が山の人夫たちとしめしあわせて蜂起したのもこのlambishellと英語でいう法螺貝を吹いた上でのことである。ちなみに小泉家でハーンは書斎で用事があると、法螺貝を吹いて家人を呼んだ。（小泉八雲記念館蔵）

礼を犯したとは思わない」（『内村鑑三信仰著作集』24巻、三〇七–三〇八頁）。

　そのような宣教的熱情という支配欲によって見えなくなった部分に逆に光を当てようとした一人が、キリスト教的西洋近代に背を向けてマルティニークへ行き、ついで日本に来たハーンであった。彼の宣教師ぎらいをいままでの伝記作者の多くは、ハーンの幼年期の家庭崩壊やカトリックの厳格に過ぎた寄宿学校などのせいにしてきた。もちろんそれも下地にはあったであろう。だがマルティニークでキリスト教宣教の裏面を見てしまったということが、やはり大きく働いたのではないか、と私は考える。

　西洋キリスト教文明優位の立場から支配者としてアジア・アフリカを見る、見ないというのが、エドワード・サイード以来強調されてきたオリエンタリズムと非オリエンタリズムの二分類と呼んでもよいであろう。そのサイードのオリエンタリズムの論自体を否定する見方も西洋では牢固として根強い。サイードの論に誇張もある以上、反論が出るのは当然であろう。

　明治の西洋人日本研究者についていえば、チェンバレンはオリエンタリストの典型的代表者、ハーンはそれとは逆の立場に理解を示そうとする日本解釈者 Japan interpreter なのだが、日本人の間にもチェンバレンを評価してハーンを貶める人は絶えない。ハーンにも誇張がある以上、反論が出るのは当然であろう。しかし西洋でも過去のオリエンタリズムに反省も出てきた昨今、私たちもいま少し自己本位の立場で西洋と非西洋の支配・被支配の関係と、それからの自己回復を考え直してもよい時期ではあるまいか。日本学者としてのバジル・ホール・チェンバレンを盲目的に尊崇する伝統は明治以来の日本に根強く、英国でもリチャード・バウリング教授などチェンバレンをたいへん尊敬しているらしく見える。しかしアーサー・ウェイリーの日本研究はチェンバレンの日本文学観を否定したところから始まったことなど、いますこし精密に検証されてもよいことではあるまいか。

さて以上のように、ハーンがマルティニーク時代に読んでたいへん面白がりはしたが、こと宗教問題については偉大な反面教師として扱った快憎ラバについて、私の立場からわかりやすいように述べてみた。というか、ラバとハーンを説明の材料に用いて、私の比較文化史家としての複数の視点をもあわせて明らかにしておいた。ラバから見、ハーンから見、私から見て三層の論を組みたてて、その中を行きつ戻りつして問題点を表からも裏からも眺めてみたのである。

西洋に追いつき追い越せという明治以来の国民的念願は、単線的な歴史観を助長した。それはまた皮肉にも西洋的価値観に全面的に依存し服従する態度をも助長した。このグロバリゼーションの時代に西洋という米国の存在はいよいよ巨大である。しかし私たちが従来のような走り方を続けることは、目の前に先を走る西洋人ランナーがいる場合にのみ許される。自分の目で世界の中の自分の位置を見定め、自分の力を確かめ、自信をもって独走するには、歴史に対して立体的な見通しを持つことが不可欠だ。昨今の日本人はどちらの方向へ走って良いかわからずとまどっている。ポスト・コロニアルの世界で経済大国日本は、自分でも気がつかぬうちに、地図すら持たぬ孤独な走者の位置に立たされている。そんなさまよえる大国日本が置かれている比較文化史的な状況を見直すよすがにと思い、こんな一見反時代的な三点測量の論を試みた次第だ。

ラバというカイソウのカイは私にとっては愉快の快だが、『マルティニーク紀行』の紹介が迷信退治の問題に偏したために、読者諸賢の中には奇怪の怪の方だと感じられた方もあるいはおられるであろう。しかし鰯の頭も信心から、というから、キリスト教宣教の事業については、なにであれ肯定なさる方もあるいはおられるであろう。なおマルティニークではこの島に奴隷制度を持ちこんだのはラバだと、ほかならぬ奴隷たちの子孫である土地の人々によって信じられ、かの地でラバについて語ると、時には絶叫型の非難を浴びるらしい(6)。伝説と化した大人物にはあらゆる起源神話が結びつくようだが、しかしそれは歴史的に事実ではない。

前に中部イタリアのボローニャ市の南はずれに近い通りで、パブにLABATTという終りにTを二つつけた看板を見かけた。砂糖精製に成功したラバは蔗糖蜜《しょとうみつ》に水を加え、醗酵させて造る蒸溜酒、いわゆるラム酒の発明でも名の知られた男で、それでボローニャの酒場にまで彼の名前がつけられていたのだと思う。もう夜が遅くて店に入らずじまいにしてしまい、そこの親仁はラバのことをどう想っているか聞きそびれて、いまだに残念に思っている。

第二章　クレオール民話が世に出た経緯

1　『クレオール民話』第一集

ハーンが来日以前、フランス領西インド諸島のマルティニーク島で採集したクレオール語の民話や俚諺の一部がかつて一九三九年パリから世に出、一九九八年またその続きが東京から世に出た経緯を説明したい。

ガルニエの手もとに届いたノート

西暦一九〇〇年、文筆家ラフカディオ・ハーンの名前は、すでに英語圏の外の国々にも知られ始めていた。フランス人のシャルル＝マリー・ガルニエはその年、極東の新興国日本まで世界旅行に出かけたが、東京でぜひハーンに面会したいと思っていた。その明治三十三年はハーンが上京してから足かけ五年目で、ハーンは帝国大学での講義と執筆の仕事に忙しく、よほどの理由がなければ見知らぬ人とはいっさい会わないことにしていた。それで、ガルニエとハーンの第一回のつきあいは文通の上のみで終った。

ガルニエはその後、一九〇三年八月二十五日『オロール』紙にハーンの帝大解職について「国家的忘恩」と題する、やや見当違いな記事をよせたことによっても知られている。その彼はパリからも、おそらくその新聞記事を添えて、東京のハーンに宛てて手紙を書いた。それは、ガルニエが編集していた雑誌に子供向けの話を寄稿してくれないか、という依頼であった。おそらくガルニエはその前から、日本で出た縮緬《ちりめん》本などを通してハーンの子供向け再話物に親しんでいたからであろう。すると一九〇三年十月二十六日付で、東京からハーンのこんな返事がきた。前回と違って、今度はフランス語で書かれていた。この手紙はハーンの全集にも日本訳全集や著作集にも収められていないが、直訳すると次の通りとなる。

『ジャン＝ピエール』誌のためにあなたが小生に執筆御依頼の物語につきましては、日本のお話がフランスの若い読者の趣味に合うかどうか、はなはだ疑問に思っております。日本の生活をよく知らないと、お伽噺は了解不能となりましょう。それよりは、別のもので御満足いただくわけには参りませんか。よろしければ、私から一つ提案をさせていただきます。

マルティニーク島に滞在した折、私はかなりの数のクレオールの物語を採集いたしました——これはたいへん奇異な物語です——面白いと同時に、民俗学者のある人たちの注意を惹くに値する物語です。もしあなたのところでクレオール語のテクストをフランス語の翻訳と対照で——同じページに——印刷してくださいますなら、この物語は多少は世間にも読まれ、評判になろうかと存じます。クレオール語のテクストは私お送りできますが、翻訳にとりかかるつもりはございません。しかしパリでなら、きっとマルティニークの人で誰かこのテクストについて、あなたを助けてくれる人が見つかるでしょう。そうすれば、翻訳は容易なはずです。あなたのお知り合いの中にマルティニークの人がいない場合は、グワドループ島かマリー＝ガラント島のどなたかを見つけてごらんなさい。そこのクレオール語も、マルティニーク島の言葉とほぼ同じです。私がいまあなたにお見せするものは、ほかでは容易に見つからないものです。なぜかといえば、マルティニーク島は永久に終りとなってしまったからです。これは、今となってみれば、ポンペイの写本のようなものです。ほんの小さなノート、小さな物語採集帖ですが。

こうして油布の表紙の小さなノートが、ガルニエの手もとに届いた。当時マルティニーク出身の人で教育のある人が少なかったからだろうか、それともクレオール語からフランス語に訳すに値する民話などあるはずはない、と世間一般が思っていたからだろうか、ガルニエは気にしながらも、依頼された仕事を放置していた。それでもガルニエは、世界大戦の間もこのノートを大切に保存していた。そしてずっと後になって、ついにセルジュ・ドニ（Serge Denis）に出会ったのである。ドニはアンティーユ諸島の出身で、クレオール語を解したばかりか、きちんとしたフィロロジーの知識を身につけていた。ガルニエは対訳本を出す仕事のすべてをドニに委せた。こうしてハーンがマルティニークへ渡ってから五十二年、ガルニエにノートを送ってから三十六年後の一九三九年になって、Mercure de France 社から、六つの話の仏訳と原話を収めた *Trois Fois Bel Conte* が出版されたのであった。先に引いたハーンの仏文の手紙は同書巻頭のガルニエの préface 中に収められている。

　イントロダクションを書いたドニの記述に従うと、ハーンのノートは縦横16×10センチ、ノートの外側に黒色の油布の表紙がもう一枚ついていて、その四隅に金がついていた。全五十八頁のうち五十六頁にわたって、ハーンが採集したクレオールの物語が書かれていた。表にだけ書かれており、裏には頁数が書きこまれていた。そのノートは今日、どこにあるのだろう。

　わかっていることは、ハーンのクレビールやグールド宛の手紙からも明らかなように、彼がマルティニークで土地の民話の採集にうち込んだ、という

LAFCADIO HEARN

Trois fois bel conte...

TRADUIT PAR
Serge DENIS
Avec le texte original en créole antillais

PRÉFACE DE CH.-M. GARNIER

PARIS
MERCVRE DE FRANCE
XXVI, RVE DE CONDÉ, XXVI

MCMXXXIX

Trois Fois Bel Conte 初版本扉頁

ことである。ハーンの『マルティニークのスケッチ』と呼ばれる一群の作品の中には、土地の人から物語を聞く場面がたくさん出てくる。ドニはそのようにして土地の民話を集めたハーンのやり方を、以前にスペインで似たことを行なったプロスペル・メリメの名前をあげることで説明し、フランス人読者に理解を求めた。

ここで、異国の土地の話を採集する人に必要な語学力の問題にまずふれておきたい。ハーンが英語の巧みな使い手であることはいうまでもない。漱石も十九世紀以後の英語の文章家としてハーンをあげている。外国語として、フランス語は読み書き話しができた。先に引いたハーンのガルニエ宛のフランス語の手紙も、たいへん上手に書いてある。手紙の中での誤りは、フランス語名詞としては女性である page を sur *le* même page と男性扱いしていること、S'il ne se trouve pas *des* Martiniquais と不定冠詞 des の否定形を de とせずそのまま書いていること、フランス語では「人の意表に出る」という意味で「異様な」を意味する baroque を「奇妙な」という英語の使用例のままで用いていることぐらいである。スペイン語はニューオーリーンズ時代、家庭教師について学んだ。フランス領西インド諸島のクレオール語については、ニューオーリーンズ時代からその土地のクレオール語を学んでいたので、現地に着いてからの学習も早かったのだろうと思う。

ここで、「クレオール」(フランス語＝créole, 英語＝Creole) という語の使用法についても注意しておきたい。クレオール語といっても共通の一つのフランス語の変種があるわけではなく、カリブ海のフランス領の島々のクレオール語もあれば、インド洋のフランス領の島のクレオール語もあるわけで、その場合クレオール語とはフランス語とそれぞれの土地の言葉との混淆語というほどの意味である。ハーンが先ほどの手紙の中で、マルティニークの人がいない場合は、マルティニーク島の北に位置するグワドループ島かその隣のマリー＝ガラント島の人に翻訳を頼め、と述べたのは、フランス領西インド諸島(アンティーユ諸島)の範囲内なら、ほぼ同じクレオール語を話している、という意味である。

民話採集の様

ハーンはそのクレオール語の民話採集の様を自作中にこんな風に書いている。実はハーンはこれとほぼ同じ調子で日本でも民話や怪談を採集した。

（前略）アドゥーはこの山中の小さな家の一室を私に貸してくれた親切な老婆の娘である。（中略）アドゥーは私にクレオールの物語を話してくれる。tim-tim という判じ物も。彼女はお化けについてならなんでも知っている。

——『ギノブレス』第二節

毎晩といっていいくらい、休む前に子供たちの仲間がおたがいに物語を語り合うのを私は聞いた。それというのも、物語や、判じ物や、歌や、輪になってする遊びは、金持であれ貧乏人であれ、サン・ピエールの子供たちの楽しみなのだから。聞くのがとくに面白かったのは、私がかつて聞いた話の中でもっとも奇妙きてれつに思われた話だった。

——『イエ』第一節

ハーンのフランス領西インド諸島時代の文学作品については、日本語にまだ良い訳が少ないが、その数少ない良訳の中に、遠田勝氏が訳した『わが家の女中』Ma Bonne が講談社学術文庫の『クレオール物語』中に収められている。女中のシリリアは時計の見方もわからない島の女だが、コーヒーなどを届ける時間を間違えることのない賢い女である。『わが家の女中』の中では、そのシリリアがクレオールの民話の一つである「ピーマンの話」をしたことになっている。この『わが家の女中』では食べ物の話が断然多いが、それ以外にも、こんな主人公との会話が第九節に記録されている。

「ぼくの望遠鏡でお月様を見ないか、シリリア」私はいった、「今、持ってくるから」

「とんでもない！」シリリアは飛び上がらんばかりに驚いた。

「どうして？」

「良き神様のものを、そんなふうに見てはいけません！」

私はそれ以上は勧めなかった。しばらくしてシリリアがまた口を開いた。

「でもあたし、お日様とお月様が喧嘩《けんか》なさるのを見ました。『にっしょく』って言うんですか、あれ？……ずいぶん長いこと、押し合ってました。あたし見てたんです。みんなで水をいっぱいに張った鍋を地面において、それを覗《のぞ》いてました。お月様って強いんですねえ。お日様は仕方《しかた》なしに道をお譲りになりました。……でもなんだってまた、喧嘩なんてなさるんでしょう？」

「あれはね、喧嘩じゃないんだ」

「いいえ、喧嘩でした。あたしこの目でみてたんですから。……お月様はそりゃあ強うございました」

確かに見たと言うのだから、私はもう逆《さか》らわないことにした。


ハーンは日本でも民衆が語る話をいろいろ集めては、それを自作に活用した。――ただしハーンはその際、必ずしも原話をそのままの形で提示せず、しばしば自己流に改めた。右の日蝕にまつわる話もナイーヴで興趣に富むが、どこまでが原話で、どこまでがハーンの創作であるかは、わからない。――なんでもない話に土地の人の心をさとくとらえる――ハーンは来日以前からそのやり口を心得ていた。そんなシリリアも、のちの節子と同様、ハーンにとっては文化人類学にいうところのインフォーマントだった。実際、ハーンはわが家の女中をよく観察している。その十一節の初めには、こんな情景も記録されている。

シリリアは鍋でコトコトやりながら、よく独り言を言ったり、唄を歌ったりする。低いよく響く声で、不思議な、今ではもう誰も覚えていないようなことを歌う――大昔のクレオールの唄だ。その不思議なリズムと所々に残る音色は、きっとアフリカ伝来のものだろう。シリリアの場合、どちらかといえば独り言のほうが多いが、これはマルティニークの女すべての癖で、小川のせせらぎのように切れ目なく何かつぶやくのである。私は初め誰か人と話しているのだと思い、よく尋ねた。

「誰と話しているんだい？」

するとシリリアは決まってこう言う、「あたし、自分の体に話してるんです」クレオール語では独り言を、「自分の体に話す」と言う。

「何をそんなに自分の体に話しているんだ、シリリア？」

「あれこれつまらない身の上ばなしですよ」……そしてそれ以上は何も聞き出せない。

右の記述ほど見事に、ハーンが土地の人からなにかを聞き出そうとしている姿勢を示しているものはない。ハーンは自分がマルティニークで行なった民話や伝承などの採集の仕事を、『イエ』第一節で次のようにまとめている。

こうした話をいくつか私向けに話させ書き取るのに成功した。ほかの話も私のためにクレオールの友人たちが書きとめてくれたが、これはもっとうまく行った。その細部の調和のとれたナイーヴな感じと原始的な素朴さをそのまま残すためには、相手が物語る速さに応じてすばやく速記で書きとめねばならない。書き取りの際はどうしても遅くなるので多くが失われてしまう。語り手の頭は、大人であれ子供であれ、単純だから、書き取りという方法からどうしても生ずる制約や話の中断やらでひどく当惑してしまう。語り手は興をそがれ、じきにいやになり、わざと書き取りを短くしてできるだけ早く仕事を了えてしまおうとする。こうした人にとっては同じ語句を二度、同じ風に、繰り返さねばならぬのはどうも苦痛であるらしい。

そしてマルティニークにおける民話の語りについては、『ユーマ』の第二節中でさらに見事にこう紹介している。第五章「カリブの女」で引用する条《くだ》りを除いて引用する。

夜、空が澄んで暑い時は、奴隷たちは夕食後も集まって、libres de savane と呼ばれる、老齢で肉体労働を免除された、老人の男女から話を聞くこともあった。――それは面白いお話の数々であった。読書には縁のない人々が伝える、非文字文学の粋《すい》といってもいいような物語だった。このような口承の文学をあのころは子供のみか大人も、黒人のみか白人も、分けへだてなく楽しんだ。そうした口伝えの話を聞かされたことが、植民地生活者の性格に目に見えるほどはっきりした影響を及ぼしていた。

……剽軽《ひょうきん》なものや不可思議なものを愛《め》でる心はこうして育てられた。同じような話をくりかえし聞かされることが多かったが、何度聞いても飽きることがない。その語り口がなんともいえぬほど絶妙だったからである。そうした物語には小さな歌やリフレインがはいっている。時にはアフリカ起源の言葉からなり、また時には太鼓に合わせて歌うバンブーラの囃しや、カレインダ踊りの合間に入る即興詩を真似た、意味のない押韻からなっている。この音楽の不思議な魅力については、西洋の偉大な音楽家たちも賛嘆の辞を呈しているほどだ。

それればかりではない。こうしたクレオールの民話中には――純粋にアフリカ種の民話であれ、ヨーロッパ起源の民話や寓話で黒人風に翻案されたものであれ――このマルティニークの土地ならではの味わいがすばらしい。植民地特有の生活習慣や考え方をそのまま反映していて、そうした話はいくら翻訳に苦心してみたところで、とてもオリジナルな味わいを伝えることは無理である。こうした物語の舞台は、西インド諸島の森や丘、時には古い植民地の港町の異趣に富む場末に設定される。ヨーロッパの民話の小屋が、こちらではカーズやアジュパの名で呼ばれる、竹を組んだ壁や干した砂糖黍の葉を葺いた南国風の掘立小屋となる。「眠り姫」を原生林の中で見つけるのも逃亡奴隷や芋掘りの黒人だし、「シンデレラ」をはじめとするお姫さまたちもここでは混血の美女として登場する。しかもヨーロッパの絵本では見ることもできないようなドレスを着て現れる。旧世界のお伽噺の妖精がここでは「良い神様」や「聖母マリア」に変身する。「青髯《あおひげ》」や巨人がここでは呪術師や悪魔に変身する。それに悪魔そのものが――口をあけて喉の奥で燃えている火を見せるような時は別だが――そこいらを歩いている当地の労働者と外見は変わらず、上半身は裸で、ズック製のズボンをはき、腰から布をぶらさげ、黒人そっくりのごく普通の格好をしているから、悪魔かどうかの見わけは容易でない。悪魔の目印であるはずの赤毛や赤い眼や角は、葉を編んでつくった巨大な帽子に隠れて、よく見えない。

一方、よい神さまは、ボン・ディエとクレオール語で訛《なま》って呼ばれるが、白人の老人の中でいちばん親切で善良な人として登場する。愛想のよい、白髪まじりの農園主で、その住まいはプレー山の山頂にかかった雲の中にある。空を見あげれば、その神さまが飼っている羊やカリブのキャベツといわれるシュー・カライブが時々空に映ることもある。また人が魔物にとり憑かれたとき、その魔性の力を解いてくれるのは教区司祭である。フランス語で司祭はムシュー・ラベと呼ぶが、クレオール語ではミシエ・ラベと訛って呼ばれる。お茶目な女の子が魔法をかけられそうになったとき、自分の肩掛けを女の子の首のまわりに掛けて助けてくれるのはこのミシエ・ラベである。

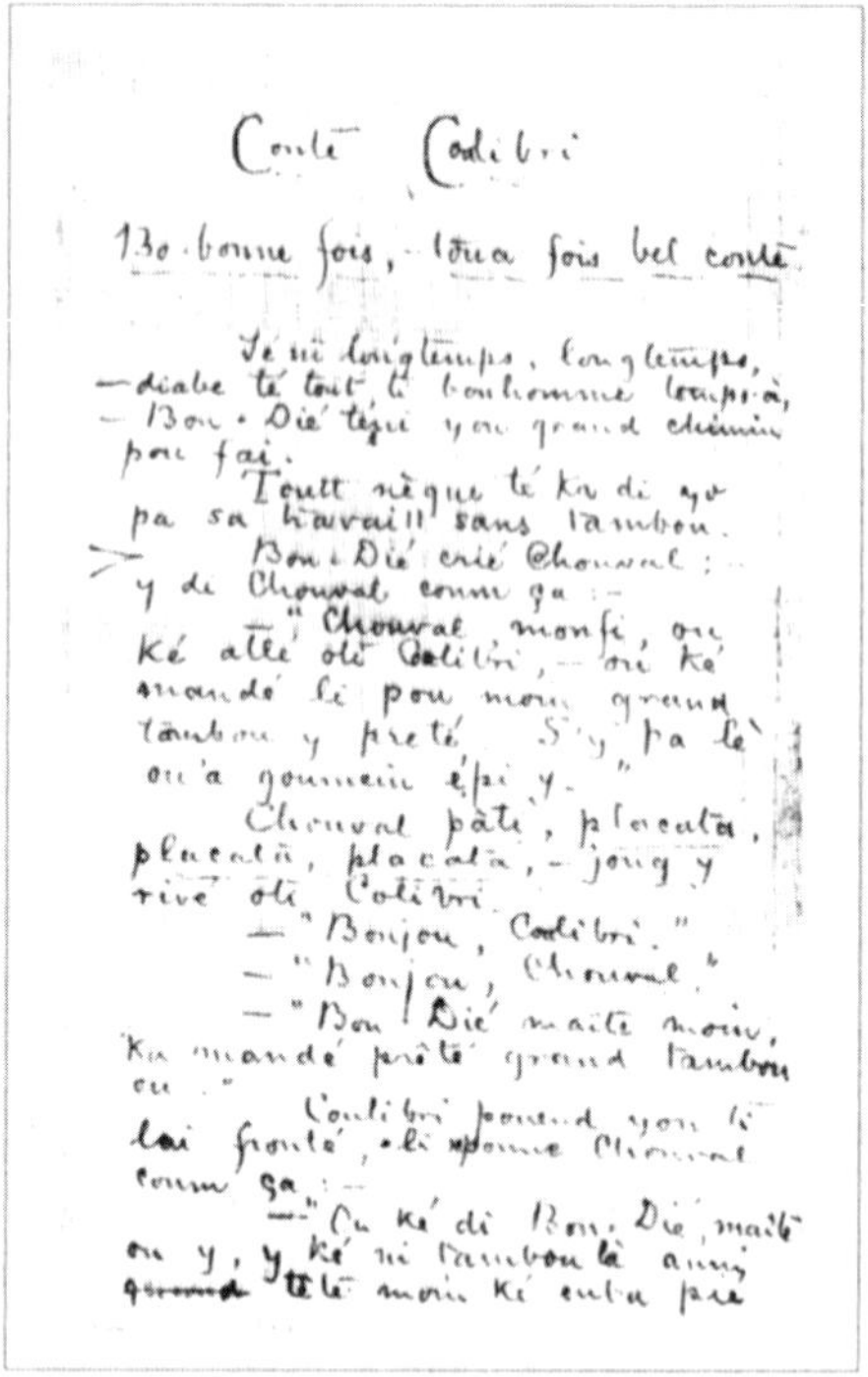
Conte Colibri
Bo bonne fois, trua fois bel conte.
Té ni longtemps, longtemps, — diabe té tout ti bonhomme toujou, — Bon-Dié téjà you grand chimin pou fai.
Toutt nèque té ka di yo pa sa travaill sans tambou.
Bon-Dié crié Chouval: y di Chouval comme ça: —
— "Chouval, monfi, ou ké allé oti Colibri, — ou ké mandé li pou moin grand tambou y prêté. S'y pa lé ou'a gouméin épi y."
Chouval pâti, placatâ, placatâ, placatâ, — jouq y rivé oti Colibri.
— "Bonjou, Colibri."
— "Bonjou, Chouval."
— "Bon-Dié maîte moin, ka mandé prêté grand tambou ou."
Colibri pouend you ti lai fronté, oti réponne Chouval comm ça: —
— "Ou ké di Bon-Dié maîte ou y, y ké ni tambou là aussi tête moin ké enba pié

Conte Coulibriのハーン原稿（初版本掲載）

ハーンはこうして一八八七年から八九年のフランス領西インド諸島滞在中に、クレオールの民話を三十四篇採集した。この三十四という数字は、実物としての民話が現存するから私がそう書くのではなく、ハーンがガルニエに送ったノートの目次にそう書きこまれていたのである。しかしガルニエに送られてきたノートそれ自体には、六つの話しか書かれていなかった。そのことは、ハーンがガルニエに試しに送った第一のノート以外にも、他のノートが存在したことを推定させる。いまここに、ハーンの手になる三十四の民話の総目次をそのまま掲げる。ガルニエが一九〇三年にハーンから受取って一九三九年に世に出したのは、この目次の最初の六篇だけである。

ハーンの手になる目次

I. ——COLIBRI.
II. ——YÉ.
III. ——SOUCOUYAN.
IV. ——《PÉLA MAN LOU》.

V. ——LA BLEU.

VI. ——NANIE ROZETTE.

VII. ——ZALOUETTE ÉPI CODEINNE.

VIII. ——COMPÈ LAPIN ÉPI MACOUMÉ TOTI.

IX. ——《MAZIN-LIN-GOUIN》.

X. ——DAME KÉLÉMENT.

XI. ——《GIANTINE FAYA-FIOLÉ》.

XII. ——PIÉ-CHIQUE-A.

XIII. ——COMPÈ LAPIN ADANS BASSIN LOUROI.

XIV. ——TÊTE!

XV. ——MANMAN MARIE.

XVI. ——LOUROI TÉ KA MANDÉ YON BATIMENT.

XVII. ——TI POUCETT.

XVIII. ——ZHISTOUÈ PIMENT.

XIX. ——ADÈLE ÉPI JEAN.

——LETTRE D'UN MARTINIQUAIS HABITANT CAYENNE.

XX. ——LA BELLE ÉPI LA LAIDE.

XXI. ——COMPÈ RAVETT KA MAÏÉ CO Y.

XXII. ——MACOUMÈ RAVETT ÉPI MACOUMÈ SAUCISSON.

XXIII. ——ZHISTOUÈ GENS GOUÔS-MÒNE.

XXIV. ——LA PÈSILLETTE.
XXV. ——COMPÈ ZÉCLAI ÉPI COMPÈ MOUTON.
XXVI. ——ZHISTOUÈ COMPÈ TOTI.
XXVII. ——TI MARIE.
XXVIII. ——MONTALA.
XXIX. ——CAIN ÉPI ABEL.
XXX. ——(1) LA BELLE.
XXXI. ——(2) LA BELLE.
XXXII. ——COMPÈ LAPIN ÉPI COMPÈ TIG.
XXXIII. ——LA BELLE HÉLÈNE ÉPI MONFOUÈ EDOUA.
XXXIV. ——DI VIO-SALOMAN.

ハーンはこの三十四の物語のいくつかをいち早く自作の中に、原形のままか、あるいは変形させて、用いた。目次第十五の Manman Marie は『水運び女』の中に抜萃の形で、第十の Dame Kélément「ケレマン婆さん」は『ユーマ』の中に全部、第十八の Zhistoué Piment「ピーマンの話」は『わが家の女中』の第三章に語られている。それ以外にも、きわめて部分的だが、第二十八の Montala という天までのびたお化けのオレンジの木の主題、第九の Mazin-lin-gouin というお化けと結婚する気位の高い娘の話、第三十と第三十一の la Belle「ラ・ベル」という聖母を代母にもった美女の話、第十二の Pie-Chique-à「ピエ＝シク＝ア」という「悪魔と同じヴァイオリンの弾き方を習った」少年の話が『ユーマ』の中で多少言及されている。

となると、全三十四篇というハーンの目次の中で、ガルニエに送られたノートの六篇、ハーンの作品中に多かれ少なかれ言及された右の七篇のほかに、なお二十一篇が、題目のみ伝わるままで、物語の本体はわからずじまいのままに残されているわけである。

ちなみに十九世紀末年のマルティニーク島は口承文化の土地で、その土地の「土人」の民話を記録しようとする者は、島の人にも、クレオールの白人にも、まだいなかった。ハーン一人が、先駆的な民話採集を試みていたのである。そしてそれには後継者は出なかった。特にサン・ピエールでは出なかった。ハーンが暮したサン・ピエールの町は、一九〇二年五月八日、プレー山の噴火のために二万人の住民もろとも全滅してしまったからである。二千度を越す熔岩と火砕流のためであった。生存者は、当日監獄の独房に入れられていた囚人一名だった。ハーンがガルニエに送った先の手紙に「マルティニーク島は永久に終りとなってしまったからです」la Martinique est finie pour jamais と書いたのは、その惨事を指している。ハーンは自分が採集したクレオール語の民話がもつ歴史の生残りの証人としての運命的な重要性を感じていたに相違ない。それだからこそ「これは今となってはポンペイの写本のようなものです」と、噴火によって滅びた古代ローマ帝国の都市の名をあげたのだ。そしてそのかけがえのない記録をパリで出版してもらいたいと思い、わざわざフランス語でガルニエへ宛てて手紙も書き、貴重なノートも送ったのだ。ハーンはあるいはそれでもって印税がはいれば嬉しいと思ったに相違ない。しかしそれ以上に、このノートは公に属する文化財のように感じ、サン・ピエール滅亡後のいま、それを世に公開して歴史に留めなければいけない、と感じていたに相違ない。

だが、ガルニエがハーンの手紙と小包を受取って一年も経たぬ間に、ハーンは一九〇四年九月二十六日、死んでしまった。その死去ということも響いたに相違ないのだが、ガルニエは心にかけつつもハーンのクレオール物語のノートの出版を先のばしにした。適当な解読者がいなかったのも事実だったに相違ないが、そもそもクレオール民話の対訳本を出そうなどという書店が見つからなかったのもまた商業的現実だったにちがいない。

『クレオール民話』第一集の出版

ところが一九二〇年代にはいると、様子が次第に変ってきた。人々の目がメトロポール（本国）の文化だけでなく、辺境の文化にも注がれるようになったからである。ハーンの作品のフランス語訳は、二十世紀の初頭からパリの大手のメルキュール・ド・フランス社から出版されたものが多かった。その仏訳は日本が連合国の一員としてフランス側に加わってドイツと戦ったことによって加速された。それが二〇年代にはいると、従来のハーンの日本物だけでなく、フランス領西インド物も訳出するようになったのである。ハーンの名訳者であったマルク・ロジェ（Marc Logé）の訳した『マルティニークのスケッチ』*Esquisses Martiniquaises*（一九二四年）、『熱帯の物語』*Contes des Tropiques*（一九二七年）——いずれも *Martinique Sketches* の訳である——などがそれだが、ガルニエがセルジュ・ドニにノートの解読の依頼をしたのは、そうした時代風潮の中でのことだった。

ガルニエの序（七-一三頁）、ドニの introduction（一五-三一頁）、

LAFCADIO HEARN

TROIS FOIS

BEL CONTE...

traduit par

Serge DENIS

avec le texte original en Créole Antillais

はこうして一九三九年 Mercure de France 社から出版された。本文の六つの物語の仏訳（三五−一〇二頁）、第六話のヴァリアント、ハーンの作品中から拾われたクレオール語彙の説明、そして——ハーンの希望とは異なり同じページに印刷されることはなかったけれども——アンティーユ諸島のクレオール語の六つの原話（一二七−一七一頁）がそれに引続く。そしてハーンの手になる三十四篇を予定する目次があって、最後にこの書物そのものの目次がくる。

ハーンがアンティーユ諸島とも呼ばれるフランス領西インド諸島に取材した一連の作品群は、不思議な運命をたどることとなった。それというのは、ハーンが小泉八雲の名前で日本の民話を基に再話した怪談や奇談が日本人に深く愛されたと同じように、ハーンのマルティニーク物も、フランス語と対訳で出版されるや、お里帰りをして、程度の差こそあれ、その土地の人々に愛されて今日にいたっているからである。

ところで当時のハーンの作品はペンによる絵画の連作であり、民俗学者としてのハーンの面影がすでに認められる。事実、ハーンの『フランス領西インド諸島の二年間』は、当時のマルティニークの生活を活写した貴重な民俗資料ともなっている。それは「知られぬマルティニークの面影」とも呼び得る記録ともなっているからである。そのようなハーンのマルティニーク体験は後の日本体験と多くの面で重なるのである。そのように両者の関係が大切なことは、ハーンがマルティニークに取材した『亡霊』(Un Revenant) を訳した時から、私もかねがね指摘してきた。しかし、ハーンが採集しドニが仏訳した *Trois Fois Bel Conte*『三倍すてきなお話』は、日本では必ずしも注目されてこなかった。昭和十四年にパリで出たこの本のことは、小泉家でも知られていなかったのではあるまいか。

ところがマルティニーク島では、先ほど述べた理由で、あのすてきな決まり文句

「むかしむかし」と語り手がいうと、聴衆が「だったら三倍すてきなお話をお願い」と合の手を入れる光景は二〇〇一年二月二日夜にも見られた。マルティニークで関田かをる氏撮影。ちなみにその日の語りの主題はハーンの半生だった。

「むかしむかし……
……だったら三倍すてきなお話をお願い」
"Bo-bonne fois"
と語り手がクレオール訛りで言うと、聴衆がそれに和して、
"Toua fois bel conte!"
と応じて始まる――そしてそれを仏語の Trois fois bel conte にひきなおして始まるハーンの再話もその原話も、土地の人の関心を次第に呼ぶようになったのである。欧米諸国でも周辺の文化へ注意を払う人もあらわれるようになり、一九七八年、長く絶版だった *Trois Fois Bel Conte* は **Réédité par Calivran Anstalt, B.P.183, Vaduz, Liechtenstein, Suisse** からリプリント版が出されたのである。ポスト・コロニアル文学への関心のたかまりということもあってだろうか、すぐ売り切れてしまったが。

それではそのドニ編訳に拾われて日の目を見た六篇以外の二十八篇は、一体どうなったのか。ここで、話が私事にわたることをお許し願いたい。

2 『クレオール民話』第二集

新ノート発見

ハーン関係の私の著書の第一冊は、一九八一年に出た『小泉八雲――西洋脱出の夢』であったが、出版後

しばらく経って、思いもかけず北京から一読者のおたよりをいただいた。異郷で言葉や生活に慣れず辛い、とあったが読み進むうちに、自分は小泉八雲の孫に当り、自分もよく知らなかった祖父のことをこんなに好意的に正確に調べていただいて感謝にたえない、と謝意が記されてあった。差出人の稲垣明男氏は、ハーンの次男で夭逝した英語教師稲垣巖氏の御長男であった。私は早速お返事を差上げた。帰国されてから御連絡があったので、私は会社に出向きお話をうかがった。お話は尽きず、御夫人もみえていたので、御夫妻を近くの食堂にお招きして、一夕を愉快に過した。そのとき私は「見てください」と鑑定を依頼された。その一点はハーンがクレオールの言葉を書き記したらしい正体不明のノートであった。私はお許しを得て、それのゼロックス・コピーを作った。なにか貴重な品ではないか、という予感があったからである。私するにしのびず、東大教養学部八号館図書室ほかハーン関係文書を集めている富山大その他へコピーのコピーを製本してお送りした。そして稲垣家にもその旨お伝えした。一九八八年の初めごろだったように思う。

稲垣家が第二次世界大戦中や戦後の混乱の時期、この一見さりげない Contes［No.II］と表に記されたノートを保存してくださったことを、私は真に有難く思う。だがこれから先、いちばん喜び、いちばん感謝するのは、マルティニークの人びとではあるまいか。というのは、このノートには、ハーンがガルニエに送った第一のノートの六つ以外の民話の八つが記されていたからである。前世紀、かつて誰もが注意を払わず、わずかにハーンが書きとめてくれたマルティニークのクレオール語の民話が、この世にこうしてまだ残っていたのである。それはただ単に、民俗学的資料として大切なだけではない。言語学史の上でもきわめて貴重な資料である。ハーンの比喩を使えば、「ポンペイの写本」がいま一冊見つかったと同じことなのだ。もっとも学問の価値のわからない人にはハーニアナの一点としての価値しかないだろうが。その後クレオール語に関心のある西成彦さんにもそれを見せた。しかし西さんもそのノートを読解する力はさすがにまだ持ちあわせないように見受けられた。そうこうするうちにそのノートのことは、一旦は私の記憶からも薄れてしまった。

そこへ、一九九六年五月二十九日、ルイ・ソロ・マルティネル氏が、パリ第七大学ジャクリーヌ・ピジョー教授の紹介で私を訪ねてきたのである。私は以前、同大学の教授をつとめたこともあり、オルセー美術館でハーンとロティについて講演したこともあったので、その縁で私が博士論文を執筆する彼にアドヴァイスを与えることになったのであった。紹介の手紙には、マルティネル氏はハーンについて女性学的見地から論文を用意中だとあった。見ればマルティニーク出身の堂々たる偉丈夫である。ハーン関係の書物は東大教養学部八号館の旧教養学科図書室に多く集めてある、研究するならあそこが良い、と私は東大を退官していたが、助手に紹介状を書いた。その図書室にハーンのクレオール語のノートの写しを製本して収めておいて、つくづく良かったといまにして思う。というのは、マルティネル青年はノートをそこで見つけるや、内容を即座に了解し、百年前の母なる言葉の発見に、感激の叫びを発して、"HALLUCINANT!"「すばらしい。目がまわるくらいすばらしい」と私に電話してきたからである。マルティネル青年ははからずもそこで自分の祖先の言葉にめぐりあったのだ。

いまここにそうした過去の一連の経緯をきちんと整理して記述してきたから、そのノートは、ドニが一九三九年に訳出したノートの次のノートだということを、読者はもうお感じになっているだろう。しかしかくいう私も実は、マルティネル青年がクレオール語の内容を私にフランス語で説明してくれたので、初めてそれと確認できたというのが真相なのである。いや、マルティネル青年にしてからが、ハーンに関心を持ち、前にドニが出した訳本を読んでいなかったならば、それの続きらしいということは、たといマルティニーク出身の彼自身にもすぐにはわからなかったであろう。

なんという偶然、なんという奇縁だろう。私はただちにマルティネル青年にハーン研究の焦点をこのノートに定め、クレオール語とフランス語の対訳を準備するように勧めた。マルティネルは興奮してしきりに手紙を書いてよこす。ハーンが採集した話の中には、クレオールの言葉で語られたフランスのペローの童話が変容したものもまじっていた。彼は、雑司ヶ谷の小泉八雲の墓へ駆けつけて「解読を助けてくれ」と祈ったという。ちなみに今回見つかった八つの民話は、ノートに拾われた順に従って覆刻したが、先の目次の第十二話、第十三話、第十八話、第十四話、第十五話、第十六話、第十七話、第十九話に相当する。なおこのノートにはほかにクレオールの俚諺もわずかながら採集されている。

クレオールの民話を集めたハーンの第一のノートは、セルジュ・ドニとめぐりあうことによって、ハーンの死後三十五年の一九三九年に日の目を見た。稲垣家に伝わった第二のノートは、マルティネル青年とめぐりあうことによって、ハーンの死後一世紀に近い今日、ようやく日の目を見た。右に述べたのはハーンが採集したクレオール民話が世に出た経緯であるが、その第二集を世に出すことで、私たちはラフカディオ・ハーンに対しささやかな恩返しをすることもできた。小泉家、稲垣家をはじめ内外の学会関係各位にお礼申しあげる。(1)

一九〇二年五月八日の噴火の際、サン・ピエール市の中心の牢屋に入れられていたシパリスは一人大火傷を負いながらも助かった。その牢屋はいまもそのまま残っている。

ところでルイ・ソロ・マルティネルは一九六五年マルティニーク島の東側のル・フランソワ生れ、専門はフランス文学である。その島の人らしく呑気でおおらかである。先祖は島の西北のサン・ピエールの人だという。「サン・ピエールの人は一九〇二年の噴火でみんな死んじゃったはずじゃないか」と聞いたら、火山の噴火の予兆は前々からあった由で、ルイの祖父は舟でサン・ピエールの町を逃げ出し、それで一命を取りとめたのだそうである。

われわれがハーンのノートを学問的に分析すべきことは、まだたくさんあるが、以上、ハーンのクレオール民話の六話がかつて世に出た経緯と、その続きの八話が見つかった経緯とをまずここに御報告する次第である。なお一九九七年九月、東大駒場で行なわれた発表の際のマルティネル氏自身の見解は学燈社発行『国文学』一九九八年七月号「小泉八雲特集号」に抄訳が掲載されている。紙面の関係などもあり、クレオール語作品の日本語訳は三つの民話のみを以下に参考までに掲げる。

この第二のノートの発見に引き続いて、第三、第四のノートも、また世に出て来ることはあるのだろうか。プレー火山の爆発で一旦は死滅したサン・ピエール市のクレオール語の民話は、ハーンによって文字に記録されたまま、まだどこかに眠っているのであろうか。「ポンペイの写本」の復活にも比すべきハーンのクレオール民話採集ノートの復活だが、そのほかのノートも、まだどこか（ヴァージニア大学図書館など？）に埋もれているのであろうか。

付『クレオールの民話』より

ラフカディオ・ハーン採集
ルイ・マルティネル校訂・仏訳
平川祐弘訳

ピエ＝シク＝ア

昔、二人の子の母さんがいた。女の子はマリー、男の子はピエ＝シク＝アといった。

毎晩、マリーは出かける。母さんはいった、「どこへ行くの？　もう遅いからここにいなさい。」マリーが答える、「お友だちのところ。」母さんはいう、「わたしのいいつけ聞かないね。ひどい目にあっても知らないよ。」ある日、ピエ＝シク＝アがいった、「母さん、今晩、ぼくが姉さんを見張りに行ってくる。」マリーが出かけると、ピエ＝シク＝アは、姉に気づかれずに、つけて行った。マリーがしばらく行くと、道の中にかわいい小さなズボンが落ちている。マリーはいった、「ああ、もしピエ＝シク＝アがいたら、このズボンをあげるのに。」ピエ＝シク＝アが声を立てた、「姉さん、ぼくだよ、ぼくいるよ！」マリーがいった、「おや、ピエ＝シク＝ア、どうしたの？　なんであとからつけてくるの？　わたしはお友だちの家に行って、すぐ帰ります。おまえに小さなズボンをあげるから、さっさと母さんの家に帰りなさい。」ピエ＝シク＝アは答えた、「はい、姉さん、ぼく帰る。」弟は帰ったと思って、マリーは道をつづけた。しかしピエ＝シク＝アは樹蔭にひそんで、マリーを見張った。マリーがもすこし先へ行くと、道の中にかわいい小さなチョッキと小さなシャツが落ちている。マリーは立ち止まって、いった、「ああ、もしピエ＝シク＝アがいたら、この小さなチョッキと小さなシャツをあげるのに。」樹蔭にひそんでいたピエ＝シク＝アが声を立てた、「姉さん、ぼくだよ、ぼくいるよ。」マリーがいった、「ピエ＝シク＝ア、帰れとわたしはいったでしょう？　このチョッキとシャツをあげる。もしこれで帰らないなら、ひどい目にあっても知らないよ。」弟は帰ったと思ったマリーは、ずっと道をつづけた。ピエ＝シク＝アはずっと樹蔭にひそんでいた。マリーがもすこし先へ行くと、かわいい靴と帽子が落ちている。「ああ、もしピエ＝シク＝アがいたら、この小さな帽子と靴をあげるのに。」樹蔭にひそんでいたピエ＝シク＝アが声を立てた、「姉さん、ぼくだよ、ぼくいるよ。」マリーがいった、「帰れとわたしはいったでしょう。これを全部あげる。もしこれでも戻らないなら、おもいきり叩いてやるよ。」マリーはずっと道をつづけた。弟は帰ったと思った。マリーはとうとう向こうに着いた。ピエ＝シク＝アは帰ると見せて引き返し、マリーのうしろを離れない。そして寝椅子の下にはいりこんだ。マリーが着いたのは大悪魔の家だった。マリーはそこで大悪魔と抱き合ってたわむれた。ピエ＝シク＝アは寝椅子の下に隠れていたが、なにもいわない。大悪魔と姉がしたことをみんな見た。マリーはそれから大悪魔と晩御飯を食べた。食事がおわると、マリーは一眠りしようと寝椅子に寝そべった。悪魔はそれを見守った。マリーが寝たと見ると、ピエ＝シク＝アは寝椅子の下でみんな見ていたが、悪魔はナイフと皿を取り出した。そしてマリーが寝椅子の上で寝てる間に、近づいて歌いだす。

目玉を抜けや、くり抜けや、
目玉を置けや、また置けや、
ジン・ゾン・マレゾン
ゾン・ゾン！

そこで悪魔はマリーの目玉をナイフでくり抜いて、目玉を一つ皿に置いた。そしてまたナイフを取ると、歌い続けながら、マリーのもう一つの目玉もくり抜いた。

目玉を抜けや、くり抜けや、
目玉を置けや、また置けや、
ジン！　ゾン！
マレゾン・ゾン・ゾン！

マリーはなにもう見えない。悪魔は小さな皿とナイフを取ると戸棚にしまい、それから仲間を呼びに行った。みんなでマリーを食うためだった。悪魔が出かけた後で、ピエ＝シク＝アは寝椅子の下から外へ出ていった、「姉さん、さあ、ぼくも母さんもいっただろう？」マリーはいった、「ピエ＝シク＝ア、そこにいるのはおまえかい？　姉さんの命を助けておくれ。」ピエ＝シク＝アは答えた、「ぼくがかい！　姉さんはぼくに来るなといったじゃないか。それなのに命をぼくに助けて欲しいのかい！」ピエ＝シク＝アはそういうと、椅子に乗って戸棚の上にのぼり、小さな皿と小さなナイフを取って、姉のそばに来て歌った。

目玉を抜けや、くり抜けや、
目玉を置けや、また置けや、
ジン！　ゾン！
マレゾン・ゾン・ゾン！

そしてマリーの目玉を一つ戻した。もう一つの目玉も戻した。そしていった。

目玉を抜けや、くり抜けや、
目玉を置けや、また置けや、
ジン！　ゾン！
マレゾン・ゾン・ゾン！

ピエ＝シク＝アは二つの目玉をマリーに返すと、マリーにむかってこういった、「姉さんはカフェー通りをとおるがいい。ぼくは悪魔の全部の金とヴァイオリンと銀の食器を全部とる。ぼくは大通りをとおるから。」マリーは外へ出、カフェー通りをとおった。ピエ＝シク＝アは大通りをとおった。ピエ＝シク＝アは悪魔の家を出た時から歌をうたってヴァイオリンを弾いた。

目玉を抜けや、くり抜けや、
目玉を置けや、また置けや、
ジン・ゾン！
マレゾン・ゾン・ゾン！（四回）

ピエ＝シク＝アは悪魔の群れに出会った。連中がたずねた、「こら子供、どこから出てきた？」ピエ＝シク＝アはおそれもせずに平気でこたえた、「ぼくの名づけ親の家から出てきた。で、それで？」悪魔はそこでさらにたずねた、「なにしに出てきた？」ピエ＝シク＝アはこたえた、「ヴァイオリンを習いに出てきた。」悪魔たちはそこでいった、「それなら一曲弾いておれたちに聞かせろ。」ピエ＝シク＝アが弾いた。

目玉を抜けや、くり抜けや、
目玉を置けや、また置けや、
ジン・ゾン！
マレゾン・ゾン・ゾン！

悪魔の群れはそこでいった。「すばらしい出来ばえだ。」ピエ＝シク＝アは道をつづけた。そして前よりもっと意地悪な別の悪魔の群れに出会った。連中がたずねた、「こら子供、どこから出てきた？」ピエ＝シク＝アはこたえた、「ぼくの名づけ親の家から出てきた。で、それで？」悪魔たちはそこでさらにたずねた、「なにしに出てきた？」「ヴァイオリンを習いに出てきた。で、それで？」悪魔たちはそこでいった、「それなら一曲弾いておれたちにきかせろ。」ピエ＝シク＝アはそこでヴァイオリンを弾いた。

目玉を抜けや、くり抜けや、
目玉を置けや、また置けや、
ジン！　ゾン！
マレゾン・ゾン・ゾン！（四回）

悪魔はいった、「さあ、とっと逃げうせろ、おまえは上手にうたい、弾いたから。」そこでピエ＝シク＝アは立ち去った。立ち去りながらも歌をうたい、ヴァイオリンを弾いた。こうして家に着いた、同じに、同時にマリーも着いた。マリーは椅子にこしかけた。マリーは言葉が出なかった。言葉が出るようになったとき、ピエ＝シク＝アはマリーに起こったことをみなすべて語り始めた。父さんと母さんにこういった。「姉さんはかたくなで、誰の言うことも聞かなかった。ぼくがついてくるのも嫌がった。それでどんなことが起こったかみんなよく見て御覧。」みんなは泣いた。翌日の朝、母さんと父さんは教会へ、司祭様の服をマリーの上に着せてくれるよう、連れて行った。司祭様は服を着せてくれた。司祭様はいっぱい祝福を授けてくれた。母さんはみんなを連れて家へ帰った。ピエ＝シク＝アが悪魔の家でとったお金はすべて母さんと父さんにあげた。そこでこんなにたくさん食べ物を買い、こんなにたくさん酒を買い、大御馳走をしたたか食べた。

王様のお池の中の兎君

王様は大きなお庭をもっていた。お庭には大きなお池があった。毎朝そのお池で水浴びをした。妻と一緒に水浴びをした。

ある日、兎君は王様のお庭にさしかかって、お池につかっている王様を見かけた。ひとつ悪戯をしてやろうという気になった。というわけで、王様が毎朝水浴びをしに来ると、お池は汚れて泥でいっぱいになっている。誰がそんな悪戯をしたのか、王様にはわからない。

ある日、王様はいった、「もう我慢がならない。この悪戯をしでかす者をとっつかまえてやる。」王様はお庭の中に、人間のように服を着せた鳥黐《とりもち》でこしらえた、でっかな、でっかな、でくのぼうをお池の端にすえさせた。お池の水を汚す者を見張らせるためである。王様は大皿にいっぱいオクラをのせて、その案山子《かかし》の男のまえに置き、オクラを一つその両手に握らせた。

兎君はお池に泥を入れにやってきて、でくのぼうを見かけて言った、「こんにちは、なにをしておいでです？」男は返事をしない。兎君は相手が黙っているのでもうたいへん御立腹、「あなたがわたしのこんにちはに返事をしないのなら、それならそこにあるオクラはみんな食べて、その次に顔を二つ張ってやる。わたしがこんにちはといったのだから、あなたも返事をするべきだ。」でくのぼうはそれに全然返事をしない。兎君はそこにあったオクラをみんな食べた。食べおえると、でくのぼうに平手打ちをくらわせた。するとその手がでくのぼうの顔に張りついた。なぜなら顔は鳥黐でできていたからだ。そこででくのぼうにいった、「放してくれ、放してくれ！」そしてもう一つ平手打ちをくらわせた。

こうして兎君の手は二つともでくのぼうの顔に張りついた。こわくなった兎君はいまや大声で叫びはじめた、「すみません、すみません。お願いですから、放してください。」でくのぼうはやはり答えない。兎君は怒ってその男に頭突きをくらわした。兎君の頭はそこに張りついた。

王様はお池が汚されたかどうか見にやって来た。そしてでくのぼうの上にぴったり張りついた兎君を見つけた。王様はいった、「ははあ、兎君、私に悪戯をしたのはみんなおまえだったのか。毎日私の池の水を汚したのはおまえだったのか。だが今日はおまえをつかまえたぞ。」王様は兎君を樹に縛るために憲兵を呼びにやった。憲兵がやって来て兎を引き剝がし、叩くために樹に縛りつけた。

兎君は自分が縛りつけられた樹の下を通りがかった虎君に気がついた。虎君が兎君にたずねた。「兎君、そこでなにをしているんだね。」兎が虎君に答えた、「王様がわたしをここに置いたのは、牛を一頭食べるためさ。しかしわたしのような小さいのが食べるためには牛一頭は大き過ぎるな。」食いしん坊の虎君はすぐさま兎にこういった、「それなら場所を代わってくれないか。ぼくが牛をたべるから。」兎君が答えた、「では虎君、わたしを樹から引き離してくれたまえ。」虎が兎を放してやると、兎はいった、「虎君、ではわたしの場所をとりたまえ。」虎君がその樹の兎の場所をとったとき、兎君は虎君を縛りつけた。

さて虎君が縛りつけられたとき、王様が兎を叩きにやってきた。熱い鉄も持ってきた、兎に焼きをいれるためだ。王様は樹に縛られた虎君を見てたずねた、「おまえはこの樹の中でなにをしている？」虎君が答えた、「この樹にぼくを縛ったのは兎です。あなたは大きな牛を一頭兎にくれるそうだが大き過ぎて小さな兎には食べきれない。しかしぼくなら天下の大獣だから、その牛を食べきることができる。」王様は虎にいった、「お気の毒さま、食いしん坊のおまえには悪いが、尻をしたたか叩いてやる。」そして鞭でさんざ打ち据えた。ついで尻尾を持ち上げ、熱い鉄で焼きをいれた。

虎君が泣き喚《わめ》いているそのあいだ、兎君は樹の中で虎君をあざけわらった、「虎君よ、わたしはあなたをものの見事にひっかけた。あなたがあんまり食いしん坊だからさ。」虎君が兎君に答えた、「今度おまえに出会ったときは、おまえをかならず呑み込んでやる。」

兎君は象君に出会った、「お願いですから、森の中を行くとき、あなたの背中にのせてください。虎君がわたしを食べるとわたしをおどすものですから。」象君が返事した、「承知した、兎君、僕の背中に乗りたまえ。君の馬になってあげるから。」こうしてかれらは森の中へ出発した。虎君は兎君がたくみに象君の背にまたがってやって来るのを見、恐怖のあまり叫び出した、「王様が象様にまたがってやって来る。」そこで虎君は逃げ出して、出会いがしらに私をいきなりボンと蹴飛ばした。それだから、ここまで吹っ飛んで来て、私はこの物語を皆さんに語る次第だ。

親指小僧

ある母さんがおりました。その母さんにはそれはそれはたくさん子供がいて、一人は親指小僧といいました。母さんは父さんにこんな風にいいました、「子供が多過ぎます。」父さんは子供を七人つれて森の中へ小屋を作りに行きました。

親指小僧がその中ではいちばん大きい子供でした。家を出たとき小石をたくさん拾って、小屋に着くまでずっと撒いていきました。父さんはその小屋に七人の子供を残して帰ってしまいました。

翌日の朝早く、親指小僧は六人の弟をみんなつれて、途中で撒いた小石にそって、母さんの家まで戻ってきました。母さんは父さんに、もっと森の奥ふかくへ子供たちを連れていかないから、日の出まえの朝はやくに戻ってきたのだ、といいました。

また出かける前に母さんは子供たちみんなにパンをくれました。それから父さんは子供たちをまた連れて大きな森の奥の奥の奥ふかくまで連れていきました。親指小僧は家の門を出るやすぐパンを小さな玉に丸くまるめて撒きました。つぐみが来てみんな食べてしまいました。父さんは森の真ん中に着きました。着くとすぐ小屋を作って子供を残して帰りました。翌日の朝、親指小僧と六人の弟は、パンの玉を探しにいきましたが、なにも見つかりません。親指小僧は地面に六人の弟をのこして樹にのぼって遠くを見わたしました。遠くの遠くの遠くに火が見えました。それは大悪魔の家でした。親指小僧は地面に降りると、六人の弟をつれて歩きに歩いて、大きなすばらしい、すばらしい、すばらしい館に着きました。そこに住んでいるのは大悪魔でした。親指小僧が見ると、そこには年老いた女と七人の子供がいます。年老いた女は大悪魔の妻でした。親指小僧はそこに着くといいました。「こんにちは、母さん。」老婆は答えました、「こんにちは、息子、どこへ行くのかね？　ここは大悪魔のお家だよ。」親指小僧は答えました、「母さん、仕事をさがしにやって来ました。」老婆はいいました、「あすこに七つ小さな壺があります。一人ずつみんなそこにおはいり。」一人ずつそこにはいりました。

大悪魔が帰ってきていいました、「おまえ、人さまの匂いがしないか？」そして七つの壺をみんな開けてみたら、そこから七人の子供が出てきました。悪魔はなにもいいません。悪魔は七つの赤い帽子と七つの白い帽子を作りました。夕方、寝るときに、赤い帽子を親指小僧と六人の弟に、白い帽子を自分の子供にかぶせました。夜中に親指小僧はそっと起き出して、自分の弟たちの頭から帽子を全部とると、それを悪魔の子供たちの頭にかぶせました。それから悪魔の子供たちのをとってそれを弟たちと自分の頭にかぶせました。その夜のうちに親指小僧は、悪魔の有金全部と金銀すべてをとってしまい、道具も荷物もとってしまい、百里の長靴もとってしまい、その上で、また寝に行きました。その夜、悪魔は起き出して親指小僧と弟たちを皆殺しにしようと思いました。しかし親指小僧と六人の弟を殺すかわりに自分の七人の子供を殺してしまいました。殺しおえたとき、悪魔はまた寝に行きました。親指小僧はそっと起き出し、六人の弟を起こすと、悪魔からとったものを全部もって逃げ出しました。大きな山に登り、その山の上に小屋をたてました。そしてそこに六人の弟を入れました。

翌日の朝、悪魔は起きて七人の子供が殺されているのを見、叫びました、「親指小僧、さてはおまえが俺に俺の七人の子供を殺させたな。」親指小僧は山の上から答えました、「ああ、ぼくがおまえに殺させたよ。」悪魔がいった、「もし戻ってきてみろ、おまえをもっときつく縛りあげてやるぞ。」親指小僧は弟たちをその小屋に残して、ひとりでやって来ました。悪魔はつかまえると親指小僧をぐるぐるまきに縛りあげました。大鍋に熱湯をわかし、火の上にかけました。それから悪魔は親指小僧を一緒に食べる仲間を探しに行きました。

年老いた妻は火にくべるため大きなたきぎを割っていました。斧を振りおろしたとき、木がはねて頭の上に落ちました。老婆は叫びました、「あいたた、頭が割れちまう。」そばに縛られていた親指小僧が申し出ました、「母さん、腕ひとつだけ解いてください。母さんにかわって木を割りましょう。」老婆は答えました、「逃げはしないよ。母さん、もう死ぬんだとわかってるもの。一体全体どこへ逃げればいいの?」老婆はいいました、「ほどいてやるが、逃げるのじゃありませんよ。」老婆は二本の腕をほどきました。一撃で親指小僧は木を割りました、そしていいました、「母さん、見てごらん。ぼくをほどかなかったら、たきぎは割れはしなかったろう。」二撃で木はすっかり割れました。そしていいました、「母さん、たきぎを拾いなさい。」老婆は拾うためにに身をかがめました。親指小僧は斧を振りおろして、首を切り落としました。それから綱をふりほどき、老婆の身をかむしりはじめました。むしりおえると、火にかけた大鍋の中にいれ、あらゆる種類の料理を作りました。老婆の乳房をとると乳房のフリカセを二つ作りました。そして大悪魔の食卓をしかるべくしつらえました。親指小僧は老婆の服を拾うと、ドアの裏に掛けました。親指小僧はそれがおわると、納屋にのぼり、そこのお金を全部集めました。それがおわると、山にのぼり六人の弟と一緒になりました。

大悪魔は同類を大勢つれてやって来ました。みんな満足、大満足！　食卓について食べ始めました。かたはしから食べました。悪魔の一人がふとたずねました、「大将、おまえの奥さんはどこへ行った？」大悪魔は答えました、「庭にいるよ。」最後にのこったのは二つの乳房の料理でした。ふたを開けた大悪魔は二つの乳房を見て、ドアの裏に行き、妻の服を見つけ、ドアの前へ出て、叫びました、「親指小僧！」親指小僧は答えました、「はあいー！」悪魔は叫びました、「おまえは俺の七人の子供を殺したな。俺に俺のかかあを食わせたな！」その言葉をきっかけに、悪魔の一団はみな食卓をはなれて立ち去りました。大悪魔はいいました、「親指小僧、いいか、今度とっつかまえたら、もっとぎゅっと縛ってやるぞ。」

その二三日後、ひとり残された大悪魔は死にました。親指小僧が来てみると死んでいたので穴を掘って埋めました。

親指小僧は町へ行き、司祭さまにこの家に来ておはらいをしてもらいました。おはらいがすむと、家をきれいに大掃除して、そこに六人の弟をすまわせ、そして大きな、大きな、大きなダンス・パーティーを開いたとのことでありました。

第三章　小泉八雲の民話『雪女』と西川満の民話『蜆《しじみ》の女』の里帰り

1　Globalization と表裏をなす Creolization

地球化を意味するグロバリゼーション globalization という言葉についてはすでに多くの人が聞き知っているであろう。それに反してクレオリゼーション creolization という言葉はいまだに耳新しいであろう。またクレオール Crerole という言葉からの類推でクレオリゼーションの意味を察知した人も、その言葉がなぜグロバリゼーションと結びつくのか不思議に思うにちがいない。それで最初にグロバリゼーションとクレオリゼーションという一見相反するかに見えるが、その実、一つの運動の表裏をなす、いわばワン・セットの現象について、その文化史的な力関係をまず巨視的に考察し、次いでその過程で異国人の手によって拾い出された民話作品を、文学的に微視的に比較分析したい。このグロバリゼーションの世の中で傍流の各地域に住む人間は、地球一元化の主流の波に押し潰され、一体なににすがり、なににアイデンティティーを求めるのだろうか。

2　文化的中心と文化的周辺の関係

メトロポリスとかメインランドとかセンターとか呼ばれる首府や本土や中心地域がある。そこで栄える大文化や大宗教やイデオロギーは、しばしば地方や半島や島などのペリフェラルと呼ばれる周辺地域の土俗の文化や宗教や思想を呑み込んでは、それを圧し潰し、押しつけては、発展してきた。英語では globalization、フランス語では mondialisation と呼ばれる地球一元化の動きは、もともとはキリスト教化や植民地化や文明開化の名の下に行なわれてきた世界規模の運動の延長線上にある。その運動が通信や工業技術の発展により加速化されてきた現象である。それは特定の文化的な起源を有しながらも、口先では普遍的と称する価値観を主張している。その種の運動は、文化的中心の価値観を文化的周辺に押しひろめる発展である場合が多い。現在の英語本位のグロバリゼーションが、蔭ではアメリカニゼーションであると指摘される所以《ゆえん》であろう。そのことからもわかるように、世界一元化の運動には特定の文化的中心を有する傾向があることは見逃せない。世界化の現象が進むにつれて、地球社会に英語の一元的支配が強化されつつあるが、中心文化による言語的支配は不可避であろう。そしてその英語という言語に含まれる価値観の強制的支配もまた避け難いであろう。ここでは過去に起きた西洋起源のその種の運動だけでなく、東洋起源ないしは日本起源のその種の運動をも、あわせて考察することで、それらに共通する特徴を眺めてみたい。

3　フランス領西インド諸島の場合

最初の例としてフランス領西インド諸島の場合をとりあげ、まだ私たちに馴染みが深いとはいえない **creolization** の語について説明するよすがとしよう。

フランス領西インド諸島のマルティニーク島では、一六三五年以来フランス人によってキリスト教化と植民地化が推進された。日本が島原の乱に引き続き国を鎖《とざ》したのは一六三九年だが、英仏の世界大の進出はちょうどそのころ始まった。スペイン人やオランダ人が一時期台湾の植民地経営を試みたのも十七世紀であった。そのフランス領西インド諸島では、植民地化の過程で黒人奴隷が西アフリカ各地から連れて来られた。奴隷の反乱を予防する目的で、意図的に異なる出身地から黒人が集められたために、共通の言葉を持ち合わせなかったこれらの奴隷たちは、白人支配者が話す言葉を耳から学ぶことで共通語とした。こうして黒人奴隷たちによって用いられるようになった **pidgin French** とも称すべき被支配階級の言葉をクレオール語と呼ぶ。(1)そのクレオール語はその植民地で生まれ育った白人少数派の支配階級によってもまた用いられるようになった場合もある。このようにして主としてアフリカ渡来の人々の発音体系にフランス語文法体系が単純化され接木《つぎき》されて各地で生まれたクレオール語は、フランス本国の人々から見ればいずれも腐ったフランス語 corrupt French であり、そのような言葉も、それに伴って生じた文化の雑種化（これを狭義のクレオリゼーションという）も、長い間本土や内地の人々の注意を特に引かず、記録もされなかった。

4　広義のクレオリゼーションとしての雑種文化

キリスト教化・植民地化・文明開化にプラス価値が付与された際、反射的にマイナス価値を付与されてきたこのクレオリゼーションに対して、しかし別種の意味を見出した人がいる。フランス領西インド諸島で土地の人がクレオール語で語る民話に独特の魅力があることに気づいた最初の西洋人は一八八七年にカリブ海へ旅したハーンであった。ハーンはすでにニューオーリーンズ時代からルイジアナの黒人労働者たちが農園で歌うクレオール語の歌などに注目していたが、マルティニーク島では土地の諺や民話などを熱心に蒐集した。そして小説『ユーマ』（一八九〇年）などの作中にその諺や民話や風俗をちりばめて用いた。彼が集めたクレオール語の民間伝承の中にはかつてはカトリック宣教師によって「迷信」として斥けられた怪談の類もまじっていたが、そこには黒人たちの霊の世界が如実に示されていた。フランス人宣教師たちは、黒人たちは完全にカトリック教に改宗したと主張していたが、ハーンが集めた民間伝承はそれとは違って、黒人たちのキリスト教以前の心性を生き生きと示していた。

ところで表面でグロバリゼーションが進行し、中央の大文明や大宗教やイデオロギーの押し付けが進行すれば、裏面ではこの言語の変貌に見られるような文化の雑種化が進行せざるを得ない。そのような文化の混淆《こんこう》現象一般を広義のクレオリゼーションと呼ぶ。そのような観点から巨視的に大観すると、「雑種文化」とも呼ばれる日本文化も、実はまた広義のクレオール文化ということになる。現に日本を目して Creole Japan という呼び方を――多少の悪意をこめて――するアメリカの学者もいないわけではない。

アジア大陸の周辺に位置する日本列島は、以前は漢文化という中心文化の影響を浴び、「漢字仮名混じり文」という表記法に象徴されるように、混合文化ないし雑種文化として発展した。宗教も本地垂迹《ほんちすいじゃく》説などと呼ばれる神道と仏教の習合が行なわれた。一八六八年の明治維新以後は、西洋文化中心の文化体系の中にはいり、かつては「和魂漢才」を主張した日本が、今度は「和魂洋才」を主張するにいたった。そのように明治以来の日本は欧化、文明開化、産業化、近代化などの名の下に進んで来た。それはいってみれば「漢才」から「洋才」へと雑種文化としての構成要素を取り替えたのである。そしていま表面ではグロバリゼーションが叫ばれもしている。しかしそのような地球化が進行すればするほど、この雑種文化の裏側には、やはりどうしても取り残されるものが出て来る。そしてある種の文学は、その押し潰されたものの悲鳴そのものではないにせよ、その悲鳴に耳を傾けることによっても成立するのである。

5　マルティニークと日本の並行関係

一八九〇年に来日したハーンは、近代の産業文明に背を向けて西洋脱出を望んだ人だったから、当初はゴーガンなどと同じく地上の楽園を文明に汚染されていない未開の地に求めてマルティニークへ行った。二人は同じ時期に島のほぼ同じ場所に暮したが、後にゴーガンはタヒチへ、ハーンは日本へ向かったのである。そのようなハーンは明治二十三年、西洋化路線を進む日本でも裏日本へ行くことを好み、出雲地方などで当時の日本で文字化されていなかった民間伝承をも集め、それを自己の文学の糧《かて》とした。そのようなフォークロアに日本人の霊の世界を認め得たことが、ハーンの最大の功績であろう。ハーンは先にフランス領西インド諸島で行なったと同じ民俗学的なアプローチを日本でもまた繰返したのである。マルティニークでは狭義のクレオール化が進行していたが、日本もまた西洋文明の影響下に広義のクレオール化が進行していたからこそ、ハーンは同じ手法を用いることで、存分にその裏面の霊の世界を探る仕事が出来たのだ、ともいえよう。

いいかえると、強力な西洋文明のインパクトの下にあったマルティニークという大西洋の島で土地の民俗にハーンが感じた問題意識と、強力な西洋文明の衝撃の下にあった日本という太平洋の列島で土地の民俗にハーンが感じた問題意識との間には、きわめて多くの並行的な現象があり、共通性があった。ハーンは西洋至上主義者ではなかったからこそ、また西洋一辺倒の日本知識人とは一線を劃《かく》した人であったからこそ、カリブ海のほとりでも日本海のほとりでも、土地の常民の立場に立ってものを見、土地の庶民の心を心とすることができたのである。彼が記録してくれたおかげでマルティニークのクレオール民話のいくつかはハーンが再話した英語の形でもって残されたが、日本でも『雪女』のような名作は、日本語の口頭伝承がそのまま筆記された記録としては残されず、ハーンが英語で再話した形でもって後世に残された。そして今日の日本では雪女伝説はむしろそのハーンの英語から日本語に訳されたもの、そしてその日本語訳から意識的・無意識的にまた作り直されたもの（松谷みよ子作など）が世間に広く流布しているのが実情である。

以上は西洋文化の価値基準が世界化する過程で、西洋人の手で拾い出された日本民話の場合だが、次に日本文化の価値基準を東アジアにひろめようとする過程で、日本人の手で拾い出された台湾民話の場合にふれたい。

6　西川満と台湾の場合

西洋の大英帝国を範として十九世紀の後半から新たなネーション・ビルディングを行なった日本は、東洋に、規模こそ小さいが、植民地帝国を建設しようとした。東シナ海に位置して長く未開のままであった台湾は、ポルトガル人によってかつてIlha Formosaと呼ばれた。その呼び方を直訳して華麗島あるいは美麗島と呼ばれる所以である。ついで十七世紀、スペイン人・オランダ人が一時期植民地経営を試みたが、その後福建省から漢民族の男が渡来し、主として先住民族の女との間に子孫をふやした。しかしそれでもこの瘴癘《しょうれい》の島は長い間中華帝国からは化外《けがい》の地とみなされていた。一八八五年になってようやく清国の台湾省となったが、日清戦争の結果、一八九五年に日本へ植民地として割譲された。日本は台湾統治に際しても英仏に範を取り、文明開化を唱える植民地化につとめたが、そのような日本人の間からも土地の民俗に親身な関心を示し、台湾の民話を採集しそれを再話しようとする人が現れた。西川満《にしかわみつる》（一九〇八-九九）がその一人である。(2)

西川満は明治四十一年会津若松で生まれたが、四十三年両親に連れられて信濃丸に乗って台湾に移り住んだ。台北一中に学び、昭和三年内地に戻って高等教育を受け、早稲田大学文学部で学び、昭和八年（一九三三年）に卒業した。日本文学は会津八一、フランス文学は山内義雄、西條八十、吉江喬松、英米文学は日夏耿之介など、詩人肌の教授たちから学び、影響・感化を浴びた。卒業論文にはアルチュール・ランボーを扱った。吉江は異国情緒やローカル・カラーを描いたロティの紹介者であり、日夏は漢字の特異な使用、その視覚的な字面や音の効果に関心を寄せた詩人でポーの詩の訳者であった。

しかし台湾育ちの西川は大学卒業後、日本内地よりもさらにアット・ホームな台北に進んで帰ると、一九三四年『台湾日日新報』の学芸部担当となった。「西川満氏の詩業」については、当時台北の「愛書会」で氏と知己になった一回り年上の島田謹二教授の『華麗島文学志』（明治書院、一九九五年）に詳しい一章がある。西川満は一九三四年九月から三八年二月まで詩誌『媽祖』を刊行したが、その廃刊後雑誌『台湾風土記』を以って新しい郷土研究に転じ、再転して台湾詩人協会を結成した。一九四〇年には『文芸台湾』を創刊し三十八冊に及んだ。一九四六年日本へ一家は引き揚げた。ちなみにかつて第三世界論などで活躍した西川潤早稲田大学教授は満氏の御子息である。

その西川満が一九四二年、台湾で台湾女性を妻とし小学校教育に従事していた池田敏雄と共同して行なった事業に、彼自身が台北に設立した出版社日孝山房から出版した『華麗島民話集』がある。これは西川が池田の助力を得、台湾各地の小学生に土地の民話を作文に書いてもらい、それを西川が篩《ふる》いにかけて選び出し、上手に書き改めたものである。全二十四篇から成っている。台湾の小学生のほとんどはそうした原話を子供の時に父母その他からおおむね閩南語《びんなんご》（福建語）ないしは客家語《はっかご》で聞いたものと思われるが、それらを教室では日本語の作文として書いた。西川はそれを材料にして、日本語表現をみがきあげ、再話文学作品としてまとめたのが『華麗島民話集』である。その成立のプロセスはハーンの再話制作ときわめて近い。

西川　満（西川家提供）

そしてさらに興味深い平行現象は、一九四二年に日本語で出版された『華麗島民話集』が中華民国八十八年、すなわち一九九九年中国語に訳し戻され、台北市南京西路十二巷九号二楼の致良出版社から西川満・池田敏雄著陳藻香監製で日中対訳本として刊行されたことである。たいへん見事な装丁の本である。これはハーンがマルティニークや日本で採集した材料を基に英語で書いた再話文学が、その後フランス語や日本語に訳し戻され、いわば里帰りして読まれているのと軌を一にする現象といってよい。

外的事情は以上の通りである。なお西川満についての研究は、台湾淡水にある真理大学——西川満の二万冊の蔵書は同大学に寄贈された——の陳藻香教授が東呉大学に一九九五年に提出した博士論文（日本語）に詳しい。ちなみに陳教授は真理大学に創設された台湾文学科の主任教授であった。次に民話作品そのものを取り上げてその内的世界を垣間見ることとしたい。

7　『怪談』の「雪女」

ハーンの『怪談』中の「雪女」はあまりに有名な作品であるから、全文を引用する必要はないであろう。筋のみを記すと、茂作と巳之吉という樵夫《きこり》があるたいへん寒い夕方、ひどい吹雪に襲われ、川の渡守の番小屋で夜を過ごすことにした。若い巳之吉は顔に吹きつける雪に目を覚ました。知らぬ間に小屋の戸口は開け放たれ、雪明りに女が見えた。全身白装束である。女は老人の茂作の上にかがみこみ、息を吹きかけていた。息は白く光る煙のようだった。と今度は女はこちらへ向き直り、巳之吉の上に身をかがめた。若者は叫ぼうとしたが、どうしたことか声にならない。だんだん低くかがみこんできて、白い女は顔がいまにも触れなんばかりになった。女はほほえんで、囁《ささや》いた、

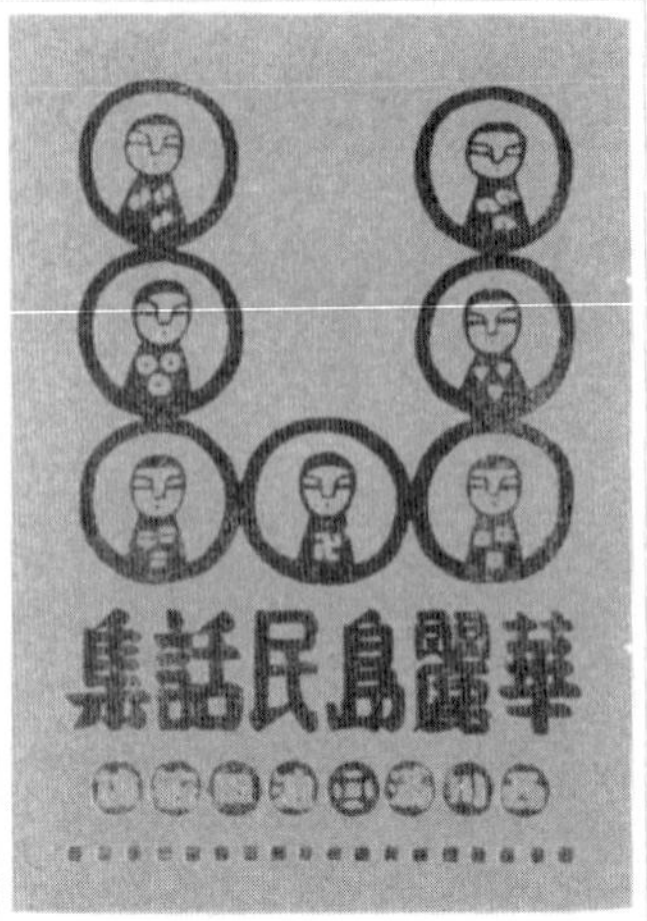

『華麗島民話集』表紙

「お前も同じ目にあわせてやろうと思ったが、なんだか不憫《ふびん》になった。お前はあんまり若いから。お前は可愛いから、今度は助けてあげる。しかし今晩のことは誰にも話してはいけない。そうしたら命はないよ。いいか、わたしの言いつけをお忘れでないよ」

翌年の冬、巳之吉は帰りしなに、たまたま同じ道を急ぐ娘と一緒になり、この見知らぬ娘の魅力に惹かれた。二人は気があい、お雪という名の女は巳之吉の嫁となった。夫婦の間に十人の子が生れたが、みな色が白くて美しかった。ある晩、子供たちが寝ついた後、お雪は行燈《あんどん》のあかりをたよりに縫物をしていた。巳之吉はつくづくと眺めながら、こう言った、

「そこで明りに照らされて縫物をしているお前を見ると、十八の時に会った不思議な出来事が思い出され

てならないよ。その時、いまのお前とそっくりな白くて美しい人を見たのだ。本当によく似ている」

お雪は、針仕事から目をあげずに、言った、

「どんなお人でしたの」

そこで巳之吉は渡守の小屋であかした恐ろしい一夜のこと、自分の上にかがみこんで微笑んで囁いた白い女のこと、茂作老人がものも言わずに死んでしまったことなどを話し、そして言った、

「夢にもうつつにも、お前と同じくらい美しい人を見たのはあの時だけだ。実際、あの時、夢を見たのか、それとも雪女だったのか、俺には今でもわからない」

お雪はいきなり縫物を放り出すと、すっくと立ちあがり、坐っている巳之吉の上に身をかがめ、その顔に鋭い声を浴びせた、

「あれは、わたし、このわたし、このお雪でした。一言でも喋ったら命はない、と言ってあったはず。……あそこに寝ている子供たちのことがなければ、この瞬間にもあなたの命を奪ったものを」

そう甲高い声で叫ぶうちにも、お雪の声は細くなり、女は白い霧のようになって天井へ舞いあがり、震えつつ煙出しの穴から外へ消え、それきり二度と見ることはなかった。

雪おんな（ハーン自筆）

「雪女」は以上のような作品である。ハーンは松江時代にすでに「雪女」には言及したことがあり、現行の『怪談』の序に記された「武蔵の国、西多摩郡、調布のお百姓が自分の生れの里に伝わる話として私（ハーン）に話して聞かせた」という言葉

は、その土地がそれほど雪深い土地ではないこともあり、全面的に信じるわけにはいかない。

8 『華麗島民話集』の「蜆《しじみ》の女」

台湾にもいろいろ興味深い民話はあるが、亜熱帯の土地柄ゆえ、高地でなければ雪は少ない。それで、雪女という存在はまず考えられない。「雪女」とこれから紹介する台湾民話との間には影響関係はない。しかし共通するパターンに関心があるので、西川が『華麗島民話集』中に再話した「蜆の女」(原作名は「しじみ」、中文訳名は「河蜆」)を紹介したい。短いから全文を致良社版によって引用する。

独身者の若い農夫がいた。貧しかったので嫁を貰う聘金《へいきん》の工面が出来ず、毎日やもめ暮しの不自由さをかこっていた。農夫の家には、先祖の代から伝わったしじみが一匹いたが、ある日しじみは美しい女に化けて、飯を炊き、洗いものをした。夕方、農夫が帰って来た時には、しじみはもとの姿に戻っていたので、農夫は一体誰がしてくれたのだろうと、いぶかりながら飯を食べた。その次の日も、またその次の日もそうであった。とうとう農夫は思案を定め、畑へ出るふりをして、家の裏手から、じっと様子をうかがっていた。すると水甕《みずがめ》の中から、しじみが匍《は》い出して、きれいな女に化けた。農夫は急いでしじみの殻を隠し、私の妻になってくれ、と頼んだ。女は仕方なくうなずいた。それから女はたくさんの子供を生んだ。ある日、農夫が、末の子に、お前のお母さんはしじみの化けものだよ、とうっかり口をすべらした。末の子は、すぐ母親に尋ねた。女は、どうしてそれがわかったのです、と農夫を責めた。わかるもわからぬもないじゃないか、それ、お前のしじみの殻《から》は、これこの通り、と日頃肌身離さず隠していた殻を掌《て》の上に乗せた。女は、ちょっと見せて下さい、と云ったかと思うと、いきなりその殻を被《かぶ》って、もとのしじみになってしまった。

「雪女」と「蜆の女」は人間の男が実は人間ではない女と結婚したという異類婚姻譚に属する。芸術的構成という点からいえば、前半の吹雪の夜と後半の結びがたくみに照応する「雪女」の方が単純な「蜆の女」より見事な出来映えだが、しかしパターンとしては両作品とも共通している。すなわち、夫が不注意にも口をすべらせ、言ってはならない自分の妻の正体を明かしてしまった時、人間の夫は自分に忠実に仕えてくれる妻を失うこととなる。話のクライマックスはその終わり方にある。英文によって紹介すると、お雪は叫ぶ。

"It was I—I—I! Yuki it was ! And I told you then that I would kill you if you ever said one word about it !... But for those children asleep there, I would kill you this moment !"

Even as she screamed, her voice became thin, like a crying of wind;—then she melted into a bright white mist that spired to the roof-beams, and shuddered away through the smokehole... Never again was she seen.

お雪の声は、風の響きのごとく細くなり、女は白く輝く霧のようになって天井へ舞いあがったかと思うと、震えつつ煙出しの穴から外へ消えた。

蜆の女の消え方を中文によって紹介すると、妻は夫に自分の正体がどうしてわかったのです、と問い詰めた。

農夫説道「当然知道了。妳看！妳的蜆殻就在這裡。」説著便把平日蔵在身上的殻拿出来放到手掌上。女子一看到便説「借我看一下。」話才説完、就立刻披上蜆殻変回原来河蜆的模様了。

この「蜆の女」の終わり方は、夫が自慢すると妻はそれを出し抜く、という知恵の出し比べというゲームの要素もあって、それも民話の結びを面白くしている。巳之吉とお雪の間には情が通いあっていたから、別離は悲劇的でもあった。それに対して蜆の女の場合には、女は貝殻をなくしてやむを得ず妻になることを承知したという成り行きもあって、夫婦の間の感情が希薄なことは免れない。最初に結納時の金品の工面ができずやもめ暮しをしていた、とあるのも夫婦成立の背後に打算があることを思わせる。

9　日系台湾人の手になる記録

しかしここでは両者の文芸的価値の是非については深入りしない。私がここで注意を惹きたいのは、一方でグロバリゼーションが急速に進行するにつれ、他方で人間は自己のアイデンティティーを求め、民話に心のよりどころを探そうとする傾向が生じる、ということである。私たちは民間伝承やフォークロアに魂のふるさとを感じる。文明の混淆や人種の混淆はしばしばグロバリゼーションの裏面に発生する現象だが、そのクレオリゼーションの過程ではこうした民話は不思議なまわり道をして記録される。「雪女」はハーンの手でもって英文で記録され、「蜆の女」は西川満の手でもって日文で記録された。そして両者とも今では日本語や中国語に訳し直され里帰りをし読まれている。このような紆余曲折《うよきょくせつ》を経ることは、人間は自分の真のアイデンティティーを発見するためには、一度は自分の家郷を立去らねばならない、ということを暗示している。柳田國男が『日本の昔話』に収めた「味噌買橋」の話も、またそれとまったくそっくりな、エリアーデが引くクラコウ市の律法教師イサクの話も、それと同じ経路を経ている。そして真の宝はけっして遠くにあるものではなく、自分の近くに埋められていることを示唆している。それは掘るすべを心得ておりさえすれば見つかるものなのだ。「しかし」と注釈者ハインリッヒ・ツィンマー Heinrich Zimmer は述べている。

しかし奇妙ではあるが変わることのない次のような事実がある。それは、遠い土地や、外国や、未知の国へ敬虔な旅をしたのちに初めて、私たちを導いてくれる行手を示す内なる声の意味が私たちにも明らかになるということだ。そして、もう一つ。私たちの不思議な内なる旅の意味を示してくれるその人自身も、信仰や人種を異にする異邦人でなければならない、という事実だ。(3)

日本人がハーンの著作によって心打たれて、日本へ回帰する人がいるように、台湾の人も西川満の文章に心動かされて、台湾のアイデンティティーに目覚めることもあるのである。それに西川満その人が台湾へのこんな故郷回帰をした人なのである。昭和十三年二月の『台湾時報』に彼は「歴史のある台湾」と題する随筆を書いた。

少年時代、わたしたちは、台湾から、何かしら索莫たるものを感じてゐた。さうして、その理由が何であるかもわからずに成長した。やや長じて十五の年、内地の土を踏み、内地の山河にいだかれて、はじめて少年時代の故知らぬ悲しみが、実は歴史をもたぬ——この言葉は間違つてゐるのであるが——台湾と云ふ土地に対して向けられてゐたものであることを知つた。

わたしは、ものごころつかぬ三つの年に、父母と共に玄界灘を渡つたのであるから、生れ故郷については何の記憶もない筈である。然るに、幾山河越えて、東北の山々、わけても磐梯の姿に接した時、久しく離れてゐたものに対する滾々《こんこん》たる懐旧の情に打たれたのであつた。

西川は古い歴史をもつ土地が人々に与える無言の感化に一驚せずにいられなかったのである。しかしその時から幾星霜が過ぎ、学を終えてふたたび台湾の土地を踏んだ西川は、今度はむさぼるように、その後の数年を台湾の歴史探索に過ごした。そして少年時、台湾に歴史なしと思いこんだことが謬見《びゅうけん》であったことを知り、当時の無知に自ら腹立たしさを感じた。しかしそれは日本統治以前の台湾についてなにも教えられなかったからである。習ったのは僅かに浜田弥兵衛と鄭成功と呉鳳くらいなものであった。西川が内地へ行って苔むす鶴ヶ城や虫すだく飯盛山《いいもり》に感激の涙を流したのは、つまりその歴史を教えられていたからであり、現実に住む台湾に興味を持ち得なかったのは、台湾の歴史を習わなかったからである。早稲田大学で吉江喬松に学んだ西川はフランス文学から地方固有の文化を尊重すべきことを学んだ。西川は随筆中で叫ぶ。

ああ台湾！　汝こそは無限の歴史の宝庫、花開く宗教のギャラリー、未だ磨かれざる史界のディヤマン！　ああ台湾、汝こそは、西欧と東洋の文化の融合する華麗島。わたしは台湾に住む光栄をよろこび、開拓すべき歴史への興味に湧き立つてゐる。

このような日系台湾人としての自覚に支えられた仕事が『華麗島民話集』に結実したといえるだろう。なお「蜆の女」は台湾の、それも「聘金」という風俗から推察して漢民族の民話であろうが、起源は台湾なのか福建なのか、はたまたそれ以外のよそなのか、私にはわからない。

ところで詮索されたくない自分の正体を話題にされた雪女が夫の前から姿を消し、余計なことを言われてしまった蜆の女が姿を隠したことは、別の比喩をも秘めているのかもしれない。すなわち、人間は自分や他人の出自《しゅつじ》にこだわらない限りは、他人と平和に暮すことも出来るが、しかし他人のアイデンティティーや自分の過去にこだわりすぎると、他人との調和的な関係を維持することが難しくなる。アイデンティティーとはしばしばフィクションでもあり、人工的な虚構でもある。人間が政治的な国籍や宗教的な帰属や人種的な起源にしつこくこだわることは、アイデンティティーの過度の強調である。それはいうならばアイデンティティーの囚人となることであり、必ずしも健康的な態度とはいえない。自己の拠って立つべきアイデンティティーを求めることは大切だが、それに拘束され縛られることは愚かしい。

「雪女」や「蜆の女」の消滅からそのような道徳的な結論を引き出すことは文学のテクストの読み方としてもとより正道ではないだろう。しかしこのグロバリゼーションの時代に人々は逆に民話という宝庫によりどころを求めがちである。そこで本章では中央文明のすべてを呑み込まずにはやまない物量を誇る力と周辺地域の「霊的なるもの」の力との関係について、ラフカディオ・ハーンや西川満を手がかりに論じてみたのである。政治学者も経済学者も国際関係における力のバランスを云々する。しかしこの地球社会には肉眼には見えないかもしれないが、心の眼にはまざまざと見える balance of ghostly power relations なるものも存在する。私はその霊的なるものの力関係に心を惹かれずにはいられない。

考えてみると西川満の早稲田時代の恩師筋も、台北時代に親交を重ねた矢野峰人・島田謹二などの学者詩人も、いずれも直接間接にハーンや上田敏の学統に連なる人たちであった。ハーンと西川満の二人の民話採集と再話の仕事の類似性は単なる偶然ではないのかもしれない。

第II部　語り続ける母

焼津湾の眺め（小泉一雄とナンシー・フェラーズ共編　*Re-Echo*より）

第四章　ギリシャ人の母は日本研究者ハーンにとって何を意味したか

日本解釈者としてのハーンの一大特色は、日本をしばしば古代ギリシャとの比較において解明しようとつとめたことであった。そしてそのような彼のアプローチには、ハーン自身がイオニア海の島レフカディアでギリシャ人ローザ・カシマティ（Rosa Cassimati 一八二三–八二）を母として生まれたことが背景にあった。そのことは多くの読者も漠然と感じてきたところである。だがそれでは、そのギリシャ人の母は、そしてギリシャは、ハーンにとって実際に何を意味したのか。その点を吟味したい。

問題点はその際さらに細かく次のように分けられる。ローザ・カシマティとラフカディオ・ハーンとの関係は、客観的にはどんな間柄であったのか。その母子の関係は、主観的にはハーンにとっていかなる意味を持ったのか。ハーンの実際のギリシャ知識はどのようなもので、ギリシャとはハーンにとって何だったのか。そのギリシャの母を慕うの情は、日本研究者ハーンや作家ハーンにどのように影響し、作品にどのような色彩りを添えたのか。そして最後に、この母子の間の原体験は、ハーン自身が思いこんでいたのとは違う意味においても、実は作用していたのではなかったか。そのような諸点を明確化したい。

1　母子関係

初めに、客観的な母子関係の伝記的事実を、父親との関係を踏まえて、再確認させていただく。

ハーンの父親のチャールズ・ブッシュ・ハーン（Charles Bush Hearn 一八一九–六六）は、ダブリン社会の上層を形成するプロテスタント系のアングロ・アイリッシュの出身で、十九世紀中葉、最盛期を迎え、七つの海に覇を唱えていたイギリスのヴィクトリア女王の麾下の陸軍の軍医であった。イギリスがギリシャに政治的・軍事的に関係したことは、バイロンがその地で戦って死んだことからも知られよう。そのバイロンの死の二十余年後の一八四〇年代後半、イギリス陸軍は強者としてイオニア海の島に駐屯していた。そのようなイギリス軍将兵と島の住民との関係は、いうならば、その百年後のアメリカ軍将兵と沖縄の島の住民との関係のようなものであったろう。ハーン軍医は島の娘ローザ・カシマティと関係し、最初の男の子は生まれたがじきに死亡した。ついで一八五〇年六月二十七日に二番目のパトリック・ラフカディオ・ハーンが生まれた。Patrick は父方のアイルランドの守護聖人に、Lafcadio は誕生の島レフカディア（英語名、ギリシャ語ではレフカスという）にちなんだ名前である。両親は第一子が生まれた後になってギリシャ教会で式を挙げたが、イギリス連隊の上官は正式の結婚をすすめなかったらしい。その百余年後に書かれたジョージア生まれの女流作家エリザベス・スティーヴンスンの手になる評伝でも、アメリカ南部出身の白人女性の偏見かもしれないが、不釣り合いな結婚ということが、示唆されている。

父親はハーンが生まれて二月後にはカリブ海へ転戦した。若い母親は進駐軍人の子を生んだということで、周囲からさぞかし白い眼で見られたにちがいない。それだけに島に取り残された母は、幼児のハーンを一層溺愛もしたのだろう。ギリシャの島での二人きりの生活は『夏の日の夢』に「魔法にかけられたような時処の思い出」として回想されるが、その母子家庭こそがハーンにとっては至福の楽園であった。二年後に夫の弟が迎えに来、マルタ島経由で夫の家のあるアイルランドのダブリンへ二人は渡る。だがちょうど日本の戦争花嫁が西洋へ渡って、いうにいえない苦労を味わったと同じように、ハーンの母も閉鎖的なダブリンで不適応に悩むこととなった。なにしろ言葉も、ダブリン上層のプロテスタントの宗教も、子供の躾方《しつけ》も、陰気な気候も、からりと明るい天候のギリシャとはまるで違う。母子は周囲から疎外された。

ハーンが三歳の一八五三年十月八日、ダブリンへ戻って来た父親は、凱旋を祝う宴席で、周囲から孤立している妻ローザを見、自分の結婚は若気の過ちであったと悟った。夫のそんな気配をおそらく察したからであろう、ローザがその夜猛烈なヒステリーを起こしたことが、親戚の日記に記されている。夫が、早まった、と悟ったについてはさらに訳もあった。チャールズ・ブッシュ・ハーンは、かつてダブリンで失恋したからこそ、ギリシャでローザと結ばれた男である。ところが旧恋の女性は、すでに二児の母であったが、夫と死別してオーストラリアからダブリンへ戻っていた。チャールズとそのアリシア・ゴスリン・クローフォードはいつしか親しい仲となりつつあった。ハーン軍医は一八五四年三月、妊娠中の妻を残して今度はクリミヤ戦争に出征する。故郷で出産することとなったローザはその初夏四歳のハーンを残してギリシャへ帰った。その一時の別れと思ったことが、少年ハーンにとっては母ローザとの生き別れとなるのである。戦地から先に戻った父は、母ローザが結婚証書に署名していなかったことを口実に、結婚無効の訴訟を行ない、子供に会いに戻って来たと伝えられるローザをもはやダブリンの家に受入れようとはしなかった。そして一八五七年にはアリシアと正式に結婚してしまったからである。

ちなみにローザは、英語はもとよりギリシャ語も読み書きはできなかった。署名できなかったのもそのせいである。それは彼女がとくに無教養とか家柄が悪かったとかいうわけではない。当時は低開発国であったギリシャの島の女は、おおむね文盲だったのである。父とアリシアの再婚に際し、カトリックの大叔母サラー・ブレナンは少年をわが家に引き取った。そして甥に当る父チャールズ・ブッシュ・ハーンの母ローザに対する振舞を非難した。大叔母はハーンの父のことを「たいへん悪い人間だ」といった。父はアリシアとその子供たちとともに一八五七年八月にインドへ向けて旅立ったが、ハーンはそれきり二度と父を見ることはなかった。父は一八六六年、インドからの帰途スエズで亡くなったからである。

2　母のイメージ

それではそのような家庭環境で生き別れた母親のどのようなイメージがハーンの心に刻みつけられたのか。

異郷での孤独、周囲からの排斥、父母の不和、家庭の崩壊、母との生き別れ――そうした一連の出来事は、少年ハーンの心に深い傷を残した。ただしそれらは、すべてがマイナスにのみ働いたのではない。周囲から白眼視されたがゆえに、孤立した二人の母子密着の関係はきわめて濃厚となった。母はひたすらハーンに愛情を注いだからである。ハーンのベーシック・トラストはその間に養われた。そんな瞼の母と生き別れるという心理的外傷（トラウマ）を負い、その後の少年・青年時代があまりに惨めだったことも手伝って、母のイメージはハーンにとって失われた幸福のシンボルとなった。それだけではない。「失われた母を求めて」こそがハーン文学の底辺を流れる通奏低音となったのである。ただしそんなハーンの主観的な母親像は、おそらく客観的なローザの実像とは、違うものであったに相違ない。

すでにギリシャ側の調査で判明しているように、実際のローザは、夫の気持がもはや自分に戻らないとわかるや、ギリシャで再婚した。その際、新夫カヴァルリーニの側が出した、前夫との間の子供は引き取らない、という条件を吞んでいる。それはハーンが知らずにすんで幸いしたことであった。もう一つ、知らずにすんでさらに幸いしたことがあった。それは再婚した後、ローザは精神に異常をきたし、晩年の十年をコルフー島の隔離病院で過ごし亡くなっていることである。そのような発病に子供たちとの生き別れが関係していたかどうか。ギリシャで生まれた弟のジェームズも後にアメリカへ移民し、農夫となった。ジェームズは文名の高くなった兄に手紙を寄せた。それは兄が日本へ行くすこし前のことだったが、弟の手紙に答えてハーンは「父はけっして私を可愛がってくれなかった」といい、「自分も父を愛していないらしい」と認め、もっぱら母のことを語っている。

あのお母さんの色黒の美しい顔を憶えていますか？　あの野鹿のような、大きな茶色の眼を？……

私の中にある良いものはなにであれ、……あの（母方の）色黒の人種の魂から来ているのです。正義を愛し、悪を憎む私の心、美しいものや真実なものを惜しみなく褒める気持、男や女を信ずることができる能力、芸術的なるものへの私の感受性——そのおかげで多少は名声を博することもできましたが——そうです、あの言葉の力さえも母から来ているのです。

だが兄よりもさらに小さい時に母と別れたジェームズは、母ローザの子供たちの扱い方についても兄に問いただしたようである。ラフカディオはそれについても母を弁護してこう書いた。

お母さんが私たち子供をどう育てたか——それは子供心にも変に思ったことが多かった、というのが正直なところです。しかし残された私を引き取って育ててくれた年老いた大叔母もほかの人も、とくにお邸に奉公に来ていた下男や下女は私によくこっそり言ったものです——「御母さんのことを悪く言う人がいても信じてはいけませんよ。よござんすか。あなたの御母さんは世間のどの御母さんにも負けずにあなたを大事にしてくださったんですよ。こうしたことになったのは御母さんとしてもどうにも仕方がなかったのですよ」

ハーンは、ギリシャの母を慕い、アイルランドの父を憎む人として成長した。幼年時代、パディーと呼ばれていたが、自分がアイルランドの父と結ばれていることを嫌い、ニューオーリーンズ時代にはセイント・パトリックに由来するパディーの愛称を捨て、ひたすらギリシャの母との結びつきを強調するラフカディオをファースト・ネームとして用いるようになった。こうしてアイルランド系のパディー・ハーンはギリシャ系のラフカディオ・ハーンに変容したのである。

それではハーンとギリシャとの接点は何々であったのか。

ハーンは二歳でギリシャの地を離れ、四歳で母とも生き別れた。そのため母と話しあった言葉がロマイックと呼ばれる近代ギリシャ語だったのか、それともイタリア語だったのかさえ大人になってわからなかった。ハーンはアメリカ時代に、家庭教師を雇ってイタリア語を習った。幼時に話した言葉がそうすればよみがえるかもしれないと期待したのだが、しかしよみがえらなかった。ギリシャの人はイオニア諸島でイタリア語がギリシャ系住民の間で母語として話されていたという説に対しては否定的である。だが、イタリア語がハーンの幼時の言葉だったとする彼自身のややロマンティサイズされたと思われる説は、一八九五年三月のチェンバレン宛の手紙に出ている。ちなみに母が再婚した相手の Cavallini は綴りからもわかるようにイタリア系ギリシャ人の名前である。カヴァルリーニはイタリア語で「雄の仔馬」という意味である。もっともハーンは母の再婚や再婚相手の名前も住所も知らなかったであろう。ハーンは若いころは貧乏であったし、十九世紀の末年、ギリシャは僻遠の地であったから、物心がついてから実際にギリシャを訪れたことはなかった。当時のハーンにはそれだけの経済的余力はなかった。そんな次第だったから、母はギリシャ人であったけれど、子供のハーンにギリシャについての生得の知識が特にあったわけではない。ただしギリシャ人の母を思う情は非常に強かったから、その母を慕う気持と二重写しになってギリシャ思慕――そのギリシャ思慕はヴィンケルマン以来のヨーロッパでの時代風潮でもあったのだが――もまたひとしお強かったのである。

3 ギリシャとの比較

ではギリシャについての後天的な書籍知識はどんなものだったのか。少年時代に愛読した本の思い出としてチャールズ・キングズリーの『ギリシャ神話英雄物語』がある。ハーンは成績優秀の日本人学生にしばしば英語の書物を与えたが、その褒美の中にこの本もはいっていた。東大の英文学講義でも少年時の思い出にこう言及している。

子供のときおもしろいと思った本というのは、当り前かもしれないが、大人になって読み返してみると、たいていはつまらない。こちらの精神が大きく変化してきたせいだと思う。だから子供のとき読んでも大人になって読んでもおもしろい、という本が一番すぐれた本なのだろう。私はこの『ギリシャ神話英雄物語』を十三歳のとき初めて読んだ。鉄道馬車に揺られながら、大急ぎで読んだものである。休暇で家に帰る途中、それを駅の売店で買ったのだ。それ以来、私は数年おきにこの本を読んでいるけれども、そのたびにその印象は、子供のときのものよりもはるかに美しい、はるかにすばらしいものになる。だから、日本の学生にもこれを好きになってもらいたい。何度も読み返してもらいたいと思うのである。話のすじのためではなく、言葉の美しさ、思想の大らかさのために。

ハーンは、金羊毛の騎士たちやアンドロメダを救うペルセウス、輝きのうちにも悲しみをともなったテセウスなどの英雄が生きとし生ける存在として書かれていることに親しみを感じたのだろう。作家としてのキングズリーをたいへん高く評価している。

熊本の五高では、ギリシャ神話 Admetus and Alcestis を生徒に書き取らせ、東洋の孝行との比較論を生徒に言わせている（『九州の学生たちとともに』）。ハーンはまた『日本――一つの解明』でも日本女性をこのアルケスティスと比較している。しかし大叔母の破産で一文無しとなり、イギリスで大学へ行きそびれたハーンは、――小説『チータ』にはギリシャ語の引用をギリシャ文字でしているけれども――、ギリシャ語をきちんと習ったことはなく、ギリシャ語知識はほとんどなかったというのが真相ではあるまいか。富山大学に保存されているハーンの旧蔵書中のギリシャ関係文献は、英訳や仏訳や英仏語で書かれた研究書がほとんどである。それでも東京大学の文学講義ではギリシャ悲劇にもふれ、ギリシャの愛すべき小説としては『ダフニスとクロエー』をあげ、それについてはアミヨーの仏訳で読むが良い、などと具体的に教えている。

当時の東大のいま一人の有名外人教授であったドイツ系ロシヤ人ラファエル・ケーベルは、哲学が専門で、しかもギリシャでなければ日も夜も明けぬというドイツ哲学界の正統派であったから、ギリシャ語知識がない癖にギリシャを言い立てるハーンに対し「毒のある皮肉」を浴びせ（井上哲次郎）、ケーベル邸を訪れた夏目漱石がハーンを話題にすると、ハーンはすでに故人となっていた明治四十四年七月十日のことだが、「アブノーマル」などと酷評したりもした。

ここで注意しなければならぬ点は、「ギリシャ」ないしは「ギリシャ的」という言葉で意味されている内実が、ケーベルとハーンとでは、いちじるしく異なっていたということである。ケーベルにとっては、ギリシャは西洋文明の源泉としての古典古代であった。そんなケーベルのギリシャは日本とはおよそ関係のない別世界であった。それは十九世紀のドイツという色眼鏡を通して理想化されたギリシャであった。それに対してハーンは、ギリシャ研究の専門家ではなかったけれども、母の国ギリシャを慕うがゆえに、ギリシャを介して日本に近づくという不思議な縁に恵まれた。そのギリシャとは、キリスト教以前の、死者たちの霊が生き生きと生者に話しかける、多神教の世界であった。

その近づきのきっかけは、一八八四年、ニューオーリーンズの万国博覧会をルポルタージュ記者として訪ね、日本の部を取りしきっている服部一三と親しくなった時である。偶然そこに展示されていた、二年前の明治十五年に日本で出されたB・H・チェンバレンの『古事記』英訳を手にした。『古事記』を精読するのは後にニューヨークでのことだが、この地球上に古代ギリシャと同じような、多神教の世界が、いまだに実在するのかと思うと、なつかしい不思議な気がした。ハーンが後に「神々の国」出雲に行くきっかけは、精神的にも実際的にも、この出会いにあったといって良い。明治二十三年、来日直後のハーンを松江の中学校に世話したのは、ほかならぬそのチェンバレンと当時文部省勤務の服部局長その人だった。ハーンはまた民族音楽の研究者クレービエルと親しく、以前から東洋音楽に関心を持っていた。それだけに『古代ギリシャ音楽との関連より見たる日本音楽の歴史』という英語論文がニューオーリーンズの博覧会に展示されているのを興味深く思い、新聞記事でも言及した。ハーンはそのとき執筆者の名を記さなかったが、実はこれは明治の西洋音楽導入の大立者伊沢修二の学術論文であった。

そんなハーンは、来日して、一八九〇年八月下旬、中国山脈を越えて出雲へ行く途中、上市で若い女たちの盆踊りを見た。その時いち早く、次のような古代地中海世界との比較を持ち出した。仙北谷晃一訳『盆踊り』（小泉八雲『神々の国の首都』講談社学術文庫、所収）から引用する。お寺であった建物の影の中から踊りの列が月明りの中に繰り出して来たかと思うと、ぴたりと止まった。

——若い女か娘たちばかりで、えりぬきの着物に身を包んでいる。いちばん背の高いのが先頭に立ち、あとは背丈《せたけ》の順に並んで、列のしんがりをつとめているのは、十一、二歳の小さな女の子たちだった。小鳥のように軽やかに身の平衡をとっているこの娘たち——それは、古代の壺の面に描かれた夢のような人々の姿に通うものであった。膝のあたりにぴったりとまといつく、美しい日本の着物は、大きく垂れた一風変わった袖と妙に幅の広い帯とがなかったならば、ギリシャかエトルリアの画家の描いた壺絵に倣ってデザインされたとも思えぬことはない。

ハーンが日本で女の浴衣姿を見てギリシャを思い出した背景には母なる人の記憶がひそんでいたからだろうか。ハーンはやがて盆踊りが死者たちの霊を祀る、仏教というよりは神道の伝統につらなる、祭りであることを知る。

松江に着き、翌朝宿屋で目を覚ますと、大橋を渡る下駄の音に音楽を感じた。

あの下駄の速くて、陽気で、小刻みな音楽――あれはまるで大きな踊りのようだ。松江の人が皆朝、あの時刻、踵を地につけないで爪先で動いている。なんという光景！　なんというすばらしい下駄の音楽！　ギリシャの壺に描かれた男女の脚、脚、脚！

『盆踊り』や『神々の国の首都』第五節のこの言及に始まって、ギリシャとの比較論はいろいろな箇所に次々と現れる。

ハーンはこの出雲地方で日本の古い習俗が気持よく伝わっていると感じ、その神道的伝統が後世に残ることを願わずにはいられなかった。ハーンは一民族が、いかに西欧化に邁進するからとはいえ、自民族の過去を完全に捨て去ることなどありえないと思っていた。キリスト教化されたはずのマルティニークでさえ、アフリカ渡来の黒人の信仰は、形を変え姿を変えて、生き残っている。ハーンは来日前の二年間をフランス領西インド諸島で過ごして、キリスト教宣教師の言い分とはおよそ違う、島の宗教生活の実相をつぶさに見てきた。それだから性急に西洋化を急ぐ明治日本にあって、一面では近代化という時代的要請を認めはしたが、他面では日本人の根源的感情への回帰をも問題とせずにはいられなかったのである。ハーンは神道的感情は必ずや将来へも伝わるに相違ないと信じていた。それだから、『日本人の微笑』（小泉八雲『明治日本の面影』講談社学術文庫、所収）の最後で、詠嘆に近い口調で、こう述べている。

だがその過去へ――日本の若い世代が軽蔑すべきものとみなしている自国の過去へ、日本人が将来振返る日が必ず来るであろう、ちょうど我々西洋人が古代ギリシャ文明を振返るように。その時日本人は昔の人が単純素朴な喜びに満足できたことを羨ましく思いもするだろう。その時はもう失われているに相違ない純粋な生きる喜びの感覚、自然と親しく、神の子のようにまじわった昔と、その自然との睦《むつま》じさをそのまま映したありし日の驚くべき芸術――そうした感覚や芸術の喪失を将来の日本人は残念な遺憾なことに思うだろう。その時になって日本人は昔の世界がどれほど光り輝いて美しいものであったか、あらためて思い返すに相違ない。

宗教的文明論の次元での古代ギリシャと古き日本との比較は、これが嚆矢《こうし》であろう。十九世紀の西洋人が失われた古代ギリシャの文明を追惜《ついせき》するように、日本人も良き古き素朴な神道的日本を惜しむ日が来るに相違ない、とハーンは予言する。その含意はおよそ次のようなものであったろう。出雲の旧世代の人々にはいまだに信仰が残っている。しかし神道は次第に死に絶えて行くかもしれない。ハーンは日本の固有の土俗信仰の死滅を信じなかったが、在日西洋人は、キリスト教宣教師を始め、当時もっとも権威あるとされていたチェンバレン、サトウのような英国人日本研究者までが、神道の死滅を予言していた。(1) それればかりではない。日本の代表的知識人たちも、福沢諭吉以下、脱信仰の人々がいまや主流である。

ハーンはそうした唯物化する時勢を惜しいことのように感じた。そもそも御先祖様の霊の実在を信ずる人がいたからこそ、古代ギリシャでは神々の実在は信じられたのである。またそのゆえに、古代ギリシャの民は自然とも親しく「神の子のように」まじわることができたのである。そうした古代の生き生きとした信仰や芸術はギリシャでは死滅し、いまや一神教であるキリスト教の一派のギリシャ正教によってとって代わられてしまった。はたしてそれと同じように御先祖様の霊を敬い、八百万神《やおよろずのかみ》を信ずる神道は、大和島根《やまとしまね》から消え失せてしまうのだろうか。鎮守の森から神社や鳥居は失せ、日本人の家から神棚や燈明は消え、柏手の音は聞こえなくなってしまうのだろうか。それは惜しいことではないのか。

4 ハーンにとっての神道

古代ギリシャの宗教との関連で神道が話題となるについては、ハーンにとって神道とは何であったか、という点もあらかじめ考慮しておきたい。ハーンにまつわる誤解を解くためには、その了解が実はたいへん大切である。来日以前の彼のマルティニーク体験とも関係することだが、ハーンにとっての神道 Shinto とは、外来の佛教がはいる以前の、日本の土着のアニミスティックな宗教の謂いである。ギリシャではそれらが擬人化され神話の神々や英雄となったが、日本の神々もそれときわめて似ていた。ハーンは、古代ギリシャとの平行裡に、日本を了解しようとした。ただしその平行関係には一つ決定的に違う点があった。それは西洋にはそうしたキリスト教以前の古代の神々を信ずる人々がいなくなってしまったのに反し、日本には古くからの神《かん》ながらの道を信ずる人々がいまだに実際にいるということである。

経典の不在から神道を宗教とはみなさなかったチェンバレンの書籍的なアプローチと違って、ハーンの神道へのアプローチは、目で見、耳で聞く、という風俗習慣の観察にはじまった。明治二十三年八月下旬、姫路から俥で四日の旅をして、日本海岸へ出たのだが、途中、老樹に注連縄がまいてあり、御神木に御幣が飾ってあって、四手が垂れているのを見ると、その民俗に吸いこまれるような興味を示した。馬頭観世音菩薩などがあり、野の花がいけられ、素焼の線香立てが置いてあって、米粒がばら撒いたように供えてある。このように自分たちが使役した馬や牛の霊のためにも日本人は祈るのかと思うと有難い気がした。ハーンはキリスト教信仰を失った人である。そのために、西洋では無宗教の人のごとくに目され、本人も不可知論者のように言っている。知己の雨森信成《あめのもりのぶしげ》も『アトランティック・マンスリー』へ寄せた文章でハーンを

agnostic と規定している。しかし「神が死んだ」後もハーンは、超自然的なるものに対し強い畏敬の念を抱き続け、霊的なことに終生関心を寄せていた。そうした意味においては、キリスト教信仰を失ったイェイツが宗教的であるというのと同じ意味で、ハーンは実は深く宗教的な人だったのである。イェイツとハーンが謡曲や怪談など日本人の霊魂の世界に惹かれたことには、アイルランド育ちの人として共通の文化的・宗教的背景があったのである。

いまハーンの霊魂に対する非キリスト教的関心について一例を示そう。ハーンはニューオーリーンズ時代から昆虫に関心を寄せたが（小説『チータ』第一部）、その興味はマルティニーク時代に引き続き（『百足』）、日本でも『草ひばり』などの名作を生むにいたる。その虫に対する関心は松江時代には田辺勝太郎らの中学生に昆虫についての英作文を次々と書かせた。さらには東京大学での文学講義の題目となり、虫を詩に歌いあげた国民としてギリシャ人と日本人とが例に引き出された。これは一見昆虫学的関心のようにも見える。そして事実日本の秀れた昆虫学者の中にはハーンの昆虫記述に専門家として注目する人もいる。しかしハーンその人の関心は、虫にも霊魂があるとする宗教観にも注がれたのである。樹には樹霊があり、虫にも魂があるとする日本人の神道的な見方に、神話時代のギリシャに通ずる考え方を認めて、ひとしお興味をそそられたのである。ちなみにキリスト教では人間以外に霊魂を認めない。

そのような神々の国ギリシャと神々の国日本との比較論の究極の到着点が遺著『日本――一つの解明』である。ハーンが英文原稿の表に漢字で「神国」と書き添えてあったのは、その点で象徴的である。それは要するに多神教としての、神としての死者の霊が生者に働きかけるという意味での『神国』としての日本両国の比較論なのである。国粋主義的な自国の美称としての「神州」や「神国」の意味ではない。日本は country of gods という意味での「神国」で、日本が divine country だと言っているのではない。ではハーンはなぜそのような見方に到達したのか。その着想の直接のきっかけはこうだった。

ハーンはフランスの歴史家フュステル・ド・クーランジュの『古代都市』(一八六四年)を愛読した。一代の名著として誉れの高かった本書は、キリスト教化される以前の地中海世界の宗教と家族との関係を平明に説いた。ハーンは明治二十六年六月十日、熊本からチェンバレンへ宛てた手紙で「私はいま二回目に読んで、古代インド=アーリア人種の家族、家(home)の崇拝、信仰と日本のそれらとの不可思議な平行現象(curious parallels)を研究しています」と述べた。ちなみにこのまことに面白い平行現象に驚いたのはなにもハーンだけではない。明治の法学者、穂積陳重《ほづみのぶしげ》、穂積八束《やつか》、岡村司《つかさ》なども ひとしく驚いたので、岡村は明治三十八年「余輩嘗てヒュステル・ド・クーランヂュ著す所の『古代市府』と題する書を読み、古希臘羅馬《ギリシャローマ》の家族制度を描叙するを見て、恍《くわう》として思へらく、是れ我が家族制度を説明するものに非ざるかと」と感嘆している。

このla Cité Antiqueほど明治大正の日本の民法学に深い影響を与えた書物はほかにない。それは『古代都市』に描かれている、キリスト教以前の地中海世界の死者に対する感情や祖先崇拝の気持が、いかにも日本人の気持にそっくりで、明治の法学者たちがそれにすなおに心打たれ、西洋法の直訳的継受だけではたして良いのか、と反省したからであろう。そして日本の民法典の作成についてあらためて考えさせられたからであろう。そこに記述されている故人を偲ぶの情、埋葬の意味、人は死んで祀られる(死んで神になる——これは一神教のキリスト教徒にはおよそ考えられないことである——)という霊魂についての考え方、祖先の墓を大事に守らねばならぬとする家族の義務、家族の断絶をおそれ家を大切にする気持、お燈明や竈《かまど》の火、お墓へのお供え、亡霊、怨霊、崇りなどの古代地中海世界の慣習を読むと、これは日本の伝統的な社会や宗教をそのまま描いたのではないか、と錯覚された。ハーンがこの書物を基に日本を解明する試論を書いたこともなるほどとうなずける。ハーンが前者をモデルとしたことは、両者の目次を並べてみれば一目瞭然である。日本語に訳すと区別がつけがたいほどなので、仏英原語のまま引くと、

'antiques croyances' 'le culte des morts' 'le feu sacré' 'la religion domestique' 'la famille'

などが *la Cité Antique* の章題の一部であり、

'the ancient cult' 'the religion of the home' 'the Japanese family' 'the communal cult' 'development of Shinto'

などが *Japan, an Attempt at Interpretation* の章題の一部である。そのアプローチがあまりにもフュステル・ド・クーランジュの『古代都市』に近かったから、ハーンの仏訳者マルク・ロジェは『日本——一つの解明』は *la Cité Extrême-Orientale*『極東都市』と呼ぶべきだ、と指摘したほどである。しかし私見では、ハーンは日本を説明する際にあまりにもこの先行モデルに依拠し過ぎ、それがかえって裏目に出たのではないか、とも感じている。

ただしハーンが先行モデルに依拠してしまったについては理由があった。十九世紀は人類の単線的な進歩が広く信じられた時代で、発展段階説とか歴史の必然性などが当然自明のことのように唱えられていた。比較宗教学者として有名なマクス・ミュラーなどもその種の考えに立っていた。ハーンも時代の子として直線的な発展法則が各国の歴史を貫徹している、と思っていたのである。それだから日本に来て、その社会が『古代都市』に描かれた社会にそっくりであることに驚き、明治の日本はキリスト教化される以前の地中海地域の段階をいま経過しつつある、と感じた。いわばタイム・マシーンに乗って古代ギリシャの世界にまで舞い戻ったように感じたのである。

5　前キリスト教的としての古代

ここで再び「ギリシャ」とか「ギリシャ的」という語の内実が問題となる。実は先に述べた単線的な発展史観とも関係することだが、ハーンの場合――そしてフュステル・ド・クーランジュの場合もしばしばそうらしいのだが――ギリシャ的という言葉は「キリスト教以前の」とおおむね同義で用いられているらしい、ということである。フュステル・ド・クーランジュは『古代都市』でキリスト教化される以前――それがすなわち古代――のヨーロッパ社会を描いた。いいかえると、古代の信仰が根こそぎにされ、異教の神々が一神教であるキリスト教によって追放される以前の地中海社会を描いた。ハーンのギリシャ知識は、前に述べたとおり、けっして深くはなかったが、それでもフュステル・ド・クーランジュが記述した「前キリスト教的」という意味での「古代」世界には容易にはいりこむことができた。それというのはその世界は故人の霊 ghost でみちている世界であったし、そのような死者の魂で満ちている、キリスト教化される以前の世界というのは、ハーンが幼年時代を過ごしたアイルランドのケルトの世界にたいへんよく似ていたからである。母と生き別れた少年はダブリンのお邸で田舎から出てきた乳母や下男にかしずかれて育った。そうした百姓の娘や倅《せがれ》たちが語る数多くの民話に耳を傾けて育った。ハーンが日本で霊の世界にはいりこめたのは、実はそんなケルト的な幼児体験があったなればこそである。そして「前キリスト教的」という意味ではケルトの霊の世界も、フュステル・ド・クーランジュが描く霊の世界もすこぶる似通っていたのである。

ハーンはキリスト教文明に背を向けて西洋産業社会から脱出して日本へ来た男であった。そんなハーンにとっては、ギリシャとは非キリスト教の多神教の世界として、すなわち神道的な日本と共通する面のある国として、当初は関心を惹いた。ところがハーンが了解していたギリシャ的なるものとは「前キリスト教的」なるものとしては多分にケルト的なものであり、ハーンはそれを、書物を媒介して学んだというよりは、幼児体験として自己の内面に持ち合わせたのである。ただしハーンはそれが自分のアイルランドの幼年時代に由来するものとは思いたくなかった。自分の中にある良いものはなんであれ、父方のアイルランドからではなく母方のギリシャから来た、と信じたかったからである。そのような次第であったから、ハーンにおけるギリシャ的なるものの実体は、ハーンはそうは言わなかったが、実はしばしばケルト的なるなにかであったのである。そして近年レヴィ＝ストロースが説いたように、ヨーロッパにとっては、教養としてのギリシャ古典の表層的な知識などより、ケルト的なるものの古層の影響の方が実ははるかに根深いのが実相なのである。

それに対してケーベルにおけるギリシャ的なるものの実体は西洋至上主義的な「教養主義」であった。日本にはおよそ関心はなく、日本に西洋哲学を講じに来たケーベルにとって古典ギリシャとは西洋文化の根底をなす学問である。その叡智はギリシャ語の書物を通して学ぶべきものである。そんな、西洋以外は眼中にないケーベルと西洋以外に惹かれるハーンと、意見があうはずはなかった。帝国大学の日本人教授による運営という井上哲次郎の文教政策で、明治三十六年外国人講師のハーンは本郷を追われた。それではその際、なぜケーベルだけは契約更新を認められたのか。自分はキリスト教を信じない異端者であるから、それで他の西洋人教師たちが画策して自分を追い出したのではないか――ハーンのそのような被害妄想の気持はその際もまた強まったにちがいない。ハーンがその種の鬱憤をフランス人ガルニエに漏らしたらしい気配が、後者が『オロール』紙に寄せた記事からは窺える。

6　ギリシャ人の母

ハーンにとって「ギリシャ的」ということの内容には初めから混同があった。ハーンの母親思慕がギリシャ思慕となったことは間違いない。しかしその場合、一体なぜ古代ギリシャなのだろうか。母親は十九世紀のギリシャ人で、ギリシャ正教の人である。最後にその母ローザとの関係で考えたい。そこにはハーン自身も気がついていなかったギリシャの母と日本の母を結ぶひそかな共通点が残されているからである。

先にも引いた弟宛ての手紙でハーンは「そうです、あの言葉の力さえも母から来ているのです」と書いた。受け取ったジェームズは、兄がただただ母ローザを褒めるために――それも父チャールズの悪口を言うために――そう書いたのだと思ったろう。しかしハーンが“even that language power……came from Her.”と書いた時、そこには実感が秘められていた。ハーンは母が、読み書きはできなかった人であるがゆえに、逆に語りの上手な人であったことを、大人になった後も記憶していた。ハーンが母について述べたと思われる文章に『夏の日の夢』がある。

私の記憶の中には魔法にかけられたような時と処の思い出がある。そこでは太陽も月もいまよりずっと大きく、ずっと明るく輝いていた。それがこの世のものであったか、それともなにか前世のものであったか私にはわからない。私が知っているのは、青空はいまよりもずっと青く、そしてもっとずっと地上に近かった、ということだ。……海は生きて息づいており、なにか囁いているようだった。風も生きて息づいており、風が私にさわるたびに歓びのあまり私は大きな声で叫ばずにいられなかった。……そして私をしあわせにしようと、ひたすらそのことのみを考えてくださった方の手で、その土地もその時も、穏やかに支配されていた。……

その場処が生まれ故郷のイオニア海の島で、その方、大文字でOneと書いてあるその方が、ハーンの生母をさすことは明らかだろう。そしてハーンは、自分が異母妹に宛てた手紙にも書いた、母にすねた思い出もそれとなくここでも記す。

その方は神々しかったけれど、時々子供の私がすねて機嫌を直さないと、とても悲しそうにされた。それで私は本当にすまなく思ったことも思い出す……

そしてハーンは母が自分に伝えてくれた言葉の力についてさらに次のように回想する。それはそっくりそのままハーンの実際の体験ではないのかもしれない。むしろ想像力が生み出した追想と呼ぶべきものかもしれない。しかしハーンの気持に及ぼした影響の深さからいえば、真実の体験といってもよいのだろう。

日が沈み、月がのぼる前、夜のしじまがあたり一面を包むころ、その方はよく私にお話を聞かせてくれた。そのお話の楽しさのあまり私の体は頭の先から足の先まで興奮にわくわくふるえた。私はほかにはあのお話の半分ほども楽しい話を聞いたことがない。その楽しさがあまりに大きくなり過ぎると、その方はあやしい不思議な歌をすこし歌ってくれたが、その歌を聞くと私はたちまち眠りこんでしまうのだった。だがついに別れの日が来た。その方はさめざめと泣いて、私にお守りを渡し、けっして、けっして、これを失くしてはいけない、と言って聞かせた。なぜならそのお守りは私をいつまでも若いままに保ち、そのお守りがあれば私はいつか帰って来ることができるからだ。だが私はついに帰らなかった。そして歳月は過ぎ、ある日私は自分がそのお守りを失くしてしまったことに気がついた。

ハーンはわが身を浦島になぞらえて、瞼《まぶた》の母との別れを語ったのである。

しかしここでは、無学ではあったけれども、話の上手だった母の思い出について考えたい。ハーンは話の楽しさのあまり体がふるえた。そんな話を聞かされたことの意味を『ユーマ』第二章では、白人農園経営者の娘が黒人の乳母から話を聞かされた状況に移し替えて詳しく説いている。それについては次章で述べるが、幼年時に聞かされたお話の感興はそれほど深かったのだ。三つ子のハーンの魂は、母から物語を聞いたことだけは、よく憶えていた。その感興は成人してもけっして消えることはなかった。ハーンがどこまで自覚していたかはわからないが、彼にとって自分に物語を語ってくれる人は、ダブリンのお邸でケルトのフェアリー・テイルを語ってくれたコンノート出身の乳母であれ、シンシナーティの混血女性マティーであれ、マルティニークの黒人女性であれ、また小泉節子であれ、幼い日に自分に物語を語ってくれた瞼の母とどこかで重なっていた。ハーンの怪談という物語は読者の心を打つ。そのことを否定する人はいない。その感動の由って来たる淵源は、そんな幼時にさかのぼる。ハーンにはギリシャの母ローザから受けた原体験が深く刻まれていたからこそ、白人の子に語りかける黒人の乳母ユーマも、あのように親しく情愛と共感をこめて、描くことができたのではあるまいか。

ハーンその人は、キリスト教の信仰はなかったが、およそニヒリストではなかった。ハーンは作中のユーマと同様、人生の決定的瞬間には、いまは亡き母者人《ははじゃびと》の面影を思い浮かべて、事の是非を問うた人に相違ない。それが三十代の作品『ユーマ』においても、四十代の作品『ある保守主義者』においても、五十代の文学講義においても、ハーンが繰り返し説く教えだった。ハーンには「人生の教師」という側面がある。ハーンがそのファンタスティックな生涯の旅で意外に安定していたのも、彼自身がその根元的な指針に終生従っていたからであろう。

そのような安定感は幼年期に母親に愛されたというベーシックな原体験に由来する。ハーンの自伝的断片に『私の守護天使』があり、そこには生母ローザと生き別れた後、大叔母のお屋敷に引き取られて育てられた幼年時の思い出が語られている。母はもういないのだが、それでも子供心にこんなことを思ったことが記されている。

私が寝た部屋の壁にはギリシャのイコンが懸かっていた。それは油絵の聖母子の小さな画像で、あたたかい色で塗られ、美しい金属ケースの中に大事に納められていた。それだから外から見えるところといえば、その人物のオリーヴのような緑色の顔と手と脚だけだった。それでも私は、その茶色い色をした聖母は私のお母さんだと思っていた――そのお母さんのことを私はもうほとんど忘れていたのだが、――そしてその大きな眼をした画中の子は私自身だと思っていた。

聖母マリアのいるギリシャ正教は、マリアを重視しないプロテスタンティズムと違って、「甘え」と「許し」の宗教である。聖母子像のある国では――それが地中海世界に共通する特色だが――母子関係は「甘え」の構造によって成り立っている。四歳の時、突然母を失ったハーンは、自分が甘えることのできる楽園に憧れた。彼の代表作の『泉の乙女』や『お貞の話』や『和解』に、死んだはずの女性との再会が美しく描かれているのはまさにそのためだろう。少年の日のハーンにとって生き別れた瞼の母とまたいつの日か会いたいという気持ほど切ないものはなかった。それだから失われた幸福を求めて、というハーン文学の転生の話は、読者の心の琴線にも触れるのである。

ハーンは母の思い出にひかれてギリシャを語った。自覚的にはそれは古代ギリシャのつもりであった。しかし実際的にはギリシャはキリスト教以前という意味でケルト的なものを指している場合が多かった。そして古典古代のギリシャを念頭に思い浮かべていたハーンであったが、ギリシャのイコンの中の聖母子に母と自分をなぞらえていたように、実はギリシャ正教の甘えの構造の中に自分のベーシック・トラストを築いた子供だったのである。晩年のハーンが十八歳年下の妻節子に甘えていたことは、節子の『思ひ出の記』などによって海外にも知られている。this wonderful grown-up child of hers というのが、節子の『思ひ出の記』の英訳を通して浮びあがる、ハーンの姿（『アカデミー』誌書評）だったからである。そんなことをハーン自身は、自覚していなかったのかもしれない。だが適者生存、弱肉強食の北米社会とは違う甘えでもって人を包んでくれる日本で、ハーンは幼年時の母子関係に似た安らぎをふたたび見出したともいえるだろう。ギリシャ人の母ローザがラフカディオ・ハーンに意味したものはそのようなものであったのではあるまいか。ハーンが油絵の聖母子像を母と自分と思いこんでいたのはそのような根源的な「甘えの構造」の存在を示唆するものではあるまいか。そのようなハーンの文学作品にしみこんでいる、秘められた甘えの感情こそが、萩原朔太郎などの日本人読者に強く訴えるのだ、と推量する次第である。(2)

第五章　カリブの女

1　来日以前の二小説

ハーンは、自分のこの世における存在の証しを書くことに求めた文人である。おびただしい数の印象記や随筆や物語や論説を世に問うた。文学講義では詩や小説も論じた。書評も書いた。文芸作品の印象は手紙にも書いた。だが鋭利なそれらの論評にもかかわらず、小説そのものは、ハーンは五十四年の生涯を通して、わずか二編しか書かなかった。それが『カリブの女』の総題のもとに私が河出書房新社から訳出した『チータ』と『ユーマ』である。この異色ある二作を書いたきり、小説という十九世紀に文学の主流と目されたジャンルにハーンはそれ以上手を染めなかった。それは一体なぜか。その理由をも含めて、『チータ』と『ユーマ』の特色と著者ハーンの特質の解説を試みたい。

片仮名で書かれた名前の題名からも推察されるように、両作は来日以前の作品で、作家ハーンの名を初めて世間にひろめた小説である。『チータ』*Chita* は一八八六年から八七年にかけてニューオーリーンズで執筆、八八年に発表、八九年に単行本として刊行、『ユーマ』*Youma* は一八八八年から八九年にかけて仏領西インド諸島中のマルティニーク島のサン・ピエールで執筆、九〇年に発表、単行本として刊行された。ハーンはこれらの作品をいわば推薦状としてその一八九〇年、日本暦の明治二十三年に来日した人である。在日英国人の大御所で文部省に顔ききのチェンバレンに職探しを依頼した時も、自作の小説のことがなにかと話題となった。

チータというのは、コンチャという女の名の愛称であるコンチータをさらに縮めたスペイン語の呼び名である。ユーマというのは、フランス領西インド諸島のクレオール語の黒人奴隷女の呼び名である。いかにも優しい響きを帯びた固有名詞である。その本来の音も美しいが、ハーンが『ユーマ』を書いたことで、さらに優しさが添うたように感ぜられる。ところでアメリカ文壇へのデビュー作が、このように二編とも、非アングロ・サクソンの女性を主題とした作品であったということは、その後のハーンの活動の方向を予兆していた。それ以後の晩年の十四年間、ハーンはやはり非米英人である日本女性をとりあげ、その大和撫子《なでしこ》を外側ばかりか内側からも描き出すことに成功した、たぐい稀な外国人となったからである。

小説の第一作『チータ』は、アメリカ南部の文学として米国文学史でもしばしば言及されてきたが、雰囲気的にはアメリカ合衆国プロパーの作品とはいいがたい。それというのは『チータ』の舞台は、ニューオーリーンズの南のメキシコ湾の岸に連なる島々で、当時そこにいた人々は、避暑客にせよ、住み着いた土地の者にせよ、多くが英語を話さない人たちだったからである。ところでその島の一つで、十九世紀中葉にはニューオーリーンズのフランス系——いわゆるクレオール——の上流階級の流行最先端の避暑地でもあったイル・デルニエールは、一八五六年八月十日の夜、未曾有の嵐に襲われ、島全体が波浪で覆われるという大惨事にあい、一人の赤子を除いて、避暑客も住民も海に没して全滅した。その赤子はその島とは違う別の島の漁師によって奇跡的に救助され、そのまま漁師の家で成人し、後に富裕な親戚の者が引き取りに来た時も、結局、育ての親の元を去らなかった由である。一八八四年から八六年にかけて、夏休みを同じメキシコ湾岸の別の島——現在は陸続きになって英語風にグランド・アイルと呼ばれる——グランド・イル島で過ごしたハーンは、どこまで真実か知らないが、そんな話を聞くと、それを小説の筋立てとして用いた。すなわち、イル・デルニエール島へ避暑に来ていたクレオールの名家の幼い娘がその嵐の翌朝、グランド・イル島に住むスペイン系の漁師に救われ、身元不明のままチータの愛称で育てられる、という筋立てにしたのである。ハーンはその『チータ』の各章に地方色に満ちた情景やドラマティックな事件を書き連ねることで、全体をロマンティックな物語に仕立てた。その小説の特色は次のような諸点である。『チータ』は舞台の土地柄も異色だが、登場人物の人柄も言語もエグゾティックである。舞台の領土は合衆国領であり、アメリカ文学の枠内で英語で書かれた小説ではあるけれども、クレオール語、フランス語、スペイン語、シチリア方言のイタリア語などの会話が交錯し、一支配言語による排他的な言語統制は行なわれていない（ただしその複数の言語の混在のために、従来の邦訳は、第一書房版も恒文社版も、はなはだ不完全な出来映えとなってしまったのである）。複数の視点を含む、異国情緒に富んだ、絵画的な作品と化している。ロティ風の印象主義描写を踏襲した作品といった面も濃い。

記憶に残る場面としては、ニューオーリーンズの南に続く運河の入り組んだ入江、そのさらに南にひろがる亜熱帯の島や海、その風物や植物や昆虫、――そこまでの第一部の初めの四章は、およそ小説というものではなく、完全に紀行文である――「最後の島」（l'Isle Dernière というフランス語名は Last Island と英語では呼ばれる）の大暴風雨、その夜その島のホテルで開かれた華やかな舞踏会、その大ホールが高潮に流されるという断末魔、翌日、海面を漂流する幼児が荒らくれたスペイン人漁師フェリウの手で救出される場面（第二部）、などがあげられよう。怒濤《どとう》は命のある、そして命を奪う、怪物として、ヴィクトル・ユーゴー風に描かれる。小説にはさらに後日談が第三部として引き続く。少女になったチータは――それはやはり家族を失った少年ハーンの体験かと思われるが――泳ぎを習うことで慰藉《いしゃ》をおぼえる。他方、嵐の夜、沖合いを通りかかった船に救われた少女の父ジュリアン・ラブリエール医師は、帰国後、家族を失った人としてニューオーリーンズでひたすら医療に打ちこむが、十一年後、本人も黄熱病に罹病して、往診に赴いた先のグランド・イル島で発病する。そして死ぬ直前に、漁師フェリウの信心深い妻カルメンに介抱される。その臨終のきわに病室に現れた漁師の家の娘チータを見た時、亡き妻アデールの面影にそっくりなことに驚く――それは『怪談』の中で長尾杏生が伊香保の宿で若い女に死んだはずのいいなづけのお貞を認める様にどこか通じる情景である。そしてその娘の耳の痣《あざ》でわが子であることに気づく。だが父が発する最後のフランス語はスペイン語で育てられたチータには通じない……　それらのフラグメントのような場面や話が、モザイクのように寄せ集められて、『チータ』は「小説」という名前でくくられた全体となっている。民俗学的観察と感傷的小説の混淆《こんこう》の産物といっていい。

この小説を読んで思い出されるのは、ハーンが『チータ』を書き出す五年前にフランス語から抄訳した、ロティの『アフリカ騎兵物語』のことである。*Le Roman d'un Spahi* にはジャンというフランス兵士が主人公として配されており、黒人女との恋物語の筋がつけてある。ところがハーンは、小説を小説たらしめようとして添えてある、そんなとってつけた男女の恋物語にはおよそ興味を示さず、もっぱらロティの手になる異郷描写に心を惹かれた。そんな部分部分にこそオリジナルな美がある、と見抜いた。それだから、セネガルの風土、アフリカの竜巻、土地の黒人の音楽や市場など、ロティの触目《しょくもく》の印象のみを選んで英訳した。その圧巻がバンバラ族の夜の踊りの情景で、ハーンはその踊りの場面を英訳したことがきっかけで後年、伯耆《ほうき》の国の盆踊りのたぐいまれな記述に成功した。この連鎖反応的な関係については拙著『オリエンタルな夢――小泉八雲と霊の世界』（筑摩書房）ですでに触れた。ハーンはロティの観察や描写の巧みさに舌をまいたが、それは小説の物語性そのものとは別の民俗の観察者としての文才への興味だったのである。そんな風にスケッチの部分のみを選んで抄訳したということは、ロティの観察者としての強みと小説家としての弱みをハーンが鋭敏に把握したものであった。しかしそれはとりもなおさず同時に、ロティに似るハーン自身の感受性の強みと弱みの自覚にも通じていた。

2　『ユーマ』の特色

そんなハーンの長所と短所は第二作『ユーマ』でも繰り返し示される。『ユーマ』にはマルティニーク島の風景や風俗が、民俗学的記録としてその方面の専門家にも尊重されるほど、新鮮で強烈な印象の中に把握され、記述されている。ハーンはこの二つの小説を試作したことで、自分の才能の向き不向きを身に沁みて感得した。仏領西インド諸島におけるハーンのルポルタージュに文才を認めたハーバー社が、ハーンを日本へ派遣しようと打診した時、ハーンは次のような執筆計画書をパットン宛に一八八九年十一月二十八日付の手紙で提出したが、そこにははしなくも彼自身の自己認識のほどが示されていた。小説作家というより、いかにも紀行文作家らしく、「第一印象」「紀行と風光」「日本の自然の詩趣」をまず執筆予定項目のトップにあげ、さらに民俗学者的な関心を次のような執筆予定項目の中に示したのである。

「こどもの生活と遊戯」
「家庭の生活と信仰」
「伝説と迷信」
「婦人の生活」
「古い民謡」
「言語慣習」
「社会組織」

未知の国日本へ出発するに先立ち、このような方面の観察の提案をしたということは、ハーン自身が、文章家としての自分がいかなる面で秀で、『チータ』『ユーマ』の中でもどのような点が優れているか、という自覚をもっていたことを示唆するものであろう。ハーンは詩でも小説でもない分野に自己の文学的将来を見出そうとしていた――そして後年、東大での講義に際しては、将来は文学の主流は小説ではなくなるのではないか、というやや自己に偏した見通しさえも語っていた――。このハーン三十代の末年に提出された日本での執筆予定の項目表は、裏返して見れば、実はハーンのアメリカでの執筆体験の特質の決算表とも目せるのである。

小説『ユーマ』のそのような非小説的特色について、ここで具体的に考えてみよう。巻頭にある「ダーda」と呼ばれる黒人奴隷女の乳母についての論、砂糖黍農園の仕事と生活、クレオール語の民話（ケレマン婆さん）、クレオール語の公教要理、マルティニークの風光などは、小説という大枠の中に、作中人物の社会背景や生活習慣を解き明かすためのイラストレーションという体裁で、嵌《は》め込まれているが、本来は小説とは別個のエレメントであり、独立したエッセイや民俗学研究としても通用するものである(1)。

『ユーマ』の最大の特色は、そのように土地の方言をも含め、民俗学的視点からの観察調査がふんだんに取り入れられていることだが、この小説にはそれ以外にもハーンらしい特色がいくつも見られる。その主要例をなお二、三あげておこう。構成法は以上のようなモザイク式だが、風景の描写法は印象主義画法によることが多い。当時は word painter「言葉の画家」と呼ばれたハーンの色の使い方の一例を『ユーマ』第十二節から引用する。

……日没が空を黄色に染め、水平線を金色に燃えあがらせた。海はその青を赤みのかかった薄紫へと変じた。丘の緑がひときわ鮮やかに光を放つものだから、丘という丘は燐光《りんこう》を発して燃えるかに思われた。夕焼は黄から金に、そしていまたちまち深紅に色を転じた——物影も紫色となった。夜は急速に東からひろまりはじめ、黒ずんだ菫《すみれ》色の満天にはやがて星がきらめき始めた。

これが革命が暴発しようとしているその夕べの空である。そんな緊迫した時であるだけに、この油絵具を生のまま塗りつけたような夕焼けの描写は、読者の眼の奥に残る。晩年の怪談作者のハーンが墨絵のような黒白の淡彩描写となったことを思うと、なんという違いであろうか。ついでに『チータ』からも彼女が海にたいして覚えた「印象」がいかにインプレショニスト風であるか、第三部第二節の動的な波の把握を念のため原語のままで掲げたい。

How often she herself had wondered—wondered at the multiform changes of each swell as it came in—transformations of tint, of shape, of motion, that seemed to betoken a life infinitely more subtle than the strange cold life of lizards and of fishes……

なにか印象派の美術批評用の語彙が、その時代にさきがけて、少女が驚いて見る波やうねりの色や光や形や生命の記述に用いられている。それはまたハーンが自分自身の美学として取り入れた世紀末の美学の諸要素だった、といってもいいだろう。

ハーンは、黒人たちの民話にかぎらず、土地の住民に固有の独特なクレオール語の言いまわしを集めることも心がけた。そして作品中にも使用してローカル・カラーを添えた。黒人の組頭のガブリエルは、自分と一緒に島を脱出することを承知しないユーマは、心根は優しいかもしれないが、白人によって洗脳されてしまった、と思う。ガブリエルがそんな時に口にする土着のクレオールの諺にはこんな句もある、「蟹の心が純《じゅん》なのは、蟹にお頭《つむ》がないからだ」（第九節）。だが男は、そうは言いつつも、人の信義にそむくことはできないというユーマをいとおしく思い、再会を誓う、「丘と丘とが会う日はないが、人と人とはきっと会う」（第九節）。この後者は諺として格別に見事に利いている。

ハーンはまた、マルティニーク島ではランビ貝の貝殻を吹いて、仕事の始めや終わりの合図をするという生活慣習にも注意していた（第二節）。ガブリエルが「丘と丘」の諺でユーマを励まして別れて行くのも、笛の音が時を告げるからである。ハーンは日本で家人を呼ぶとき書斎から法螺貝を吹いて合図とした、と小泉家の人は回想しているが、ランビ貝はそれに類した貝なのだろうか。だが『ユーマ』で一段と心憎いのは、終わり近くの第十二節や第十三節でもそのランビ貝がまた吹かれることである。そのぼうぼうという音の意味に白人たちは気がつかなかったが、それは港の黒人労務者と山の農園の黒人人夫が示し合わせてついに蜂起する合図なのであった。

3 『風と共に去りぬ』との比較

ところでこの両小説ともひとしく異国的な色彩に富むとはいえ、合衆国の領土内で事件の起きる『チータ』の方は、先にも述べた通り、米国国文学史の枠内でも話題とされる「南部の文学」である。それに比べると、民俗学的観察においてはさらに見事な記述を多々含むけれども、フランス領西インド諸島中のマルティニーク島を舞台とする『ユーマ』は、アメリカの国文学者の間で話題となることが少なかった。それはハーンの日本時代の作品が米国国文学史の枠内ではやはりとりあげられることが少ないのと同様の扱いで、地域研究（American studies）という専門意識の閾《しきい》が高くて、米国外での著作はアメリカ文学研究の対象ではないとして、いわば門前払いをくらったためでもあろう（もっとも逆にそれだけに『ユーマ』を始めとするハーンのフランス領西インド諸島時代の作品は、今日フランス語に訳されて、マルティニーク島でも出版され、珍重されている。その事情は、ハーンの日本時代の作品が、今日日本語に訳されて、日本で珍重されている様に、規模こそ小さいが似通っている）。

しかし私見では、民俗学的観察や印象主義的描写といった技術的細部の特色をかりに度外視しても、『ユーマ』は多くの問題性を含む、今日的意味を先取りした、カリブの女を描いた真に注目すべき文学作品のように思われる。そのことをアメリカを代表する作品『風と共に去りぬ』との対比のうちに明らかにしたい。

アメリカ文学研究の専門家たちは、『風と共に去りぬ』がアメリカ文学を代表する、という見方に不快感を示すであろうが、しかし日本に限らず諸外国でもっとも愛読されてきたアメリカ合衆国の文学作品は『風と共に去りぬ』が第一番である。映画の大ヒットはその本来の評価を加速させたに過ぎない。マーガレット・ミッチェルの手で一九三六年に世に出たこの大作は、日米戦争が起こる前から日本でも広く読まれた。敗戦後の日本では、焼き払われたアトランタで体を張って復興にいそしむ戦争未亡人スカーレットの「明日はまた明日の陽が照るのだ」と言う意志的な姿は、いよいよ深い共感をもって愛読された。レット・バトラーは「闇屋」や「新興成金」として理解された。この『風と共に去りぬ』に対してはアメリカでは以前から、大衆小説に過ぎない、というインテリたちの批判があった。しかもそれに加えて近年それとは別種の批判がさらに浴びせられるようになった。それはジョージアの女流作家ミッチェルが描く南北戦争前後の南部には、黒人差別が露骨で、その歴史的事実も不快だが、著者の描き方そのものに含まれる差別感覚が許しがたい、とする論難である。その際、非難の対象となる一つに、白人の女主人公スカーレット・オハラに献身的につかえる黒人の乳母マミーの存在とその描き方とがあった。一部の「人権派」が問題とするのは、次のような書き方に著者によって自明とされている前提である。

　マミーは象のような小さな賢い眼をした、からだの大きな老女だ。皮膚が黒びかりに光っている純粋のアフリカ人で、最後の血の一滴までもオハラ家のためにささげる覚悟をしており……黒人ではあるが、マミーの礼節を重んじる気持と自尊心は、彼女の所有者である主人たちとおなじくらい、あるいはそれ以上に強かった。

一読すると、作者は、この黒人の乳母は礼儀正しくてプライドも高い、と褒めている。ただしそれはそこに「黒人ではあるが」という留保がついての上での評価なのである。それは言い換えると、黒人は本来は礼儀知らずで自尊心もない、と言っていることになる。そのことが、過去の歴史を今日的な人種平等の価値観で裁定しようとする、一部の声高な正義派には、許せない価値観なのであろう。また白人の主家のために最後の血の一滴までも捧げる覚悟というこの黒人奴隷の忠誠心――かりにそれが事実であったにせよ――には問題がある、とするネガディヴな意見も当然出てくるのであろう。そんな無批判的な奉仕の精神構造そのものが、批判の対象となり得るからである。

ところで『風と共に去りぬ』の場合、黒人女奴隷のマミーは端役にしか過ぎなかった。それに対し『ユーマ』の場合、黒人女奴隷ユーマは中心人物そのものである。しかもこの乳母は、黒人の側に参加して、革命のために戦う女ではない。それとは逆に白人の主家のために尽くし、黒人暴動の際、自分に託された白人の娘マイヨットを抱いて共に死ぬ人である。その最期は、日本的前例によって批評させていただくならば、幼い安徳天皇を抱いて死んだ二位尼を連想させる悲壮で崇高な結末といっていい。文字通り最後の血の一滴まで主家のために捧げたのだ。

ところが興味深い点は、今日、『風と共に去りぬ』が南部の黒人からややもすれば不快視されるのに反し、『ユーマ』はマルティニークの黒人たちからおおむね好意をもって迎えられているという相違である。そうした反応の違いには、片やアメリカ、片やフランスという知的・感情的風土の差もあろう。なにかというと意外に大勢順応で、流行の political correctness を甲高く言いたてる近年のアメリカと、その種の風潮に潜む偽善性により敏感に反撥するフランス領という違いもあるいはあるのかもしれない。だが同一の黒人奴隷女でありながら、マミーとユーマとでは、なぜそのように異なる受け取り方がされるのか。それはやはり両作品に内在する特質に由来することではないのか。二人の著者の他者理解に違いがあるからではないのか。だとすれば、その際のハーンの特質とは何か。いまから百年以前に書かれた『ユーマ』が、その小説としての数多くの欠陥にもかかわらず、ポスト・コロニアリズムの今日、一体なぜ、ふたたび脚光を浴び、再評価されるのか。

その点にふれて解釈を示した一例が杉山直子氏の論文「アウトサイダーとしてのハーン――「他者」との同一化をめぐって」（平川祐弘編『世界の中のラフカディオ・ハーン』河出書房新社、所収。なお英文N.Sugiyama, "Lafcadio Hearn's Youma : Self as Outsider" は S.Hirakawa ed., *Rediscovering Lafcadio Hearn*, Global Books, Folkestone, Kent, U.K. 所収）で、氏はやや図式的だが、おおよそ次のように説明している。

ハーンも時代の子として、人種主義的な偏見を共有していた。しかしヒロインの黒人女性に感情移入してリアルに描くうちに、白人・黄人・黒人という順位でヒエラルキー的に構築された人種観という従来のイデオロギー的な枠組みを突破する物語を書いてしまった――ハーンは作中人物である「他者」にアイデンティファイしてしまったのだ、という解釈である。この「他者である対象に共感し対象と同一化してしまうハーン」という見方は、ハーンが異人種である日本人を記述する時、西洋人としての自己同一性を一貫して守らなかった、とする類の批評にも通ずる見方を含んでいる。たとえばチェンバレンが当初下したハーン評価に「ハーンと私が対立した点はただ一点あるのみである。それは彼が日本人側が正しいとして肩を持つ際、絶えず彼自身が属する白人種を悪者にしたてるように見受けられることである」（*Things Japanese*, ed. 1902）とあるが、そうした見方と通底する解釈といえよう。ただし杉山氏は、ハーンは「非白人の物語を語る過程で、自分自身の西洋人としてのアイデンティティーを崩壊させる語り手だった」としてその傾向をむしろポジティヴに評価している。

しかし私見では、ハーンは傲岸《ごうがん》な白人至上主義者ではないが、さりとて自己が弱く、他者に感化されやすいだけの人でもない。そもそも、十九世紀末年から二十世紀初頭という西高東低という文明史観が自明とされていた時代に、日本を語ることによって西洋至上主義批判を述べるという反時代的行為を文筆で行なうことは、作家生命をかけてのことだった。自分の見方、感じ方、考え方の真実を信じ、それを巧みな事例を用いて説得的に述べ得る自信がなくては、およそなし得る仕事ではない。その際ハーンは、他文化からの影響を深く浴びた人であったが、あくまで英語という母語で英語圏の読者に語りかけていた。先にも述べたが、ハーンが英文で we という時は「われわれ西洋人は」という意味においてのみである。市民としての法律的帰属は日本の小泉八雲となった後も、文筆家としての文化的帰属は西洋の Hearn なのである。その限りにおいて、英語作家ハーンは西洋人としてのアイデンティティーをけっして失ってはいなかった。ハーンの著作に今日なお価値があるとするならば、それは杉山見解とは反対に、ハーンが小泉八雲となった後もその本来の英語作家としての自己同一性を柔軟に保持し得たからだと私は考える。他者に共感し他者に同一化することは必ずしも自己の崩壊を意味しない。そしてそれはマルティニークだけでなく日本を描いた時とても同じことなのである。大体、作家という人間は、自己が崩壊してしまっては、まとまりのあるものが書けるはずはないではないか。

だとすると問題は、人間、自分自身であり続けながら、いかにして他者の心をわが心とするかということだろう。その相手の立場を思いやる視点について、ハーン自身が自己のアプローチを説明してこう述べている。前にも引いたが、小泉八雲『日本の心』（講談社学術文庫）所収「永遠に女性的なるもの」の一節を再び引用する。

公平な立場から東洋の生活と思想とを研究しようという人は、同時に東洋人の見地から西洋の生活や思想を考究してみなくてはならぬ。こうした比較研究の成果は、当の研究者に少なからぬ反省を迫ることになるだろう。要は当人の人柄と理解能力の問題だが、多かれ少なかれ東洋の影響を受けるのは必定である。それに伴なって西洋の生のあり方が、徐々に、新しい、夢想だにしなかった意味を帯びて見えて来て、従来慣れて来た古い観方の少なからぬ部分が姿を消してゆくだろう。かつては当然の真実と思われたことの多くが、今や怪しい変則的なものに思われてくるかも知れない。

この方法論的反省については、文中の「東洋」を「マルティニーク」に置き換えてもそのまま通じるのである。

ハーンはもちろん、たいへん感じやすい人間として、他からの影響を全身に浴びた。そしてそのたびに大きく揺れた。他者に対しておおらかな賛辞も述べたが、たちまちまた過激な否定的な言辞も洩らした。しかし、その鋭敏な感受性の針の揺れも、自己の印象を次々と書くうちに落着くべき点に落着いた。一般にハーンの手紙に示された過敏な第一印象と作品中に示されたより成熟した見方との間の落差は、そのようにして生じた安定を示すものではあるまいか。手紙に示された激越な批判こそがハーンの日本批判の真意であるとする見方に私はくみしない。

ハーンは自分の文化の主流に従属することも、他者の文化に全面的に屈服することもせず、他者を内在的に理解しようとつとめた。もっともその際、自己の先入主に合致するような事例を性急に拾うこともなくはなかった。しかし問題はその程度である。ハーンは虚心坦懐《きょしんたんかい》に異文化に接した。共感的理解につとめた。日本の音楽や宗教を論ずる際にも、その特色をありしがままに摑もうとした。頭から日本の伝統音楽や神道の価値を否定するチェンバレンのような「初めに結論ありき」の態度を取りはしなかった。そこがオリエンタリストの典型であったチェンバレンとハーンとの決定的な相違点であろう。ハーンは英語の文章を推敲することで、自己の思考を吟味し、修正していった。その様は、敏感に揺れはしているが、その実、意外に安定しているジャイロスコープを思わせる。ハーンは日本の家庭で暮して発見を重ねつつ、自己の見解を述べ続けた。そのハーンの具体的な細部の観察には、一般化した結論よりも、長い命が宿っているように思われる。

――そのような複眼的把握力と共感的理解力に、ハーンのたぐいまれな美質を私は感じる。すくなくとも私にはハーンのように深く細かく他者の美質を共感的に理解することはできそうにない。ハーンは異文化への透入をなし得た稀有な人であった。それだからこそ、例外的なマルティニーク解釈者にもなり得たし、例外的な日本解釈者にもなり得たのである。

そのように相手の立場にたって観察し記録することを、近年の文化人類学では「参与観察」participant observationとか「参与記述」participant descriptionとかいう由である。ハーンはすでにシンシナーティ時代から黒人の女ドリーを共感をもって描いた。ハーンはまた西インド諸島では自分は「その土地で土地の人のように暮している」「マルティニークで生きている」という底《てい》の体験をなし得、それを記述し得たとの自信ももった。ハーンが渡日に際しハーパー社に提出した執筆計画書でもっとも強調した点は、従来の西洋人旅行者の外面的な観察とは異なり、

日本をまったく新しいやり方で見なおしてみたい……　私の狙いは、「日本で暮している」「日本で生きている」という生き生きとした実感を西洋人読者の脳裡に創り出すこと、すなわち、ただ単に外からの外人観察者として見るのではなく、日本の庶民の日常生活に私自身も加わって、日本の庶民の心を心として、書いてみたい……

ということだった。すなわち他国の生活や思想をその土地の人の目を通して追体験してみたい、というのである。先に執筆計画書の項目を引いた時にも指摘したが、こうした提案は、ハーンが西インド諸島のマルティニークで土地の庶民の日常生活に彼自身も加わって暮し、その心を心として書き得たとする自信に裏打ちされた上でのものだった。マルティニークにおけるハーンと日本におけるハーンとは、その観察姿勢にお

いて継続性があるだけに、来日以前の作品も私たち日本人読者にはひとしお興味深いのである。

　それではどうしてハーンは黒人の乳母ユーマの心をわが心とすることができたのか。要は、ハーンの言うように、当人の人柄と理解能力の問題なのかもしれない。しかし私見では、ただ単に「相手の立場に立つ」とか「思いやりをもつ」という原理原則だけでできることではない。それというのも「思いやり」のある、善意でナイーヴな日本人に限って、とかく相手の気持を自分の気持の物差しで勝手に測定し、善意の押し売りという誤解を重ねているのが実情だからである。

4　母なる人の意味

　ハーンには特別な背景があったと私は考える。彼自身はそれを言わず、またどこまでそれを自覚していたかはわからない。しかし「ギリシャ人の母は日本研究者ハーンにとって何を意味したか」の章でもふれたように、ハーンには自分に物語を語ってくれる人たちは、シンシナーティの混血女性マティーであれ、マルティニークの黒人女であれ、また節子であれ、幼い日に自分に物語を語ってくれた瞼の母とどこかで重なっていた。ギリシャ人の母ローザもダブリンのプロテスタント社会から排除されたという意味においては、オリエンタリズムの犠牲となった、オリエンタルな人だった。母も読み書きはできなかった。しかし『夏の日の夢』の記述から察すると、「日が沈み、月がのぼる前、夜のしじまがあたり一面を包むころ」母はよくハーンにお話を聞かせてくれた。その話の楽しさのあまりハーンの体は頭の先から足の先まで興奮にわくわくふるえた……　ハーンはそんな話を聞かされたことの意味を、『ユーマ』第二章では白人農園経営者の子供が黒人の乳母から聞かされた状況に移し替えて、こんな風に説いている。

　白人の子供を預かる乳母《ダー》は誰もがストーリーテラーだったからで、そうして育った子供たちが、最初に空想力をはぐくまれるのは、乳母のお伽噺《とぎばなし》を通してだったからである。こうして白人の子供の空想力は一旦はアフリカナイズされた。それは年長になってから受ける公教育をもってしても完全には除去できないほどの深い感化であった。

「アフリカナイズされた」とは白人の子供がアフリカ渡来の黒人のメンタリティーになった、ということである。ハーンの場合は、生き別れる以前、母からお伽噺を聞かされた。だが聞かされたその母語が、ロマイックという平俗なギリシャ語なのかイタリア語なのかさえ、後には思い出せなかった。アメリカ時代、記憶が戻るかもしれないと思ってイタリア人についてイタリア語もかじってみたが、甦ってこなかった。しかし三つ子の魂は母から物語を聞いたことだけは、よく覚えていた。そのハーンはいつしか小説を書くよりも物語を語ることを好む大人となっていた。「完全には除去できないほどの深い感化」が三つ子の魂に及んでいたのである。節子から聞かされて再話したハーンの怪談という物語は、読者の心を打つ。そのことを否定する人はいないだろう。その感動の由って来たる淵源は、そんな幼時にさかのぼる。ハーンにはギリシャの母ローザから受けた原体験が深く刻まれていたからこそ、マイヨットに語りかける黒人の乳母のユーマも、あのように親しく情愛と共感をこめて、描くことができたのではあるまいか。

『ユーマ』は母なる人の意味についてもいろいろ考えさせる作品である。『ユーマ』には、右の民話の語り手の原型としての母に限らず、ハーン自身の母子関係の原体験もがそれとなくユーマの口を借りて語られている。その意味においても、この作品は示唆的で貴重である。亡くなった瞼の母は夢に出て来る。『ユーマ』第十章は全章が夢の話だが、そこには次のような場面も設定されている。母の意味について語る前に、文学作品における夢という技巧の意味にも多少触れたい。

私はダンテが『神曲』で、ウゴリーノの悲劇を語るに先立ち暁の凶夢を設けて猟犬に追われる狼の挿話を叙した手腕に感心する一人だが、それと同じで、このハーンの小説でも、黒人暴動の惨劇を語るに先立ちユーマの夢が語られる。若い黒人の組頭のガブリエルの力をもってしても、ユーマとマイヨットを襲う闇の血にまみれた力に抗することはできない。「これはゾンビだ。俺には切ることができない」というガブリエルの悲痛な叫びでその不吉な夢は終る。かつてユーマを襲った大蛇を刀で切り殺したガブリエルがである。そんな不安の予感があればこそユーマは助けを求める夢を見たのだったが……　その同じ夢の中で、幼くして死に別れたユーマの母ドゥースリーヌは次のように現れる。それもまた救いというか心のよりどころをユーマが求めていればこそだろう。

それからユーマはある顔に気がついた。美しい褐色《かちいろ》の女の顔が、黒いおだやかな目で、自分を見おろしている。黄色いマドラスの木綿更紗《もめんさらさ》のターバンを頭に巻いている下で、その両の目はほほ笑んでいる。どこからともなくさしてくる光に照らされた顔である――それはもうずっと昔の朝の記憶であった。すると薄闇《うすやみ》を通してそのまわりに穏やかな青い光が大きくなった――朝の光が霊のようにさしている。ユーマにはそれが誰の顔だかわかった。ユーマはそれに向ってささやいた、

「ドゥドゥー・マンマン」

二人はその昔一緒にいたどこかを歩いている。それは山と山の間だった。ユーマは子供の時に自分の手を引いてくれた母の手を感じた。

「ドゥドゥー・マンマン」Doudoux-manman とは「優しいお母さん」douce maman というフランス語の doux と maman とが崩れてできたクレオール語である（同様にユーマとガブリエルがたがいに相手に向かって言う「ドゥドゥー・モワン」Doudoux-moin は英語の my sweet に相当する）。この亡くなった母の手を感

じる一節は、ハーンの『ある保守主義者』の末尾を連想させずにはおかない。そこでも大人となった日本人の主人公は「母親の手がそっと自分の手を握ったのを感じ」幼い日々に何気なく唱えたあの単純な祈りの言葉に突然新しい意味を見出す。ユーマの場合はその単純な教えは「神さまのお仕事はみんないいお仕事だろう、そうでないかね」という母のクレオール語によって示される。作者ハーンも作中のユーマと同様、人生の決定的な瞬間には、いまは亡き母者人《ははじゃびと》の面影を思い浮べて、事の是非を問うた人に相違ない。自分の魂の心底にある母なる声に耳を傾けよ――それが三十代の作品『ユーマ』においても、四十代の作品『ある保守主義者』においても、著者ハーンが繰返し説く教えだったのである。ハーンがそのファンタスティックな生涯の旅で、精神のジャイロスコープが意外に安定していたのも、彼自身がその指針に従っていたからであろう。

夢はこの場合も、ただ単に過去に智恵を求めるためだけの夢ではない。夢は未来をも指し示している。『ある保守主義者』の場合は、富士山が回帰すべき祖国の象徴としてこの上なく美しく現れるが、ユーマの夢の中では、すでに奴隷解放が行なわれている自由の地ドミニカ島の姿が真珠のように光って浮んで見える。かつてガブリエルと二人して、未来の自由な共棲みの生活を思い浮かべて、水平線のかなた、北方に眺めた希望の島である。それがやはり印象主義の画法で描かれる。

あの菫色の頂《いただき》の上には光り輝く雲が長く千切《ちぎ》れ千切れに浮んでいる。その島は次第に輝きをまし、ユーマが見つめるうちにも色を変えた。すべての頂がその端々にいたるまで深紅《しんく》に染まった。それはまるで海から太陽に向けてすばらしい薔薇の花々の蕾《つぼみ》が花開くかのようであった。

このカリブ海の希望の島ドミニカの描写と、相模湾の向うに浮かぶ夜明けの富士山の頂の描写と、またなんと似通っていることだろう。両者は、外面の色彩の輝きにおいても、内面の精神の象徴の光においても、共通しているのである。

5　人間としての連帯

祖国は大切である。自由はさらに大切である。自由・平等・博愛のスローガンは西インドの仏領植民地にも遅まきながら伝わってきた。しかしユーマは教育はないが、複数の異なる価値と価値の間にはさまれて、善悪について本能的に自問自答する。「解放」の美名のもとに人間としての信義を裏切ってよいことか。残虐な人殺しを見て見ぬ振りをして、命惜しさに多数派に合流してよいことか。フランス革命以来、世界の人々を無言のうちに威圧し脅迫し続けたのは、「革命の正義」という一面では美しいが、他面では醜い主張であった。だが母なる人の内奥《ないおう》の声に耳を傾けるユーマは、自分が正しいと感ずる道を選ぶ。ユーマは人種としての狭い連帯より、人間としての連帯をより尊いものと信じ、そのために自分に託された白人の娘マイヨットとともに死ぬことをも辞さない。

そんなユーマを批判する側は、そうしたユーマの自己犠牲は「無自覚な女の行為」であり「行為に対する同意」は「自由な主体」ではない奴隷にはあり得ない、と批判するだろう。黒人青年ガブリエルを捨てて白人の側につくユーマの自己犠牲は、革命暴動の栄光を信ずる者にとっては、いらだたしい限りに相違ない。だがマルティニーク出身の知識人によるその種の甲高い批判や非難の声が一方ではある反面、他方ではユーマの高貴で温かで崇高な人間性がマルティニークの人々に静かに評価されてきた、というのもまた真実なのではあるまいか。次に掲げるのは日本の女子大学生の感想だが、そうした意見をいつかマルティニークの人々に伝えたいものと思っている。

ユーマはカブリエルとの結婚を許してもらえず、自分が奴隷であることを初めて自覚した。しかしガブリエルに「一緒に自由の国へ逃げよう」と言われ、これまで自分に親切にしてくれた人々に対し恩を仇で返すようなことはできない、とくに死ぬまぎわにエメーが自分に託したマイヨットを見捨てて逃げることはできない、と思った。黒人暴動の夜も同じである。ユーマには自分だけ命を助かろうという気持はまったくなかった。たいへん強い人だと思う。愛するガブリエルとは一緒になれなかったが、これまで自分を愛してきてくれた人々とともに犠牲となってしまったことは、ユーマにとって必ずしも不幸だとはいえない。彼女はマイヨットを最後まで守り続けた、最高の乳母である。（青柳裕美）

内働きのユーマは他の黒人奴隷のように重労働は課せられなかった。だから意識が違うのだと評することもできよう。だが問題はそんな区別以前のことである。奴隷制度は確かに正しいことではない。だがだからといって農園主や地主などの白人を殺すのは正しいことか。ユーマは時代の波にのまれずに、人間として普遍的な真の正しさを見極めていた。そのことを彼女は身をもって証言したような気がする。ユーマが自分の死でもってまで真の意味で真の愛でもって愛したのはマイヨットでありエメーであったのだ。（下川典子）

ユーマはそのとった行動によって、単なる奴隷女ではなく、白人からも黒人からも、いやすべての人々からも尊敬される貴重な存在となった。（大内田紀子）

単に忠実に主人に仕えた乳母の話で終るのでなく、人間の深い部分で様々のことを考えさせせられるクライマックスとなっている。（志水裕美）

ユーマは白人に忠実というより自分自身の信念を貫いたのである。（川本恵）

そのような一連の感動を呼ぶ黒人女性ユーマを造型したところに、ハーンの人間性の温かさを感じるのは、はたして誤りであろうか。ハーンは芸者君子の造型の際などと同様、旧制度の枠内で生きかつ死ぬ女の自己犠牲にロマン派の美学を認め、しかもそれを極限の場合に設定して、主題としたのであろう。

ハーンその人はシンシナーティ時代、黒人女性と州の法律が認めない結婚式を挙げて破局を迎えた人である。だがそんな失敗や挫折にもかかわらず、黒人を悪《あ》し様《ざま》に言うことはついぞなかった。それどころか、ユーマという人間を理想主義的な筆致で描きあげた。――というか、燃える窓辺に立って地上の黒人群衆へ訴えるユーマの最後の言葉が、理路整然としてあまりにも立派に過ぎる。実はその点が、それまでの口数の少なかったユーマと必ずしも整合していない。人物の性格描写としては、そこがかえって瑕瑾《かきん》なのではないかと思われるほどである。

いうまでもないことだが、一人種が他人種を奴隷化することは許されないことである。一民族が他民族を支配することは非道なことである。人間解放は大切なことである。だがしかし、被圧迫民族の解放に名を借りて、自己の政治的野心を遂げようとする者や、それに安直に同調する、あさはかで卑怯な者は、それ以上に非道で残虐になり得る者である。同一人種同士の連帯や、同一民族同士の連帯は、大切なことかもしれない。だが人間にはそれよりさらに大切ななにかがある。当然のことだが、この世界には人種や民族を越えた価値がある。ハーンはそれを心の底のどこかで信じていたからこそ、来日後も異人種の人である小泉節子と正式に結婚し、家族のためを思って異国の日本に帰化するという、当時としては非常識な道を選んだのだろう。ユーマを書いた作者だったからこそ、「土人となった」**Hearn went native** と在日西洋人に陰口を言われようとも、あえ

ハーンがカメラマンに撮らせたクレオール女性

て非西洋の国の市民権をとって小泉八雲となったのだろう。そんな「土人」と差別語で呼ばれるような立場にあえて我が身を置いたのだろう。そのようなハーンを「親日家」という狭い一国ナショナリズムの枠内でのみ捉え続けることは、もう止めにしたいものである。——白人帝国主義や、キリスト教至上主義や、西洋植民地主義のヒエラルキーが崩壊しつつある今日、ハーンの著作が、日本やフランス領西インド諸島に限らず、世界的に再評価されつつあるのは、やはり理由のあることではあるまいか。

第六章　鏡の中の母

1　博多にて

小泉八雲が明治中期の日本で暮して、鉄道で何度か行き来した線は三つある。いちばん回数が多いのは東京時代、新橋停車場から焼津へ夏休みのたびに出かけたことで、この東海道線は、新橋—横浜間や鎌倉までの往復を含めると、いよいよ回数はふえるのだが、著作中にはいっさい話題となっていない。

大阪—京都間は明治二十八年四月十五日の二等車（一・二・三等車制の時代の二等車でいまのグリーン車である）の車中風景が『旅の日記から』に見事にスケッチされている。二人の婦人が左の長い袂《たもと》で顔を隠して居眠りしている様で「列車の振動に合わせて、まるで緩やかに流れに浮ぶ蓮の花のように揃って揺れている」

それ以外に何度も長い旅をしているのは門司と熊本の間で、これは当時は八時間ほどかかった。明治二十四年十一月十九日、熊本の第五高等中学校へ赴任する時、家族と一緒に乗ったのが最初で、二十五年四月上旬には熊本から博多へ春休みを利用して往復している。その年の七月と九月にもそれぞれ熊本—門司、門司—熊本と通っている。二十七年の四月にも熊本から金比羅詣りへ往復する時、やはり門司までは鉄道を使った。熊本を引き払って神戸へ移った時もそうである。それではその筑後や筑前の車窓風景がハーンの著述に出ているかというと、出てないようでいて実は出ているのである。ただし汽車の窓から眺めた光景としてではなく、文中では人力車でゆられながら見た風景ということになっている。(1) それはハーンの来日第二作『東の国から』（一八九五年）に収められた『博多にて』という四節から成るスケッチの第一節で、「菜の花が咲いて平野一面が燃えるような黄色になる時」は、ハーンも目をみはった。

菜の花の遥かに黄なり筑後川

とはハーンより遅れて熊本へ教えに来た夏目漱石の明治三十年春の句だが、ハーンはその五年前にも同じ景色に見とれたのである。ハーンはそんな鮮やかな黄色のひろがりや蓮華草《れんげ》の薄紫のひろがりには車窓からおもわず身を乗り出したが、しかしそれ以外の九州の景色は、むしろ単調な緑の連続だと思った。そして「人力車で旅すると人は景色を見ては夢みるだけである」とも書いた。西洋人読者に向けて日本印象記を書くには、汽車より人力車での旅を設定した方が、エグゾティックで異国情緒を語る上で好都合と思ったのだろうか。それとも人力車の旅とした方が、時間もおのずとかかるので、作中の「私」が夢想する上で都合がよかったからだろうか。ただしその『博多にて』のハーンの夢想の主題は「霊的なるものとはなにか」という問いであった。ハーンは触目《しょくもく》の形而下的な景色の一つ一つではなく、その背後にある形而上的なるものへの思いをこう述べた。

突然たいへんおだやかに、私の頭の中にこんな考えがしのびこんだ。あらゆるヴィジョンの中でもっともすばらしいもの、それは実はこの私の周囲のこの平凡な緑の中にある――この「生命」の絶えることのない現われの中にある。

ハーンは植物の個々の外形に着目したのではない。そんな外形についての植物学的な分類のような、外面のフィジカルなことでなく、「なぜこうしたものが存在するのか」というメタフィジカルな問題を考え始めたのである。いいかえると、natural なことだけでなく、その背後の supernatural な問題[2]を考えずにいられなくなったのである。そして自問自答した。

　このあたり一面にひろがる緑の中で自己表現をしようとしている霊的なるもの ghostliness とは一体なになのだろうか？

　自然は息づいている。命がある。霊的である。その霊的なるものとはなになのか。
この設問はそれ自体としても興味ふかい。だがこの設問はラフカディオ・ハーンという人のもっとも根深い関心がなにであったかを示している点、ハーンその人を解釈する上でもたいへん興味ふかい。そしてこの設問はさらに、日本文化に特に顕著な霊的な性質を明らかにしようとつとめている点でも興味ふかい。ghostliness をめぐる問題は、日本解釈者としてのハーン個人を解く鍵でもあるが、同時にハーンが解釈しようとした日本文化そのものをも解く鍵でもある。それなのに、そうした問題にふれたこのエッセイを重視する人は従来いなかった。だが私は『博多にて』はハーンの哲学を伝える貴重な小品ではないかと考えるのである。以下、この小品の筋を追いながら、問題点の解明を試みたい。

2　鏡——霊的なるもの

　水は化学記号では H_2O であり、無機物である。しかしその水が泉からほとばしる時、私たちはその水に命を感じる。それと同じように私たちは青葉若葉を「あら尊《たう》と」と感じ、自然に命を感じる。自然が生気を帯びて animate しているかに感じる。eau vive とか living water とか活水といった言い方は、その水の生命力を示唆するものだろう。

ハーンは西インド諸島に繁る巨大な樹木を見た時も、出雲で水が湧き雲が立つのを見た時も、命の躍動を感じた。そして九州の田畑の緑にも命を感じ、それを「霊的なるもの」ghostliness と呼んだ。しかしただそう言っただけでは、人間以外に霊魂を認めない西洋の人たちを納得させがたいこともまた知っていた。日本人なら通ずる「樹霊」という言葉も、もし soul of a tree と直訳したら、西洋人キリスト教徒は変な顔をするだろう。(3) それで、『博多にて』第二節では同じ問題を別の角度から照明かつ説明するために、こんな見聞記へと話題を移した。

ハーンは石田屋旅館という木造四階建てに泊って、博多を「たいへん高い町」と呼んだ。そして稱名寺《しょうみょうじ》のある通り(4)で立ち止った。中洲川端の旧川口町と隣り合った旧上土居町のあたりで、そこに稱名寺の河野智《ち》眼《がん》和尚が神戸の能福寺から貰ってきた大仏様の首が安置してあった。和尚はその大仏様の肢体を鋳造したく思い、信心深い家庭に古い手鏡を喜捨《きしゃ》することを呼びかけた。反響があって寄進が行なわれ、いまでは大仏の首ひとつうずみ残して周囲は鏡の山となっている。ハーンはその様を見た時、博多の庶民の信心に心打たれた。がそれと同時に、青銅鏡という芸術品が、大仏鋳造のためとはいえ、融かされてしまうことをいかにも惜しいように感じた。

明治中期の日本では西洋風の安物の鏡の方が見やすくて人気もあった。それもあって古鏡が気やすく喜捨されもしたのだろう。だがハーンがもったいないと心惜しく思ったのは、東洋の青銅鏡が西洋では珍重される、秀れた工芸品であったからだけではない。ハーンはあのような古い鏡にはかつて花嫁の顔も、赤ん坊やその母の、そしてそのまた母の笑みを湛えた顔も映ったであろうと思うと、その鏡が亡くなることになにか取返しのつかない悲哀を感じたのである。それに、鏡にはそうした記憶にまつわることを除いても、霊的ななにかがひそんでいる気がしたのである。諺にも「鏡は女の魂」というではないか。

ハーンが、日本の霊的な文化を解く鍵の一つとして、鏡に着目したのは、卓見だったのではないだろうか。ここでハーンが触れなかった、日本史上の意味深い鏡についてもふれさせていただく。まず戦前に教育を受けた人なら誰しもが知っていた八咫鏡《やたのかがみ》のことである。日本で皇位の標識として歴代の天皇が受継いできた宝物が三種の神器だが、その第一がこの鏡であった。記紀神話に従うと、天照大神が天の岩戸に隠れた時、石凝姥命《いしこりどめのみこと》が作った鏡で、天照大神はそれを瓊瓊杵命《ににぎのみこと》に授けたという。(『古事記』には「此れの鏡は、専《もは》ら我が御魂《みたま》として、吾が前を拝《いつ》くが如いつき奉れ」とある。また「出雲の国の造《みやつこ》の神賀詞《かむよごと》」には八咫の鏡に「和魂《にぎたま》を取り託《つ》け」たことも記されている)。いまこの八咫鏡は伊勢神宮の内宮に天照大神の御魂代《みたましろ》として奉斎されている。鏡が日本の神道的伝統の中で大切にされてきたなにかであることは、この一事で明らかだろう。神や人の霊の代りとして祭る霊代《たましろ》なのだからghostlyなのは当然ともいえよう。

次に身近な私的な経験も述べさせていただく。大学教師をしている関係で、私も卒業生の婚礼に招かれることがある。それでその時のお祝に新婦に手鏡を差しあげることがある。その時に微妙な心持がした。「女の魂」といわれる鏡を私ごときが、新郎をさしおいて、差しあげてよいのか、という気持でもあろうか。それなのに鏡をお祝にしたのは、ある障害者が鏡の木の枠に彫物をして生計を立てている。平川家もその鏡を買う。縁起をかつぐ人の中には目出度い婚礼の祝にそんないわれの鏡などと感じる向きもいるらしいが、私たちは鏡の製作の由来も伝えた上で贈物としている。

しかしそうした際に人々が示す微妙な反応は、人が鏡に特別な、マジカルといっていいようななにかを感じている証左でもあろう。その際、連想するのは中国でも日本でも夫婦の仲がうまく行かずに離婚することを破鏡と呼ぶことである。一旦破れてしまった仲がふたたびに戻らぬことを東洋では、

「落花難《ク》レ上《リ》レ枝《ニ》、破鏡不二重《ネチ》照《ラサ》一」

といった。鏡が割れることは西洋でもまがまがしいことである。そのことはテニスンに、

The mirror crack'd from side to side;
'The doom has come upon me,' cried the Lady of Shalott.

などの詩行があることからも察せられよう。「ぴちりと音がして皓々たる鏡は忽ち真二つに割れ」（漱石）たのである。

一体、鏡は、泉や写真などと同様、人の姿を映すが故に、その姿がかりに自分とわかったとしても、原始の人には何故そこに自分自身が出現したかわからなかったであろう。いやなにも原始の人に限らず、赤子であれ動物であれ、似たような経験をいまもって繰返す。犬が鏡に映った自分に向って吠えたり、走ったり、近づいたり、逃げたり、一種のおびえを感じている場面を目撃した人は多いだろう。人類もまた鏡や水に映る「自己」の出現をいぶかしく感じたからこそ、鏡や水に写るイメージにまつわる話は、神話と化して永く伝承されてきたにちがいない。そこにはマジカルといおうか、ゴーストリーな感触がおのずと漂っている。ロマン派のE・T・A・ホフマンが『大晦日の夜の椿事』で自分の鏡像を失った男を描いたのは、その種のマジカルな感覚に注目し、鏡の向うの世界に目を向けたからで、古代ギリシャ以来、その種の神話的伝統が西洋文学にも底流しているからこそ、ハーンも鏡にまつわる日本の伝説に思いをいたすようになったのではあるまいか。(5)

いずれにしてもハーンは、博多の仏寺の庭に古鏡の山が堆《うず》高く積まれているのを見た時、これこそ自分が説明したい「霊的なるもの」ghostliness のいい例証になると思った。そしてそれをきっかけに、日本人が鏡に写る自分を見た時の驚きをいまに伝える『松山鏡』の話を自己流に英語に再話して『博多にて』の第三節とした。そしてそれを語ることによって自分が提起した主題の補強を試みた。『博多にて』という作品は、地名が題となっているために一見して紀行文学の作品と受けとられかねないが、主題は ghostliness なるものとは何か、というメタフィジカルな話題であり、第一節の博多への車窓から見た緑の風景も、第二節の博多の稱名寺の庭の鏡の山の光景も、第三節の「鏡はなぜこの世ならぬものの面影を呼びおこすのか」という問題への導入節なのである。そしてこの世ならぬ霊的なるものをさし示す一例として『松山鏡』がハーンによって再話されるのである。このハーンのエッセイでは『松山鏡』の話こそが、その秘められた哲学性によって、主題となっているのである。

3　松山鏡

いまそのハーンが自己流に再話した『松山鏡』を英語から日本語に戻してみる。

昔、越後《えちご》の国、松山というところに若い侍《さむらい》夫婦が住んでいた。名前はもう伝わっていない。二人には小さな娘が一人いた。

ある時夫は江戸に上った。おそらく越後の殿様のおつきの一人としてであったろう。帰りしなに都から土産を買って来た。小さな娘のためには――と原話の話者は伝えている――甘い菓子と人形、妻のためには銀をかぶせた青銅の鏡であった。若い母にとってその鏡は驚嘆の品だった。というのはそれは松山にもたらされた最初の鏡だったからである。使い方がわからなくて、あの中に見える可愛い笑顔はどなたです、と夫にあどけなくたずねた。「なにを言っている。あれはおまえさんの自分の顔だよ。おまえさんはお馬鹿さんだなあ」。夫が笑いながらそう答えた時、もうこれ以上あれこれたずねるのが恥しくて、妻はその贈物をすぐよそにしまった。そして世にも不思議なものと思った。そしてそれをこっそりしまったまま数年が過ぎた――原話はなぜそうしたとは書いていない。多分とるにも足らぬ贈物も愛ゆえに聖なるものとなり、人さまに見せてはならぬ思い出の品となるからであろう。そんな単純な理由はどこの国でも同じだからである。

だが最後に重い病に臥《ふ》した時、母はその鏡を娘に渡して言った、「わたしが死んだら、朝な夕なこの鏡を覗《のぞ》いて御覧。そうすればきっとわたしが見えるから。お歎《なげ》きになるでないよ」。そう言って母は死んだ。それからというもの娘は毎朝、毎晩、鏡を見た。そして鏡の中の顔が自分自身の面影《おもかげ》だということがわからずに、自分の亡くなった母の顔だと思った。実際、娘は母にたいそう似ていた。それで毎日毎日、母に会う心がして、その面影に話しかけた。そしてその鏡をなにものにもまして大切にした。

父は娘の振舞《ふるまい》に気づくと、奇妙に思い、わけをたずねた。娘はありのままにすべて語った。「すると」と日本の昔の作者は書いている、「すると父はあわれに思い、両の眼は涙で暗くなった」

ハーンが英語に再話した『松山鏡』の原拠は二つある。一つはチェンバレンが一八八六年に出した *A Romanized Japanese Reader* の第三十八課の『松山鏡⑥』で、それはチェンバレンが日本のいろいろの話を按配《あんばい》して書き直したものだった。『松山鏡』のローマ字化されたテクストを日本語におこすとこうなる。

越後の国松山に、なにがしといへる者の娘は、いとけなくして父母に孝をつとむること切なり。その母重き病に臥しける時、さる年、この片山里にはいまだなきものなりとて、夫《つま》の都土産にもらひし鏡一面ひごろ隠し持ちけるが、取りいだして娘に与へ、「われ亡からん後《のち》は、朝夕われと思ひてこの鏡を見るべし」と遺言《ゆゐげん》して、つひに空しくなりにけり。

娘深く嘆きて、その後は母が教へに違《たが》はず、朝夕この鏡に向へば、母の面影鏡の内にあり。おのが影の写るといふこと知らざりければ、嬉しく思ひて、日に日に母に会ふ心して、あつくこれを敬ひけり。その父あやしと思ひて、その故を問ふに、娘しかじかの由を答へければ、父も「いと不憫《ふびん》なることなり」と、涙にくれしとぞ。

ハーンが参照したのは正確には右の『松山鏡』のチェンバレンによる英訳と語註、そしてもう一つは英国人ジェイムズ夫人が、チェンバレンの教科書が出たと同じ明治十九年、長谷川武次郎のいわゆる縮緬《ちりめん》本童話、『日本昔噺』第十号として出した *The Matsuyama Mirror* とであった。

4　ジェイムズ夫人

『博多にて』に結実する、鏡と魂についての随筆をハーンが書き出したのは、熊本時代の明治二十七年だった。三月九日付のチェンバレン宛の手紙にはこう出ている。

親愛なるチェンバレン、
私は鏡と魂、とくに魂についてのエッセイを書こうとしています。いや fantastico-philosophical sketch といった方がいいでしょう。それでジェイムズ夫人のヴァージョンの『松山鏡』のことを思わずにはいられません。

ここで「ジェイムズ夫人のヴァージョン」と書いたのは、ハーンがチェンバレンのヴァージョンもあることをもちろん念頭に置いていたからである。そして、

ジェイムズ夫人とは何者ですか。私は夫人の『松山鏡』を十五回ほど読みました。そして読むたびにますます感じいります。あの漠とした日本の出来事をこんな美しい物語に仕立てることのできた女の人は必

ジェイムズ夫人の手になる『松山鏡』

ずや優しく美しい魂の持主でしょう——たとい宣教師であろうとも。

と書き足した。チェンバレンは三月十五日付の手紙でそれに詳しく答えた。夫人はイギリスの貧しい海軍中尉と結婚した、頬骨の張ったスコットランドの女性で、夫君が日本郵船顧問として働いているお陰でいまはたいへん裕福な暮しをしている。三人の子供のために物語を書き出した。『松山鏡』はその一つである、とのことだった。(7)

ジェイムズ夫人がどのようにして夫人なりの『松山鏡』を書いたのか、その経緯は右の情報以上のことはわからない。日本人の誰かから話を聞いたのでもあろうか。ジェイムズ夫人は作中の夫をハーンのように侍に仕立ててはいない。また、用事で都に出かけることとなっているが、ハーンのように都を江戸とはしていない。松山鏡の話は日本には『神道集』など古くから記載があり、謡曲『松山鏡』や狂言『鏡男』などでも知られている。(8)主人公を江戸時代の侍に仕立てたのはハーンのしくじりであって、そんな近世なら地方の人も鏡を見てことあたらしく驚きはしなかったであろう。

もっともジェイムズ夫人作の『松山鏡』にも、いかにも英国海軍将校の夫人らしい脚色が二、三ほどこされている。夫は国王やその偉い家臣が住む都へ行った。妻は隣の村より先へ行ったことはなかったので、夫がそんな長旅をすると考えただけでも怯えたが、この地方で都へ行く者は夫が最初であると思うとすくなからず誇りに思った。——こんな一節にも、海外遠くへ夫を送り出すヴィクトリア朝イギリスの海軍軍人の妻の気持に通ずるなにかが出ているのではあるまいか。夫の帰国の日を知らされて、娘や自分は着飾って夫の到来を待つ。青い服を着たのは、夫がそのドレスが好きなのを彼女は知っていたからである……

　こんな細部は日本の『松山鏡』にはもともとはないジェイムズ夫人の工夫だった。それに対しその次の場面は、チェンバレンの『ローマ字本日本語読本』にはないが、狂言の『鏡男』などで繰返し述べられてきた情景である。夫は「鏡というものを買って来たから中に見えるものを見て御覧」と妻に土産を渡す。

「なにが見える？」と夫はまたたずねた。妻が驚いているのが嬉しいらしい。夫は国を留守にした間に習った新知識を披露したい様子だった。

「可愛い女の人がわたしの方を見て、話しているみたいに唇を動かしているのが見えます。おやまあ、わたしのと同じような青い着物を着てるなんて、変だわ」

「おまえはお馬鹿さんだなあ。おまえが見てるのはおまえさんの自分の顔だよ」と夫は言った。妻が知らない事を知っているのが得意な様子だった。

　妻はこの土産を喜び、数日の間は何度も何度も覗いたが、こうしたすばらしい物は毎日使うにはもったいなさ過ぎると思い、箱に戻すと、家宝として大事にしまった。そしてその次にジェイムズ夫人は日本の原話にはない、こんな彼女流のさかしらも書き添えた。

　鏡に写った自分の姿を美しいと思ったが、そんな自分のかりそめな僅かな虚栄心のことをいけないことに思って、娘に鏡など使わせると誇りや奢りの気持が生ずるのでは、と気を配った。

だが仕合わせな家庭に不幸が訪れ、母は病気になる。もう助からないと思った時、母は後にのこる娘の身の上を案じ、悲しんだ。そして枕元に娘を呼び、遺言した。自分が死んだら、毎朝毎晩この鏡を見るように。「そうすればそこにおまえはわたしを見るでしょう。わたしはずっとおまえを見守ってあげるから」

母は隠し場所から鏡を取り出して渡すと、娘は涙ながらに、母の言いつけ通りにします、と約束した。それを聞いて母は安心して息を引き取った。それから娘は朝な夕な鏡を取り出してじっと眺めた。そしてそこに亡くなった母親の面影を認めた。亡くなる前の青ざめてやつれた母でなくて、美しくて若い昔の母である。夜には昼間にあった事を語り、朝にはこれからする事を語る。娘は毎日、母に見守られているかのようによくつとめた。娘が毎日鏡を覗いてはなにか呟いているので、父親はついになにをしているのか、と問いつめる。ジェイムズ夫人の結びは、チェンバレンやハーンの結びと筋において同じだが、説明が細かくなっている。英語のまま引かせていただく。

"Father," she said, "I look in the mirror every day to see my dear mother and to talk with her." Then she told him of her mother's dying wish, and how she had never failed to fulfil it. Touched by so much simplicity, and such faithful, loving obedience, the father shed tears of pity and affection. Nor could he find it in his heart to tell the child, that the image she saw in the mirror, was but the reflection of her own sweet face, by constant sympathy and association, becoming more and more like her dead mother's day by day.

5　鏡に映る面影は誰か

このジェイムズ夫人の『松山鏡』は日本の英語教科書にも採用されたことがあったから、読んだおぼえのある人もいるだろう。ハーン自身は『博多にて』の第二節の終りで、この上なく単純な語り口で、きわめて数少ない単語で物語られているにもかかわらず、この御伽噺はあのゲーテのすばらしい小さな物語にも比較し得るものである。(9)その物語の意味内容は読者の経験と能力が増すにつれて増大する。ジェイムズ夫人は、物語がもつ多様な心理的可能性をおそらく一つの方向に限って掘り下げたように思われるが、夫人の小さな書物を感動なしに読むことを得るような者がもしいるとすれば、その者はこの人間社会から放逐《ほうちく》されてしかるべきであろう。

この最後のユーモラスな言い方も、「十五回ほど」読んだという先ほどの手紙の中の言葉も、ジェイムズ夫人の手になる『松山鏡』の英語版の物語に、ハーンの心が深く共鳴し、共振したことを示している。しかしハーンは再話するに際しては、自己の感性に従って、自己流に物語を書き改めた。チェンバレンの『ローマ字本日本語読本』の註も活用して、日本語風の言いまわしを自分の英文の物語の中にあえて生かした。チェンバレンは右の『読本』で、

Au kokoroshite "having the heart (i. e. sensation) of meeting."
Namida ni kururu, lit. "to grow dark with tears."

と註している。するとハーンはそれらを上手に利用して、「それで毎日毎日、母に会う心がして、その面影に話しかけた」と書いた。すなわち、So she would talk to the shadow, having the sensation, or, as the Japanese original more tenderly says, "*having the heart of meeting her mother*" day by day. と二つの表現を重ねて、説明に念を入れた。そして結びは「すると父はたいへんあわれに思い、両の眼は涙で暗くなった」"Then," says the old Japanese narrator, "he thinking it to be a very piteous thing, his eyes grew dark with tears." と日本語表現をやはり生かした。この方がチェンバレンの（the father） melted into tears よりよほど餘韻《よいん》が深いと感じたからに相違ない。

しかしそうした細部の変改もさることながら、チェンバレン、ジェイムズ夫人、ハーンの三人三様の『松山鏡』には、もっと大切な点で微妙な差異が存する。それは鏡に映るイメージは誰か、ということを死に行く母はどう了解していたか、という点である。『ローマ字本日本語読本』の日本語原文はすでに紹介したので、チェンバレンの英訳文の前半のみを引用すると、

The daughter of a man named——at Matsuyama in the province of Echigo was, though quite young, diligent in discharging the duty of filial piety to her father and mother. Her mother, when stricken down by a grave disease, took out a mirror which in a certain year she had received from her husband as a present from the capital (mirrors being things yet unknown in this remote country side), and which she had long kept hidden, and gave it to her daughter, saying: "After I shall be no more, you must look at this mirror morning and evening, thinking it to be myself";—and with these dying words, she at last expired.

ここには、夫が鏡を土産に与えた時に妻が鏡を覗いたという情景が書かれていない。妻は臨終に際して鏡を取り出して娘に与え「われ亡からん後は、朝夕われと思ひてこの鏡を見るべし」と述べただけである。母がなぜ「われと思ひて」と遺言したのかその理由はわからない。

それに対してジェイムズ夫人の再話では鏡に写る人は鏡を覗く人だということが知れている。そればかりか夫人は、作中の妻なる人にもヴィクトリア朝の女性と同じような配慮をさせた。すなわち娘が鏡の中の自

分の姿に見とれてナルシシズムに陥ることのないよう、過度の誇りや奢りが生ずることのないよう、娘の目から鏡を隠していたことになっている。だとすると、母が臨終に際して、毎朝毎晩鏡を見るよう娘に言い、「そうすればそこにおまえはわたしを見るでしょう。わたしはずっとおまえを見守ってあげるから」“There you will see me.”と言ったのは、娘が鏡に映る娘自身の顔を「わたし」すなわち母の顔と錯覚することを前提にして言ったということになる。なるほど母は初めて鏡を見た時は、青い服を着た鏡中の人が自分自身だとわからなかった。しかし夫がすぐにその錯覚を解いてくれた。そのように鏡がその前にいるものを映し出す性質がわかった上でなお「そうすればそこにおまえはわたしを見るでしょう」と言うのは不自然ではないだろうか。

ハーンはそんな不自然な前提を回避するために、母が父の贈物の鏡をすぐ蔵《しま》った理由を、娘のナルシシズムへの危惧《きぐ》などという近代的でさかしらな倫理感覚とはまったく異なる次元に置いた。ハーンが工夫して補足した理由は次の通りである。訳文は前に掲げてあるから、ここでは念のためハーンの英文をそのまま引くと、

……She did not understand the use of it, and innocently asked whose was the pretty smiling face she saw inside it. When her husband answered her, laughing, “Why, it is your own face! How foolish you are!” she was ashamed to ask any more questions, but hastened to put her present away, still thinking it to be a very mysterious thing. And she kept it hidden many years,——the original story does not say why. Perhaps for the simple reason that in all countries love makes even the most trifling gift too sacred to be shown.

夫の贈物を有難く思って蔵った妻は、一枚の鏡を言ってみれば一枚の写真のように理解し、その鏡にはた

とい誰が見ようが必ず自分（妻）の面影が映る、と信じたのである。そう思って大切にしまったまま歳月を過してきたからこそ、「わたしが死んだら、朝な夕なこの鏡を覗いて御覧。そうすればきっとわたしが見えるから」と娘に遺言して死んだのである。それだけに母の言葉には真実がこもっていたのである。

6 伝統的解釈とシリリアの解釈

それでは日本の伝統的解釈ではそのあたりの了解はどうなっているのだろう。

謡曲の『松山鏡』では母の死後、娘の母恋しさは一層つのった。それは父が再婚し、継母が来たが、継母と娘との関係がうまくいかない。そのことに気づいた父は、娘が自分に隠してなにかこそこそしていることが気になって仕方がない。さては世間の噂通り、娘は継母を呪詛しているのかとさえ疑う。問いつめられた娘はそこで仔細を打明ける。

娘　さやうに御叱り候はゞ隠さず申し候べし。痛はしや母御前《ははごぜん》、今を限りの御時、この鏡をわごぜに取らするなり。母が姿を残す形見なり。恋しき時は見るべしと、仰せ候ひし程に、ある時此鏡を見れば、母の面だて映りしより、猶若やぎて見え給へば、偖《さて》は亡からん跡までも、偖は亡からなん跡までも、添ひ添はれんと面影を、残させ給ひける、母御の慈悲ぞありがたき。不審に思しめされば、見せ参らせん鏡山、立ちより給へ父御前、立ちより給へ父御前。

父　これは不思議なる事を申すものかな。空しくなりし母の何しに鏡に映りて見え候べき。

謡曲では娘は鏡に映った姿を母と思っている。なお若やいで見えるとも言っている。しかし今を限りの時に母が、

「恋しき時は見るべし」

と言ったのは、母が鏡に映る姿は自分だからと思いこんで言ったのかどうかはわからない。むしろそうではなかったのではないかと思われる。それというのは謡曲では終り近くに母の亡霊が現れて、

子は親に似るなるものと思はれて恋しき時は鏡をぞ見る

と古歌を口ずさむからである。この似るから見るという発想は当然親子の違いもまた意識しているわけである（もっとも謡曲『松山鏡』は、鏡の効用をはじめ、いろいろの故事のばらばらな引用で構成された作品であるから、右の歌一首によって謡曲全体の統一的解釈が出来るという性質のものでもない）。

それではハーンの作中の母のように、鏡を写真のように理解したとする解釈——その鏡には誰が見ても必ず母の面影が映る——とする解釈の是非について、日本の伝統に即してではなく、ハーン個人の体験に即して吟味してみよう。

ハーンはフランス領西インド諸島で暮したころ、シリリアという女中を雇っていた。その土地の家政婦が——時計の読み方も知らない文盲なのだが——ハーンにおもしろい民話の数々を語ってくれたのである。その「わが家の女中」には島の若者たちが「綺麗な木みたいな」と呼ぶ美人の娘がいる。母親はハーンにその娘の写真を撮ってくれと所望した。ハーンは本職の写真家に頼んで写真を撮らせると、それをシリリアの留守の間に女中部屋に飾ってやった。帰宅したシリリアがあまり長いこと部屋から出てこないので、ハーンが中の様子を窺いに行くと、シリリアは写真の前に立ち、まるで生きている人間を相手にするように話しかけている。

「ああ、きれいだ！　本当にお前はきれいだ」

クレオールの娘

ハーンの気配に気づいて振り返ったシリリアの目は潤《うる》んでいた。以下遠田勝訳[10]を引用すると、

その驚いた顔が赤らんだかと思うと、笑い声をあげ、

「あら、いやだ、旦那様！ 見ていらしたんですか……でも、これ娘なんですよ。可愛いでしょう。……ほら、あんなにきれいな顔をしてる」

「本当にきれいだね。シリリア——お前の様子を見ていると、こっちまで嬉しくなるよ」

シリリアはまたしばらく黙って写真に見入った。それからまたこっちを振り返り、真剣な顔で尋ねた。

「でもこの写真、なんで喋れないんです？ だって、こんなにあの子そっくりに描《か》けるんでしょ——これはどうしたって本物ですよ。だったら、ちゃんと喋れるようにしてくれなきゃ」

これはマルティニーク島のサン・ピエールの町でのことで、ハーンが日本で『松山鏡』の話に接する五年ほど前のことである。右のシリリアの反応には、未開の人がはじめて写真を見た時の驚きが、あふれるばかりに描かれている。そんな無学の女の言葉に心打たれたハーンであったからこそ、日本で昔の母娘《おやこ》がはじめて鏡を見た時の驚きを伝える『松山鏡』の女たちの反応に心打たれたのに相違ない。シリリアは写真の中に生ける娘を認めようとした。日本の孝心深い娘は鏡に生ける母を認めようとした。そんなイメージに実在を信ずるナイーヴな心にハーンは感動したのだ。それはジェイムズ夫人のナルシシズムとか虚栄心とかを云々する近代的自意識以前の、より本能的でより神話的な反応なのだ。ジェイムズ夫人の再話にはヴィクトリア朝英国の女性らしい、倫理的な小細工があったが、ハーンはそうした硬直した修正部分を取り除いて、原始の自然体に引き戻したのである。(11)

7　現在は過去の影

ハーン自身は『博多にて』の第四節で、第三節で自己流に物語った『松山鏡』について、次のようにしめくくっている。

これが『松山鏡』という昔物語である……だが娘がなにも知らずに錯覚したことは、本当に父親が思ったほど哀れな事であったろうか。それとも父親が娘の錯覚に対して哀れと心打たれたことは、私が青銅の鏡がその思い出とともに融かされてしまう運命にあることに対して惜しいと心打たれたことと同様、はかなく空しい感動なのだろうか。

私には娘の無邪気な気持の方が、父親の気持よりも、永遠の真実に近かったような気がしてならない。なぜならば物事の宇宙的な秩序の中においては、現在は過去の影であり、未来は現在を写すものであらねばならないからである。

「現在は過去の影である」以下のハーンの考え方は、別の言い方として、子は親の影である、とか、やがて生れてくる未来の子供は現在の大人を写すものである、というような具体例に引き直してもよいだろう。それはまた先ほど引いた謡曲中の古歌、

子は親に似るなるものと思はれて恋しき時は鏡をぞ見る

の心にも通じるところがあるかに思われる。鏡は ghostly なものなのである。かりに鏡自体にそうした性質はないにせよ、鏡が私たちの中にある ghostly な側面を映し出すことは、多くの人が認めるところだろう。鏡は私たちの顔の表面だけでなく、その背後にひそむなにかをも映し出す。『松山鏡』の娘はまさにそれを見かけ、それによって母と会話することを得た。ハーンその人もその話に、鏡の中の自分の母を見る思いがして心打たれたに相違ない。そう考えると、私たち人間の一人一人とは霊をもつ鏡のごとき存在であって、その鏡がこの宇宙のなにものかをイメージし、かつこの宇宙における私たち自身の反映をも写し出したりしているのではないだろうか……

ハーンはそんな風な哲学談義を加えることで『博多にて』をしめくくる。『博多にて』は単なる外面の記述ではなく、ハーンの哲学観の披露でもある。もとより体系的なものではない。ハーン自身が自己卑下的にこの文章を「哲学的ファンタジーの小品」とチェンバレン宛の手紙に述べた所以でもあろう。

ハーンが鏡を見てはっとしたのは、すでに来日当初からのことであった。横浜到着第一作『東洋の土を踏んだ日』の第九節には、仏寺の内陣の御本尊の一つが鏡であることに驚いた様がいちはやく語られている。仙北谷晃一訳を引用する。ハーンはお寺の本堂に上って奥へ通された。

しかしそこには、一つの鏡が置かれているだけだった。よく磨かれた金属の丸い鏡は淡い光を放っていて、そこに私が映っている。そしてこの私ならぬ私の後に、遠い海の幻影が広がっている。

ハーンはその時、日本で神社だけでなく仏寺にも安置されている鏡とは一体なにの象徴なのか、と自問自答する。[12] 鏡は幻影の象徴なのだろうか。それとも、宇宙とはわれわれの霊魂の反映としての存在に過ぎないという意《こころ》なのだろうか。あるいはまた、仏を求めんとすれば、おのれの心の中に求める他なし、という中国の教えを表わすものなのだろうか。

ハーンは自分の求めているものは、はたして見つかるのだろうか、という疑念にもとらわれる。それは自分の世界――自分の思い描く世界の外には、見つけることができないなにかなのではあるまいか――そう自問自答しつつハーンは、横浜の神社仏閣を立去り、松江に行き、そしていま博多に来ているのである。

こんなハーンの鏡についての論に接すると、ハーンをくさすであろう人は、彼は日本という鏡に映った自分自身を著作の中で語った――鏡はハーンの自己愛に偏した日本論の象徴だ、というかもしれない。それに、単純素朴に唯物論哲学を奉ずる人にとっては、「霊」ghost とか「霊的なもの」ghostliness とかいうことは、本来哲学的関心に値しないことなのかもしれないのである。

8　西田幾多郎の解釈

このようなハーンの哲学観については、しかし私などよりもっと適切な論者がいる。それは西田幾多郎で、一九一四年、田部隆次の『小泉八雲』（北星堂、リプリント）に次のような「序」を寄せた。西田はハーンを細かくきちんと読んだ、類まれな日本人である。

ヘルン氏は万象の背後に心霊の活動を見るといふ様な一種深い神秘思想を抱いた文学者であった。かれは我々の単純なる感覚や感情の奥に過去幾千年来の生の脈博を感じたのみならず、肉体的表情の一々の上にも祖先以来幾世の霊の活動を見た。氏に従へば、我々人格は我々の一代のものではなく、祖先以来幾代かの人格の復合体である、我々の肉の底には祖先以来の生命の流が波立って居る、我々の肉体は無限の過去から現世に連るはてしなき心霊の柱のこなたの一端に過ぎない、この肉体は無限なる心霊の群衆の物質的標徴である。

このハーンの説は、部分的には遺伝学知識によって裏付けられている、という意味では意外に新しい霊魂観ではないだろうか。西田の読書はハーンの来日以前の作品から始まり、来日以後の作品はもちろんのこと、ハーンの手になるゴーチエの英訳にまで、飛び飛びであるとはいえ、及んでいる。(13)

斯くして、かれはメキシコ湾の雄大なる藍の色に、過去幾世の楽しき夏の日の碧空を想ひ、熱帯の夕、天を焦す深紅の光に、過去幾世の火山の爆発や林火の狂焰を感じ、面変りゆく我が子の顔に亡き父母や祖父母の霊の私語を聞き……

鏡に映る子供の顔に親の面影を認めるのも、まさに、この人間は自我をも含めて、幾世代からなる人格の複合体であるとする哲学観の流れに沿ったものである。西田は「斯くして氏にはこの平凡なる世界も濃い深い神秘の色を以て彩どられた」と評した。

筑後平野の緑にも、寺の庭に堆高く積まれた古鏡の山にも、ハーンは霊的な ghostly なにものかを感じた。そのハーンの感覚は怪談 ghost story を生き生きと感じる感覚と、実は共通していた。西田はいちはやくその共通性を見抜いていた。

……氏は好んで幽霊談を書いた。併しそれは単純な幽霊談として感興を有ったのではなく、上述の如き幽遠深奥な背景の上に立つ所に興味を有ったのである。氏は此の如き見方を以て、我国の文化や種々の昔話を見た、而してそこに日本人自身すら曾て知らない深い魂を見出したのである。

この「曾て知らない」は日本人自身ですら曾て気がつかなかった、の意味であろう。日本人がそんなものはないと言っている、ありもしないものを、ハーンが勝手に見つけたのだ、と皮肉を言っているのではないであろう。日本人がハーンを読んでなるほどと首肯するのは、日本人が感じていながらかつて言い表わすことのできなかったなにかにハーンが適切な言葉を与えているからであろう。

この西田のハーン論は秀逸である。哲学者の立場から西田は「ヘルン氏の考は哲学で云へば所謂物活論に近い」と述べた。この物活論という言葉は日本語として馴染が薄い。そんなこともあって西田のハーン論は日本でもよく理解されなかったような気がしてならないが、この語は私がハーンを解くキーワードとして拙著『オリエンタルな夢――小泉八雲と霊の世界』（筑摩書房）で詳しく述べたアニミズムのことである。animismは「精霊信仰」「精神主原論」などとも訳されるが、あらゆる自然物が生気を帯びているとする説でもある故に、明治時代に「物活論」と訳されたのであろう。西田は哲学の専門家としてハーンの独特のアニミズムをこう批評した。

　氏は此考をスペンサーから得たと言って居るが、スペンサーの進化といふのは単に物質力の進化をいふので、有機体の諸能力が一様より多様に進み不統一から統一に進むといふ類に過ぎない。文学的気分に富める氏は之を霊的進化の意義に変じ仏教の輪廻説と結合することによって、その考が著しく詩的色彩の宗教の香味とを帯ぶるに至った。

西田の指摘は正確だと思うが、ハーンが進化とか輪廻《りんね》の説を取りこむことが出来たのは、遺伝学の知識が拡まって、自然科学的にも種の記憶（ハーンのいう「有機的記憶」organic memory ――世間はそれを単純に

「本能」と呼んでいる）などの説を裏付けるものがあるのだと信じたからであろう。西田幾多郎は西洋でも「生物進化の論を精神的意義に解して、浪漫的色彩を帯びたものは前にニーチェがあったが、ベルグソンも此種の人と見ることができるであらう」とした。そして最後に一言つけ加えた。「ヘルン氏の考は後者に似た所もあるが単に感傷的で空想的なることはいふまでもない」

この最後の一言だけが西田のハーン評としてしばしば引用され、後にはひとり歩きした感がある。そのため西田のハーン評は否定的評価のように見なされてきた。しかし西田がハーンの文芸的特質のみか思想的特質まで正確に把握していた点は敬服に値する。ハーンには広く「霊的なるもの」への関心が背景にあったから、その一環として幽霊談としての怪談へも興味を示したのだが、またその他の一環として霊的の見地から日本文化論や「神国」――すなわち、死者がカミガミとして崇められ、そのカミガミが生者をも支配する国――の論をも書いたのである。帝国大学英文科の門下生がハーンのそうした哲学的背景に気づかず、英文学という狭い枠組の中でしかハーンを見ようとしなかった時期に、西田幾多郎だけはただ一人ハーンの全体像を把握していたのである。

9　母の形見

鏡に映るイメージは所詮幻影にしか過ぎないが、それでいてなお不思議な神秘に満ちている。私たちは鏡に写る自分の顔が左右逆さになっていることを知っている。だが鏡に写る自分の姿が上下逆さになっていないことも知っている。なぜ左右だけが引っくり返り、上下は引っくり返らないのかと聞かれたら、この問題に答えることの出来る読者はきわめて少ないだろう。

鏡は物理学的にも心理学的にも不思議に満ちている。それだからこそ十九世紀、ルイス・キャロル（一八三二－九八）は『不思議の国のアリス』や『鏡を抜けて』を書いたのである。(14) また自己のイメージが、鏡面や画面で独立した存在になり、それ自身の命をもつことを、ハーンはオスカー・ワイルド（一八五四―一九〇〇）の作品や『果心居士の話』を読んではあれこれ考えていたのである。そのような十九世紀イギリス文学との関連の中でもハーンの『松山鏡』は位置づけることが出来るだろう。もちろん彼の執筆の直接のきっかけは、ハーンがジェイムズ夫人とチェンバレンの『松山鏡』を読んだことにあったのは間違いない事実だが。

『博多にて』という随筆全体の中で考えれば、第三節にハーンが自己流の『松山鏡』を書いたのは、ハーンが「霊的なるもの」を話題とする時、『松山鏡』の話がその例としてもっとも有効だと感じたからだろう。鏡と霊魂とは相互に関連するものとハーンには思えていたにちがいない。ハーンの深い関心が ghostly なものであり、それについてハーンはかねがね随筆を書きたいと思っていた。松江時代のハーンは紀行文や小品文《スケッチ》に打ち込んだ。今度はそうした外面描写や外的記述だけでなく、思弁的な論までつけ加えたくなった。それで四節から成る『博多にて』の中で、ハーンは自分の霊にまつわる論のイラストレーションとして『松山鏡』の話を挿入したのである。『博多にて』はハーンの哲学談義なのだが、素人の哲学論であるから、ハーンはチェンバレンに向っては fantastico-philosophical sketch と自己卑下して言った。しかしチェンバレンが『ローマ字本日本語読本』に原文も英訳も掲げているのに、ハーンがあえて自己流の『松山鏡』を書いて当人に示したということは、自己の再話に非常な自信を持っていたからではあるまいか。また自己の哲学談義にも一定の自信を抱いていたからではあるまいか。

それでは日本文化論としてはどうであろう。記紀神話に示されたように日本人は天地創造論というよりは天地自生論を自然なこととして受けとめている。

国稚《わか》く浮きし脂のごとくして、くらげなす漂へる時、葦かびのごとく萌えあがる物に由りて成れる神の名は、うましあしかびひこぢの神……

こうした記述にあるような生命の発生を日本人が信じているのは、私たちが『古事記』の神話を神話として信じているからではなくて、日本のような湿潤《しつじゅん》の地域で暮すと、植物が発生しやすく菌類が目に見えて繁殖する。そんなモンスーン地域で暮す人にとっては、緑の生命の絶え間ない現れの中に generation of life を感じ、その延長線上に、generation of mankind を感じているためである。砂漠地域で暮す人にとっては、超越的な一神による creation of mankind という発想が自然に湧くのかもしれないが、日本人にとってはそういう発想は自然ではなかった。

天地創造説を信じ得ない地域の人々にとって『聖書』の『創世紀』Genesis はお話でしかない。日本を含むモンスーン地域の人々にとっては生命の自生 autogenesis こそが当然のこととして信じられている。その形の一つがアニミズムであり、具体的には神道がそれである。老樹に霊があるとして注連縄《しめなわ》をまき、岩に御幣を飾るのも、その種の信仰心のあらわれである。人々はそこに「霊的なるもの」ghostly なるものを感じるからこそ、手をあわせ、礼をするのである。それと同様に日本人は清らかな泉や鏡にも霊的なるものを感じてきた。異国から来日したハーンは、そのような日本人の精神の流れの中にいつしかはいりこみ、日本人が感じていながら上手に言えなかったことを、巧みに言語化したのである。

だがそんな素朴な信仰は日本人の間からもう死に絶えた、という日本人も多いだろう。しかし若いハーン研究者横山孝一氏は、伯父上の横山善次少尉が昭和二十年八月十三日、特別攻撃隊員として亡くなられた方だけに、そうして散華した人々への思い入れの深い方だった。靖国神社に祀られ、同神社が敗戦後五十年に刊行した『いざさらば我はみくにの山桜』の中に録された一日本人のことが、『松山鏡』との連想もあって、忘れることができない(15)。

須賀芳宗少尉は、学徒出陣で横須賀海兵団へ入隊する時に、母から鏡を贈られた。顔立ちが母に瓜二つであった須賀少尉は、鏡を見るたびに母を想い、そしてその鏡を抱いて出撃した。

一九九五年夏、靖国神社の遊就館《ゆうしゅうかん》で開催された特別展には須賀芳宗の遺書と鏡のケースが展示されていた。鏡のはいっていないケースの内蓋には「吾が母」と記されており、遺書には、

中の鏡は私と共に沖縄へ持って行かせて頂きます。母上様、芳宗

と書かれていた。

いまにいたるまでそうした鏡には、日本人に伝わる心性のなにかが映し出されている。いや、鏡に母を見るのはなにも日本人にだけ限られた話ではないのかもしれない。周知のようにハーンは、四歳の時、母と生き別れた。母一人子一人で育ったハーンにとって、その母は限りなく大切な存在だった。ハーンのそれから後の一生は、その瞼の母の面影を追い求めたものといってよい。そんなハーンであったからこそ、鏡の中に写る面立ちにいまは亡き母を認める娘の話に深く感動したのである。『松山鏡』には、人類の原体験とでも呼べるような、神話的な体験が秘められている。ハーンに限らず私たちが『松山鏡』の話に心打たれるのは、その原初的な力によってなのではあるまいか。(16)

第七章　ハーンと九州――外国人の心をいかに探るか

1　松江と熊本

ハーンは、『怪談』の作者として著名だが、日本を西洋に紹介した人としても知られている。その著作についてはいまなお毀誉褒貶《きよほうへん》さまざまだが、日本解釈者としてのハーンをおとしめる論者の中に、ハーンは日本語の力がたいへん弱かった、と指摘する人がいる。確かにいろいろの弱みを持つハーンではあった。だが、知られぬ明治日本の面影をとらえ、神々の国の都松江をうつし、日本の心を伝えたハーンの著作を、内外の少なからぬ読者はいまなお珍重して、捨てかねている。かくいう私もその一人で、ハーンを愛読して今日にいたっている。

では、日本語の読み書きの力が弱かったといわれる外国人ハーンは、そのようなハンディキャップにもかかわらず、どのようにして日本の若者の心を探り得たのか。そうして生まれたハーンの解釈は、はたして妥当であるのか。日本人の心を描いた彼の文章は、芸術作品としてどのような出来映えであるのか。――そのような諸点に注目して、明治二十三年から二十四年へかけてのハーンの山陰時代とはやや異なる明治二十四年十一月以後三年に及ぶ九州時代を調べることとしたい。

九州時代は最初期の日本への陶酔が醒め、それまでとは別様の見方をするようになった、ともいわれている。だが日本人の心を探るハーンのアプローチになにか特別の変化が起ったのだろうか。以前のハーンの方法は間違っていたのだろうか。外国研究者としてのハーンの日本の心への近づき方をあらためて検証してみたい。またそのようにチェックすることにより、私たち日本人が外国を研究し、その心を探る際のよすがともしたい。それというのも、ハーンを読む際に私が覚える自戒の一つは、私自身も外国研究者ではあるけれども、自分には到底ハーンほど見事に外国人の心をつかみ得ていない、という畏敬の念に似た自覚があるからである。

　松江時代のハーンの代表作が、来日第一作 *Glimpses of Unfamiliar Japan* に収められた『神々の国の首都』と『英語教師の日記から』の二作品であることに異存は少ないであろう。

　前者は、神道がいまなおあざやかに生きる、出雲の国の県庁所在地、松江を描いた名作である。その朝の物音は日本の民俗と宗教を伝えてなつかしい。ところが熊本時代のハーンには、これと同じように肥後の都を伝える名作がない。「熊本は広く、横にのびて、単調で退屈で、見映えがしない。奇妙な情趣に富んだ小路もなければ、大きな寺もなく、すばらしい庭園もない。明治十年の内戦で燃えつきてしまって、この土地は戦火がまだ完全に終熄《しゅうそく》せぬ前にあわただしく立てられた掘立小屋からなる荒地という印象を与える」というのが、ハーン自身が『九州の学生たちと』の冒頭で述べた印象である。

　後者、すなわち『英語教師の日記から』は、島根県尋常中学校の一年二カ月余の生活を一見即物的に描いた記録である。「その簡素な語り出しと、この上なく自然でありながら思いもかけぬ破局とによって、驚嘆すべき芸術性を持っている」とB・H・チェンバレンが評したこの『日記』の真偽のほどは、すでに拙稿『夢の日本か、現実の日本か』で論じたので[1]、それ以上はふれない。

　ところで学校生活を基に書かれたこの作品の方は、熊本時代にもそれに相応する記録がある。それが、いましがた名前をあげた『九州の学生たちと』(With Kyūshū Students)で、これはハーンの来日第二作である『光は東方より』*Out of the East* に収められた。第五高等学校の教室生活に取材した作品であり、これが松江時代の『英語教師の日記から』とおのずと対をなしている。ハーンには熊本の町を描いた文章こそないけれども、熊本の旧制高等学校の学生を描いた文章はこのようにあるのである。それがあまり世に知られていないのは、『英語教師の日記から』に比べて、芸術的出来映えが劣るからであろうか。

それにまた別の理由もあるようだ。ハーンは、松江の中学生たちと違って、熊本の年長の学生たちとはそれほど親しくつきあうことがなかったのである。二十歳前後の学生たちの外面の態度振舞いはいたって無口で無感動で、九州では満三年近く暮らしたのだけれども、学生とも同僚教師とも、友誼《ゆうぎ》に富む関係をほとんど結ぶことなしに終わってしまった。――もっともこれは、いまでも日本の大学に教えに来る多くの外国人教師の学生とのつきあいの実態と、大同小異なのではあるまいか。それというのも、日本の学生は口頭で自己表現をすることを必ずしも得意としないからだ。

2　作文というアプローチ

ではそのような時、どうすれば良いのか。もし学生とのコミュニケーションを望むならば、学生に授業で話題としたことへの感想を、文章に書かせて提出させるのが良いのではないか。ハーンは松江時代にも中学生に英作文を書かせて、彼らの考えを探ったことがあった。しかし「月」などという題を与えると――これは明治前期の国語作文教育の影響なのだが――生徒全員がパターン化した感想を書いてよこす。それでハーンは、日本の子供には個性はないのか、と驚いたこともあったほどだった。[2]ところが、後になってようやく気がついたことだが、大人びた熊本の学生たちは、自分なりの考え、自分なりの感じ方で、英作文の答案を書いてよこす。ハーン自身が、そうすることで、ようやく熊本の学生たちの正体がつかめてきたことを、遅ればせながら認めて、次のように述べている。

（日本の若者が）情緒面で個性のあることのヒントがつかめたのである。そうしたヒントはさりげない会話の折ふしにも得られたが、いちばんはっきりとわかったのは、課題を与えて英作文を書かせた時だった。……毎週私は、提出された作文の中で最良の何点かを選んで教室で朗読し、その場で英文を訂正した。特に出来の良い英作文で、声に出して朗読し、クラス全体のために批評するにはしのびない文章もあった。それというのは、機械的に一律に評釈してしまうにしては、あまりに尊い内面の事柄にふれている文章もまじっていたからである。

What do men remember longest?「人はなにをいちばん永く記憶するか」という課題にたいしても、熊本の生徒たちはいろいろと答えを返してきた。その際ハーンは、「我々は幸福な瞬間をそれ以外のあらゆる経験よりも永く記憶する。なぜなら、不快なものや苦しいものを忘れてしまいたいのは、あらゆる理性的存在の性質だからである」と述べた類の理詰めでたくみな回答よりも、むしろ単純率直な回答を好ましく思った。ハーンが例示した回答を二ついま日本語に訳すと、[3] 次のようになる。思いもかけぬ思考や感情の開花に接してハーンは心嬉しく思った。

> 人はなにをもっとも永く記憶するか。人は苦しい境遇で見たり聞いたりしたことを、いちばん永く記憶すると私は思う。
>
> 私がまだたったの四歳だったとき、私の大事な、大事な母が死んだ。それは冬の日で、風は木立の中や、我が家の屋根のあたりに激しく吹きつけていた。その木の枝にはもう葉はついていなかった。遠くで鶉《うずら》がもの悲しい音を立てて鳴いていた。私がその時したことを憶えている。母が病床《びょうしょう》に横たわっていた時、亡くなるすこし前だったが、私はお母さんに甘い蜜柑をあげた。お母さんはにっこりと受取ると、蜜柑を食べた。それがお母さんがにっこりした最後の顔だった。……お母さんの息が絶えてから今日まで十六年が過ぎた。しかし、私には十六年は一瞬のように思える。いまはまだ冬だ。母が死んだ時に吹き荒れた風は、

いまもその時と同じように、吹き荒れている。鶉は同じような鳴き声を立てる。万物は同じである。だが母は逝《い》ってしまった。そして二度と帰って来ることはない。

ハーンも母ローザと生き別れたのが四歳の時だったから、こうした肉親との死別をもっとも永く記憶する、という回答に心動かされるところがあったのだろうか。蜜柑といい、木枯らしといい、鶉といい、和歌や俳諧の季語の伝統に連なるからであろうか、鮮やかな喚起力がある。次の作文も、同じ問いに対する答えとして書かれたものである。

私の生涯における最大の悲しみは、父の死であった。私が七つの年だった。その日一日中、父が病いに苦しんでいたのを思い出す。私の玩具《おもちゃ》類は片付けられ、私は静かにしようとつとめた。その日の朝、お父さんに会わなかった。一日がとても長かったような気がする。ついにお父さんの部屋にこっそりはいった。そして頬っぺたの近くに唇を近づけて、

「お父さん、お父さん」

と囁いた。お父さんはものを言わない。叔父がはいって来、私を抱えて部屋の外に出たが、なにも言ってくれなかった。私はお父さんが死ぬのでないかと急にこわくなってきた。それというのは、お父さんの頬っぺたはとても冷たくて、妹が死んだ時の妹の頬っぺたみたいだったからである。夕方になると近所の人はじめ、大勢が家にやって来、私の頭を撫でてくれたので、しばらくの間私は浮き浮きしていた。だがその夜のうちに父はどこかへ運ばれて、その後私は二度と父を見ることはなかった。

3　『クオレ』を模して

ハーンが松江の中学の一年間の生活を文章にまとめて『英語教師の日記から』に仕立てたとき、モデルとして念頭に置いていた作品は、デ・アミーチスの『クオレ』だった。そのことはすでによそで論じた。(4) ハーンは松江時代にも *Cuore, an Italian Schoolboy's Journal* を愛読し、松江で一学年度が終わったとき、その英書を親友西田千太郎に贈呈している。それればかりではない。熊本でも第五高等学校で『クオレ』英訳本を英語教科書として使うことを提案して、日本人当局者に「子供っぽい」という理由で却下されている。却下されはしたものの、ハーンは『クオレ』を模して英作文の課題も出した。周知のように、『クオレ』は「学校の第一日」の記録ではじまる。それはトリーノのエンリーコ少年が、子供心にも緊張を強いられた、始業の日であった。ハーンはそこで、日本の学生たちにも、自分たちが小学校へ上がった日の思い出を書かせたのである。My First Day at School という五高生の英作文には、性格や感情の真率な吐露という点で、ハーンの興味をひくものが多々あった。「そのナイーヴさは魅力なしとしない」とハーンは評している。たとい大人を気取る旧制高校生であろうとも、外国語で書くとなると、もってまわった難しいことは言えなくなる(私も外務省研修所でフランス語を教えていて、外国語でものを書かせると、大の男がかくも幼児化するものか、と彼らの内心をかいま見て興味ふかく感心したことがある。なにか見てはいけない本心をのぞき見たような感じがした)。とくに「学校の第一日」といった主題については、人間性の自然として、おのずと平明に本心を語ることになる、というハーンの狙いは当った。原文を多少縮めたり、手直ししたとハーンは断わっているが、しかしこれらの英作文の本体が、明治十年前後に小学校に上がった子供たちの率直な思い出と見て、間違いないだろう。

私は八つになるまで学校へ行かせてもらえなかった。遊び友だちは皆もう学校へ上がってしまったので、私も学校へ行かせてくれ、と父に何度も頼んだが、父は私がひ弱なのを見て、許してくれなかった。それで家に残って兄と遊んでいた。
学校の第一日、兄は私について来てくれた。先生になにか言い、私には長椅子に座っているよう命令した。そして兄も私を置いて行ってしまった。黙って座っているあいだ悲しかった。もう一緒に遊んでくれる兄はいない。見知らぬ大勢の男の子ばかりだ。鐘が二回鳴った。先生が教室にはいって見え、石板《せきばん》を取り出すようにと言った。それから先生は黒板に字を一つ書いてそれを写すようにと言った。その日先生は二つの字の書き方を教え、良い少年についてなにかお話をした。家に帰ると母のところへ飛んで行き、その脇に座って、先生がその日教えてくれたことを話した。ああ、なんと楽しかったことか。その感じをいま口にすることはできない。言えることは、あのころの私は、先生はお父さんよりも、というか知っている人誰よりも、学問があって、この世でいちばんこわいが、しかしいちばん親切な人でもあると思っていた、ということだ。

日本は明治五年に義務教育制度を導入した。ハーンはそうした新制度の下で小学校生活を送った学生たちの英作文を、先ず三つ掲げた。右に訳出したのはその第一例で、初めて学校に上がった日の子供の気持が正直に出ているのを良しとしたのだろう。ハーンは次に、寺子屋で読み書きの手ほどきを受けた、年長の学生の英作文も三つ掲げた。こちらもその第一例のみを訳出する。

明治になる前、いまあるような公立の学校は日本にはなかった。しかしどの地方にも侍の子弟から成る一種の学生組織があった。ただし武士の子弟でない限り、そうした仲間には入れてもらえない。それは藩の大名の管轄《かんかつ》下にあって、学生たちを監督する上長は藩主によって任命されていた。武士の主要な学問は漢文だった。現政府の閣僚等の大半は、かつてこのような藩校で学んだ人たちである。町民や田舎の人は、息子や娘を寺子屋と呼ばれる学校に送った。これがいまの小学校に当るもので、そこではすべての教科は一人の先生によって教えられた。内容は読み書き算盤《そろばん》がせいぜいで、ほかに修身がすこしあったくらいである。普通の手紙を書いたり、ごくやさしい文章を書くことはできるようになった。私は武士の子供でなかったので、八歳になった時、寺子屋へ通うことになった。最初は行きたくなかった。すると毎朝、祖父が杖で私を叩いて寺子屋へ行かせた。寺子屋での規律はきびしくて、子供が先生の言うことを聞かないと、竹でもって叩かれた。お仕置きを受けるよう体を取り押さえられた上でのことである。その一年後、方々で公立の学校が開かれ、私はそちらにはいった。

学生の英作文を引用することで、明治維新前後の日本の初等教育の実態と変化を紹介するハーンの手法は、日本解釈者として優れたものといわなければならない。ロナルド・ドーア教授が論ずる徳川の教育・明治の教育の具体例としても、こうした作文は使えそうである。

それらとは別に、ハーンは次の作文で使用人の見送りを断わった少年を「西洋で性格 character があると呼ぶところのものを示す」例として掲げている。

私は六歳だった。母が朝早く私を起した。姉は私に自分の足袋《たび》をくれてはくようにと言った。たいへん嬉しかった。父は使用人の一人を呼んで私が登校するお伴をするようにと命じた。私はお伴はいらないと断わった。自分ひとりで行けるという気持だったのである。それでひとりで出かけた。学校は家から遠くなかったから、すぐ校門の前に着いた。しばらくそこで立っていた。中にはいって行く子供たちで顔見知りが一人もいなかったからだ。男の子も女の子も、身内の人や使用人に付添われて、次々と校庭へはいって行く。校内では皆が遊んでいる。羨ましい気持で胸がいっぱいになった。と突然、その中の男の子が一人私を見かけて、笑い声をあげながら駆け寄って来た。それでにわかに嬉しくなった。その子と手に手を取ってあちらこちら一緒に歩きまわった。しまいに先生が現れて、皆を教室の中へ呼びこんだ。先生はなにかお話したが、難しくてわからなかった。それで解散になった。第一日目だから、学校はそれまでなのだった。友だちと一緒に家に帰ると、両親は果物とお菓子を用意して私の帰りを待っていた。友だちと私は一緒にそのおやつを食べた。

ハーンには、六歳で独立独歩しようとするこの子の意気込みが目出たかったのである。また小さな姉が白足袋をぬいで、幼い弟の足にはかせてやったという学校第一日の朝の思い出も、やはり目出たかったのである。ハーンはこうした一連の作文を読んで、日本における少年期は西洋よりも幸せなのではないかと推理した。日本は子供の天国というのが、イギリスとの比較におけるハーンの論である。この論は遺著となった『日本――一つの解明』にいたるまで繰返し現れる。

4　貞女アルケスティス

ハーンはまた、母がギリシャ人だったこともあって、ギリシャに親近感を強く覚え、熊本でもギリシャ神話を英語教育の教材にしばしば用いた。第四学年生の学期試験の問題に"The Story of Tithonus"as recited by the teacher というのを出したこともあった。アルケスティスの話をしたこともあった。ちなみにハーンは、このペリアスの娘を Alkestis と『九州の学生たちと』の中では綴っている（ハーンにはこの女性がよほど印象に深く残ったものとみえ、後に *Japan:an Attempt at Interpretation* の第三章でも名前をあげているが、そこでは Alcestis と綴っている）。ハーンは何に依拠してアルケスティスの話を学生に語って聞かせたのだろうか。ブルフィンチの『ギリシャ・ローマ神話』はハーンの蔵書中には見当らない。また同書では綴りは

Alcestis となっている。ハーンは蔵書中には残されていない、なにか別の書物に依拠したものと思われるが、出典の見当がつかない。ここではとりあえずブルフィンチにより、アドメトスとアルケスティスの話を拙訳で紹介したい。

アドメトスはペリアスの娘アルケスティスに言い寄った数多い求婚者の一人である。ペリアスは獅子と猪とに曳かれた二輪車に乗ってアルケスティスのところへ来る者がいれば、その男に娘を嫁にやろうと約束した。アドメトスは羊飼いになっていたアポロンの助けでそれをなしとげ、アルケスティスをめでたく妻として幸福に暮らした。ところがアドメトスは病いに倒れ、死期が近づいた。アポロンは運命の女神たちを説きふせて、誰かが身代わりになるという条件で彼を助けた。アドメトスは一命をとりとめたと思う喜びのあまり、この身のしろのことを深く考えなかった。一族郎党の者が主君である自分への愛着や忠誠を誓うのを前々から聞いていたので、そのことも念頭にあって、身代わりはわけもなく見つかると思っていたのだろう。しかしそうはいかなかった。主君のためなら平然と自己の命を危険にさらしたであろう勇敢な部下も、病いの床に臥す主君のために死ぬ気持にはなれず、尻ごみした。子供のころからお家の御恩にあずかり、君恩に浴した老僕たちも、残りすくない余命を棄てて恩に報じようとはしなかった。人々はいった、「なぜ両親の一人が身代わりにならないのだろう。もう長くもない年だし、それに自分の子供の命が救えるなら、いちばん嬉しいのは親ではないか」。しかし両親は、息子が若死するかと思うと、悲しみ嘆いたが、それでも身代わりになることは躊躇した。すると妻のアルケスティスが、その身を投げだして身代わりにしてくれと申し出た。アドメトスはいくら生きたいといっても、そんな犠牲を払ってまで生きのびようとは思わなかった。しかしほかに仕方がない。運命の女神が課した条件はこうして満たされ、その定めは変えることができない。アドメトスの病状が回復するにつれ、アルケスティスの病気は重くなった。病いはにわかにあらたまり、死は旦夕《たんせき》にせまった。ちょうどそのとき、ヘラクレスがアドメトスの館にやって来た。みんなが忠実な妻、愛すべき夫人が死に瀕《ひん》しているのを嘆き悲しんでいる。ヘラクレスにとってはどんな難事でもむつかしいことはない。ヘラクレスはアルケスティスを救おうと決心した。彼は王妃の部屋の戸口に行って待ち伏せをした。そして死神がその生贄《いけにえ》をとりにやって来たとき、死神をつかまえて、無理矢理に生贄を手ばなさせた。こうして病状の回復したアルケスティスは、良人《おっと》のもとにつつがなく返されたのである。

ハーンもおおむねこのような話を、明治二十年代の半ばに、九州の学生に語って書き取らせたのだろう。それは第一義的には英語を教えるためだったが、第二義的には、先の英作文の場合と同様、それを利用して、日本の若者の気持を探る材料ともしたのである。それはいうならば、比較倫理の試みでもあった。「君ニ忠ニ、親ニ孝ニ」という修身教育を受けて育った日本の青年が、このアルケスティスの話を聞いてどう反応するか、とハーンは思ったのだろう。これはなにも旧弊な問題ではない。この身代わりの倫理の話は、数千年前の神話とはいえ、今日ならば肉親間の臓器提供などともからんで、けっして他人事ではない問題でもあるからだ。神話は問題提起的な人間関係の原形を内に秘めている。

ハーンは学生たちの反応を興味深いものに感じた。彼らの感想を伝える際、ハーンは学生たちの姓のみをあげたが、ここでは安河内麻吉《やすこうち》が第一書房版の訳者田部隆次に教示した知識を丸山学がさらに訂正した「五高におけるヘルン」に基づいて、当時の五高生で推定し得る者の名もあわせてあげておく。溝口三始の場合は、原文に Mizuguchi とあるのを、推定により修正した。

だがこれらの学生たちの一体何人が、後に With Kyūshū Students を実際読んだであろうか。その際、元学生たちは、自分たちの感想がハーンによって正確に伝えられたと感じたであろうか。それとも、フィクショ

五高時代の教え子・安河内麻吉は、のちに内務次官となった

ンがまじっていると感じたであろうか。そうした元学生たちの側からする記録がないことがいかにも惜しまれてならない。日本人側の回想の豊かな松江時代と違って、その種の日本人側からするチェックが欠けていることが、九州時代のハーンをやや色褪せた存在にしていることは否めない。ハーンは彼らの反応をこう記した。亀川徳太郎は言う。

「アルケスティスの話というか、少なくともアドメトスの話は、卑怯と不忠と不道徳の話である。アドメトスの話は唾棄《だき》すべきものだ。彼の妻は実際、高貴で有徳の女性である。あのような恥知らずの男にはもったいなさ過ぎるような人だ。アドメトスの父はもし息子が立派であれば息子のために死んでもよいと思ったに相違ない。アドメトスの卑怯さ加減に嫌気がささなかったならば、父親は喜んで息子のために死んだと思う。それにしてもアドメトスの家来たちは、なんという不忠不義の連中だろう。家来たちは王の危険を聞くやいなや宮城に駆けつけるべきだった。そして王に代わって自分たちが死ぬことを許してもらいたいとへりくだって願い出るべきだった。王がいかに卑怯者で残忍であったとしても、それが義務なのだ。彼らは家来なのだ。彼らは王の恩顧《おんこ》を受けることによって生きてきた。それなのに彼らは、またなんと不忠の臣であったことか。このような恥知らずの人が住むような国は、じきに滅びるに相違ない。もちろんその話にもあるように「生きるのは楽しい」。誰か命を惜しまない者があろうか。死ぬのがいやでない者がどこにいようか。だが義務が命を差出すことを求めるとき、勇敢なる者は、忠義なる者は、自分の命ばかり思い煩ってはいけないのだ。

亀川の感想は、儒教文化圏の日本で育った青年らしい感想に満ちている。まず死の覚悟のできないアドメトスを、亀川は「卑怯」と断定する。そしてアドメトスが卑怯だから父は身代わりにならなかったのだ、とほとんど手前勝手な推論を下す。そして「一死君恩ニ報ズ」の倫理を主張するのである。実は私は、そんな建前の道徳観よりも、戦場では主君の身代わりになれても病床に臥す主君の身代わりにはなれない、という人間心理の機微をついたこのギリシャ神話の真実味に感心する者だ。二十四孝などをさかんに唱えた中国や韓国や北朝鮮の若者たちは、アドメトスの話にいまどのように反応するだろうか。おそらく亀川青年と同じような建前を御立派に述べるのではないだろうか。実は、亀川の批評の問題点は、そのあまりの御立派さ加減にあるのである。

教室に来たのが遅れて、話の初めの部分を聞きそびれた溝口三始は勘違いする。アドメトスは父親を一人残すにしのびず、自分は父の面倒をみなければならない。それで「いとしい妻よ、私の代わりに死んでくれ」と言ったのだと解釈して、安河内麻吉に「君はこの話を理解していない」とたしなめられる。安河内は言う、「孝行という気持はアドメトスの中にはもともとない。アドメトスは父が自分の代わりに死んでくれればいいと思ったのだ」。そうなると、憤慨した川淵楠茂が断言する。いま、川淵以下三人の発言を続けて引用する。

「アドメトスはありとあらゆる悪の権化《ごんげ》である。死ぬのがいやという憎むべき卑怯者だ。家来に自分の身代わりに死んで欲しいというような暴君だ。父親に自分に代わって死んで欲しいと望むような親不孝者だ。しかも男のくせに、自分ではしたくないことを自分の妻――小さな子供のいるかよわい女――に頼むような不親切な夫だ。アドメトスより卑劣なものがあり得るだろうか」

しかしアルケスティスがいる、と岩井敬太郎が言う、

「アルケスティスはありとあらゆる善の権化《ごんげ》である。女は自分の子供もなにもかもあきらめて捨てた。まるでお釈迦様のようだ。女はまだうら若い身の上だった。それなのに、なんと真実で、なんと勇敢なことか。アルケスティスの顔容《かんばせ》の美しさは、春の花のようにほろびたかもしれぬ。だがその行為の美しさは、千年の後までも繰返し記憶されるだろう……」

隈本繁吉は、厳しい判断を下しがちな男だが、言う、

「アドメトスの妻は、ただ単に従順なまでだ。まったく非のないわけではない。死ぬ前に、夫の愚かしさをきびしく責めるべきだった。ところが妻としてのこの高貴な務めを果たさなかった。――少なくとも先生のお話をうかがう限りそうである」

財津は言う、

「西洋人がこの話を美談と思う理由が、私どもには一向にわからない。この話の中には、私どもの怒りを買うような点がたくさんある」

ハーンがどのようにアドメトスとアルケスティスの話を学生たちに語って聞かせたのかはわからない。ハーンのことだから、東西のコントラストが強く浮かび上がるように、話に隈取《くまど》りをつけたのかもしれない。財津青年はこうした話を聞くと、反射的に自分の親のことを思わずにはいられない。財津の親は維新後の苦しい時期に、生活費にも事欠きながらも、子供に教育を授けてくれた。そうしたことを思うと、親に対してはいくら孝養を尽くしても尽くし過ぎることはないように思えた。それだけにアドメトスの話が好きになれなかったのである。

5　良き外国理解者とは誰か

ハーンは、日本で中学校、高等学校、大学と三段階にわたって教えたことのある稀な体験の持主だった。生徒たちの反応から帰納して、日本人の心性が奈辺にあるか、そのニュアンスをつかむことにたけていたのである。

外国研究者は研究対象国の言葉が読み書き話しできるのが必要な前提条件である。しかし時には、その土地の言葉をたといよく解さずとも、その土地の若者の心理をよくつかむ人が出ないわけではない。私自身はしばしば外国へ教えに行く者だが、この日本人教授は中国学生のことが親身《しんみ》にわかっている、と感じた人に北京で会ったことがある。その人は中国政治の専門家ではなく、ましてや文化大革命に賛同した左翼評論家でもなく、いたって非政治的な平安朝文学の一専門家であった。中国語は日常の片言しか話せなかった。しかし北京の大学院生たちと親しく交わるうちに、相手の気心がよく見てとれるようになったのだろう。学生もその日本人には本音を語るようになったのである。

フランス語の達者な日本人フランス文学者がフランスを、中国語のよく読める日本人中国研究者が中国をよく理解していると私は一般論としては考える。しかしそれと同時に、その研究者集団は、全体としては、いつも必ずある困った偏向を示している、と嘆かわしく感じてもいる。それというのは、フランス文学研究者集団の間では、フランスのことは何事につけ、よく言っていれば居心地が良いから、人の良さというかナイヴテもあって、結論に必ずある種の親仏的な偏りがどうしてもつくのである。そしてそれとほぼ同じことは、毛沢東の国を研究した日本の中国学者の総体についても、言えることである。中国側に非がある場合でも、親中国的な反応を示しがちになる。それが外国に憧れることの強い、日本の漢学者以来の姿勢なのだ。そしてそれはまた下から上を見上げる、ペリフェラルな国における外国研究者の特色なのでもあろう。周辺文化の国のインテリとはなにかといえば相手を理想化せずにはいられない人たちなのである。かつては漢文化に師事したように、いまは西洋文化に師事せずにはいられぬ、自己主張の弱い人たちなのである。

そしてちょうどそれとは反対に、西欧の優位を確信し、その視座からアジアを見下ろして研究した、西洋の東洋学という伝統もあった。この相手を見下す態度が、いわゆるオリエンタリズムである。そのような姿勢で日本に臨んだ典型がバジル・ホール・チェンバレン（一八五〇－一九三五）で、彼は明治年間を通して、西洋日本学の主流を代表した。若き日のチェンバレンにも his girl と呼ばれた日本女性はいたが、「良識ある」彼は、もちろん結婚などは考えなかった。というか、チェンバレンはハーンに現地女性との同棲をすすめたが、結婚はすすめなかった人である。だとしたら、明治時代に日本人を妻とし、こともあろうに日本に帰化したハーンは、反主流の少数派の、それも極端なケースであったろう。「ハーンは土人になった」と日本の西洋人居留地の社交界では悪意のある噂は絶えなかったに相違ない。小泉八雲となったハーンが、そうした蔭口をきらい、最晩年、居留地の西洋人と交際しなくなったのは、当然でもあったろう。だが実はそんな生き方のゆえに、いまなお西洋で批判されることの多いハーンなのである。

しかし英語教師をつとめながら、教室での経験を生かしつつ日本の心を探ろうとしたハーンの方法は、一石二鳥ともいうべきものだった。そのハーンは、学校が休みの日には門つけの娘に家にあがってもらって身の上話を聞いたりもした。そうして生まれた短編『人形の墓』(5) など、民俗学者としてのハーンと詩人としてのハーンとがまじりあった、珠玉の短編と化している。ハーンは日本語が下手だったから日本人の心がつかめなかった、などと言うのは、とんでもない思いあがりだと思う。九州時代の代表作として私は『人形の墓』を推す者だが、小学校に上がった日、姉の白足袋をもらった少年の語りに心動かされたハーンと、門つけの少女が座っていた場所のぬくもりを気持よく足の裏に感じたハーンとは、いかにも同じ感受性の人という気がするのである。

第Ⅲ部　比較の有効性について

――方法論的反省――

「日本では樹にも魂がある」ハーン（*Re-Echo* より）

第八章　ハーンの『草ひばり』と漱石の『文鳥』

1　伝記的背景

ラフカディオ・ハーンの『草ひばり』と夏目漱石の『文鳥』という二つの珠玉の小品について、比較文学というか文芸比較というか、両者をならべて論評し、この書物の結びの章としたい。これは比較というアプローチの有効性についての方法論的反省を、実例によって示す試みである。

初めに二人の伝記的背景をスケッチする。

百数十年にわたる東京大学の歴史で、文学の面で、いちばん評判の外国人教授は誰かといえばラフカディオ・ハーン（一八五〇－一九〇四）である。[1] また誰がいちばんすぐれた日本人文学者かといって、夏目漱石（一八六七－一九一六）をしのぐ人はない。ところでこの二人は、キャリアの上で互いに無縁ではなかった。明治三十六年、漱石が帝国大学講師となったことによって、ハーンは、明治二十九年以来つとめてきた外国人教師待遇のポストを追われてしまったからである。ハーンは東大に来る前に日本国籍を取得して小泉八雲になっていたが、大学ではあくまで外国人教師並みの破格の待遇を受けていた。ハーン一人を辞めさせることで、英文科は漱石のほかに上田敏ともう一人外人講師ロイドを雇うことができたほどの高給を支払っていたのである。その経緯は関田かをる『小泉八雲と早稲田大学』（恒文社、一九九九年）に詳しい。ハーンは突然の解雇で傷ついたが、漱石も別の意味で深く傷つくこととなった。漱石は文学部長井上哲次郎がとったこの行政措置に不満があったわけではない。理系に限らず文系でも、外人教授に代わって新帰朝の日本人教授が日本の大学の教壇に立つのは当然のこと、と思っていた。日本が文化的に植民地でなく独立国である以上、日本の文部省と大学当局が外人教授との契約をいつかは打切り、後任に実力ある日本人教授を学科運営の中心に据えることを、大学の自立化の自然の成行きと考えていたからであろう。

原理としては確かにそうだったかもしれない。しかし実際問題として、解雇されたハーン以上に苦しんだ人は、前任者ハーンの名声に圧倒された新参者の漱石の方であった。なにしろ学生たちはハーン解任に抗議してストライキまでやらかしたのである。その余燼《よじん》くすぶる教室にまだ無名の夏目金之助が現れたのだ。学生は敵意のこもった眼差しでこの新任の若造の日本人講師を迎えた。こうして四月二十日に教室に現れて以来、学生たちにことあるごとにハーンと比較され、漱石はたちまち神経衰弱におちいった。そのことは五月以降、家庭で妻の鏡子に当たり散らしたという一事で知られる。その家庭争議は七月、身の危険を感じた鏡子が子供を連れて実家に帰ったことで一応収まった。夏目鏡子『漱石の思ひ出』によると、「自分のやうな駆け出しの書生上りのものが、その［小泉先生の］後釜《あとがま》に据わつたところで、到底立派な講義ができるわけのものでもない。また学生が満足してくれる道理もない」と漱石は夫人にその苦衷を洩らした由である。文学を理詰めに分析する漱石には、ハーンのような学生を心酔させる授業はとてもできない。そう感じた漱石はその時からすでに辞意を抱いた。こうして自分でも必ずしも納得のいかない英文学講義を続けることにいたたまれなくなった漱石は、明治四十年、朝日新聞社から招きの口がかかるや、さっさと大学を飛び出した。そんな漱石が小説記者となり、就職して発表した第一作『虞美人草』の中で、大学人という俗物——作中では小野に代表される——に筆誅《ひっちゅう》を加えたのは、当然の反応でもあったろう。大学は漱石にとってそれほど居心地が悪かった場所なのである。作者は最初の新聞小説で胸中のわだかまりをはらした。世間はそんな『虞美人草』に大喝采した。だが、漱石自身は自作の勧善懲悪《かんぜんちょうあく》風な自己正義化にやがて嫌気がさすようになった。

ところがその同じ漱石が、明治四十一年秋になると自分の過去の学者生活と和解するようになっていた。

作家としての名声が確立すると、辛かった過去をゆったりと振り返るだけの余裕が生まれたからであろうか。かつてはイギリスと聞くと、もうその England の語を聞いただけで激しく反撥し、アレルギー症状を呈したこともあった漱石が、いまでは英国留学時代をなつかしげに思い返しはじめた。成功が自信を生み、自信が創作をより豊かなものとしたらしい。すると過去の暗いイメージすらも薔薇色に変りはじめた。そんな漱石の過去のアカデミック・ジョブとの和解を、なににもまして証拠だてる文章は『三四郎』だろう。この明い光の作品で、東京大学の学生生活はいかにもポジティヴに描かれている。それだけではない。作中人物与次郎の口を借りてではあるが、小泉先生ことハーンをもなつかしく回顧している。そしてさらに、新聞記事という形ではあるが、自分にとってもっとも辛かったハーンの後釜の問題にこんな形で触れている。『三四郎』の「十一」から引用する。

大学の外国文学科は従来西洋人の担当で、当事者は一切の授業を外国教師に依頼してゐたが、時勢の進歩と多数学生の希望に促されて、今度愈《いよいよ》本邦人の講義を必須課目として認めるに至つた。そこで此間中から適当の人物を人選中であつたが、漸く某氏に決定して、近々発表になるさうだ。某氏は近き過去に於て、海外留学の命を受けた事のある秀才だから至極適任だらう。

かつての漱石の苦衷《くちゅう》を知る人は、この一節を読むと、戸惑いに似た苦笑を洩らさずにはいられない。また漱石着任の際、ストライキをした英文科の卒業生たちも一瞬われとわが眼を疑ったに相違ない。フィクションとはいえ、この留学帰りの「某氏」が漱石を指すことは明らかだろう。だがそれにしても「多数学生の希望に促されて」本邦人の教師が西洋文学を講義するに至った、とは夫子《ふうし》自身がよくぞ書けたものと思う。いかに小説中の一節とはいえ、これは事実とまったく逆のことだからである。

では漱石ともあろう人が、過去の自分の不人気は棚に上げて、自分の東大講師就任の史実をなぜ曲げて美化することができたのだろうか。そうした類の嘘は、たといフィクション中であろうとも、よほどあつかましい神経の持主でなくては、書けることではないはずである。ではその間に一体なにが起ったのか。

私はそこで、明治四十一年秋に『三四郎』を書き出す前に、漱石にはハーンに対する自信回復に似たなにかがあったのだ、と推定するのである。かつての漱石はハーンという先輩の存在感に圧倒された。それに苦しみ抜いた。だがそれから五年後、作家として名声の高まった漱石は、ハーンに対して技癢《ぎよう》を感じ、自己の腕前を示したくもなったのだろう。そして英文学者としてはいざ知らず、作家としては自分の方がハーンより腕前は上だ、というひそかな自負を持ち得たのではあるまいか。

漱石はハーンの英文をよく読んでいた。ハーンの文章を幾度か褒めたこともある。漱石はそのハーンに対して人知れず挑戦を試みていたのである。それというのは漱石が、明治四十一年の六月から七月にかけて、いまは亡きハーンの一連の作品を念頭において自分も一連の作品を書いたと思われるからである。かつてハーンの後釜として苦杯《くはい》を喫した漱石は、自分がハーンに匹敵し得る道があるとすれば、それは同一主題を用いてハーンに劣らぬ文学作品を書くことだ、と感じていたに相違ない。ハーンはかつて持田浦の民話を使って「子供を捨てた父」を書いた。すると明治四十一年の夏、漱石は『夢十夜』の「第三夜」でそのヴァリエーションを怪談風に書いてみせた。「丁度こんな晩だつたな。……御前がおれを殺したのは」という同一テーマである。ハーンは『怪談』の「お貞の話」でいまわの際に再会を誓った女との再会を人情話に仕立てた。すると漱石は『夢十夜』の「第一夜」でまったく同じテーマを同じパターンで書いてみせた。「待つてゐて下さい。屹度《きつと》逢ひに来ますから」という同一テーマである。ただし非人情なメルヘンに仕立ててみせた。――そのように当時の漱石は、ハーンにひそかに一矢《いつし》も二矢《にし》も酬《むく》いるところがあった。いや、三矢も酬いるところがあったのである。それというのはやはり同じ明治四十一年の初夏、漱石はハーンの『草ひばり』を念頭において『文鳥』を書いたのではないか、とも推測されるからである。そして自分の方が一枚上手だという漱石の自信が、その年の秋に書かれた『三四郎』で、ごく自然に先のような自己満悦を許したのではないか、と思われるからである。

このような推理は誤りであろうか。

2　方法論的対立

ここで本論にはいるに先立ち、比較文学研究について方法論的反省にふれたい。

『草ひばり』と『文鳥』との間にそんな関係があったのか、なかったのか。絶対にあったとも絶対になかったとも言い切れないであろう。となれば、そのいずれか一方の解釈が正しいと証明することはまず不可能であろう。しかしここでいえることは、『文鳥』はそのようにある種の心理的対抗関係から生まれた小品として論ずることもできるだろうし、あるいはそんな影響関係は両者の間には存在しなかったとして、すなわち、『草ひばり』も『文鳥』もともに独立して別個に書かれた小品として、比較論評することもできるだろう、ということである。いいかえると、二つの異なる前提に基づいて文芸解釈や文芸批評のアプローチをすることは、ともに可能だということである。

なぜそのような二つの場合を話題とするのか。そのような二つの可能性があることは自明だし、両者は共存可能だと読者は思うかもしれない。しかし、半世紀近く経った現在ではすでに学問史的には過去の話題に属するが、作品間の影響関係を前提にするアプローチを比較文学 littérature comparée といい、影響関係のない二作以上の作品の比較を文芸比較 comparaison littéraire と呼んで、方法論的にきびしく区別した時代も実はあったからである。その中の一つの方法だけが正しいのだ、と言い張るような排他的な権威主義者も、それに盲従する弟子も、見受けられた。すなわち前者を奉ずる人は、——フランス派と呼ばれたが——影響関係が立証されない二作品の比較はするべきではない、と言い張ったのである。そして後者は、――アメリカ派と呼ばれたが――歴史的・実証的研究の枠組の外へ乗り出して文芸理論の構築に向っていったのである。

過去半世紀を振り返ると、学問世界での方法論のはやりすたりの激しさに驚かされる。しかし肝腎なことは、たといいかなる方法論を用いるにせよ、作品の面白味を生き生きと伝えることではあるまいか。それであるから、比較文学が正しいのか、文芸比較が正しいのか、マルクシズムの立場に立つのが正しいのか、フェミニズムの立場に立つのが正しいのか、しかじかのイズムの立場に立つのが正しいのか、などという居丈高な論議は後回しにして、まずテクストに密着して両作品を読むことから始めたい、と私は思う。

両作品の比較論を試みるとして、私はまずきわめて単純な問題を提起したい。私が読者に求める回答は、読者は『草ひばり』と『文鳥』のいずれを良しとされるであろうか、という文学批評の原点の問いである。それだから、いままで述べてきたハーンと漱石の葛藤にまつわる伝記的背景のことなど頭の隅に一応しまって、また方法論をめぐるこちたき議論も一応措《お》いて、なるべく気持を白紙の状態にして、虚心坦懐、文章そのものに即して見てゆくこととしたい。私たちが文芸作品を読むのは、人生体験を積んできた個人が、そのいままでの体験に基づいて作品を読むのであって、なにもなにか流行のイズムに従って、あるいはある特定の方法論に基づいて、分析しなければならぬ義理は、一般読者はもとよりのこと、研究者にも別にないのである。ただしその個人的な作品の読み方なるものが独り善がりであってはならず、広く読者を説得できる説明となっていなければならない、ということである。

私自身はその読み方を学生時代、主としてフランス人の諸教授から習った。それは explication de texte と呼ばれた。このエクスプリカシオン・ド・テクストは、すこぶる職人的な学問的訓練で、イズムの名がつく研究方法以前の基礎的なトレーニングであった。フランスでは高等中学校（lycée）の段階からその訓練は行なわれていた。私が東大や日仏学院で習った先生でエクスプリカシオンの上手な人の中には、後にパリへ戻って高等中学校の名物教授となった人もいた。その先生たちの授業はテクストを正確に読むことが主眼で、テクスト以外から空理空論を説くことはほとんどなかった。そのテクスト本位の知性と感受性の訓練であることが私には非常な魅力であった。

それではハーンの伝記上の特に注意すべき点の紹介の後、直ちにハーンの文章に即して説明を試みたい。

3　『草ひばり』

ハーンは、十九世紀西洋のキリスト教文明に背を向けて、西洋から脱出するがごとくに、日本へ来た人である。

ハーンが父なる西洋キリスト教文明に背を向けたのは、自分の母を捨てた実の父に対する反撥とも重なっていた。ヴィクトリア女王麾下《きか》の連隊の軍医であった父は、いうならばエスタブリッシュメントの側の人であった。そんな父親に象徴される、西洋キリスト教社会から飛び出し、晩年日本に帰化したハーンを、西洋人、とくに宣教師は非宗教的と目してきた。しかしそれは、非キリスト教であることをそのまま非宗教的であると速断したことから生じた偏見であろう。

アイルランドのダブリンのお屋敷で地方から来た下男下女に囲まれて育ったハーンは、ケルト的なアニミスティックなものや ghostly なものにたいする感受性が異常なまでに秀でていた。キリスト教信仰をなくしたことで、多神教的なるものへの親近感ははやくから発達していたにちがいない。フランス領西インド諸島時代（一八八七―八九）にも、土地の人々の表面のカトリック信仰の下層にひそむアニミズムをいちはやく感知した。

一八九〇年に来日してまず出雲へ行ったが、その神道の風俗に非常な関心と共感を示した。日本人は「御神木」とか「樹霊」といった表現があることを、別に不思議と思わない。西洋にも「聖なる森」sacro bosco

はあるのだから、その種の畏敬の感覚は西洋にも存するはずである。しかし樹に霊があるとは言わない。虫に魂があるとも言わない。キリスト教では「霊魂」soul は人間にのみ与えられたものであるとするから、それが言語習慣にもいつしかしみこんで、soul of a worm は英語として許されない表現になっている。と同様に猿にも霊魂はないことになっている。ダーウィンの『種の起源』（一八五九年）が西洋キリスト教世界でショックを与えたのは、進化論が、猿と人間との間にあると思われていたそのような霊の有る無しにかかわる絶対的な差異を、相対的な差異に縮めてしまったからである。それに対して東洋仏教世界には、もともと輪廻転生《りんねてんせい》の考え方があったから、人間から牛・馬・猿・虫けらにいたるまで、生きとし生けるものには、絶対的な差異はなく、連続している感じが強いのである。だがハーンは、拙著『オリエンタルな夢』所収の「小泉八雲と霊の世界」でも述べたように、岩にも、水の流れにも、竈《かまど》にも、神を認める神道に関心を寄せ、動物にも魂を認める東洋の宗教を良しとした。そんなキリスト教以前から伝わるケルト文化にふれて育って「万霊節」と「お盆」の共通性にいち早く注目した人であっただけに、日本語に「一寸の虫にも五分の魂」という諺があると知ったとき、たいへん喜んだ。『草ひばり』という短編はその諺を日本語のままローマ字で引くことで始る。それは、この諺の普通の意味である「小さく弱いものにもそれ相応の意地があるぞ」という教えをいうためではない。草ひばりという虫にことよせて、ハーンの霊魂観、さらには死生観を述べるがためである。英文で六頁足らずの小品は次のように始る。講談社学術文庫版の小泉八雲『日本の心』所収の森亮訳を引用する。

　彼の籠《かご》は高さがきっかり二寸、横幅が一寸五分の四角形。回転軸によって開《あ》け閉《た》てできる小さな木の戸は私の小指の先が通りかねるくらいだ。しかし、この虫には籠の中が少しも狭くはない。歩いたり、跳《は》ねたり、宙を飛んだりするのに充分な余裕があるのだ。なぜかと言うと、彼はとても小柄で、その姿をちらっとでも見ようと思えば、茶色の紗《しや》のきれを張った側面から念入りに覗《のぞ》き込まなければならない。いつでも私は明るい光の当たる所で籠を数回ぐるぐるまわしてみて、やっと彼の居る場所を捜《さが》し当てる有様《ありさま》で、見つかった時には大概《たいがい》彼は上の四隅のどこかにいる——紗《しや》張りの天井に逆《さか》さにぶら下がっているのだ。

普通の蚊と同じくらいの大きさをしたこおろぎと思えばよい。自分の体よりずっと長い一対《いつつい》の触角はとても細いもので、明《あ》かりを背にして透《す》かして見て初めてそれと分かる。くさひばり（草・雲雀）というのが彼の日本語の呼び名である。売られている彼の値段は丁度《ちようど》十二セントで、彼の目方に相当する純金の価格を大きく上回っている。蚊のような小さな物が十二セントもするのだ。

昼間は彼は眠っているか、物思いにふけっている。もっとも、茄子《なす》か胡瓜《きゆうり》の薄い切れを一生懸命に食べている時は別だけれど。なお、この食糧は朝毎《ごと》に彼の籠に突っ込んでやらなくてはならない。……彼をきれいな場所に住まわせ充分に食べ物を与えつづけるのは少々面倒くさいことである。

『草ひばり』はこんな虫籠と虫と餌の記述で始る。草ひばりという虫は昼間は活動しない。

しかし、いつも日が沈む時分になると彼の極《きわ》めて小さな魂が目を覚ます。そうなると部屋中にえも言われぬ美しさを湛えた繊細で神秘な音楽が広がり始める。極端に小さな電鈴《ベル》の

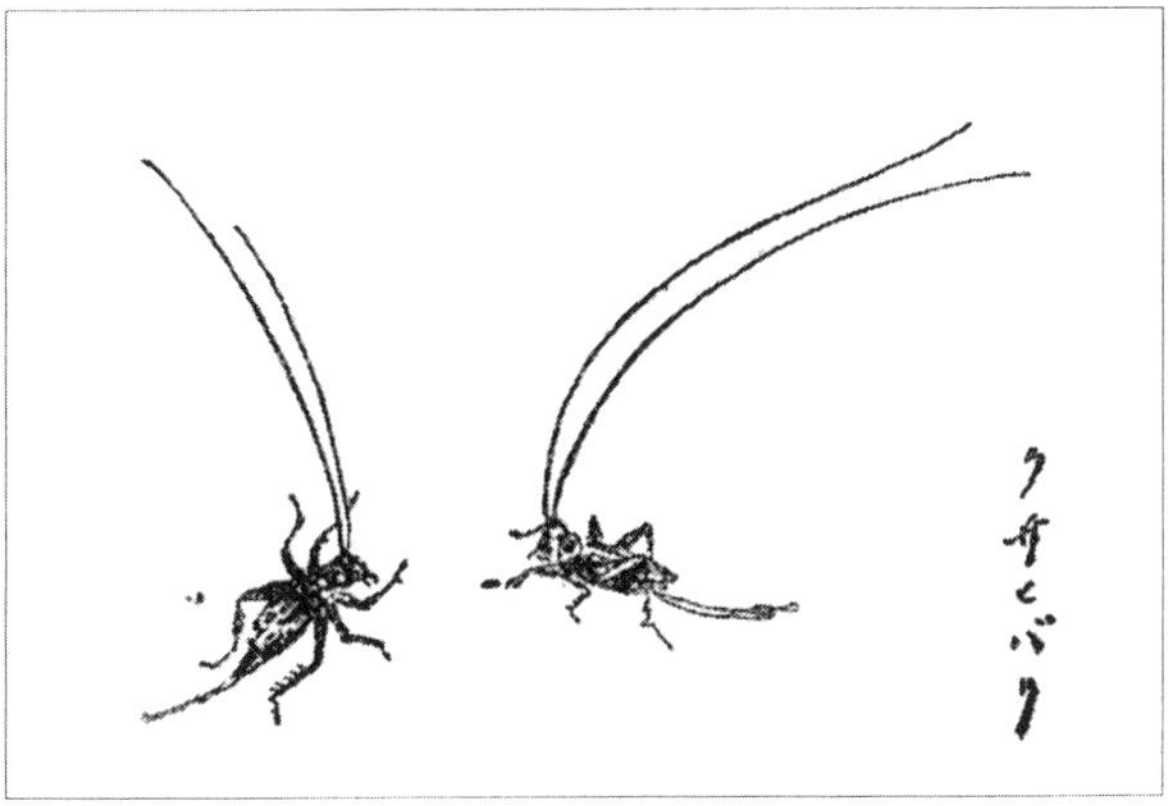

草ひばり　平川が習った左右田実先生のハーン教科書（大学書林）から。

響きとでも言おうか、細く、かぼそく銀《しろがね》のすずしい音色《ねいろ》で震え波立つ調べを響かせる。夕闇が深まるにつれてその音《ね》は美しさを増す。時折《ときおり》その音は盛り上がって家全体が小さな不気味な共鳴で打ち震えるように思われるくらい、――また時折は次第に細くなって繊細極まる、かすかな声となる。しかし、高いときにも、低いときにも、この虫の声は物にしみ透ってゆく異様な音色をもっている。……ひと晩中この微小なものはそんな風に歌うのだ。その声は寺の鐘が夜明けの時刻を告げるときに至ってようやく途切《とぎ》れる。

英文はこうである。ハーンはこの一行目で虫の魂に soul の語を用いた。

But always at sunset the infinitesimal soul of him awakens: then the room begins to fill with a delicate and ghostly music of indescribable sweetness, —a thin, thin silvery rippling and trilling as of tiniest electric bells. As the darkness deepens, the sound becomes sweeter, —sometimes swelling till the whole house seems to vibrate with the elfish resonance, —sometimes thinning down into the faintest imaginable thread of a voice. But loud or low, it keeps a penetrating quality that is weird...All night the atomy thus sings: he ceases only when the temple bell proclaims the hour of dawn.

ハーンは虫の鳴く音《ね》に耳を傾けながら、この小さな歌は恋の歌で、まだ見たこともない雌を慕う歌なのだと思う。虫売り商人の壺で卵から孵化《ふか》され、その後はずっと籠の中で暮らしたので、この草ひばりは雌を見たことはない。歌も習ったわけでない。有機的記憶の歌だ、とハーンは書く。ハーンはそこではキリスト教信者の感情を傷つけることを惧《おそ》れて、というか soul の語の反復が違和感を与えることを惧れて、さきほど用いた soul of him をもはや用いず ghost of him に改めた。意味は同じことである。

It is a song of organic memory,—deep, dim memory of other quintillions of lives, when the ghost of him shrilled at night from the dewy grasses of the hills.

草ひばりという種族の霊魂が、その昔、小山の露にぬれた草むらで夜な夜な甲高い声で鳴いた。その何兆何億というはるか昔の世代から伝わる深い、おぼろげな記憶――その種族の「有機的な記憶の歌」――それをうたっているのだ、とハーンは感じる。そして哀れに気の毒に思う。虫を買ったとき、つがいになる雌を見つけてやるとじきに歌わなくなり、早く死ぬ、といわれた。それで雄一匹だけを買った。夜ごと夜ごとの嘆くようなその雄の草ひばりの声は美しい。しかし応答の来ないふるえ声は、ハーンを責めているような気がする。それでつがいの雌を見つけてやろうと虫売り商人のところへ行って笑われた。売り物の草ひばりは雄も雌ももういない。

「草ひばりでしたら九月二十日頃に死んでるはずですよ」と。（その時はもう十月二日だった。）この人は私が書斎に良いストーブを備え付け、摂氏二十四度を下らないようにしているのを知らなかったのである。そういう訳で私の所の草ひばりは十一月の末になってもまだ鳴いており、私は大寒《だいかん》になるまで彼を生かしておきたいと思っている。しかし一緒に生まれた世間の草ひばりはたぶん皆死んでしまっただろう。どんなことをしても今となっては彼に相手を見つけてやることはできないだろう。その上、もし彼が自分で相手を捜すようにと籠から逃がしてやりでもしたら、たとえ昼間、庭で蟻《あり》や百足《むかで》や恐ろしい地蜘蛛《じぐも》など沢山の自然界の敵から運よくのがれることができても、戸外の温度では彼はとても唯《ただ》の一夜も生きて越すことができないであろう。

昨晩――十一月二十九日だったが――机の前に坐っていたとき私は奇妙な感じがした。部屋の中がなんとなく空虚である。それから草ひばりがいつもと違って鳴かないのに気が付いた。私は声のしない籠の所まで行って、石のように灰色にかたく干からびた茄子《なす》の傍でそれが死んで転がっているのを見た。明らかに彼は三、四日食べ物を与えられなかったのだ。それでいて、死ぬ直《す》ぐ前の晩にも彼は素晴らしい声で歌っていた。だから私は愚かにも彼が常日頃《つねひごろ》より以上に満足しているものと想像していた。いつもは虫の好きな書生のアキが食事を与えていた。しかし一週間の休暇をもらってアキは田舎に帰っていたので、草ひばりの世話は女中のハナの責任に代わっていた。彼女は虫に好意を寄せる質《たち》ではなかった。ハナはあのちびのことを忘れていたのではないと言う。だが、茄子がもう出まわってないのだそうである。玉ねぎか胡瓜《きゆうり》の切れを代わりに遣《や》ることまでは思い至らなかったらしい！　……私は女中のハナを叱った。彼女は深く悔いて丁寧に過《あやま》ちを詫《わ》びた。けれども、あの妖精の音楽は今はもう止んでしまった。そして、あとの静かさが私を責める。ストーブの火が燃えていても部屋はなんとなく冷たい。

馬鹿げたことだ！　……大麦の粒の半分の大きさしかない昆虫のために私はおとなしい少女をみじめな気分にしてしまった。

草ひばりという小さな命を不注意で死なせたことが、ハーンにとって思った以上に気にとがめた。夜の静けさの中で、自分はあの虫の細々とした声にずいぶん魅力を覚えていたのだ、ということを虫が死んではじめて痛切に感じた。考えてみると、虫は自分だけが頼りだった。そんなつながりに思いをいたすと、虫の霊と自分の霊と、仏教でいう実在の無量海《むりようかい》の深みでは、一つの同じものにつながっているのか、などとハーンは考える。しかし当人は十一月の末の日々、夜な夜な夢中で文学作品という夢の創作に打ち込んでいた。

……思えば、この小さな虫が夜となく昼となく食に飢え、水を欲しがりつづけた幾日かを、守護神の私はひたすら夢を織《お》り成《な》すことにかかっていたのであった。それにしても、何と雄々しく最後の最後まで彼は歌ったことだろう――それはぞっとするような最期《さいご》であったが。というのは、彼は自分自身の脚を食べてしまったのだ！　……神々よ、なにとぞ私たち皆の者を――取り分け女中のハナを――お許しください！

美しい声で歌っていたから、ハーンは虫が飢えていたことに気がつかず、ひたすら文章を綴ることに打ち込んでいた。ハーンは草ひばりのみじめな最期の姿を見て、こんなモラールを書き添える。

でも結局、ひもじさのために自分の脚を食い尽くすのは歌の天分を忌《いま》わしくも授かった者がめぐり逢う最悪の事態ではなさそうだ。世の中には歌うためには自分で自分の心臓をくらわなくてはならない人間の姿をしたこおろぎもいるのである。

こおろぎや蟬は、北欧や南欧で、詩人のたとえとしてしばしば引かれる。ハーンは、自分の脚を食い尽くした草ひばりを見て、世の中には歌うためには自分で自分の心臓をくらわねばならぬ者もいる――と述べたが、そんな人間とは、いうまでもなく、小泉八雲自身の姿である。ハーンはわれとわが心を糧《かて》とすることで、文学作品という夢を織りなしていった。そのために心血を濺《そそ》いだ。そして実際に命を削った。人間の姿をしたこおろぎというのはハーンが自分を文筆の仕事の虫として自覚していた――そしてその一生を見通していた、ということでもあるだろう。『草ひばり』を読むたびに、五十四歳で早く世を去ったハーンその人のことを思わずにいられない。

明治三十七年の秋も小泉家では松虫を飼っていた。九月も末近くなり松虫はすこし声を枯らした。ハーンは妻の節子に言った。

「あの小さい虫、よき音して、鳴いてくれました。私なんぼ喜びました。しかし、段々寒くなつて来ました。知つてゐますか、知つてゐませんか、直に死なねばならぬと云ふ事を。気の毒ですね、可哀相な虫」

夫婦は縁側で、

「この頃の温い日に、草むらの中にそっと放してやりませう」

と約束した。その数日後、明治三十七年九月二十六日、ハーンは狭心症で胸が痛くなり、夕方亡くなった。五十四年三カ月の命であった。

ハーンは虫の歌に前世の命を思い、来世の命を思う人である。「種の有機的な記憶の歌」という哲学は、進化論の色彩りを染めつけた、英語で書かれた仏教文学のおもむきがある。ハーンは、虫について詩を書く人は古代ギリシャ人と日本人の特色だと文学史講義で述べた。『草ひばり』は虫の記述としても、虫に託して自分自身の芸術家としての死生観を述べた文章としても、余韻に富んだ、一篇といえよう。

4　『文鳥』

夏目漱石の『文鳥』は明治四十一年六月十三日から二十一日まで『大阪朝日』に掲げられた。文中には前年「十月」とあるが、実際は四十年九月二十九日についの棲家《すみか》となる牛込区早稲田南町七番地へ越した直後のことを叙している。

十月早稲田に移る。伽藍《がらん》の様な書斎に只一人、片付けた顔を頬杖で支へて居ると、三重吉《みへきち》が来て、鳥を御飼《おか》ひなさいと云ふ。飼つてもいゝと答へた。然し念の為だから、何を飼ふのかねと聞いたら、文鳥《ぶんてう》ですと云ふ返事であつた。

……すると三分ばかりして、今度は籠を御買ひなさいと云ひだした。是れも宜しいと答へると、是非御買ひなさいと念を押す代りに、鳥籠の講釈を始めた。其の講釈は大分《だいぶ》込《こ》み入《い》つたものであつたが、気の毒な事に、みんな忘れて仕舞つた。只《ただ》好いのは二十円位すると云ふ段になつて、急にそんな高価《たかい》のでなくても善からうと云つて置いた。

「伽藍の様な」という言葉はその先でも繰り返されるが、引っ越したばかりだから、まだお寺のように広い。いわゆるがらんどうとした感じがして、漱石はすこし淋しい。季節も寒くなってきたが、体も心も冷え冷えとする。書斎における作家の営みは孤独である。それでハーンは虫を飼い、漱石は小鳥を飼った。ハーンは虫籠の説明と虫の値段の話をしたが、漱石は鳥籠の説明というか講釈を聞かされ、五円札を鈴木三重吉に渡した。しかし飼うといっても、ハーンも漱石も世話を焼くのは大儀で面倒である。文鳥が届いて、

……三重吉は鳥籠を叮嚀に箱の中へ入れて、縁側へ持ち出して、此所へ置きますからと云つて帰つた。自分は伽藍《がらん》の様な書斎の真中に床を展《の》べて冷《ひやゝ》かに寝た。夢に文鳥を背負《しよ》ひ込《こ》んだ心持は、少し寒かつたが眠《ねぶ》つて見れば不断の夜《よる》の如く穏《おだや》かである。

翌朝《よくあさ》眼が覚めると硝子戸《ガラスど》に日が射してゐる。忽ち文鳥に餌をやらなければならないなと思つた。けれども起きるのが退儀《たいぎ》であつた。今に遣らう、今に遣らうと考へてゐるうちに、とうとう八時過になつた。仕方がないから顔を洗ふ序《ついで》を以て、冷《つめ》たい縁を素足《すあし》で踏みながら、箱の蓋《ふた》を取つて鳥籠を明海《あかるみ》へ出した。文鳥は眼をぱちつかせてゐる。もつと早く起きたかつたらうと思つたら気の毒になつた。

文鳥の眼は真黒である。瞼《まぶた》の周囲《まはり》に細い淡紅色《ときいろ》の絹糸を縫ひ附けた様な筋が入《はい》つてゐる。眼をぱちつか

せる度に絹糸が急に寄つて一本になる。と思ふと又丸くなる。籠を箱から出すや否や、文鳥は白い首を一寸傾《かたぶ》けながら此の黒い眼を移して始めて自分の顔を見た。さうしてちゝと鳴いた。

草ひばりが日が沈む時分から鳴き出すあたりのハーンの描写も音楽的で見事だが、漱石の写生文も「絹糸が急に寄つて一本になる」と色合いも印象的である。

作家と小鳥との関係はどうか。漱石は早稲田に引っ越した当時、朝日入社第二作の『坑夫』にとりかかっていた。

其の頃は日課として小説を書いて居る時分であつた。飯と飯の間は大抵机に向つて筆を握つて居た。静かな時は自分で紙の上を走るペンの音を聞く事が出来た。伽藍《がらん》の様な書斎へは誰も這入つて来ない習慣であつた。筆の音に淋《さび》しさと云ふ意味を感じた朝も昼も晩もあつた。然し時々は此の筆の音がぴたりと已《や》む、又已《や》めねばならぬ、折も大分《だいぶ》あつた。其の時は指の股に筆を挟んだ俣手《て》の平《ひら》へ顎を載せて硝子越《ガラスごし》に吹き荒れた庭を眺めるのが癖であつた。夫《そ》れが済むと載せた顎を一応撮《つま》んで見る。夫《そ》れでも筆と紙が一所にならない時は、撮《つま》んだ顎を二本の指で伸《の》して見る。すると縁側で文鳥が忽ち千代々々《ちよちよ》と二声鳴いた。

ハーンの『草ひばり』も漱石の『文鳥』も、共通する特徴は作家が孤独で、夫人がまったく顔を見せないことである。「紙の上を走るペンの音」が聞こえるのは、著者の執筆への集中を感じさせる。だが文章はそう気楽に書き流すことのできるものではない。そんな時にハーンの耳には「かぼそく細い、銀のすずしい音色」が聞こえ、漱石の耳には「千代々々」と文鳥の鳴く音が聞こえた。小鳥は三重吉が請け合った通りに鳴いた。

「淡雪の精」と漱石は呼んだが、文鳥が餌をついばむ情景など、音といい色といい、一篇の詩である。

　文鳥はつと嘴《くちばし》を餌壷の真中に落した。さうして二三度左右に振つた。奇麗に平《なら》して入れてあつた粟がはらはらと籠の底に零《こぼ》れた。文鳥は嘴を上げた。咽喉の所で微《かすか》な音がする。又嘴《くちばし》を粟の真中に落とす。又微《かすか》な音がする。其の音が面白い。静かに聴いて居ると、丸くて細《こま》やかで、しかも非常に速かである。菫《すみれ》程な小《ちひ》さい人が、黄金《こがね》の槌で瑪瑙《めのう》の碁石でもつゞけ様に敲《たた》いて居る様な気がする。

シェイクスピアのロマンス劇の雰囲気といおうか、メルヘン風の趣きがある。
一体漱石は、自分で前年の秋に見たままを写生したのだろうか。人間、過ぎた日を思い浮かべて、こんなに鮮やかに細かく記述できるものだろうか。そのときノートでも取っておいたのだろうか。それともこれは文鳥にかこつけて、漱石が空想裡に音楽を奏でているのだろうか。漱石は耳の人であり、かつ眼の人である。

　嘴の色を見ると紫を薄く混《ま》ぜた紅《べに》の様である。其の紅《べに》が次第に流れて、粟をつゝく口尖《くちさき》の辺《あたり》は白い。象牙を半透明にした白さである。此の嘴が粟の中へ這入る時は非常に早い。左右に振り蒔く粟の珠《たま》も非常に軽さうだ。文鳥は身を逆さまにしない許《ばか》りに尖った嘴を黄色い粒の中に刺し込んでは、膨《ふ》くらんだ首を惜《をし》気《げ》もなく右左《みぎひだり》へ振る。籠の底に飛び散る粟の数は幾粒だか分らない。それでも餌壷丈《ゑつぼだけ》は寂然《せきぜん》として静かである。重いものである。餌壷《ゑつぼ》の直径は一寸五分程だと思ふ。
　自分はそつと書斎へ帰つて淋《さび》しくペンを紙の上に走らしてゐた。縁側では文鳥がちゝと鳴く。折々は千代々々とも鳴く。外では木枯が吹いてゐた。

ハーンは雄の草ひばりに自分自身の姿を重ねてみせたが、漱石はこの文鳥に若い女の姿を重ねて見る。

昔《むか》し美しい女を知つて居た。此の女が机に凭《もた》れて何か考へてゐる所を、後《うしろ》から、そつと行つて、紫《むらさき》の帯上げの房《ふさ》になつた先を、長く垂らして、頸筋《くびすぢ》の細いあたりを、上から撫《な》で廻《まは》したら、女はものう気《げ》に後《うしろ》を向いた。其の時女の眉は心持八の字に寄つて居た。夫《それ》で眼尻と口元には笑《きざ》が萌して居た。同時に恰好《かつかう》の好い頸を肩迄すくめて居た。文鳥が自分を見た時、自分は不図《ふと》此の女の事を思ひ出した。此の女は今嫁に行つた。自分が紫の帯上《おびあげ》でいたづらをしたのは縁談の極《きま》つた二三日後《あと》である。

女の思い出は日時にいたるまですこぶる具体的である。漱石の養父塩原昌之助の後妻日根野かつに連れ子の日根野れんがいた。漱石が東大予備門の生徒で、塩原金之助として牛込の実家から足しげく塩原家に出入りしていた明治十九年、れんは陸軍の歩兵将校平岡周造に嫁した。彼女が死んだのは明治四十一年六月二日で、そのころかつての養父は漱石のもとに金をせびりによく現れたから、れんの訃報はいちはやく「金ちゃん」こと漱石に伝わりもしただろう。そうすると、石川悌二説のように、『文鳥』はれんに手向けられた追悼の文章と読めないこともない。

ハーンの『草ひばり』が単なる昆虫の記述ではなく、著者の死生観の披瀝《ひれき》でもあるように、漱石の『文鳥』も単なる写生ではなく、ある比喩を秘めている。江藤淳氏も『漱石とその時代』四でそのことを指摘している。書斎は誰も入ってこない習慣となっている世界で、そこにいるのは作者と文鳥だけだが、しかし文鳥を介して女がいる心象風景となっている。文鳥を介して「心持眉を寄せた昔の女の顔が一寸見えた」とその先にも出てくる。

ハーンと同様、漱石も執筆に全力を傾注する。

其の日は一日淋《さび》しいペンの音を聞いて暮した。其の間には折々千代々々と云ふ声も聞えた。

主人は仕事に打ち込む関係もあって、餌をやるのは家人の仕事となる。世話は家の者にまかせきりとなる。小鳥が自分の指からじかに餌をついばむような仲には到底ならない。そんなのは聖フランチェスコのお話だろうと思う。

小説は次第に忙《いそが》しくなる。朝は依然として寝坊をする。一度家《うち》のものが文鳥の世話をしてくれてから、何だか自分の責任が軽くなつた様な心持がする。家《うち》のものが忘れる時は、自分が餌《ゑ》をやる水をやる。籠の出し入れをする。しない時は、家《うち》のものを呼んでさせる事もある。自分は只文鳥の声を聞く丈《だけ》が役目の様になつた。

『文鳥』の中でひときわ美しい光景は行水《ぎようずい》である。音に引かれて「ペンを持つた侭縁側へ出て見た」という漱石は耳もさとい。動きも新鮮である。

或日の事、書斎で例の如くペンの音を立て丶侘《わ》びしい事を書き連《つら》ねてゐると、不図《ふと》妙な音が耳に這入つた。縁側でさら〳〵、さら〳〵云ふ。女が長い衣《きぬ》の裾を捌《さば》いてゐる様にも受取られるが、只の女のそれとしては、余りに仰山《ぎやうさん》である。雛壇《ひなだん》をあるく、内裏雛《だいりびな》の袴の襞《ひだ》の擦《す》れる音とでも形容したらよからうと思つた。自分は書きかけた小説を余所《よそ》にして、ペンを持つた侭縁側へ出て見た。すると文鳥が行水《ぎやうずゐ》を使つて居た。

水は丁度易《か》へ立《た》てであつた。文鳥は軽い足を水入の真中に胸毛《むなげ》迄浸《ひた》して、時々は白い翼を左右にひろげながら、心持水入の中にしやがむ様に腹を圧《お》し附けつゝ、総身《そうみ》の毛を一度に振《ふ》つて居る。さうして水入の縁《ふち》にひよいと飛び上る。しばらくして又飛び込む。水入の直径は一寸五分位に過ぎない。飛び込んだ時は尾も余り、頭も余り、背は無論余る。水に浸《つ》かるのは足と胸だけである。夫《そ》れでも文鳥は欣然《きんぜん》として行水《ぎやうずゐ》を使つてゐる。

自分は急に易籠《かへかご》を取つて来た。さうして文鳥を此の方へ移した。それから如露《じよろ》を持つて風呂場へ行つて、水道の水を汲んで、籠の上からさあ〳〵と掛けてやつた。如露《じよろ》の水が尽きる頃には白い羽根から落ちる水が珠《たま》になつて転《ころ》がつた。文鳥は絶えず眼をぱち〳〵させてゐた。

女が長い衣《きぬ》の裾を捌いている、という錯覚がただ事でない。文鳥の行水を写生していかにも生き生きとしている。「欣然として」という漢語も見事に生きている。そして行水から連想はおのずと昔の女に向う。

昔紫の帯上《おびあげ》でいたづらをした女が、座敷で仕事をしてゐた時、裏二階から懐中鏡《ふところかがみ》で女の顔へ春の光線を反射させて楽しんだ事がある。女は薄紅《うすあか》くなつた頬を上げて、繊《ほそ》い手を額の前に翳《かざ》しながら、不思議さうに瞬《まばたき》をした。此の女と此の文鳥とは恐らく同じ心持だらう。

この随筆では、過去の女の話だけでなく、現在の女の話が交錯する。鈴木三重吉という存在は当初は『草ひばり』における虫売り商人と同じで、文鳥と籠を買ってきて、飼い方を主人に講釈してくれた。ところが三重吉は女性関係で漱石と相談したらしい。その「例の件」と文鳥の運命とが並行的に語られる。

翌日《あくるひ》眼が覚めるや否や、すぐ例の件を思ひだした。いくら当人が承知だつて、そんな所へ嫁に遣るのは行末《ゆくすゑ》よくあるまい、まだ子供だから何処へでも行けと云はれる所へ行く気になるんだらう。一旦行けば無暗に出られるものぢやない。世の中には満足しながら不幸に陥《おちい》つて行く者が沢山ある。抔《など》と考へて楊枝《やうじ》を使つて、朝飯を済まして又例の件を片附けに出掛けて行つた。

帰つたのは午後三時頃である。玄関へ外套を懸けて廊下伝ひに書斎へ這入る積りで例の縁側へ出て見ると、鳥籠が箱の上に出してあつた。けれども文鳥は籠の底に反《そ》つ繰《く》り返《かへ》つて居た。二本の足を硬く揃へて、胴と直線に伸ばしてゐた。自分は籠の傍《わき》に立つて、じつと文鳥を見守つた。黒い眼を眠《ねぶ》つてゐる。瞼《まぶた》の色は薄蒼く変つた。

餌壷には粟の殻ばかり溜つてゐる。啄《ついば》むべきは一粒もない。水入は底の光る程涸《か》れてゐる。西へ廻つた日が硝子戸《ガラスど》を洩れて斜めに籠に落ちかゝる。台に塗つた漆は、三重吉の云つた如く、いつの間《ま》にか黒味が脱けて、朱《しゆ》の色が出て来た。

自分は冬の日に色づいた朱の台を眺めた。空《から》になつた餌壷を眺めた。空《むな》しく橋を渡してゐる二本の留り木を眺めた。さうして其の下に横《よこた》はる硬い文鳥を眺めた。

自分はこゞんで両手に鳥籠を抱《かか》へた。さうして、書斎へ持つて這入つた。十畳の真中へ鳥籠を卸《おろ》して、其前へかしこまつて、籠の戸を開いて、大きな手を入れて、文鳥を握つて見た。柔《やはら》かい羽根は冷切《ひえき》つてゐる。

拳《こぶし》を籠から引き出して、握つた手を開けると、文鳥は静に掌《てのひら》の上にある。自分は手を開けたまゝ、しばらく死んだ鳥を見詰めて居た。それから、そつと座布団の上に卸した。さうして、烈《はげ》しく手を鳴らした。

「烈しく手を鳴らした」のは、漱石の心中がおだやかでないからである。ハーンの家では女中の花が叱られたが、夏目家では十六になる小女が漱石に手きびしく責められる。

……小女《こをんな》が、はいと云つて敷居際に手をつかへる。自分はいきなり布団の上にある文鳥を握つて、小女《こをんな》の前へ抛《ほふ》り出《だ》した。小女《こをんな》は俯向《うつむ》いて畳を眺めた侭黙つてゐる。自分は、餌《ゑ》を遣らないから、とう〳〵死んで仕舞つたと云ひながら、下女の顔を睥《にら》めつけた。下女は夫《そ》れでも黙つてゐる。

自分は机の方へ向き直つた。さうして三重吉へ端書をかいた。「家人《うちのもの》が餌《ゑ》を遣らないものだから、文鳥はとう〳〵死んで仕舞つた。たのみもせぬものを籠へ入れて、しかも餌を遣る義務さへ尽くさないのは残酷の至りだ」と云ふ文句であつた。

自分は、之れを投函《だ》して来い、さうして其の鳥をそつちへ持つて行けと下女に云つた。下女は、どこへ持つて参りますかと聞き返した。どこへでも勝手に持つて行けと怒鳴《どな》りつけたら、驚いて台所の方へ持つて行つた。

漱石はほとんど野蛮である。「自分はいきなり布団の上にある文鳥を握つて、小女の前へ抛り出した」というのは猛烈で、「睥めつけた」も睨みつけた以上に恐ろしい。が、そうしたやんちゃな坊ちゃんのような自分を客観視している自分もいて、その後者がこの文章を書いている。自分自身の責任は棚に上げて他人を責める端書を書き、これ見よがしに下女に投函を命ずる。そうした漱石はなんとなく苦沙弥先生風に書かれていて滑稽だ。小鳥の死骸の処分をめぐって「どこへでも勝手に持つて行け」と怒鳴るあたりも、いよいよもって苦沙弥風である。しばらくすると裏庭で、子供が文鳥を埋めるんだ埋めるんだと騒いでいる。植木屋が手伝っている。『吾輩は猫である』の「猫」のためにも夏目家の庭にはかつて墓が出来、「この下に稲妻起る宵あらん」の句が手向けられた。しかし翌日、漱石が裏庭を見ると、……昨日《きのふ》植木屋の声のしたあたりに、小《ち》さい公札《こうさつ》が、蒼い木賊《とくさ》の一株と並んで立つてゐる。……庭下駄を穿《は》いて、日影の霜を踏み砕いて、近附いて見ると、公札《こうさつ》の表《おもて》には、此の土手登るべからずとあつた。筆《ふで》子《こ》の手蹟である。

『文鳥』の結びには高潮がない。娘の言葉もそっけないなら、三重吉の返事も平凡というか常識的で、漱石は力んで家の者の悪口を書いたのに、三重吉は、

……文鳥は可愛想《かはいさう》な事を致しましたとある許《ばか》りで家人《うちのもの》が悪いとも残酷だとも一向《いつかう》書いてなかつた。

しかしこう拍子抜けしたことを書いて『文鳥』を結んだことで、女中に八つ当りした自分を客観視できた。自分を滑稽化して、かすかな微苦笑が湧いてくる。ハーンの『草ひばり』が、自分の心臓をくらわなくてはならない人間の姿をしたこおろぎもいる、という芸術家の覚悟の披瀝で終るのと、後味はたいへん違う。

5　共通点と異質点

いま両作品の共通点と異質点を眺めてみよう。

このようなものにこんなに金を出すのか、という金銭的な、物に即した話でハーンの話も漱石の話も始まる。共に籠の講釈からやがて作家の身辺雑記へと移る。両者はそれぞれ観察日記にも似た写生文となり、虫や鳥の声や動きが見事に記述される。夜になると草ひばりは鳴き、朝になると文鳥は鳴く。草ひばりは女を恋い求める雄というか男として、文鳥は若い女として連想される違いはあるが、孤独な作家の伴侶となって

いく。虫は秋には死ぬものであるから、小鳥以上に命ははかない。そのことはどこかで自覚されている。しかし小さな生きものを書斎で飼っているという点では両作品は同じである。そして作者はその生きものを通して自分の人生や男女の愛をそこはかとなく語り、自分の仕事と自分の命、孤独感までも浮き彫りにしている。季節の推移も秋から冬にかけて——ちょうど十一月のころである。小さな生きものなのにその存在が作者にとっては意外に大きなものになりつつあった頃、直接的には気の利かぬ女中のせいで、間接的には実は飼主の不注意で、殺してしまう。死んでいなくなって、その存在があらためて、作者にも私たち読者にも、感じられる草ひばりや文鳥である。そのやり場のない気持もあって、ハーンも漱石も、一旦は生き物の死の責任を女中に転嫁し、女中を責め過ぎて、すまぬことをした、と内心で感じる点もほぼ同じである。

もちろん違いもある。出雲の持田の浦の民話と『夢十夜』の第三夜というひとしく子供を捨てる父の話でも、ハーンの物語は黒白でモノクロームだったのに、漱石の話は夢だというのに色彩に富んでいた。同じように『草ひばり』は主として耳に訴える聴覚的な虫の音の夜の世界であったのに、『文鳥』は「千代千代」と耳に訴えはするが、それ以上に昼間の色彩感覚に訴える写生文だった。ハーンは草ひばりを通して自分を語ったが、漱石は文鳥を見て自分ばかりか昔の美しい女までをも語った。漱石の文学で、漱石が直接親しくした昔の女を語って、これほど細部にわたって、生彩に富める文章はほかにない。

『草ひばり』は芸術品として無駄なく整っている。十一月二十九日という晩秋になって、前の晩まで鳴いていた虫は、主人が気がついたら、自分の脚を食って死んでいた。それこそが歌う天分を授かった者の運命なのだ、とハーンは自分の最期を予感して、パセティックな結論を添える。芸術家であることを自覚して、死にいたるまで己れにすることがあり、仕事に自信の持てる人はひそかに羨ましい気さえするが、ハーンの結びは壮烈である。

一方、『文鳥』は九日間にわたって連載しただけに、話の枝があちらこちらにひろがって、三重吉はじめ登場人物の数がにぎわいを添えている。その漱石も、余裕のある態度を持しているように世間には見えたが、実は自分で自分をすりへらして次々と作品を書き、四十九歳で亡くなった。といっても漱石は文章中ではそうした悲愴な覚悟は述べない。死生観も直接的には語らない。漱石の文は一見写生文である。それでもハーンは草ひばりに同化し、漱石は文鳥に同化し、二人とも相手が鳴くのは「淋しいから鳴くのではないか」と思いやる点ではまったく同じである。二人ともペンで書く仕事に追われて、小さな生きものに餌をやるのを忘れて殺してしまう。そして家人を責める。漱石は、仕事にかまけて、文鳥や夢の女のような美しいものをついに失ってしまった。そんな自分への持って行き場のない憤りが漱石の異常に激しい叱責の言葉となったのだろう。

作品の結びにけじめをつける、つけないという西東の文学的伝統の差から来るエンディングに違いはあった。作家の資質による小さな差異もいくつかあった。しかし全体としてみると——私が両者を平行して観察・整理したせいもあるかもしれないが——『草ひばり』と『文鳥』とはたいへん似通った小品ではあるまいか。冒頭にも述べたように、明治四十一年の六月、七月、八月は漱石がハーンと似た主題で次々と作品を書き、かつハーンに対して作家としての自信を回復したターニング・ポイントの時期でもあった。ひょっとして漱石は先輩ハーンの『草ひばり』を読んで、それを念頭において『文鳥』を書いたのではないだろうか。漱石は『猫』でも『文学評論』でも談話でも手紙でも、もちろん『三四郎』でも、ハーンにたびたび言及し、その英語の文章を何度かほめている。それなのにどうしたわけか「漱石山房蔵書目録」には、漱石が所有したハーンの書物としては、最晩年に求めたハーンの *Interpretation of Literature* しか残されていない。そのように手沢本は失なわれてしまった以上、漱石蔵書の書入れやアンダーラインなどからは漱石のハーン観の手がかりはつかめない。となると『夢十夜』の「第一夜」や「第三夜」、また『文鳥』がハーンを念頭において書かれた作品であるか否かを立証する決定的な証拠は残されていない。もはや推測する以外には両者の影響関係を探るてだてはない。

しかし私は次の点を強調したい。ハーン作品と漱石作品の両者の間にたとい事実的な関係がなかったとしても、すなわち影響関係の有無を研究の前提条件とするような比較文学研究は成立しないとしても、『草ひばり』と『文鳥』の二作品の比較は、研究としても批評としても鑑賞としても、無意味ではなかったのではあるまいか。というか、そのような研究方法にこだわるよりも先に、私たちはまず丁寧に作品の文章を読むことの方が大事なのではあるまいか。

6 出発点としてのエクスプリカシオン

以上が私が、基礎的訓練として試みたエクスプリカシオン・ド・テクスト explication de texte の一実例である。私は文学研究の出発点にエクスプリカシオンを据えてきた。それを基本としてその上に研究を積んでいる。私が特定のイズムで文学作品を裁断せずに文学講義をしている、ということがいつしか世間に知れて、そのエクスプリカシオンとは一体何か、という質問にたびたび接した。実は私の学生時代、フランスの文系の学問は、高等教育が大衆化する以前のエリート主義の時代だったことも幸いして、研究以前の段階でこのような基本訓練が繰返し行なわれた。それは Gustave Lanson が二十世紀の初頭にフランスの大学や高等学校でひろめて以来、文科系の授業の基本形態として確立されたものであった。後にドイツのロマニスティークの学者の Leo Spitzer などがフランスからとりいれて Interpretation などと呼んだ芸術作品解釈法がそれである。東京日仏学院でのルキエ、東京大学でのメクレアン、ソルボンヌでのデディヤンなどのエクスプリカシオンの授業は忘れがたい。シャトーブリアンやミシュレーの文章の魅力を知ったのはフランス地理の授業においてであった。ラシーヌの『アンドロマーク』やリルケの『マルテの手記』のエクスプリカシオンも印象深い。一度驚いたのは、国際関係論のルヌヴァン教授の授業も外交文書のエクスプリカシオンそのものだったことである。そんなのは研究ではない、という人もいるであろう。確かに研究段階以前のことではあったろう。しかしそれらのクラスは私にとって非常な楽しみでもあった。私は方法論や教授たちの意見も知りたかったが、それ以上にテクストそのものを味わいたいとずっと感じていた。それだからエクスプリカシオンの授業がとくに好きだったのである。私は比較的若く留学した者だったせいか、そんな研究以前の段階を長く過ごした学生であった。

その後世間の風潮が変り、北アメリカの大学では文芸理論がおおはやりである。しかし私見では、文学作品よりも文学理論が好きな人は、歴史よりも歴史観にこだわる歴史学者と同じで、倒錯した人である。いずれの史観を取るかでその当事者を判断することは、イデオロギーによる専制支配に通じるものである。かつて龍谷大学で開かれた自伝にまつわる国際シンポジウムで、来日したアメリカの一学者が伝記にまつわる知の技法なるものを雄弁に述べたてた。しかしその人は、日本人の自伝は、英語訳のある『福翁自伝』をも含めて、なに一つ読んでいなかった。そんな偏頗《へんぱ》な知識で普遍的に通用する自伝にまつわる文芸理論など構築できるはずはない。そうした理論や主義やイズムに偏する人は実は昔からいる。そうした流行のイズムに中毒した方には、解毒剤《げどくざい》として、漱石の『イズムの功過』と、それについての拙論（平川『漱石の師マードック先生』所収）を読まれることを参考までにお勧めしたい。

以上、比較研究に限らず、人文の学問の出発点は、あくまでテクストを正確に読むことにあると信じ、ハーンの『草ひばり』と漱石の『文鳥』を読み比べてみた次第である。実は一九九六年夏、江藤淳氏の『漱石とその時代』第四部の裏表紙に推薦の辞を寄せることを氏から依頼された。第四部は御承知のように小説記者となった漱石の明治末年を叙したものである。その中で漱石の『文鳥』の魅力が氏の才筆でいかにも鮮やかに描かれていた。江藤氏は漱石がハーンをいかばかり意識したかについては言及していなかったが、私は二人の関係が念頭を去らなかったので、『草ひばり』と『文鳥』を話題とせずにいられなくなり、この分析を試みた次第である。

読者はこの両作品のいずれを良しとされるであろうか。その二作ははたして無関係なのであろうか。またたとい影響関係はなくとも、その二作を読み比べることははたして意味がないことであろうか。東京大学駒場キャンパスに比較文学比較文化の大学院が設立されたのは一九五三年である。その年私は第一回生として進学した。日本における比較文学の変転と発展の半世紀を振り返り、師の説になずむことなく、流行のイズムに惑わされることなく、読者が研究の基本であるテクストに立ち返ることをおすすめし、筆を擱《お》く次第である。

註

第一章　ハーンが読んだラバ神父の『マルティニーク紀行』

（1）アメリカ人の国際情勢への認識を歪め、アメリカ外交を歪めるものとして宣教師的偏見を指摘する人には元国務長官のキッシンジャーもいる。キッシンジャーのようなレアルポリティークを奉ずる人には、プロテスタント系の倫理主義的外交は性に合わないのだろう。しかし日本の国運とも深くかかわった、宣教がらみで生じた米国アジア外交には次のような例もあるので、挙げておきたい。

第二次大戦前や戦中に中国へおもむいたアメリカの宣教師たちとそれをバック・アップしたヘンリー・ルースなどのマス・メディアは、中国人があたかも親米的であるかのように報じ、国際世論の中で日本を反射的に悪者に仕立て、孤立させることに成功した。クリスチャンの宋美齢の米国議会での演説などはそのプロパガンダの最たるものであった。しかしアメリカ人がナイーヴにも親米的であると信じた中国大陸が一九四九年に共産国となるや、アメリカ国内では誰が中国を敵の手に引き渡したか、というヒステリックな叫びがわきおこり、魔女狩りに似た赤狩りが行なわれた。マッカーシズムである。しかしアメリカの中国認識がもともと間違っていた原因については、宣教師的偏見でもって中国が薔薇色に描かれていたこと、アメリカ国民が第二次世界大戦中『ライフ』などの親中プロパガンダを鵜呑みにしたこと、左翼シンパの親中反日工作が成功していたこと、などの前史があったことを見落としてはならない。アメリカ国務省内で中国班と日本班の関係者がそのためにいがみあい、親中国派と親日本派が血で血を洗う争いを演じたことも知られている。一九四五年という「日本憎し」の時期には親日派と目されたジョゼフ・グルーらの **Japan crowd** が追われ、一九五〇年という「中国憎し」の時期にはかつて親日派を追い出した親中国派が逆に「赤」として追われたのである。以上の説明は簡略化に過ぎるきらいはあろうが、しかしアメリカが、自分の手で作り出した、本来はプロパガンダ用の敵国イメージによって逆に引きずられ、動き出してしまう大国であることは、読者もうすうす感じておられるであろう。

（2）アシュミードは一九九〇年の松江のハーン国際学会から帰国後しばらくして亡くなった。澄田信義島根県知事の宴席でたまたま隣に坐ったので、『へるん』34（一九九七年）にも書いたが、私は忘れ得ぬ会話をした。氏が洩らしたさりげない一言で、余人は知らず自分にとって日米関係は、文学研究の面でも人間的交際の面でも、もはや敗戦国民と戦勝国民との間柄ではなく対等なのだ、とあらためてさとった。

（3）私もそのようなハーンのマルティニーク体験の重要性をいちはやく『小泉八雲――西洋脱出の夢』（平川祐弘著作

集』第十巻）中の「草ひばりの歌」の章で詳しく述べた。ゴーガンの南洋体験との並行性にもふれた。一九七七年十一月号『新潮』に「ハーンにおける民俗学と文学」について書いた折である。ハーンはマルティニークで民話に関心を寄せてそれを文学的に利用して成功したから、日本でも民話や怪談に関心を寄せ芸術作品に仕立てた、などの異文化理解ないしは異文化利用に並行例は数多い。クレオールの歌を書き留めたハーンだからこそ日本でも小学唱歌によって駆逐されようとする日本わらべ唄という無形文化財の蒐集につとめたのである。

（4）綾部克人『贋十日物語』には本名矢田部厚彦氏がパリ日本大使館から独立暴動が起きたと伝えられたマルティニークへ派遣された思い出が綴られている。若き書記宮は海亀のステーキを馳走になった話も才筆で叙している。

（5）ちなみにハーン自身にも美食へのただならぬ関心があったことは熊本大学の **Alan Rosen** 教授が **S.Hirakawa ed.,** *Rediscovering Lafcadio Hearn* (Global Oriental, 1997) に収めた論文中で指摘している。

（6）本稿執筆後マルティニークで二つの反応に接した。一つは「ラバ神父はレオナルド・ダ・ヴィンチ型の多芸多能の人物で」と私が述べたのに対し、その比較は穏当を欠くという異議が出た。そのフランス本土出身の教授にとっては、ラバ神父のような存在は我慢ならないのであった。もう一つはラバ神父の旧居を訪ねた時、マルティニーク宣教の先駆者としてのラバに対する土地の人の敬意をこめた返事があった。その人は黒人で熱心なカトリック信者であると見えた。

第二章　クレオール民話が世に出た経緯

（1）この第二のノートは『比較文学研究』72「クレオール文学」特集に一九九八年覆刻され、ついで *Contes Créoles (II)*, **Recueillis par Lafcadio Hearn** としてパリの **Ibis Rouge Éditions** から単行本の形で二〇〇一年に出版された。解説はマルティネルが、学術上の序は私が書いた。

第三章　小泉八雲の民話『雪女』と西川満の民話『蜆の女』の里帰り

（1）クセジュに『クレオール語』を書いたロベール・ショダンソン **Chaudenson** はクレオール語は母語だが、ピジンは母語以外の言葉が普通であるとして、クレオール語を **pidgin French** と呼ぶことに反対している。しかしピジンが母語として話し出されることも、島のような限定された社会では起こりうる以上、クレオール語を **pidgin French** とする見方が誤りとはいえない。

（2）韓国の民俗伝説蒐集に多大の貢献をなした人は金素雲であるが、彼がたまたま西川満と同じ一九〇八年の生れであることは示唆的である。一九二〇年に来日した金は日本で高まりつつあった民俗学的関心に刺戟されたからであろう、一時帰国して二年間にわたり韓国読者の協力を得て、一九三三年には『諺文朝鮮口伝民謡集』(第一書房)を刊行している。林容澤『金素雲『朝鮮詩集』の世界』(中公新書)を参照。

(3) この「祖国への回帰」がまわり道をする法則的な現象については平川祐弘『破られた友情——ハーンとチェンバレンの日本理解』(新潮社、一九八七年、『平川祐弘著作集』第十一巻)二九三頁以下を参照。

第四章　ギリシャ人の母は日本研究者ハーンにとって何を意味したか

(1) 遠田勝「西洋人の神道理解」平川編『世界の中のラフカディオ・ハーン』(河出書房新社、一九九四年)一一一頁以下参照。

(2) 小泉八雲と萩原朔太郎との関係については平川・鶴田編『「甘え」で文学を解く』(新曜社、一九九六年、『平川祐弘著作集』第十五巻)を参照。

第五章　カリブの女

(1) 実はそのハーンの材料を利用して第二次世界大戦後マルティニークの黒人女性の生い立ちの記ともいうべき作品が贋作され、センセーションを呼んだことさえあるのだ。Mayotte Capécia の *Je suis Martiniquaise* が、ハーンの『ユーマ』を踏まえた後の自伝であることが判明したのは二〇〇二年の *Revue de Littérature Comparée* の「カリブ文学特集」誌上においてのことである。

第六章　鏡の中の母

(1) 明治二十五年四月上旬、博多行きの際、二日市から太宰府までは人力車で往復した。だから人力車から見た風景の設定も部分的には真実なのである。ただし『博多にて』の第一節中の人力車の旅は春ではなく秋に設定されている。これは後述の「あたり一面にひろがる緑」に始まる季節描写との整合性を考えたからであろう。

(2) ハーンはこの「霊的なるもの」という形而上学的な問題を終生考えていたと思われる節がある。晩年の帝国大学での講義でも『小説における超自然的なものの価値』の中でこの問題にやはり ghostly の語をあてて説明している。なお『博多にて』に言及はしていないが、ハーンの形而上学的な問題への関心に深い理解を示した人は Paul Elmer More, "Lafcadio Hearn," *Shelburne Essays*, 1905 である。

(3) キリスト教では創造主は人間にだけ霊魂 soul を与えたことになっているから、樹霊に soul の語を用いると異端に響くのである。同様に「一寸の虫にも五分の魂」を英訳して虫にも soul を用いると異様に響くのである。ハーンは『草ひばり』では虫にも一旦はsoulを用いたが、米英読者の反撥を懸念して、二回目からは同一表現にghostの語を当てた。『博多にて』で話題となる「霊的なるもの」はそれだから実は魂の問題なのである。しかし世間はghostlinessという語の字面から怪談ghost storyの作者ハーンらしい興味だろう、とはじめから決めてかかる傾向があるようである。なおハーンには『西洋の詩歌における樹の精』という講義（『文学の解釈』）もある。なお樹霊については平川『オリエンタルな夢——小泉八雲と霊の世界』（筑摩書房）の「御神木が倒れた日」の章を参照。なお近藤誠司氏が『UP』二〇〇二年九月号に発表したアンケート結果によると、動物の魂を信じる割合は英国人側は二割以下であるのに対して日本人獣医は八割弱が信じているとのことである。

（4） At Hakataの第二節にI halt in the Street-of-Prayer-to-the-Godsとあるが、これは稱名寺《しょうみょうじ》の寺名をそのまま町名に置き換えたのだろうと推量する。稱名とは仏の名号《みょうごう》を稱《とな》えることであり、いいかえると念仏を唱えることである。Godsとあるが神社でないことは、すぐ次にハーンが大仏の青銅の巨大な頭にふれ、寺は浄土宗である、と述べていることからもわかる。

ちなみに磯野七平の邸の内の鋳造所で大仏の鋳造が開始されたのは明治三十二年で、大仏の原型は当時名のあった高田又四郎が制作にあたり、山鹿平十郎も手助けして大仏の首も鋳造し直した。そうして高さ二丈六尺（七・八メートル）、重さ七十五トンの博多大仏坐像は出来上ったのだという。大正元年、稱名寺は片土居町から現在の馬出に移った。大仏もまたそこに運ばれた。その後三十餘年経って第二次世界大戦中、博多大仏も国家の命運をかけた戦いのために供出された。いまの稱名寺にはその時の出征姿というか、たすきがけの大仏の写真と、博多大仏の盛上った丘のような台座が境内に残されている。以上、主として天本孝志『筑前古寺巡歴』（葦書房）に由る。私は学生光安克江の叔母がたまたま稱名寺の檀家であったおかげでこの故事をつきとめることができた。

（5） ハーンが日本で鏡に対し興味を示した最初の作品は来日第一作『東洋の土を踏んだ日』である。『怪談』中でも『鏡と鐘と』で稱名寺の鏡の話にまたふれ、死後刊行された作品の中にも『鏡の乙女』があることは、ハーンの鏡と霊の関係に対する持続した関心を示すものだろう。

『鏡と鐘と』には原拠があり、『夜窗鬼談』上巻の「祈ツテ金ヲ得」である。ただしそこには手短かに、

遠州無間山、古ヘ巨刹有リ。寺僧施ヲ募ツテ鐘ヲ鋳ル。一民家ノ婦、愛スル所ロノ妝鏡ヲ喜捨ス。後意甚ダ恪ム。鐘成ルニ及テ鏡融化セズ。

とある。女はそれを恥じて自殺し、その怨念が怪談となるのだが、ハーンはそれを再話する過程で女が鏡に対して抱いた愛着を事細かく書き足している。「女にはお寺の境内の柵の向こうに自分の鏡も積んであるのがそれとわかった」という情景は、ハーンがかつて博多稱名寺で見た情景の応用だったにちがいない。女が鏡を取り返したく思

いながら、ついにその機会を得なかった時の心境が、『鏡と鐘と』にはこう出ている。

女はたいへんみじめになった。なにか自分自身の命の大切な一部を愚かにも他人に呉れてやったような気がした。鏡は女の魂だという古い諺を思い出したりもした。

そしてハーンは日本の青銅鏡の背には「魂」という漢字がしばしば刻まれている、とも述べている。

『鏡の乙女』は原拠は『当日奇観』巻之第五「松村兵庫古井の妖鏡」で、井戸の主である竜王が美しい乙女を使っては人間を井戸にひきこむという話である。井戸をさらうと鏡が見つかり、竜王の魔手から逃れた鏡の精が、百済からもたらされた鏡の由来を物語る。そこにも「こういう類の鏡はみな不可思議なものであり、魂をもっている。しかもその魂は女なのだ」という原拠にはないハーンの説明が加えられている。この死後に発表された作品にもハーンが最晩年にいたるまで抱いていた鏡にまつわる日本人の感じ方、考え方なるものへの関心が示されていると考えてよいであろう。それはなにも「日本人の」と限定せずに「ハーンの」と言い直してもよい感じ方、考え方だったのかもしれない。いずれにせよハーンが鏡と霊との関係に終生注意を払っていた証左と見なせよう。

(6) チェンバレンは *Romanized Japanese Reader* Part III Notes の終りに This story has been made up from various native sources. と断わっている。チェンバレンも日本人助手に材料を集めさせ、書き直しを命じたのだろうが、当時の常として、日本人協力者の氏名への言及はない。

(7) それに対して、ハーンは一八九四年三月十八日付のチェンバレン宛の手紙でもこう謝意を表した。

ジェイムズ夫人についてなんとすばらしいお手紙のスケッチでしょう。いつかジェイムズ夫人にお会いしたいと思います。『松山鏡』の物語の心理的可能性について、夫人が感じたように感じることのできるような人は、美しい魂の持主に相違ありません。夫人のような解釈につけ加えるべきものはなにも残されていない。またあの解釈からなにかを取り去ったら、必ずや害が生じるでしょう。美しい魂の持主の半分ほども貴重ですばらしいものを一体この人生はわれわれに与えてくれるでしょうか。

関田かをる氏の調査（『早稲田大学図書館紀要』第二十二・二十三号、昭和五十八年八月）によると、ジェイムズ夫人が日本の物語を英語で語った相手である三人の子供の一人 Grace James の著書 *Green Willow and Other Japanese Fairy Tales* (London, Macmillan, 1910) に『松山鏡』The Matsuyama Mirror は収録されている。母のジェイムズ夫人は先の長谷川武次郎の縮緬《ちりめん》本童話 Japanese Fairy Tales Series に『いなばの白うさぎ』『大江山』など八冊の翻訳を出している由である。

一八九四年四月二十九日付（Hearn: *Writings* には日付のない手紙。p.178）チェンバレン宛には “I have written a metaphysical work on Japanese mirrors” と At Hakata が一応出来上がったことが報ぜられている。

（8）謡曲『松山鏡』と狂言『鏡男』の関係はオペラ・セリアに対するオペラ・ブッファの関係である。ちょうど謡曲『鵜飼』や『善知鳥《うとう》』が深刻であると狂言『餌指十王』や『政頼《せいらい》』で同一主題を茶化すのと同じ関係である。西洋文学でたとえればダンテの『神曲』とボッカッチョの『デカメロン』の関係と同じといってよい。

『鏡男』という女狂言では、越後の国松の山家の男が、妻への土産に、都で鏡を買って帰る。が、鏡というものを知らぬ妻は映った自分の姿を見て、夫が都でなじみになった女を連れて帰ったと思って怒る、というお笑いである。

（9）Those wonderful little tales by Goethe というのが具体的にはどの物語を指すのだろうか。ゲーテの名前を持って来たのはただ単にジェイムズ夫人の『松山鏡』を称揚するためのレトリックだったのだろうか。

（10）小泉八雲『クレオール物語』講談社学術文庫、三〇三頁。

（11）『松山鏡』の英訳というか英語翻案にはチェンバレン、ジェイムズ夫人、ハーンのほかに The Mirror of Matsuyama が *The Japanese Fairy Book* compiled by Yei Theodora Ozaki, Tuttle reprint, pp.119-139 に載っている。冗長な再話でハーンの自然体に遠く及ばない。

（12）Rosenstone, *Mirror in the Shrine*, Harvard U.P. の題はこの条りから拾われている。

（13）西田幾多郎は日記によると明治三十五年九月三日ごろからすでにハーンを読んでいる。ビスランド夫人の *The Life and Letters of Lafcadio Hearn* がまだ刊行される以前の一九一四年に西田がハーンについてこれだけ綿密な批評を含む「序」を田部隆次の『小泉八雲』に寄せることができたのは、一九一〇年京都大学へ勤める前、学習院に勤務しており、そこの図書館を利用できたからではあるまいか。神田乃武の指導もあって学習院の図書館はハーンの日本関係図書をいちはやく買い揃えていた。ちなみに田部も学習院の教授であった。西田自身は「余も予《かね》てヘルン氏の人と為りや、その著作の或物、特に Retrospectives や Fantasies の中に収められた小論文に就て少なからぬ興味をもって居るので、自ら量らずも茲《ここ》に少しく氏の思想に就て述べて見ようと思ふのである」と述べている。この Retrospectives は *Exotics and Retrospectives*, Boston, Little Brown and Co., 1898 をさすのであろうが、Fantasies はひょっとして *Fantastics and Other Fancies*, Charles Woodword Hutson, ed. Boston, Houghton Mifflin Co., 1914 をさすのであろうか。それとも *One of Cleopatra's Nights and Other Fantastic Romances* をさすのであろうか。西田の英語による引用は書物の題名のようにも思えるが、あるいはひょっとして回顧的作品、幻想的作品の意味で用いられているのかもしれない。西田がゴーティエのハーンによる英訳はもとより、仏領西インド諸島時代の作品にまで目を通している（と西田の「序」の文章から推察される）のは驚くべきハーン傾倒である。ちなみにハーンの来日以前に出版された図書は、明治末年大正初期の学習院図書館の購入記録に出ていない。西田はどこで読んだのであろうか。

なお西田のハーン評価は田部隆次宛明治四十二年一月十一日付書簡にも次のように出ている。

ヘルンさんのものは小生多くは知らぬが *Exotics & Retrospectives* や *Shadowings* は面白しと存じ候ヘルンといふ人は非常に微妙なる insight をもって居た人で　普通の人が平凡に物質の作用と見てゐるものの底に深き spiritual meaning を感じた人と思ひ候……先生の手紙の中に Gautier の文を譯して　今相愛する一對の鳩の體の中に希臘時代愛の神の彫刻の土塊が入りて居るかも知れぬといふやうな事を美しくかきたてるものあり　小生は一讀無限の感にうたれたること有之候

（14）ハーンは『小説における超自然的なものの価値』という講義（『文学の解釈』の中に収む）の中でもルイス・キャロルの作品に言及し、『果心居士の物語』と同じ現象を別の装いで描いたものとしている。

（15）横山孝一『人が最も永く記憶にとどめるものは何か』『へるん』32号。

（16）鏡が日本文学で果した役割をスケッチした小冊に、山下真由美『まなざしの修辞学』（新典社、一九九〇年）がある。

第七章　ハーンと九州

（1）『夢の日本か、現実の日本か――ハーン『英語教師の日記から』』（平川祐弘『オリエンタルな夢――小泉八雲と霊の世界』（筑摩書房、一九九六年、所収）。

（2）『英語教師の日記から』（小泉八雲『明治日本の面影』講談社学術文庫、所収）。中学生の作文については、同十四節と平川の訳注を参照。

（3）『九州の学生たちと』の平川新訳を含む小泉八雲『光は東方より』は講談社学術文庫。

（4）平川『オリエンタルな夢』二五六-七頁参照。

（5）『人形の墓』については平川『小泉八雲――西洋脱出の夢』（『平川祐弘著作集』第十巻）ですでに論じたので、再説しない。これは、一家から同じ年に二人死人が出ると三人目も死ぬ、という俗信をふまえた哀話である。なおアイルランドにも Always three graves に類した「墓場の門は必ず三人ではいる」といった類の言いまわしがあると主張する向きもいるが、私には確認できないままである。

第八章　ハーンの『草ひばり』と漱石の『文鳥』

（1）二〇〇三年現在東大英文科で教えているジョージ・ヒューズ教授は『ハーンの轍の中で』（研究社、二〇〇二年）の第一部「外国人教師として」でイギリス人の教師、日本人の教師の月旦を書いているが、書物の題名が示す通り、判断の基準はハーンに置かれている。

あとがき——植民地主義以後の視点から

ラフカディオ・ハーン（一八五〇－一九〇四）は、その帰化名の小泉八雲からも察せられるように、なによりも日本と縁の深い英語作家（Lafcadio Hearn）であった。世界的にも日本時代の著作が代表作と目されている人である。そんなハーンへの日本人の関心は、いってみれば、小泉八雲への関心と言い換えてもよい。日本人の興味は彼が三十九歳で来日し五十四歳で亡くなるまでの十四年六カ月の生活と作品に集中している。それはアメリカの国文学史家のハーンへの関心がおおむね米国時代のハーンに傾きがちなのと対《つい》をなしている。

しかしそのハーンは来日前、二つの点で植民地問題と意識的・無意識的に深くかかわっていた。一つは一八八七年からほぼ二年間をカリブ海のフランス領西インド諸島のマルティニークで土地の人の間で過したことである。マルティニーク島は日本列島とは地球の裏側の大西洋上にあり、かつては日本人とははなはだ縁遠い地域であった。いま一つは生き別れた母ローザが当時はイギリスの半植民地ともいうべきイオニア海の島々を転々としたギリシャ人だったことである。ローザが生まれたキシラ島もまた縁遠い地域であったから、世間は古典古代のギリシャ人と十九世紀のギリシャ正教のギリシャ人とをはっきりと区別しないままでいた。

日本の愛好家の間で語り継がれてきた小泉八雲は親日家ヘルンさんとして大切に扱われてきた。しかしその姿は愛すべき異人さんであり、マイナーな作家の域を越えるものではなかった。私はそうした愛好家諸氏とはかなり異なる視点からハーンを眺めている。ハーンを八雲研究の袋小路から引き戻し、比較文化史の道なき道を世間に先駆けて進んだ今日的意味ある人物として再評価したい。本書の意図は、かつて「文学上のコロンブス」となることを志した作家ハーンを世界大の視野の中で捉え直そうとする点にある。

第I部では来日以前のハーンのマルティニーク体験が意味するものを扱っている。それがハーンの日本観の形成にどれほど貢献したか、ハーンが単なる異国趣味の作家でなく、「十九世紀後半の最も近代的な作家」(クレオール現代作家ラファエル・コンフィアン)として再評価される所以《ゆえん》を説き明かそうとつとめた。そうした復権が可能となったのは、第I部も第II部も、一言で要約すれば、植民地主義以後の視点からハーンの意味を見直しているからである。ポスト・コロニアリズムの視点に立つと研究はおのずと巨視的になる。しかし文学鑑賞に微視的な考察は不可欠である。第III部ではハーンと漱石の珠玉の作品を比較した。東京大学英文科でハーンの後釜《あとがま》に坐ったために前任者とことあるごとに比較され苦しみ抜いた夏目漱石には、同一テーマでハーンに劣らぬ作品を書くことにより作家としての自信を回復したと推定されるいくつかの作品がある。『夢十夜』の「第一夜」と「第三夜」については『オリエンタルな夢』(筑摩書房、一九九六年)ですでに論じたので、ここでは『文鳥』をとりあげた。ハーンの『草ひばり』を念頭に漱石は『文鳥』を書いたのではないか、という推定である。私はそのテクストの読み方で私の文学鑑賞の出発点とは何か、を示した。

それでは植民地以後の視点とは何か。原語のポスト・コロニアリズムは日本語では普通片かなで表記されるが、中国語では「後殖民主義」と訳される。植民地主義以後の視点から文学や文化の問題をあらためて見直すと、事態が新しく別様に見えてくる。そういう問題意識に発した視点が post-colonialism なのである。それは二十世紀の八十年代から学問世界で話題となり始めた。このイズムが学界を席捲せんばかりの風があったのは、一面では学問社会が意外に流行に弱いせいもあるが、他面ではもはや一国一言語単位のナショナルな文学史では、この地球上の文学現象を把握しきれなくなったからであろう。反植民地主義を唱え、ナショナリズムの錦の御旗をふりかざした二十世紀中葉の主張を繰返すだけでは、もはや正確な文化史認識は不可能だと自覚され始めたからである。

それというのも、あるいは西アジアの旧英国植民地出身の作家が、かつての宗主国の言語である英語で自己表現することをためらわないのみか、それでもって世界的な文学賞を取ったりする。どうやら本人のいちばん得手な言葉も英語であるらしい。あるいはカリブ海地域出身の黒人作家がフランス語や英語で作品を書いて世界文壇の注目を浴びる。かつては負の遺産として非難された支配者の言語でもって書くことが、このように公然と認知され、肯定されるように変わってきた。旧支配者の言語で書くのだから、その言葉と文化に含まれた価値観も当然部分的には継承することとなる。植民地支配を絶対悪として否定しつつ、しかも植民地化に含まれていた文明開化の遺産継承を善とみなすこのような態度には矛盾はないのか。なぜそのような現実主義的な見方が、世界的に勢を得てきたのか。またそのような視野の中へなぜラフカディオ・ハーンがクローズ・アップされてきたのか。

はじめにハーン復活の意味について述べたい。ハーンが再三登場するのは、本書第I部で取り上げたように、彼が例外的に時代を先取りした人だったからである。十九世紀末、西洋列強が植民地化やキリスト教化や文明開化を善とみなし進歩と謳歌する風潮の中にあって、ハーンだけは西洋文化に押し潰されつつある土着の文化に注目した。それは当時としてはまことに風変わりな視点であった。しかしそれだからこそハーンは宣教師的偏見の弊害に気づいたのである。民俗学や文化人類学的アプローチにいちはやく興味を示し、マルティニーク島で植民地化やキリスト教化の下で埋もれた黒人の霊の世界にはいりこんだ。土地の人がフランス語と土語の混じったクレオール語で語る民話に耳を傾けた。そんなハーンを百年後、再発見した時の驚きをマルティニークの黒人作家ラファエル・コンフィアン（Raphael Confiant）は「素晴らしき旅人、ラフカディオ・ハーン」という Hearn, *Two Years in the French West Indies* (Signal Books, Oxford, 2001) の新版に寄せた「まえがき」で次のように語っている。

熱帯の日没の実体を本当に理解した人――というか正しくは、実体を言葉に書きとめた人――はハーンが最初だ、と突然さとった日のことを私は忘れはしないだろう。このイギリス・ギリシャ系の新聞記者は、詩人で、民俗研究者で、日々の生活を記録した。その人が私の母国であるマルティニークを十九世紀の末近くに訪れ、日没を言葉に書きとめたのだが、それは驚くべき見事さである。単に並々ならぬ達成というだけでない。ハーンは誇るべき手腕で正確に、かつ詩的に記述した。私がそのことをさとったのはある四月の一日の終りで、私たち島の住民が「たそがれ」と呼ぶこともためらうほど劇的に短い瞬間のことである。私はプレー山の頂上を眺めていた。これは一九〇二年に噴火してマルティニークの旧都サン・ピエールの住民三万人を全滅させてしまった火山である。そのとき山頂のまわりの空が極度に澄んで輝いていることに気がついた。その後光《ごこう》は魅力的なグレーとピンクで――火山の両側面も穏やかなオレンジ色に包まれていた。それは私の周囲の大地や森の上に包みこむよう降りてきた層を成す暗闇と鋭い対照をなしていた。実際、空はまだ眞昼間なのに、大地はもうほとんど熱帯の夜の神秘な腕に包まれてしまったのである。その時、三日前にハーンの『西インド諸島の二年間』で読んだ奇妙な文章を思い出した。もっぱらエコロジーに対する興味から、いまでは稀有《けう》の珍種となってしまったクルバリル courbaril という樹が十九世紀にはごくありふれた樹であったことを確かめるために、私はその本を斜め読みしたのである。それまで私はハーンに別に注意を払わなかった。どうせ異国的な風物の魅力を求めて旅した西洋人のダンディーの一人くらいに思っていたからである。だがとんでもない思い違いだった。ハーンが描くマルティニークの熱帯の夜を読んでみよう。

　こうした熱帯では「夜」は上から暮れる感じはしない。山頂と山頂が連なるこの土地に「夜」が降りてくる、という気はしない。夜は下から、まるで息を吐き出すかのように、大地から立ち昇る。海岸線がまず暗くなる。——それから斜面と低い丘と谷間が影で包まれる、——それから急速に、闇が高地めざして昇りはじめる。しかしそれでもその高地の頂上は、島の残りが暗闇のとばりで包まれ星が出始めた後もなお数分の間、その尖端《せんたん》で火山のごとく輝き続ける。

二年足らずのマルティニーク生活の間にラフカディオ・ハーンは私たちの間で古くから伝わる黒人霊能師quimboiseurの秘密の世界の一つにはいり込むことに成功した。霊能師たちがよそに洩らすまいとして守り続けた秘密とは、ヨーロッパ人の植民地支配の下で死んだ何千何万というかぞえきれないカリブ人やアフリカ人の霊がひそかにわれわれクレオールの黒人を守っていてくれている、という信仰である。この霊はキリスト教徒の霊のように空に住んではいない、そうではなくて昼間はフロマジェ（パンヤの樹）などの御神木《ごしんぼく》の高い枝や梢《こずえ》に眠っている。しかし太陽の最後の光線が輝き始めると、こうした霊たちはたちまちのうちに人々や家や動物や野原を呑み込む暗闇の中にさまよい出る。ハーンはそうしたものの存在を直感した。それが、ハーンがクレオールの物語や伝承にあれほど注意を払い、年老いた召使女やお年寄りの語り手の口からそれらを聴き出して蒐集《しゅうしゅう》した所以である。この素晴らしき旅人は、カリブ海の島々で私たちの毎日の生活を形作る色彩や物の音や特別なやり方にたいへん感じやすかった。

色彩についてはどうだろう。ハーンはヨーロッパの芸術家が「冷たい色」として分類する灰、青、茶、菫、緑などは「冷たい色」ではないという発見をした。そうした色は熱帯の風景の中では悲哀や憂鬱を表現しはしない。そうした色は刻々と、時間ごとに、いや時には分ごとに多種多様な色取りと隈取りをつけ、黄色みがかった灰色、青みがかった灰色、赤みがかった灰色などを作り出す。……

ラフカディオ・ハーンはこのようにして火山ばかりか、市場も、通りも、砂糖黍の農園も、入江や湾も、そしてとくにマルティニークの女たちを描いたのである。……

ハーンはまた言葉や自然の物音にたいしても並々ならぬさとい耳を持っていた。幼いときに母が歌ってくれたジプシーやイタリアやギリシャのメロディーを無意識裡に子供心に捉えていたのであろう。ハーンはまたゲーリックや英語のバラッドも記憶していたのかもしれない。……彼の混血児としての背景が彼にこの世界の「多様性」に直面させ、多種多様の言語を習得させるように仕向けたことは間違いない。ハーンがなぜクレオールの文化にすぐ飛びつき、ニューオーリーンズの言葉にすぐ惹かれたかは、こうした彼の混じりあった生まれや育ちを考えれば合点がいく。ハーンは後にはカリブ語とフランス語とアフリカ語が混じりあったクレオールといわれるフランス語の方言も習った。その言葉についてこう書いている。

町の叫びは、甲高い、遠くまで通る、朗々たる調子のクレオール語だが、聞いていてなんとも心地よいさまざまなハーモニーをまざりあって作り出す。

ではハーンはそのクレオール性についてどのような理解を示したか。

ハーンの生活の第一部をギリシャのレフカス島やダブリンやロンドンでの幼少年時代であるとし、第二部をシンシナーティにおける新聞記者の生活であるとすると、第四部は日本人になった最後の十四年ということになる。その中の第三部の生活で私を驚かすのは黒人や混血の人々とすぐ仲間になるというハーンの抑えがたい傾向である。彼はシンシナーティで、ついでニューオーリーンズでたちまち有名な記者となり、世間から羨望の眼差《まなざ》しで見られるにいたったが、それでも最初に恋したのは気まぐれな有色の美人マティーで、ハーンは異人種間結婚が法律で禁止されていた時代に彼女との結婚をあえてした。それがもとで彼は『インクワイアラー紙』を馘《くび》になった。それはハーンが容赦なく筆誅を浴びせたキリスト教ファンダメンタリストであるとか、政治家たちであるとかが、ハーンがかかる「悪魔のごとき女」と同棲していることを暴《あば》いたからである。彼はルイジアナ州の州都ニューオーリーンズに移り、そこでは旧市街フランス人地域の有名な娼婦宿に通い始めた。そこは黒人の娼婦が大勢たまっているので知られた一角である。ハーンは驚くべき欲望の持主で、彼自身が「アフリカ人種のヴァイタル・エナジー」と定義するところのものにむしゃぶりついた。彼らにおける偽善性の欠如、彼らの肉体謳歌やダンス賛歌に夢中になったのである。西インド諸島についての書物の中でハーンは女性との関係を白状はしていない。しかし彼があれほど見事に混血女性のさまざまのタイプを描いた以上、彼女らの性的魅力に無関心でいられたとは思われない。

ファンタスティックな驚くべき人たちだ。千夜一夜物語の人々といってもいい。多種多様な色の人だが、全体に通底している主な色は黄色だ。そういえば町の色も一般に黄色だ。ミュラトレス、カプレス、グリフ、カルトロンヌ、メティス、シャビーヌ――そうしたさまざまな割合で混血した女性を特徴づけるあらゆる色調が混ざり合った中の黄色。豊かな茶色がかった黄色がかもし出す効果。君はいま混血でできた人々の中にいる。マルティニークは西インド諸島でいちばん美しい混血の人種だ。

もちろんハーンは彼の時代の人種的偏見から完全に自由ではありえなかった。たとえばハーンは「純粋」の黒人たちよりも混血の人たちを好んだ。またその時代のヨーロッパ中心主義的な人種理論やその言説に影響され感化された。ハーンの観察のあるものは当時世間に流行した月並みな人種にまつわる態度や見方をそのまま繰返した紋切型に過ぎない。ハーンはまた「島に住む人間はたいてい単純で世間知らずだ」などと好い加減なことも述べている。しかしハーンの振舞や人との応答や接し方、またハーンの相手に対する愛情にみちた記述の仕方は、こうしたありきたりの人種主義的偏見を知らず知らずのうちに打ち破っている。

最後にこのハーンのアイデンティティーとは何か、という問題について考えたい。

ハーンは今日英米文学で無視されているが、私見では十九世紀後半の最も近代的な作家の一人である。それだけではない。ハーンは個人的なアイデンティティーの問題について幻想家的なヴィジョンを示した。彼は比較的短命で五十四歳で世を去ったが、普通でない混じりあった両親という背景を頼りにし得たばかりか、どこへ行こうがどこで仮住まいをしようが、新しい生活様式を採用し、自然と神について独自な見方をするようになった。ハーンは私たちが今日呼ぶところの「多重的なアイデンティティー」multiple identity ないしは「クレオール性」creoleness を創り出した人なのである。この「クレオール性」とは人間が日常生活で、いたって平凡な行為行動の中で、種々さまざまの文化的・人種的・言語的・宗教的構成要素を自分の中に取り入れていることを指している。

そのようなハーンは近年アングロ・サクソン系の人が言い出した「文化多元主義」とはたいへんほど遠い場所にいた。multiculturalism というのは異なる複数文化の単なる並置か寄せ集めにしか過ぎない。チャイナタウン、リトル・イタリー、黒人ゲットー、ワスプと呼ばれる白人主流が住む郊外、といった程度のものである。この文化モデルは、実際は混じり合うことなく、本当は総合することなく、とくにそこに住む一人一人の個人が家族や近所や町や国から何を継承したかをはっきりと吟味せずに、ただ存在している。だがラフカディオ・ハーンという素晴らしき旅人は、私たちに人間のアイデンティティーは変化してゆくもので、決して永遠に固定した実体ではない、ということ、そしてアイデンティティーは変化せねばならず、新しい影響や刺戟を受け入れなければ、生き生きとしたものとして存続していけない、ということを教えてくれた。人類は、この地球上で各個人の姿形において、日々新たに自分自身を創り出し、再生することが可能である。ハーンはそのことを私たちに教えてくれたのである。[1]

コンフィアンは気難しい作家だが、英語教授資格《アグレジェ》保持者である。マルティニークのアンティーユ・ギュイアンヌ大学で「国際学会ラフカディオ・ハーンの軌跡」が開催された二〇〇一年二月二日、私どものフランス語講演を聞いた後、その席でこの英文原稿を朗読した。コンフィアンのハーン再評価は私にはいかにも妥当な判断に思える。チャールズ・キングズリーやアンソニー・トロロプやジェイムズ・フルードなどの西インド旅行記は、黒人像がステレオタイプに過ぎる。しかもそれらは上から見くだす態度で書かれている。それだから、コンフィアンに限らず、今日土地の人の興味を呼びはしない。しかし土地の人の霊が暗闇の中にさまよい出る姿を感じたかに見えるハーンに対しては、マルティニークの人々の評価はおのずと異なる。それは日本人が、ハーンが再話した怪談を読んで胸をときめかせ、そこに古く懐かしい日本を感じる反応と相似る情動《じょうどう》といえるだろう。

こうして日本における私たちのハーン評価とマルティニークにおけるハーン評価は期せずして重なった。ハーンのマルティニーク体験と日本体験を重ね合わせて論じた私は、その翌年にもハーンのマルティニーク怪談と日本怪談について語るよう再び講演に招かれた。それらのフランス語講演は英語講演と同様いずれは印刷されるであろう。(Sukehiro Hirakawa: *À la recherche de l'identité japonaise*, l'Harmattan, 2012 に収録)——もっともイギリスやアメリカの国文学者の主流はいまもハーンを黙殺している。その本国の価値評価に従順に従いがちな日本の英米文学者の主流も、ハーンに対してその意義を十全に把握しきれずにいる。またさらに問題なのは、米英の日本学者の大多数がハーンの意味を理解できず、ハーンと違って自分たちは学者的なのだ、と自負していることだろう[2]。

コンフィアンも指摘するように、ハーンはマルティニークでの目のつけようが他の西洋人と違っていた。このように土地の民俗にはいりこんだ人であったから、来日するとやはり文明開化の下で姿を消しつつある山陰の庶民の霊の世界にはいりこんだ。フランス領西インド諸島にいた時と同様、日本列島で暮らした時も、ハーンは ghost の世界に惹かれたのである。そして好んで庶民が語る怪談・奇談に耳を傾けた。ハーンは文明開化の時代に進んで裏日本へ行き、土着の習俗や神道文化を探ったのである。中国山脈を人力車で横断する時も、なるべく開けていない山道を選ばせた。逝きし世の面影を求めていたからだ、という人もあるだろう。

だがそうした人だったからこそ、植民地主義が過去のものとなり、植民地化・キリスト教化を一方的に良しとした外部から押しつけられた価値観が崩壊しつつある現在、ハーンはマルティニーク島のクレオール文化の先駆的理解者・記録者として再発見されつつあるのである。それはなにもコンフィアンのような旧植民地の人の間だけの再評価ではない。旧宗主国の人の間でも、たとえばフランスの『比較文学雑誌』を編集するデトリー女史などによっても、再評価されつつあるのである。それは植民地主義崩壊後の今日、きわめて自然な成行なのではあるまいか。

日本についても、日本がひたすら西洋化すれば良い、と皮相的に考える人にとっては、日本の多神教の世界であるとか神道文化であるとかはおよそ好意的関心を惹く対象とはならないであろう。日本の知識人の中には日本人が洋魂洋才になることを理想とし、そうなり得ない自分を歎く、というポーズをとる人が多かった。日本人に生まれついたことをなにか原罪ででもあるかのように思う人たちである。しかし昭和日本がなしとげた人類史的功績は、非西洋の国が、一旦敗北したにもかかわらず、その文化的伝統を失わず繁栄をなしとげた点にもあった。そしてその中には古来の宗教的文化とも深いかかわりのある天皇家を守り続けたことの意味も忘れるわけにはいかないのである。

コロニアリズムとの関係でいえば、日本は一面では西洋植民地主義の脅威にさらされた国であった。明治日本は政治的には西洋植民地主義の支配を回避し得たが、文化的には「西洋化」という名の下に一種の文化的支配を甘受したのである。そして日本は他面では日本自身が台湾や朝鮮へ植民地帝国として発展した国であった。西洋製の軍艦で西洋帝国主義に対抗した明治の日本が黄色人種のチャンピオンだったことは歴史的事実である。しかしその日本はやがて反帝国主義的帝国主義の国として発展したのであった。そのような二面性があったことを見落してはならない。そうした各国の支配・被支配の歴史の中で明暗いずれか一面だけを拡大し強調することは、どの旧宗主国についても、またどの旧植民地についても、バランスを失することであろう。というかこれからは、一方的な強調や弁明をするかしないかに、文明国としてのソフィスティケーションはおのずと示される、と見るべきであろう。それはアジアの近隣諸国についても同じであるに違いない。そしてそれは個人としての学者についても、政治家についても同じであるにちがいない。そのような前後関係の中ではハーンについてもバランスのとれた扱いが求められる。贔屓《ひいき》の引き倒しをしてはならないのである。

「まえがき」にも詳しく記したように、私どもは西暦二〇〇四年九月二十六日のハーン死去百年を記念して、その前日の土曜日から東京大学駒場キャンパスはじめ各地の諸大学で順次にハーン・シンポジウムを連続して行なう計画を立てている。それは国際的に協力して「世界の中のラフカディオ・ハーン」を見直そうとしているのであって、「親日家小泉八雲」の頌徳事業を行なうつもりはない。日本の一部にはハーンを「親日」という狭い一国ナショナリズムの枠内でのみ捉え続ける人がいるが、それは西洋の一部にハーンを「反西洋」とみなす人がいるのと対《つい》をなす現象であろう。確かにハーンは西洋至上主義者のチェンバレンなどとは鋭く対立した。土地の宗教や民俗音楽を大切にしたい、と思った人だからである。伊勢神宮の建築は「巨大な丸太小屋」と言ってのけたり、冗談にもせよ「どうか二十一世紀が来るまでに、三味線、琴、その他あらゆる種類の和楽器が薪《たきぎ》に化してしまうことを切に望む」などという英国人チェンバレンは大学者ではあるかもしれないが、ハーンにとっては不快だった。そんなハーンはラバ神父に代表されるようなキリスト教宣教師の偏見をいち早く批判した。しかしそれと同時に西洋文明の偉大さをよく自覚した人でもあった。その二面性を見落としてはならない。明治時代を通してハーンほど見事に西洋文学の妙味を日本人学生に伝えてくれた外人教師はほかにいなかったのである。ハーンは自分の中に抑えがたい西洋への回帰の情を覚えた人であったからこそ、日本人の祖国への回帰を共感的に理解できた人だったのであって、日本人の日本回帰のみを肯定した「親日家」ではない。

ポスト・コロニアリズムの視座からハーンの人と業績を検討すると、いろいろ多くのことが見えてくる。本書の「植民地化・キリスト教化・文明開化」と題された第Ⅰ部でも、ハーンの仕事と並べて台湾の民話を集めた日本系台湾人ともいうべき人々の仕事にふれた。Creole Japan という Frederick Starr 教授の定義につられて Creole Taiwan という再定義も試みた。これは私が最初に下したと思っていたが、アメリカの政治学者の論文にもすでにそのような把握があった。台湾のアイデンティティーを中国大陸と全く同じ漢文化に求めることには無理があると人々が気づき始めている証左であろう。

ハーンの母や黒人の乳母を扱ったその次の第Ⅱ部でも、第Ⅰ部ほど直接的ではないが、似たような問題意識の中でハーンの生い立ちや仕事は観察され、解釈されている。それというのもハーンの母ローザは英国人によってオリエンタルと目された人だったからである。事実、彼女は英国軍被占領地であったギリシャの島で暮らしていた。そして子供のラフカディオを置いてギリシャへ帰った後に英国人の夫に離縁されたのである。露骨な例をあげて恐縮だが、それはいってみれば沖縄の島の娘がアメリカ占領軍将校の子を宿し、戦争花嫁として渡米したが、アメリカ社会に容れられず子供を残して帰った場合にほぼ相当する。その後父親が再婚したので父親とも別れた幼児のハーンは、瞼《まぶた》の母を慕った。そのような母への思いがハーンのものを見る目を形作ったことは否定できない。ハーンはアングロ・アイリッシュの父と、父の背後にあるイギリスの産業文明社会を憎悪して西洋を脱出した人だったからである。

ここで私自身のポスト・コロニアリズム的視点にまつわる感想も述べておきたい。私は植民地化もキリスト教化の強制も肯定しない。しかしさりとていまさら反帝国主義や反文明を絶叫口調で叫ぼうとは思わない。私は平和的な文明開化には賛成なのである。アングロ・サクソンによる北アメリカの植民地化も、インディアンには気の毒だが、いまさら「白人はアメリカから出て行け」というわけにもいかないではないか。私は「謝罪シンドローム」の拡大と悪循環には反対だ。その中には為にする議論が多過ぎる。過去は正確に記憶されるべきであるが、それを非難弾劾の材料や怨念の火種とするべきではない。

そんな私は過去の日本について「漢文明によって汚染された」と声高に非難する気がないと同様、今日の日本について「西洋文明を排除せよ」などと主張する気は無い。ただし漢意《からごころ》の持主については困った者だと思い、日本を西洋の価値のフィルターを通してしか見ない人についても困った者だと思っている。私は雑種文化としての日本、いいかえれば広い意味でクレオール化している母国の歴史的実態をありのままに肯定してその中にプラスの要因を求めている。この場合、広義のクレオール化とは中心文化と周辺文化の習合の謂いで、日本列島で生じた宗教や思想や表現や風俗などの混淆《こんこう》現象を思い浮べていただければよい。本地垂迹《ほんちすいじゃく》説であるとか神仏習合であるとか漢字仮名混じり文であるとか和洋折衷などの混淆現象、すなわち広義のクレオール化現象は、この大陸の周辺地域の国には枚挙にいとまがないのである。

日本はかつて中国文化の恩恵を受け、その後は西洋文化の恩恵を受けた。「恩恵を受けた」とは上品な言いまわしだが、文化的には隷属《れいぞく》した、と置き換えて言えないこともない。それを隷属と感じないのは、島国日本が政治的に中華帝国の版図《はんと》に押し込められたことがないからであろう。朝鮮半島では北も南も漢字ハングル混じり文から漢字を排除した。それだけナショナリズムが異常に激しいからであろう。しかし私は日本の漢字仮名混じり文が好きである。それだけに隣国から漢字ハングル混じり文が消滅したことが惜しまれてならない。和魂漢才という折衷主義の行き方にもそれなりの道理はあったし、和魂洋才という日本近代化の標語にしてもそれなりの苦心はあったと思っている。そんな私は東西両洋に二本足をおろすことを良しとする者なのである。今日の日本で、漢字を排して純粋のやまとことばへ返れ、と主張する向きはいないであろう。そのような外来の大文明の影響を受けて変容した日本、いいかえるとクレオール化した日本を良しとしている私である。私の日本人としてのアイデンティティーの中にも種々様々な構成要素は取り込まれている。ただし次のことは言っておかねばならない。漢字や片仮名の語彙《ごい》がふえても日本語の文法構造そのものはさして変わらないように、私の中に変わらない日本人としての骨格というか構造があることは認める、と。それは私が、外国語でも多くの文章を書いてきたけれども、本質的に日本語人であるからであろう。

さて文化的植民地体験を全面的に否定しない立場から、世界各地の旧植民地の文化史的状況を私なりにスケッチしたい。植民地体験を価値あらしめるためには一体どうすれば良いのか。植民地化の歴史を、それが文化的であれ政治的であれ、全面的に無価値として否定することは自分自身を否定することである、――このような旧植民地出身者の発言を聞いた時の驚きを忘れることは出来ない。その人はにこやかに言った、「いまから百年前の地球は大部分が植民地でした。その植民地体験にまったく意味がなかったとお考えですか。あなたは宗主国《そうしゅこく》と非宗主国の二分法にとらわれ過ぎています。それがいけないのです」

なるほど私たちの人文科学は以前はその二分法に基いて区分されていた。かつてこの世界では植民地大国であったイギリスやフランス――また別様の帝国であった中国――など宗主国というか大国を中心とした文学史や文化史が学問の主流であった。それはその当該国の人にとってはもちろんのこと、文化的周辺国の人にとっても必須の教養だった。それだからかつての日本人は漢学を学んだのだし、漢文化が魅力を失うと、それに代わって西洋文化を学んだのだ。過去一世紀にわたって私たちが学んできた外国文学は英文学や仏文学などが中心であった。また学問をより広くとらえればドイツの人文社会の学問などであった。

もちろんそれに対する反撥《はんぱつ》もあった。宗主国中心史観に対する苛立ちは、二十世紀中葉以後、新興独立国の側からするナショナリスティックな植民地主義非難や左翼の側からする帝国主義弾劾の対象となった。そしてスローガンと化した。しかし戦後半世紀にわたって似たり寄ったりの文句が繰返し唱えられると、旧植民地の人々ですら空しさを覚えるようになる。人民民主主義の諸悪や社会主義陣営の崩壊を目のあたりにした人々の中には、昔の方がまだしも良かった、などと心中で呟《つぶや》く人も出たのではあるまいか。祖先の言葉を奪われ、英語やフランス語を話すことを余儀なくされた旧植民地の人たちですらも、歴史をありしがままに見直して、過去をありしがままに肯定しようとするようになりつつあるのである。

日本と近隣諸国との関係においても同様な反省は多少見られる。かつて在日朝鮮人は日本の悪口を極端に言った。そのことへの反射的な論理的結果として社会主義の北朝鮮を理想化した。しかし、北朝鮮へ渡った人は不幸な選択をした。世の中には自分自身の過激なレトリックにとらわれてしまう犠牲者がいる。偏向した情報空間の囚人ともいうべき個人や集団がある。在日の韓国人・朝鮮人、中国人・台湾人などさまざまな民族集団を見ていると、その傾向の露骨に強い民族と、それほど強くない、より現実的な民族の違いがあることを感ぜずにはいられない。長い歴史的経験からくるソフィスティケーションが違うからであろうか。

その知的熟成について、カリブ海出身の人たちの変化を具体例に即して考えよう。

なるほど帝国主義の絶頂期に地球の大半の土地は植民地であった。だが、だからといって植民地化を正当化することはできない。中でも黒人は西アフリカ各地からアメリカへ奴隷船で運ばれて来た。それは真に悲惨な体験であった。ナチスによるユダヤ人虐殺以上の悪事であるとコンフィアンは言っている。私はその通りだと思うが、しかしコンフィアンはその発言のためにユダヤ人組織から「反ユダヤ的」と非難を浴びたらしい。しかしここでは断罪しやすい政治的問題でなく、アンビヴァレントな問題ゆえに判断の難しい、言語・文化・精神面の問題についてスケッチしよう。

フランス領西インド諸島の黒人や混血児は主人のフランス人たちの言葉を耳から習った。難しいｒ——フランス語のｒは、うがいする時のように喉で鳴らす——の発音は抜きにしたクレオール語が話されるようになった。黒人たちが島では多数派であったから、島に代々住み着いた白人たちも、黒人の下男や乳母のクレオール語を話すようになった。奴隷制度が撤廃され、黒人子弟でもよくできる子供は上級学校に進むようになる。第一段階ではフランス人になりきろうとする。いわゆる同化である。それも本国のエリートに引けを取らぬ秀才になろうとする。次いで差別に反撥して旧植民地を独立させようと民族主義者になる。北アフリカの諸国が独立を勝ち取ったことに続いて起ちあがったナショナリストたちである。中にはクレオール語に自分たちのアイデンティティーを見出そうとする黒人も出る。クレオール語で作品を書く人も出る。また中には自分たちのルーツを求めてアフリカへ渡る人も出る。しかし黒人性を唱えることも、アフリカに根を求めることも、無理がある。用いる言葉はフランス語だからであり、「本土」で教育を受けた人は嫌われる。また限られた人口の島が国家として独立しようとすることには無理がある。結局、激越なスローガンは空念仏に終わりつつある。こうしてマルティニークはフランスの海外県のステータスを維持し、大西洋上の島であるにもかかわらずEUの一部ということになって、経済的に繁栄している。そうした時、二等市民の境涯に甘んじないためには、どのように生きれば良いのか。そこで主張されるのが、種々様々の文化的・人種的・言語的・宗教的構成要素を自分の中に取り入れるクレオール性の礼讃となる――

私自身も過去半世紀にさまざまな段階のフランス系白人黒人とすれちがった。パリへ留学した時に日本の知的俊秀であるべきフランス政府給費留学生の私の方がフランスの旧植民地である海外県出身の彼らに比べてフランス語が自由に話せない。そうした自分を恥じた。だが考えてみれば彼らがよく話せるのは当り前で、フランス語は彼らにとっては母語なのである。しかし自在にフランス語を操る彼らも「母なる祖国」フランスに来てみると、黒い肌ゆえに自分の他者性を思い知らされていた。私が複数の西洋語を操ることを知ると「おまえの方が俺よりよほどヨーロッパ人だ」などと言った。黒人学生たちは自分の出身地の文化について知らないのか、恥じているのか、あまり多くを語らない。それに当時の私もおよそ無関心だった。

ただ一人インド洋のレユニオン島出身の学生で、混血の自分をありしがままに肯定する青年に会った。「私は、夢見がちな時は自分の中のアフリカの血を感じる。商売の時は華僑の血だ。思弁的な時はインド人の血だと思う」などと言った。コンフィアンはハーンの混血児としての背景に言及したが、その解釈にどれだけの真実性があるのか私はむしろ疑問に思うが、いまレユニオン島の青年の音楽的なフランス語の語りをはしなくも思い出す。それはパリの二人部屋の学寮でもう寝ようと思って電気を消した後の夏の夜語りだった。黒人の血のはいったハーフなどでリズム感に恵まれて巧みにダンスに興ずる男女がいる。そのように祖先の特質は肉体的にも精神的にも遺伝して伝わるものなのだろうか。それともレユニオン島の青年は混血した祖先の特質を一つ一つ確認することで、自分自身のより大きなアイデンティティーを新たに創り出し、再生させていたのだろうか。

しかしそのようにおおらかに過去のクレオール性を肯定できる旧植民地の人は珍しい。マルティニークへハーンについて講演に行くと決まった時、同行する黒人の友人が「気をつけろよ」と意味ありげに微笑した。マルティニーク島に渡来した白人作家についてポジティヴな評価を下すと、必ず激越なナショナリストの反撃を食らう、とのことだった。その洗礼を浴びるのが一種の通過儀礼なのだ、という。私は韓国の学会でそのような発言者を何度も見ているので、マルティニークでも別に驚かなかった。いきなりフロアから発言を求めた人は、ハーンは混血女性の美を賛えはしたがマルティニークの男は単純で世間知らずだなどと貶《おとし》めている、そんなハーンは人種主義者だ、と叫び出した。ジャン・ベルナベ教授が司会だったが「ハーンは racialiste ではあるが raciste ではない」とおだやかに捌《さば》いた。相手は一瞬たじろいだ。「ラシアリスト」と「ラシスト」とはどう違うのか、はっきりしないからである。私も一瞬とまどった。ベルナベが言葉の手品師のように思えた。察するに彼は、ハーンは人種間の相違を認める人だが、人種差別主義者ではない、と釈明したのであろう。

二〇〇一年二月のその学会の日にはその後、先に引いたコンフィアンの「素晴らしき旅人、ラフカディオ・ハーン」の発表もあり、夜にはベルナベの従兄弟で同姓の詩人がギターにあわせてハーンの半生を語っ

た。「むかしむかし」と語り手が言うと、聴衆が、

「……だったら三倍すてきなお話をお願い」

と応じるという忘れがたい光景もあって、まことに愉快であった。さらに二〇〇二年五月八日はプレー火山爆発百周年ということで火山学や地震学の学会があり、ハーン関係のシンポジウムもそれにあわせてまた開かれた。到着早々ロータリー・クラブに招待されたが、出席者は色の濃淡の差こそあれ、ほとんどすべて混血の人々である。その席上で私は穏やかな言葉だったが一撃を食らった。「ハーンはこの土地で大勢の女性と関係したらしい。その子孫がこの島のどこかにいるかもしれない。あなたはそのことをどうお考えになるか」。島の上流人士の間でも白人来島者の振舞に対してはいまだにルサンチマンがあるのである。私はマルティニークでの女性関係は知らないが、ハーンは日本では気がついたら自分も父と同じようにオリエンタルの女と同棲し一児の父となっていた。若き日のハーンは、自分の母が低開発国の出であったが故に辛くあたった父を許せなかった。自分はその過ちを二度と繰返すまいと決意し節子を正式に娶《めと》り、そのために日本に帰化したのである。そうしたハーンは徳義的な人であったと思う、と述べた。その場しのぎの要素もなしとしない返答ではあった。


しかし嬉しい発見もあった。本書に集めた一連の論文はいずれも私がマルティニークへ渡航する以前に執筆した。それだけにハーンが描いたマルティニークの乳母ユーマに対する私の讃嘆や日本人女子学生の率直な感想をはたしてそのままマルティニークの人々へ伝えることができるのか、という危惧《きぐ》があった。それというのも一時期独立運動が盛んだったフランス領西インド諸島では、ユーマを非難した論文こそ見かけたが、ユーマを良しとする文章には出会わなかったからである。「カリブの女」の章にも『風と共に去りぬ』の黒人乳母マミーに対する北米での評価と並べて書いたが、ユーマは白人の家庭に乳母として仕え、一八四八年、革命暴動が起るや、「自分と一緒に逃げろ」という黒人の恋人の懇願にもかかわらず、自分が母代わり

となって育てた白人の娘マイヨットと運命を共にしたのである。それは革命や黒人種の連帯を主張する側から見れば、人種的裏切りであろう。しかしユーマは白人の主人に忠実という以上に自分自身の信念を貫いた。それが尊いことは人種の如何を問わず、共感を呼ぶのである。

最初にマルティニークへ行った時、私はある黒人家庭の風呂場で海水着を着替えさせてもらった。その時みごもっていた奥さんは翌年五月には女の子を抱えていた。聞けばユーマと名づけたという。ハーンが造形したマルティニークの乳母はこうして民衆の口承の中にも生きて伝わる理想の女性と化していたのである。こうしたことほど土地の人のハーンへの愛着を物語るものはない。

チベットを除いて植民地主義支配が終わったといわれる今、ハーン復活の動きは止まらないだろう。百年前に死んだアメリカの作家で誰が今日これほど話題になるだろうか。しかもそれが日本やマルティニークだけではない。ハーンの書物やハーンについての書物が英語で次々と出る。ハーンの手になるフロベールやゴーチエの英訳本が新装本で出版される。フレデリック・スターなどかつて Creole Japan などと題したハーン論を書いて日本を貶めたつもりのようだったが、ニューオーリーンズ時代のハーンを調べるうちに彼自身がハーンの魅力にとりつかれたらしい。*Inventing New Orleans* (University Press of Missisipi, 2001) というハーンの南部物を集めた一冊の冒頭に好論文を掲げている。フランス語でもハーンの新訳が出る。ただし私には Marc Logé の旧訳の方が好ましく思えてならない。日本で発見されたハーンが採集したクレオール民話がパリの書店から出たことは本文中に紹介した。「極東は西洋の比較文学研究にとってもはやマージナルな、周辺的な学問対象ではなくなった」と東アジアをも取りこむことを二〇〇一年冬号で宣言し、面目を一新したフランスの『比較文学雑誌』*Revue de Littérature Comparée* は「カリブ海文学」特集を組んだ。その二〇〇二年夏号を開くと、ハーンのマルティニーク紀行が話題となっている。二〇〇三年八月の香港で開催予定でありながら新型肺炎で延期された国際比較文学会議では "Writers who were considered to 'have gone native'" という特別セッションが組織された。その特別部会で扱われる中心人物はもちろんハーンである。だがしかしこの「土人になったとみなされた作家たち」という剣呑な英語表現については説明を加える必要があるだろう。実はそこにハーン評価についての内外落差の遠因が潜んでいるからである。

ハーンは、『怪談』などを通して日本人にひろく親しまれてきた。優れた作家だという位置づけである。そして実はそれとはちょうど逆様に、西洋ではある色目を通して見られてきた。つまらぬ作家だというラベルも貼り続けられている。ハーンに対する反感が一番強かった国はイギリスとアメリカである。それというのは、英国人を父として生まれ、アメリカの新聞雑誌の上で生涯にわたり英語作家として執筆を続けた Lafcadio Hearn は、明治二十九年、英国籍から日本に帰化したからであった。それが西洋至上主義の人にとっては不可解な行為であり、許せない裏切り行為であった。それだから「土人になった」と陰口を言われたのである。いや今でも言われているのである。

一八九六年当時のアメリカでは、白人と黄色人の間の人種間結婚は良い目では見られなかった。ハーンの紀行文に登場する旅の連れが万右衛門という名の爺やになっているのは、実際の連れである小泉節子を登場させると、アメリカの女性読者が反撥することを著者が懼《おそ》れたからである。白人の女性が日本人と結婚して日本に帰化することはまだしも認められた。しかし白人の男が日本に帰化することなど明治時代の半ばにはおよそあり得ないことであった。チェンバレンはハーンの死後およそ三十年が経ったころ *Things Japanese* に Lafcadio Hearn という新項目を立て彼の生涯をこう総括した。

ハーンの一生は夢の連続で、それは悪夢に終わった。彼は、情熱のおもむくままに日本に帰化して、小泉八雲と名乗った。しかし彼は、夢から醒めると、間違ったことをしでかしたと悟った。

小泉節子の『思ひ出の記』などを通してハーンの晩年の穏やかで幸せな生活と夫婦合作で仕事に打ち込んだ様を知る者には、この記述は事実にもとる。このようにして旧友をおとしめるチェンバレンの書き方は陰湿で不快である。しかし日本は閉鎖的な社会であり、日本人と結婚してそこで生涯を終える者は惨めな最期を遂げるという見方ほど西洋の優越性を証するものはない。ハーンの英文ペーパーバック本にはそれ以後、なんらの裏付資料もないまま、「日本での晩年は惨めであった」と決り文句のように印刷されるようになった。フランスの日本研究の大御所でハーン好きで知られたベルナール・フランク教授までがラジオでその説を繰返した時、チェンバレンが植えつけた毒はここまでまわったかと思ったほどである。

日本に帰化したハーンに対する偏見や中傷や反感がいかに強かったかは、ハーンの死後四十年経った第二次世界大戦中、アメリカで軍用船に「ラフカディオ・ハーン号」と命名しようとしたところ非難の投書が殺到し、米国海軍省は急遽《きゅうきょ》名前を愛国者の中から選ぶと釈明したことからも察せられよう。

しかし帰化が問題となっただけではない。ハーンが日本のことをよく書くと、それが日本人の普通の読者にとっては心地よく、また当然のことに思えても、西洋人読者のある人にとっては、日本贔屓《ひいき》に過ぎる、と思われたのである。ハーンはことあるごとに日本人の肩を持って西洋人を貶める人という印象を与えた。

だがしかしさらに根深い問題は、日本の知識層にも存する。日本の過去を恥ずかしいと感じるインテリゲンチアには、ハーンをはじめとする明治期西洋人の日本見聞記をおしなべて美化された幻影として斥けたいという、強い衝動に動かされてきた歴史があるということである。美化された幻影が一部にあることは事実だが、はたしてそれがハーンのすべてだろうか。こうした日本人自身の中から生まれる自己否認の是非――それを究めることこそが、日本人にとってのポスト・コロニアリズムの課題なのである。

註

（1）Copyright © 2000 by Raphael Confiant, Japanese translation rights arranged with Signal Books through Japan UNI Agency, Inc., Tokyo.

（2）共感は批判におとらず理解の良き方法だということがわからない人が米国の日本学者には多過ぎる。「非西洋」を「西洋」に翻訳することは難しい。肌身にしみて日本を理解出来ない人たちは、学者といいながら、むしろ自国の読者層に受けの良い紋切型やクリシェに頼ることで名を成すという悪循環に陥っている。いまでも戦争中の敵対プロパガンダが植えつけた反日イメージにあうような日本論が学問的体裁をよそおって出まわっている。私はイデオロギーが先行するような学問にはあまり信を置かない。

年譜と主要作品

ハーンの著作と日本語訳

ハーンの英文著作ついては *Kwaidan, Glimpses of Unfamiliar Japan, Kokoro* など代表作はタトル社などのペーパバックで手に入りやすい。全十六巻本の *The Writings of Lafcadio Hearn* は一九二二年の Houghton Mifflin 版やその復刻版が大学図書館に収められている。それ以外の著作や研究書を調べる上では平川祐弘編『小泉八雲事典』（恒文社、二〇〇〇年）の銭本健二の「書誌」と、大学講義録関係の遠田勝の「書誌的解題」の項目をとりあえず見られたい。ただし一九三四年の Perkins 夫妻の手になる書誌以降、ハーン研究の基礎となるべききちんとした書誌的作業は残念ながら行なわれておらず、銭本健二編『小泉八雲コレクション国際総合目録』（八雲会、一九九一年）はハーンの直筆原稿や書簡、その他関係資料の所在にふれているものの、遺漏も多く（翌年に補巻が出た）、書誌学的記述に問題が多い。

ハーンの翻訳には、昭和初年ハーンの弟子筋の訳になる第一書房版全十八冊、昭和三十年代の平井呈一の訳になる恒文社版『小泉八雲作品集』全十二巻と、アメリカ時代初期作品から東大講義録などを含む『ラフカディオ・ハーン著作集』全十五巻が多くを網羅している。近年では平川祐弘・森亮・仙北谷晃一・遠田勝・牧野陽子他の訳になる講談社学術文庫『小泉八雲名作選集』全七巻があり、これが入手しやすい。私は「小泉八雲の旧訳全集について」（『福岡女学院大学紀要』第8号、一九九八年、『平川祐弘著作集』第十五巻）の一文で従来の邦訳を吟味し、恒文社版平井訳の不可なる理由を実例をあげて詳説した。その指摘のためか、同じ出版社から『小泉八雲事典』が出た際、書誌からその論文名が編者である私に無断で消えていた。

恒文社社員が削除した気持はわからなくはないが、自社出版物の批判は許さないという料簡は良くない。ここであらためて、森亮教授と私が新訳にとりかかった動機の一つは旧訳のままではハーンに気の毒だと思ったからであることを述べさせていただく。

ハーンのヨーロッパ時代（一八五〇―六九）

ハーンの年譜としては関田かをる作成の長さ二十二頁のものが『小泉八雲事典』の末尾にある。銭本健二・小泉凡共編のものが『ラフカディオ・ハーン著作集』第一五巻（恒文社、一九八八年）にあり、二百頁に及ぶ。さらに坂東浩司に『詳述年表ラフカディオ・ハーン伝』（英潮社、一九九八年）がある。ただしこの種の大型の年譜や年表は、記述を裏づける出典や外国語表記が示されないと、記述の信憑性に疑義が生じた時、後来の研究者がチェックできない憾《うら》みがある。なおハーン研究の最新情報は『小泉八雲事典』に一応盛られており、遠田勝の手になる主要作品解題も出ている。それで屋上に屋を架することは避け、以下ハーンにまつわる大切と思われる事項のみを拾って、年譜に代えたい。

パトリック・ラフカディオ・ハーンはイオニア海のレフカス島で一八五〇年六月二十七日に生まれた。二歳の夏、ギリシャ人の母ローザとともに夫の実家のアイルランドへ渡った。母はダブリンのプロテスタントの上流社会になじめなかった。父はラフカディオの誕生以前にすでに本国へ召還され、ついで英領西インド諸島に勤務、一八五三年十月八日グレナダから帰還してはじめて会った。その父は五四年四月にははやクリミヤ戦役に出征した。母は初夏にギリシャに帰った。父は翌五六年帰還後、旧恋のアリシア・ゴブリン・クロフォードが夫と死別していたので親しくなり、五七年ローザとの結婚無効を申し立てて離婚、アリシアと再婚した。

そのような家庭崩壊に直面し親に捨てられたハーンは、子供のない大叔母でカトリックのブレナン夫人の下で育てられた。ナースはコンノート出身の女であった。一八六三年北イングランドのアショーにあるカトリック系セント・カスバート・カレッジに入学、寮生活を送った。六六年校庭で遊戯中にロープの結び目が左目に当り失明したが、不幸は重なり、親戚モリヌーが投機に失敗し、彼の口車にのせられて出資したブレナン夫人も破産したので、ハーンは六七年十月二十八日付けで退学を余儀なくされた。そのころにフランスで学んだこと、またロンドンで文無しの生活を強いられたことは確かだが、詳細はわからない。

アメリカ時代（一八六九-九〇）

一八六九年北米へ移民した。シンシナーティで印刷屋ワトキンの好意に助けられ、貧窮のどん底から匍《は》い上がる。七四年『シンシナーティ・インクワイアラー』紙の社員となり、事件記者として名をあげた。七五年六月十四日混血女性マティ・フォーリーと結婚式を挙げたが、結婚生活はうまく続かず、七七年逃げるようにニューオーリーンズへ南下した。七八年『デイリー・シティー・アイテム』紙に職を得た。ハーンはモーパッサン、ロティなどフランス近代文学の翻訳者としても知られるが、八二年初めての訳書であるゴーチエの *One of Cleopatra's Nights* を自費出版した。八四年には *Stray Leaves from Strange Literature*『異邦文学残葉』を出版した。再話文学の嚆矢《こうし》である。その材源からハーンの目が早くから非西洋に向けて広く開かれていたことがうかがわれる。同年八月末から一月余、グランド島に遊んだ。八六年にも再訪し、それらの体験を作品に生かしたのが最初の小説 Chita『チータ』（一八八九年刊行）である。八四年末からニューオーリーンズで万国産業博覧会が開かれ、日本館に興味を持ち、政府代表の服部一三と知り合った。黒人のクレオール文化にも関心を抱き、八五年に『ゴンボ・ゼーブ――クレオール俚諺小辞典』を出している。八七年には *Some Chinese Ghosts*『中国霊異談』を出した。英仏のシナ学者の翻訳を基に再話した六篇で『近古奇観』に取材した『孟沂《もうぎ》の話』は代表作である。しかしその再話をハーン自身の作品たらしめているのは生き別れた瞼の母を慕う気持が底流しているからであろう。その憧れは遺稿として拾われた『伊藤則資の話』にもそのまま通じる死後の再会を願う気持である。八七年七月にフランス領西インド諸島へ旅した。一旦ニューヨークへ戻った後、再びマルティニークに八九年四月末まで滞在し、その時の体験をふまえ小説 *Youma*『ユーマ』を書いた。帰米してフィラデルフィアのグールド家に寄寓しマルティニーク関係の作品の仕上げを行なった。

日本時代（一八九〇―一九〇四）

一八九〇年三月八日、画家ウェルドンとともに日本に向けてニューヨークを立ち、モントリオールからヴァンクーヴァーへ出、十八日アビシニア号に乗船、四月四日横浜に着いた。日本暦の明治二十三年だが、ハーンは三十九歳になっていた。八月三十日、姫路から中国山脈を人力車で抜けて松江に到着、九月三日から島根県尋常中学校の英語教師として授業を開始した。教頭西田千太郎と親交を結び、その紹介で翌九一年一月ごろ身のまわりの世話のために小泉セツが雇われ、やがて結婚した。「初め良ければ、すべて良し」とは梶谷泰之氏の評語だが、その通りの二人であった。八月下旬伯耆へ一緒に旅した。十一月十五日セツとその家族を伴ない、松江発、熊本に向い、三年近く第五高等中学校で教えた。九二年夏二カ月にわたり、神戸、京都、奈良、美保関、隠岐へ旅した。九三年十一月十七日長男一雄が誕生する。九四年十月神戸に移った。九六年日本に帰化し小泉八雲と改名した。その年は明治二十九年に当るが九月七日上京、帝国大学文科大学講師として以後六年半、週十二時間講義した。九七年以降毎夏のように焼津へ行く。一九〇二年三月には市谷富久町から西大久保の新居に移った。五月八日マルティニーク島プレー山の噴火でサン・ピエールの町が全滅する。〇三年三月東大を不本意ながら去る。一年間執筆に没頭した後、〇四年早稲田大学文学科講師となり、三月から教え、その同じ年、日本暦の明治三十七年九月二十六日死去した。満五十四歳三カ月であった。

日本時代の作品

一八九四年（明治二十七年）日本についての最初の著書 *Glimpses of Unfamiliar Japan*『知られぬ日本の面影』がホートン・ミフリン社から出た。以後ほぼ毎年一冊の割で計十二冊著わした。

一八九五年 *Out of the East*『東の国から』（「光は東方より」の含意）

一八九六年 *Kokoro*『心』

一八九七年 *Gleanings in Buddha-Fields*『仏の畑の落穂』

一八九八年 *Exotics and Retrospectives*『異国情緒と回顧』

一八九九年 *In Ghostly Japan*『霊の日本』

一九〇〇年 *Shadowings*『影』

一九〇一年 *A Japanese Miscellany*『日本雑記』

一九〇二年 *Kotto*『骨董』

一九〇四年 *Kwaidan*『怪談』

Japan : An Attempt at Interpretation『日本——一つの解明』

一九〇五年 *The Romance of the Milky Way and Other Studies and Stories*『天の川幻想』は遺稿をとりまとめたものである。

この中で『骨董』と『怪談』を合本にした平川祐弘個人完訳は二〇一四年、『心』は二〇一六年に河出書房新社から刊行された。

日本理解の奥にひそむもの

ハーンの終生の心残りは瞼の母と四歳で生き別れたことであった。来日直後、横浜で西洋人の父に捨てられた混血の少女を見て思わず感情を洩らす場面がある。合いの子は貧しいが美しい。身なりは粗末だが、髪の毛は西洋人だ。西洋人の魂が花のように青い眼を通して自分を見つめていると思って、ハーンは一瞬はっとする。だが少女はハーンを見て異人さんだと思う。西洋人に捨てられたおっ母さんは少女のために銭を乞うている。少女の運命を思ってハーンは、このおだやかな青い光の光輝に包まれた現世にいるよりも、未知の死者の暗黒世界でお地蔵様に保護されている方がいいのではないか、と思う。お地蔵様は大きな袖の中におまえを隠してくださるだろう。そして一緒に遊んでくださるだろう。そしておっ母さんはおまえがゆっくり休めるようにお地蔵様の膝元に小石を積んでくれるだろう。

このような内から湧きあがるような感情は、自分もかつて混血児としてダブリンで捨てられたという思いがあったなればこそではあるまいか。『地蔵』の第六節のこの記述にハーンの幼い日の痛切な感情を読み取るのは間違いだろうか。来日してハーンがまず目に留めたものがお地蔵様であることは意味深い。ハーンは加賀《かか》の潜戸《くけど》でもお地蔵様に注目している。『日本人の微笑』の第五節には京都の一夜の思い出が次のように記されている。

私がじっと眺めていると、十歳くらいの幼い子が私の脇へ駈けよってきて、お地蔵様の前で小さな両掌をあわせると、頭を垂れ、ちょっとの間黙ってお祈りした。その子は遊び仲間からたったいま別れてきたばかりらしい。はしゃいだ遊びの楽しさがその童顔にまだ光っていた。そしてその子の無心の微笑は石のお地蔵様の微笑に不思議なくらい似ていた。私は一瞬その子とお地蔵様と双子であるかと思った。そして考えた。

「銅でできた仏像の微笑も石に彫まれた仏像の微笑もただ単なる写生ではない。仏師がその微笑によって象徴的に示そうとしたものは、それは日本民族の、日本人種の微笑の意味を説明するなにかであるにちがいない」

『地蔵』も『加賀の潜戸』も『日本人の微笑』も来日第一作『知られぬ日本の面影』に収められているが、ハーンは日本が子供に優しい国であることを自分の幼年時代との対比において肯定的に把握したことを示している。と同時に地蔵に代表されるような日本の宗教的雰囲気にも好意的理解を示し、それがハーンの日本論の基調となったと言えよう。それと同じような目で地蔵を見、深く心動かされた人に、ハーンの愛読者であったフランスの詩人大使ポール・クローデルもいたことも最後に言い添えておきたい。

附録　ユーマ　Youma（『カリブの女』より）

ユーマ　Youma

ダーと呼ばれた乳母《うば》は、昔の植民地時代、マルティニーク島の豊かな家庭ではしばしば高い地位を占めていた。ダーになるのは、たいていフランス領西インド諸島の混血黒人女性《こんけつこくじんじょせい》で、それもおおむね色の濃い女から選ばれた。白人の血の混《ま》じりの多いメスティーヴよりは、むしろ黒人の血の濃いカプレスの方が選ばれた。ダーという特別の場合に関しては、肌の色に由来する偏見は存在しなかったのである。ダーは奴隷女であった。しかし解放され自由な身分となった女で、ある種のダーに匹敵する社会的特権を享受《きょうじゅ》できる黒人女はいなかった。たとえ教養があり、美女であろうと、いなかった。

ダーは母親として愛され、敬意をもって遇された。ダーは育ての母であり、同時に子守りのねえやでもあった。というのは、西インド諸島に代々住みついたフランス人——その人たちがクレオールと呼ばれるのだが——の上流家庭の子供には二人の母親がいたからである。貴族的な白人の生みの母と黒人奴隷の育ての母とで、後者が子供のいっさいの面倒を見たからである。——食事の世話をし、入浴をさせ、奴隷たちの柔らかで音楽的なクレオールの言葉を教え、腕に抱いて外へ連れ出しては美しい熱帯の世界を見せ、夕方にはすばらしい言い伝えや昔話を語って聞かせる、そして子供をあやして寝かしつけ、昼となく、夜となく、子供になに不自由ないよう気を配る……　小さなころ、白人の子供が白人の母よりダーの方になついたとしても、別に驚くにはあたらない。とくになつくという場合には、たいていダーの方に分《ぶ》があった。というのは、子供たちは実の母よりもダーと一緒にいる時間の方がずっと長かったからである。子供の小さなあれこれの要求を満たしてくれるのは、もっぱらダーだった。ダーの方が手厳しくなかったし、我慢強くて、しかもたいてい実の母よりも、よく抱いたり撫でたり可愛がってくれたからである。それにダー自身が心は子供で、子供言葉を話し、子供らしいことが好きだった。——無邪気で、よくはしゃぎ、愛情に溢れていた。小さな子供たちの気持やしたいこと、やりたいこと、苦痛や欠点がよくわかっていた。白人の母親にはわからぬこともよくわかっていた。どんな場合でも直観的に子供をあやすことができたし、慰めることもできた。子供の空想を刺戟したり、喜ばせたりすることもできた。——子供とダーとはぴったりうまがあい、二人とも相手が好きなものは好き、相手が嫌いなものは嫌いなのだった。二人は生きる上で、動物的な喜びを互いにわかちあうことのできる間柄だったのである。後になって、子供が成長し、フランス語をきちんと話すよう家庭教師から最初のレッスンを受けるような年になると、頭脳の発達に応じ、ダーにたいする愛情と母親にたいする愛情との間に差がつき始める。そうなった後では母親の方がより愛されるようになりはするが、だからといってダーをなつかしむ気持が以前に比べて減《げん》じるわけのものではない。子供のダーに対する愛情は生涯続く。またダーとその家族との関係が絶たれることも滅多にない。ただし他の奴隷所有者から「一時貸し出し」されたという残酷な場合は話は別だったが。

　多くの場合、家つきのダーはそのクレオール所有の農場内で生れた奴隷から選ばれた。同じお邸《やしき》で乳母として二世代にわたって子供たちの面倒を見たダーもいる。こんなこともよく起こった。家の人数がふえ、家族が分かれると——息子や娘が成長して彼ら自身が父親や母親になると、ダーは次々とみんなの子供の世話を焼いた。ダーが彼女の主人のところで生涯を了《お》えることも多かった。ダーは法律的には奴隷という所有物だったが、ダーを売りに出すなどということは破廉恥《はれんち》でまずあり得べからざることだった。永年の奉公に対する感謝のしるしに解放されたとしても、ダーは自分のための独立した家を持とうとはしなかった。自由というものは大した価値をもたなかった。それが価値をもつのは、ダーが愛着をおぼえていた人々がみな先に死んでしまった時だけである。彼女には自分の子供もあった。もし自由を望むとすれば、それは自分のためというより、むしろ子供たちのためにだったろう。それは要求して当然のことであった。というのは、ダーは他人の子供たちのために彼女自身の母親としての喜びの実に多くを犠牲に供してきたからである。ダーが利己的でなく献身的であることは、鉄のごとき性質の人々をも感動させるものがあった。知的には未発達で、隷従《れいじゆう》のためになかば野蛮人のままの状態にとどまっているが、肉体的には、気候や、環境や、この土地の人々の特色を形成するあの不思議な力の影響で、すこぶる洗練されている人種の中にあって、ダーは性善《せいぜん》の性質をこの上なく発達させていたのである。

だがこのダーという乳母はすでに過去のものである。あのような特別のタイプの人間は奴隷制度の産物で、ひとえに淘汰《とうた》の結果、生れたものだった。奴隷制度の産物でありながら、消失してしまったことが惜しまれている唯一の産物である。あの奴隷制度という残酷で苦《にが》い土壌《どじよう》から成長し繁茂《はんも》した、あらゆる暗黒の雑草の中で不思議にもぽかっと咲いた一輪の珍しい花である。この種のタイプの人間が永続するために、奴隷解放後の自由な雰囲気が致命的に悪かったというわけでは必ずしもない。しかし自由とともに多くの予期せざる変化もまた到来した。普通選挙に引続く外来企業の参入と競争、それによって生じた経済不況の新事態、政治的暴動の結果おこった黒人多数派への白人マイノリティーの従属《じゆうぞく》、古い社会組織の全面的な崩壊《ほうかい》……そうした変化はあまりにも激烈《げきれつ》であったから、けっして良い結果は生れなかった。あまりにも急速に、見境もなく与えられた政治権力の濫用《らんよう》は、古い憎悪心《ぞうおしん》にまた火をつけ、新しい憎悪心を生み出した。白人と黒人はおたがいに相手の協力をもっとも必要とするとき、永久に二つに分かれてしまったのである。生活が苦しくなるにつれ、利己主義がにわかにはびこった。以前は豊かな人は鷹揚《おうよう》だったが、いまは金は貯《た》めこんでも他人の面倒は見ない風潮が支配的となった。昔は無縁だった生活難の下で、あらゆる社会階級の性格が目に見えてとげとげしくなり、クレオールの白人たちは自分自身の狭い生活の枠内に閉じこもってしまったのである。

……こうしてダーは現実にいなくなった。いまいるのは単なる保母やねえやである。同じ家に続けて三ヵ月とはいないような人たちである。ダーの家族に対する素朴《そぼく》な忠誠は伝説と化してしまった。今日の、給料いくらで雇われた使用人の新世代の人々に、それに相当するものを求めたところで無駄である。だが以前にダーだった人々の中で、いまなお生存してダーと呼ばれ続けている人はまだ数人はいる。このダーという呼び名は一度与えられると、名誉ある呼び名として生涯大事にされたのである。そうした人の何人かはサン・ピエール市ではまだ見かけることができる……　たとえば大通り《グランド・リュ》の海に面した側に立派なお邸があるが、その玄関の大理石の石段に、天気の良い朝は必ずといってよいほど、一人腰掛けている。たいへん年とった黒人の女で、日向《ひなた》ぼっこが好きなのだ。そのダーが、ダー・ショットである。お金持の紳士や高位の貴人《きじん》、判事や商人が通りがかりにその老女に挨拶する。その一家の白人の男たち——髪が半白《はんぱく》の父親も、颯爽《さっそう》とした息子たちも——事務所へ出勤する前の一刻、立ちどまってダーとお喋りして行く。また若い御婦人方が馬車に乗ってドライヴへ出掛ける前、ダーの方に腰をかがめて御辞儀をし、キスをする。そればかりではない、この市に多少長逗留《ながとうりゆう》する人は、この邸を訪問する人がみなダーに向ってほほえみかけ、やさしく言葉をかける様も見るだろう。

「ダー・ショット、御機嫌はいかがですか?」

彼らはその挨拶をクレオール語で“Coument ou yé, Da Siyotte?”というのである。ダーを単なる使用人と勘ちがいして、ぞんざいな言葉で話しかける者に災《わざわ》いあれ！

「ダーが使用人だといわれるなら」

とその種の失策をやらかした男に向って邸の主人が手きびしく言い返した、

「あなたなぞ、せいぜい下男ですな」

ダーを侮辱するということは、その一家を侮辱することである。ダーが死ぬと、ただお金があるだけではできないような葬儀が執り行なわれる。というのは、ダーの葬式は第一級の葬式で、市のもっとも豊かで身分の高い人も参列するからである。その日には三十キロの道を遠しとせず、馬に乗って丘を越えてやって来る農場経営者もいる。それは棺《かん》をかつぐ人の列に加わるためである。サン・ピエール市には、自分の足で敷石《いし》を踏むことはまずないような貴婦人もいる。外出は自家用の馬車以外ではしない人たちである。ところがそうした女性が、太陽がかっと照りつける中を、碇泊地《ムイヤージュ》墓地までずっと徒歩《とほ》で、その黒人老女の柩《ひつぎ》の後に従って、歩いて行くのである。そして鐘の音が低く鳴るとき、そのふるえる音にあわせるようにダーの遺体を一家の納骨堂《のうこつどう》に納めるのである。

1

サン・ピエール市にはまだ存命の人で、ユーマのことを憶えている人がいる。背の高い混血黒人《カブレス》女性で、レオニー・ペロンネット夫人の所有物であった。世間の人々はこの女主人よりも使用人の方をよく知っていた。――それというのはペロンネット夫人は、夫の死後滅多《めった》に外出しなくなったからである。夫は豊かな商人で、夫人が楽に暮せるほどの遺産は十分残していた。

ユーマは皆に大事にされたお気に入りの奴隷であった。またペロンネット夫人が名づけ親になった子供でもあった。旧体制の時代には、クレオールの婦人たちが小さな奴隷たちの名づけ親になることは別に特別のことではなかったのである。ユーマの母親のドゥースリーヌは、ペロンネット夫人の一人娘であったエメーのダーとして買われた奴隷であった。そしてエメーが五歳になったかならぬかの時に死んだ。二人の子供はほとんど同い年で、おたがいにたいへんなついていた。ドゥースリーヌが死んだ後、ペロンネット夫人はこの小さな混血黒人《カブレス》の子を自分の娘の遊び相手として育てようと決心した。

二人の子供の気質は目に見えて異なっていた。二人が大きくなるにつれ、違いはますますはっきりしてきた。エメーは情愛に富んで気持をはっきりと示し、感じやすくて熱情的だった。喜んだかと思うとたちまち悲しむという風に気分の変り方も早かった。泣いたかと思うとまた笑った。それに対してユーマはあまり口は利かず、滅多に感情を表《おもて》にあらわさなかった。エメーが金切声をあげる時でもたいてい黙って遊んでいた。エメーがあまり激しく笑うので母親が何事かと心配するような時でも、ほとんど微笑さえしなかった。こうした気質の違いにもかかわらず、というかおそらくその違いの故に、二人はたいへん仲がよかった。深刻な喧嘩をしたことは一度もなかった。二人がはじめて別れ別れになったのはエメーが九歳になり、家庭教師が与える授業よりもっと程度の高い教育を受けるために修道院に送られた時である。学校へ行けばもっと素的《すてき》な白人の友だちが見つかるという周囲の保証にもかかわらず、ユーマと別れる辛さはいやされなかった。別れることによって、エメーよりも間違いなくもっと多くを失うこととなるユーマは外見は落着いていた。

「ユーマの態度には非《ひ》の打ちどころがありませんでした」

とペロンネット夫人はよく気のつく人であったから、「非の打ちどころのない態度」が鈍感に由来するのでないことを見てとって、そう言った。

二人の仲良しはその後も会い続けた。それというのはペロンネット夫人は毎日曜日、修道院へ規則的に馬車で出掛けたが、その際かならずユーマを一緒に連れて行ったからである。エメーは自分の母と会うのと同じくらい、ユーマという旧友と会えることを喜んだ。初めての夏休みとクリスマスの休暇の際に、幼年時代のつきあいはまたすなおに昔のままによみがえった。二人が互いに相手に対して抱く愛情は、二人の関係がその後自然に変化したにもかかわらず、そのまま続いた。ユーマは名目的にはねえや――フランス語でいう bonne――で、エメーを主人《ミストレス》と呼ぶ立場にあったにもかかわらず、ユーマはエメーの乳姉妹《ちきょうだい》のように遇《ぐう》された。そしてエメーが令嬢《マドモアゼル》としての勉学を了《お》えたとき、若い奴隷の召使は、エメーの心の秘密を打明ける話相手の位置にとどまった。いわばエメーのおつきとなったのである。ユーマは読み書きを習わなかった。ペロンネット夫人は、ユーマには奴隷としての身分の外へ出ることはいかなる努力をもってしても出来ない以上、たとい勉学の機会を与えたとしても、それはこの子に不満をつのらせるだけだろう、と考えたのである。しかしユーマにはもって生れた知恵があり、それが多くの点で頭脳の訓練の不足を補った。ユーマはいかなる場合にも何をするべきか、いかに言うべきかを実によく、心得ていた。ユーマはすばらしい女に成長した。間違いなくその市区でいちばんすばらしい混血女性《カブレス》であった。肌の色合いは明るい深紅色で、その顔立ちには柔らかな漠とした美しさがあった。それはスフィンクスのなんとも定義しがたい表情を思わせた。とくに横顔がそうであった。髪は、黒い羊毛のように縮れていたが、長くて、美しかった。彼女は風采《ふうさい》は優雅で、背はすらりと高かった。十五歳になった時、ユーマは女を感じさせた。十八歳になった時、ユーマは自分の女主人より頭と肩の分だけ背丈《せたけ》が高かった。それでマドモワゼル・エメーは、白人の令嬢として背は平均以下ではなかったけれども、二人一緒に外出する時は、ユーマの顔を覗きみるために、いちいち視線をあげねばならなかった。若いおつきのユーマはいたるところで讃美の目で眺められた。ユーマは、マルティニークの人が誇らしげに外人に示していうところの、混血種の美人の一タイプなのである。奴隷制の時代であっても、クレオールの白人たちは、人間の赤銅色とか金色とかの肌の色を褒めることを躊躇しなかった。クレオールの白人たちは、そうした肌の色をすばらしいと遠慮せずに口にしたのである。審美的な見地からは「肌の色による人種偏見」は存在しなかった。だがそれでもユーマに面と向ってぬけぬけと褒言葉をいうような白人の若者はほとんどいなかった。この若い女奴隷の目や態度にはなにか犯しがたいものがあって、それがユーマが育てられた家族の道徳的な力と同じ程度に彼女の身を守ってくれたのである。

ペロンネット夫人は彼女の召使のことを誇りに思い、ユーマが当時有色の女性が着用した優雅で輝かしい衣裳をできるだけ美しく着こなすことに喜びを覚えていた。服装に関する限り、ユーマは解放されたクラスのいかなる女をも羨む理由はなかった。彼女は混血女性《カブレス》の女が着ることを望み得るようなあらゆる服を取揃えて持っていた。色のコントラストにまつわるその地方の観念に応じた服いっさいである。絹や繻子《しゅす》のスカート――ローブ・デザンドとそれと似合うような頭飾りやスカーフ――紺碧色《こんぺきいろ》とオレンジ色、赤と菫《すみれ》、黄色と目立つ青色、緑色と薔薇色。エメーの最初の聖体拝領式《せいたいはいりょうしき》や、夫人の祝名節《しゅくめいせつ》、舞踏会、一家全員が招待される結婚式、といった特別の機会には、ユーマの服装はそれはすばらしいものだった。オレンジ色の繻子の裾をひくスカートを胸のすぐ下から着用し、胸の上には刺繍模様のついたレース編みのシュミーズを着ている。そのシュミーズは半袖で、むき出しの腕には腕輪がはまっている。半袖は肘のところで金《きん》の留めがねでとめている。彼女が首にまいているスカーフはカナリア色の黄金でそれに緑と青の縞《しま》がはいっている。首飾りは三重の金色の数珠《じゅず》で、その珠には彫物がしてある。きらきら光る耳飾りは、左右とも厚い金《きん》の円筒形がいくつも重ね合わせて拵えてある。彼女のマドラス風の頭布《ターバン》は、黄色の筋がはいっていて、ふるえる針とか、小さな鎖とか、黄金製のどんぐり型の頂華《ちょうか》とかの宝石類できらめいている。こんな姿をしたユーマは、画家のためにサバの女王のモデルとなることだってできそうである。このユーマの装身具の中には、エメーからのいろいろな可愛らしい贈物もまざっていた。しかし宝石の大部分はユーマのために、ペロンネット夫人がお年玉として、毎年、買い与えてくれたものだった。ユーマが希望する楽しみは、それがもっともなものである限り、ユーマにことごとく与えられた。ただし奴隷の身分から解放される「自由」だけは別だったが。

　ユーマ自身はその点について悩んだことは、おそらくまったくなかったのだろう。しかしペロンネット夫人はその点についてずいぶん考えた。そして心に決めていた。娘のエメーが涙を流して一生懸命懇願《こんがん》したにもかかわらず、夫人はユーマを自由の身にすることを二度にわたって拒絶した。エメーの願いを斥《しりぞ》けたのは、当時のエメーには若過ぎてまだ完全にはわからない動機によってであった。ペロンネット夫人の本当のつもりは、ユーマが自由になることによっていまより少しでも幸せになれるのならすぐにでも自由にする、という心算であった。目下のところ、ユーマが奴隷の身分であるのは、ユーマの身を道徳的に保護するためでもあった。奴隷であればこそ、彼女は法律的に彼女をもっとも愛している人々の監督下にい続けることができるのである。そうであればこそ、ユーマを本人がまだ知らないような危険から守っているのである。とくにそのおかげで、ペロンネット夫人が同意しないような男とユーマが一緒になる可能性を防いでいるのである。名づけ親のペロンネット夫人は、ユーマという娘の将来について、自分なりの案をもっていた。ユーマをいつか勤勉で貯金のある解放奴隷と結婚させようと思っていた。ユーマのためによい家庭をきずいてくれるような男の――船大工とか家具職人とか建設業者とか機械工の親方といった種類の男であった。そしてそうした機会が訪れたら、ユーマを自由な身分にしてやろうと思っていたのである。その時はほかに多少は持参金も添えてやる。それまではユーマはともかくもこの上なく幸せなのだから。

……一方エメーの方は十九歳の時に、ルイ・デリヴィエール氏という遠縁の、およそ十歳年上の人と恋愛結婚をした。デリヴィエール氏は、島の東海岸の結構な農園を遺産として継承していた。しかし富裕な農園所有者の多くの人と同様、一年の大半を都会で暮していた。それで新郎が若い新婦を連れて行ったのは要塞《ようさい》街《がい》の母のお邸だった。ユーマは、エメーの希望に従って、エメーのお伴をして彼女の新家庭へついて行った。大通り《グランド・リュ》のペロンネット夫人の住居からコンソラシオン通りのデリヴィエール家の館まではそう離れてはなかったので、ペロンネット夫人の家を出ることを娘のエメーも、ユーマもつらいことには思わなかった。

……それから十三ヵ月後に、ユーマは中近東の王女かなにかのように着飾って、教会の洗礼盤へ女の赤子を抱いて連れて行った。その子がこの小さな植民地の世界に生れ出たことは海軍省の公文書に、「夫ラウール＝エルネスト＝ルイ・デリヴィエールと妻アデライド＝オルタンス＝エメー・ペロンネットとの間の娘リュシル＝エメー＝フランシエット＝マリー」

と記録された。こうしてユーマは小さなマイヨットの乳母、ダーとなったのである。子供が世間で普通呼ばれる通り名は、洗礼に際して与えられる一連の名前の最後の名前によってである――というか、その最後の名前のクレオール風の愛称によってである……　マリーのクレオール風の愛称はマイヨットなのであった。

マイヨットは母親よりは父親に似ていると両家でともに思われていた。マイヨットは父親と同じ灰色の眼をしていたし、父と同じような灰色の髪の毛をしていた。そのきらきらした髪は、他の植民地の旧家の子供にあっては、年をとるとともにほとんど黒くなるのが常であった。マイヨットは間違いなく美人になると思われた。

さらに一年が過ぎた。これ以上幸せな家庭はない、という一年であった。ついで突然、残酷にもエメーは死んでしまったのである。幌《ほろ》を開けた馬車に乗ってエメーは夫とともに、ラ・トラスといわれる美しい山の路をドライヴに出かけた。子供はユーマとともに家に残してあった。帰る途中、どこにも雨宿りすることのできないあたりでにわかに冷たい豪雨に襲われた。こうした豪雨は季節によって、時々思いもかけぬ嵐とともにやって来るのである。それは異常に暑い午後のことであった。夫妻は一瞬のうちにびしょ濡れとなった。すると強烈な東北風が吹きおこって、二人の上に容赦なく吹きつけた。その風は馬車が家にたどり着くまで衰えを知らなかった。若妻は、生れつきひよわだったから、肋膜炎《ろくまくえん》をおこし、いろいろと手当てをしたのだが、翌日、日の出の前に息絶えた。

ユーマは、エメーに最後の衣裳を着せた。以前に最初の舞踏会に薄青いドレスを着せ、結婚式の当日に淡い白のドレスを着せたと同じように、優しく上手に着つけをした。だが今度は、エメーは全身黒の衣裳であった。クレオールの植民者たちの母親は亡くなると、みな黒の衣裳をまとうのである……

デリヴィエール氏は若い妻を熱愛していた。彼はさわやかな心の持主で、人生の過酷な面との接触にもかかわらず、その性格はかたくなにはなっていなかった。彼が直面した苦悩はおそろしいものだった。――しばらくの間は彼はこうした苦難に耐えられないのではないか、とあやぶまれさえした。悲嘆のあまり一旦は重態におちいった。それがようやく快方に向い出したころ、デリヴィエール氏はこのような記憶の跡をとどめる家にこれ以上留まることはもうできない、と思うようになった。じきに市中の邸を去り、農園へ移って、そこで仕事に励むようになった。そして時々市中に戻って来て、子供に会ってはまたすぐに農園に戻った。子供の養育はペロンネット夫人が是非自分にまかせて欲しい、と申し出ていたのである。だがマイヨットは母親似で、やはりひよわであった。それで六ヵ月後、疫病がはやる季節となった時、ペロンネット夫人はこの子は都会よりも田舎の父親のもとへ送って、ユーマに世話をさせて育てる方がいい、と判断したのである。植民地の中でアンス・マリーヌは最良の健康地の一つとして知られていた。そこで子供は体力をつけ始めた。それはちょうど温かい潮風に吹かれれば「ゼブ・マミゼ」（zhèbe-mamisé は herbe de ma misère が訛ったもの。なお紫露草はフランス語の通称では misère と呼ばれる。ただしゼブ・マミゼがはたして紫露草であるかどうかはわからない。——訳者）とクレオール語では呼ばれるようなひ弱で傷つきやすい草ですら、力強くなるのと同じであった。

2

サン・ピエールの町から馬で山を越えて、その昔デリヴィエール氏が所有していたアンス・マリーヌの農園にいたるまでの路は、結構乗りでがある。しかし熱帯の太陽に六時間照らされて、鞍《くら》の上で揺られて行く路であろうと、まわりの景色はすばらしく美しい。それだからそうした美《び》に感じやすい人なら、疲労をおぼえることはまずないといってよい。その路は時々は山の斜面を登り、雲がたなびくあたりにまでいたる。その雲が大きな山々の頂《いただき》を視界からおおむねさえぎって隠している。その路はまた時々は山の斜面を下り、原生林の緑の薄明の中を通って行く。その路はまたある時は不思議な形状と色合いをした山々によって、壁のようにとじこめられた、広く深い谷間を見おろしたりもする。その路はまた時には砂糖黍《さとうきび》でおおわれた土地の上をくねくねと曲って行く。その黄色い境界の向うに、ほとんど紫色といってもいいような海の曲線が、水蒸気の中に浮んで見えたりもする。

おそらく数時間もの間、この山中の路を行くと、目にする動きは木の葉の揺れとその影の揺れとだけであろう。耳にする音は自分の馬の蹄《ひづめ》の音だけである。ほかに聞えるものとては、紙が立てる音にも似た、風に吹かれて揺れる砂糖黍のすれあう音だけである。さもなければ、木生羊歯《もくせいしだ》によっておおわれた緑色の谷間の縁《へり》から聞えてくる、正体不明の鳥の、長く低いフルートのような鳴き声かである。だが、はやかれおそかれ、道の曲り角で、もっと面白い、人間くさいものに出会《でくわ》すだろう――異国的な魅力に満ちた、生き生きとしたもので、たとえば若い有色の娘たちの一行などである。足ははだし、腕もむき出しで、カカオ耕作地の産物を頭に載せて市場へと運んで行く。かと思うと驚くほどたくさんのパンの木の果実を背負って、黒人が走って行く。

かと思うと、黒人の一行がゴムの木をすでにくり抜いてカヌー用に仕立てたものを海岸に向けて引っ張って行く。「悪魔」を意味するディアブという低い、がっしりした車にそのカヌーを積んで引いて行くので、車軸がぎいぎいと音を立てる。その車の後ろにいる連中は車を押し、前にいる連中は車を引っ張る。みんないっせいに鼓手《こしゅ》の太鼓に調子を合わせる。鼓手はほぼ完成したカヌーの底を撥《ばち》で叩いて歌の調子をとっている。

ボム！　ティ・カノー！
アレー・シャシェー！
メネー・ヴィニー！
ボム！　ティ・カノー！

かと思うと、樵夫《きこり》の一行が道端で新しく伐《き》り倒した樹木を鋸《のこぎり》でもって挽《ひ》いている様を見かけるだろう。板を拵えているのだ。樹の芯《しん》はサフランのように鮮黄色《せんこう》であったり、真紅《しんく》といえるほど赤かったりする。一体あれはなんという名の樹なのだろう。伐採《ばっさい》された樹はしっかり組まれた木で出来た枠の上に引き揚げられ、三人の男が一本の長い鋸を挽いている。一人が上に居り、二人が下に居る。三人ともシャツを脱いで裸である。上にいる男の上半身はオレンジのように黄色い。下で鋸を挽いている男の一人はシナモンのような色をしている。もう一人は黒くて漆《うるし》のように光っている。三人とも彫刻のように筋骨隆々《きんこつりゅうりゅう》としている。彼らは鋸を挽きながらこんな歌をうたう。

アイエ！　ド・カレー！
　アイエ！
アイエ！　ド・カレー！
アイエ！　シエ・ボワ！
　アイエ！
プウ・ヌウ・アレー！

それは「おい、ほら、背中が曲ったよう！　おい、ほら、背中が曲ったよう！　おい、ほら、挽《ひ》け、挽け、材木よう！　挽いたら、行こうよ、帰ろうよ！」というほどの意味である。

……だがこうした光景を目撃するのは、森のひろがった高地を通る間だけで、砂糖黍畑やカカオ畑を通って海の方へ向って長い道をくだり出すと、もう目にすることはなくなる。先刻までの樹蔭《じゅいん》の涼しさは背後に去り、そんな開けた畑の中を馬で行くところは、遮蔽物《しやへいぶつ》がおよそないので、日光に直射されてしまう。だがそれでもずっとひろがる平和な光景は、いかにも魅力的で、心を愛撫《あいぶ》される思いがする。人間の活動は一見みあたらないが、はてしなく続くすばらしい眺めが、私たちの気持をなごめてくれるのだ。黄色い砂糖黍の畑が幾マイルも幾マイルも波打つように続いているが、その上に丘が半円を描いて突き出している。馬で行く道の背後にも、南にも北にも、そんな丘が盛りあがっている。そしてその丘の向うには、尖《と》がった山の頂《いただき》がぼんやりと紫色の姿を呈している。そしてその紫色の上にさらに淡く青ざめた色の山の尖端《せんたん》や峰や稜線《りようせん》やらが次々と現われる。なにかこの世のものでないような青や真珠の色をしている。馬で行く道の正面には、何マイルも何マイルも黄色い野が続くが、その先に水平線が曲線を描くのが見え、その下には遠くの海が紫色となって三日月状の弧《こ》を描いている。水平線の上には一条の光の筋がのびているが、その光の筋は、上の方に向うにつれ、乳白色《にゆうはくしよく》の淡い色となっている。——強い風が顔に吹きつけてくる。暑い風である。馬の旅はさらに続く。ある時は低いが幅《はば》のある丘をのぼり、ある時は高台を進む。しかしゆるやかな傾斜をくだることの方が多くなる。海が視界から消えたかと思うとまた現われる。しまいに本道を離れて、脇道にはいる。それは農園へ通じる道で、盛りあがった土地の背後に隠れてそれまでは視野に入らなかったものである。その脇道の両側にはカカオ椰子の樹が植えられている。左右には背の高い砂糖黍が生えているから、視界はさえぎられているが、その砂糖黍の中を長い間ぐねぐねと曲って行くと、やがてこの世でいちばん美しい谷間の一つへ達する。すくなくともそんな気がするのである。円丘の側面をまわると、海に向って開けた、おだやかに皺のよった丘が、ほぼ完全な半円を描いて眼前に現われる。思わず馬をとめて、感嘆の声をあげてしばし見とれずにはいられない。海の泡状の波は、白雪のような線となって、ふるえながら、緑色の高くそびえる左右の岬《みさき》と岬の間に張られている。その下の方には砂浜が、黒檀《こくたん》のような色をして、一條左右にのびている。そしてそのさらに下方手前には、砂糖黍が黄金色にひろがっている。その畑を中央で左右に分かつ川は、両岸に竹藪《たけやぶ》が房《ふさ》のように繁茂しているが、だんだんに川幅をひろげて海に向って注いでいる。その川口で寄せては返す波が白く砕けて散っている。そしてそうしたすべての上に水蒸気でもって青く染まった影がやさしくかかっている。太陽の光が空中できらきらときらめくが、銀色の瀑布《ばくふ》を光線が降りしきるという感じだ。そしてはるか彼方では、空と海とが相接している。そして最後に、眼下の高台に農園の建物がカカオ椰子の林の中に建っているのが見えてくる。黄色く塗ってある水車用の長い建物には高い煙突があり、水車がいつも音を立てている。ラム酒醸造所《じょうぞうしょ》、製糖所、藁葺《わらぶ》き屋根の小家、小さな庭にはバナナの葉がはたはた音を立てている。農園主の住居が一階建てなのは、風や地震に耐えるように設計してあるからだ。労務監督が住む小家もある。ハリケーン・ハウスとか **case-à-vent** と呼ばれる颶風《ぐふう》に襲われた時に避難するための建物もある。そしてこの小さな植民地の向うの端の入口には、木で出来た十字架の白いシルエットが高くそびえている。

こうしたものすべてはかつてはデリヴィエール家の所有物だった――建物ばかりか、海岸から丘の頂上まで、全部がその家の持ちものだったのである。アトリエと呼ばれた農園の仕事場では百五十人もの労務者が働いていた。その後、農園は何度も売却され、また転売もされた。外国人が経営者になった時もあれば、フランス系移民が所有者になった時もあった。利益をたくさんあげた場合も、そうでない場合もあった。しかしそれにもかかわらずたいした変化はほとんどおこらなかった。それで土地それ自体の様子はいまも五十年以前も、いや百年以前も、多分同じといっていいのであろう。

しかしデリヴィエール家がアンス・マリーヌを所有していたころは、農園の生活ぶりは今日の生活ぶりとはおよそ異なる様相を呈していた。特にこの地所での暮しぶりは、家父長的でピトレスクといおうか、すこぶる画趣《がしゅ》に富めるものだった。それは奴隷解放後の植民地しか知らない人にはおよそ想像もできないものだったのである。奴隷たちは子供と同じように扱われた。体罰を加えなければ管理できないような者以外は売りに出さない、というのがこの家の伝統的な方針だった。奴隷でも大人になれば小さな菜園を持つことが許され、そこを自分で自由に耕作することもできた。そのために週に半日が二回割り当てられていた。そこで出来た産物で儲けた金の大部分は、奴隷自身の手もとにとっておくことも許されていたのである。法的には奴隷はなにも所有できなかった。だがそれにもかかわらず、デリヴィエール家で働く奴隷たちの何人かは、デリヴィエール氏の奨励もあって、相当な額を貯金したことで知られていた。労働は太鼓の音楽にあわせて、歌をうたいながら行なわれた。休日もあった。特にダンスが催される夕方もあった。一年のうちで特別な催しがある日は、若き農園経営主の母堂であり、テテスとクレオール語で呼ばれるところの年老いた女主人様、デリヴィエール夫人の誕生日であった。——それは黒人たちがバンブラ踊りをし、太鼓を叩いて浮かれ騒ぐ一日でもあった。その日奴隷たちはみなベランダの上で、大奥様から接見を与えられる。皆大奥様の手に接吻する。そして皆その手に銀貨を一枚ずつ見いだすのであった。この植民地の田舎の生活は、異国情趣に富める珍しい事や意識されない詩趣に満ちていたために、日常茶飯のとるにも足らぬことさえ、旅行者にとっては眺めてあかざる楽しみであった。とくにヨーロッパから来た旅行者にとってはそうであった。

毎日の日課は子供たちの朝の足の検査という面白い光景で始まった。子供たちは、九つか十になるまでは、遊んで食べていればそれでよかった。子供たちはアフリカから来た年とったタンガという看護婦の監督下に置かれていた。このタンガが自分の娘たちの助力を得て、子供たちのための質素な食事をこしらえる。そして子供の母たちが畠に出ている間、子供たちの世話をしたのである。日の出の直後にタンガは、管理人に伴われて、子供たちに集合を命じ、看護棟の日除《ひよ》けの下の長い板のベンチに一列に坐らせる。「足を高くあげて！」という命令が下るや、子供たちはいっせいに小さな両足をあげる。そして検査は始まるのである。タンガの鋭い目が砂蚤《すなのみ》の存在を示す小さな円いはれを認めるやいなや、子供はただちに看護室へ送りこまれて治療を受けることとなる。そして母親の名前が管理人によって書きとめられる。砂蚤が子供の足に一晩ついていたことがわかると、その責任が問われ、母親は叱責《しっせき》されるからである。こうした検査の際には、くすぐったがり、おかしがり、叫んだり、笑ったり、はねたりするので、検査終了までにタンガは何度も子供たちを叱ったり、すかしたりしなければならなかった。

興味深い朝のもう一つの光景は、女や娘たちの一行《いっこう》が、頭上に農場のさまざまな産物をのせて市場に向けて歌いながら出発するさまで、女たちはココア、コーヒー、カシア桂皮《けいひ》、さまざまな果物――ココナッツ、マンゴー、オレンジ、バナナ、蕃茘枝《ばんれいし》の果《み》、肉桂林檎《にくけいりんご》などを頭の上に載せて行くのである。

ついでほとんど毎週のように行なわれる陽気な事件といえば、それはゴムの木で作った舟の出舟《でふね》であった。これは長さが十八メートルほどある、ゴムの大樹をくり抜いて作られた丸木舟である。舵《かじ》はなく、前後とも舳状《へさきじょう》になっていて、前へも後ろへも同じように自在に進むことができる。およそ十二人の漕手《こぎて》のための席がある。中央に一つ高い席があるのは鼓手《こしゅ》のためので、指揮者は二人、前後の舳に一人ずつ陣取《じんど》る。この丸木舟はラム酒を十二樽《たる》と砂糖を六、七樽運ぶことができる。この丸木舟は主としてそうした物産をサン・ピエール発の小さな船に届けるのである。小さな船は磯波《いそなみ》がおそろしいのでそこには近寄らない。丸木舟それ自体は、深い水に臨んだ突き出た絶壁の凹みの中に作られた傾斜した船架《せんか》から海面へ向っておろされる。荷物が積まれ、漕手が自分の席に坐ると、鼓手が合図を叩く。くさびがはずされ、綱がゆるめられると、長い丸木舟は矢のように海面をめざして滑って行く。そして人々はいっせいに櫂《かい》でもって水を叩く。タンタムと呼ばれる銅鑼《どら》やタンブー・ベレーと呼ばれる太鼓のリズムに合わせて打つのである。

毎週日曜日の午後になるとケランブラン神父が隣村から馬に乗って黒人の子供たちに教理問答《きょうりもんどう》を教えにやって来る。神父が小さな学級を開くのはたいてい製糖所の中である。前方や後方のドアは開けはなしにして、海からのそよ風が吹き抜けるにまかせてある。陽がさして床の上に椰子の樹の梢《こずえ》が蜘蛛のように脚をのばした影を落とすこともある。年老いた神父は子供たちに、子供たちの言葉でどう教えればよいか心得ている。――クレオール語の教理問答の質問と答えを一つ一つ何度も繰返し教えるから、子供たちはそれを暗記して、しまいにリフレインのように繰返して唱えることもできる。

するとすべての子供たちの声は、その質問と答えをいっせいに繰返し、声を揃えて鋭く叫ぶ、

「善き神様の御子《みこ》を何と呼ぶか？」

「善き神様の御子を何と呼ぶか。――ゼズ・クリと呼ぶ」

「その善き神様の御子は、私たちのためになにをし給うたか？」

「私たちが地獄へ行かずにすむように、その血をすべて与え給う」

「私たちが唱える祈りの中で、最も良い祈りは何であるか？」

「それは主の祈り、なぜならゼズ・クリが教え給うたから」

そのクレオール語を書き写すと **C'est Note Pè, pace Zézou-Chri montré nou li!** ということになる。それを皆いっせいに歌うように言うのである。

そして日々の仕事が終ると、ランビ貝の貝殻が吹き鳴らされる。これは畠や水車小屋から戻って来い、という合図で、皆が集まると、植民時代の古くからの慣習である夕べの祈りが行なわれるが、それはいかにも大家族を思わせる光景である。農園の小さな村の入口の前に建てられた十字架の脇に、農園主と労務監督が立って、すべての労務者が集合するのを待っている。労務者は一人一人、家畜のためにめいめいに割当てられた規定の量のまぐさを束にしてかついで帰って来ると、それを農園主の前に置き、それから帽子を脱ぐ。それから全員、女も男も、ひざまづいて声を揃えて『マリアの祈り』『主の祈り』『使徒信経《クレード》』を繰返す。――そうこうするうちに星々がまばたき始め、黄色い夕焼けは連峰《れんぽう》の彼方《かなた》へ消えて失せるのである。

……夜、空が澄んで暑い時は、奴隷たちは夕食後も集まって、**libres-de-savane** と呼ばれる老齢で肉体労働を免除された、老人の男女から話を聞くこともあった。――それは面白いお話の数々であった。読書には縁

のない人々が伝える、非文字文学の粋《すい》といってもいいような物語だった。このような口承の文学をあのころは子供のみか大人も、黒人のみか白人も、分けへだてなく楽しんだ。そうした口伝えの話を聞かされたことが、植民地生活者の性格に目に見えるほどはっきりした影響をおよぼしていた。

それというのは、白人の子供を預かる乳母《ダー》は誰もがストーリーテラーだったからで、そうして育った子供たちが、最初に空想力をはぐくまれるのは、乳母のお伽噺《とぎばなし》を通してだったからである。こうして空想力は一旦はアフリカナイズされた。それは年長になってから受ける公教育をもってしても完全には除去できないほどの深い感化であった。剽軽《ひょうきん》なものや不可思議なものを愛《め》でる心はこうして育てられた。同じような話をくりかえし聞かされることが多かったが、何度聞いても飽きることがない。その語り口がなんともいえぬほど絶妙だったからである。そうした物語には小さな歌やリフレインがはいっている。時にはアフリカ起源の言葉からなり、また時には太鼓に合わせて歌うバンブーラの囃《はや》しや、カレインダ踊りの合間に入る即興詩を真似た、意味のない押韻《おういん》からなっている。この音楽の不可思議な魅力については西洋の偉大な音楽家たちも讃歎の辞を呈しているほどだ。

そればかりではない。こうしたクレオールの民話中には――純粋にアフリカ種の民話であれ、ヨーロッパ起源の民話や寓話で黒人風に翻案《ほんあん》されたものであれ――このマルティニークの土地ならではの味わいがすばらしい。植民地特有の生活習慣や考え方をそのまま反映していて、そうした話はいくら翻訳に苦心してみたところで、とてもオリジナルな味わいを伝えることは無理である。こうした物語の舞台は、西インド諸島の森や丘、時には古い植民地の港町の異趣に富む場末に設定される。ヨーロッパの民話の小屋が、こちらではカーズやアジュパの名で呼ばれる、竹を組んだ壁や乾《ほ》した砂糖黍《さとうきび》の葉で葺《ふ》いた南国風の掘立小屋となる。「眠り姫」を原生林の中で見つけるのも逃亡奴隷や椰子に似た果実を探しに行った黒人だし、「シンデレラ」をはじめとするお姫さまたちもここでは美しい混血の美女と化して登場する。しかもヨーロッパの絵本では見ることもできないようなドレスを着て現われる。旧世界のお伽噺《とぎばなし》の妖精がここでは「善い神さま《ボン・ディエ》」や「聖母マリア」に変身する。「青髯《あおひげ》」や巨人がここでは呪術師《じゅじゅつし》や悪魔に変身する。それに悪魔そのものが――口をあけて喉の奥で燃えている火を見せるような時は別だが――そこいらを歩いている当地の労務者と外見は変らず、上半身は裸でズック製のズボンをはき、腰から布をぶらさげ、黒人そっくりのごく普通の恰好をしているから、悪魔かどうかの見わけは容易でない。悪魔の目印であるはずの赤毛や赤い眼や角《つの》は、藁《わら》を編んでつくった巨大な帽子 chapeau - bacoué に隠れて、よく見えない。

一方、善い神さまは Bon-Dié《ボン・ディエ》 とクレオールの言葉で訛って呼ばれるが、白人《ベケ》の老人の中でいちばん親切な善良な人として登場する。愛想のよい、白髪まじりの農園主で、その住まいはプレー山の山頂にかかった雲の中にある。空を見あげると、その神さまが飼っている羊や（キャベツの一種である）シュー・カライブが時々空に映ることもある。また人が魔物にとり憑《つ》かれたとき、その魔性の力を解いてくれるのは教区司祭である。ミシエ・ラベとクレオール語では訛《なま》って呼ばれるが、お茶目な女の子が魔法をかけられそうになったとき、自分の肩かけを女の子の首のまわりに掛けて助けてくれる。……

ユーマがマイヨットに語って聞かせたそんなお話は、たいていユーマがここアンス・マリーヌで聞いたものだった。マイヨットが大きくなってそうした物語に喜んで耳を傾けるようになったとき、ユーマはそうした話を毎晩語って聞かせたのである。

……この谷間の農園での生活はこうして過去百年ほどの間、ほとんど変化することなく、同じような調子で続いた。きっと口にも出せぬつらいこともあっただろう、誰もが歌にうたってくれることもないまま忘れ去られた事件もあっただろう。その生活には疑もなく影もあれば暗い面もあったはずだ。歌もなければ笑いのない日々もあったに相違ない。農園や畠さえもがおし黙ってしまったような日々も……　だが熱帯の太陽は燦々《さんさん》とあふれるばかりに降り注いだ。それは目がくらむほどまばゆい色彩であった。そして大きな月がのぼってはその谷間の上を薔薇色《ばらいろ》の光で照らした。そしていつもいつも紫色のはてしなく広い海からは、力強い吐息が農園の谷間の上に吹き寄せてきた。それは清らかで温かな吐息だった。その風の吐息は、いつも変らぬ風 les Vents Alizés と呼ばれている。今でいう貿易風という意味である。

3

朝、ユーマはいつもマイヨットを連れて川へ水浴びに行った。竹藪で隠された澄んだ水がゆっくり流れる浅い淵で、珍しい小魚をたくさん見かけた。――時々、日没の一時間前にユーマはマイヨットを海浜へ連れて行った。そこでそよ風で涼《りょう》をとり、波が飛びあがるのを眺めた。だが日中、暑い間、農園のすばらしい驚異の世界を見ることは家のベランダからに限られていた。その時間がマイヨットにはたまらなく長く思われた。近くの畠では太鼓の音にあわせて砂糖黍が刈られている。切り取った黍を満載《まんさい》した車が、その重荷できしみながら、行ったり来たりする。砥石《といし》で鎌《かま》を研《と》ぐ音がする。砂糖黍の搾《しぼ》り汁の甘美な匂い。機械がごとごとと音を立てている。水車小屋の水車をまわす小川のごぼごぼと音を立てる水沫《みなわ》。こうした農園生活の音という音、匂いという匂い、眺めという眺めが、マイヨットの子供心を物狂わしいばかりにした。早く自分も外に出てそうした中に立ちまじりたい、という気持にせかされるのである。マイヨットをたまらない気持にさせるのは、奴隷の子供たちが草の上や家の建物の周囲で遊びまわっている姿だった。いかにも面白そうに飛び跳ねているのに、自分だけが仲間入りすることを禁じられている。

「わたしも黒人《くろんぼ》の女の子だったら良かったのに」

とある日マイヨットが、ポーチから黒人の子供たちを眺めて言った。

「まあ！」

とユーマが驚いて叫んだ、

「一体なんで?」

「だって黒人ならお日さまにあたって走りまわっても構わないんだもの」

「お日さまは黒人の子供には平気だけどあなたの体には良くはありません」

「だから黒人の女の子になりたいの」

「そんなことおっしゃるものじゃありません」

とユーマがきびしい口調で言った。

「なんで言ってはいけないの?」

「だって、小さな醜い黒人の女の子になりたいなんて」

「だってダー、あなたは黒人の女なのよ。そうでしょう? あなたは全然醜いなんてことないわ。あなたは美しい。あなたはチョコレートみたいに素的《すてき》よ」

「それよりクリームのように見える方がもっとずっと素的でしょう?」

「いいえ。わたしはチョコレートの方がクリームより好き。……なにかお話して頂戴」

話をして聞かせることが、マイヨットを静かにさせる唯一の方法だった。もう四歳になっていて、物語を聞きたくてたまらない気持になっていた。物語に対する異常な熱情、ともいうべきものが発達したのである。魔法のオレンジの樹が天までのびた『モンタラ』の物語。妖精《ようせい》と結婚した気位の高い娘の『マザンラン・ガン』の物語。また『ゾンビ鳥』の物語、その鳥の羽の毛は「過ぎた日々の色」で染められているという。その鳥はそれを食べた人々の胃の中で歌い続け、それからまた元通りの姿に生れ変る。その代母様が聖母マリア様である美女の物語。悪魔と同じヴァイオリンの弾き方を習ったピエ・シク・アの物語。その昔世界にただ一つしかなかった太鼓を所有していた蜂鳥《はちどり》の物語。道路を切り拓くとき、太鼓がなければ働けないと黒ん坊たちは言ったが、蜂鳥はそれを善き神に貸そうとはしなかった。貪欲《どんよく》な娘ナニー・ロゼットの物語。この子は悪魔の岩の上に坐りこんで二度と立ちあがることができなくなった。それでナニーの母親は大工を五十人雇って真夜中までに彼女の上に家を建てねばならなかった。——またあのすばらしいイエの物語。イエは年老いた盲の悪魔が森の中でかたつむりを炙《あぶ》っているのを見つけて、その食物を悪魔のひょうたんの壺の中から盗み出した。しかし悪魔に捕ってしまい、悪魔を家に連れて来て、それから先はずっと食事をくれてやらねばならなかった……　こうした類のお話は、もっとずっと種類も多く、小さなマイヨットはもう何遍も聞いていた。そしてそうした話は聞けば聞くほど聞きたくなるのだった。農園に滞在していた間、そうした話を聞くことが最上の喜びとなっていたとはいわないが、そうした話のおかげでマイヨットの他のもろもろの喜びもいよいよ興趣と色彩とに富めるものとなった。現実世界の周辺になんともいえぬ甘美で非現実的な雰囲気を漂わせてくれたのである。そのおかげで本来は生気のないものまでが不思議な個性を帯びてきた。こうして物影にはゾンビが満ち、灌木にも樹木にも石にも物言う能力が賦与《ふよ》されたのである。……砂糖黍さえもが、シューウア、シューウアと彼女に向って語りかけた。それはまるで年老いて仕事を免除された奴隷の語り手のバボーが囁《ささや》く声に似ていた。農園の住民の一人一人は——背の小さい黒人の子供から背の高いガブリエル——組頭《くみがしら》の通称ガブーである——にいたるまで、マイヨットの目には物語中の人物の誰かを現実化しているように思われた。そして毎朝の散策でユーマとともに訪ねた丘や岸や谷間の場所の一つ一つが、あのあり得ないお話の景色の一つ一つを提供しているように思われた。

「マイヨット」

とユーマが叫んだ、

「昼間には物語をするものではありません。話をすれば、夜分にゾンビを見るといいますから」

「ダー、いいからお話を一つ聞かして頂戴。ゾンビを見てもこわくないから」

「嘘をおっしゃい。ゾンビはこわいですよ。あなたはとてもこわがりですよ。いまお話をすれば、今晩ゾンビが出て来ますよ」

「いいわよ、ダー、お願い、お話を一つ聞かせて」

「今晩わたしを起こして、ゾンビを見た、などとおっしゃらないでしょうね？」

「そんなことしない。誓います」

「それなら、今回に限り特別ですよ」

ユーマはそう言った。そしてクレオールの物語の語り手が話す準備が出来た、ということを意味する伝統的な開口の文句を言った、

「ボボンヌ・フォワ？」

bobonne fois とは、「昔、昔」という Il était une fois が訛ったものである。

「トワ・フォワ・ベル・コント！」

と子供は目を輝かせてそれに応じて叫んだ。

「昔、昔の……

「……三倍すてきな話をして頂戴」

そうしてユーマは話し始めた。

ケレマン婆さん

昔、昔、ある老女が住んでおりました。世間の人の話では老女は魔女で、悪魔と通じているとのことでありました。そして老女にまつわる悪口はすべて本当とのことでした。

ある日、女の子が気の毒にも森の中で道に迷いました。もうこれ以上は歩けないというまで歩いた挙句《あげく》、

女の子は坐って泣き出しました。長い間ずっと、ずっと泣いていました。

まわりに見えるものとては樹木と蔓《つる》ばかり。地面はすべて滑りやすい緑の樹の根でおおわれていました。樹々はたいへん高く、樹々の間には蔓がみっしりはびこっているものだから、光はほとんどさしません。女の子は蛇がうじゃうじゃいる大きな森の中へ迷いこんでしまったのです。

坐って泣いていた時、突然、自分のすぐそばで奇妙な物音が聞えました。それは歌と踊りの音でした。

女の子は立ちあがって、音のする方へ歩いて行きました。樹の間をすかして見ますと、皆が噂していたと同じ老女が見えました。それが箒《ほうき》に跨《またが》って、輪の中で多勢の蛇と醜《みにく》い大きな蟇《ひきがえる》と一緒に踊っていました。皆が一緒に歌っていました。

カンゲ、
カンゲ、
ヴォンヴォン
マラート、
ヴルーム、ヴーム！
ジャンビ、
カンゲ、
トゥー　ガレー、
ゾー　ガレー、
ヴルーム！

小さな女の子は恐怖におびえて立ちすくみます。もはや泣くことも叫ぶこともできません。

しかし老女は木の葉が動いたことを見ておりました。そして自分の体のまわりに火を遊ばせながらやって来て、女の子にこうたずねました、

「この森の木の下道で一体なにをしておいでだね」

「おばさま、道に迷ってしまったのです」

「それならおまえはわたしと一緒に家まで来てもらおう……　機会があれば、わたしの正体を暴露《ばくろ》して、悪さをし、わたしを殺すかもしれないから」

女の子は老女が言ったことがなにもわかりませんでした。それというのは性悪《しょうわる》の老女が話したことは魔女だけが知っている事柄だったからです。

家にたどり着いたころ、小さな子はたいへん疲れていました。女の子は魔女が椅子代りにしているひょうたんの上に坐りました。それから老女は土間のたたきの上で二箇所にゴムの松明《たいまつ》で火を点けました。そのゴムの松明はお香《こう》のような匂いがしました。老女は一つの火の上に大きな土鍋《どなべ》をかけました。その土鍋にはマンマン・シュー、芋の木の根、ヤム薯《いも》、クリストフィーヌ、バナナ、悪魔の茄子《なす》（メロンジェーヌ・ディアブ）、そのほか女の子が名前も知らないもろもろの草々でした。老女はもう一つの火の上では何匹かの蟇《ひきがえる》と一匹の穴とかげ（ザノリ・テ）を炙《あぶ》り始めました。お昼には老女はそれをすっかり食べました。まるでなんでもないかのようでした。そして餓えて死にそうな小さな女の子を見て、こう言いました、

「世間がわたしをなんと呼んでいるか、それを言うまでは何も食べるものはあげないよ」……

それから老女は女の子をひとりぼっちにしてどこかへ行ってしまいました。

女の子は泣き出しました。突然なにかがふれました。それは大きな蛇でした。――生れてから見たいちばん大きな蛇でした。びっくりして生きた心地もありません。女の子はこう泣き叫びました。

「わたしのパパはどこにいるの？　わたしのママはどこにいるの？　ラティトレがわたしを食べてしまう」

しかし蛇はなんの悪さもしません。蛇は自分の頭を親しげに女の子の肩にこすりつけて、こう歌いました。

「ベンネメ、ベンネペ――タンブー・ベレー！

タンブー・ベレーに慣れないおまえ！」

太鼓の美しい調子に慣れないおまえ、という意味です。女の子は前にもまして大きな声で泣き出しました。

「わたしのパパはどこにいるの？　わたしのママはどこにいるの？　ラティトレがわたしを食べてしまう」

しかし蛇は、自分の頭を親しげに女の子にこすりつけながら、たいへんおだやかに歌います。

「ベンネペ、ベンネメ――タンブー・ベレー！

タンブー・ベレーに慣れないおまえ！」

それから女の子が前ほど自分をこわがらなくなったのを見てとると、蛇は自分の頭を相手の耳もと近くまでもたげ、なにごとかをささやきました。

それを聞くやいなや女の子はその家から駈け出してまた森の中へ走りこみました。女の子はそこで出会った獣にかたはしから年老いた魔女の名前を聞いてまわりました。

まずあらゆる四つ足の動物に聞いてまわりました。――あらゆるとかげや鳥たちに聞いてみました。しかし誰も知りませんでした。

女の子は大きな川のはたへ来て、魚という魚に聞きました。魚たちは誰も彼も「知らない」と答えました。しかしおおばこのような黄色をした川の蟹であるシリークが知っていました。シリークは世界でただ一匹婆さんの名前を知ってる生きものでした。名前はケレマン婆さんだというのです。

……そこで女の子は走りに走って元の家へ戻りました。女の子はお腹がすいて苦しくなってもう我慢ができそうにありません。魔法使の老婆はもう家に戻っておりました。そして芋の木の根をすって粉とまぜて

カッサーヴをこしらえようとしていました。女の子は婆さんのところへ行って言いました、

「なにか食べ物を頂戴、ケレマン婆さん」

老婆の眼から二条の炎が跳び出ました。あんまり驚いて飛びあがったものだから、土鍋《どなべ》をかけてあった鉄石に頭をぶつけて、もう少しで頭を割るところでした。

「おまえの勝ちだ」

と老婆は叫びました、

「なんでも取りな。——取るがいい、取るがいい。——食べるがいい、食べるがいい。——この家にあるものはみんなおまえさんのものだから」

それから火薬がはじけたようにすばやく老婆は戸口から飛び出しました。畠の上や森の中をふっ飛んで行くようでした。老婆はまっすぐに川に駈けつけました。——それというのは大悪魔が老婆に与えた名前を埋めたのは、その川床《かわどこ》の下深くだったからです。老婆は堤の上で歌いました、

「泥鰌《どじょう》、おー、泥鰌、わたしの名前がケレマン婆さんだと言ったのはおまえかい？」

すると泥鰌は、川の黒い石のように黒かったが、頭をもたげて叫びました、

「違うよ、マンマ、違うよ、マンマ、あなたの名前がケレマン婆さんだと言ったのはぼくではないよ」

「チチリ、おー、チチリ！　わたしの名前がケレマン婆さんだと言ったのはおまえさんたちの誰かかね？」

するとチチリは、あの小さくて透き通るチチリは、みんな石につかまって声をそろえて答えました、

「違うよ、マンマ、違うよ、マンマ。ぼくたちの誰一人あなたの名前がケレマン婆さんだとは言わなかったよ」

「クリビーシュ、おー、クリビーシュ、わたしの名前がケレマン婆さんだと言ったのはおまえかね？」

すると川の大きなざり蟹であるクリビーシュは自分の頭と鋏《はさみ》をもたげて、答えました、

「違うよ、マンマ、違うよ、マンマ、あなたの名前がケレマン婆さんだと言ったのはぼくではないよ」

「うぐい、おー、うぐい、うぐい、わたしの名前がケレマン婆さんだと言ったのはおまえかね？」

するとうぐいはしっかりつかまっている灰色の鉄の石と同じくらい灰色だったが、こう答えました、

「違うよ、マンマ、違うよ、マンマ、あなたの名前がケレマン婆さんだと皆に言ったのはぼくではないよ」

「いちよ蟹、いちよ蟹、わたしの名前がケレマン婆さんだと言ったのはおまえかね？」

するといちよ蟹は、岩の影で眠りこむ怠け者のいちよ蟹は、目をさまし立ちあがって答えました、

「違うよ、マンマ、違うよ、マンマ。あなたの名前がケレマン婆さんだと言ったのはぼくではないよ」

「マタヴァレ、おー、マタヴァレ、わたしの名前がケレマン婆さんだと言ったのはおまえかね？」

するとマタヴァレは、お日さまがその鱗《うろこ》にさすと銅のようにきらめくマタヴァレは、口を開いて答えました、

「違うよ、マンマ、違うよ、マンマ。あなたの名前がケレマン婆さんだと言ったことはないよ」

「ミレー、ブーク、ピスケット、ザンギ、ザビタン――わたしの名前がケレマン婆さんだと言ったのはおまえたちの誰かかね？」

しかし皆叫びました、

「違うよ、違うよ、マンマ。ぼくたちの誰もあなたの名前がケレマン婆さんだと言ったことはけっしてないよ」

「シリーク、おー、シリーク、わたしの名前がケレマン婆さんだと言ったのはおまえかね？」

するとシリークは目と黄色い鋏をもたげて叫びました、

「そうだよ、おいぼれ婆あ！　そうだよ、魔法婆あ！　そうだとも、罰当りのおまえさん！　おまえさんの名前がケレマン婆さんだと言ったのはこの俺だよ！」……

この言葉を聞くやいなやケレマン婆さんは地面をはげしく踏んだものだから、悪魔はその音を聞きつけて、婆さんの足もとに大きな穴を開けました。それで婆さんは頭からまっすぐに跳びこみました。すると地面がその上でまた閉まりました。その二日後、その場所からアレート・ネーグという名の雑草が群がって生えました。arrête-nègue《アレート・ネーグ》は「黒ん坊をつかまえろ」という意味の、棘《とげ》だらけの植物です。

さてこうしたことが起きている間に、蛇は人間の姿に戻りました。それというのは魔法使の婆さんは人間を蛇に変えたからでした。その男は女の子の手をとると、女の子を母さんのところへ連れ戻しました。

しかしその翌日、二人はまた婆さんの小屋を探しに戻りました。その小屋の中には死んだ人の骨でいっぱいな櫃《ひつぎ》が七つもありました。そしてそれにおとらぬほど沢山の金銀も見つかりました。――それは女の子をたいへんな大金持にしてくれました。女の子が結婚した時は、この国ではかつてないほど盛大で華麗な結婚式だったということです。

……マイヨットは毎朝のようにユーマと一緒に川へ水浴びに行った。川へ行くと、この荒唐《こうとう》無稽《むけい》なお話の最後の場面が思い出された。そして夢みがちな少女は、その場面をあれこれとこの川辺になぞらえて、想像した。そのケレマン婆さんの話をマイヨットは実はたいへん面白がって聞いたから、ユーマも繰返し繰返し話して聞かせたのである。マイヨットはざり蟹が水たまりの上に頭を出すのを見た。マイヨットはその小さな手でチチリをつかまえた。マイヨットは見ただけで泥鰌《どじょう》やうぐいがどれであるか、マタヴァレやザビタンやいちよ蟹やシリークがどれであるかわかった。マイヨットはまた、棘《とげ》に刺されて痛い目にあったので、どの雑草がアレート・ネーグであるかもわかるようになった。ケレマン婆さんは怒った時は、きっと年とったタンガ婆さんみたいな顔になるにちがいない。マイヨットはそう空想した。そして森の中で迷った女の子はきっと、タンガがしょっちゅう叱らねばならない小さな黒人の女の子みたいだったにちがいない。その女の子は「アイ、ヤイ、ヤイ、ヤイ、ヤイ、ヤイ」と途方もない声を張りあげて泣くのが常だった。だが話に無我夢中になっている間に、ユーマの警告も思い出されて、かすかなおそれがよみがえってきた……

「ダー」

とマイヨットはおずおずと乳母にたずねた、

「まさか今晩ゾンビを見るなんてことはないわね？」

「ああ、心配なら昼間にこれ以上お話を聞かせてとせがんでは駄目ですよ」

とユーマが用心ぶかく言った。

「でも教えて、今晩ゾンビを見ることはないわね——それとも見る？」

「もしゾンビを見たら」

とユーマはきっとした声で言った、

「わたしをすぐ呼びなさい。わたしがゾンビを追い払ってあげます」

4

その夜ユーマはマイヨットと二人きりだった。デリヴィエール氏はサント・マリーへ馬で行ってしまい、召使たちは離れの建物に住んでいたからである。ユーマは子供の叫びを聞いたような気がして眠りからさめた。

「ダー、おおダー、こわいよう！」

聖人さまの御像の前にあげてあったかすかなお燈明はもう燃えつきていた。小さなマイヨットがおびえていた。

「こわがらないで」

とユーマが叫んだ。すぐ立ちあがってマイヨットを抱きしめようとした。

「ダーはここにいます！」

「この部屋になにかいるよ、ダー」

と子供は言った。

なにかこそこそする物音を子供は聞きつけたのである。

「ちがいます。嬢や、夢を見たんですよ。……ダーがあなたのためにランプをつけてあげます」

ユーマは小さなナイト・テーブルの上にあるマッチを探したが、見つからない。隣りの客間に置き忘れたことを思い出し、ドアの方に向かった。とその時、ユーマの足は突然なにものかを踏んだ。体内の血に一瞬ショックが走った。なにかぬるぬるした冷たい、生きているものだった。その瞬間ユーマは自分のしなやかだが強い全身の重みを彼女の足、左足の上にかけた。なぜそうしたのかわからない。それは衝動的《しょうどうてき》な本能的な一瞬の動きだった。裸足《はだし》の足の裏で、ユーマが踏み潰そうとする冷たい命が突然思いもかけぬ力で身をよじった。それはユーマをほとんど投げ倒さんばかりの力であった。と同時になにものかが自分のくるぶしのまわりにからみつくのを感じた。それは膝の上までぐるりぐるりと巻きついてきた。踵《かかと》から腿《もも》にかけてぎりぎりとあざのつくような力である。大蛇《だいじゃ》がまきついたのだ！

「タンブー」

と歯をくいしばったユーマの口から声が漏《も》れた。ユーマは自分の左足を締めつけるものに対して足の筋を堅くすると、目に見えない敵に対し力をこめて足を踏みつけた。靴をはく習慣によって退化したことのない、この混血児の足は、いまもものをつかむ力を有している。足が手のようにつかむのだ。動物は、身をよじって逃げようとするが、逃げることができない。ひやっとした恐怖の一瞬はもう過ぎ去った。いまやユーマが感じるのは断乎《だんこ》たる決意と、それに伴う冷静な怒りとだけである。ユーマは半《なか》ば野蛮人のような性質の持主だった。恐れというのは最初驚いた瞬間にこそ神経を襲うが、その瞬間が過ぎれば恐れは失《う》せる。ユーマはおだやかな声で小さな子に話しかけた。

「嬢や？」

「ダー？」

「わたしがいいと言うまで動くんじゃありませんよ。ベッドにはいってなさい。この部屋には獣《けもの》がいます」

「アイー、アイー」

と子供はおびえて泣き出した、

「どんな獣？」

「心配しなくて大丈夫です。わたしが押えつけていますから。あなたが起きあがらない限り、咬みつくことはありません。いまガブリエルを呼びますから、動いてはいけませんよ」

そしてユーマは、澄んだ声をいっぱいにはりあげて叫んだ、

「助けて、助けて！　ガブーー！」

「一体どうしたの？　一体なんなの？」

と子供は泣き続けた。

「そんな風に泣くもんじゃありません。そんなに騒ぐと叱りますよ。こんなに暗くてわたしになにが見えますか？」……

ユーマはまた声をあげて助けを呼んだ。また呼んだ……　ああ神さま、この動物の力は滅法《めつぽう》強かった。まきつかれた部分は痺《しび》れるような痛みである。この執拗《しつよう》な、氷のような、締めつける力が増《ま》すにつれて、ユーマの力は次第になえ始めた。もしこれで痙攣《けいれん》でも起ころうものなら！……　それとも体がこんなに奇妙にち

くちくして震えが生じているのは、毒が血管にはいって来たせいだろうか？……ユーマは自分が咬《か》まれたとは感じなかった。しかしつい先月も農園の人夫の一人が、本人は咬まれたとは知らずに暗闇《くらやみ》で咬まれ、結局助からなかった。

「早く、ガブー！」

だが建物内に住む召使たちは死んだように眠りこんでいるらしい。これでもし子供が自分の注意にもかかわらず、寝台を離れるようなことがあったなら……

「ああ、来た、来た」

とマイヨットが叫んだ、

「ガブーがやって来る」

マイヨットは鎧戸《よろいど》の隙間からガブリエルが手にした明りを認めたのである。

「だけどドアは鍵がかかってる」

「ベッドにはいってなさい。マイヨット、もし動いたら、咬まれますよ」

客間は声や足音でいっぱいとなった。寝室のドアを押す音がした。

「鍵がかかっている」

とユーマが叫んだ、

「壊して、ドアを叩き壊して、はいって頂戴。わたしは動けません」

がしゃっと体当りする音がした。部屋は明りの光でいっぱいにみちた。ユーマが足もとを見ると鉛色の首が自分の足に押えつけられている。その恐ろしい鎌首はユーマの踵《かかと》に咬《か》みつこうと空しくもがいている。

「動くんじゃない」

と組頭のガブリエルの声がひびいた。

「絶対動くんじゃない。じっと静かにしていろ。いまのままで」

ユーマは青銅の像のように佇立《ちょりつ》していた。ガブリエルが隣りに近寄って来た。抜身《ぬきみ》の刀を手に持っている。

「頑張れよ。頑張るんだぞ。絶対動くな。絶対に！」

と言うかと見るまにガブリエルの鋼鉄《こうてつ》の刃が光った。切られた蛇の頭が壁の腰張り《こしば》目ざしてすっ飛んだ。そして口で喘《あえ》ぎながらその頭は落ちた。その両眼はそれでもなお炭の火花のように光っている。と同時にユーマの脚をしめつけていた尾の力はゆるみ、ユーマは左足をもちあげた。蛇の胴体は壁板をはげしく打った。身をよじり、もがき、匍《は》ってそちらに進もうとした。まるで切られた頭とまた合体したがっているかのようである。刀は何度も何度も打ちおろされた。だが切られた部分の一つ一つがそれでもなお動き続ける。

「怪我《けが》はないか？」

とやさしい声がたずねた。デリヴィエール氏である。主人は先刻からこの様をすべて見ていたのであった。

「怪我はしてないと思います、御主人様」

ユーマは自分の脚を見て言った。しかしユーマにはわかっていないのだ。デリヴィエール氏はユーマを椅子に連れて行き、膝を着くと自分でユーマの脚を調べ始めた。マイヨットはユーマの首筋にはいあがってぶらさがると、ユーマに接吻《せっぷん》して叫んだ、

「咬《か》まれなかった？　ダーは大丈夫？　咬みつきはしなかった？」

「いいえ、咬みはしなかった、嬢さま、大丈夫。心配しないで」

ユーマは自分でもそれと知らずに本当の事を言っていたのである。蛇はその毒牙《どくが》をついに使うことができなかったのだ。だが蛇が締《し》めつけた痕《あと》は、縫目《ぬいめ》のように彼女のなめらかな赤い肌の上に残っている。まるで焼きごてでもあてられたかのようだ……　ガブリエルはそり身の刀を床の上に投げ出すと、腰に巻いていた長いムシュワール・フォタと呼ばれる布をとりはずした。包帯《ほうたい》をするためである。ガブリエルは農園の介護《かいご》

人《にん》でもあったのだ。

「心配しなくていい」

とデリヴィエール氏が言った、

「ユーマは咬まれていない」

ガブリエルは驚きのあまり声も出なかった。

そうこうする間に部屋は刀を手にした人夫や労務者《ろうむしゃ》でいっぱいになった。皆が口々に叫ぶ、

「神さま、なんという蛇だ！」

「見てみろ、あの頭。まだ咬みつこうとしている」

「悪魔そのものよ」

「ぶった切れた部分が動いてまた一緒になろうとしてるぜ」

「アイー！　ユーマはたいしたもんだ。おお、父さん！」

……長さ二メートルもあろうという蛇だぜ。そいつをやっつけたなんて話は聞いたこともないな。……ユーマがどんな事情だったかを話した時——たいへんおだやかに淡々と話した時、皆は感嘆のあまり沈黙した。その沈黙を最初に破ったのは組頭のガブリエルのあらくれたバスの声だった。

「いや、偉物《えらもの》だな、お前は。強くて、厳しくて！」

「厳しい」sévè は sévère の語尾が落ちた言葉だが、黒人たちが勇気を形容する時に用いるいちばん強い形容詞で、この方言の表現にはなにか奇妙な敬意にも似た意味合いが含まれていた——今日の我々西洋人のその語の用法にもそうした意味の一部は伝わっている。芸術とか真理について「厳しい」という時がそれである。クレオールの人たちはいまではその語を皮肉《ひにく》で言うほかは滅多に使いはしないが。しかしガブリエルは覚えず知らずその「厳しい《セヴェ》」という言葉をそのすばらしい意味で口にしたのだった。デリヴィエール氏も褒《ほ》

め言葉を発した。マイヨットは、

「わたしのダー、やさしいダー」

と乳母を抱きしめて接吻を浴びせながら叫んだ、

「わたしのココット！　父様《パプート》、ユーマをほめてあげて、ユーマに接吻してあげて」

マイヨットにそうせがまれて、デリヴィエール氏はにっこりすると、ユーマの額《ひたい》に接吻した。

「みんなわたしのせいなの」

とマイヨットが、ふたたびすすり泣きながら、告白した。

「昼間お話を聞かせてくれとわたしがせがんだ罰が当ったの」

しかし蛇はゾンビではなかった。蛇が匍った跡が見つかった。それをたどると客間の食器棚の下の板張りに穴が開いていた。蛇はその鼠がかじって開けた穴から室内にはいりこんだのであった。

5

その事件があった夜からというもの、ユーマはアンス・マリーヌで一種崇拝《すうはい》の対象と化した。黒人が褒《ほ》めたたえる人間の特質で、肉体的勇気に優るものはない。農園の人たちはみんなユーマに対して物神《フェティッシュ》に対するがごとき敬意を表し始めた。ユーマは都会人風で自然に控え目であったから、以前は土地の使用人たちはつまらぬけちをつけたがった。だがユーマのヒロイズムを目にして、誰もそんな好き嫌いを言っているわけにはいかなくなった。御主人様のお邸に勝手にはいりこんで来た見知らぬ女によって白分たちの地位を奪われたと感じていた使用人たちの小さな嫉妬《しっと》もこれで完全に潰《つぶ》されてしまった。こうした使用人たちはいまやユーマの好意を得、ユーマに取り入ろうと思って一生懸命になったのである。農園の人はみなユーマを誇りに思い、近隣の農園の奴隷たちに向ってユーマの沈着《ちんちゃく》果敢《かかん》を自慢気《じまんげ》に語った。労務者《ろうむしゃ》たちは、ユーマが通りかかると、まるで彼女が女主人であるかのごとく、挨拶した。カレインダの歌を即興する者たちはベレーを歌ってはユーマの勇気を褒めたたえた。規律が厳しいことで知られている労務監督《ろうむかんとく》のド・コミゼル氏も、ユーマに向ってはもはや ma fille が縮《ちぢま》った形のクレオール語であり、英語の my daughter に相当する「マフィ」とはいわずマドモワゼルが訛《なま》った「マンゼル」と呼ぶようになった。「マンゼル・ユーマ」Manzell Youma と呼ぶようになったのである。

だがユーマにとってなににもまして嬉しかったのは、ガブリエルの注意を惹《ひ》きつけたことだった。ガブリエルはにわかにユーマに気を寄せるようになったと思われた。この農園でいちばん忙しい人であるにもかかわらず、ちょっとした親切なしぐさや挨拶を送ることで、ガブリエルは自分の気持を伝えてくれた。それはこんな荒らくれた男にそんな気づかいが出来るのかと思わせるようなまめやかなものだった。ガブリエルは昼休みや夕方の休みの時間にユーマに会う機会をこしらえた。夕方は、清潔整頓《せいけつせいとん》の規定がすべてどの小屋でも守られているか、衣類は洗濯されたか、ごみは捨てられたか、を巡視してまわるのだが、その前後に会う機会をこしらえたのである。会いに来た時間は当然短かった。あまり口は利かなかった。なにか直接質問されるのでもない限り、滅多《めった》に口を利かなかった。それでもマイヨットが「膝《ひざ》の上にのせて」とせがみ、お喋《しゃべ》りをすると、それに答えないわけにはいかなかった。しかしたいていの場合は、ガブリエルはベランダの上でユーマのロッキング・チェアの側にただ坐って、ユーマが子供とお喋りしたり、子供に物語を話して聞かせるのを、かたわらで聞いているだけだった。自分の顔をユーマの方に向けることさえ滅多にしなかった。小屋の騒々しい生活にのみ注意を払っているように見えた。しかしいつも寄るたびに必ずといってよいほどなにかを子供のために持って来た。自分の庭で収穫した果物で、もちろん子供がそれを乳母とわかちあうことを知っての上のことである。フィーグという長さ五センチ足らずの小さなデザート用のバナナの一房とか、古代のハイチの民が幽霊どもの食物として神聖視したところの珍奇な果物であるザブリコ（熱帯産の杏）とか、いちばん大きなかぶくらいの大きさで、果肉は朱色で麝香《じゃこう》のような匂いがするプラムなどである。その種は大きくて家鴨《あひる》の卵ぐらいの大きさだった。そうかと思うと、ゾランジュ・マカックの樹の芳《こう》ばしい一枝を切って持って来た。その枝には柑橘類《かんきつるい》の果《み》がたわわにみのっている。またフイ・デファンデュも持って来た。それはクレオール伝説に従うと、イブが食べるように蛇に誘惑されたと同じ禁断の木の実であるという。それはかぼちゃよりも大きい巨大なオレンジで、甘美なピンクの果肉だった……

ある日――マイヨットの誕生の祭りの日であったが、ガブリエルはたいへん可愛い贈物を持って来た。それはガブリエルが自分の手で竹を削り、蔓《つる》で編んで拵《こしら》えたもので、農園で生産されるほとんどあらゆる品の見本でいっぱいになっていた。小さな美しい砂糖パン、棒状のチョコレートの包み、瓢箪《ひょうたん》を半分に切って中を茶色い砂糖で満たしたクイと呼ばれるもの、精製されたシロップの鑵《かん》、蒸したとうもろこしに甘い味をつけ、カンナの一枚葉にくるんで、それを蔓草でもってくくったもの、削ったココアの小片を液状の砂糖に浸してキャンディーにしたもの、シャンベリーの砂糖黍を何本か砂糖黍の葉で束ねたもの、などだった。

またある日、ユーマがマイヨットを連れて川へ朝の水浴びに連れて行こうとした時、小さな淵のほとりに幅の広い洒落《しゃれ》た田舎風のベンチが設けてあるのを見つけた。それはポミエ・ローズの長くて固い材木を枠にして、それに割った竹を用いて椅子の背もたれや坐る部分としたものであった。ガブリエルは夜っぴて仕事してこの椅子を造りあげた。そして夜明け前に川のほとりまで持って行った。ユーマを驚かせるためであった。

……ガブリエルは訪ねて来てもそんな風で口を利かなかったが、ユーマは心動かされた。いままで知らない喜びを感じた。そして自分でもそれと知らずにガブリエルの到来を熱心に待ち望むようになった。ガブリエルが来ないと、なんだか悲しかった。しかし、ふだんより長く待たされたからといって、なぜ来なかったか、とたずねるようなことはなかった。ユーマはガブリエルが冷淡になることが気がかりだとは、他人にはもとより、自分自身にも言うつもりはなかった。ガブリエルの方も、かつて釈明をしたことがなかった。この不思議な性質の二人は、お互いに言葉を交わさずとも、理解しあえたのである。唖《おし》のように黙ったままで、原始的で、半ば野蛮人風でさえあったが、そんな風にして二人はたがいに惹かれ、たがいに相手を思う気持で胸がいっぱいになっていたのである。

……ある日の午後、彼はすばらしいサポータを持って来た。この果実の黒く滑らかに輝く肌に、クレオール人は混血児の美人に似たなにかをいまも認めている。その平ぺったい黒い種の中に仁《じん》という部分があるが、その二つの仁の間に薄い膜がある。それはクリーム状で、心臓の形をしていて、こわれやすい。それをこわさずにとり出すのはちょっと技術が要る。恋人たちは愛情をためすために相手にそれをやらせるのである。

「マイヨット」

とユーマは二人で一緒にサポータを食べた後で言った、

「マイヨットがわたしを愛しているかどうかためしてみたいわ」

そして自分の歯で堅い種の殻を破った。そして薄膜を取り出そうとして、破ってしまった。

「おー、ダー」

と子供が叫んだ、

「本当じゃないわ。わたしがあなたが好きだってことあなた知ってるでしょう」

「全然、全然知らないわ」

とユーマがマイヨットをからかった、

「あなたはわたしのことをちっとも愛していません」

するとガブリエルが自分にも種を一つくれ、と言った。ユーマが一つ渡した。指は無骨《ぶこつ》で荒らくれていたが、ガブリエルはその小さな心臓の形を上手に取り出して、マイヨットに与えた。

「見てごらん」

とガブリエルはちょっと意地悪そうに言った、

「あなたのダーはあなたよりわたしの方が好きなんだよ」

「違う、違う、本当じゃありませんよ、ココット」

とユーマはマイヨットに向ってむきになって言った。しかしそう言いながらもユーマは自分がいま言っている言葉に自信がもてなかった。

砂糖黍の刈取りの季節が終ると、ガブリエルはある休暇の日の朝、ラ・トリニテの町へ行く許しを得た。夕方帰って来たが、ふだんベランダにユーマを見かける時刻よりだいぶ遅くなっていた。しかしユーマはまだベランダに出ていた。ガブリエルが寄って来るのを見ると、ユーマは眠った子を腕の中に抱えて起きあがり、指を自分の唇に当てた。

「ほら」

とガブリエルは囁いた。そしてユーマの手の中に上質な紙に包んだなにか平べたくて四角いものをそっとすべりこませた。そしてそれ以上なにも言わずに、大股で自分の宿舎の方へ向けて立ち去った。

マイヨットを寝台へ寝かしつけた後で、ユーマはその包みを開けてみた。小さな紙製の箱で、中にピンク色の綿の上に、二つの金製の大きな軽やかな輪が光っていた——植民地の金工師だけが作り出せる野蛮な感じのする耳輪で、それは有色人種のブロンズ色の肌や衣裳にいかにも似合いなのである。……ユーマはもっと上等な宝石類をすでに持っていた。しかしガブリエルはその日この買物のために往復で三十キロの道を歩いたのだった。

翌朝ガブリエルはユーマの窓の下を通った時にっこりした。その耳輪がユーマの耳にかすかに光っているのを見てとったからである。この贈物を受取ったことは、二人が口にしなかった問題への肯定の返事を意味した。その同意を求めるために文明人の男は質問を口にすることをおそれにおそれるが、しかしその質問をクレオールの奴隷たちは言葉に出さずにたずねることを心得ているのである。

6

「なんですか?」

とデリヴィエール氏は言った。ガブリエルが二人きりで話したいことがあると言い、大きな麦藁帽子《むぎわらぼうし》を指の間で神経質にくるくるまわしながら突っ立っていたからである。

「御主人様」

とガブリエルはおずおず話し始めた、

「わたしはおたくの小さな乳母が好きになりました」

「ユーマですか?」

とデリヴィエール氏は驚いてたずねた。

「はい、左様です、御主人様」

「ユーマの方もおまえと結婚したがっているのかね?」

「はい、もちろんです、御主人様」

しばらくの間デリヴィエール氏は返事ができなかった。この二人が結ばれるという可能性はかつてデリヴィエール氏の念頭に浮んだことはなかったのである。ガブリエルの告白はデリヴィエール氏にとってはショックに近いなにかであった。組頭のガブリエルはなるほど肉体的には彼の人種でもっとも見事な一人だ。若くて、勤勉で、聡明である。だがユーマのように育てられた娘にとっては相手としていささか荒くれ者という感じがした。ユーマももちろん奴隷で、なるほど教育はない。しかしユーマは家庭で躾《しつけ》を受けた。その点で彼女は彼女の階級の者よりきわだって優位に立っている。その上ユーマにはガブリエルよりもずっとデリケートな道徳的特質が備わっている……　しかもユーマはエメーの幼年期の遊び相手だった。後にはエメーの使用人というよりはエメーの友人だった。エメーの感化も見逃してはならない――エメーのしぐさのあるもの、エメーの考え方のあるものはユーマ自身の一部と化している……　駄目だろう、ペロンネット夫人はこうした二人が一緒になることを絶対に承認するまい。こうした二人が一緒になると考えただけでも夫人はなんという無法なことと腹を立てるだろう。

「だがガブリエル」

とデリヴィエール氏はやっと答えた、

「ユーマは私の持物ではない。ユーマは私の姑《しゆうと》のものだ」

「御主人様、ユーマがペロンネット夫人に属しているということは知っております」

とガブリエルは言った。彼の麦藁帽子の縁の廻り方がいよいよ速くなった。

「しかし御主人様から私のためになにかしていただけるかと思いまして」

農園主はこの言葉を聞いて微笑した。実際デリヴィエール氏はガブリエルに向って、おまえが結婚するのを見たい、としばしば言ったばかりか、誰か相手が決ったら、結構な結婚式をあげてやる、とまで約束していたのである。しかしガブリエルには一向に急いで結婚する気配がなかった。そうこうするうちにこんな噂が立った。ガブリエルはアンス・マリーヌの女には無関心だが、そのくせ隣の農園をこっそり訪ねる習慣があるという。それでデリヴィエール氏自身隣の農園まで出かけて、一体誰が目的でガブリエルはそこを訪ねるのかを確かめた。それは白人の血が四分の一はいった可愛い娘であった。ガブリエルを驚かせ、かつ喜ばせてやろうと思って、主人はその娘を千五百フランで買って自分と一緒に連れ帰って来た。ところがその娘が自分と同じ農園に属するようになるやいなや、ガブリエルはその女にもはや注意を払おうとしなくなった。心中ひそかに主人がこの件で余計な世話を焼いたことを不快に思っていたのである。だがそれでも、またそんな話があったにもかかわらず、今となってガブリエルには、ユーマを自分のために買いとってくれるよう、デリヴィエール氏にお願いするのはきわめて自然なことのように思われた。農園主も別に怒りはしなかった。その件はむしろ面白いことのように思われた。デリヴィエール氏はガブリエルを高く評価しており、彼をよく理解していた。他人の抑制に耐えられないくせに、他人を抑えることにかけてはひどく達者だった。組頭としてはかけがえがないほど貴重だった。しかし人夫としては誰にも抑えの利かない人物であったろう。ガブリエルの前所有者は、白人の小物《こもの》で、この手のつけられない奴隷を喜んで売り渡した。その時の言い分はすこぶる率直なもので、ガブリエルは「陰気で、手のつけようのない、物騒な男」ということだった。だがガブリエルを買いあげたド・コミゼル氏は、これはきちんと値踏みされていない「掘出し物」と見ていた。そしてこの買物についてしばしば自慢したものであった。

「ユーマをおまえのために買ってやることは私にはできないよ」

とデリヴィエール氏はやさしく言った、

「ユーマは売り物ではないから。ペロンネット夫人はいかなる価格でもユーマを売りには出さないだろう。私にだって売ってくれはするまい。私は明日町に出掛けるから、姑にユーマをあなたに結婚させる気があるかどうか聞いてきてやる。それが私にできる、せいいっぱいのところだな」

ガブリエルは帽子をまわすのをやめた。目を下に伏せたまま、顔にははっきりと暗い表情を浮べて、しばらくじっと黙って立っていた。ユーマの運命がデリヴィエール氏の富と力でもって決定され得ないようなことがあろうなどとは夢にだに思ったことがなかったのである。デリヴィエール氏のかねがねの約束は嘘だったのかという疑惑が一瞬彼の頭を暗くした。それからガブリエルは面《おもて》をあげると、デリヴィエール氏に一礼

し、

「有難うございました、御主人様」

としわがれた声で言うと、引きさがった。

「この件でいちばん苦しむのはユーマだろうな」

とデリヴィエール氏は考えた。

7

ペロンネット夫人の決定はやはりデリヴィエール氏が予測した通りであった。夫人はデリヴィエール氏以上にユーマがカブリエルを夫に選ぼうとしたことに驚いた。そしてそれは男の肉体的――夫人の言葉を借りれば動物的――魅力に惹かれただけの話だといった。それは夫人がかねてからユーマのためにとくに心配してきた危険の一つであった。夫人は婿《むこ》を叱りさえした。こんな恋愛沙汰が起きたのは監督不十分だからだとも言った。そしてユーマをすぐ町に帰してもらいたい、と言った。夫人はユーマ以外の女がマイヨットの乳母となることは望まなかった。だがマイヨットがアンス・マリーヌに残ることになろうがなるまいが、ユーマにはとにかく町に帰ってもらう、と言い張った。いずれにせよマイヨットは小さな黒人の子供たちと遊んだり、砂糖黍をしゃぶったりするよりもっと大事なことを習わねばならぬ年齢にもうなっている。しかも体はすっかり丈夫になった。町の衛生状態も例外的に良い。ユーマはデリヴィエール家の人たちと一緒に要塞のある一画で暮してもかまわないが、求婚した最初の、その辺にざらにいる黒人の男に夢中になるような世間しらずの奴隷娘は、やはり監督が必要だ。それでペロンネット夫人としては、こうした事が二度と起こらないようにきちんとしたかった。デリヴィエール氏は姑《しゅうと》の願いはもっともで、反対する理由はないと思った。それで自分はできるだけ近い折に町にまた戻って来る、そしてその際にマイヨットとその乳母を一緒に連れて来る、と約束した。

だがユーマにとってこの決定は痛烈《つうれつ》なショックであった。彼女は茫然《ぼうぜん》として涙を流すことさえ出来なかった。それから、突然の苦痛が呼びおこす、本能的で自動的な怨恨《えんこん》の感情とともに、彼女に生まれて初めて「自分は奴隷なのだ」という事実についての強烈な自覚が生じた——自分は自分に打ちかかる意志に対しては抵抗することもできない、情けない身の上だということを。ユーマは自分がそれまで嘗《な》めてきた失望や苦《く》汁《じゅう》の数々が突然いっせいによみがえるのを感じた——子供の時から悩まされた抑圧《よくあつ》や叱責《しっせき》、拒絶や苦痛、自分ではしたいのにしてはならなかったこと——それらがユーマの記憶に突然灼《や》きついて、思い出を暗いものにした。自分はこれまでずっと不幸だったのだという幻覚《げんかく》にとらわれた。そして燃えるようなひそかな怒りを過去の長い、長い不正に対し向けたのである。その時は彼女の良識《りょうしき》とか、彼女のほがらかな諦念《ていねん》といった躾《しつけ》はすっかりかなぐり捨てられた。その不正が本当の不正なのか、本人がそう思いこんだまでの不正なのか、もはやわからなかった。その瞬間にはユーマは自分の名づけ親に対してもほとんど憎しみにひとしい感情を抱いた。デリヴィエール氏も憎んだ。世間の皆を憎んだ……　ただガブリエルだけは別だった。彼女の人生の中で彼が現われた時、彼女の中にあって長い間従属のきづなに抑えられていたなにか——不思議な感動と奇妙な衝動に満たされた、暗く深い情熱的な第二の魂とでもいうべきなにものかが立ちあがって、それがガブリエルを出迎え、その古いきづなを焼き払い、ついに我と我が主人になろうとしている。それは野蛮な人種の天性であり、その天性の血がいまや彼女の血脈の中に生き生きとよみがえったのだ。

はじめのうちはその第二の魂の反抗は大した事にはいたらなかった。時々憂鬱《ゆううつ》にひそかにとらわれる、といった程度であった。それは、エメーが寄宿学校に行ってしまった時にまず起こった。その時ユーマははじめて、あの時代特有の、形式ばった儀礼で固められた生活にとりこまれたのである。短い演劇のシーズンと社交界上流の人々の大舞踏会の折《おり》を除いては、白人植民者の婦人たちは週日は家の中にほとんど閉じこめられていた。出かけるとすれば教会へ行くのがせいぜいで、お店にはいることはいかなる事情があろうとも許されなかった。婦人たちはどんな些細《ささい》な買物であろうとも、それは奴隷に代行させたのである。いつも海外から新鮮な白人の血が流入するのでなかったなら、ヨーロッパ系のエレメントは数世代の間に根絶やしされもしたであろうが、そんな気候に気力を殺《そ》がれてしまったこの植民地の白人の女たちは、こうした涼しくてエレガントな隔離《かくり》された生活に苦痛を感じることもなく適応してしまったのである。しかしユーマは太陽が好きな種類の女であった。彼女は陽光を愛した。いわば白人の養女のような扱いでユーマに与えられた特権や躾《しつけ》やらは、ユーマの天性の生命力を拡充《かくじゅう》するというより、むしろそれを圧縮する方に作用した。田舎にいた時は戸外《こがい》の生活を楽しむ機会がずっと多かった。またある種のしゃちほこばった拘束からの自由もあった。といっても田舎でさえもユーマの生活は乳母としての義務によって制約されていた。子供の要求に応じるという小さな世界に閉じこめられていたのである。ユーマは乳母になりきるにしては若過ぎた。というのはダーと呼ばれるこの仕事には本来楽しみはないはずだったからである。こうした地位に伴《ともな》う責任は、絶対的な自己犠牲以外のなにものでもなく、普通はすでに人の子の母親となった、女の天性としての運命を果たしたことのある、奴隷にのみまかされたのである。だがユーマは子供の域《いき》をやっと脱したかと思った時、自分の子供ではない子供のために、子供のように振舞い、考え、話すように運命づけられたのである。ユーマのすばらしい若さは、この永久に続く制約に対して、黙々と異議申立てをしていた。ペロンネット夫人があらゆる面倒をいとわずユーマの中に植えこもうとした個人としての品位の感情――自分の階級の中では社会的に上位にいるという感情――にもかかわらず、ユーマは他の人たちの運命を羨《うらや》んでいる自分自身に気づくことが間々あった。そうした他の黒人たちは喜んで彼女と地位を引き換えたことであったろうと思われる。日の当る山の道を歌をうたいながら旅する娘たち、畠で働く黒人の女たち――その女たちは力という太鼓を叩く音に合わせてベレーを歌っている。そうした人たちを見ているとユーマは切ないような辛い喜びを感じた。体を動かさないことは物憂《ものう》い。ユーマはそれにひどく悩んだ。影の中に生き、ロッキング・チェアで揺れ、子供じみた口をきくことにユーマは倦《う》み疲れた。ちょうどその昔、鎧戸《よろいど》を閉めきった中の薄暗い部屋で刺繍《ししゅう》をしたり、縫物《ぬいもの》をしたりしながら生活し、自分が聞いてもわからない会話を聞いていたころのような倦怠感《けんたいかん》であった。だが、そうした気持になっている自分に気がついた時、ユーマは自分を恩知らずで、悪い人間だとさえ思った。そして自分自身の不平不満と戦い、それを抑えつけさえした。しかしそれもすべてガブリエルが現われるまでのことだった。

　ガブリエル！　ガブリエルの出現は、彼女が待ち望んでいたすべてのもので満ちた新世界を開けはなして見せてくれた。そんな気がした。光、歓喜、歌、旋律《せんりつ》。ガブリエルはいわば大気や太陽の自由、川や海の自由とまじりあったなにかとして現われた。森や野の新鮮な匂い、朝の青い長い影、熱帯の月の出の薔薇色の光、歌い女たちの歌、椰子の樹の下での陽気な踊り、それに調子をつける雷鳴《らいめい》に似た鼓動《こどう》など、すべてのものとまじりあっていた。ガブリエルは本当に沈着《ちんちゃく》で、逞《たくま》しく、しかも真実だった。あらゆる男たちの中の男として善き神様によって自分のために造られた男だった。ガブリエルは奴隷であるけれども、自分の主人の尊敬をもかち得ることのできる人である。ガブリエルのことを思ってユーマは毎晩祈り、聖母の御像の前に自分でつんできた野の花の捧げ物を供えた。ガブリエルとならどんなに貧しい小家であろうとも、きっとしあわせな共棲《ともず》みの生活を送ることができるだろう。ガブリエルのためなら、自分にかりに自由が与えられたとしても、その自由をも喜んで捧げたろう。いや命だって、それが彼の役に立つなら、喜んで捧げたろう。ユーマは自分が美しくありたいと願った。世間の人は自分を美しいと言ってくれた。（あの形のいい樹のように、あの若い椰子のように、あの美しい樹のようにbel-bois《ベルボワ》と世間の人は言ってくれた）。そう望むのもガブリエルのためにだった。……それなのにガブリエルを自分から取りあげようとする。自分には不釣合《ふつりあい》で良くない、などと言って。一体、世間の人にはそんな事がわかるのだろうか。皆が望むことは、自分が主家にずっと仕えて、主家のためにずっと苦労して、暗闇の中で黙々とまるでマニクーのように生きることを望んでいるのだ。こうした人たちは自分に対し残酷に当る力を持っている。自分からガブリエルを取りあげる力を持っている！　世間というのは本当に悪の塊《かたまり》だ。ほかの人にはいざ知らず、自分には悪く辛く当る。自分が愛した人は誰であれ自分から奪われた。最初に自分の母ドゥースリーヌが、ついでエメー・デリヴィエールが、そしていままたガブリエルが。

それはデリヴィエール氏が町から帰って来た翌朝であった。氏はユーマを脇に呼んだ。ユーマはたったいまマイヨットに朝の水浴をさせて川から戻ったところだった。デリヴィエール氏は親切に、だがたいへん率直に、いかなる望みの余地ももはやないことを告げた。

長いあいだユーマは口もきけず、動こうともせず、坐っていた。それから子供の求めに応じて子供と一緒に外のベランダの上にあがった。空はさわやかに晴れて、海からはなま温かい風が吹いていた。ユーマの上の、谷間に近い方で、タンブー・ベレーの音が響き、アフリカ渡来《とらい》の歌を一緒にうたう声が聞えた。一隊の人夫たちが円丘の一つの頂上にいたる新道を作っていた。旧道は最近の大雨で洗い流されてしまったのである。監督はこの新道の見立てをし、綱を引いてジグザグの道に印をつけてあった。人夫たちは二列になってゆっくりと山から降りて来る。皆歌をうたい、鍬《くわ》や突き棒を太鼓のリズムに合わせている。時々鍬を空中に抛《ほう》りあげてはそれをまたつかむ、かと思うと空中に抛りあげては隣の者の鍬ととりかえる。それがみな拍子にのっている。そこには若い女のクリザリーヌもまじっていた。錫《すず》のコップや水のはいったドバンヌや蒸溜酒《じょうりゅうしゅ》のはいった水差しを載せた盆《ぼん》を持っている。そして時々皆に飲物を渡す。なにしろ仕事をすれば暑かったから……　ユーマは、青い棉《めん》のシャツを着、白いズックのズボンをはいた背の高い男が隊列の先頭にいないか、と目で探った。しかしガブリエルの姿は見あたらなかった。別の男が彼に代って仕事を監督していた。蛇を警戒して目を光らせていたが、それはマリユスという黒人だった。

もう三日経つと、ユーマはアンス・マリーヌを去らねばならぬだろう。そしてガブリエルに会う機会はなくなるだろう。……一家は一年のうちでいちばん気《け》だるくいちばん暑い月にあの蒸すようなサン・ピエールの町へ戻ろうとしている。ガブリエルはそのことを知っているのだろうか。それとも知っておればこそ、いま人夫たちの中に彼の姿が見えないのだろうか。ユーマはもしガブリエルが知っているなら、きっとなんとかして自分と話をする機会を作り出すはずだ、と感じていた。


そしてそうした感じがしたまさにその時、ガブリエルが家の前に現われた。子供をそこに置いて自分のところに来るよう合図した。

ガブリエルは手をユーマの肩にあて、その肩を撫《な》でるようにして囁いた。

「旦那から今朝すべてを聞いた。旦那はおまえを俺たちのところから連れ出すつもりらしいな」

「そうよ」

とユーマは悲しげに言った、

「わたしたちは町に戻るの」

「いつだ？」

「次の月曜日」

「まだ木曜日だな」

とガブリエルは奇妙な笑いを浮べて言った、

「おまえもわかっているだろう。一度町へ連れ戻されてしまえば、あの連中がおまえを俺に会わせてくれることは絶対ない。それはわかっているんだ」

「でもガブリエル」

とユーマは声をつまらせて答えた。ガブリエルの言葉になにか哀願《あいがん》するような調子があったから、それに心がいたんだのである。

「わたしになにが出来るの。なんの方法もないことは知っているじゃないの」

「いや方法が一つある」

とガブリエルはほとんど荒々しい口調で、ユーマの言葉をさえぎりながら、言った。

驚いてユーマはガブリエルを見た――新しい漠然とした希望がユーマの大きな眼にまた輝き始めた。

「方法が一つだけあるんだ」

と男は繰返した、

「おまえにその気力さえあればだ。いいか、見て御覧」

ガブリエルは谷間の向うを指さした。海を越えて東北の方である。そこには好天の日でなければ見えない、幻のように美しい形が浮んで見えた。紫色に染まった大洋が円形にひろがる水平線の彼方に、ドミニカ島のシルエットが、紫水晶《むらさきすいしょう》の色をした白昼の光の中にそびえている。この山のものならぬ紫色の峰を冠《かんむり》のようにいただいて、その上に雲が、光輝く金羊毛《きんようもう》のように巻きついている。

「わかるか。一晩のうちにだよ」

とガブリエルはユーマの顔をじっと見つめて囁いた。

ユーマには相手の言わんとしていることがわかった。英国領の島にたどり着くことができた奴隷はそこで自由の身となり得るのだ。その時、

「ガブリエル！」

と呼ぶド・コミゼル氏の声がした。

「何の御用ですか」

とガブリエルが大きな声で返事した。そして小さな声で言った、

「よく考えておいてくれ。よくよく考えておいてくれ」

「ガブリエル！」

また監督者の声が響いた。

「いま行きます」

ガブリエルはそう言って、呼ばれた方へ走って行った。

ユーマはベランダのふだんの場所に戻った。マイヨットはそこで黒い小猫と遊んでいる。しかしマイヨットの笑い声がほとんど耳にはいらない。小さな猫がなにか滑稽《こっけい》な悪さをすると、マイヨットは喜んでユーマにも「見て御覧」というがその声も聞えない。ユーマは半ば眠っているかのように機械的に答えた。水平線に現われた光り輝く幻をじっと凝視《ぎょうし》し続けていた。そのドミニカの島影はその蒸気のようにはかない美しさでもって、ユーマの気持をそそったのである。彼女が見つめ続ける間にも、影はゆっくりと透き通るような青さに変っていった。そして巨大な光の中に溶けていった。そして太陽が高く昇るにつれて、その幻のような島影は不思議にも消えて去った。残っているのは、ただ明るい色をした周囲を取り巻く海と、なに一つしみのない夏の空のまるみだけだった。だがあの島の光を帯びた菫色の記憶はユーマの中に残った。それは彼女の思いの中に焼きついたのである。

8

その日、ユーマはガブリエルとまた会うことがなかった。どうやらわざとユーマを避けて、ユーマに自分の頭で考えるようにしむけているらしい。

ガブリエルがこの計画を遂行《すいこう》し得ることについて、ユーマに疑念はいっさい生じなかった。ガブリエルの能力を信じきっている彼女にとって、追跡され逮捕されるとか、あの恐ろしい海峡《かいきょう》で一斉射撃《いっせいしゃげき》を浴びるとか、それよりさらに悪い目にあうとかいう心配は、ハリケーンの季節にはやはいっていたとはいえ、まったく念頭にのぼらなかった。ガブリエルのためならいかなる危険を冒しても平気だった。彼と一緒ならどこにいても大丈夫という気がしたのである。

だがユーマの最初の高揚《こうよう》した気持は次第に静まり始めた。他人の意志の裏をかいて自分の望みのすべてをかなえるというまったく思いもよらぬ方法があるといわれて、ユーマが絶望した時におぼえたあの狂おしい気持は次第に静まってきた。そして気持が静まるにつれて、ユーマの天性《てんせい》のきちんと考える能力も次第に元に戻ってきた。ついでユーマは自分では悪いと知っているなにかが自分の中にあることに気づいてそれをおそれた。というのは、ガブリエルの提案を聞いた最初の一瞬から、なにか漠然と彼女の良心にとがめるなにかがあった。ガブリエルの提案にはユーマの道義の感覚をはっとさせるなにかがあったのである。それはユーマが自分の友だちを捨て、生れた場所や義務を捨て、自分を一階級も二階級も下の身分に永遠に落とし、自分を信じてくれた人々の敬意を失うことではあった。そうした事がもたらす結果を彼女としても漠然と考えなかったわけではない。しかしそんな思慮をめぐらす以前のこととして、ユーマは白分の道義《どうぎ》の感覚にそむくなにかを感じたのである。いまじっと思慮をめぐらすにつれ、恥を知る気持が湧きあがり、顔が焼けるような思いが強まってきた。

いけない、いけない！　自分のいままでの人生がことごとく不幸だった、などというのは真実ではない。ユーマは楽しかった数々の日々をそっとおだやかに思い返した。光り輝く日々だった。自分の幼年時代の日々はとくに楽しかった。エメーと一緒だったからである。市中の目抜通《めぬきどお》りにあったペロンネット夫人のお邸の大きな中庭で二人は遊んだ。美しい日当りのよいお庭で、大きな葉をした奇妙な植物や鉢植えの棕櫚《しゅろ》の樹があった。そこからはすばらしい湾の景色が青い光の中にひろがっているのが見えた。大岩と呼ばれるグロス・ロッシュからフォン・カレーと呼ばれる場所の間である。水平線の上を船が往来するのが見えた。碇《てい》泊《はく》して眠たげな船も見えた。その中庭でエメーと二人、毎朝ザノリと呼ばれる小さな緑色のとかげに餌をやったものだ。そのとかげは、蔓《つる》が匍《は》いあがっているあずまやの緑の屋根から、きらっと光ったかと思うと、降りて来てまかれたパンの粉を食べた…… それにあのエメー、彼女は自分にすべてのものをわかち与えてくれた。背の高い若い貴婦人となった時でもそうだった。そのエメーは臨終の間際にも愛情と信頼の眼差《まなざ》しで、自分の手を握って、そして死にゆきながらその唇で囁いた。「ユーマ、ああユーマ、あなたは私の子供を大事に可愛いがってくれるわね？ なにごとが起ころうと、ユーマ、この子が小さいかぎり、ユーマはこの子を離れないわね。約束して、ユーマ」。そしてユーマは約束したのだ。

ユーマはまたペロンネット夫人の顔を思い浮べた。夫人の顔は銀髪《ぎんぱつ》の下で微笑していた。ユーマは自分の頬っぺたをきらきらと輝く指環《ゆびわ》のはまった美しい手が撫《な》でてくれたのを感じた。その時夫人は自分にやさしく保証してくれたものだ。「あなたも私の娘ですよ。私の美しい黒人の名づけ子ですよ。幸せでなければいけませんよ。幸せであることを願っていますよ」。そして夫人は実際ユーマを幸せにしようとつとめてくれたのではなかったか。自分のために力を尽し、案を立ててくれたのではなかったか。ユーマが彼女の属する階級の他の誰をも羨まなくてすむようにと沢山の出費もしてくれたのではなかったか。ユーマは新年のお年玉をはじめ、自分が頂戴した数々の贈物のことを考えた。それから自分に許された安楽な暮しのことも。自分はいつも別の部屋を一つ与えられた。それは蔓《つる》とポム・ド・リアーヌのつたでおおわれたあずまやを見おろす部屋だった。そのあずまやのあたりには蜂鳥が深紅《しんく》とエメラルドの光を放ちながらぐるぐる飛びまわっていた。小さな部屋だったけれど潮風《しおかぜ》が吹き抜けた。ユーマはほかの普通の使用人たちのように、床の上に直接マットレスをひろげてそこに寝るような真似は許されなかったのだ。

エメーのおかげもあって、ユーマは第二の家でもデリヴィエール夫人とその息子のデリヴィエール氏から同じようにきちんとした待遇《たいぐう》を受けた。そしてエメーが死んでからというもの、デリヴィエール氏の親切は父親のそれだった。氏は自分をすっかり信用しきっていたからこそ、ガブリエルが訪ねに来ることに気がつかなかったのである。

……こうした人たちは皆自分のことをなんと思うだろうか？　一体自分は誰にいちばん多くを負うているのか。ずっと前から長いあいだ接してきたこうした人たちに対してではないのか。ユーマを洗礼盤《せんれいばん》で名づけた時から自分の子供と一緒に育ててくれた、あの親切なペロンネット夫人に対してではないのか。それともガブリエルに対してか。自分がガブリエルを知ったのはこの一年のそれも労働季節になってからのことではなかったか。ああ自分は——とユーマは思った——自分はたといガブリエルのためであろうとも、あの人たちに対して不実《ふじつ》であることはできない。そんなことをしたら善き神様は自分をお許しにはならないだろう。だがガブリエルはそうしたことは知らない。もし知っていたら、自分と一緒に逃げようなどとは言い出しはしなかったろう。

こうしていま一度《ひとたび》、ユーマの心の底の暗い面は抑えられ、啜《すす》り泣きながらその元の深い場所に沈んで戻って行った。残酷な苦痛だけが残った。しかしユーマは、できるだけ早くガブリエルに会い、自分は行かない、という「ノー」の返事をしようと強く決心して、その夜横になった。

だがそれにもかかわらず、翌朝ユーマが子供を川へ水浴びに連れて行くとき、ガブリエルが大股《おおまた》で近づいて来て、低い、急いだ声音《こわね》で、

「夕方、浜辺へ来い。四時に。そこでおまえに会うから。ゴムの木舟が荷物を載せてラ・トリニテに向けて出発するから」

と言った時は、ユーマは気おくれがして、言いそびれた。そしてガブリエルは、ユーマがなにか言おうと

する先に、もうさっさと行ってしまった。

9

アンス・マリーヌの谷がそれに向って開いている海岸は奇妙な海岸である。怪奇《かいき》な岬《みさき》と不吉な名前のついた岩が連なっている。その中には「悪魔」という名前も時々まじる。黒い鉄鉱が高い断崖《だんがい》を形造っている。しかし数かぞえきれない蔓草が綴《つづ》れ織《おり》をなしている。そしていたるところで熱帯特有の蔓が崖からさがって、海岸の縁をおおっている鮮やかな緑色をした蔓草――パタット・ボ・ランメとつながり絡《から》みあっている。この海辺の蔓草は黒玉を砕《くだ》いて粉にしたような砂地《すなち》の上を匍《は》っている。（パタット・ボ・ランメの厚い葉は、折れたり破れたりすると、ミルクのような白い汁を出す。そこに咲くのは美しい深紅のコップ状の花である）。波はたいへん長く、たいへん重たい。耳を聾《ろう》さんばかりの音を立てて崩れ落ちる。そして両手を振りかざすようにしぶきをあげるが、なんだか幽霊のようである。海がそのあたりで静まることはない。なまぬるい水の飛沫《しぶき》が煙のごとく太陽に向けて立ちのぼり、それが靄《もや》のようにひろがっているが、それを通すと北側の絶壁も南側の絶壁もいつもかすんで見える。土地の伝承によると、昔からいつもこうだったというわけではない。それがある日、漁師たちに馬鹿にされた司祭が海に向ってその黒い法衣《ほうい》をふるって、この海が永久に静まることのないようにと呪《のろ》った時から、海はこうなったのだそうである。それからというもの、人間は海が静まるのを空しく待った。待っているうちに漁船も浜辺にひろげておいた網も腐ってしまった。一年を通して、水の飛沫《しぶき》の条《すじ》が消えることはない。その幅が広くなったり狭くなったりすることはあるにしても。貿易風の力によって大波の危険の度合にも変化は生じる。時々その水沫《みなわ》の条は、川口をずっとさかのぼったあたりまで押し寄せることもあれば、断崖そのものを跳び越えることもある。そしてそのあたり一帯の大地をことごとく震動させる。しかもそうした大波は、空には一点の雲もなく、そよ風さえほとんど吹かぬ時にも、押し寄せるのである。そうした時には、海ははるか沖合の水平線にいたるまで、瑠璃色《るりいろ》に青く、鏡のように滑《なめ》らかである。雷鳴のような轟《とどろ》きと飛び散る水沫とは海岸付近のみの現象で、それが沖合にまでひろがることはない。それは高潮という現象で、海水が海底から盛りあがってくる。フランス語でいう **raz-de-marée du fond** なのである。この現象は二日、三日、四日ほど続いて、またぱたりとやんでしまう。始まり方も不思議だが終り方も不思議なのである。

マルティニーク島の東海岸の農園で働く人夫たちにとって、奴隷としての隷属《れいぞく》とそれからの解放との間の唯一の障壁《しょうへき》は、この荒れ狂う海だった。この海岸には舟の数はいたって少ない。しかもラ・トリニテより北で安全に舟下《ふなおろ》しが出来る地点はいたって少ない。しかしアンス・マリーヌにはそうした地点が一つだけあった。それは谷間の口の南の端から深海に向けて突き出している岬にある一種の自然に出来た入江で、その湾《わん》曲《きょく》がちょうど風をさえぎるようになっていたのである。太鼓の音にあわせてゴムの木で出来た丸木舟が海へ舟下しされるのもこの入江からであった。そしてそこには農園の主人の小舟も舟小屋に蔵《しま》われていた。その小舟が用いられることは滅多にない。そしてその小舟の操《あやつ》り方をガブリエルはよく心得ていたのである。

……約束の時間が来る前に、ユーマはマイヨットを浜辺へ連れて行った。昼間のひどい熱気は去り、強い風が涼しいばかりに吹いていた。断崖絶壁《だんがいぜっぺき》の影が遠くのびている。この浜辺を訪ねることは子供にとって非常な喜びだった。サン・ピエール市のグロス・ロッシュで潮が寄せて来た時に打上げられるような可愛い小さな貝殻はここにはなかった。またマイヨットが水につかるにしてはここの波の引きはあまりに強かった。だからそれはたとい彼女が望んだとしても許すわけにはいかなかった。だがその波が寄せては崩れる様は壮《そう》観《かん》である。そしてそこの黒い砂浜には奇妙な黄色い毛の生えた脚の蟹や土地の言葉でラヴェット・ランメーという小さな生物でいっぱいだった。それは尾に鋤状《すきじょう》のものがあって、それで穴を掘るのである。時には卵からかえったばかりの子亀が海に向ってよちよち歩いて行くのに出会うこともあった。

子供たちもすぐに後からやって来た。黒人もいれば黄色い肌の子供もいる。褐色《かちいろ》のもいれば赤い肌をした子供もいる。全員がタンガの二人の娘ズーヌとガンビに監督されて、ゴムの樹をくり抜いて造られた丸木舟が舟下しされるのを見にやって来たのだ。小さな子供たちは水の中にはいって行くことは、事故が心配だから、許されなかったが、波打際で思うさまはしゃいでまわることは自由だった。大きな波が打ち寄せて子供たちを砂浜の上手の方まで追いかける時、彼らは叫び、跳びはねた。波は子供たちのはだしの足もとで渦を巻き、音を立てた。

やがて車が現われた。断崖ぞいの道をやって来る。ラム酒や砂糖を積んでいる。強くて肥《こ》えた騾馬《らば》がつながれていたけれど、これだけの重荷をつんだ車を引っぱるのは辛《つら》い仕事だった。ユーマの耳にガブリエルが声をあげて馭者《ぎよしや》を助け、騾馬を駆り立てているのが聞えた。

それから裸体でブロンズの銅像のようなすらりとした褐色の少年が馬にまたがって現われた。鞍《くら》もなしに馬に跨《また が》って、駆足《かけあし》で海浜まで走り降りて来る。これは労務監督のド・コミゼル氏の若い馬丁《ばてい》で、氏の馬にこの大波の中で水浴びをさせるためだった。少年はまだ子供の域《いき》を脱したばかりで、馬は黒い、プエルト・リコ産の種馬で、なかなかの悍馬《かんば》だった。しかし少年と馬とはたがいに気心が通じている。大波が馬の脚の膝にまで達すると、少年は馬から跳び降りて馬を洗い始めた。やがて巨大な波が崩れながら打ち寄せてくる。水沫が羊毛状《ようもうじよう》の布のようにひろがって、馬も少年も一瞬視界から消えて失せるが、馬はそれが好きと見えて、びくともしない。少年ももちろん波をおそれない。少年は南海の魚のように泳ぐことができるのだ。少年は馬とたわむれ、馬を撫《な》で、馬の首を抱きしめる。そして馬に水をぶっかける。大波が打ち寄せて来る時は少年は馬のたてがみにしがみつく。

「ヨー・カレ！　ヨー・カレ！」

と子供たちがついに叫んだ。舟下しをする場所から太鼓の響きが聞えて来たのである。「舟が出るぞ、出かけるぞ」というのがどうやら Yo kallé! の意味らしい。丸木舟に荷物は積まれ、漕手はそれぞれの場所に座を占めた。鼓手《こしゅ》は舟の端に乗っている。いよいよ舟を出す合図の太鼓が叩かれた。「ラゲー・トゥー！」綱を全部解け、という意味だ。皆はゴムの樹をくりぬいて造った丸木舟が水の中へ滑りこむ様をじっと眺める。それが水の中へ無事に滑りこんで左右に揺れ、櫂《かい》をいっせいに入れるに及んで揺れ方がおさまった時、皆は歓声をあげる。それからマダム・レザビタンの陽気な調子に合わせて、舟は旅路につくのである。子供たちは遊びを止めてこの舟下しを見守った。岸の上からも手を拍つ音がする。女たちの笑い声がする。それから「さようなら」アディエーという、フランス語のアデューがなまった、楽しそうな声も響く。そうこうする間にこの長い丸木舟は沖合さして進んで行く。やがて漕手たちの歌声は大波の轟きにかき消され、漕手たちの顔ももはや識別《しきべつ》できなくなる。だがそうした時になっても、なお一、二分間ほどは太鼓の音だけは沖合から聞えてくる。だが丸木舟はじきに長い岬の先をまわって視界から消える。舟は南をさして去ったのだ。

こうしてこの日の事件は終った。

タンガの二人の娘は小さな子供たちを集合させると、浜辺を立去った。海中にいた少年は馬の背にまたがって馬首《ばしゅ》をめぐらすと、駆足で谷間をかけあがって行った。なんだか金属が光っているような感じだ。夙と夕日にわが身をさらして乾かしているのだろう。見物人たちは崖の上から姿を消し始めた。空《から》になった車はごろごろ音を立てて農園へ向けて帰って行く。だがユーマはなおゆっくりしていた。マイヨットはいよいよ御機嫌だった。マイヨットは椰子《やし》の実を見つけた。それは空《から》で、しわしわに縮んで、波の間に揺れていたので黒っぽくなっている。マイヨットはそれを転がしては波の中へ突っこんで楽しんでいた。波は椰子の実をまた浜辺へ打ちあげてくれる。波の中へ投げこまれた場所からいつもすこし離れた場所へ戻ってくる。マイヨットはその遊びに興じていたから、ガブリエルが急ぎ足で近づいて来たことに気がつかなかった。だがユーマはもちろん気がついて足早にガブリエルの方に向かった。

「ドゥドゥー・モワン」

とガブリエルは、彼女の手を自分の両手の中にとって、息せき切って言った。「優しいおまえ」とクレオール語で言ったとき、急いでやって来たので呼吸が早くなっていた。

「いいか、これから言うことをよく聞いてくれ。……丸木舟は出て行った。こうなれば俺たちを追いかける舟はない。おまえさんさえ覚悟ができたなら、今晩にでも発つことができる。……明日には俺たちは自由の身となれる。明日の朝にだ、ドゥドゥー」

「ああ、ガブリエル」

とユーマは話し始めた。だがガブリエルはユーマの言うことは聞かずに、熱心に、口早に話し続けた。そうなるとユーマはガブリエルの話をさえぎることができなかった。彼はユーマに自分の希望や自分の計画を語り続けた。自分にはすこしばかり金がある。その貯金でどうすればいいのかわかっている。あの国へ渡って小さな土地を買うのだ。（あすこは美しい、いい国らしい。万事物価は安いそうだ。しかも蛇がいないとのことだ）。それから自分で小さな家を一軒建てる。庭には果物の樹を植える…… 主人用の舟は二人で逃げ出せるよう万事万端整っている。風も海もちょうどうってつけだ。真夜中過ぎまで月は出ない。心配することはなにもない。朝になって日の出るころは二人とも自由の身だ。

ガブリエルは自分の彼女に対する思いのたけを述べた。将来二人で一緒にどんな暮しを送るか、自分が考えている解放された自由な身分とはどういうものか。奴隷としてでなく自由人として生れるであろう自分たちの子供についても話した。その話し方には素朴な説得力があり、話の内容はぎっしりつまっていた。それはガブリエルは自分の彼女に心の中であたためてきたかを示していた。自分の考えをクレオールの言葉で上手にイメージして生き生きと語ったが、その言葉の一つ一つは、熱帯のとかげと同様、置かれた位置によって色が変る。ガブリエルが心中に秘めていたあらゆる思いを吐露《とろ》しおえるまで、ユーマは口をさしはさむことができなかった。だが自分の番になって、話し始めるやユーマの頬には熱い涙がはらはらとつたった。

「ああ、ガブリエル、わたしは行けません。もうこれ以上なにも言わないで。わたしは行けません」

そしてユーマははたと口をつぐんだ。ガブリエルの表情が突然変ったので、はっとして口が利けなくなったのである。ガブリエルが両手で握っていたユーマの手を放した時、彼の両眼に浮んだ表情はユーマがいままで見たことのないものだった。だがガブリエルはその両眼できっとユーマの方を見すえることはしなかった。ガブリエルは後ろを振り向くと、両腕を組んで、海をじっと見つめた。

「ドゥドゥー」

とユーマがまた話し出した。「優しい人」と恋人に呼びかけたのである。

「わたしにも言わせて頂戴。わたしはあなたに言われたようによく考えました。考えて考え抜きました。そして考えれば考えるほどこれはしてはならないことと思いました……　それなのにあなたはわたしに口をきく機会を与えてくださらない」

ユーマはそう繰返した。そして懇願《こんがん》するようにガブリエルの腕にさわりながら、男がいま一度自分を眺めてくれるように、と試みた。

だが男は答えなかった。じっと固く恐ろしい様をしたまま、突っ立っている。男の背後の黒い岩さながらである。そしてじっと水平線の方を凝視《ぎようし》している。そのあたりこそ彼の希望の土地、自由なドミニカ島とその蛇のいない谷間とがあるのだ。それがいまではすっかり視界から失せ、夕方の蒸気に包まれている。

「ガブリエル」

と女は愛撫するように、すがるように繰返した、

「聞いて頂戴。ドゥドゥー」

「ああ、おまえは来ないのか」

とガブリエルはついに言った、

「おまえは来ないつもりなのか」

その男の声にはほとんど威嚇《いかく》のひびきがあった。男は怒りの眼を女に向けた。

「わたしは行くことはできません。ドゥドゥー」

とユーマはやさしい力をこめて繰返した、

「聞いて頂戴。あなたはわたしがあなたを好いていることを知ってらっしゃる」

「そんなことは言うな、言わない方がいい」

と男が苦々しげに言った、

「俺は俺の持っているすべてをおまえに捧げた。だがそれでも足りなかった。俺は俺と一緒に自由になるという機会をおまえに与えた。それなのにおまえは奴隷のままでいたいと言った」

「ああ、ガブリエル」

とユーマは啜り泣きながら言った、

「わたしをそんな風に叱るなんて。あなたはわたしがあなたを好いてることを知ってるくせに」

「それならおまえはこわいのか？　海が恐ろしいのか？」

「そうしたことじゃないわ」

「いや、そうだ、俺はおまえには覚悟があると思っていた」

「ガブリエル」

とユーマはほとんどきっとした調子で激しく言った、

「わたしには恐ろしいものはなにもありません。わたしがおそれているのは悪い事をすることだけです。

わたしがおそれているのは善き神さまだけです」

「一体誰の善き神さまだ」

とガブリエルは嘲笑《あざわら》った、

「白人たちの神さまか？　マンム・ペロンネットの神さまか？」

「そんな口の利き方をわたしに向ってしないでください、ガブリエル」

とユーマは燃えるような目つきをして叫んだ、

「そんな口の利き方をすると罰が当ります」

ガブリエルはユーマの態度が突然変化したのに驚いた。いま目の前にいるユーマは意志の力において自分のそれに拮抗《きっこう》しはじめていたからである。

「そんな口の利き方をすると罰が当ります。わかりますか」

とユーマは繰返した。男の視線をじっと見すえ、それを制するかのように言った。ガブリエルはまた不機嫌そうに海を振り返り、ユーマが話すままにまかせた。そして落着きのないまま、ユーマの熱のこもった説明を聞いた。こわいのか、恐ろしいのか、そんな風に問いつめたガブリエルはまたなんとユーマの心根を知ることが薄かったことだろう。ただユーマはこう思った、自分はガブリエルを思うあまりに、忘れてはならないことを忘れてしまったのだ。ガブリエルと一緒に逃げようと一旦は考えたことさえ良くないことだったのだ。子供の時から自分を育ててくれた名づけ親を捨て、自分を本当の娘のように世話してくれた女主人を捨て、自分の世話にまかされた子供、デリヴィエール夫人の子供、を見捨ててしまうのは良くないことだ。あの子は自分を本当に好いてくれる。自分がいなくなればすごく悲しみ苦しむだろう。死んでしまうかもしれない。というのもユーマは乳母《ダー》をなくしたために悲しみのあまり死んでしまった子供を実際に知っていたからである。いけない。あの子をこんな風にして置きざりにするのは残酷で、良くないことだ……

「それではおまえは子供のために俺を置きざりにするのか。おまえの子供でもない子供のために?」

ガブリエルはそう叫んだ、

「おまえはまるでおまえがこの世でただ一人の乳母《ダー》でもあるかのような口の利き方をするが、世間には乳母ならたくさんいるぞ」

「でもわたしみたいなのはいませんわ」

とユーマは言った、

「すくなくともあの子にはいませんわ。わたしはあの子にとっては、あの子のお母さんが亡くなった時から、母親代りでした。……それにこれは子供だけの問題ではありません、ガブリエル。これは長い年月を通してわたしを愛し、信用してくれた人に対しての問題でもあるのです。わたしにはその人たちに対して義理がある」

そして次のようにガブリエルに問いかけたときのユーマの声には昔のやさしさがまたよみがえっていた、

「ドゥドゥー、わたしがわたしにずっと良くしてくれた人たちに対して忘恩《ぼうおん》の徒《と》で、不実《ふじつ》の徒であったとしたら、そんなわたしをあなたは真実の女と思うことができますか」

「良くしてくれたとおまえは言うのか!」

とガブリエルが叫んだ。その声はにわかに苦渋《くじゅう》にみちた。

「たまたま悪者でなかったというだけで、良くしてくれたとおまえは言うのか。一体どんな風に良くしてくれたのだ。おまえを着飾らせ、きれいなスカートや艶出《つやだ》しの木綿更紗《もめんさらさ》をくれ、可愛い首飾りをくれた。そして金造《きんづく》りの宝石も身につけさせてくれた。それで世間は『奥様は奴隷に対しても物惜《ものお》しみをせぬ。御主人様も親切にしてくださる』と大声をあげて言ったりする。だが本当にくれたのか。くれたのではないぞ、貸してくれただけだぞ。見せびらかすためにおまえの体につけさせてみただけの話だ。おまえはなに一つ所有することはできない。おまえは奴隷だ。法律の前ではおまえは虫けら同様、はだかの無一物《むいちぶつ》なのだ。おまえにはなにものを持つ権利はないのだ。俺がおまえにやったものですら持つ権利はないのだ。おまえは自分が選んだ男の妻になる権利すらない。おまえらは半生を白人の子供たちを育てるためについやしてきた。おまえらの青春をそのために捧げた。だがそのくせおまえ自身が母となった時は、そのおまえ自身の子供の世話を焼く権利さえないのだぞ。違うぞ、おまえは奥様の令嬢と同じように育てられたわけではないぞ。白人の御婦人が知ってることをおまえたちはなぜ教わらなかったのか。なんで奴隷の身分のままでいるのか。良くしてくれたとおまえは言うが、それは彼らの利害のためだ。現にそのせいでおまえは彼らのもとを離れようとしない。俺と一緒になれば自由の身になれるというのに」

「違います、違います」

とユーマは抗議した、

「あなたの言い分《いぶん》は正しくありません。わたしの名づけ親がどんな人だかあなたは知らない。その人がわたしに対してどんなであったかそれも知らない。あの方が親切で鷹揚《おうよう》だったことを違うと言われてもわたしは納得しません。ガブリエル、人間はなにか動機があって、それだけで親切になり得るものと本当にお思いですか？　デリヴィエール様があなたに対し、親切ではなかったとお考えですか？」「白人にもいい人はいる、ユーマ。ほかの主人よりは良い主人はいる。しかし奴隷にとって良い主人というのはいない」

「ああ、ガブリエル！　ではデリヴィエール様は？」

「おまえは奴隷制度は良いもの、正しいものとでも考えているのか」

そう聞かれてユーマは即答《そくとう》できなかった。奴隷制度の是非の問題が漠然《ばくぜん》としながらも彼女の頭に初めて浮んだのは、最近の失望がきっかけだった。それ以前はこの問題はあまりに近くから細かく吟味《ぎんみ》してはいけないことの一つのようにユーマには思われていた、

「奴隷に対しつらく当るのは悪いことだと思います」

とユーマは答えた。そして続けた、

「でも善き神さまがこの世に御主人さまと奴隷とがいるように按配《あんばい》してくださったのですから……」

「馬鹿な、なんという子供じみたことを言う！」

ガブリエルは叫んだが、すぐ押し黙った。ユーマと議論してみても始まらない。ガブリエルが馬鹿げていて子供じみていると呼んだこのユーマの性質こそ、女主人の意志などより、ずっと深く自分たち二人の仲をさいている。ガブリエルは二人の間によこたわるその深淵《しんえん》を感じた。ユーマの名づけ親に対する義務感や子供に対する義務の観念は、どうやらユーマの宗教についての観念と混じりあっているようだ。それに対してガブリエルが多少なりと言及しようものなら、ユーマは必ずや怒り出すだろう。ガブリエルにとっては、こうしたことは白人の教育によって創り出された黒人の側の知能上の弱さとしか解釈できなかった。ガブリエル自身の考えでは、奴隷制度というのは一種の詐欺《さぎ》であり、白人による黒人の瞞着《まんちゃく》であった。そして白人たちはガブリエルをだますことができなかったから、それで彼には肉体労働と関係のない地位を与え、ガブリエルに他の黒人たちよりも多くの自由を許したのである。彼はそのことについて別に恩にきるつもりはない。主人の側からのいかなる親切も、いかなる鷹揚さ加減も、奴隷の側が自由になる機会を進んで放棄してしまっていることに比べれば、ものの数にもならない――ガブリエルはそう感じていた。ガブリエルは無骨《ぶこつ》とはいえ、黒人仲間たちに比べれば実際はずっと秀《すぐ》れた頭の持主であった。だがそれでもガブリエルは黒人種の野蛮な性質の数々をも持ちあわせていた。それは三百年にわたる植民地の隷属《れいぞく》をもってしてもほとんど変えることのできない性質であった。道理にかなっているのか、かなっていないのかは知らないが、拘束を嫌うというのもその特質の一つであった。今日でもクレオールの黒人の中でビタコと呼ばれる連中は、人に雇われて労働し、それで得られる金で多少の安楽を手に入れるよりは、たとい餓えても自由を好む。このビタコが賃金労働に応じないために中国系の苦力《クーリー》が輸入されるにいたったのである。だがそういうもののこのビタコは、働かせれば、一人で三人前の仕事はできるのだ。驚くべき肉体的な力の持主である。頭の上に自分の目方と同じくらいの野菜、いいかえると二十四個のブレッド・フルーツほどの目方の品、を載せて三十キロの道程を町まで運んで行くこともできる。また市場で売る特別の薬草やキャベツ、椰子を見つけるために、山頂にいたるまで森の中の下草を刀で刈って道を切りひらいて行くこともある。彼らは命令されることがいやなばかりにどんなとんでもないことでも平気でやらかす。抑圧を避けるためならギリシャ神話のヘラクレスも顔負けするような難行《なんぎょう》苦行《くぎょう》にも平然と耐える。ガブリエルの中にひそむこうした精神はここしばらくの間は影をひそめていた。それはいまの地位が利益をもたらしたし、とるに足らぬとはいえ、多少は品位もあったからである。それにいつか荒地の奥に自分自身の土地を見つけて、世間とは無関係に暮したいという野心もあったからである。しかしガブリエルがアンス・マリーヌで価値ある人となった理由の一つは――それも有力な理由の一つは――自分は好きな時には逃げおおせてみせるという自己の力に対する自信があったからである。

だがそんな男であったにもかかわらず、ユーマを自分自身の物差で判断する時、ガブリエルには彼女の拒否の動機は議論してもはじまらない理屈の一つであるように思えた。それというのはガブリエルはそうした動機を彼自身の超自然的なものにまつわる観念と結びつけ、そうした動機をある種の暗い迷信になぞらえて理解していたからであった。ガブリエルはそうした迷信のおそるべき力をよく知っていたのである。ユーマが心やさしいことにつけこんで白人どもはユーマの頭脳を支配してしまったのだ――そして心の優しさということを――それが自分自身に向けられた時を除いては――ガブリエルは子供らしい愚《おろ》かしいものと見なしていた。「蟹の心が純《じゅん》なのは、蟹にお頭《つむ》がないからだ」とは黒人たちの間で言いならわされている諺《ことわざ》なのである。

だがそれにもかかわらず、ガブリエルにも、荒らくれているとはいえ、心があった。そして自分が怒って声を荒らげたとき、ユーマが黙って涙を流したのを見て、その心は動かされたのである。ガブリエルは荒らくれていたが、彼なりにユーマを深く愛していた。そしてユーマを失うまいとかたくなに心に決めていた。ユーマは自分の願いを拒んだ。ガブリエルはユーマの決意の堅さのほどを知っていた。だが時が経つにつれ、ユーマを自分のものとする別の方法が見つからないとは限らない。この先どうなるかはなるほど彼女の努力次第という面もあるだろう。ペロンネット夫人がユーマに頼みこまれて、なんというかが決定的なことかもしれない。しかしガブリエルはそれ以上にこれから起こるであろう社会的変化に期待していた。ユーマにたいしては奴隷には将来に希望はないように描いてみせたけれども、ガブリエルは将来に希望がないなどとは実はまるで思っていなかったのである。白人の人道主義者たちの仕事や奴隷解放にまつわる言葉がこだましてガブリエルの耳にもすでに達していた。彼はイギリス領にいた奴隷たちがなぜどのようにして自由を獲《え》たかを知っていた。彼はまた、たとい囁き声であろうと、ユーマには言うことのできないなにかをも知っていた。農園から農園へ秘密のメッセージが、アフリカの言葉で、伝えられていた。それは選ばれた少数の果敢《かかん》な行動者の耳にのみ知らされていた。すでに植民地のいちばん遠隔《えんかく》の谷間でも「解放」の大風は吹き始め、人々はあやしく胸をときめかしていたのである。

「ドゥドゥー・モワン」

とガブリエルは突然懇願《こんがん》するように言った。それはユーマがかつて聞いたことがないような優しい声音であった、

「こんな風に泣くんじゃないよ」

そしてユーマは、ガブリエルが後悔して、自分を優しく身近に引き寄せるのを感じた。

「俺が怒ったのはおまえに対してではないよ。いいか聞いてくれ。世の中にはおまえがまだ知らないこと

がある。だが俺は信じている。おまえはおまえが正しいと思っていることをしているのだ。泣くんじゃない。いいか、可愛いおまえ。よく聞いてくれ。おまえが俺について来ない以上、俺も行かない。俺はアンス・マリーヌに居残る。泣くんじゃない、ドゥドゥー！」

しばらくの間ユーマは、ガブリエルに抱かれたまま、答えもせずに泣いていた。そしてようやく囁いた、

「あなたが行かないと知って嬉しいわ。だけど永遠にお別れしなければならぬ時に、怒ってぷりぷりするのは間違っているわ」

「ああ、この小さな雀蜂《すずめばち》め！　おまえはサン・ピエールに戻ったら、俺に代って別の夫を皆に選ばせるつもりか」

ガブリエルは、信頼の微笑を浮べて、たずねた。

「ガブリエル」

とユーマは熱情のこもった声で叫んだ、

「そんなことは絶対させません。もし皆があなたを婿に選んでくれないのなら、ドゥドゥー、わたしはずっといまのままのわたしでいます。そんなことは絶対させません！」

「よし、それなら、永遠にお別れというわけではないわけだ。……待てよ」

ガブリエルがそう言うのを聞いて、ユーマはなにごとかと驚いて見あげた。だがちょうどその時、椰子の実とたわむれるのにもうあきたマイヨットが、ガブリエルを見かけて、「ガブー、ガブー」と叫びながら走って来た。そうして組頭の膝《ひざ》に嬉しそうにすがりついた。

「いけません。向うへ行ってもうすこし遊んでいらっしゃい」

とユーマが言った、

「ガブーはもう疲れているから、これ以上ひっぱったりしてはいけません」

「本当、ガブー？」

とマイヨットが頭を後ろへやって、ガブリエルの頭を見あげながら言った。そして相手の返事も聞かずに
ガブー、ガブーとガブリエルを愛称で呼びながら話し続けた、

「ああ、ガブー、わたしたちはパパと一緒に町へ戻ってしまうの！」

「その事はガブリエルも知っています。向うへ行って遊んでいらっしゃい」

「でもダー、わたしもう疲れちゃった」

とマイヨットはガブリエルの膝にすがりついたまま、不満気に答えた。マイヨットはガブリエルが自分を
空中に抛《ほう》りあげて、腕の中に抱いてくれることを期待していたのである。

「抱いて頂戴」

とマイヨットは甘えた声で言った、

「抱いて頂戴」

「お気の毒さま、なんとかかんとか言ったって」

ガブリエルはクレオール語でそう言うと、マイヨットを自分の大きな日に焼けた顔のところまで持ちあげ
た、

「おまえはガブーやアンス・マリーヌの親しい友だちと別れることをちっとも気にはしていないだろう。

そうだろう、こら、意地悪、気にしていないだろう。おまえはガブーはどうでもいいのだろう。好きでない
だろう」

「好きよ、大好きよ」

とマイヨットは、ガブリエルの黒い頬を軽く手で叩いて、媚《こ》びるように言った、

「わたしはガブーが大好きよ」

「本当か。おまえがガブーを好くのは一緒に遊んでくれるからだろう、それだけだろう。だがいまガブーはおまえと遊んでいる時間がないのだ。ガブーは法螺貝《ほらがい》を吹く時が来る前に、あっちへ行ってみんなが仕事をきちんとしているかどうか監督しなければならない。じゃあ、さよなら、可愛い子」

そう言って、ガブリエルはマイヨットを乳母の腕の中に返した。そしてユーマにも口づけをした。ただそれはデリヴィエール氏がそうするのを見たと同じしぐさで、額《ひたい》の上へのキスだった。子供もいて憚《はば》かられたからだった。

「さようなら」

「“Pou toujou?”」

とユーマがほとんど聞きとれないような声でささやいた。声がつまりそうな感情の高ぶりを一生懸命おさえながらそう言った、「これで永久にお別れなの？」

「ああ、なにを言ってるんだ」

とガブリエルは、ユーマに希望を与えようとして微笑を浮べて、言った、

“Môue pa k'encontré;—moune k'encontré toujou”

ガブリエルはこんなクレオールの諺を口にしたのである。「丘と丘とが会う日はないが、人と人とはきっと会う」

10

……自分はもう二度とガブリエルに会うことはないのだろうか。その夜眠れぬままにユーマは繰返し自問《じもん》自答《じとう》した。それは彼女のアンス・マリーヌにおける最後の晩の前の晩であった。だがそれに対する彼女の答はいつも涙ばかりであった。時計が鳴った。それはガブリエルと一緒に自由を求めて逃げようとすれば逃げ

ることのできた時刻であった。それから毎時間、応接間《おうせつま》の円《まる》いガラス・ケースの中にはいった小さなブロンズ製の時計が時を打つのが聞えた。ユーマは目を閉じた。それでも閉じた瞼《まぶた》を通して、夕方の光景が浮んだ。ガブリエルの姿、椰子の実と遊ぶマイヨット、黒い砂の上にビロードのようにひろがる黒い断崖絶壁《だんがいぜつぺき》の影、白くシーツのように立ちのぼる大波の水沫《みなわ》——それが雲でもちぎれるように、音もなく目の前に白くひろがった。そうしたイメージが現われては消え、消えては現われた。いつも驚くような鮮やかさでまた戻って来た。なんだか永久に完全には消え去ることのないイメージであるかのようだった。朝が近づいて来て、ようやくあの静かでおだやかな暗闇がユーマにはおとずれた。彼女の物思いにも安らぎがおとずれた。

だがしばらくすると、ユーマの頭は自分の名前を呼ぶ声を聞くような気がしてまたさめた。その声はかすかにたいへん遠くから聞えてきた。昔に見た夢を夢の中でまた思い出しているようなそんな感じの声であった。

それからユーマはある顔に気がついた。美しい褐色《かちいろ》の女の顔が、黒いおだやかな目で、自分を見おろしている。黄色いマドラスの木綿更紗《もめんさらさ》のターバンを頭に巻いている下で、その両の目はほほ笑んでいる。どこからともなくさしてくる光に照らされた顔である——それはもうずっと昔の朝の記憶であった。すると薄闇《うすやみ》を通してそのまわりに穏やかな青い光が大きくなった——朝の光が霊のようにさしている。ユーマにはそれが誰の顔だかわかった。ユーマはそれに向って「優しいお母さん」とささやいた、

「ドゥドゥー・マンマン」

二人はその昔一緒にいたどこかを歩いている。それは山と山の間だった。ユーマは子供の時に自分の手を引いてくれた母の手を感じた。

そして二人が進む前に、なにか紫で漠《ばく》とした巨大なものが立ちあがってひろがった——巨大な海の精《せい》が天に沖《ちゆう》して立ちあがったのだ。そしてその膜状の縁《へり》の上に、真珠のように光って、ふたたびあのイギリス領の

島の姿が浮んで見えた。あの菫色《すみれいろ》の頂《いただき》の上には光り輝く雲が長く千切《ちぎ》れ千切れに浮んでいる。その島は次第に輝きをまし、ユーマが見つめるうちにも色を変えた。すべての頂がその端々にいたるまで深紅《しんく》に染まった。それはまるで海から太陽に向けてすばらしい薔薇《ばら》の花々の蕾《つぼみ》が花開くかのようであった。

するとの母のドゥースリーヌが、まるで子供にでも対するかのように、おだやかにクレオール語で話しかけた、

“Travail Bon - Dié toutt joli, anh?”

それは「神さまのお仕事はみんないいお仕事だろう、そうでないかね」という意味である。

「ああ、お母さん、宝石のような、大事な大切なお母さん、……わたしはここを立去ってはいけませんね」

だが母ドゥースリーヌの姿はもはや見えなかった。そして光り輝く島の影ももはや消え失せていた。そして聞えるのはどこかの樹の影で叫んでいるマイヨットの声である。

ユーマはそこへ急いだ。マイヨットは四方にとぐろを巻くように根をひろげた大きな樹の下にいた。その樹には蔓《つる》が重くまつわりついて、上から重く垂れている。その蔓におおわれて樹が一体なになのか見当もつかない。マイヨットはなにか黒っぽい葉を拾って、それでこわがっているらしい。なにか奇妙なものが彼女の指の上にしたたり落ちたからである。

「それはただの血蔓《ちづる》ですよ」

とユーマが言った、

「それは染物用《そめものよう》になります」

「でも生温《なまあたたか》いわ」

と子供はいまなお恐怖心におびえて言った。そのうちに二人とも本当におそろしくなった。というのは重たい脈打《みゃくう》つような音が聞えてきたからである。それは山と山の間で響く大砲の砲声《ほうせい》の最後の余響《よきょう》のように鈍《にぶ》

く響いた。大地はその音とともに震動《しんどう》した。すると光も消え始めた。あたりは赤色の闇に閉ざされ始めた。それは太陽が死ぬ時のようであった。

「この樹だわ」

とマイヨットが喘《あえ》ぐように言った、

「この樹の心臓の音だわ」

だが二人とも立去ることができない。奇妙に体がしびれて、二人の足は重く地面に張りついてしまっている。

すると、突然大樹《たいじゅ》の根がおそろしい命の力で動き始め、二人をつかもうとするかのように、身をよじり、根の先をのばし始めた。頭上の枝の闇黒《あんこく》は恐ろしいもののうごめきと化した。根の先という先や、樹の縁《へり》という縁に眼玉がぎらぎら光っている……

そのいよいよ深まる闇を通してガブリエルの声が聞えた。ガブリエルは必死に叫んでいる、「これはゾンビだ。俺には切ることができない」

11

重苦しく蒸暑《むしあつ》い豪雨《ごうう》の季節は嵐とともに去った。東北風が吹き、高地が涼しくなる季節も、山頂を包んでいた雲がすっかりなくなってしまう季節も去った。その後に引き続くのは、一年のうちでもっとも甘美《かんび》な新生《しんせい》の時期である。熱帯のあの魔法のような春の季節だ。陸地はにわかに虹色《にじいろ》の蒸気の中に浸《ひた》り、遠くの景色はことごとく宝石の色を帯びる。その間、自然は乾季《かんき》の月々の間にひからびた草木の体液を新たにし、自然の色彩にまた光をともす。林は突然、果実と花々でおおわれ、皺《しわ》のよっていた蔓はその光り輝く緑を新たにし、新しい幾百万の巻きひげをまたすんなりとのばし始める。大きな森の高地の上には、青、白、桃、黄色の花が瀧《たき》のように流れ落ちる。キャベツ椰子《やし》やアンジュランは、その枯《か》れた羽毛を払い落とすや、にわかに背が高くなったように思われる。いまや熱してきた砂糖黍の谷の上には黄金色のもやがかかり、山中の道はその半ば近くまでが緑色になる。それは新しく生えた草や小さな灌木がその辺り一帯を侵蝕《しんしょく》するためである。苔《こけ》や地衣類《ちいるい》の植物がいたるところで生える。石や岩の表面にも、ペンキで保護されない材木の表面にも生える。草は玄武岩で敷《し》いた鋪石《しきいし》の接ぎ目からも生えてくる。そして、それと同時に、たくましい光り輝く植物があらゆる壁や屋根の割れ目から生命力をもって吹き出してくる。要塞の堅固《けんご》な積み石もそのために破損が生じるほどである。その保護対策も講じなければならない。数限りない種類の植物である。羊歯《しだ》も生えればカピラリアも生える。そしてその巻きひげをもっとも固い岩の中におろしてしまう。テ・ミラーユもあればムス・ミラーユもある。松葉牡丹《まつばぼたん》もあれば野生のグアバもある。フルリー・ノエルもあれば悪魔の煙草（タバ・ディアブ）もある。そしてラケラットも。そして小さな樹木すらも壁の上や屋根の上から生えているが、こうした樹木はすぐに取り払わないと住居の安全性に問題が生じる。それはパンヤの樹とか絹木綿樹《けんぼくめんじゅ》とか呼ばれる樹々である。中には破風《はふ》の端から枝をのばしたり、棟《むね》や蛇腹《じゃばら》に根をおろしたりしている樹々もある。……プレー山の巨大な円錐《えんすい》は、北風が吹いた数週間の間は、その噴火口のある頂上の数々の尖頭《せんとう》を青い光を背景にきわだたせていたが、いまやふたたびその山頂付近に雲をひきよせるようになった。そしてその皺の寄った斜面の黄褐色《おうかっしょく》の色調を青々と茂る緑色に変えた。おだやかな雷鳴が丘の間で鳴り響く。時々なまぬるい雨がさっと降って、地面をまた生気づける。大気はバルサムのような香気を帯びて甘美となる。空の色そのものが深くなる。

　大地はこのようにその魅力の限りを示していたが、白人植民者たちの心は重苦しかった。過去何十年来なかったことだが、今年はたいへんな豊作であるにもかかわらず、それの収穫がうまく行かないのである。粉《こな》挽《び》き場が動かないのは人手が不足しているためである。何百年来はじめてのことだが、奴隷たちが主人たちの命令に従おうとしない気配なのだ。そしてこれもはじめてのことだが、主人側は奴隷たちを処罰することをためらっている。フランス本国では共和制が布告され、奴隷解放の公約が黒人たちの単純な頭脳にとてつもない考えの種をまきはじめた。農園がただで貰えるとか、ただで富が獲《え》られるとか、別に努力せずとも永久に休暇がとれるとか、全員に天国のような生活が保証されるとかである。黒人たちは、特別によくつとめた人に対して与えられた自由の結果というものがどの程度か、よく見聞きしていた。解放された階級の生活といったものの実体もよく承知していた。しかしその程度の見聞《けんぶん》はたいしたことではなかったのである。それというのは白人によって与えられる自由などというものは、共和国によって与えられるはずの自由とは、その質において比較すべ《べ》く《け》もないもののはずであったから。

不幸にも、彼らにこうした空想や幻想を吹きこむ危険きわまりない扇動者《せんどうしゃ》たちがいた。それは来たるべき社会的変革に、より大きな政治的利権を見てとった有色人種たちである。かつては奴隷たちも解放奴隷たちも、入植者の側について、ロシャンボーや共和主義に反対して戦ったものだった。彼らはフランス革命後台《たい》頭《とう》したブルジョワジーや自称愛国者たちを相手に戦ったのである。だがそんな状況はいまではすっかり変っていた。ロシャンボー（一七五〇―一八一三）はサン・ドミンゴ島でイギリス軍と戦い、一八〇三年まで抗戦したがついに降伏した。マルティニーク島もイギリス軍に占領された。そんなことがあったので、有色人種が第一回の革命の際に共和派に対して不信の念を示したのは、理由がないわけではなかった。こうして旧体制《アンシヤン・レジーム》はさらに半世紀もの間この島で余命を保ち得たのである。だがその半世紀の間に有色人で自由となった階級は、以前には偏見と用心から、その階級に対して拒否され続けたあらゆる特権をいまや手に入れた。そして有色人種の利害が白人の利害と解けがたく結びつけられているかのように同一視されていた時代は、もうとっくに終っていたのである。有色人たちは白人との妥協提携《だきょうていけい》によって獲得できるものはすべてかちとっていた。奴隷制度というものが、条約の単なる改定布告によってではなく、十九世紀の世論によって撤廃《てっぱい》される運命にあることを、彼らはよく承知していた。奴隷制度の存続の望みはもはやなかったのである。こうして普通選挙の公約もなされた。マルティニークには白人は一万二千人足らずしかいない。それに対し黒人や混血者は十五万人もいたのだ……

だが奴隷たちの態度が物騒《ぶっそう》だとか、この先は危険だとかいう白人たちの危惧《きぐ》の念《ねん》は、よそ者の目には取越《とりこ》し苦労に思われた。それというのは、そんな事を予感させるものはなにも見あたらなかったからである。従属した階級の人々は、クレオール化の現象を惹《ひ》きおこした風土と環境の驚くべき影響の下で、ただ単に肉体的により洗練されてきただけではなかった。クレオール化する以前の野蛮な性質の中でも好ましい特質——とるにも足らぬことに喜びを見いだし、すばやく相手の気持をわがものとし、親切で、陽気で情熱的にあどけない——そうした特質は、奴隷制度の下でいよいよはぐくまれ、前にもまして強くなっていたからである。その黒人奴隷たちの言葉であるクレオール語そのものも、忘れ去られたアフリカの先祖の言葉の型にはめられて形成された、実に不思議なフランス語の方言だが、長母音ですっかり滑らかとなっていて、聞いているとまるで鳩がやさしく鳴いているようにその音は耳を愛撫してくれた……　いや今日でさえこの異国情緒《いこくじょうちょ》に満ちたマルティニークの人々のおだやかな側面に、外来の人はえもいわれぬ魅力を見いだすにちがいない。新しい条件の下で、生活の苦しさは以前に比べてずっと増した。そのために黒人たちの性格にはさまざまな変化が生じたが、しかしそうしたあらゆる変化にもかかわらず、この島の有色人種たちは魅力的なのである。だがマルティニークに住みついている白人たちだけは経験からして、この半ば野蛮な連中が、一見おだやかではあるけれど、他面では暗く恐ろしい可能性を秘めていることを承知していた。彼らが憤怒《ふんぬ》にかられたら、なにをしでかすかわからない。その時突然、どこまで残虐《ざんぎゃく》になり得るかわからない。すべてをぶち壊してやまぬ破壊の大暴走だっておこり得るのだ。

……政治的案件にまつわる公式通知が植民地に到着するよりも先に、黒人たちは政府の船よりも迅速《じんそく》なんらかの情報伝達の仕組みによって、自分たちに対していまいかなる施策《しさく》がとられつつあるか、その見通しを察知していた。そしていよいよ自由の身となることを感じていた。奴隷問題の迅速な解決が焦眉《しょうび》の急となっていた。ここにいたって遅怠《ちたい》は危険を意味した。幸いまだ敵意にみちた示威運動《じいうんどう》は生じていない。しかし奴隷所有者たちは、過去において突然おこった奴隷の蜂起《ほうき》の歴史を承知していた。それは、奴隷たちの思いもかけぬ組織の力と秘密裡に事を行なう術を示していた。それだけに白人たちは暴発をおそれ、用心深く自制して振舞った。だが支配し命令することに慣れた階級の人の中には、慎重に振舞うことを小馬鹿にし、その結果がどのようなことになるかを考えず大言壮語する者がいた。一八四八年という奴隷解放の年の前夜になってさえ、植民地農園経営者の中には、働こうとしない奴隷に自分自身の手で懲罰《ちょうばつ》を加え、その奴隷を市中の牢屋へぶちこんで、法の裁きを受けさせせようとする者もいたのである。そんな法律は実はいまにも撤《てっ》廃《ぱい》されようとしていたのだが。

そんな男の向う見ずが嵐を呼んだ。人夫たちは農園を離れ、サン・ピエール市を見おろす丘の上に集まり、武装した徒党《ととう》と化した。すると市中の下層民も騒然となった。彼らは刃物の店を襲い、武器を奪うと、牢獄を取り囲んで、件《くだん》の黒人の釈放を要求した。

「男を釈放しろ。釈放しないなら、見ておれ。丘の上から農園の黒人たちをここへ呼び寄せるぞ」

この恐るべき脅迫によって、港湾の奴隷労務者たちと農園の黒人たちとの間に秘密の同盟が結ばれていたことが、初めて白人たちにわかった。この脅迫を前にして法を守るべき役人たちがたじろぎ始めた。そしてついに件の黒人を牢屋から釈放した。

だが、長い間従属《じゅうぞく》を強要されてきた階級の不平不満の感情は、そんなことでおさまるはずもなかった。暴徒と化した民衆は、町の目抜き通りを大声で叫びながら練り歩いた。それはかつて聞いたことのない叫び声だった。

「白人《ベケ》を殺せ。白人を倒せ」
とわめいているのである。共和主義者が知事となり、その平和主義という名の怯懦《きようだ》は黒人たちにもよくわかっていた。黒人たちはフランス軍隊による事件への介入《かいにゆう》はもはやあり得ない、と見てとって、にわかに自信をつけたのである。夕方になっても暴動は鎮静《ちんせい》しなかった。——白人たちは自分たちの家の中に閉じこめられた形となるか、港内の船中へ逃げこんで避難した。丘の上に住む白人たちは、警戒を怠らなかったが、夜を通して黒人たちが糾合《きゆうごう》し、「ウクレー」と叫んでいるのを耳にした。黒人たちは短剣《たんけん》や竹槍《たけやり》で武装し、手には砂を詰めた瓶を持っていた。その二十四時間後には島の奴隷たちは全員が蜂起した。サン・ピエールの町は、黒人労務者が山からいっせいに降りて攻めて来るという脅威にさらされた。

12

翌日は形勢がさらに悪化した。あらゆる商業活動は停止した。商店も倉庫もみな門戸《もんこ》を固くとざした。市場にも人影は絶えた。パン屋は暴徒に襲われ、食糧品を手に入れることはほとんど不可能となった。黒人たちの間では、奴隷解放は投票で可決されたが、その報道は差し止められている、自由解放の公式宣言は武力に訴え、力づくで布告させなければ駄目だ——そんな流言《りゆうげん》がまことしやかに説かれていた。

この暴動が発生する前、共和党政権の下で選挙が行なわれたが、それが激しい政治的興奮と熱狂をひきおこした。白人の奴隷所有者たちは、自分たちと利害をともにする解放された黒人奴隷に投票した。ところが有色人たちは今回はじめて獲得した選挙権を行使して、奴隷廃止論者として知られたフランス人候補者に投票した。代議士に当選したのはこの白人候補であった。彼の似顔絵は何千枚もばらまかれた。共和党員の花形《がた》のバッジと小さな三色旗《さんしよくき》もそれと一緒にくばられた。人々は熱烈な涙を流しつつその写真に接吻し、「万歳！」と叫んだ。黒人の子供たちも小さな三色旗を振って「共和国万歳！」と叫んだが、小さな子供の中には“Vive la République!”と発音できず、“Vive la 'Ipipi!”と叫ぶ者もいた。「共和国《レピュブリツク》万歳！」でなく「イピピ万歳！」とはしゃいだのである。そして黒人側の圧倒的な勝利の結果、興奮はいよいよ高まるばかりであった。

……

しかし牢獄事件の後、子供たちが赤白青の小旗を振りながら、街頭《がいとう》へ出て来る姿は見られなくなった。共和党の花形のバッジを配ることも行なわれなくなった。配られるものは刀――それも新品で、そうした刀は研《と》がねばならない。砥石《といし》という砥石はいまやひっぱりだことなった。

……こうなると白人たちが街に出るのはいよいよ物騒なことになってきた。白人たちは港内に碇泊中の船に乗り移る機会をうかがった。自分は忠実な奴隷たちや信頼のおける解放した黒人たちに護ってもらって港まで行こうとしたのである。こうした気心の知れた黒人たちなら騒いでいる黒人連中の顔も一人一人見わけがつき、相手に対しおさえも利くだろうと思ったのである。ところが昼過ぎになると、こうした忠実な家僕《かぼく》たちの忠誠心ももはや役に立たなくなりだした。いままで見たこともないような黒人が暴徒の中にまじりこみ始めたのである。それは狂暴な顔つきをした連中で、町のお邸に奉公している黒人奴隷たちがかつて見たこともないような形相《ぎょうそう》をしていた。たとい家僕が、

「これはいい白人《ベケ》です」

と保証しても、返ってくるのは罵声《ばせい》か暴力かであった。凶器で武装した連中がこれ見よがしに、太鼓を叩き、歌をうたい、「白人を倒せ」と叫びながら、絶えず市中を練り歩く。こそこそ逃げる白人はいないかと目を光らせていたのである。そしてそんな白人を見かけようものなら、声をかけた、

「おい、平民よ、止まれ、話すことがある！」

この“Eh! citoyen... citoyenne... arrête! Je te parle!”といった tu を使う呼び方は、狎《な》れ狎《な》れしい言い方を使うことで、快感をおぼえるためであった。黒人たちは窓から室内を覗きこんで白い顔を探した。そして呪《のろ》いを

浴びせ、騒ぎ立てた。

「気をつけろ！　今晩おまえらの腸《はらわた》をほどいてやる」

そして刀でもって魚の腹を開きでもするかのようのなしぐさをしてみせた。なにか大がかりな襲撃《しゅうげき》が準備されている気配《けはい》であった。高地では黒人人夫たちが次々と集合しつつあった。逃げそこなった白人たちは生命の危険を感じ、守りを固めようとした。家によっては女たちが実弾作《じつだんづく》りに精出《せいだ》し始めた。すると奴隷たちが外部にその秘密を洩《も》らした。白人たちが群衆に向って攻勢に出る準備をひそかに整えているという噂がぱっとひろがった。だが白人たちが暴動を鎮圧《ちんあつ》できるような時代はもうとっくの昔のことになっていた。いまとなっては黒人の首を絞ってエスノース要塞のマンゴーの樹にぶらさげるなんてことは出来ようはずもない。だがその昔に白人たちがしたことが、今では白人たちの不為《ふた》めになるように、次々と思い出されるのである。

白人たちの中でも攻撃の危険をいちばん感じていたのは、ロクスラーヌ川があるために孤立した、要塞付近の界隈《かいわい》であった。そこはサン・ピエール市のいちばん古い一画で、高台の上にあったが、そこがどうやらいちばん安全でないように思われたのである。なにしろここからは船まで行くのがとりわけ難しい。橋という橋、岸辺にいたる道という道は、武装した黒人でもういっぱいである。その界隈の家はおおむね小さくて、一旦包囲されたら、たいした防御《ぼうぎょ》はできそうにない。それで多くの人は自分の家を捨て、その界隈の数少ない大きな建物内に避難した。そうした家族の中にデリヴィエール家の人々もいた。彼らは親戚のド・ケルサン家に難を避けたのである。このド・ケルサンの邸は並はずれて部屋数も多かった。――二階建て以上という作りではなかったが、長くて幅も広く、要塞のようにがっしりと造られていた。それは古い界隈の縁《へり》、西に向ってくだる急な坂に面して建てられていた。それだから屋上からは大きな海が半円状にひろがる様もみることができたのである。道は東に向ってのぼり、内陸部にいたる街道に合している。家の背後の窓からは、プレー山の山腹にいたるまでひろがる広大な砂糖黍畠を見わたすこともできる。プレー山の雲で隠された山頂はそこから二十数キロほど先にあった。

ド・ケルサン邸には、こうして三十人以上の人々が集って来た。たいていは親戚の妻女《さいじょ》で、誰もが事態をたいへん深刻に受けとめていた。午前中に召使たちはお邸を出てしまった。誰かが叱言《こごと》を言ったら、召使の一人の黒人女が、腹立たしげに言い返した、

「待ってな、今晩、どんな目に遭《あ》うかわかるから！」

ド・ケルサン氏は七十歳の紳士だったが、息子とともに、逃げて来た親戚をできるだけ安楽にさせ、彼らの心配をしずめようとつとめた。ド・ケルサン氏は夜になったからといって、物音が喧《やかま》しくなり、脅迫《きょうはく》や威《い》嚇《かく》が強まるだけで、それ以上の悪事は起こるまいと信じていたのである。まさか町に住む下層民《かそうみん》の音頭取《おんどと》りたちが、自分たちをおどす以上のことをしでかすとは思っていなかった。それよりも農園で働いていた黒人の人夫たちが、市を目ざしていっせいに降りて来る可能性があった。もしそうなれば事態は危険で深刻となる。しかし近くの兵営には五百人のフランス軍兵士が駐屯している。この界隈ではいまだに犯罪沙汰《はんざいざた》はおこっていない。市の反対側の一角で白人紳士が一人殺害されたという噂だったが、なにしろいい加減な流言《りゅうげん》蜚語《ひご》が飛び交っていたから、噂が本当という保証はなかった。

……実際、要塞地区の白人たちは、たいてい奴隷たちや使用人たちに逃げられてしまったので、自分の家のすぐ近所で起こりつつあることにさえも通じていなかったのである。過去二百年間、こっそりと闇の中で行なわれてきた事が、いまや公然と表で行なわれるようになった。いままで表面に出ていなかった力がにわかに絶対的な権威を帯びはじめた――それはアフリカ渡来の妖術《ようじゅつ》を使う者のお告げの声であった。

要塞の大広場のタマリンドの緑の樹陰《こかげ》で、呪術者《じゅじゅつしゃ》が不気味な声をあげて護符《ごふ》を売り出した。呪術の品――蛇の油で作った魔法の軟膏《なんこう》を売り出した。その呪術者の前には大きな樽《たる》が開けてある。砂糖黍から造っ

たタフィア酒がなみなみとはられていたが、その酒には火薬の粉と潰《つぶ》した蜂が混ぜてあった。その男の周囲には港の黒人たちが群がっている――半裸体の舟の漕手《こぎて》連中で、長さ七メートル余の櫂《かい》でも使いこなせる男たちだ。巨人のようなネーグ・グオ・ボワと呼ばれる黒人たちもいる。巨大で奇妙な恰好をした舟をさんざ漕いで心身ともに痛めつけられた連中だ。したたか者のカヌーの漕手もいる。この連中のブロンズ色の肌は夏の太陽がいかに暑く照りつけようが、玉の汗を流すことはまずない。ヨール船やサバ船やゴムの樹をくり抜いた丸木舟の漕手もいる。桶作《おけづく》りの職人もいれば、樽ころがしもいる。倉庫の荷かつぎ人足もいる。鮪《まぐろ》をとる漁師もいれば、鮫《さめ》をとる漁師もいる。

「さあ、誰か飲まんか？」

と呪術師は錫《すず》のコップに毒を注ぎながら叫んだ、

「さあ、誰かこいつを飲みほす者はおらんか？　人間の霊魂《れいこん》を飲みほす者はおらんか？　武闘精神のエキスだぞ。倒れても起きあがれるエキスだぞ。心臓を動かしてくれるぞ。地獄を破ってくれるぞ。飲まんか、飲まんか？」

すると黒人たちは寄ってたかってコップを手にとるやあおるように飲みほした。蜂も、火薬も、アルコールも。そして飲むにつれて狂暴の度合いをました。

……日没が空を黄色に染め、水平線を金色に燃えあがらせた。海はその青を赤みのかかった薄紫へと変じた。丘の緑がひときわ鮮やかに光を放つものだから、丘という丘は燐光《りんこう》を発して燃えるかに思われた。夕焼は黄から金に、そしていまたちまち深紅に色を転じた――物影も紫色となった。夜は急速に東からひろまりはじめ、黒ずんだ菫色の満天にはやがて星がきらめき始めた。

西空に光っていた最後の朱色《しゆいろ》も消えはてようとしていたころ、要塞広場から奇妙にうつろな響きが長く鳴りわたった。それは丘という丘に巨大な嗚咽《おえつ》のような呻《うめ》き声となってこだました。すると今度は、碇泊地から、またさらには河口から、そしてその先は港のサバ船やら積みおろし用の小舟や丸木舟から、響きがまじりあって鳴りわたった。それは百余のランビ貝を吹き鳴らす音である。町の黒人たちが丘の上の同胞たちに合図を送っているのだ。実は今日でも鮫をとる漁師たちは、プレシュールの黒い砂浜から高地の人夫たちに向ってこの法螺貝《ほらがい》に似た巻貝を吹き鳴らすことがある。丘から降りて魚の肉を分ける手伝いをしに来い、という合図である。

するとそれに応じて別のランビ貝の響きがかすかに遠くから返ってきた。ロクスラーヌ川の谷あいから、ペリネルの高台から、オランジュの丘やミラーユの丘やラベルの丘から、人夫たちは市中を目ざして降りて来るという答なのだ。……そして市場の広場からはタムタムを叩く重たい音が不吉に鳴り始めた。その広場ではランターンの光の下で件《くだん》の呪術師が例の地獄破りのエキスや護符や蛇の油を売っていた。

各自の家にバリケードを築いて立てこもった下町の白人たちは、黒人たちが次第に集って気勢をあげる物音を耳にした。……主人側も奴隷側もひとしく血と火の悪夢にとりつかれつつあった。先年ハイチ島でおこった惨劇《さんげき》の記憶が彼らの脳裏《のうり》を去らなかったからである。

13

ド・ケルサンの邸では、二階の部屋はすべて、ここへ避難して来た家族の者に割り当てられていた。ただ正面の一室は男たちの見張りの間となっていた。だが女子供の多くは別室に引っこんで休むより、男たちと一緒にそこにいることを好んだ。一階では窓という窓、扉という扉は固く閉められた。そして暴徒が通行する間は明りはすべて消すように定められた。それから前日の出来事、最近の選挙、奴隷解放の展望、以前の黒人蜂起のことなどが話題となった。年配の人はそうした暴動のことをよくおぼえていた。黒人の性質のこともあれこれ議論された。話が黒ん坊のことに及ぶといろいろな逸話《いつわ》が披露された。怖ろしい話もあったが、たいていは滑稽《こっけい》な笑い話だった。一座の中の一農園主が自分のところの奴隷で、かなり金を溜めて牝牛を買った者についての話をした。フランス本土で政変が生じたという報に接するや、その奴隷は牛を野原から連れ出して自分の主人の家の玄関の柱につないだ。

「なんで牛をこの家につなぐんだね?」

と農園主がたずねると、奴隷は答えた、

「御主人様、お宅に牛をつないだのは、共和国が宣言されましたからです。一旦共和国になってしまえば、個人の財産は個人のものでなくなる。みんなの財産となってしまうからでさあ」

その部屋の人々はみんなおびえていたが、それにもかかわらず、この話は笑いを呼んだ。それから話題は別の方向に転じた。デリヴィエール氏がユーマと大蛇《だいじゃ》の話をしたからである。その場に居合わせた人の多くにとってそれは初耳《はつみみ》のことだった。ユーマは自分の膝の上にマイヨットをのせて坐っていたが、デリヴィエール氏が話を全部語り了《お》える前に立ちあがって部屋の外へ出てしまった。その数分後、デリヴィエール氏は隣の部屋にいたユーマのところへ来ると、ユーマを脇に呼んで、子供のマイヨットの耳にははいらないような低い声で、こう言った、

「ユーマ、いま通りはたいへん静かだ。子供は私の母に預けておまえは外へ出て、近所の黒人仲間のところへ行って今晩は過した方がいいと思うがどうだろう。……おまえが出られるようにドアは開けてあげるから」

「なぜでございます?」

ユーマが主人に向って「なぜ」と言ったことはかつてなかった。

「娘や」

とデリヴィエール氏は目に愛撫《あいぶ》の情をたたえて言った、

「私としてはおまえに今夜私たちと一緒にここに居残ってくれとはとても頼めない。私たちはみんな危険にさらされている」

デリヴィエール氏は声を低くして、沈んだ、囁くような声でつぶやいた、

「私たちはやられてしまうかもしれない」

「だからこそここに居残りたいのでございます」

今度はユーマは大きな声できっぱりと答えた。

「パパ」

とマイヨットが二人の間に割りこんで来て叫んだ、

「ユーマをよそへやっちゃいけない。ユーマにお話をしてもらいたいもの」

「我儘《わがまま》なことばかし言うね」

とデリヴィエール氏は身をかがめてマイヨットに接吻しながら言った、

「でもユーマが出て行きたいと言ったらどうする?」

「行かないわね? ダーは出て行かないわね?」

と子供は驚いてたずねた。マイヨットは自分はなにかお楽しみの夜会《やかい》にでも出ているような気になっていたからである。

「ここに残ってあなたにお話をしてあげますよ」

とユーマは言った。……デリヴィエール氏はユーマの手を強く握ると、ユーマと娘を残してその場を去った。

……デリヴィエール氏が言った通り、通りはたいへん静かになった。この通りはいちばん引っこんだあたりにある。昼間もこの通りでは集会はなかった。それでも昼間は黒人が時々隊を組んで、

「白人《ベケ》を打倒せよ！」

と叫んで通った。だが日没後《にちぼつご》は混乱の気配はなくなった。白人の居住者の中には思いきって窓を開けて外をのぞく者も出てきた。ランビ貝が吹かれてぼうぼうという音がした。それがなにを意味するか、白人たちは察していなかった。港の方でまたなにか新しく騒動が持ちあがったのだろうと想像した。しかしそれにもかかわらず皆の不安は次第につのった。山からひかれて道路清掃用に道路沿いの急な坂の溝を走る水の音がふだんになく大きく響くような気がした。

「いやこの通りではいつも大きな音がするんですよ」

とド・ケルサン氏が言った、

「なにしろ勾配《こうばい》が急だから」

「今晩はみんな多かれ少なかれ気が立っているからでしょう」

と別の紳士が言った。

だが男たちが集って話している部屋へ突然ユーマが一人で戻って来て、窓をさして、叫んだ、

「水の音ではありません！」

音に対して混血黒人の耳は異常に敏感だった。……皆話をぴたりととめた。男たちは息をのんで耳をそばだてた。

14

遠くで崩《くず》れる波のような、重い囁きのような音が、通りを満たした。その音はゆっくりと大きくなり、やがて鈍い、絶え間なく続く、騒音となった。それは山の方から近づいて来るように思われた。そして音とともに山火事のような焰《ほのお》も近づいて来た。……ただちにあらゆる家の光は消され、窓は閉《と》ざされ、扉はしめら

れた。——通りは墓場のごとく無人となった。だが二階の格子を打ちつけた鎧戸《よろいど》のうしろから皆輝きながら近づく火を見まもっていた。騒音が近づいて来るのを耳を澄まして聴いていた。

「やって来る！」

とユーマが叫んだ。

すると大通りに突然、嵐のような喧騒《けんそう》が轟《とどろ》き、松明《たいまつ》の火が走りこんで来た。ズックのズボンをはいた黒人の群が、数百人も、腰までは半裸《はんら》の姿で、一気に駈けて来る。山の人夫たちが奔流《ほんりゅう》のように押し寄せて来たのだ。彼らの裸足《はだし》の響きで住居が震えた。壁という壁を通して、まるでかすかな地震のように、振動が走った……　連中がこのまま通り過ぎてしまえばいいが！

何百人という黒人がすでに通過した。だが押し寄せてくる群衆の影は尽きることがない。大きな麦藁帽《むぎわらぼう》が瀧《たき》の流れのように果てしない。そしてそうした激流の上で、振りかざした短剣や鶴嘴《つるはし》や鉄製の熊手《くまで》が、松明の火がおどる中で、光って見えた。そして連中は意外にも突然停止した。息もつまるような押しあいへしあいが続いた。嵐のようだった叫喚《きょうかん》も一瞬ないだようになった。通りには酒くさい匂いが不吉なまでに立ちこめる。タフィア酒のいやな悪臭である。群衆は明らかに酔っていた。それだけにいよいよ物騒だ。……何者かが命令を発した。だが誰にもよく聞きとれない。群衆が静まったのを見はからって、大音声《だいおんじょう》の持主が命令を繰返して叫んだ、

「そこだ！　そこそこ。白人の家だ！」

黒人たちの顔がみなド・ケルサンの住居の方を向いた。そして黒人たちは皆その命令に和して「そこだ！　そこの白人の家だ！」と叫んだ。不幸なことにド・ケルサン邸の堂々たる門構えが——平屋《ひらや》続きのこの一角でただ一軒の二階家だったということもあって——この一家こそが金持の白人の家だと目《もく》されてしまったのである。白人《ベケ》であること、しかも金持であること、は黒人人夫たちの単純な思考では、貴族であること、と

同義であり、奴隷解放の敵と目されたのである。この家の主人が奴隷所有者であることに間違いはない。

「その家を探せ！」

と同じ大きな声が叫んだ。玄関の扉が激しく叩かれた。建物全体がふるえて家鳴《やな》り震動した。だが玄関の二重の扉は鉄の閂《かんぬき》でがっちりとざされている。錠《じょう》もかけてある。ボルトもしめてある。

「開けろ！」

「開けろ、俺たちのために開けろ！」

と群衆《ぐんしゅう》は叫んだ。

ド・ケルサン氏は二階の正面の鎧戸の一つの錠をはずして、群衆を見おろす位置に姿を見せた。それは怖ろしいモブだった。悪夢のような顔つきをした者もいた。たいていは見知らぬ顔だが、なかにはそれとわかる顔もまじっていた。港湾の労務者たちである。山間部の人足が町へ降りて来る前に、都市部のいちばん手荒らな労務者連中が農園労務者に合流していたのだ。モブの中には女もまじっていた。身ぶり手ぶりしながら叫んでいる。農園の黒人女たちもいれば、そうでないのもいたが、これは性質《たち》が悪かった。最低に悪かった……

「おまえたち、何の用だ？」

とド・ケルサン氏がクレオール語で言った。“Ça oulé, méfi?”と言ったのである。

最初そう言ったときは、騒然としていたためにその声は群衆にとどかなかった。しかし窓に白髪の白人《ベケ》が現われたことで皆じきに静まった。誰もが老人がなんというか聞こうとしたからである。ド・ケルサン氏にはこの期《ご》に及んでまだ事態の深刻さがよくつかめていなかった。氏は黒人たちがクレオール語でヴームというところのこの猛烈な示威運動《じいうんどう》以上の挙《きょ》によもや出ようとは思ってもいなかったのである。ド・ケルサン氏はまたクレオール語で繰返した。

「おまえたち、何の用だ?」

「おまえたち」と呼びかけた時、フランス語 mes fils「わが息子たちよ」に相当する méfi と言った。長老が若者に向って呼びかけるように言った。ド・ケルサン氏のつもりでは、愛情のこもった保護者のような気持で言ったのである。この言葉は現にそのような意味あいでフランスが共和国となった現在でさえもこの土地では用いられている。だが折悪《おりあ》しく、その時その言葉がド・ケルサン氏の口から発せられるや、それは暴徒の政治的熱狂という火に油を注ぐ結果となった。

「おまえは俺たちの親父かよ、ええ?」

と一人が嘲笑《あざわら》って言った、

「わが息子よ、はもうないよ。あるのは市民諸君だけだよ」

「あれはずるくて、こすいんだ」

と黒人の女が叫んだ、

「俺たちに取りいろうとして、お上手を言っているんだ、あの白人《ベケ》の老人は!」

「市民諸君」

とド・ケルサン氏は応じた、

「諸君はなぜこの家に押し入ろうとするのだ? 私が諸君の誰かになにか危害《きがい》を加えたことがあるか?」

「おまえの家には武器が隠されている」

と例のどすの利いた声がそれに答えた。群衆の注意を最初にこの邸に引きつけたのもこの男だった。その男がどうやらこの暴動の大将と見えたが、声はその背の高い黒人の胸から響いたのである。男は麦藁帽をかぶっただけで、上半身は裸で、木綿のズボンをはいていた。手には短刀を持っている。突然ド・ケルサン氏はこの男を前に見かけたことがあることに気がついた——組頭《くみがしら》としてフォン・ライエの農園で働いていた男である。

「シルヴァン」

とド・ケルサン氏は答えた、

「私たちはここに武器は持っていない。ここにいるのは女子供だ。私たちはおまえたちが言う悪さとは関係ない」

「俺たちのために扉を開けろ！」

「おまえたちの誰にも私の家にはいる権利はない」

「俺たちのために扉を開けろ！」

「権利はない」……

「ああ、その権利を俺たちが取ってやる！」

大将格がそう叫ぶと、暴徒はいっせいにそれに呼応《こおう》して叫んだ。何千という興奮した声が同じ要求を繰返した、

「俺たちのために開けろ！」

白髪の頭は窓から引っこんだ。代りに若い顔が現われた。日に焼けた美しい毅然《きぜん》とした顔である。ド・ケルサン家の若主人だ。

「悪党ども！」

と若主人は一喝《いっかつ》した。

「左様、われわれは武器を持っている。われわれはその使い方も心得ている。この家に踏みこむ最初の男の黒い脳味噌《のうみそ》を必ずぶっ飛ばしてやる」

若主人は弾を塡《つ》めたピストルを一挺《いっちょう》持っていた。その建物内には実はこのほかには武器はなにもなかっ

た。若主人はこの恫喝《どうかつ》で群衆が動揺するかと思っていたのである。だが黒人たちは真相を知っていた。というか真相を知っていると思っていた。ド・ケルサン老人はかつて黒人に向って嘘を言ったことがない。黒人たちは余計な心配はしなかった。

「さあ、本当かどうか見てみよう」

と暴徒の大将が脅迫的《きようはくてき》な声で言った、

「さあ」

と配下《はいか》の者を振り返って叫んだ、

「この家を踏《ふ》み潰《つぶ》してしまえ！」

ほとんどそれと同時に誰か強腕の者が投げた石がド・ケルサンの若主人の頭をかすめ、室内の家具にぶつかった。鎧戸《よろいど》がおろされ、閂《かんぬき》がかけられたが無駄だった。二発目の石が鎧戸を突き破ってしまった。三発目が隣の窓の鎧戸をふるわせた。次から次へと石が飛んで来た。数人がたちまち大怪我をした。一婦人は石に当って気絶した。一紳士は肩に負傷した。群衆は石を求めて叫び出した。

「石をよこせ。俺たちに石をよこせ」

それというのは家の正面はセメントで粗《あら》くかためてあったため、投げる材料に事欠いたからである。だが道の下手で交叉《こうさ》していた通りには河原の玉砂利《たまじやり》が敷《し》いてあった。「一列に並べ！」という声がかかるや、先頭の攻撃点からその脇道《わきみち》の角にいたるまで黒人の女たちがたちまち並んだ。そしてはがされた道路の玉砂利がエプロンいっぱい次々と手渡された。このようにして投石材料を運ぶやり方は順序だって見事なものだ。黒人の女たちは何代にもわたって河原から工事現場まで、あるいは城壁まで、一列に並んでは石を運ぶように躾けられてきたのである。

そうなると石は雨霰《あめあられ》のように邸に向って飛んできた。家具を破壊し、室内のしきりを破り、部屋の扉をふるわした。……西インド諸島の黒人がどれほど石を飛ばせるかは、山中の道路で、手の届かぬ高いところに生《は》えている果実を石を当てては落とす様を見たことのない人々にはおそらく了解されないだろう。……二階の正面の部屋の鎧戸はもはやないも同然になってしまった。そこにいた人々は裏手の部屋に難を避けた。だが一階の窓の鎧戸は、もともとがっしりと、頑丈に出来ており、部分的には鉄で蔽《おお》われていたこともあって、ちょっとやそっとでは壊れなかった。そして正面入口の扉は黒人たちが肩と肩とを寄せて筋骨たくましい力で押したけれども、びくともしなかった。

「材木を持って来い。それをそこへ突っこめ。そこへ突っこめ」

投石に乗じて正面の扉に近づいた連中が、扉を打ち破ろうとして叫んでいる。その叫び声を群衆は口から口へと伝えた。その叫びは街道沿いに山の斜面にまで伝わった。……邸の内部からは群衆がなにをしているかもはや観察することはできなかった。窓に近づくことはできない。だが通りから大きな叫び声が聞えた。なにか新しい事が起こりつつあるのは明らかだった。……

「ああ、兵隊さんが来た！」

とド・ケルサン夫人は嬉しそうに叫んだ。

だがそれは夫人の勘違いだった。群衆が騒然としたのは材木《ピエボワ》がかつぎこまれたからである。二十人もの屈《くっ》強《きょう》の男に担《かつ》がれて重たい丸太が運ばれて来た。その連中が皆「バー・レー、バー・レー！」と叫んでいる。するといままで玄関の扉を押していた連中が後ろに退《さが》った。この攻城用ともいうべき大《おお》槌《つち》を十分に活用するためである。

男たちはその丸太を揺すってどしんと扉に当てるたびに声を揃えて歌をうたった……

「ソー・ソー、ヤイ・ヤー、ラレー、フォー！」

そうそう、そうやれ、一、二、三！　そのたびに家《や》鳴《な》り震動《しんどう》した。おそろしい震動だった。

「ソー・ソー、ヤイ・ヤー、ラレー、フォー！」

錠が飛び、閂が壊れた。玄関の門構えそのものが弛《ゆる》み始めた。モルタルが雨のように落ちて来る。扉の内側の幅広い鉄棒はまだしっかりしているが、それでも弓なりに曲ってしまった。扉はもうたっぷり十数センチは後ろへずれた。

「ソー・ソー、ヤイ・ヤー、ラレー、フォー！」

金属が折れた音が響き、材木が砕けて飛び散った。扉が倒れ落ちた、玄関の広間にその倒れる音が砲声のごとくに鳴り渡った。男たちは丸太を抛り出した。やったぞ、という野蛮な歓声が湧きおこった。内部は真っくらである。

一瞬ためらいがあった。暗黒とぽっかりあいた空洞が黒人たちを躊躇《ちゆうちよ》させたのである。

「明りをここへよこせ！」

と暴徒の大将が松明を持って後ろで控えている者に叫んだ、

「俺によこせ！　俺によこせ！」

大将は松明を一本左手でひっつかむと、右手で刀をふりあげて、前方に躍り出た。だが閾《しきい》を越えたその瞬間、銃声が玄関の広間に響いた。皆はっとした。背の高い黒人がふらふらっとよろめいたかと思うと、松明と刀を落として、両手をだらりとかかげたかと思うと、半分回転して、仰向けに倒れた。男は死んだ。ド・ケルサンの若主人は先刻言った通り、ピストルで撃ち殺したのだ。

入口に押し寄せた黒人たちは恐慌《きようこう》をきたして後ずさりしようとした。しかし背後から押し寄せてくる盲目的な激情や憤怒《ふんぬ》には打ちかてない。こうして暴徒の先陣は玄関の広間になだれこんだ。もがき争い、叫び罵《ののし》り、死体や壊れた扉にけつまづきながら、猛烈な勢いで殺到《さつとう》した。そのために何人かはころんだ……　ド・ケルサンの若主人はその場を退くつもりはなかった。二階から一緒に降りて来た紳士たちは、ここで立ち向っても無駄とさとって二階へ引き返したが、それでも彼は階段の下に踏みとどまっている。手にしているピストルに弾はもうはいっていない。だが若主人は自分の気迫で相手を圧倒し、恐怖心で麻痺《まひ》させて、この侵入をくいとめることができると信じていたらしい。だが相手は恐怖心をおぼえればおぼえるほど、憤怒の情も盲目的に強くなる。これは奴隷とても同じことだ。ピストルの銃口《じゅうこう》を突きつけられては死物狂《しにものぐる》いとならざるを得ない。黒人たちは群をなして若主人の上に飛びかかった。それは恐怖から生じた憤怒であった。若主人にできたのは先頭の男の顔に役にも立たぬ拳銃《けんじゅう》を突きつけることだけだった。そしてその時、若主人の体には竿《さお》の先にくくりつけてあった銃剣がぶすりと突き刺さったのである。若主人は一声を発することもなく地面に沈むように倒れた。その体に向けて容赦《ようしゃ》なく刀が斬りおろされた。狂ったように斬りつけたものだから、その狂乱の中で黒人たちはたがいに傷を負ったほどである。……それと同時に玄関先から散弾《さんだん》のつまっている二連銃が、階段を二階へ戻ろうとする白人に向けて発射された。二つの銃身から同時に発射された。そしてその弾でデリヴィエール氏は倒れた。仲間が彼を部屋に引きずりこもうとしたが、その前に氏はもう絶息していた。ほとんど即死したらしい。その部屋の入口も重たい家具でバリケードが築かれていた。二連銃にこめられていた散弾は全部氏の背中にはいりこんで背骨を粉砕《ふんさい》したのであった。

……一瞬のパニックの後、反動として憎悪心が爆発した。暴徒はいまや復讐に餓えた鬼である。昔からあった白人に対する怨念《おんねん》はこの時、感情のたかぶりのためいっそう激しくなった。恐怖にさらされたことや、自分たちの大将を殺されたこと、その他もろもろの白人によってなされたあることないことの諸悪に対する復讐である。だが一階の部屋は空っぽだった。白人《ベケ》たちは上の階へ引きあげてしまった。そこまで深追いするのは危険かもしれない。——もしかすると白人たちは最悪の事態に備えて武器を貯蔵しているのかもしれない。だがいずれにしても確かなのは白人たちはもはや逃げおおせない、ということだ。邸の裏手の窓は高いところにあり、砂糖黍畠《さとうきびばたけ》を取り巻く農道を見おろしていた。その農園の道には手に手に武器をもった黒人たちが見張りに立っている。左右の壁面は開口部の一つもない堅固な石造りである。屋根をつたって逃げ出すことも不可能だ。隣接する小屋のタイル張りの屋根より優に六メートル余は高いからだ。白人たちに救いの望みはもはやない。……だがいまは誰も黒人勢の攻撃を指揮しようとする者はいなかった。聞えるのは騒然たる叫びと、怖ろしい脅しの声と、錯乱状態《さくらんじょうたい》におちいった人食い人種が発する言葉もかくやと思わせる喚き声だけだった。……そうこうする間に群衆は死んだ黒人指導者の遺骸を、ぶちこわした戸板を担架《たんか》代りにしてのせると、松明で照らし出して通りを練り歩いた。武装した男たちが遺骸のかたわらを走りながら、傷口からはみ出ている淡紅色の脳味噌を指さして叫んだ、

「俺たちを殺しにかかったんだぞ。俺たちの仲間は殺されたんだぞ！」

興奮は狂乱と化し、人々は憑《つ》かれたようになった。その時、一人の声が――一人の女の声、殺されたシルヴァンの妻の声が、あたりをつんざいてはっきりと聞えた。

「火をつけろ！　おまえたち、火をつけろ！　白人はみな焼き殺してしまえ！」

群衆はその叫びに呼応《こおう》した。その叫びは通りに嵐のようにこだました。

「火だ、火をつけろ！」

……だがもし白人が放火しようとする黒人に襲いかかって来たらどうする？

「階段をはずしてしまえ！」

誰かがそう叫ぶと、すべての動揺《どうよう》や逡巡《しゅんじゅん》はたちどころにおさまった。武器や道具はたくさんあったから、これならどんな階段でもものの五分間で取りはらわれてしまっただろう。暴徒たちは実際それより手ばやくかたづけてしまった。階段を取りはずし、残骸《ざんがい》を叩《たた》き割《わ》ってたきつけとすると、それを玄関の広間のタイルの上に積みあげた。そして松明でそれに火をつけた。階段の手すりはマホガニーで出来ていたが、階段そのものはボワ・デュ・ノールと呼ばれる油分に富んだ、軽い、黄色い松で出来ていた。……

「これには油《ゴム》がたっぷりあるぞ。これは結構よく燃えるぞ」

それと同時に階下の部屋の家具調度品《かぐちょうどひん》も叩きこわされた。家具も中味も火の上にくべられた――燃える品も、燃えない品も火中に投ぜられた。肖像画、カーテン、晴雨計用ガラス管、青銅器、マット、鏡、垂れ幕の類……

「ざまあ見ろ！　俺たちの手で全部燃やしてやる。見ていろ！」

階上では狼狽《ろうばい》の物音がした。荒々しく走りまわる足音、ドアから家具を引きずる音、叫び声も聞えた。

「へへえ――いまとなってそうじたばたするな、いまいましい白人め！」

……すると煙を通して、下を見おろす顔がいくつか見えた。――髪の毛が白くなりかかった婦人が、相手に聞いてもらおうとして、誰か心やさしい人はいないか、と探し求めている。黙ったまま自分の小さな子を指さしている若い母もいる。黒人が一人二本腕をさしのべたが、それはその若い母をこの瞬間においてもなお野蛮に愚弄《ぐろう》するためだった。黒人の女がしわがれた声で叫んだ、

「おれにくれ。おれはその子にかみついてやる！」

そう言って餌食《えじき》をむさぼる蛸《たこ》のようなしぐさをしてみせた。この不快きわまるしぐさに続いて卑猥《ひわい》な笑いがわっと聞えた。……だが熱気と煙でいたたまれなくなった。火をつけてまわっていた黒人たちは、たいてい外の通りへ戻った。その何人かは裏手の砂糖黍畠まで走って行って、誰か逃げ出そうとする者はいないかと二階を見張った。もはや投石は行なわれなくなった。石を投げていた連中もあきたのだ。暴徒たちは復讐が進行する様を眺めることで満足していたのである。甲高い叫び声はなお室内から聞えたが、それに対して通りからは嘲りの罵声《ばせい》が返された。

玄関の広間は赤くなり、光がぱっとついたと見る間に、熔鉱炉《ようこうろ》のようにめらめらと炎を立てて燃えあがった。その熱気のためにつめかけた黒人もいっせいに後ずさりを余儀なくされた。……じきにぱちぱちいう破《は》

裂音《れつおん》が内部から発する低い呻きに変った。まるで急流の轟きのようである。階下はことごとく炎に包まれた。炎は黄色い舌を窓から外へべろべろと出す。それは石造りの壁をくねくねとよじのぼり、要石《かなめいし》までその炎の舌先で舐《な》めた。炎はまるで壁面をよじ登ろうとするかのようである。そして鎧戸の枠《わく》をむさぼり喰おうとしていた。……間をおいて、通りから通りへ、大きな法螺貝の不吉で陰気な音が、ぶーっと響いた。

サン・ピエール市のあらゆる屋根の上を、大鐘の音が鳴り渡った。――すばやく、続け様に鳴り響いた。大聖堂の大鐘《おおがね》が警鐘《けいしょう》をつき始めたのである。それ以外の教会も小さな鐘を鳴らし始めた。みな早鐘《はやがね》をこぞって叩き始めたのである。だが、そんなためしはかつてなかったことだが、今回に限り、消防が出動しようとしない。黒人の消防夫が出動命令を無視したのである。兵士たちは――これは暴動だと口々に呟《つぶや》いてはいたが――上官の命令によって兵営の中に留まるよう厳命を受けていた。知事代行であったロストランは、軍人あがりだが、市の運命が黒人の暴徒の手に握られていることを承知していた。――白人たちが虐殺《ぎゃくさつ》の危機に瀕《ひん》していることも承知していた。知事代行が兵士たちに兵営の外に出るなと命令したことは、その命令書を読んだ者にはおよそ信じがたいことだった。その命令はフランスの植民地統治史上のもっとも不可解な命令の一つとして記憶されている。フランス領西インド諸島の白人入植者たちが本国の共和主義者を内心で憎悪するのは、こんな唖然《あぜん》たらしめる命令が、たまにではなく、結構数多く下されたからである。

……南の微風に煽《あお》られて、炎は、暴徒に取り囲まれた建物の正面の部屋よりも、裏面の部屋をいちはやく襲った。――階段の上端に接していたロビーが焼きつくされてしまったので、正面の部屋と裏面の部屋の連絡はもはや途絶えてしまった。そして煙がもくもく出る中を、男たちが裏窓から落ちたり、跳び降りたりし始めた。女子供を見捨てての上だが、人間火にくるまれて焼け死ぬよりは、恐ろしい死の恐怖から一刻でも早く逃げ出そうとするものだ。大通りに面した方へ逃げたところで助かる望みはない。しかし畠に面した方なら敵の数はまだ少ない。決死の覚悟で脱出をはかれば助からないものでもあるまい。そう思って飛び降りた者の中で、最初の二人は地面に降りるやいなや殺された。三番目は見知らぬフランス人だったが、ひどく手傷を負ったけれども、二百メートル近く走りおおせたが、そこで追手に捕ってその場で殺害された。だがその次の二名はその騒ぎに乗じて、背の高い砂糖黍の畠に逃げこんだ。黍と黍の間を身をかがめ、腰をまげ、体をよじり、ついに視界から消え失せた。……

「あの白人《ベケ》たちは本当の百姓野郎だ。砂糖黍をうまく折って逃げやがった」

と追いつきそこなった黒人たちがぼやいた。田舎育ちの白人でなければ、そんな要領を心得ていたはずはなかった。それは逃亡奴隷の黒人が時々見事にやってのける手立てだったのである。暗闇も幸いした。蛇の恐怖も手伝って黒人たちは深追いしなかったのだ。

騎士的な精神の持主は、一《いち》か八《ばち》かで命を賭《と》して逃げる、という真似はしなかった。ド・ケルサン氏もそうした真似はしたくない、という紳士の一人だった。彼らはそこに居残ることで、もはや助かる望みのない女たちに慰めを与えようとしたのである。母たちや妻たちや娘たち——そうした人たちは上品に育てられ、その人たちのかぐわしい静かな生活にはかつて恐怖の影など落ちたためしはなかったのだが。……燃えあがる家の中にはまだ三十人近くが居残っていた。それなのに兵士たちは兵営に釘づけにされたまま出動する気配《けはい》すらない！

煙は風に吹かれて北の方に流れたので、炎上《えんじょう》する建物は大通りに面した側にはくっきりと浮んで見えた。だがそれなのに、投石が始まってからというもの、正面の窓には誰一人姿を現わさなかった。暴動に加わった連中は外からその窓を見まもりながら一体どうしたのか、といぶかっていた。包囲された建物の前部と後部の連絡がすでに遮断《しゃだん》されていたため、この悲劇の最後の場面は、つめかけた見物人には、目撃することはできないのかもしれない。なんという残念なことか！　そうした残忍《ざんにん》な落胆《らくたん》と失望といった感情があたりにただよい始めた。当初の興奮がさめてきて、残忍な所行《しょぎょう》を演じた後には、なんとなく腹立たしい無気力感が漂った。――当初は嵐のようだった喚声《かんせい》も静まって、いまは興奮した会話がとって代った。先刻の嵐の甲高《かんだか》い咆哮《ほうこう》に比べれば潮騒《しおさい》のような低いうなりである……

「あんな風《ふう》に泣《な》き喚《わめ》いているのは女子供たちだぞ」

「呪われてあれ！　あいつらは白人《ベケ》だ――みんな丸焼きになるがいい！」

「そうとも、親父《おやじ》！　奴等が力を持っていたときは、俺たちの仲間はずいぶん火あぶりにされたもんだ」

「そうだとも！　黒人の女を魔法使だと言っては火あぶりの刑に処した。懺悔《ざんげ》に立会った坊さんの話では無実の罪だったというではないか」

「ああ、ターユ・トトの話か。そんなのは昔の話じゃないか」

「なにが昔の話なものか。俺たちは忘れてはいないぞ。これは、おまえ、新しい話だ」

「その通りだ！　……俺たちはいま俺たちの自由のために戦っているのだ」

「フーロー！」

新しい叫び声がわきおこった。窓の一つに誰かが姿を現わしたからである。

「見ろ！　黒人の女だ！」

「乳母《ダー》だ！　キリスト様、マリア様！」

「静かにしろ！　――みんな静かにしろ！」

「静かにしろ！」

その「静かにしろ！」という声は口から口へとすばやく伝わった。――その声が群衆の間を駆け抜けた後に一瞬の静寂《せいじゃく》が続いた。一種の悪意のこもった期待の静寂だった。――するとユーマの力のこもったコントラアルトの声が喇叭《らっぱ》の響きのように喨々《りょうりょう》と鳴りわたった。

「ええ、この卑怯者め！」

とユーマはおそれもせずに叫んだ、

「男らしく面《めん》と面と向い合うこともできぬこの卑怯者めが！　女子供を焼き殺したりしてそれで自由が獲《かく》得《とく》できるとでも思っているのか？　おまえたちのおっ母さんの顔が見たい、おまえたちのおっ母さんは一体どんな母さんだ？」

「白人《ベケ》を焼いているんだよ」

と一人黒人の女が甲高い声で叫んだ、

「白人《ベケ》たちに殺されるから、白人たちを殺すのさ！　これは正しいことなんだ！」

「嘘だ！」

とユーマが叫んだ、

「白人《ベケ》は女子供を殺したりしないぞ！」

「殺したぞ！」

群衆の中で一人だけ立派な身なりをした混血の男が声を張りあげた、

「殺したぞ！　千七百二十一年と、千七百二十五年とに殺したぞ！」

「この猿め！」

とユーマが嘲《あざけ》るように言った、

「それではその猿真似をして今度は黒人の女たちも焼き殺すのか？　ここの黒人の女たちがおまえにどんな悪さをしたというのか？」

猿呼ばわりされた男が言い返した、

「そこの黒人の女たちは白人どもと一緒でぐるだからだ」

「おまえは昨日も、おとといも、ずっと白人と一緒だったではないか。おまえに限らずここにいる人間は全員白人と一緒にいたではないか。――食いものも飲みものも白人がくれたではないか。――病気になれば面倒を見てくれたではないか…… 白人たちはおまえらに自由もくれたではないか。おまえはそれなのに裏切るつもりか！ ――白人はおまえに名前もつけてくれたではないか！ この馬鹿者！ ――おまえがいま着ている服も白人からのもらい物だろう！ この恩知らず！――おまえはおまえの自由のために戦ってるのではない！ 嘘つきめ！ ――おまえらの黒人のおっ母さんのおかげでおまえらはとっくの昔に白人たちから自由を授けられているのだ！ ……知ったかぶりをするがいい！ ――おまえが誰かわかっている！……家族もいない腰抜けの卑怯者め！おまえはどこの人種だ！ 哲学者みたいな真似をするがいい！ おまえの母親が黒人だからといって黒人の女を焼き殺し、見殺しにしようとするおまえは一族の裏切者だ！

――さあ、どうだ！ ――白人の成り損い奴《め》！」……

ユーマの声はそれ以上は聞きとれなかった。罵声《ばせい》がふたたびひときり盛んとなって、ユーマの声はかき消されてしまったからである。だがユーマの叱責《しっせき》にはすくなくとも胸の一部を打つものがあった。ユーマが言ったことは、黒人たちの胸中にくすぶっていた軽蔑《けいべつ》の気持――黒人奴隷が、解放されて成上《なりあが》った有色人種に対して抱いている、ひそかな嫉妬や憎悪の気持を呼びさましたのである。その混血の男が返事に窮《きゅう》して立ち往生するのを見て、皮肉な嘲笑がその周囲から洩《も》れた。だがちょうどその時、誰かが激しく人を押しのけて、最前列まで進み出て来た。すばやく、たけだけしく、肘《ひじ》で突き、肩で押して、群衆の間をのしてきた。巨人のような黒人である。……男は身をふりほどくと、炎上する家の前の人のいない空間《くうかん》へ躍り出て、自分の頭上で刀を振りまわすや叫んだ、

「俺たちは黒人の女を焼き殺したりはしないぞ！」

愚弄《ぐろう》された混血の男が進み出てなにか言おうとしたが、一語も発することもできなかった。その黒人労務者が、刀を持たぬ方の手を激しく後ろへ振ったとみるまに、混血の男はどうと地に打ち倒されたからである。

「兄弟たち！　俺に力を貸してくれ！」

と新来の背の高い黒人は雷のような声で叫んだ、

「俺に力を貸してくれ、兄弟たち！　――俺たちは黒人の女を焼き殺したりはしないぞ！」

ユーマには、そこに一人突っ立って、巨人のように堂々たる威風《いふう》で、辺りを睥睨《へいげい》しているのが、ガブリエルだ、ということが即座にわかった。――ガブリエルは、自分の周囲につめかける地獄そのもののような者共に対し、あえて戦いを挑んだのだ。それもみんなユーマのためだ。

「そうだ、そうだ」

と多勢の声がガブリエルに和《わ》して応じた。

「そうとも、俺たちは黒人の女を焼き殺したりはしないぞ！　梯子《はしご》を持って来い！　梯子だ！」

ガブリエルがみんなの同情を誘い出した。こうした野蛮《やばん》で獣《じゅう》的なモブの心から、ある同情の気持を無理やりに引き出したのだ。

「梯子を持って来い。ここだ、ここへ持って来い！」

「梯子、梯子」という声が群衆の間を走り抜けた。

そしてものの五分も経たぬ間に梯子の先が窓辺に届いた。ガブリエル自身がその梯子に登って、いちばん上の端から、鉄のような腕を差しこんだ。ガブリエルが腕をのべたちょうどその時、ユーマは窓枠まで身をかがめたかと思うと、その後ろからマイヨットを抱きあげた。

子供は恐怖のあまり茫然《ぼうぜん》としている。子供には目の前の男が誰だかわからない。

「この子を助けることができますか？」

とユーマは小さな金髪の女の子を差し出した。

だがガブリエルはただ首を横に振ることしかできない。背後からは恐ろしい叫びが矢のように飛んで来る。

「駄目だぞ。駄目、駄目、白人の子供は駄目だぞ。白人の子供は絶対駄目だぞ！」

「それならわたしを助けようとしても無駄です」

ユーマはそう叫ぶと、子供をわが胸にしっかりと抱きしめた。

「無駄です。絶対、絶対にできません」

「ユーマ、神さまの御名《みな》において……」

「神さまの御名においてわたしに卑怯者《ひきょうもの》になれというのですか。……あなたは卑劣な、悪者ですか？ わたしを救うから子供は焼けるがままにせよ、と言うのですか？ 帰ってください！」

「白人の子供は置いて降りて来い！ 置いて来い！ 降りて来い！」

幾百の声が下から叫んだ。

「わたしは」

とユーマがきっぱり言った。ガブリエルの手の届かぬ後方へあとずさりして叫んだ、

「わたしは子供を残しては行きません。けっして行きません。わたしは神のみもとにこの子とともに参ります」

「そんなら一緒に焼いてしまえ！」

と下から黒人たちがわめいた、

「そんなら梯子をおろしてしまえ！ 早くおろしてしまえ！ 早く、早く！」

ガブリエルはかろうじて地上へ滑るように飛び降りた。その時梯子はもう向うへ引き倒された。白人の子供を見たことで暴動の最初の激昂《げきこう》がまた火のついたように燃えあがった。――ふたたび呪いの言葉が雨霰と浴びせられた。

だがその呪詛《じゅそ》の嵐もまたやがておさまった。また別の反動が生じた。ガブリエルと一緒に梯子をまた引き

戻して立て掛けようとする者が何人も現われたのである。男たちは刀をふりかざして梯子に人が近寄れないようにつとめた。男たちはユーマに降りて来るように下から声を掛ける……　だがユーマは手を横に振った。そんなものはもう眼中にない、という態度であった。ユーマには自分はもはやマイヨットを救えないことがはっきりとわかったのである。

　階下の激しい熱気に耐えかねて、梯子の下を守っていた黒人たちが後ずさりを始めた。……突然ガブリエルが絶望の呪いを発した。すると炎が走ったかと思うと、梯子自体が火を噴《ふ》いて燃え始めた。――そして猛然と燃えさかった。

　ユーマは窓辺に踏みとどまっている。いま彼女の美しい顔には憎しみもなければ惧《おそ》れもない。その顔は落着いていた。大蛇の頸《くび》の根を足で押さえつけて微動《びどう》だにせず突っ立っていたあの夜のユーマとそっくりである。ガブリエルにはそう見えた。

　すると突然ユーマの背後で炎がめらめらと赤く燃えあがった。その炎を背景にしてユーマの背の高い姿が浮びあがった。それはかつてガブリエルが碇泊地のチャペルで見た、金地《きんぢ》を背景にした「良き港の守りの聖母」の御姿さながらであった……　すらりとしたユーマの顔だちにはとくに感情の動きは見えない。両の目はユーマの胸に隠れている金髪の少女の頭に注がれている。――ユーマの唇が動いている。マイヨットに話しかけているらしい。……マイヨットは一瞬上を見あげた。ユーマの黒くて美しい顔が自分の方を見おろしている――マイヨットはほっそりとした両手を合わせた。まるでお祈りでもしているかのようだった。

　だが悲鳴をあげて少女はまたユーマの胸にしがみついた。それというのは厚い壁がぐらぐらと揺れたからである。それはハリケーンが吹く時に壁が揺れる様に似ていた。悲鳴がおこった。建物の奥から狂乱の金切声が聞える。それは聞く者の心をかきむしるような叫びだった。建物が崩壊する音がした。低い雷鳴に似た響きである。ユーマは黄色い絹のスカーフを首もとからはずすと、それを子供の頭にくるんだ。それからおだやかに優しく子供を愛撫し始めた。――なにか囁いている――両腕に抱えて左右にゆっくりとゆすっている――いかにも落着いて子供を寝かしつけるかのようだった。見つめるガブリエルの目にユーマがこれほど美しく見えたことはかつてなかった。

だがその次の瞬間、ユーマの姿はもう見えなかった。その姿も光ももろともに消えた。天井も梁《はり》も床《ゆか》も、同時に暗黒の中へ崩れ落ちたのである。左右の石壁の骨組だけが突っ立っていた。黒煙が夜空に星にまでとどかんばかりに上の方へとあがっている。

静寂があたりにおとずれた。その静寂を破って時々しゅうしゅうという音を立て残骸に埋もれていた火が燃えあがった。またぱちぱちとはじける音がした。警鐘をつく音が響く。遠くから大きな法螺貝を吹く音が時にまじる。犠牲者たちの金切声はもはや聞えない。焼き殺した側は、自分たちがやらかした罪の怖ろしさに茫然《ぼうぜん》としている。

すると炎は、下の方からふたたびむくむくと燃えあがり始めた。紅蓮《ぐれん》の炎があたりを真紅《しんく》に照らし出した。渦巻《うずま》く煙、剝《む》き出しになった石壁、材木の残骸。炎は上の方へのたうつように匍《は》いあがってくる。長くのび、たがいにからみあい、まつわりつき、身をまっすぐにおこし、高く鋭くのびる。その炎の舌はやがて一つの巨大な、流れるような螺旋《らせん》となり、夜の天に沖《ちゅう》して、うちふるえた。

黄色味を帯びた光があたり一面にひろがる。港の上で打ちふるえながら、こちらの岬《みさき》からあちらの岬へとひろがる。光は、死火山の峨々《がが》たる斜面を何マイルにもわたって暗黒の中を登って行く。サン・ピエール市周辺の森でおおわれている丘という丘がこの奇妙なイルミネーションに照らされて、昼間よりもずっと高く聳《そび》えているように見える。火が天上に舞いあがっては沈むたびに、辺りはあるいは白くなり、あるいは影を帯びる。そして巨大な炎がめらめらと燃え立つごとに、丘の中央の頂にある白い十字架が、その黒いキリストの奇異な受難の姿とともに、明々《あかあか》と照らし出された。

……そしてそれとちょうど同じ時刻に、世界の向うの旧大陸の港から、一艘《いっそう》の郵便船が太陽を背にして新大陸へ向けて船出していた。フランス共和国政府が、マルティニークの奴隷たちに自由の贈物を与え、普通選挙を実施するという公式通知を運ぶ船であった。

異文化接触を読み解くキーパーソンとして
——豊子愷とハーン

西槇　偉

一九九〇年前後、私が大学院受験を考えていたころ、東京大学大学院の比較文学比較文化専攻修士課程の入試では、ラフカディオ・ハーンについて毎年のように出題する傾向があった。必読というわけで、私もハーンの作品を手に取ってみた。

英語の勉強もかね、家の近くの図書館にあった真新しいハーンの英文著作集に私はかじりついてみた。それは上質な印刷で、挿絵もカラーで手に取ってとても心地の良い本であった。しかし、ハーンの著作は浩瀚で、そこに描かれた明治日本ははるか遠くに感じられ、自分に消化できるものは多くなかった。調べてみると、その著作集は京都の臨川書店によるリプリント版で、一九八八年の刊行である。

今にしておもえば、ちょうどその時期に出た講談社学術文庫の『小泉八雲名作選集』（平川祐弘編）から入門し、『小泉八雲　西洋脱出の夢』（同著、一九八一年）などを併読するのが正攻法だったろう。

一九九一年春、大学院入学後さっそく平川先生の講演を聴く機会があった。それは「果心居士の消滅」と題され、のちに『オリエンタルな夢』（一九九六年）に収められた。ハーン作品の原拠である明治漢文学から語り起こされ、ユルスナールへの影響に進み、アポリネール作品との比較により東西美学の相違まで論及され、比較研究のスケールの大きさに目がくらむ思いがした。しかし、その年に受けた先生の講義テーマは「戦争と文学」で、ハーンは取り上げられることなく、先生は翌年に定年を迎えられた。その後、自分の取り組む課題は、ハーンとはかかわりがないように思えて、ハーンは私の関心から遠ざかった。

転機が訪れたのは二〇〇三年、その年の十月に私は愛知県立大学から、熊本大学に職場が変わった。熊本大学の前身は第五高等学校であり、そこで教鞭をとったハーンと夏目漱石を、これまでより身近に感じるようになったのはいうまでもない。熊本大学では、ハーンと漱石に関する研究の蓄積もあり、共同研究も盛んである。

二〇〇五年、私は初めての単著を公刊してから、前年に刊行され、和辻哲郎文化賞に輝いた本書を読むことにした。とりわけ、ハーンと漱石の比較論に心ひかれたのだ。はたして、巻末の一章を読みながら、私は目の前が明るくなったような気がした。

ハーンの「草ひばり」と漱石の「文鳥」はともに著者の体験を素材とする小品随筆で、後者が前者の影響を受けたかどうかはわからないため、影響関係を前提とする比較研究はできない。しかし、影響関係のない作品についてなされる文芸比較の手法もとらず、エクスプリカシオン・ド・テクスト（本文の解釈）の方法で両作品を精読し対比することにより、作品の精粋をみごとに明らめていく。こうした方法論に学ぶところがあったうえ、「草ひばり」と「文鳥」の味読をとおして、思わず私は自分が研究対象にしていた豊子愷（一八九八－一九七五）の「オタマジャクシ」を連想したのである。

長い間、私は豊子愷の文学を漱石と比較する糸口を見つけられないでいた。二十世紀中国新文学の作家のひとりで、小品文、随筆の名手として知られた豊子愷は、竹久夢二の影響を受け、毛筆のタッチをいかした挿絵画家でもあり、西洋美術・音楽の教育者、著述家でもあり、晩年には日本古典文学、ロシア文学の翻訳者でもあった。この多能者は文学において、夏目漱石への偏愛をたびたび吐露して憚らなかった。それゆえ、作品においても、漱石の影響があるのではないかと容易に推測された。しかし彼が残した文学作品の多くは、みずからの身辺日常を題材とする随筆で、それらを漱石文学と関連づける術を私は知らなかった。

恋愛をテーマとする漱石の長編小説ではなく、小品文のほうに豊子愷とのかかわりを跡付ける突破口があるかもしれない。平川先生の「草ひばり」と「文鳥」の比較論は、そんな示唆を与えてくれた。そればかりでなく、両編に通じる一編が豊子愷にあることも私の脳裏に浮かんだ。『漱石全集』を愛読し、『草枕』を翻訳するなど、漱石は豊子愷のもっとも好んだ文学者であり、「文鳥」を含めて漱石の小品文が彼の視野にあったことはまちがいない。さらに、彼はハーンにも目配りしていたと思われるのだ。随筆「小泉八雲在地下（あの世の小泉八雲）」（一九三八年）で、豊子愷は英和対訳『虫の文学』（一九二一年）と『海の文学』（同年）に言及しており、「草ひばり」は『虫の文学』に収められている。つまり、「草ひばり」と「文鳥」の二作品をふまえて、豊子愷は小品文「オタマジャクシ」を創作した可能性がある。そんな見通しをたて、私は論を試みた。

豊子愷の随筆には、自伝の一部を思わせるものが多い。オリジナルな創作のようにみえて、実はテーマや構成、表現などにおいて、先行作品に材源を負う場合がある。

それらを漱石、ハーンとのかかわりから読み解くことができる。そうした展開した一連の比較論は、小著『響きあうテキスト』（二〇一一年）にまとめることができた。

このように、本書圧巻の一章が私の研究にとって新たな光となった。それはとくに私には印象深いのだが、本書の射程はもっと広い。本書は「「植民地主義以後の視点から」ハーンを再評価し、文明混淆の時代である二十一世紀にハーンの人と作品が新たに持ち始めた重要性を説いた比較文化史的」（本書「まえがき」）論著で、植民地主義者ラバを反面教師としたハーンのマルティニーク体験の意義を問い、ハーンが採取したクレオール民話を紹介し、土地のアニミスティックな宗教的心性をみとめたゆえに、後年日本人の霊の世界を発見するに至ったとするなど、ハーンの全体像に筆が及んでいる。ここで、日本文化の理解者ハーンと豊子愷が、異文化にいかに向き合ったかについて、対比してみたい。

ハーンに比べて、豊子愷の日本での知名度はずっと低い。しかし、異文化受容に関しては、二十世紀中国知識人のなかで抜きんでた存在である。彼は西洋芸術の受容に多大な業績を残し、翻訳者として『源氏物語』を完訳したことでも知られる。彼の訳した『源氏物語』は流麗な文体で、今も多くの読者を魅了してやまない。彼は周作人と並び、近代中国の代表的な知日家と目される。

ところが、彼ははじめから日本理解者を志したわけではなかった。一九二一年春、彼は西洋美術を学ぼうとして、東京にやってきたのである。未知なる日本文化の諸側面を調査し著作に記すために、一八九〇年四月横浜に上陸したハーンとは、日本に渡る目的は異なっていた。この相違がそのまま日本理解者としての二人の違いとなって現われる。

豊子愷が日本理解者の役割を担うようになったのは、人民共和国成立後の一九五〇から六〇年代にかけてである。政治の制約により、彼は文学作品の翻訳に軸足を移し、『草枕』（一九五六年訳、一九五八年刊）、『不如帰』（一九五九年訳、一九八九年刊）を翻訳してから、『源氏物語』全訳の大任を負うことになる。このように、豊子愷の日本理解は、日本を媒介とした民国時代の西洋文化受容を経て、日本文学の翻訳にたどりつく。

一方、『怪談』に代表される再話文学、そのほか日本の宗教、民俗、市民生活や学校教育などハーンは定住外国人の目から、日本について実に多くの著作を残した。それらは欧米の読者のために英文で書かれたとはいえ、日本の心の深奥をとらえ得たものとして、むしろ日本で高く評価されてきたことは周知のとおりである。日本文学の翻訳における豊子愷の日本理解は充分検証されたとはいえないが、ハーンの日本理解とはずいぶん異なる。それは日本とのかかわり方の相違によるものだろう。

二人の異文化理解の方法は対照的である。豊子愷は外国語が堪能で、その異文化理解は主に書物を通して行なわれた。それは今日においても一般的で、交通があまり発達していなかった古代より普遍的な方法であった。豊子愷は異文化の媒介者で、外国文学の翻訳者であった。一方、ハーンは日本語があまり読めなかった。しかし、彼が日本で出会った多くの人々は、書物などから情報を収集して好意的に彼を支えた。それではハーンの特色はなにか。それは土地のフォークロア、非言語的事象への強い関心と鋭敏な感受性ではないだろうか。民俗への関心については、本書ではハーンをクレオール研究の先駆者と位置づけ、クレオール民話に共感できたハーンが、土地の潜在的宗教感情に目を向け、のちに日本における神道を発見したのだと指摘する。土地民の精神世界への一貫した関心によるものといえよう。この姿勢は、植民者と植民地民の政治的、文化的不平等が背景にあり、植民地主義以後の視点からしても高く評価すべきである。

豊子愷についてみれば、彼は戦時中疎開先の広西省で、今では少数民族といわれる土地の文化に興味を示したことがある。彼は土地の民具をスケッチしたものの、男女の歌垣に対しては亡国の調べとして否定的な態度をとった（豊子愷『教師日記』一九四六年）。同じように植民地主義以後の視点からすれば、豊子愷は植民者の優位な立場から土地の文化に対していたことになる。

このように、ハーンを中国文人芸術家豊子愷の視点から眺めることになり、その特色がより鮮明になってくる。本書では、ハーンの異文化への姿勢を次のようにとらえる。

ハーンは自分の文化の主流に従属することも、他者の文化に全面的に屈服することもせず、他者を内在的に理解しようとつとめた。自己の先入主に合致するような事例を性急に拾うこともなくはなかった。しかし問題はその程度である。ハーンは虚心坦懐に異文化に接した。共感的理解につとめた。（四九七頁）

このような姿勢なくしては、今や貴重な文献となるクレオール民話をマルティニークで採取することはなかっただろう。また、島民の潜在的な宗教感情に気づくこともなかっただろう。のちの日本理解の達成もなかっただろう。異文化理解、多文化共生などが重要課題である今日、自己を見失わずに、他者を内在的に共感的に理解しようとする姿勢こそ理想的といえるのではないだろうか。

ハーンには早合点する問題点もあった。それも含めて、ハーンは日本理解、異文化接触の諸問題に関して、有効な参照軸の一つといえよう。それゆえ、本書などでくり広げられる平川先生のハーン研究は、これからも様々な方面から注目されるハーンを読み解く重要な指針となるだろう。

二〇一七年一月

グラン・メートル平川祐弘教授との出会い

ルイ・ソロ・マルティネル

私は平川教授について大先生「グラン・メートル」と仰ぐべき学者であり、その業績について記念碑的「モニュメンタル」と呼び、学問研究上の必要欠くべからざる基礎的「ファンダメンタル」な工具だ、と述べた。するとそんな大袈裟な褒め方をされては恥ずかしい、その調子で讃辞を呈するのは困る、それなら失礼ながら掲載を遠慮したい、と教授にいわれた。贔屓の引き倒しは困ります、と勉誠出版からも言われた。それで、具体的事実に即した私の記述の部分はそのまま載せてもらい、細部は正確を期して平川氏に思い出を補足させていただいた。それだからこの文章は半ば合作とご承知願いたい。

ダンテ、ボッカッチョ、マンゾーニなどイタリア作家の平川氏の手になる翻訳は名訳でどれもこれも何万部も売れたという。だがそれらは『平川祐弘著作集』に含まれていない。ところが氏の著作集はそのような翻訳を除いても大傑作がずらりと並んでいる。それらは比較文学比較文化、あるいは国際文化関係論の金字塔というべき作品で、英文の大著 Sukehiro Hirakawa, *Japan's Love-Hate Relationship with the West* もあるが、しかし氏が海外で著名なのはやはりラフカディオ・ハーン研究の第一人者だからだろう。ハーンに話題を絞らせていただく。(平川註、英文著作はこの著作集に含まれていない。念の為)

ハーンは母はギリシャ、父はアイルランド、初めは英国籍、教養はフランス、出版はアメリカ、そして日本では小泉八雲の名で知られる。そのハーンを平川氏は生涯を通じて論じてきた。その学風は精密、正確、良心的だが、そのハーン研究はすごい。マイナーな作家とみなされ、英国や米国の文学史にも、いや日本の国文学史にもまともにとりあげられなかったマージナルな存在だったハーンに、氏は次々と新しい光をあてた。平川氏の手にかかると次々と新局面が見えてきた。それはハーンについての新発見でもあるが、実はハーンを介してより大きな文明史的な課題に新しい光をあてているのである。本巻『ラフカディオ・ハーン』は主題に副題「植民地化・キリスト教化・文明開化」が添えられている。かつて西洋では **œuvre de chrétienté**（キリスト教化の事業）といって、植民地化とはキリスト教化であり、それは文明開化であるとして肯定的に評価されていた。だがいつまでもそんな西洋キリスト教文明至上主義的な見方でいいのか、という疑問提起《コンテスタシオン》がこの副題には含意《がんい》されている。このような非西洋の側からする学問的次元の展開は只事ではないだろう。

　私の生まれ故郷、フランス領西インド諸島のマルティニーク島を最初に開拓したフランス人はラバ神父といい途轍《とてつ》もない一代の怪物だが、フランス本国の人や、いや日本の大学のフランス文学教授と話してみても——岩波書店の『17・18世紀大旅行記叢書』にも神父の著書の訳があるにはある——見方が一面的で話が弾まない。頭から文明開化の宣教師と思い込んでいる人は実はマルティニーク島の信心深い住民の中にもいる。ところがそれがハーンや平川教授がとりあげる段となると、表も裏も見るせいか、話がにわかに生動し活性化する。これは氏がコンパラティストで問題の両面をきちんと見ているからだろう。本巻に収められた《ハーンが読んだラバ神父の『マルティニーク紀行』》が無類に面白いのはまさにそのためだ。しかしそれを一般化して「比較文学研究者だから見方が面白い」というのは正確さを欠く。学会の席でも平川氏が解釈するからこそ面白い。というのが正確なのではあるまいか。

　平川氏のハーン研究の新著が出るたびに”On n’en finira jamais avec Hearn!”と感嘆するが、日本語をよく解さぬ私にも、氏の英語やフランス語の著作を介して、「ハーンには尽きせぬ新天地発見の魅力がある。いや、平川教授には尽きせぬ学問的新見地発見の起爆力がある」”On n’en finira jamais avec Hirakawa!”と感嘆せざるを得ない。氏が学者としていかに大物であるか、いかに本物であるか、氏の学問的ディメンションの途方もない大きさを垣間見た者として、その印象を述べさせていただく。誤解があればなにとぞ訂正、削除、加筆をお願いしたい。

平川氏の海外における活動は半世紀に及ぶ。(正確には日欧間が航空機で結ばれる以前からの由)。口頭発表にとどまらず発表は必ず活字に記録されてきた。それも日本語だけでなく、長さこそ縮小されているとはいえ、外国語でも公表されてきた。氏は東京大学を本拠として、四十歳半ば以後は広くヨーロッパ、北アメリカ、アジア各地の大学で講義し、意見を交換、旅先でも土地の人と交わり、発見を重ね、南船北馬したからである――実際、氏はインド洋を船で三回横断し、ペロポネソス半島を短い距離とはいえ驢馬で、シチリア島は馬車で、旅している――それは氏の時代ならではの体験であり、氏ならではの学問的遍歴であったろう。

だが平川氏は私が過褒の辞を連ねることを好まず、話題を二人の関係に限定することを希望し、氏自身の口からもいろいろ思い出を述べた。それも書き添えて、私たち二人の交際について述べさせていただく。

前世紀の末、フランス本国で学生だった私が日本へ行くと申し出た時、パリ第七大学のジャクリーヌ・ピジョー教授は平川祐弘東大名誉教授に会うよう紹介してくれた。平川教授は日本人フランス語教授の中で出色の人で、フランス語も堪能《たんのう》だが、ほかの言葉も一体いくつできるのかと驚くほどよくできる。西洋に通じているが日本のこともすこぶる詳しい。神道についてまともな説明をしてくれた日本人は平川教授が初めてだが、その後ほかには誰もいない。ただしそれでも神道の悪口は聞かされた。日本人からも外国人からも聞かされた。神道が何か説明できずとも悪口だけは言えるのだから奇妙な話である。

モンテーニュの『随筆』の Cannibales の綴りを変えたアナグラムがシェイクスピアの『嵐』の Caliban に

なる。それを踏まえて私がエメ・セゼールAimé Césaireの『嵐』をとりあげたときも、平川氏は適切な感想を述べたが、『マクベス』を演じた時も「フランス語を聴きながら昔習った英語の原文を思い出した」と言った。そんな平川教授は外国人の私にも親切で、氏との交際は特別なものである。それがいかばかり貴重であるかは平川教授が初対面の日に私に示してくれた資料が何であったかを語ればわかるだろう。

平川家を初めて訪ねた日、一九九六年五月二十九日、平川氏はハーンが一八八八年頃マルティニークで書き留めたクレオールのノートのゼロクス・コピーを取り出して私に見せてくれた。思いもかけなかった。無文字社会と思われていた私の故郷マルティニーク島の祖先たちの言葉がハーンの手でトランスクリプトされ記録されていたのである。それを見た時の私の感激、祖先の声が蘇えって聞こえた。私がその時発した叫び声はHakkō itiu!というので、意味はよく知らないが、大西洋の有色人種が一時期は日本によって解放されることをひそかに希望していた時、わが家の先代が覚えた言葉だったが、今のフランス語で言えばhallucinant!に似た叫び声である。

そのハーンのノートの全ページを私は活字化し、それにフランス語訳を添えて東大駒場で開かれた学会の席で平川教授と共に発表し、ついで出版することに成功した。*Contes Créoles (II) Recueillis par Lafcadio Hearn,* Transcrits et traduits en français par Louis Solo Martinel, Ibis Rouge Éditions, Martinique –Paris, 2001がそれである。平川氏はそれに序を寄せたばかりか、そこに再現された『クレオール民話』の三点を日本語に訳してくれた。それはこの巻に収められている。クレオール語の俚諺《りげん》も訳されている。それについては、氏の日本語訳の方が原文より詩的ではるかに躍動している、とS女史は言ったが、この女史にクレオール語の知識があるはずはないから、その批評はまともに信用しない方がよいのかもしれない。（上田敏の訳などと同様、日本語訳の方が原文よりも躍動している場合もあると言ったのは平川自身である。「天気がいいぞ、海いいぞ、魚が海から飛び出すぞ」などの訳については本文中の原語と読者がなにとぞ引き比べていただきたい）。

そんなご縁で平川氏をはじめ日本のハーン研究者を私は二度にわたりマルティニーク島へ招いた。故郷に錦を飾るとはまさにこのことだが、平川氏は、ベルナベ、コンフィアンなどの名士とともに、その地の大学や学会や市役所で次々と講演した。島のラジオでインタービューにも応じたが、適切なフランス語の受け答えが放送された。そのテープを送る、と放送局は約束した由だが、そこはマルティニーク人のだらしなさで約束は反故にされ、二度ともなにも送ってこなかった、と氏は苦笑した。

平川教授は多数の言語の読み書き話しができる。それには外国学者も一様に畏敬の念を覚える。アンティーユ・ギュイアンヌ大学の言語学教授 **Pierre Pinalie** も驚いた一人だが——ちなみにピナリー教授はジャン・ベルナベと共著で *Grammaire du Créole Martiniquais*『マルティニークのクレオール語文法』を **l'Harmattan** 書店から出版している。平川教授のフランス語著書もそこから出版されている。——それでもピナリーは負けずにこう言った、

「平川さん、あなたはそれだけ外国語がよくできるのに、なぜ日本の隣国の朝鮮語はできないのです?」

すると氏は困ったように「人間の能力は有限なものですよ。言葉はその学習に掛けた時間に比例してできるので語学の天才などいませんよ」と言いつつも、本気か冗談かこんなことを照れながら言った。

「韓国語を習っていれば、いまごろ反日を国是とするような韓国の人と私と喧嘩になっていたかもしれませんよ」

そして真顔になり、まずマルティニークにおける植民地化・キリスト教化・文明開化の関係について語り、ついで日本による台湾統治の成功と朝鮮半島支配の失敗について説明し、さらにこんな一般論的な説明をした。それは植民地体験の受けとめ方についての比較論で、やはりコンパラティストならではの分析であった。

平川氏は言う。

「韓国の人は韓国は日本文化によって汚染されたと言いますが、日本人の私は日本が漢文化によって汚染

されたと言おうとは思いません。視覚にも聴覚にも訴える漢字仮名混じり文は順列組合せも多く実に多くの表現可能性を含んでいるから、日本語から漢字を排除せよなどとは言いません。ましてや日本から西洋文明を排除せよと言おうとも思いませんね。外来文明の影響は、有形であれ無形であれ、コロナイゼーションです。その際、それが無理強いされたものであれば反撥する気分が生じることはわかるが、しかし過度のナショナリスティックな反動も、過度の正義の主張も、正しくない。正義の主張も度を越せば不正義です。それをそうだとはっきり言えない社会は健全ではない。しかしこれは日本人が言うのでなく韓国人が言うのでなければ意味がない」

そして植民者と被植民者の関係については誰にもよくわかるこんな身近な比較例を文学作品から拾いだした。

『風と共に去りぬ』には黒人の女中マミーが献身的にオハラ家に仕えた様が描かれています。しかし昨今の北米ではポリティカル・コレクトネスの立場からマミーを非難し、北米の文学科では『風と共に去りぬ』のような世界的に評判となった作品ですらも米国人教授はとりあげることを避けたがる。それはいってみれば日本統治時代の半島にも日本人家族のために献身的に仕えた朝鮮人乳母はいたでしょうが、しかしそうした乳母のことを韓国でポジティヴに語れば「親日派」として昨今はむしろ非難されるでしょう。そのような「政治的公正」ははたしてフェアでしょうか」

そこまで聞くと私たちは皆はっとした。この種の問題は、ハーンともマルティニークとも、無縁などころではない。それどころかそこにこそハーンの生涯の大問題も含まれているからである。周知のように、マルティニーク島を扱ったハーンの小説『ユーマ』では、中心人物のユーマは黒人の乳母である。黒人暴動で主家が焼打ちに遭った際、ユーマは乳母として自分に託された白人の娘マイヨットを抱いて共に焼け死んだ。マイヨットの白人の母は若くして死んだが、死ぬ間際にマイヨットの養育を乳母のユーマに頼んだのである。

この黒人奴隷ユーマをどう評価するか。平川教授は一九九九年に訳出した『ユーマ』の解説ですでに日本の女子学生たちのこの黒人奴隷に対する感想を紹介している。「奴隷制度は確かに正しいことではない。だがだからといって農園主や地主などの白人を殺すのは正しいことか。ユーマは時代の波にのみこまれずに、人間として普遍的な真の正しさを見極めていた。自分に託されたマイヨットとともに死んだ彼女はそのことを身をもって証言したような気がする」「ユーマは白人に忠実というより自分自身の信念を貫いたのである」

ではこの『ユーマ』の女主人公に対する黒人住民たちの感情はマルティニーク島でその後どう変化したか。作者ハーンに対する評価はどう変わったか。私は平川祐弘編『講座小泉八雲』I（新曜社、二〇〇九）の中で《マルティニークにおけるハーン評価の変遷》——原題はLafcadio Hearn, Rue Monte-au-Ciel——を寄稿した。ユーマ評価の紆余《うよ》曲折《きよくせつ》は植民地問題にいかに対処すべきかを示唆している。それはマルティニークのみならず世界各地の植民地体験のある人々に対しても過去をいかに見つめるべきかについて教えるところがあるだろう。

二十世紀、マルティニークの上層の白人住民は十九世紀末年の島の風俗を記録してくれた例外的な作家としてハーンに感謝した。それはちょうど今日の日本人が十九世紀末年の出雲の風俗を記録してくれた例外的な作家としてハーンに感謝しているのと同じである。そしてハーンが再話した出雲の怪談を日本人が日本語に訳して愛読するように、マルティニークの人もハーンがこの土地の口承伝説を再話した物語をいまではフランス語訳で愛読している。

だが第二次大戦後、この島で人口の九割以上の圧倒的多数を占める黒人が独立を唱え出した。すると西インド諸島に来たすべての白人作家に対する非難がまき起った。キングズリーなどの黒人像はステレオタイプでしかない。ハーンもそんな植民地支配者の仲間と目されて、マルティニークの黒人指導者や左翼の側から排撃される対象となった。フランス本土でもボルドー大学のジャック・コルザニ教授はその大部な『アンティーユ諸島（カリブ）文学辞典』で「ハーンの著作において、死の影、退廃、腐敗がたえず脅威となっている。ハーンは邪眼の持主だったようだ」と否定的に記述した。コルザニはハーンを悪質な人種差別主義者、エロチックな志向の強いエキゾチスム愛好者であると示唆したが、ハーンが混血の女を偏愛したのはたしかに事実だろう。

そのような反植民地主義の高揚期にはハーンの小説の主人公ユーマは、意識の低い女、政治的に目覚めていない愚か者、黒人の独立運動との種族的連帯を拒んだ裏切者と目された。しかし二十世紀の末になると、そのようなイデオロギー的解釈は次第に消えて、ハーンがクレオール性の豊かさをありしがままに記録した作家であることが逆に認められるようになった。それどころかマルティニークの黒人作家評論家ラファエル・コンフィアンによってついには序文《素晴らしき旅人、ラフカディオ・ハーン》が Hearn, *Two Years in the French West Indies*, Signal Books, Oxford, 2001 に寄せられるにいたった。平川教授と私は二〇〇一年二月二日、コンフィアンがその英文を読み上げる現場に居合わせたが、それが文明の混淆を意味するクレオール性の礼讃の結論ともなったので、そのことは本巻の平川記事、ならびに『ハーンは何に救われたか』の巻の平川《ハーンにおけるクレオールの意味》に詳しい。ハーンの作品をとりあげることでクレオール性にはっきりと肯定的評価が下されたことは意味深長だが、ハーンを論ずることはそのようなアクチュアルな問題を語ることにもなるのである。

黒人奴隷の子孫たちのアフリカ回帰のルーツ探しは一時期北米でもはやった。しかしアフリカへ戻った人は一様に幻滅した。回帰は空しい夢にすぎない。それでは独立か。マルティニーク島は独立して自立するにはサイズが小さ過ぎた。そのことがわかったせいか、カリブ海のフランス領のこの島は結局フランス本土から離脱せず、ヨーロッパ共同体の一部としてとどまり、いまは観光地として栄えている。それだからこの島は大西洋の西に在りながら通貨はユーロである。そのように繁栄と平和が回復するにつれ、白人文明を呪詛《じゅそ》するかつての反植民地主義の主張は次第にこの島では薄れた。考えてみると劣等感に由来する過激な主張には歪みがあった。植民地体験をも肯定的にとらえるクレオール性が言われる時代となると、人々はポスト・コロニアリズムの時代の意味を再考し、反対のための反対を次第に言わなくなった。

植民地体験は苛酷な体験であった。それを今日いかに受けとめるべきなのか。昨今のマルティニークでは黒人の私がこのように過去をとくに非難せずに回顧してハーンを肯定的に捉えても、もはや非難されることはない。親仏派として弾劾されることもない。

「しかしね、マルティネルさん」とそこで平川氏が口をはさんだ。「私たちは日本やマルティニークに生まれて、まあよかった。もしかりに韓国の大学で私がこのような問題を突っ込んで語るとなると、只事ではすみませんよ。あなたはマルティニークからパリ大学に留学した。植民地インド出身のネルーのケンブリッジ体験にはポジティヴな意味があり、台湾出身の李登輝の京都大学体験にも意味がある。それと同じように、韓国の誰某の日本体験は意味がある」と話し出した途端に韓国では横槍がはいり「誰某は親日派だ」といわれますよ。今の韓国では親日は悪というのがポリティカル・コレクトネスの公式になりかけているのだから、日本体験など意味がないと頭から否定する論者も出る。意味があるかないか、反論したり議論ができるうちはまだいい。そのうちに「誰だ。平川ごときを韓国の学会に招待した者は誰だ」という犯人捜しが妙な方向に発展しかねない。なにしろ法の支配のない国民情緒法優先の国ですから」

教授はやや淋しげにそう言ったが、しかし「それでも民衆レベルの感情は違うようですよ。日本へ観光客は大勢来る。日本の駅にハングル表示があるのはいいことです。日本の利口な小学生なら駅名を眺めているうちにハングルの発音の規則性がわかるようになるでしょう。ハングルが読める外国人がふえれば、世界の常識が韓国にもはいりやすくなる。そうなると自家中毒症状もすこしは減るでしょう」と付け足した。

話が暗くなりかけたので話題をユーマに戻して平川先生との忘れがたい旅の話の結びとしたい。

マルティニークの島の住民の多くはハーンを読んだことはないが、それでもユーマの名前は知っている。ユーマがハーンが創作した黒人女性とは知らず、実際にいた乳母で白人の娘マイヨットを守って一緒に火炎の中に滅びたものと思っている。では土地の黒人女性たちはそんな乳母のユーマに対しどんな感情を抱いているのか。土地の人の本音《ほんね》は左翼が反植民地主義運動を主導した時代には表に出なかっただろう。しかし土地の人たちは健気なユーマを内心で良しとしてきた。誇りにしてきたと言ってもいい。

二〇〇一年に平川氏が初めてマルティニーク島に来たとき、私の知人のある黒人家庭の風呂場を借りて氏は海水着に着替えた。一月末でもカリブのこの島の濱では海につかることができるのである。その時身ごもっていたその家の主婦は翌年五月に再度来訪した時は女の子を抱いていた。顔見知りの平川教授が親しげに近づく。聞けば娘にユーマと名づけたという。それを聞いた途端、明るい笑いがはじけた。これはハーンが造形したマルティニークの乳母ユーマが島の民衆にとっていかに好ましい女性として受け入れられたかを示すなによりの証左ではないか。人間として尊ぶべきものは人種的連帯や民族的連帯ではない。人間的な連帯である。そのことを『ユーマ』の著者は感じていた。そしてハーン自身も松江で異人種の節子と結ばれた。

平川先生はそんな風に旅の先々で土地の人の感情をも見て感じて察知する人でもあった。

そんな気楽に旅先でも若い仲間と一緒に水につかってくつろぐ平川教授をヒューズ教授は「学問を快楽にする」と感嘆しつつもねたましげに評したが、先生はマルティニークの海でも嬉々として泳いだ。

「教養ある人はいたるところ我が家である」Un homme cultivé se sent partout chez lui. はゲーテの句で「海につかる人はいたるところ我が家である」は平川氏の拵えた格言だとS女史は言ったが、本当か。いくら言葉の出来る先生でも、Un homme qui se baigne se sent partout chez lui. などという恰好のいいフランス語格言をそう安々とは作れまい。だがS女史がわざわざマルティニークまで来て物知り顔にそう言うので、平川氏に「あの女史は自分でフランス語もできないくせに先生のフランス語を云々した。本当に学者なのですか」そう尋ねたら、氏は「ハーンを研究すると称する日本人は十中八九までハーンを《観光資源》にして世界いたるところを観光しています。私もそのお蔭で世界のいたるところで泳ぎました」と笑って質問をはぐらかした。

あとがき

――ハーン研究と和辻賞のこと

私はラフカディオ・ハーンについては第一作『小泉八雲――西洋脱出の夢』を一九八一年に、第二作『破られた友情――ハーンとチェンバレンの日本理解』を一九八七年に、いずれも新潮社から刊行した。次のエピソードは第三作『小泉八雲と神々の世界』という一九八八年文藝春秋社刊の本巻とかかわることなので、記録のためにも書かせていただく。

司馬遼太郎氏とは氏が私の師の島田謹二氏の『ロシヤにおける廣瀬武夫』の愛読者であったこと、私がいちはやく『坂の上の雲』を東京大学『教養学部報』で座談会や書評にとりあげたことなどもあり、早くから懇意であった。一九八〇年に司馬氏の『翔ぶが如く』が文春の文庫本となるときは、パリで教えていたのだが、解説の執筆を頼まれた。そのとき私は「本書に強いて欠点を求めれば、長期にわたって新聞に連載されたこととも関係するのであろうが、木戸孝允や山縣有朋についての人物評が何回か繰り返されて出てくるが、そのたびに逸話の内容から言葉づかいまでが同一であるため、再出以後は読者の興を殺《そ》ぐ点であろう」と率直に書いた。すると粕谷一希が、

「そんな繰返しのことは文藝春秋社の編集者が注意して削らせればよかったことだ。司馬さんはああ見えても旧制高校出身者に強い嫉妬心を持つ人だから余計な事は書かない方がいい。解説はその本を褒めるためだ」

と世間知らずの私に忠告した。私は司馬さんはそんな事を気にかける人ではないと当時も思ったし今でも信じている。拙著をときどきお贈りしたのでその後もこんなお葉書をいただいた。ここに掲載させていただく。

『破られた友情』お送り下さいましてありがとうございました。さきの御著『小泉八雲――西洋脱出の夢』を拝読した余熱もあり、「ハーンのロンドン体験」（『諸君』）とあわせ読みましたし『破られた友情』は、小生が感じてきたチェンバレンへの一抹の白濁をみるまに透明にしてくだすった好著（むろんそれ以上の作品）でありました。いま、ハーンへの白濁（チェンバレンの《時限爆弾》によるもの）も、癒されました。ここ数年、本を読んでこんなに気持がよくなったことはありません。読みつつ、明晰というものはこういうものかとくりかえし思いました。

ここ数年、日本の英文学者の随筆作品をずいぶんよみました。福原麟太郎のご自分の表現としての名随筆は、小生の情趣を十分満足させました。しかし、人やモノゴトが明晰になるということはありませんでした。比較という科学的方法が、それが科学に近いものだということを、『破られた友情』において、十二分に知らされました。この点でも、小生の蒙はひらかれました。大きな感謝とともに、御礼を。

八月三日

その一年後の一九八八年の秋に妙な事件が起きた。司馬氏と私は広島に招かれた。講演後の質疑で、昭和天皇の戦争責任をとりあげた聴衆がいた。昭和六十三年は九月下旬、裕仁陛下が重態となられた。そのニュースをきっかけに英国では大衆紙『サン』などが「地獄がこの真に悪逆な天皇を待っている」Hell's Waiting for this Truly Evil Emperor とセンセーショナルに騒ぎ立てる。すると日本では左翼インテリがそれに呼応した。しかもそれを一部大新聞までが後押しするものだからそんな質問も自然に出たのであろう。司会に指名されて土地の若手の教授がまず「天皇に戦争責任があります」と説明抜きで断言した。

ついで当日の主賓司馬遼太郎氏が「輔弼」とまず黒板に書いて、明治憲法においては輔弼《ほひつ》とは天皇の行為としてなされることを進言し、その採納を奏請し、その責任は大臣が負うものであることと説明した。ただその日、司馬氏は準備不足か講演そのものもしまりなかったが、質疑への応答も舌足らずで、天皇の責任の有無には触れなかった。立場を明確にしたくなかったのかもしれない。

私はその前の週だかにダラムの全欧日本学会から帰ってきたばかりで、それだものだから「英国ではタブロイド紙は昭和天皇の戦争責任を問うて騒いで「地獄がこの真に悪逆なる天皇を待っている」などと書き立てているが、そのようなはしたない非難は見当違いである、と英国の指導的な日本学者たちも言っていた」と述べた。そして立憲君主制の昭和天皇に戦争責任を追及することは英国の君主にドレスデン無差別爆撃の戦争責任を問うようなものである、とする『インディペンデント』紙に出た意見なども紹介した。前座の広島の教授が「天皇に戦争責任があります」といとも簡単に言った気楽さに反撥していただけに、語調が多少きつくなっていたのかもしれない。

ところが司馬さんはそんな私の答えに含まれていた批判が御自分に向けられたととったためか、私のことを「西洋帰り」と皮肉っていわれた。それで私も「米国帰りの勝海舟は、司馬先生もよくお書きのエピソードですが、江戸城で幕閣から米国の印象を聞かれて、アメリカでは要職にいる者はそれなりにきちんとした能力のある者だと答えたそうですが、今も西洋ではお偉いさんでも講演会にはきちんと用意してお話なさるようです」と笑いに紛らせて言ってしまった。この感想は私自身がかつて米国の首都に一年暮らして強く抱いたところでもあったのである。ただしそう言ったのは、聴衆の面前でなく講師控室に引揚げた後のことではないかと思うが定かでない。それというのも私たちはその日控室では、畏れ多いことながら昭和天皇が崩御された後、神宮に祀られる可能性はあるだろうか、などと司馬氏となおおだやかに会話した記憶があるからである。

だがその夜、雰囲気は一変した。司馬氏は昼からの平川の言動は長者に対し礼を失すると思ったらしい。よほど癇《かん》に障《さわ》ったとみえて、夜の宴席に遅れて現れるなり、私にからんだ。「お前の顔には苦労が刻まれていない」「お前が東大で出世したのは竹山道雄の婿だからだろう」。はなはだ不快、かつ無礼きわまる悪態で、私は呆れてしまい黙ったが、司馬夫人までも私を睨んでいるような気がした。宴席には主催者側の人がなお二、三人いたけれども、座は白けた。私は「あ、これで和辻哲郎賞は駄目になった」と直覚した。

なんでこんなエピソードを紹介するかというと、実は、私はその年、『小泉八雲とカミガミの世界』を文藝春秋から世に出した。先ほど引いた司馬氏の葉書にある「ハーンのロンドン体験」もその一章となった本である。それが第一回和辻哲郎文化賞にほぼ内定したと報せがあり、審査員の名前も知らされていたが、最終選考の委員の一人が司馬遼太郎と聞かされていたから、これは落とされるなと感じたのである。

はたして予覚した通りの結末になった。広島講演の後で行なわれた最終選考の席で司馬氏が猛反対した。なぜ氏が平川は不可と言い張るのか、もう一人の選考委員の梅原猛氏は解《げ》しかねたらしい。その授賞反対をよほど理不尽《りふじん》に感じたらしく、梅原氏は司馬氏の没後、別人が選考委員になるや、同じ小泉八雲を扱った私の第五作『ラフカディオ・ハーン――植民地化・キリスト教化・文明開化』に対し第十五回和辻賞を授けるようあらためて尽力してくれたのである。梅原氏はその受賞パーティーで以前の審査の模様をながながと語り「平川さんはいつも一言よけいなことを言う。それだから敵が多い。人に憎まれる」といった。そして私の同世代でも世渡り上手な誰彼の名をあげて、あの人は何々勲章をもらった、あの人は何々院にはいったなどと笑う。私は「でも一番大切な勲章は私たちの作品そのものですよ。作品が後世に伝わるか否かの方が大事ですよ」と答えた。そして「よけいな一言」についてては「だって、だれかが一言よりいかもしれないが本当のことを言わなければ、裸の王様の正体はわかりませんよ」とよほど言おうとしたが、さて、そんなことを言うと私の言葉が梅原氏御本人に向けられたと取られるといけないと思って黙った。

その日梅原氏が打明けてくれた第一回和辻賞の選考の席での司馬梅原意見対立のことは、しかし私には前からわかっていた。というのは、梅原氏は司馬氏の裁定を甚だ不満としたからであろう、新設された和辻哲郎文化賞を紹介した一九八九年六月の『NEXT』誌の「今月の一冊」の欄に受賞作でなく拙著『小泉八雲とカミガミの世界』をとりあげて、もっぱらそれを論じたからである。以下にそのときの梅原猛氏の記事『ラフカディオ・ハーンの研究を通して、日本と西洋の精神の拠りどころが見えてくる』をやや長きにわたるが再掲する。これがおのずと平川祐弘のハーン研究の全般についての解説ともなるであろう。読者には必ずや参考になることがあると信ずる。

この著書(『小泉八雲とカミガミの世界』)を読んで、私は氏が相当頑固な自己を持つ思想家であることを感じざるをえなかった。

日本の学者で頑固な自己を持っている学者は少ない。頑固な原則論者は日本にたくさんいるが、その頑固は多く西洋からの借り物であり、西洋のある学者の説を頑固に墨守するものである。

平川氏の頑固はそういう頑固とは違う。氏は自己の根柢に一つの問いを問う姿勢を頑固に守ろうとしているのである。

確かにこの本は、完成した文学作品とは言い難い。文学作品には一つの修辞学がある。しかしこの本は一つのことを語り始めると、それに関してまた次のことを語り、また次のことに移っていくというふうで、本としての完成度に欠けていることは否定し難い。しかしこういう語り口で、氏が懸命になって一つのことを考えていることがよく分かる。

この本で私がいちばん興味を持ったのは第五章である。それはハーンとケーベルを比較したところである。

日本の文化にケーベルの影響は大きい。ケーベルは十九世紀のドイツの教養主義をそのまま日本に輸入した人であった。ケーベルは明治二十六年来日して、東大で哲学を教えた。それはギリシャ語の原典を読み、理解することこそ教養というものであるという考えである。そして彼は当時の日本の文化人から神のごとく尊敬され、大きな影響を残した。

このケーベルは三十年間日本に滞在したが、ほとんど日本語を覚えず、日本文化に何の関心も払わなかった。

ラフカディオ・ハーンはほぼケーベルと同じ時代に来日したが、彼の態度は全く反対であった。彼は深く日本の文化に興味を持ち、彼が嫌う西洋の近代文明と全く違った原理に立つ日本の文化が今、近代西洋の文化に犯されて滅びつつあるのを嘆いた。

平川氏は、このようなハーンの態度を単なる懐古趣味、異国趣味と見ていない。

ハーンは母方にギリシャ人の血を持つアイルランド人であった。彼が日本の文化に興味を持ったのは、日本の文化がギリシャの文化と似ているからである。その意味でハーンの日本趣味は母なるギリシャへの回帰であった。

このような見地で平川氏はハーンをとらえているが、結局もっとも根本的な問題は多神論の問題であろう。

古代エジプトも古代メソポタミアも多神論の上に文明を築き上げた。ギリシャもはっきりこの文明の系統を引くのである。多神論は全ての古代文明を誕生させた偉大なる文明の母であった。しかるにいつの頃からか一神論が世界の大勢になった。キリスト教国や回教国の支配圏が広がるにつれて、一神教のみが文明の宗教であり、多神教は未開と野蛮の宗教であるということになった。ハーンが嫌っていたものは、物質的富だけを追求した近代西洋の文明のみではない。その背後にあるキリスト教文明も彼が憎むところのものである。平川氏はこのハーンの感激と発見に歴史的に重要な意味を認めるが、私はその評価に全面的に賛成である。

頑固に一つの問いを問い続ける平川氏に、私は和辻と同じ哲学者を感じたのである。

梅原猛氏は『小泉八雲とカミガミの世界』の第五章「ハーンとケーベルの奇妙な関係」にとくに興味をもった由だが、東大本郷英文科で教えたジョージ・ヒューズ教授も私のその日本語文を読んで「日本で外国人教師として尊敬される条件」について気づかされる点があった、と苦笑したことがある。

『平川祐弘著作集』にはハーン研究の第一作『小泉八雲西洋脱出の夢』、第二作『破られた友情――ハーンとチェンバレンの日本理解』、第六作『ハーンは何に救われたか』をすでに収めた。当初の予定を変更し、本巻には第三作『小泉八雲とカミガミの世界』と第五作『ラフカディオ・ハーン――植民地化・キリスト教化・文明開化』を翻訳『ユーマ』とともに収める。刊行途中で予期せざる事情が生じたため『平川祐弘著作集』にはハーン研究の第四作『オリエンタルな夢――小泉八雲と霊の世界』はそのままの形では収まらないことになった。ハーン研究の第七作ともいえる『西洋人の神道観』も引き続き本著作集に収められるが、既刊の四巻についてのハーン関係索引は本巻に付した。『小泉八雲とカミガミの世界』はこの際『小泉八雲と神々の世界』に表記を改めた。なおハーンについての平川のフランス語著述はともかく、英語著述の方は将来一巻本にまとめられる機会があるのではないか、とひそかに期待している。

【著者略歴】

平川祐弘（ひらかわ・すけひろ）

1931（昭和6）年生まれ。東京大学名誉教授。比較文化史家。第一高等学校一年を経て東京大学教養学部教養学科卒業。仏、独、英、伊に留学し、東京大学教養学部に勤務。1992年定年退官。その前後、北米、フランス、中国、台湾などでも教壇に立つ。

ダンテ『神曲』の翻訳で河出文化賞（1967年）、『小泉八雲――西洋脱出の夢』『東の橘　西のオレンジ』でサントリー学芸賞（1981年）、マンゾーニ『いいなづけ』の翻訳で読売文学賞（1991年）、鷗外・漱石・諭吉などの明治日本の研究で明治村賞（1998年）、『ラフカディオ・ハーン――植民地化・キリスト教化・文明開化』で和辻哲郎文化賞（2005年）、『アーサー・ウェイリー――『源氏物語』の翻訳者』で日本エッセイスト・クラブ賞（2009年）、『西洋人の神道観――日本人のアイデンティティーを求めて』で蓮如賞（2015年）を受賞。

『ルネサンスの詩』『和魂洋才の系譜』以下の著書は本著作集に収録。他に翻訳として小泉八雲『心』『骨董・怪談』、ボッカッチョ『デカメロン』、マンゾーニ『いいなづけ』、英語で書かれた主著に*Japan's Love-hate Relationship With The West*（Global Oriental, 後にBrill）、またフランス語で書かれた著書に*A la recherche de l'identité japonaise－le shintō interprété par les écrivains européens*（L'Harmattan）などがある。

【平川祐弘決定版著作集 第12巻】
小泉八雲《こいずみやくも》と神々《かみがみ》の世界《せかい》
ラフカディオ・ハーン
――植民地化・キリスト教化・文明開化

2018（平成30）年9月28日　初版発行

著　者　平川祐弘
発行者　池嶋洋次
発行所　勉誠出版 株式会社
〒101-0051　東京都千代田区神田神保町3-10-2
TEL：(03)5215-9021(代)　FAX：(03)5215-9025
〈出版詳細情報〉http://bensei.jp

印刷・製本　太平印刷社
ISBN 978-4-585-29412-2　C0095

＊著作集構成変更についてのお知らせ

『平川祐弘決定版著作集』は版権の関係や、とくに他社出版物とのバッティングの問題が生じたため、時事、竹山道雄、リッチ、中村正直関係の巻は、誠に残念ながら割愛することになりました。しかしそれ以外の平川の代表作は著作集に収める予定で、この度の第一期十二巻の最後の配本は『小泉八雲と神々の世界』『ラフカディオ・ハーン――植民地・キリスト教化・文明開化』『ユーマ』を収める大冊となりました。ラフカディオ・ハーン（小泉八雲）関係索引は本巻末に付しました。

第二期は全六巻となります。目下鋭意編集中で、二〇一八年秋から二〇一九年春にかけて刊行いたします。最終巻には『アーサー・ウェイリー――『源氏物語』の翻訳者』のほか『袁枚』、また「世界の中の紫式部」の新原稿も収め、全十八巻で完結する予定でございます。

引き続きのご愛読を何卒よろしくお願い申し上げます。

ラフカディオ・ハーン(小泉八雲)関係索引

『平川祐弘決定版著作集』の内、ラフカディオ・ハーン(小泉八雲)に関係する書籍について索引を掲載する。

書籍の略号は以下の通り。

・『夏目漱石——非西洋の苦闘』　略号(夏)
・『小泉八雲——西洋脱出の夢』　略号(脱)
・『破られた友情——ハーンとチェンバレンの日本理解』　略号(破)
・『小泉八雲と神々の世界』　略号(神)
・『ラフカディオ・ハーン——植民地化、キリスト教化、文明開化』　略号(ラ)
・『ユーマ』　略号(ユ)
・『ハーンは何に救われたか』　略号(救)

—ア行—

— カ 行 —

― サ 行 ―

― タ 行 ―

―ナ 行―

— ハ 行 —

— マ 行 —

— ヤ 行 —

― ラ 行 ―

—ワ行—